Gerhard Kebbel

Heiße Phase

Ein Insider-Roman
aus der Welt der Unternehmensberatung

Die in diesem Buch dargestellten Figuren und Ereignisse sind fiktiv. Jegliche Ähnlichkeit mit lebenden oder toten Personen ist zufällig und nicht vom Autor beabsichtigt.

Eine veränderte Version dieses Romans erschien unter dem Pseudonym Fabian Hardenberg 2002 im Campus Verlag.

ISBN: 9798273783140
Imprint: Independently published

Coverdesign von: Konrad Kebbel

Für Phoebe

‚Heiße Phase' ist ein Roman. Auch wenn auf reale Elemente Bezug genommen wird, sind Personen und Geschehen doch frei erfunden. Etwaige Ähnlichkeiten sind rein zufällig.

Inhaltsverzeichnis

Prolog

Da ist er wieder.

Ich wollte nicht hinsehen. Es war ein Samstag im März, und ich war auf diese Insel gekommen, um ein paar Tage Ruhe zu haben, Sonne und Wärme zu einer Zeit, in der in Deutschland noch die Schneeschauer drohten, und natürlich einmal keine Kunden, keine Projekte, keine Folien. Nur Entspannung, Genuss und Lust. Alles das zusammen mit Monika.

Der beobachtet uns die ganze Zeit.

Und wenn schon. Ruhe hieß die Devise. Aber ich hatte Monika in der letzten Zeit wohl wirklich etwas selten gesehen. Jedenfalls zu selten, um früh genug zu merken, dass ihr etwas auf die Nerven ging. Und wenn das der Fall war, dann tat sie alles Mögliche, aber eines ganz bestimmt nicht: Ruhe geben.

Mir ist der Typ wirklich unheimlich.

Es hatte keinen Sinn. Mit einem Ruck drehte ich mich um. Umgeben von leeren Tischen saß ganz hinten ein Mann und trank seinen Café. Er sah recht südländisch aus – schwarzes, an einigen Stellen schon graues Haar, dunkle Augen, braungebrannt – und auch die Kleidung wirkte ziemlich authentisch: Polohemd, Khakis, ein locker um die Schultern geschwungener Pullover. Aber es hing auch eine Kamera über der Stuhllehne, und das verriet ihn dann doch. Ich konnte mich nicht erinnern, ihn schon einmal gesehen zu haben. Er kam mir auch nicht unheimlich vor, wie er so dem Treiben auf der Straße zuschaute. Eher überarbeitet. Das machte ihn fast sympathisch.

Monika sah mein Schulterzucken, und ihre Stimme wurde einen Tick höher.

Er ist uns nachgegangen, ganz sicher.

Seit wann?

Weiß ich nicht. Er war auf jeden Fall auch an der Kathedrale.
Und? Da geht jeder Tourist hin.
Aber er hat die ganze Zeit zu uns hinübergesehen.
Vielleicht ist es einer deiner abgelegten Liebhaber.
Sie fand das nicht komisch, ihr Gesicht zeigte es. Beleidigt drehte sie sich zur Straße. Er sieht immer dich an.
Mich?
Jetzt wollte ich diesen Menschen doch einmal genauer betrachten. Ich drehte mich wieder um, aber da war niemand mehr. Auf dem Tisch stand nur noch die kleine Kaffeetasse, und der Kellner kam gerade herbei, um die Münzen einzusammeln.
Er ist weg.
Monika schnaufte verächtlich. Den sehen wir wieder, jede Wette, sagte sie, und es klang wie eine Drohung.
Wir brachen bald auf, schlenderten noch ein bisschen durch die Stadt und beschlossen dann, zu einem kleinen Restaurant bei irgendwelchen Höhlen zu fahren, in dem es laut Reiseführer katalanische Gerichte geben sollte. Genauer gesagt, ich tat das alles. Monika war mit anderen Dingen beschäftigt. Erst starrte sie an jeder Ecke suchend herum, dann, als sich der große Unbekannte partout nicht wieder zeigen wollte, begann sie Vermutungen anzustellen, wer, was und wo dieser Mensch nun sein könnte. All das tat sie mit einer Intensität, die mich schlicht sprachlos machte.
Dabei hätte es ein so schöner Abend sein können. Das Restaurant war versteckt in einer Seitenstraße, sah aus wie eine große Stube, und außer uns waren nur noch ein paar Einheimische da. Das Essen war einfach, aber wirklich hervorragend. Schon die Vorspeise begeisterte mich – Pa amb oli, frisches Landbrot, mit einer aufgeschnittenen Knoblauchzehe eingerieben

und dann mit den kleinen festen Tomaten der Insel belegt, mit einem Schuss Olivenöl ein Traum. Monika bemerkte das kaum. Sie redete ununterbrochen weiter. Der dunkelhaarige Unbekannte hatte einige Metamorphosen hinter sich gebracht, vom Journalisten war er zum Headhunter geworden, kurzfristig zum Geheimagenten – da musste ich doch widersprechen – jetzt war er ein Konkurrent, der mich abwerben wollte. Bloß von welcher Firma?

Wenn er bei der Konkurrenz ist, dann muss er in seinem Alter Partner sein, und die kenne ich eigentlich alle, versuchte ich abzuwiegeln, idiotischerweise, wie mir gleich klar wurde. Erst wurde Monikas Gesicht starr, dann sah sie mich mit diesem abfälligen Augenaufschlag an, der nie etwas Gutes verhieß.

Deine Arroganz ist einfach unerträglich.

Damit war der Abend endgültig gelaufen. Ich versuchte, ein neues Gespräch anzufangen, indem ich das Essen lobte, den Wein, die Insel, Pläne für den nächsten Tag schmiedete – vergebens. Sie war beleidigt und schwieg erst einmal. Wahrscheinlich dachte sie weiter an den Unbekannten, aber jetzt ließ sie mich nicht mehr an ihren Gedanken teilhaben. Als sie doch wieder etwas sagte, waren es Vorwürfe, und auf der Fahrt ins Hotel wurde dann ein handfester Streit daraus.

Immerhin, die Versöhnung kam, wie immer bei Monika, wenn auch diesmal erst am nächsten Morgen. Der verbale Teil war schnell vorüber, und der weitere Verlauf war dann so beglückend, dass wir beide selig strahlten, als wir uns ausgesprochen spät zum Frühstück aufmachten. Die Sonne schien, wir gingen auf die leere Terrasse, genossen den Blick auf die Berge hinter dem Swimmingpool und warteten auf unseren Kaffee. Und dann geschah es.

Am Rand des Pools blieb ein junger Mann mit einem auffallend roten Jackett stehen und blickte starr nach unten. Auf diese Weise betrachtete er wohl irgend etwas Bemerkenswertes im Becken. Was das war, konnte ich von meinem Platz aus nicht sehen, aber ich vermutete, es war eine anziehende Schwimmerin. Er stand so lange in dieser Pose, dass sie wirklich nicht mehr zu übersehen war, bis mit einem Mal ein Mann an der Terrasse vorbeistürmte und ihn, ohne ein Wort zu sagen, mit einem heftigen Schwung in das Becken stieß. Der Junge schrie auf, dann hörte man ein lautes Platschen. Der Mann lachte, winkte nach einem der Kellner und verlangte ein Handtuch. Es dauerte ein wenig, bis man es brachte, Monika sah mich mit offenem Mund an, mit dem Kellner kam der alarmierte Portier herbeigerannt, doch als er den Mann sah, entspannte sich die Situation gleich, und nach ein paar kurzen Worten verschwand der Portier wieder. Der Junge kletterte aus dem Pool, der Mann lachte noch einmal, fuhr ihm durch die nassen Haare, umarmte ihn, wickelte ihn dann in das Handtuch und schob ihn in Richtung Hotelgebäude. Tropfend schlurfte er an uns vorbei, das Gesicht im Handtuch verborgen.

Ich drehte mich zu Monika. Wie festgefroren saß sie auf ihrem Stuhl und starrte finster zu mir hinüber. Warum, war nicht schwer zu erraten. Der Mann, der dem Kellner gerade noch ein paar Scheine in die Hand drückte, war der große Unbekannte.

Los, zischte sie. Jetzt gehst Du zu ihm hin.

In der Tat, das war die Chance. Aber ich kam gar nicht mehr dazu, sie zu nutzen, denn der Unbekannte marschierte direkt auf mich zu. Monika griff nach meinem Arm. Dann stand er vor uns.

Guten Tag, sagte er nonchalant und grinste, nicht unsympathisch, wie ich gestehen muss. Sie gestatten, wenn ich mich zu Ihnen setze?

Er ließ mir keine Zeit zu antworten. Monika warf mir einen funkelnden Blick zu. Jetzt war meine Autorität gefragt.

Sie haben sicherlich gemerkt, dass ich Ihnen gefolgt bin.

Monika nickte leicht. Ich sah ihn nur an.

Ich denke mal, dass ich Ihnen da eine Erklärung schuldig bin.

Jetzt nickte ich auch. Allerdings, sagte ich. Und für das, was da eben passiert ist.

Er lächelte schief. Das eben, murmelte er. Das war mein Sohn. Ich bin das Wochenende mit ihm hierhin geflogen, weil ich ihn sonst so selten sehe. Als Geschenk, verstehen Sie. Leider entwickelt er sich sehr in Richtung seiner Mutter.

Und deshalb werfen Sie ihn ab und zu in den Swimmingpool? fragte ich und lächelte giftig zurück.

Nein, sagte der Unbekannte und schüttelte den Kopf. Mir geht es nur auf die Nerven, dass er da am Beckenrand steht und immer auf das Wasser starrt, als wollte er sich gleich ertränken. Wenn wenigstens ein Mädel darin herumschwimmen würde, aber es ist ja noch viel zu kalt.

Ihre Erziehungsmethoden sind trotzdem reichlich ungewöhnlich.

Finden Sie? Auf dem Kinn hatte der Mann ein Grübchen, und das begann jetzt leicht zu zittern. Er hat schon gestern in dieser Pose herumgestanden, angeblich, weil er sie auf irgendeinem Bild gesehen hat. Er schwärmt für Malerei, müssen Sie wissen. Er schaute einen Moment lang in Richtung des Meeres. Leider immer für ein Zeugs, mit dem ich nichts anfangen kann. Wahrscheinlich gerade deswegen. Und mit dieser Pose will er das Bild nachempfinden. Verrückt, oder? Ich habe ihm klar gesagt, was ich davon halte. Hör auf damit, habe ich gesagt, sonst fliegst Du in den Pool. Heute hat er sich da wieder hingestellt, da musste ich doch reagieren, oder?

Monika drückte meine Hand. Kein Zweifel, sie fühlte sich in ihren Ahnungen bestätigt. Der Mann war ein Psychopath. Auch mir war unbehaglich zumute, aber zugleich muss ich gestehen, dass meine Neugier weiterwuchs. Schließlich erlebt man so etwas nicht alle Tage.

Das Wochenende mit ihrem Sohn können Sie damit aber abschreiben, sagte ich und sah ihn weiter an, das ist Ihnen doch wohl klar, oder?

Er rückte unwillig auf seinem Stuhl herum. Ach... Der Junge ist 18, das ist kein leichtes Alter, und er lebt allein bei seiner Mutter. Aber glücklicherweise hat er auch etwas von mir, und wenn wir zusammen sind, verstehen wir uns recht gut. Das war eben Spaß, und das weiß er. Nachher werden wir zusammen darüber lachen. Haben Sie Kinder?

Dabei sah er Monika an. Sie ließ ihn warten, als überlegte sie, ob sie das Risiko einer Antwort eingehen sollte. Zwei Töchter, sagte sie schließlich. Aber die sind noch klein.

Sie haben sie nicht mitgenommen?

Nein, sagte ich. Wir wollten einmal ein Wochenende für uns beide allein haben.

Er nickte. Ich verstehe, sagte er. Dann sah er mir direkt in die Augen. Ich werde Sie nicht lange aufhalten, keine Angst. Sie sind mir nur gestern aufgefallen, und da dachte ich, versuche es doch einmal.

Versuche was?

Seine Mundwinkel zuckten kurz. Sie sind Unternehmensberater, nicht wahr?

Ich gebe zu, jetzt war ich verblüfft. Wie kommen Sie denn darauf?

Ach, da gibt es einiges, sagte er. Wie sie sich anziehen. Wie sie durch die Stadt gehen. Vor allem aber, wie sie reden.

Ich sah an mir herab. Was war so Berater-like an einer ausgewaschenen Jeans, einem gestreiften Hemd und einem alten Blazer? Gut, ich sah nicht aus wie der typische Pauschaltourist, aber das tat niemand in diesem Hotel. Und den Blazer trug ich schließlich nur, weil ich direkt aus dem Büro zum Flughafen gefahren war. Gestern war ich, anders als es sonst meine Art ist, geschlendert. Und was war so ungewöhnlich an meinem Reden?

Sie wissen, was Sie wollen, fuhr er fort. Sie suchen sich schnell die Informationen, die Sie brauchen, um Ihr Ziel zu erreichen. Alles andere blenden Sie aus.

Das wurde ja immer schöner. Was nahm sich dieser Mensch eigentlich heraus? Sie scheinen sich genauestens auszukennen, sagte ich.

Er sah mich nachdenklich an. Ich kenne viele Berater, redete er langsam weiter, und mir macht es Spaß, Menschen zu beobachten. Ich will begreifen, wie Sie funktionieren.

Sind Sie Psychologe?

Er lachte kurz. Nein. Ich bin Steuerberater. Und ich sitze im Verwaltungsrat einer Bank.

Jetzt dämmerte es mir. Ach so, sagte ich. Sie wollen ein Geschäft mit mir machen. Das hätten Sie auch gleich sagen können.

Endlich kam der Kellner mit unserem Kaffee und fragte, ob wir auch etwas essen wollten, sie würden gleich das Buffet abbauen. Monika nutzte die Gelegenheit und sagte, sie würde etwas für uns beide holen.

Mein Gegenüber hatte sich in seinem Stuhl zurückgelehnt und sah ihr nach, wie sie in das Hotelgebäude ging. Ich kann nicht sagen, dass mir sein Blick gefiel.

Es geht mir nicht einfach darum, eine Beratung in diese Bank zu holen, setzte er wieder an. Obwohl das sicher ein guter Anfang wäre. Und die Bank es sicher nötig hätte.

Welche Bank ist das?

Er zuckte mit den Schultern. Das werden Sie schon noch herausfinden. Es ist eine Privatbank mit einer ziemlich unfähigen Führungsriege, vielleicht von ein, zwei Ausnahmen abgesehen. Der Leiter des Handelsgeschäfts war einmal richtig gut, heute ist er unterfordert. Und dann haben sie noch eine sehr ehrgeizige Controlling-Leiterin, nicht gerade einfach, aber sehr durchsetzungsstark, wenn Sie wissen, was ich meine. Ursprünglich wollte sie übrigens Beraterin werden.

Warum ist sie es nicht geworden?

Man hat ihre Talente nicht früh genug erkannt. Er grinste wieder und wippte leicht in seinem Stuhl.

Langsam wurde ich ungeduldig. Und warum erzählen Sie mir das nun alles? fragte ich.

Der eigentliche starke Mann der Bank sitzt im Verwaltungsrat, sagte er, als hätte er mich nicht gehört. Einerseits ist er der Garant des Erfolgs, denn er trägt die wichtigsten Kontakte, mit denen die Bank ihr Geschäft macht. Andererseits verhindert er jede echte Entwicklung.

Ich nickte und sah mich um, wo Monika blieb. Wahrscheinlich suchte sie jemanden, der ihr die vollgeladenen Teller zu unserem Tisch trug.

Hören Sie, sagte der Mann. Ich brauche keinen einfachen Berater. Neue Strategien für die Bank kann jeder entwickeln. Aber das wird nie funktionieren, denn der ganze Laden ist eine Schlangengrube.

Mehr als ein müdes Nicken konnte ich nun nicht mehr aufbringen. Sprüche dieser Art hatte ich schon tausend Mal gehört. Bei jedem neuen Kunden stand so ein Gespräch am Anfang. Aber jetzt war ich nicht beim Kunden. Jetzt war ich im Urlaub und wollte meine Ruhe. Wir können nächste Woche in meinem Büro über Ihre Bank sprechen, sagte ich.

Der Fremde beugte sich weit über den Tisch, als wollte er zu mir hinüberkriechen. Sie verstehen mich nicht, flüsterte er. In dieser Bank schlummern Millionen. Und ich weiß, wie man an sie herankommen kann. Ja, ja, dachte ich, und morgen überfallen wir Fort Knox. Ich sah mich wieder um. Wo war bloß Monika?

Ich habe einen Plan. Ich kann ihn nur nicht alleine ausführen. Dazu brauche ich jemanden, der Menschen verändern kann. Jemanden wie Sie.

Am liebsten hätte ich ihn jetzt davon gejagt. Andererseits waren schon aus den komischsten Situationen lukrative Projekte geworden, und es wäre wirklich sehr unprofessionell gewesen, in diesem Moment ausfallend zu werden. Also atmete ich einmal tief durch, griff in meine Jacke – Visitenkarten habe ich immer dabei – und schob ihm meine Karte hinüber. Wir sollten darüber ausführlich sprechen, sagte ich und versuchte mich in einem auffordernden Lächeln. Rufen Sie mich an.

Er nahm die Karte, las sie aber gar nicht, sondern nahm nur einen Stift aus der Jacke und schrieb etwas auf die Rückseite. Dann schob er sie mir wieder über den Tisch zurück. Als Berater sind Sie bestenfalls der Drahtzieher im Hintergrund, sagte er. Wenn Sie mit mir zusammenarbeiten, sind Sie die Nummer Eins. Der Mann im Rampenlicht.

Monika kam mit zwei Kellnern im Schlepptau, die zwei vollbeladene Tabletts trugen. Doch bevor sie für uns den Tisch decken konnten, warf sie mir ein paar Blätter hin.

Da, sagte sie. Ein Fax für Dich.

Ich sah zu ihr hoch. Sie war den Tränen nah. Du hast mir versprochen, dass Dein Büro uns dieses Wochenende in Ruhe lässt, presste sie hervor.

Ich sah auf das Deckblatt. Es war eine Nachricht von Sebastian Ritter, fünf Seiten, in der Nacht losgeschickt. Sebastian. Wer auch sonst. ‚Urgent', hatte

er noch darauf geschrieben. 'Please forward immediately.' Der Junge übertrieb es einfach. Aber das würde ich ihm schon noch sagen.
Ich steckte das Fax in meinen Blazer und gab den Kellnern ein Zeichen, den Tisch zu decken. Dann stand ich auf und ging zu dem Unbekannten.
Hören Sie, Herr... äh...
Hohenstein, sagte er. Hubertus von Hohenstein.
Der Name sagte mir gar nichts. Ja, gut, Herr von Hohenstein. Es hat mich gefreut, Sie kennen zu lernen. Ich melde mich demnächst bei Ihnen.
Er nahm meine Hand und drückte sie fest. Dienstag, 18 Uhr, nach Ihrem Termin in Zürich, flüsterte er. Mein Schweizer Büro ist zwei Straßen weiter. Ich habe Ihnen die Adresse aufgeschrieben. Er musste mein erstauntes Gesicht gesehen haben, denn zum Abschluss grinste er noch einmal breit. Dann ging er.
Möglichst unauffällig versuchte ich, meinen Terminkalender aus meinem Blazer zu ziehen. Dienstag, 15 Uhr, war ich bei einer Bank in Zürich.
Können wir dann endlich frühstücken? fragte Monika.
Ich nickte. Dann steckte ich den Kalender wieder ein und nahm die Karte vom Tisch. Am Ende war sie doch interessanter, als ich gedacht hatte.

Montag, 18. November

05:14 Uhr

Sebastian Ritter stand im Teamraum am Fenster und sah auf die Frankfurter Bankentürme. Die Sonne schien und die Glasoberflächen strahlten, die Farben changierten zwischen kühlem Blau und wärmeren Silbertönen, und die harten Linien zeigten steil nach oben. Beeindruckend war diese Architektur. Manchmal vielleicht bedrohlich.

Sebastian drehte sich um, und da sah er Natalie. Sie kam langsam auf ihn zu und lächelte – jenes zarte, beinahe nur angedeutete Lächeln, das ihn verfolgte seit ihrer ersten Nacht. Er öffnete die Arme, aber gerade, als er sie zu berühren hoffte, wich sie zurück, aufgeschreckt von etwas, was er nicht bemerkt hatte.

Ein Mann stand mit einem Mal vor ihm, griff nach Natalie, riss sie weg von ihm, stieß sie in die andere Ecke des Teamraums. Dann ging er auf Sebastian zu. Der wich zurück, aber der Mann kam immer näher, bis Sebastian mit dem Rücken gegen das Fenster stieß. Unten war der Parkplatz der Bank, und der Wagen von Dr. Schweizer, dem allmächtigen Sprecher der Geschäftsführung, musste jeden Moment um die Ecke biegen. Das Gesicht des Mannes war so nah, dass Sebastian seinen Atem spürte.

So schnell ändert sich das Spiel, sagte der Mann. Und das gerade am Schluss, wo es darauf ankommt. Dumm, nicht? Jetzt haben Sie verloren, Herr Ritter. Ich mache jetzt das Fenster auf, und Sie steigen da auf den Sims. Und dann werde ich zählen, rückwärts, von zehn bis null. Und wenn Sie bei null nicht gesprungen sind, dann muss ich leider etwas nachhelfen.

Er riss das Fenster auf. Sebastian wehrte sich, aber er wurde hochgeschoben. Zehn, hörte er die Stimme des Mannes. Neun. Der Wagen

Schweizers fuhr unter ihm auf den Parkplatz. Acht. Die Wände schwankten. Sieben. Da krähte ein Hahn.
Sebastian schreckte hoch und drückte auf den Wecker. ‚Good Morning' schallte es ihm entgegen. Mein Gott, dachte er. Was für ein Traum. Jetzt verfolgte ihn diese Bank schon bis in den Schlaf. Es wurden sogar gleich Mordgeschichten daraus. Und was für welche. Wer war bloß dieser Mann? Er konnte sich an kein Gesicht erinnern, auch die Stimme war ihm fremd. Er schüttelte den Kopf. Merkwürdig. Gut, dass es in Wirklichkeit anders zuging. Heute Nachmittag war die Abschlusspräsentation seines Projekts, danach würde die Welt schon wieder anders aussehen. Die Bankenchefs mussten nur einmal die Ergebnisse akzeptieren, dann war das Anschlussprojekt so gut wie verkauft.
Sebastian schlurfte ins Badezimmer. Zwanzig nach fünf... Was für eine Uhrzeit. Und das an einem Montag. Mühsam zielte er ins Klobecken, geschüttelt von einem neuen Gähnanfall. Warum nur hatte er sich ausgerechnet für diesen Job entschieden? Hatte er sich je entschieden? Irgendwann hatte er sich beworben, war durch neun Interviews gestolpert, und dann hatten sie ihm wirklich ein Angebot geschickt. Ein Angebot von Top Management Consulting. Für Außenstehende klang der Name nichtssagend. Insider wussten, was sich dahinter verbarg.
Er stieg in die Dusche und drehte den Hahn auf. Das eiskalte Wasser prasselte auf ihn nieder. Erst die Füße, dann die Oberschenkel, am Bauch wurde es kritisch, das Gesicht und schließlich der Nacken... Immerhin, die Lebensgeister kehrten langsam wieder. Dann der schlagartige Wechsel auf heiß. Als Student hatte er nie vor neun ein Auge aufbekommen, aber von seinem ersten Arbeitstag an wurde das anders. Unternehmensberater müssen reisen, und geschäftlich verreist man früh am Morgen. Anfangs glaubt man noch, dass es besser wird, wenn man erst befördert ist und

selbst mehr bestimmen kann... Und außerdem gewöhnt man sich ja daran. Sebastian wurde befördert, immer in der schnellstmöglichen Zeit, bestimmen konnte er mehr und mehr, aber kaum seine Flugzeiten. Und daran gewöhnen konnte er sich auch nicht. Jedenfalls nicht an diesen Moment, in dem die Wärme der Nacht überging in den kalten Morgen. Selbst wenn am Tag ein kritisches Meeting nach dem anderen auf ihn wartete, die größte Herausforderung war der Moment des Aufwachens.

Sebastian stellte die Dusche ab, griff nach dem Handtuch und rubbelte sich kräftig ab. Man durfte nicht nachlassen in den morgendlichen Anstrengungen, sonst verkrochen sich die Lebensgeister wieder. Und man durfte nicht zu lange in den Spiegel schauen um diese Uhrzeit, und erst recht nicht bei diesem Licht. Sonst sah man, wie grau die Haut war, und wie dunkel die Ringe unter den schlammfarbenen Augen. Immerhin war der Haarschopf beneidenswert voll. Erfreuliche Reste eines jungenhaften Charmes... Sah so ein zukünftiger Partner von Top Management Consulting aus? The CEO's First Choice? Gut, dass die Vorstände ihn nicht um diese Uhrzeit sahen. Wenn er in ihre Büros marschierte, war er bereit. Wenn auch nicht immer ausgeschlafen, so doch wach genug, um auch harte Brocken zu beeindrucken. Er lächelte. Eigentlich war es doch schön, Berater zu sein.

Das Geräusch des Rasierapparats war verdächtig nah am nervtötenden Summen eines Zahnarztbohrers. Sebastians spärliche Bartstoppeln waren schnell erledigt. Ein kurzes, heftiges Zähnebürsten, dann folgte die gute Gesichtscreme - mit 35 musste man allmählich auf seine Haut achten - die Bodylotion, das Deo und natürlich das After shave für den Tag. Heute einmal.. Die Auswahl unter den fünfzehn Fläschchen fiel ihm schwer. Zwei wichtige Meetings standen an, denn vor der Präsentation um zwei musste er sich noch beim Vorstand seines neuen Kunden vorstellen. Keine leichte

Aufgabe. Der Kunde war eine Finanzholding, der plötzlich die Erträge weggebrochen waren. Die Vorstände mussten um ihren Job fürchten und entwickelten ungeahnte Energien. Top Management Consulting sollte mit einem Shareholder-Value-Konzept die eingerosteten Beteiligungen zu neuen Ufern führen. Ein reizvolles Projekt, schließlich ging es um ein Thema, das heute in aller Munde war. Sebastian war zwar nicht der große Experte auf diesem Gebiet, aber seine Geschäftsführer hatten ihm keine Wahl gelassen. Top Management Consulting musste Know-how in diesem Bereich aufbauen, und er hatte nur seinen Bankenkunden und damit noch Kapazität frei. Der zuständige Partner hatte ihm versprochen, eng mit ihm zusammenzuarbeiten und ihn zu unterstützen, wenn es um Details gehen sollte. Sebastian, hatte er gesagt, dein Job ist es, den Prozess zu managen und dem Kunden Vertrauen einzuflößen. Das Fachliche kommt bei der Arbeit, das weißt du doch. Sebastian seufzte. An einem solchen Tag war ein eher zurückhaltender Duft angesagt.

Im Schlafzimmer ging er zum Schrank, um seine Kleider herauszunehmen, aber das Foto auf seinem Schreibtisch lenkte ihn ab. Es war ein Schwarzweiß-Bild, schon ziemlich zerknittert, nicht gerade von einem begnadeten Fotografen aufgenommen. Auf ihm war ein Mädchen zu sehen, das mit verwuschelten blonden Haaren, einem ausgeleierten T-Shirt und verwaschenen Jeans auf einer Treppe saß, den Blick sehnsüchtig in der Ferne verloren, um den Mund die leichte Andeutung eines Lächelns. Natalie... Sebastian lächelte versonnen zurück. Dann klappte er das Buch zu. Gestern Nachmittag hatte sie hier neben ihm gesessen, seinen Nachttisch durchwühlt, über den merkwürdigen Wecker gelacht. Und in der nächsten Nacht träumte er schon von ihr. Wenn das nicht mehr versprach... Sechs Uhr. Verdammt. Der Flieger ging in einer Stunde. Er musste sich beeilen.

Er sprang schnell in T-Shirt und Boxershorts und griff nach seinem Hemd. Sebastian Ritter war überzeugt, sich nicht viel Luxus zu leisten, aber er gab gerne zu, dass seine Hemden dazugehörten. Sie waren alle maßgeschneidert, mit Kent-Kragen und Umlegemanschetten, vorzugsweise gestreift, niemals weiß - nur Sachbearbeiter trugen weiße Hemden. Na gut, auch einige Manager, aber die waren langweilig. Schwarze Kniestrümpfe - nichts war ekelhafter als weiße, behaarte Haut, die plötzlich vorlugte, wenn man die Beine mal etwas lässiger hielt am Sitzungstisch. Dann nichts wie hinein in den Maßanzug – eine neuere Errungenschaft, denn bis zur letzten Beförderung waren Sebastian die Preise noch immer zu hoch gewesen. Und natürlich schlichte, aber elegante Schuhe - vorzugsweise aus New York (immer ein gutes Mitbringsel von internationalen Firmenmeetings), aber London tat es auch.

6 Uhr 03. Er trödelte einfach zu sehr herum. Schnell griff er nach seiner Lieblingskrawatte: blaues Paisley-Muster auf rotem Grund, ein wenig verspielt, aber nicht zu aufdringlich. Er band sie sich um den Hals und begutachtete sich noch einmal im Spiegel. Ein Einstecktuch fürs Jackett? Vielleicht etwas zu dandyhaft für ein Vorstandsgespräch. Nein, er blieb so, wie er dastand. 6 Uhr 06. Nur noch den Waschbeutel in den Kleidersack gepackt, und dann nichts wie los.

Um 6 Uhr 10 stapfte Sebastian Ritter durch den ersten Schwabinger Schneematsch im Laufschritt zu der Garage, die er seit zwei Jahren einen Block weiter gemietet hatte, um der permanenten Münchener Parkplatzsorge zu entgehen. Der Kleidersack baumelte über der Schulter, der braune Aktenkoffer schwang im Rhythmus mit. An der Tiefgarage angekommen, hastete er mit großen Schritten die Treppe hinunter und stand schließlich keuchend vor seinem BMW. Er verstaute das Gepäck und stieg ein. Der Bordcomputer zeigte 6 Uhr 16. Normalerweise brauchte er

25 Minuten für die 35 km zum Flughafen im Erdinger Moos. Der Flug ging um sieben. Das konnte knapp werden. Sicherheitshalber sollte er schon einmal telefonisch einchecken.

Draußen war der Matsch auf den Straßen schon wieder einigermaßen abgefahren, so dass er in bewährter Manier Gas geben konnte. Die ersten Ampeln schaffte er noch so gerade, an der dritten erwischte ihn das Rot. Zeit, die Lufthansa anzurufen.

Guten Tag, Lufthansa Check-in Service. Mein Name ist Julia Heinrich.

Guten Morgen, hier Ritter. Ich möchte bitte einchecken auf der Sieben-Uhr-Maschine von München nach Düsseldorf. Es wurde kurz still in der Leitung. Sebastian fuhr auf die Autobahnauffahrt. Kein Stau. Ein Glück.

So. Wie war noch einmal Ihr Name?

Ritter. Dr. Sebastian Ritter.

Ritter. Ja. Hatte ich Sie nicht schon am Freitag in der Leitung?

Ja... Sebastian wechselte ruckartig auf die linke Spur, um einem plötzlich ausscherenden Laster auszuweichen. Die Reifen quietschten.

Herr Dr. Ritter?

Ja, ja. Ich bin schon noch da. Locker, ganz locker. Das mit Freitag kann schon sein. Ich fliege ziemlich häufig.

Doch, doch, an sympathische Stimmen kann ich mich immer erinnern...

Sehr schmeichelhaft. Ihre Stimme klang auch recht attraktiv. Sie fliegen nur mit Handgepäck?

Wie immer. Die Autobahn war jetzt praktisch leer. Der Tacho rückte auf 180.

Herr Dr. Ritter, für Sie ist der Platz 1A reserviert. Kommen Sie bitte spätestens 15 Minuten vor Abflug zum Gate A 23, Ihr Ticket liegt dort für Sie bereit.

Vielen Dank. Sie hatte wirklich eine sehr reizvolle Stimme. Fünf Minuten brauchte er vom Parkhaus zum Gate, also musste er bis 6 Uhr 40 am Flughafen sein. Er gab schnell die Entfernung zum Flughafen in den Bordcomputer ein. Als Ankunftszeit leuchtete 6 Uhr 49 auf. Das reichte noch nicht. Sebastian gab Gas.

Draußen zog das Schild München-Nord vorbei. Wie die Lufthansa-Hostess wohl aussah? Ihre Stimme hatte nach maximal 25 geklungen. Bestimmt war sie blond, das war man doch bei der Lufthansa. Ein Pagenkopf? Blaue Augen? Schlank, in einem eng sitzenden dunkelblauen Kostüm, mit weißer Bluse... Er seufzte. So hatte Natalie ausgesehen, vor zwei Wochen, an dem Abend in Frankfurt, als sie mit ihm auf sein Zimmer gegangen war. Eigentlich die typische Beraterkleidung, aber bei ihr war es anders. Vor allem, als sie langsam ein Teil nach dem anderen ausgezogen hatte, bis sie nur noch in dieser Bluse dastand. Einer Bluse mit sehr schönen Perlmuttknöpfen, die sich leicht öffnen ließen. Und dann ihre Haut... Er schüttelte den Kopf. Die Ankunftszeit war bei 6 Uhr 44. Vier Minuten musste er noch herausholen.

Plötzlich klingelte das Handy. Sebastian schaute leicht konsterniert auf die beleuchtete Anzeige, auf der das Wort ‚Call' blinkte. Es war 6 Uhr 29. Eine ungewöhnliche Zeit für einen Anruf. Er drückte auf die Abnahmetaste.

Ritter.

Sebastian, bist du es?

Der Tonfall war unverkennbar. Ja, Ludwig. Manchmal hasste er diese Beratereigenart, dass alle in der Firma sich duzten. Ludwig Staupe war jemand, von dem er liebend gern gesiezt worden wäre. Ludwig war der dritte Consultant auf seinem Bankenprojekt - genauer gesagt, er war es seit einer Woche. Davor hatte Natalie das Kostenmodul betreut, und sie hatte auch alle Analysen für die heutige Präsentation gemacht - sehr zur

Zufriedenheit des Projektleiters und auch der des Partners, dafür hatte Sebastian schon gesorgt. Dummerweise hatte er sich nun breitschlagen lassen, Natalie vorzeitig von diesem Projekt herunterzulassen, weil sie unbedingt auf ihr Traumprojekt in London wollte. Als Ersatz hatte er Ludwig bekommen - zwar schnell, aber ob auch adäquat, das musste sich noch zeigen. Ludwig galt als graue Ameise - fleißig, genau bis zum Pedantischen, aber wenig kreativ. Immerhin hatte er eine Banklehre und sollte sich deshalb im Alltag einer Bank auskennen. In der ersten Woche hatte er allerdings vor allem seinen Genauigkeitsfanatismus unter Beweis gestellt. Freitagabend hatte Sebastian eine Stunde und ungefähr drei Whiskys gebraucht, um Natalie wieder zu beruhigen.

Sebastian, ich habe da ein ziemliches Problem.

So? Draußen sauste die Abfahrt Garching-Nord vorbei. Die Ankunftszeit war inzwischen bei 6 Uhr 41. Kein Grund mehr zur Aufregung.

Ich habe gestern noch einmal alle Berechnungen der Soll-Personalstärke durchgesehen, und irgendwie erschienen mir die Zahlen nicht stimmig.

Stimmig? Sebastian seufzte. Du lieber Gott.

Ja, ich weiß, das klingt komisch, aber... Ich hatte so eine Ahnung.

Ah ja. Und was ist nun herausgekommen? Rechts ging es gleich nach Eching. Als nächstes kam das Neufahrner Kreuz, wo er abbiegen musste auf die Deggendorfer Autobahn. Und dann waren es noch 14 Kilometer bis zum Flughafen - 14 Kilometer, die man mühelos mit 200 nehmen konnte. Kein Problem, es bis 6 Uhr 40 zu schaffen.

Ich weiß, es klingt ziemlich kühn, aber ich bin mir ausgesprochen sicher, dass alle unsere Personalprognosen falsch sind.

Falsch? Wie falsch?

Das ist nicht so einfach zu erklären, Sebastian.

Ludwig, da hast maximal fünf Minuten, dann bin ich am Flughafen. Also, erkläre es schnell und verständlich, und sag mir vor allem, was du ändern willst. Ändern. Die Präsentation war um 14 Uhr. Na ja, anhören musste er es sich schon.

Also gut, räusperte Ludwig sich am anderen Ende der Leitung. Ich habe gestern im Büro noch einmal die Zahlen aus den Filialen durchgesehen, und dabei ist mir aufgefallen, dass die drei Ostfilialen fehlten.

Wie? Fehlten? Die Ostfilialen sind doch die wichtigsten.

Ja, genau. Deshalb habe ich auch noch einmal alles durchgesucht. Natalie hat nur mit Zahlen für das gesamte Ostgebiet gearbeitet und keinen aus den einzelnen Filialen. Weil es sie nicht gab, stand auf einem Blatt.

Es war 6 Uhr 32. Es war viel zu früh für solche Diskussionen. Sebastian hatte keine Ahnung, worauf Ludwig hinauswollte. Ja, sagte er. Und?

Die Zahlen aus den einzelnen Filialen waren da.

Sebastian zog die Augenbrauen hoch. Wie? Die waren da? Warum hat Natalie...

Genau das verstehe ich auch nicht. Die Zahlen lagen ganz unten in dem Stapel, und Natalie hatte ziemlich viel auf den Blättern herumgemalt. Ich hab gestern auch den ganzen Tag versucht, sie zu erreichen, aber sie war nicht aufzufinden...

Sebastian schluckte. Natürlich nicht. Sie hatte sich schließlich unter seiner Bettdecke versteckt. Und jetzt war sie bestimmt schon auf dem Weg zu ihrem neuen Kunden in London. Tja, Pech. Jetzt werden wir sie auch nicht erreichen. Ist denn irgendetwas an den Zahlen auffällig?

Die Zahlen sind nicht vom Stichtag 31. 12, sondern vom 28. Das Auffallende sind dabei die hohen Kontenzugänge. Verstehst du, Sebastian, es geht nicht nur um die Zahlen vom vorigen Jahr - unsere Prognosen für den Osten sind einfach falsch. Die Neuzugänge werden nicht so stark zurückgehen, wie wir angenommen haben, ganz im Gegenteil, wenn man diese Zahlen nimmt und mit denen der vergangenen Jahre vergleicht, dann sieht man, dass es exorbitante Steigerungen sind, für den ganzen Osten. Und dann müssen wir auch die Westprognosen noch einmal überdenken...

Exorbitant. In der Tat, exorbitanter Blödsinn. Ludwig, wir haben unsere Prognosen ungefähr fünfmal rauf und runter geprüft. Natalie hat gerade wegen des Ostens drei oder vier Interviews in Berlin und wo sonst noch durchgeführt. Und der Westen ist sowieso völlig separat zu betrachten. Du warst doch auch noch letzten Donnerstag dabei, als wir alles noch einmal durchdiskutiert haben.

Aber letzten Donnerstag kannte ich diese Zahlen noch nicht. Sebastian, wir liegen falsch!

Ludwig, du glaubst doch nicht etwa, dass ich nur auf Basis deiner Mutmaßungen jetzt die ganze Präsentation noch einmal durch den Wolf jage? Das sind 150 Folien!

Es müssten nur ungefähr zehn oder zwölf geändert werden. Vor allem natürlich unsere Empfehlungen für den Osten.

Am Schluss der Präsentation schlug Top Management Consulting vor, von den drei Filialen der Bank in der Ex-DDR zwei wegen nachhaltiger Unrentabilität zu schließen. Wenn es stimmte, was diese Nervensäge erzählte, war dieser Vorschlag blanker Unsinn. Aber es konnte gar nicht stimmen. Ludwig, nur weil du aus Thüringen kommst, können wir doch nicht einfach die ganze Strategie umwerfen. Sebastian gab noch einmal wütend Gas. Über ihm sah er das Schild mit der Aufschrift Deggendorf vorbei ziehen.

Sebastian, das ist total unfair. Das eine hat mit dem anderen überhaupt nichts zu tun. Wenn du Dir die Zeit nehmen würdest, könnte ich Dir meine Argumentation genau darlegen.

Ludwig, ich habe diese Zeit nicht mehr. Heute ist die Präsentation, und ich bin in ein paar Minuten am Flughafen, und... Flughafen. Sebastian fühlte, wie ihm ein Schauer den Rücken hinunterlief. Er war an der Abfahrt zur Flughafen-Autobahn vorbeigefahren.

Sebastian, wir laufen in die falsche Richtung... Ludwig fing wieder von vorne an. Sebastian fluchte. Verdammt. Bis zur nächsten Ausfahrt waren es mindestens fünfzehn Kilometer, dann dieselbe Strecke wieder zurück, dann noch vierzehn Kilometer bis zum Parkhaus am Flughafen. Jetzt war es 6 Uhr 36. Vor sieben Uhr war die Strecke kaum zu schaffen. Dann rollte sein Flieger schon zur Startbahn. Und der Termin bei seinem neuen Kunden war geplatzt. Verdammt.

Ludwig, ich hab jetzt keine Zeit mehr. Es bleibt alles so, wie es ist. Natalie wird ihre Gründe gehabt haben. Ich werde ihr in London eine Nachricht hinterlassen, und heute Abend klären wir alles. Aber die Präsentation ziehen wir durch wie geplant.

Du bist der Boss, Sebastian. Aber...

Genau, Ludwig. Also. Bis 14 Uhr. Er drückte auf den roten Knopf am Telefon und trat das Gaspedal durch.

Siebzehn Minuten später sprang er im Parkhaus gegenüber von Terminal A aus dem BMW. Er schnappte sich seinen Kleidersack und den Aktenkoffer und rannte los. In der Abflughalle standen drei lange Reihen wartender Geschäftsleute an der Gepäckkontrolle. Die Digitaluhr auf der Anzeigetafel zeigte 6 Uhr 54. An seinem Flug blinkten die grünen Boarding-Lämpchen abwechselnd auf. Wenigstens war er noch angezeigt. Es gab noch Hoffnung.

Entschuldigen Sie, mein Flug geht in sechs Minuten... könnten Sie mich bitte vorlassen? Ein Spießrutenlaufen war gar nichts dagegen. Sebastian stellte sich taub und drängte sich durch.

Langsam, langsam, junger Mann. Der Kontrolleur hielt ihm sein Suchgerät unter die Nase.

Mein Flug…

Erst einmal das Ticket. Danke. Und wenn Sie bitte den Mantel ausziehen würden.

Sebastian quälte sich aus dem Mantel und warf ihn in die Wanne. 6 Uhr 56.

Hören Sie…

Umdrehen bitte.

Sebastian seufzte. Keine Chance.

Danke.

Er hechtete zu seinen Sachen.

Ist das Ihr Computer in dieser Tasche? Die rothaarige Frau schaute ihn ausdruckslos an. Er nickte, während er sich wieder in den Mantel hineinzwängte.

Wenn Sie den Computer bitte einschalten würden.

6 Uhr 58. Ein Schweißtropfen floss langsam an Sebastians Wange hinunter. Er holte das Notebook heraus und drückte auf den Schalter. Es passierte gar nichts. Doch - da erschien das Logo. Reicht das?

Die Frau schaute nicht einmal hoch. Erst als das Logo wieder verschwand, nickte sie, ohne ihn anzusehen. Sebastian packte wieder ein, griff nach seinen Sachen und lief los.

Er kam nur ein paar Schritte weit. Dann sah er schon die lange Schlange an Gate A 23. Er atmete einmal tief durch. Sie hatten die Passagiere noch gar nicht einsteigen lassen. Aber was, wenn sein Ticket schon vergeben war…

Sebastian drängte sich zum Schalter durch.

Guten Morgen, Sebastian Ritter. Ich habe telefonisch eingecheckt.

Herr Dr. Ritter… Die Hostess suchte auf ihrem Pult herum. Eben hatte ich noch Ihre Bordkarte. Wir dachten schon, Sie kommen nicht mehr…

Sebastian hielt die Luft an. Die Hostess kramte weiter. Komisch. Warten Sie, ich frage meine Kollegin.

Das war überhaupt nicht komisch. Er musste pünktlich in Düsseldorf sein. Sonst war sein neues Projekt vorbei, bevor es überhaupt angefangen hatte.

Die Hostess kam wieder.

So, da ist sie. Sitzplatz 1A. Sie können auch gleich einsteigen.

Im Flugzeug fiel Sebastian auf den Sitz. Seine Kleider klebten an ihm. Er schloss die Augen. So. Er hatte es wieder einmal geschafft. Jetzt konnte der Tag beginnen.

08:56 Uhr

Die Einfahrt zum Parkhaus war direkt vor dem roten Backsteingebäude in der Düsseldorfer Innenstadt. Sebastian fuhr mit dem Mietwagen vor die gelbe Schranke und machte sein Handy aus. Es war ihm nicht gelungen, Natalie in London zu erreichen. Im Vorstandssekretariat Ihres Kunden und im Londoner Büro von Top Management Consulting lag jeweils eine Nachricht für sie: So schnell wie möglich zurückrufen.

Auch wenn er Ludwig ziemlich brüsk zurechtgewiesen hatte, so recht wohl war ihm nicht gewesen, als er im Flugzeug noch einmal alles in Ruhe durchdachte. Was, wenn Natalie nun doch einen Fehler gemacht hatte? Oder - was bei ihr viel wahrscheinlicher war - wenn sie vor lauter Übereifer dem Offensichtlichen misstraut hatte und über komplizierte Ableitungen zu falschen Schlüssen gekommen war? Das Problem war, Sebastian hatte wirklich keine Zeit mehr. Er musste mit einer klaren Aussage in die Präsentation hineingehen. Deshalb hoffte er inständig, dass ihn Natalie noch vorher erreichen würde - um wenigstens mit ihr noch einmal die Argumentation durchzugehen und - hoffentlich - die Zweifel auszuräumen. Und um wieder ihre Stimme zu hören, die so weich werden konnte...

Er fand schnell einen Parkplatz, stieg aus, griff nach Mantel und Aktentasche und ging zum Ausgang. Als er hinaus auf die Straße kam, nieselte es. Sebastian knöpfte den Mantel zu und sah auf die Uhr. Zwei Minuten vor neun. Immerhin, er war pünktlich.

An der Rezeption strich die Empfangsdame Sebastians Name von einer Liste.

Das Gespräch findet im Sitzungsraum im dritten Stock statt. Es werden beide Vorstände teilnehmen. Sie lächelte Sebastian an.

Sebastian lächelte etwas gequält zurück. Die Frau hat es gut, dachte er. Die hat ihren Job getan. Seiner würde nicht ganz so einfach werden. Er musste jetzt den allseitig erfahrenen Berater vorführen, der sich in jeder Situation zurechtfand und zugleich die Expertenfragen im Detail beantworten konnte. Und das gleich mit zwei erfahrenen Managern, die vermutlich so unter Druck waren, dass sie nur darauf warteten, ihre Spannungen an dem externen Besserwisser abzulassen, auch wenn sie ihn extra angefordert hatten. Er seufzte leise. Gespräche dieser Art kannte er nur zu gut.

Der Aufzug ist gleich da vorne links, Herr Dr. Ritter.

Ja, sagte er, danke. Er marschierte los. Go and beat the shit out of them. Was jetzt half, war nur die Offensive. Die genaue Situation des Unternehmen erfragen, Lösungsansätze zeigen. Verständnis demonstrieren und Vertrauen aufbauen. Das hatte er schließlich gelernt.

Als er im dritten Stock ankam, war die Tür zum Sitzungssaal offen. Er ging hinein. In der Mitte war ein großer ovaler Marmortisch mit vier weißen Lederstühlen. Auf dem Tisch standen drei Tassen bereit. Neben Kaffee, Milch und Zucker die obligatorischen Plätzchen. Er stellte sein Gepäck ab und begutachtete die Plätzchen-Auswahl. Nur eine Sorte. Offensichtlich war wirklich nicht mehr viel Geld im Haus.

Sebastian kannte den Vorstandsvorsitzenden der Rheinischen Finanzgruppe, oder kurz: RFG, wie sich die Holding wenig einfallsreich nannte, nur vom Telefon, den anderen Vorstand nur vom Foto im Geschäftsbericht. Das ganze Vorfeld hatte Phil Meyer abgewickelt, der Deutschland-Chef von Top Management Consulting. Phil hatte das Analyse-Instrumentarium entwickelt, das die Berater für ihre Wertberechnungen verwendeten. Heute war er noch in den USA, beim Meeting der Länderchefs. Und David, sein Adjutant und ständiger Projektleiter, hatte sich vor einer Woche beim ersten Skifahren der Saison den Knöchel gebrochen. Vorher hatte er schon ein Beraterteam zusammengestellt, aber alle waren noch auf anderen Projekten. Der Vorstandsvorsitzende hatte leider dennoch auf dem Termin bestanden, denn ihm lief die Zeit davon. Und so war der Kelch bei Sebastian gelandet.

Er ging langsam durch den Raum. Der Blick nach draußen war genauso steril wie die Einrichtung des Sitzungssaals. Ein Hinterhof, angrenzende Wohnhäuser... Eine Komposition in Grau. Auch das Telefon auf dem Fensterbrett war grau. Ob er noch einmal in London... Keine Chance. Er schaute sich noch einmal im Sitzungssaal um. Hinter dem Tisch stand ein Flip-Chart, auf dem eine unfertige Zeichnung aus einer anderen Sitzung übriggeblieben war. Zwei annähernd rechtwinklige schwarze Linien deuteten das obligatorische Koordinatensystem an, und mittendrin war eine dritte, horizontale Linie in Blau, neben die etwas Unleserliches gekritzelt war. Wenn das nun die Kapitalkosten wären, dachte Sebastian, dann... Er schüttelte unwillig den Kopf. Was sollte das? Die Basics kannte er doch. Am Wochenende war er sie mit Natalie durchgegangen, wenn auch nicht allzu lang, denn ziemlich bald hatten sie die Lust verloren und sich anderen Dingen hingegeben. Der Haut an ihrem Nacken zum Beispiel, oder der hinter ihren Ohren... Er lächelte. Sie war nur so kitzlig, dass sie angefangen hatte, herumzuzappeln, und einen Moment lang ernsthaft verärgert zu sein schien, bis er dann die richtige Stelle gefunden hatte. Und dann...

Herr Dr. Ritter? Der VV kam auf ihn zu. Er war um die fünfzig, groß, mit dem im Management üblichen Sitzbauch und einem erstaunlich großen Kopf, an dem vor allem das heftige Doppelkinn auffiel.

Guten Morgen, Herr Klohs, sagte Sebastian und blinzelte einen Moment lang, als bräuchte er ein wenig, um wieder zurück zu finden.

Mein Kollege stößt gleich zu uns, sagte Klohs. Aber lassen Sie uns schon einmal anfangen. Kommen Sie, setzen Sie sich.

Sie gingen zu dem Marmortisch. Sebastian wartete, bis der VV sich am breiten Ende des Ovals niederließ, und setzte sich dann links von ihm an das schmale Ende.

Wie lange sind Sie jetzt bei Ihrem Unternehmen?

Seit sechs Jahren.

Und was für Projekte haben Sie betreut?

Strategieentwicklung selbstverständlich, Reengineering, Einführung von Controlling-Systemen. Das ist einer meiner Schwerpunkte.

In welchen Branchen?

Hauptsächlich im Bereich Finanzdienstleistungen. Aber ich habe auch mehrere Kunden in der Industrie gehabt.

Und in welcher Industrie?

Äh... High Tech. Das war sein erstes Projekt gewesen. Viel herausgekommen war nicht dabei, aber zum Vorzeigen reichte es.

Haben Sie denn auch Erfahrungen in unseren Branchen? fragte Klohs.

Die RFG war tätig im Maschinenbau und im Speditionswesen. Eine verquere Mischung, die schon zeigte, dass hier über Jahre hinweg nach persönlichen Vorlieben zusammengekauft worden war. Sebastian kannte die Unternehmen aus den Geschäftsberichten. Und er wusste, dass seine Projekterfahrung in diesen Bereichen reichlich dünn war. Er hätte natürlich gleich in die Offensive gehen und die Philosophie der Beratung herausstellen können: Entscheidend war die Zielorientierung, die Projektmethodik, der Ideenreichtum im Team. Die Branchenkenntnisse kamen 'on the job'. Aber das hätte Klohs jetzt nur irritiert. Der Kunde wollte Branchenerfahrung hören. Also musste er ihm etwas bieten.

Mein Schwerpunkt liegt sicher nicht im Speditionswesen, sagte er und sah Klohs in die Augen. Mein High-Tech-Projekt war aber bei einem Prozessorenhersteller, da gibt es deutliche Berührungspunkte zum Maschinenbau. Wir haben damals den gesamten Einkauf neu organisiert.

Sehr überzeugend war das nicht. Immerhin schwieg Klohs. Das gab Sebastian die Chance, nachzulegen. Und dann ist da natürlich mein Team. Wir haben ausdrücklich Leute mit der Branchenerfahrung ausgesucht, die Sie einfordern. Herr Schuffelen ist von Hause aus Ingenieur, Herr Delacroix hat als Physiker in seiner Dissertation eine Maschine zur Elektronenbeschleunigung konstruiert, Frau Hansen hat mehrere Fälle in der Automobilindustrie und im Anlagenbau durchgeführt. Unsere Stärke bei Top Management Consulting ist die Teamarbeit. Schauen Sie nur in das letzte Manager Magazin - da wird wieder beschrieben, wie unser Wertmanagement eine AG völlig reformiert hat.

Klohs schaute Sebastian nachdenklich an. Vielleicht war es doch nicht so klug, das Team herauszustellen, wenn er ganz allein dasaß. Aber das schien es nicht zu sein, was Klohs beunruhigte. Ich habe keine Zweifel an der Arbeit von Top Management Consulting, Herr Dr. Ritter, sagte er nach einer Weile. Ich glaube Ihnen Ihre Teamphilosophie. Und eben deswegen...

Es klopfte an der Tür. Sebastian drehte sich zur Seite. Mit hektischen Schritten kam eine hagere Gestalt auf ihn zu, die ihm schon auf den Fotos im Geschäftsbericht aufgefallen war: Dr. Speer. Sebastian stand auf und schüttelte die Hand des Vorstands. Als sie sich wieder gesetzt hatten, bat Klohs Sebastian, sich noch einmal vorzustellen. Während er seine Litanei wiederholte, zündete Dr. Speer sich eine Zigarette an.

Controlling, so, sagte er und blies den Rauch heftig in Richtung Decke. Mit Wertmanagement haben Sie bisher also nichts zu tun gehabt?

Ich bin aktives Mitglied unserer Know-how Plattform 'Shareholder Value', in der wir unseren Wertmanagement-Ansatz kontinuierlich weiterentwickeln, antwortete Sebastian. Die beiden brauchten ja nicht unbedingt zu wissen, dass er ungefähr einmal pro Jahr zu den Meetings ging.

Dr. Speer drückte seine halb aufgerauchte Zigarette im Aschenbecher aus. Gut, Herr Ritter, dann kennen Sie die Theorie, sagte er kühl. Sie haben Sie aber noch nie in die Praxis umgesetzt. Und Sie haben keinerlei Erfahrung in unseren Branchen. Und dann wollen Sie unseren Werksleitern verständlich machen, was 'Wert' ist? Er wischte mit der Hand über den Tisch. Tut mir leid, Herr Ritter, aber so jemanden wie Sie können wir hier überhaupt nicht gebrauchen. Er nahm sich eine neue Zigarette.

Die Spannung war im Sitzungssaal zu spüren. Der VV fixierte seine Kaffeetasse. Dr. Speer inhalierte angestrengt und schaute scheinbar teilnahmslos in den Raum. Keiner sah Sebastian an. Aber beide warteten sie darauf, wie er reagieren würde. Nicht provozieren lassen, hieß die Devise. Kühl bleiben. Sachlich argumentieren. Am besten: Back to Basics.

Sebastian breitete die Arme aus und begann. Meine Herren, wenn Sie Zweifel haben, bin ich gerne bereit, zu demonstrieren, dass ich durchaus mit den praktischen, den unternehmerischen Aspekten des Wertmanagements vertraut bin. Fragen wir uns doch erst einmal: Was heißt das denn eigentlich, 'Shareholder Value'? Wenn Sie Ihren

Unternehmenswert erfolgreich steuern wollen - also steigern - dann müssen Sie erst einmal wissen, was dieser Wert ist, will sagen: wie Sie ihn messen können. Wir müssen also Kennzahlen definieren, die wir mit ähnlichen Unternehmen vergleichen können...

Weiter kam er nicht. Dr. Speer schoss plötzlich nach vorne. Wir brauchen keine Vorträge, Herr Ritter. Wir müssen handeln. Der Kurs unserer Aktie ist in den letzten drei Monaten um fast 30 Prozent gefallen. Wir haben nur einen echten Ergebnisbringer, die meisten anderen Unternehmen dümpeln vor sich hin, und unsere zwei Sorgenkinder machen zusammen mehr als 100 Millionen Verlust. Dafür muss eine alte Frau lange stricken, Herr Ritter.

Er schaute auf die Uhr. Ich muss in spätestens fünfzehn Minuten in die nächste Sitzung. Haben Sie jetzt etwas Konkretes zu sagen oder nicht?

Sebastian schluckte. Etwas Konkretes... Er brauchte ein Beispiel. Sein Blick fiel auf das Flip-Chart. Gut, sagte er. Nehmen wir doch einmal diese Skizze dort drüben. Er ging nach vorne und nahm den roten Marker.

Um an den Überlegungen eben anzuknüpfen: Nehmen wir einmal einen sehr einfachen Indikator des Unternehmenswertes, die Gesamtkapitalrendite. Gehen wir dann davon aus, dass wir hier unten die Zeitachse haben und dass auf der Y-Achse die Höhe dieser Gesamtkapitalrendite abgetragen ist. Die Gerade hier – er zeigt auf die blaue Linie im Koordinatensystem – würde dann die Höhe der Kapitalkosten anzeigen - sehr vereinfacht, natürlich, denn die schwanken ja auch von Periode zu Periode. Gut. Dann denke ich, dass sich Ihre Kapitalrendite wohl so entwickelt hat. Er zeichnete eine Kurve, die oberhalb der Geraden begann, hin- und herschwankte und am Schluss stark abfiel. Wenn ich Ihre Ausführungen richtig verstanden habe, Herr Dr. Speer, dann ist diese Entwicklung realistisch. Das Ergebnis, das Sie mit Ihrem Kapitaleinsatz erwirtschaftet haben, ist zuletzt deutlich unter die Kosten dieses Kapitals gerutscht, und damit hat Ihr Unternehmen natürlich insgesamt an Wert verloren. Das heißt aber, wenn Sie ihr Geld zur Bank tragen würden, statt es in Ihre Geschäfte zu investieren, wären Sie besser dran.

Klohs lächelte höflich. Dr. Speer blieb ungerührt. Eine tiefgreifende Erkenntnis, brummte er. Wenn Sie uns die Bank nennen könnten, an die wir verkaufen sollen.

Ich vermute, es gibt bessere Wege, Herr Speer. Es muss doch darum gehen, nicht nur Unternehmen für Unternehmen, sondern Geschäft für Geschäft durchzugehen und zu identifizieren, wo *genau* Sie ihr Kapital gewinnbringend einsetzen und wo nicht. So können Sie herauszufinden, wo Sie überhaupt Chancen haben, Ihre Performance zu verbessern, um dort dann schnell zu handeln.

Zeigen Sie das doch mal an einem Beispiel, sagte Klohs.

Das Stichwort, dachte Sebastian. Klohs hatte er schon im Griff. Jetzt kam es darauf an, auch den anderen über die Schwelle zu bewegen.

Ich kenne Ihre Unternehmen natürlich noch nicht so genau, aber wenn ich noch einmal auf Ihre Ausführungen zurückkommen darf, Herr Speer, dann muss bei Ihnen eine Portfoliobereinigung vorrangig sein. Ihre Sorgenkinder werden Sie natürlich nicht so einfach verkaufen können - wer kauft schon Millionenverluste. Aber wenn Sie es durch eine Sanierung schaffen, die Ergebnissituation kurzfristig zu verbessern, findet sich vielleicht doch ein Wettbewerber, für den diese Unternehmen oder vielleicht auch nur einzelne Geschäfte interessant sind.

Wie könnte man denn aus Ihrer Sicht eine solche Sanierung angehen? warf Klohs ein.

Überprüfung des Auftragseingangs, Beschränkung auf die rentablen Geschäfte, rigorose Einsparungen. Eine echte Wende gelingt aber meist nur mit dem richtigen Sanierer.

Klohs nickte. Und was wäre Ihr Ansatz bei unseren Dümpelkandidaten?

Grundsätzlich erst einmal dieselbe Analysemethode: Bestimmung der Profitabilität der Einzelgeschäfte. Sebastian spürte, wie er immer sicherer wurde. Hier ist es dann aber noch entscheidender, schnell und vor allem rigoros zu handeln. Notfalls müssen Sie halt doch ganze Unternehmen komplett abstoßen.

Klohs Gesicht hellte sich zusehends auf. Dr. Speer verharrte in seiner Verbissenheit. Er sah nicht einmal zum Flip-Chart hinüber, sondern spielte mit einer weiteren Zigarette herum, ohne sie anzuzünden. Sebastian beschloss, ihn direkt anzugehen.

Herr Speer, würden Sie mir denn auch in diesen Überlegungen folgen?

Dr. Speer drehte sich langsam zu Sebastian um. Seine Gesichtsfarbe hatte ein ungesundes Rot angenommen. Aber er wurde nicht laut, im Gegenteil. Was Sie da eben von sich gegeben haben, das sind Trivialitäten, flüsterte er. Was glauben Sie, was wir hier den ganzen Tag machen? Um mir das kleine Einmaleins des Managements aufsagen zu lassen, zahle ich kein teures Geld. Er zündete sich die Zigarette an. Wenn Ihre Firma hier etwas bewirken soll, müssen Sie konkrete Hebel identifizieren, die wir selbst noch nicht gesehen haben.

So konkret können wir erst werden, wenn wir die Situation genau analysiert haben. Zum Beispiel in einer Vorphase.

Ach so, Sie wollen erst drei Monate kassieren, um dann wieder mit Binsenweisheiten anzukommen?

Herr Kollege, so kommen wir nicht weiter. Klohs Stimme zeigte, dass er sich entschieden hatte. Ich denke schon, dass eine Vorphase eine sinnvolle Lösung wäre.

Sebastian atmete tief durch. Speer war in seine Falle gelaufen. Wer sich reizen ließ, verlor schnell die Kontrolle. Und leicht auch das Spiel. So wie diesmal.

Sagen wir, zwei Wochen, in denen Sie den Status unserer Beteiligungen aus der Perspektive Ihres Wertmanagements aufnehmen, Herr Dr. Ritter, fuhr der VV fort. Und wenn Sie Ihren Bericht vorgelegt haben, sprechen wir über das weitere Projekt.

Kein schlechter Vorschlag, dachte Sebastian. Nur leider kaum durchführbar. Die ersten beiden Wochen war er alleine. Und es waren elf Einzelunternehmen... Aber ablehnen konnte er nicht.

In Ordnung, sagte er langsam und hoffte auf eine Eingebung. Lassen Sie uns gleich einen Termin machen.

Sie griffen alle nach ihren Terminkalendern. Klohs blätterte. Ja, wie gesagt, in zwei Wochen... also am 2. Dezember. Dieselbe Uhrzeit?

Da bin ich in London, sagte Dr. Speer.

Ach so, richtig... Ihr Aufsichtsratstermin, Herr Speer. Dienstag und Mittwoch kann ich nicht... Donnerstagnachmittag, 16.00 Uhr?

Sebastian bemühte sich, ganz langsam hochzuschauen. Da bin ich leider verhindert, sagte er.

Und Sie können Ihren Termin nicht verschieben?

Sebastian räusperte sich. Es ist so, dass ich da eine Verkaufspräsentation habe, die schon dreimal verschoben worden ist. Ich sehe da kaum eine Chance.

Ach so. Klohs gluckste ein wenig. Na gut, Sie sollen ja auch Ihre Geschäfte machen. Dann am 9. Dezember? Moment. Da bin ich ab 10.00 Uhr bei den Investmentbankern. Gut, wir hätten Zeit bis 9 Uhr 30. Sagen wir 8 Uhr?

8 Uhr bedeutete, dass er den Flieger um 6 Uhr 10 nehmen musste. Und das hieß, um halb fünf aufzustehen. Nach einer sehr kurzen Nacht, denn die Präsentation würde garantiert erst in letzter Minute fertig werden. Sebastian sah Klohs an und lächelte voller Optimismus. Kein Problem.

Gut, dann hätten wir alles geklärt. Das heißt... Meine Sekretärin wird Sie gleich in unseren Beteiligungen ankündigen, damit Sie auch kurzfristig Termine bekommen. Schließlich haben wir ja bald Weihnachten, da dürfte das nicht immer so ganz einfach sein. Er ging auf Sebastian zu. Melden Sie sich bei mir, falls es irgendwelche Probleme gibt. Sie wissen, wir haben hohe Erwartungen an Ihren Bericht. Schon im Gehen verabschiedete er sich und eilte hinaus. Dr. Speer drückte noch seine Zigarette im Aschenbecher aus. Sebastian ging auf ihn zu.

Dann bis zum 9. Dezember, Herr Speer.

Der Finanzvorstand schaute missmutig hoch. Sie haben verdammt viel Chuzpe, mein Lieber, knurrte er. Diesmal sind Sie damit davongekommen. Aber wenn beim nächsten Mal nicht mehr kommt, lass ich Sie hochgehen wie einen Heißluftballon, verstanden?

Sebastian blieb ungerührt. Er sah dem Vorstand in die Augen und sagte: Sie werden sehen, dass wir unser Geld wert sind, Herr Dr. Speer.

Das ist das Mindeste, was ich erwarte. Also, strengen Sie sich an. Dann griff er nach seinen Sachen und ging.

Als sie die Tür wieder geschlossen hatten, nahm sich Sebastian noch einen Keks. Leicht würde es nicht werden. Aber die erste Hürde hatte er genommen.

12:33 Uhr

Insgesamt ist also alles auf dem richtigen Weg. Hinterlass mir einfach, wann du mich nach deiner Rückkehr sprechen willst. Morgen früh müsste ich im Frankfurter Office sein.

Sebastian warf das Handy auf den Beifahrersitz. Er hatte Phil Meyer den fälligen Rapport auf sein Voice Mail gesprochen, nicht ohne eine gewisse Euphorie. Es tat einfach gut, aus so einem schwierigen Gespräch als strahlender Sieger herauszukommen. Er hatte es geschafft, die beiden Vorstände zu überzeugen, und das aus einer reichlich schlechten Ausgangssituation heraus, ganz auf sich alleine gestellt. Das war doch was. Gut, diesen Speer musste er in den nächsten Wochen noch etwas hätscheln, aber insgesamt...

Und wie er das mit dem Termin hinbekommen hatte! Mit so einem einfachen kleinen Trick. Aber durchziehen musste man es halt, nicht einknicken, wenn die Rückfragen kamen. Gut. Er war einfach gut.

Vor ihm leuchteten die Warnblinklichter auf. Am Wiesbadener Kreuz war wieder einmal ein Stau. Na ja, dachte Sebastian, was sollte es, Zeit genug war ja. In die Wege geleitet hatte er ja alles. Birgit, seine Sekretärin, vereinbarte jetzt die Termine mit den Chefs der einzelnen Beteiligungen der RFG. Bis morgen Mittag sollte alles stehen. Den Fragebogen für die Gespräche hatte er auch schon in Auftrag gegeben, das war sowieso Routine für Birgit. Er atmete tief durch. Was für ein erfolgreicher Morgen.

Wenn da nicht dieser unselige Anruf von Ludwig gewesen wäre. Es führte natürlich zu nichts, jetzt weiter herumzugrübeln. Er musste einfach mit Natalie sprechen. Vorhin hatte er es noch einmal versucht, sie zu erreichen – wieder vergeblich. Es war schon ärgerlich.

Um 13.30 Uhr traf sich das Projektteam in der Bank, um noch einmal die Präsentation durchzusprechen. Bis dahin musste er geklärt haben, wie die

Zahlenunstimmigkeiten zustande gekommen waren. Und sich entscheiden, ob er Michael von der ganzen Sache erzählen sollte.

Das Handy klingelte. Sebastian schaute auf das Display. Es war wirklich die Nummer des Londoner Büros.

Natalie? fragte er in das Telefon.

Sebastian. Was ist denn los?

Natalie, gut, dass du dich endlich meldest. Heute Morgen hat mich Ludwig angerufen. Er zweifelt an unseren Prognosen für den Osten.

Sebastian hörte, wie Natalie tief Luft holte. Sebastian, das nimmst du doch hoffentlich nicht ernst. Wir haben die Zahlen nun wirklich x-mal hin und her geschoben.

Ludwig sagt, die Zahlen wären falsch.

Falsch? schrie Natalie. Wie kann dieser kleine Wichser so etwas behaupten!

Er hat Zahlen für die Ostfilialen gefunden, die du nicht verwendet hast. Und wenn man die berücksichtigt, kommen ganz andere Prognosen für die nächsten Jahre heraus. Danach könnten die Filialen doch rentabel arbeiten.

Am anderen Ende trat eine kurze Pause ein. Sebastian hörte, wie Natalie etwas auf Englisch zu jemandem im Hintergrund sagte.

Sebastian, kann ich dich gleich noch einmal anrufen? Mein Kunde hier will mich noch einmal sprechen.

Sebastian stieg das Blut ins Gesicht. Diese Frau trieb es eindeutig zu weit.

Natalie, es ist wichtig, presste er hervor. Wir haben gleich die Vorstandspräsentation.

Ich ruf ja gleich zurück. In drei Minuten.

Natalie... Aufgelegt. Sebastian schaute sein Handy an und schüttelte den Kopf.

Zehn Minuten später wurde er langsam nervös. Die Uhr im Auto zeigte 12 Uhr 57, der Stau hatte sich aufgelöst, er war kurz vor Frankfurt, und kein

Rückruf von Natalie. Das war nicht nur ärgerlich, das war allmählich unverschämt.
Er schaute aus dem Auto heraus auf die vorbeiziehenden Randgebiete von Frankfurt. Die ersten Bürogebäude waren zu sehen. Kuben in allen Varianten, manche mit Verspiegelungen, gerne in hellem Blau, manchmal auch in dunklerem Braun. Vielleicht waren die Spiegelwände Programm: Wer von außen zuschaute, bekam sich selbst vorgeführt. Was drinnen vorging, ging keinen etwas an. Doch, in manchen Häusern konnte man Schatten hinter den Fenstern erkennen, Schatten, die allerdings wie angeklebt wirkten. Keine Bewegung. Oder waren das nur Attrappen, die von den eigentlichen Vorgängen ablenken sollten?
Jemand wie Speer, dachte Sebastian, gehörte sicher zu denen, die solche Attrappen aufbauten. Aber er ließ sich nicht mehr davon verwirren. Als Berater musste er herausfinden, was wirklich geschah. Und nicht nur das – das Ziel war, es zu verändern. Er sah wieder auf die Straße. Manchmal dachte er sich, früher wäre er sicher Missionar geworden. Er grinste böse. Oder Exorzist.
Plötzlich war es dann da, das lang ersehnte Handy-Klingeln. Es war London. Natalie, wo zum Teufel steckst du? Ich bin gleich im Büro!
Ja. Entschuldigung. Ich bin aufgehalten worden, flüsterte Natalie in die Muschel. Tut mir wirklich leid, Sebastian. hier ist die Hölle los. Der Kunde ist nicht zufrieden mit den Teammitgliedern, und der Partner ist in völliger Panik.
Vertraute Töne. Schon gut, sagte er. Was ist jetzt mit den Zahlen aus den Ostfilialen?
Ich hab da etwas zugefaxt bekommen, das stimmt schon. Aber die Zahlen waren nicht in Ordnung.
Wie, nicht in Ordnung?

Ich habe die Summe der Einzeldaten aus den Filialen mit den Werten verglichen, die wir für den gesamten Osten hatten, und rein gar nichts stimmte überein. Die Einzeldaten waren immer viel höher. Frau Dr. Sturm war mal wieder nicht zu erreichen, also habe ich in der Kreditabteilung herumgefragt. Und die haben mir geraten, die Zahlen bloß nicht zu verwenden. Die DV hätte bei der Codierung Mist gebaut, aber das dürfte man in der Bank nicht laut sagen.

Sebastian seufzte. Politische Rücksichtnahme wurde bei ihrem Kunden großgeschrieben. Ah ja, sagte er. Und dann?

Nichts dann. Ich habe die Einzelzahlen weggepackt und mit den Werten für den gesamten Osten gerechnet.

Ach so. Mit einem Mal wurde Sebastian klar, was Natalie da gemacht hatte. Und leider auch, was die Folgen waren. Er schluckte. Wie bist du dann zu den Einzelberechnungen für die drei Filialen gekommen?

Sebastian. Natalie stöhnte entnervt. Ich habe doch meine Hochrechnungen mindestens zweimal im Team vorgestellt. Ich habe alle Kontoeröffnungen, alle Schließungen und so weiter auf Basis des Kontenbestands jeder Filiale geschlüsselt. Berlin hat die meisten Konten, also habe ich der Filiale auch die meisten Bearbeitungsvorgänge zugerechnet.

Sebastian begann sich zu erinnern. Trotzdem war ihm flau im Magen. Ja, ja, sagte er schnell. Das war ja so abgestimmt. Er konnte jetzt schlecht eingestehen, dass er bei all den Diskussionen über die Schließung der Ostfilialen nicht darauf geachtet hatte, dass ihr Urteil nicht gerade auf tiefgehenden Untersuchungen basierte. Nur weil Dresden und Leipzig weniger Konten als Berlin hatte, mussten sie ja nicht unbedingt weniger Neueröffnungen haben, oder was sonst noch alles an Bearbeitungen anfiel. Es lag zwar nahe, dass eine Filiale mit weniger Konten insgesamt weniger Arbeit hatte, aber man musste auch das Alter der Konten mit einbeziehen,

die Art der Kunden... All das hatten sie mit ihrer primitiven Schlüsselung außer Acht gelassen.
Er hielt an einer roten Ampel. Rechts wies ein Schild zum Palmengarten. Es war nicht mehr weit bis zum Frankfurter Büro von Top Management Consulting. Die Zeit reichte nicht mehr für lange Grübeleien.
Das ganze Team hat meine Berechnungen abgenickt, hörte er Natalie weiterreden. Und nur, weil jetzt ein Neuer ankommt, der die Zusammenhänge nicht richtig durchschaut, müssen wir ja wohl nicht alles von vorne anfangen, oder?
Nein. du hast ja recht. Er musste jetzt mit dem in die Präsentation gehen, was er hatte. Die Ergebnisse waren plausibel, das war das Wichtigste. Außerdem waren sie gleich im Büro, und er wollte mit Natalie noch über etwas anderes sprechen. Geht's Dir sonst gut? fragte er leise.
Ein bisschen müde. Sie lachte schon wieder. Aber es war ein schönes Wochenende.
Er wartete einen Moment, bevor er es sagte. Ich habe heute Nacht von Dir geträumt.
Ach? sagte sie und kicherte. Und? Was war das für ein Traum?
Er erzählte ihr davon, wie sie im Teamraum vor ihm gestanden hatte, wie plötzlich der unbekannte Mann aufgetaucht war und sie weggezogen hatte, wie er ihn zwingen wollte, aus dem Fenster zu springen, bis der Wecker ihn gerettet hatte.
Mein Gott, Sebastian. Du brauchst mal Urlaub.
Gerne, dachte er. Am besten mit Dir. Wir könnten ja zusammen einen Kurzurlaub machen, sagte er langsam.
Keine Chance, sagte sie, und ihre Stimme klang mit einem Mal hart. Ich werde die nächsten Wochen wahnsinnig viel zu tun haben. Bis Weihnachten jedenfalls.

Schöne Aussichten. Vor ihm erschien der Wegweiser zum Parkhaus. Er überlegte krampfhaft, was er noch sagen konnte, damit das Gespräch wenigstens einen positiven Ausklang hatte, aber es wollte ihm nichts einfallen. Ich... Ich muss jetzt Schluss machen, sagte er schließlich. Wo kann ich dich denn heute Abend erreichen, falls nach der Präsentation noch Fragen sind?

Ich hab keine Ahnung, antwortete Natalie. Ruf meine Sekretärin an, die weiß mein Hotel. Also, bis dann. Und Hals- und Beinbruch für die Präsentation. Es klickte kurz, dann war die Leitung tot. Sebastian schaltete das Handy aus.

Er fuhr in das Parkhaus, stellte den Wagen ab und stieg aus. Seufzend zog er wieder einmal den Mantel an und nahm den Aktenkoffer. Es waren immer dieselben Bewegungen. Nur die Stimmung änderte sich, leider.

Am Ausgang angekommen, öffnete Sebastian die Tür zum Treppenhaus - und wäre fast mit dem Mann zusammengestoßen, der just in diesem Moment in das Parkhaus hineinwollte.

Sebastian!

Michael! Wo zum Teufel kommst du her?

Michael Klosters grinste. Er liebte es, andere zu überraschen. Michael hatte sich im Laufe der Jahre den Ruf erworben, *der* Banken-Spezialist der Beratung zu sein. Von ihm hieß es auch, es gäbe nichts, was er nicht machen würde, wenn es denn Erfolg brachte. Ich habe dich hineinfahren sehen, da dachte ich, ich komme Dir schon mal entgegen. Alles fertig?

Klar, ich hab die Folien im Koffer. Wir können gleich ins Büro gehen und sie noch einmal durchsprechen.

Lass uns lieber vorher noch etwas essen gehen. Michaels für einen Berater recht unübliche Leibesfülle wies darauf hin, dass es in seinem Leben noch ein, zwei andere Vorlieben neben den üblichen 16-Stunden-Tagen gab. Ich

kenne die meisten Folien ja. Ich will mit Dir noch einmal den Ablauf der Präsentation durchgehen. Damit ich weiß, wo die kritischen Punkte sind. Sebastian steuerte sofort auf die Treppe zu. Okay. Das Wichtigste ist die Ost-Strategie. Er räusperte sich. Da ist eigentlich alles klar. Aber lass uns noch einmal die Kundensystematik durchgehen, die ist vielleicht etwas problematisch.
Michael nickte und eilte im Laufschritt davon. Sebastian tat sich schwer, ihm nachzukommen.

13:42 Uhr

Im zehnten Stockwerk des Bankhauses Großmann, Meyer & Cie. waren die Büros der Geschäftsführer, des sogenannten Chefkabinetts. Sie waren alle mindestens dreißig Quadratmeter groß, hell und geräumig, mit einem imposanten Blick über die Finanzmetropole Frankfurt. Die Fenster gingen von der Decke bis zum Boden, so, wie es sich Dr. Wilhelm Schweizer, der Sprecher der Bank, gewünscht hatte, als dieses Gebäude Anfang der achtziger Jahre bezogen worden war. Als Zugeständnis an die Folgen einer direkten Sonneneinstrahlung waren vor den Fenstern vertikale weiße Lamellen, die an heißen Tagen oder bei größerer Helligkeitsempfindlichkeit der Vorstände und ihrer Gäste geschlossen werden konnten. Anfangs hatte Dr. Schweizer noch den Blick auf die Konkurrenz genossen, später ging er mehr und mehr dazu über, die Lichtspiele auf einer geschlossenen weißen Lamellenfläche vorzuziehen. Dr. Schweizer schätzte auch schwarze Lackmöbel auf hellgrauem Teppichboden, kombiniert mit schwarzen Ledersesseln, bei denen die Chromverstrebungen einen kühlen, hart glänzenden Akzent setzten. Zunächst war nur sein Büro so ausgestattet, doch als es ihm immer mehr gelang, zur Leitfigur der nachrückenden

Kollegen zu werden, setzte sich dieser Stil langsam durch, bis schließlich ein Chefbüro dem anderen zum Verwechseln ähnelte.

Einen Gegenstand gab es allerdings, der die Büros deutlich voneinander unterschied. Als Zugeständnis an die bildende Kunst der Gegenwart durfte sich jedes Kabinettsmitglied bei seinem Einzug ein Gemälde eines Künstlers seiner Wahl aussuchen - innerhalb eines gewissen Rahmens natürlich. Wie großzügig die Bank mit ihrem Chefkabinett umging, zeigte sich daran, dass in diesem Büro hinter den schwarzen, kubusförmigen Ledersesseln ein riesiges Original des englischen Malers David Hockney hing. Es zeigte einen jungen Mann in der typischen Kleidung der Siebziger, der vor einer südlichen Landschaft am Rande eines Pools stand und hinunterschaute auf einen zweiten jungen Mann, der im Wasser tauchte. In der Hockney-typischen Manier war die Wasseroberfläche ornamental aufgelöst. Aquarellhafte Farbflächen kontrastierten mit einer präzisen Darstellung der Figuren, wobei der Schwimmer im Pool durch die Verzerrungen der Wasseroberfläche etwas abstrahiert wirkte. Einige Farbspritzer sollten offensichtlich verdeutlichen, dass der Künstler trotz der kühlen, manchmal klinisch anmutenden Darstellung mit Leidenschaft zur Sache gegangen war. Vor diesem Bild stand an diesem Tag der Büroinhaber und betrachtete angestrengt seinen Zimmerschmuck. Seit er das Gemälde das erste Mal gesehen hatte, war es ihm ein Rätsel. Warum schaute der Junge so skeptisch auf den Taucher hinab? War es überhaupt ein Taucher, oder doch eine Wasserleiche? Besonders über der letzten Frage hatte er wiederholt gebrütet. Das Merkwürdige war, dass seine Antwort wechselte. Es gab Tage, da war er sich sicher, dass es ein übermütiger Schwimmer war, den er da vor sich sah. An anderen Tagen waren ihm die Farben ein klares Indiz dafür, dass dieses Wesen nicht mehr schwamm, sondern schon im Pool trieb. Heute war so ein Tag.

Er seufzte und drehte sich zu seinem Schreibtisch um. Die riesige schwarze Platte glänzte in bedrohlicher Leere. Ganz am Rand stand das Telefon. Es war ebenfalls schwarz. Er betrachtete es skeptisch. War es auch bedrohlich? Oder verhieß es Hoffnung? Er schüttelte den Kopf. Müßige Gedanken. Was hatte es für einen Sinn, wenn er in der Sitzung umkippte? Es hatte keinen Sinn, die Angst zu verleugnen. Er musste das Risiko eingehen und ihn anrufen.

Er ging zum Apparat und tippte eine externe Nummer ein. Es knackte kurz, dann hörte er den Rufton. Einmal, zweimal, dreimal. Es nahm niemand ab. Nach dem fünften Mal wollte er schon auflegen, als sich doch jemand meldete.

Ja bitte?

Er atmete einmal tief durch. Im Pool treibt eine Leiche.

Er hörte das Seufzen am anderen Ende der Leitung. Dann sagte die Stimme ruhig: Unsinn. Der Mann ist quicklebendig. Er schlägt gleich am Beckenrand an.

Ich habe Angst, dass er schon entdeckt worden ist. Und dass man ihm das Schwimmen ausgetrieben hat.

Unser Mann im Pool ist ein Profi. Er lässt sich nichts austreiben.

Aber sie sind ihm auf der Spur.

Wie kommen Sie denn darauf?

Die Berater präsentieren heute. Und es wäre ein Wunder, wenn ihnen nichts aufgefallen wäre.

Sind sie auf Sie zugekommen?

Nein. Aber sie haben den Osten genau analysiert.

Und? Was ist ihre Empfehlung?

Schließen, vermute ich. Aber...

Wo ist dann das Problem?

Die Zahlen müssen sie stutzig gemacht haben.

Da kann doch gar nichts passieren. Ende letzten Jahres hatten wir den DV-Fehler, und dann sind die Zahlen aus dem Verkehr gezogen worden.

Aber was ist, wenn sie anfangen, nachzufragen?

Der andere atmete tief durch. Bleiben Sie ganz ruhig. Solange Sie nicht nervös werden, kann nichts passieren. Wir haben alle Informationen richtig platziert.

Ja, ja... Aber was ist mit Nero.

Die Stimme am anderen Ende wurde lauter. Ich hab Ihnen doch gesagt, lassen Sie Nero meine Sorge sein. Wir kümmern uns um ihn.

Aber heute hat er wieder angerufen, und er will endlich Antworten auf seine Fragen.

Nero wird uns nicht gefährlich werden. Wir haben jemand auf ihn angesetzt. Das wird ihn beschäftigt halten.

Mein Gott... Wächst uns das nicht alles über den Kopf?

Aus dem Telefon kam ein leises Lachen. Es ist alles abgeschlossen. Es geht nur darum, die Reste zu vergraben.

Er schwieg. Dann nahm er seinen Mut zusammen. Ich muss da raus. Ich mache das nicht mehr mit.

Der Mann am anderen Ende zögerte keinen Moment. Wir sind lange durchs Ziel hindurch. Aber Sie können erst aus dem Boot springen, wenn wir auch das Ufer erreicht haben. Verstehen Sie? Wenn einer von uns jetzt einen Fehler macht, gehen wir auch jetzt noch unter. Jetzt, wo alles vorbei ist.

Er sah auf das Bild. Grinste der Junge am Beckenrand nicht ein wenig? Wir müssen es zu Ende bringen.

Das tun wir. Wenn die Filialen geschlossen sind, werden auch die letzten Spuren nicht mehr zu finden sein. Dann ist die ganze Sache Geschichte.

Wenn er grinste, dann warum? Aus Spaß am Zusehen? Bei was zusehen? Mir ist das Risiko einfach zu groß.

Der Mann am anderen Ende wurde ungeduldig. Warten Sie die Präsentation ab. Dann sprechen wir alles noch einmal in Ruhe durch. Aber es macht erst dann Sinn, wenn wir Genaues wissen.

Gut. Sind Sie heute Abend im Büro?

Ich warte auf Ihren Anruf.

In Ordnung. Dann bis heute Abend. Er legte auf. Der Junge grinste mit Sicherheit. Er war es, der den Schwimmer erledigt hatte. Und jetzt erfreute er sich an seiner Tat.

Es klopfte an der Tür. Die Sekretärin steckte den Kopf hinein.

Herr Direktor, es ist vierzehn Uhr.

Er kratzte sich am Kinn. Das Bild ließ ihn noch immer nicht los.

Herr Direktor, die Präsentation.

Er drehte sich in die Richtung der Stimme. Die Silhouette seiner Sekretärin stand in der Tür. Ein sehr attraktiver Hosenanzug, den sie da anhatte. Sie verstand es, sich richtig in Szene zu setzen.

Ja. Ich komme.

Er nahm seinen silbernen Kugelschreiber und den Schreibblock aus einer der Schubladen. Dann griff er nach seinem Jackett. Ein letzter Blick auf das Bild. Es hatte sich nichts geändert. Die Farben des Bildes waren die der Verwesung. Er drehte sich um und verließ das Büro.

15:51 Uhr

Sebastian Ritter ging zum Overhead-Projektor und legte die Folie mit der Agenda auf. Es war Zeit für das letzte Kapitel: die Schlussfolgerungen der Berater. Bisher war alles nur Geplänkel gewesen, jetzt wurde es ernst. Jetzt ging es um die Filialschließungen, und damit um das

Restrukturierungsprogramm. Er schaute in die Runde. Da saßen sie. Ganz vorne rechts, fast schon neben dem Projektor, saß er, der Imperator, die Lichtgestalt der Bank, der Mann, von dem eine treue Kundin der Bank Sebastian einmal gesagt hatte, er habe Charisma. Dr. Wilhelm Schweizer rauchte angespannt eine Zigarette nach der anderen. Eigentlich war das nichts Außergewöhnliches, dennoch hatte Sebastian in den letzten zwei Stunden ein paar Mal den Eindruck gehabt, als sähe Schweizer durch ihn hindurch.

Hinter ihm hörte Günther Grimm, verantwortlich für Personal und Bank-organisation, dafür umso aufmerksamer zu. Grimm war für die Berater gleich zu Beginn des Projekts der Schlüssel zum Verständnis des Alltags im Bankhaus Großmann, Meyer & Cie. gewesen. Seine Sekretärin hatte sie morgens aus dem Sekretariat geworfen, weil sie ihrem Chef noch das Müsli bereiten musste und sie die neugierigen jungen Leute nicht unbeaufsichtigt neben den Bergen von Unterlagen stehen lassen wollte, die Herr Grimm im Laufe des Vormittags abzeichnen sollte. Trotzdem hatten sie schnell herausgefunden, dass das meiste Reisekostenabrechnungen der Mitarbeiter der Zentrale waren, die der Chef allesamt persönlich genehmigte. Und als Grimm sie dann doch hineinbat und gleich auf der ersten Unterlage eine Ungenauigkeit in einer Fußnote fand, wurde ihnen klar, warum er bereits von Generationen gepeinigter Mitarbeiter als 'Günther der Grimmige' bezeichnet worden war.

Jochen Böttcher, der Kreditchef, lange Jahre der Kronprinz des Imperators, seit einiger Zeit aber mehr und mehr in Ungnade gefallen, war der nächste am Tisch. Er wurde von seinen direkten Untergebenen auf der zweiten Ebene gerne 'Onkel Jochen' genannt, denn erstens hatte er den Ruf, nicht unbedingt der analytisch stärkste Kopf der Bank zu sein, zweitens war er für seinen scheinbar familiären Umgangston bekannt, der allerdings beim kleinsten Anlass in ein dezibelstarkes Poltern umschlagen konnte. Den Beratern war der Onkel zu einfallslos: Böttchers etwas arg mittelbraunen Haare ließen sie zu der Schöpfung 'Brownie' kommen, die auch noch einige andere bissige Assoziationen erlaubte.

Hinter Brownie saß sein Adjutant, Horst Wahlen, genannt Valentino. Als Direktor der Kreditabteilung war er dem Kabinettsmitglied direkt untergeordnet. Die Berater hatten bald gemerkt, dass sie über ihn herausfinden konnten, was in der Bank geredet und gedacht wurde. Leider neigte er aber auch dazu, sich reichlich wichtig zu nehmen und zu allem Überfluss noch stundenlange Anekdoten aus der Bankengeschichte zu erzählen. So witzig vieles war, Sebastian hatte mehr als einmal auf glühenden Kohlen gesessen, weil der nächste Termin drängte und sein Gegenüber kein Ende fand. Und dann gab es da noch das kleine Problem, dass Wahlen seine etwas knapp geratene Körpergröße gegenüber jeder erreichbaren Frau unter fünfzig durch intensives Balzen ausgleichen musste. Die silbergrauen Haare, der schwarze Schnäuzer und der stets gebräunte Teint unterstrichen das Bild des südländischen Charmeurs – wenn es auch eher die preiswerte Version war. Egal, der Name Valentino passte. Natalie war aus durchschaubaren Gründen schnell seine bevorzugte Gesprächspartnerin geworden. Leider hatte sie das ganz und gar nicht gestört, bis Sebastian beschloss, dass er sich einschalten musste. Von da an blieb Natalie vor der Tür, während Sebastian Valentinos Erzählungen notgedrungen noch ausführlicher ertrug.

Auf der gegenüberliegenden Tischseite blätterte Frau Dr. Sturm, Abteilungsdirektorin Controlling, in Zahlenkolonnen, wie immer rauchend, kopfschüttelnd, lästernd. Zwar galt sie als die heimliche Herrscherin der Bank, aber in Sitzungen wie dieser suchte sie beständig den Blickkontakt mit dem Imperator, um sicher sein zu können, dass ihre Giftpfeile auch

wirklich zum richtigen Zeitpunkt losgeschickt wurden und Dr. Schweizers ungeteilte Aufmerksamkeit fanden.
Neben ihr saß das vierte und letzte Mitglied im Chefkabinett, Wolfgang Jerusalem, 'der Neue', wie er immer noch genannt wurde, denn er war erst seit drei Jahren bei der Bank und zuständig für das Handels- und Wertpapiergeschäft. Anders als die anderen Kabinettsmitglieder hatte er in einer Großbank Karriere gemacht, und das sah man ihm auch deutlich an. Während die anderen Herren es gerne auch einmal legerer liebten und in karierten Sakkos am Schreibtisch saßen, trug Jerusalem immer dunkle Anzüge und gedeckte Krawatten. Zwar wirkte er so immer noch ein wenig blasser, aber er hob sich auch ab. In seiner alten Bank hatte er es zu einem veritablen Investmentguru gebracht, der dann nur das Pech hatte, eine noch stärkere Herrscherpersönlichkeit vor die Nase gesetzt zu bekommen. Daraufhin musste er sich ein neues Reich suchen. Geschickt hatte er es geschafft, einflussreiche Leute im Verwaltungsrat von Großmann, Meyer & Cie. auf sich aufmerksam zu machen, und als es ihm schließlich gelungen war, ins Allerheiligste, der Riege der Geschäftsführer, vorzudringen, galt er gleich auch als idealer Kandidat für den nächsten Bankensprecher. Doch dann hatte der Imperator verkündet, dass er seinen Posten erst in ein paar Jahren niederlegen wollte, und seitdem setzte er alles daran, die Nachfolgekandidaten spüren zu lassen, dass er weiterhin fest im Sattel saß. Jerusalems Niederlagen waren meist mit Frau Dr. Sturm verbunden. Während sich andere - und hier vor allem sämtliche sonstigen Angestellten der Bankzentrale - von Frau Doktors kalt glitzernder Herablassung sichtlich beeindrucken ließen und in einer Haltung stummer Unterwerfung verharrten, konnte Jerusalem seine Abneigung meist schlecht verbergen und fragte schon einmal dreist zurück, wenn ihm die Ausführungen gar zu verwickelt wurden. Dies wiederum führte dazu, dass der wohlgefällig auf

sein Geschöpf hinabblickende Dr. Schweizer seine ritterlichen Tugenden gefordert sah und Jerusalem mit einem dumpfen Grollen in die Schranken wies. Wie alle schluckte Jerusalem seine Rügen, doch bei nächster Gelegenheit legte er sich wieder mit Frau Doktor an. Gerüchte in der Bank besagten, dass Schweizer Jerusalems Verhalten allmählich lästig wurde. Andererseits konnte er auf 'den Neuen' kaum verzichten, da der Handel immer mehr Gewicht erhielt und Jerusalems Abteilung von einem Geschäftserfolg zum nächsten eilte.

Als die Banker sich zu Beginn der Sitzung nach und nach um den großen, altmodischen Sitzungstisch gereiht hatten, war den meisten das Misstrauen ins Gesicht geschrieben. Nur Valentino hatte ein paar Worte mit Sebastian gewechselt und ihm mit einer launigen Bemerkung alles Gute für seinen Einsatz gewünscht und bedauert, dass Natalie nicht da war. Jerusalem hatte Sebastian im Vorbeigehen zugenickt. Der Einzige, der fehlte, war der Imperator, was allerdings keineswegs unüblich war. Mit zwanzigminütigem Abstand zu seinen Kollegen - von Verspätung zu reden war hier unangemessen - betrat er schließlich den Saal. Sebastian erlebte den Auftritt zum zweiten Mal, und anfangs war er wieder beeindruckt. Die weißen, leicht gewellten Haare im Kontrast zur gesunden Bräune seines Gesichts, die unaufdringliche Eleganz seiner Kleidung, die sichere, gekonnt herablassende Begrüßung der anderen Sitzungsteilnehmer, die Selbstverständlichkeit, mit der er sofort das Geschehen im Raum bestimmte - all das flößte Respekt ein. Wenn Dr. Schweizer sich dann aber gesetzt hatte, wenn er den Vortrag beginnen ließ, um ihn bald wieder zu unterbrechen und mit der Einleitung, er wolle die Sitzung ja in keiner Weise aufhalten, sich in endlosen, von Wiederholungen durchsetzten Äußerungen verlor - dann wurde deutlich, dass der Imperator den Zenit seines Schaffens überschritten hatte.

Sebastian sah noch einmal auf die Agenda. Angefangen hatte er vor fast zwei Stunden mit der Ergebnisstruktur der Bank - einem trockenen Thema, aber der Grundlage für alles weitere. Großmann, Meyer & Cie. war zwar in der Lage, in regelmäßigen Abständen eine einigermaßen verlässliche Bilanz zusammenzuzimmern, aber dank ihrer prähistorischen DV hatte die Bank keine Ahnung, ob sie ihr Geld mit Baukrediten oder mit Termingeldern verdiente. Nun war das ein Zustand, in dem die Bankenwelt Jahrhunderte lang gut gelebt hatte. Es gab Goldene Regeln, die den erfahrenen Banker vor übermäßigen Risiken bewahrten, und vergleichsweise simple Überschlagsrechnungen, die einen beruhigenden Überblick vermittelten. Wichtig war, was für ein Betrag am Ende herauskam. In der bisherigen Geschichte des Bankhauses Großmann, Meyer & Cie. hatte an dieser Stelle immer eine Zahl gestanden, die so weit befriedigte, dass sich niemand für weitere Details interessierte.

Immerhin hatte es einmal eine Zeit gegeben, in der diese Art von Lethargie verpönt war. Im noch arg vom Krieg gezeichneten Frankfurt hatte der frisch examinierte Betriebswirtschaftler Hubert Großmann 1949 im Doktorandenkolloquium den Erben der gerade wieder zugelassenen Privatbank Meyer kennen gelernt, und schnell machten sie sich gemeinsam daran, eine betörend einfache Idee zu Geld zu machen: Die beiden wollten sich selbständig machen, und warum sollte das nicht damit gehen, dass man anderen mit demselben Ziel zeigte, wie man dies am besten anging? Hochriskant war es schon, was sie da versuchten, denn viel weiter als ihre Kunden waren sie oft auch nicht, aber Großmann hatte die Energie und den Grips, Meyer die richtigen Kontakte. Mit der Bank im Hintergrund wurden aus Beratungsgesprächen schnell Kreditverträge, die beiden machten Furore, zufriedene Kunden schleppten immer neue Interessenten an, und durch Meyers Kontaktfreude gelang es, auch in den wichtigen Frankfurter

Kreisen die richtigen Beziehungen aufzubauen. Nach den ersten erfolgreichen Geschäftsjahren begann Großmann mit seinem begnadeten Verkäufertalent, Gesellschafteranteile an der Bank zu verkaufen. Die Kunden der ersten Stunde waren, so sie Erfolg hatten, inzwischen so vermögend geworden, dass sie nach anderen Geldanlagen als Sparbüchern und Pfandbriefen fragten, und so begannen Großmann und Meyer, eine – natürlich noch immer sehr konservative - Vermögensverwaltung zu entwickeln und die Bank damit vom ‚Gründungsberater' zum ‚Komplettanbieter für Selbständige und Gewerbetreibende' zu entwickeln. Anfang der siebziger Jahre waren die Eigentumsverhältnisse dann so verwickelt geworden, dass Großmann und Meyer sich entschlossen, einen Verwaltungsrat als Aufsichtsgremium einzuführen, um nicht für jede Entscheidung von Tragweite auf die stets nur mühsam zusammenzurufende Gesellschafterversammlung warten zu müssen. Nach seinem Ausscheiden aus dem Kabinett wurde Großmann Verwaltungsratsvorsitzender, konnte sich dieser mächtigen Position allerdings nur kurz erfreuen, denn ebenso wie bei seinem Kompagnon Meyer, den es noch früher dahinraffte, forderten auch bei ihm die entbehrungsreichen Aufbaujahre ihren Tribut. Sein Nachfolger wurde ein Anwalt namens Dr. Kaiser, durch verwandtschaftliche Beziehungen Großmann verpflichtet und in der Bankenwelt vor allem dank seines diplomatischen Geschicks bekannt.

Es waren wieder die richtigen Beziehungen, die der Bank halfen, nach der Wiedervereinigung zum richtigen Zeitpunkt an den wichtigen Orten zu sein. Die Mund-zu-Mund-Propaganda funktionierte noch immer, Großmann, Meyer und Cie. galten als erste Adresse, wenn es um die kompetente Finanzierung des Schritts zur Selbständigkeit ging. Danach war es jedoch zunehmend ruhiger geworden. Alles in allem bestand die

Gesellschafterversammlung der Bank heute aus nicht mehr als 30 Mitgliedern, aber nicht die Zahl war entscheidend. Großmann und Meyer hatten den Grundstock gelegt und sich einflussreiche Größen aus den Berufsverbänden ihrer Kunden als Mitgesellschafter in die Bank geholt. Kaiser hatte die Tradition weitergeführt und bildete heute mit fünf ausgesuchten Weggefährten das elitäre Zentrum der Gesellschaftermacht, den streng von ihm geführten Verwaltungsrat.

In einer Branche, in der Vertrauen die Grundlage aller Geschäfte ist, waren diese Verbindungen nicht mit Gold aufzuwiegen. Doch sie führten auch dazu, dass sich die Bank darauf verließ, dass man schon zu ihr kommen würde. In den letzten Jahren hatte sich die Finanzwelt allerdings tiefgreifend geändert, und das konnte auch an einem solchen traditionalistischen Institut wie Großmann, Meyer & Cie. nicht vorbei gehen. Strukturvertriebe mit Allfinanzangeboten drängten auf den Markt, versprachen mit Finanzinnovationen enorme Gewinne und gaben nur im Kleingedruckten zu, dass gelegentlich auch solche Unpässlichkeiten wie Totalverluste möglich waren. Die wohlhabende Klientel lief den neuen Heilsbringern in solchen Massen nach, dass auch der Imperator und seine Mannschaft sich gezwungenermaßen auf dieses Parkett wagen mussten.

Die Bank handelte, zögerlich zwar, aber immerhin. Zunächst wurden Pläne entwickelt, wohin man überall expandieren wollte - der Osten sollte erobert werden, das Wertpapiergeschäft wollte man auf den neuesten Stand bringen, eine weitere, kleinere Privatbank kaufen. Gelungen war es, zusätzlich zur Niederlassung Berlin zwei kleine Filialen in den neuen Bundesländern zu eröffnen. Dann war Jerusalem in die Bank eingetreten, war als Messias begrüßt worden und hatte begonnen, im Wertpapiergeschäft zu wirbeln. Alles weitere dümpelte vor sich hin. Bis der Imperator einen Anruf von einem Berater erhielt, der ihm mit der belegten

Stimme des Sehers einer grausigen Zukunft die Zahl '2000' zuraunte. Auch Großmann, Meyer & Cie. müsste bereit sein für die epochalen Änderungen, die sich in den nächsten Jahren abspielen würden.
Selten hatte Michael Klosters mit seiner Standardnummer einen so durchschlagenden Erfolg feiern können wie an diesem denkwürdigen Morgen. Top Management Consulting rückte an, Sebastian Ritter erschuf die Zukunft aus Sicht der Berater und schob das reichhaltige Inventar an Mitteln nach, mit dem die Banken von gestern für den Wettbewerb von morgen fit gemacht werden sollten. In kürzester Zeit begann ein Projekt, in dem Klosters zwei Berater plus Teamleiter für sechs Monate verkaufen konnte - ein Millionengeschäft.
Sebastian hatte das Glück, wenigstens einen Consultant auf sein Projekt zu bekommen, der schon Bankenerfahrung hatte. Paul Kopper war schon von seinem Namen her für diese Branche prädestiniert und hatte seit seinem ersten Tag bei Top Management Consulting eine Bank nach der anderen vorgesetzt bekommen. Das zweite Teammitglied war bis Ende letzter Woche Natalie gewesen.
Zu dritt hatten sie ein enormes Programm zu bewältigen. Eine Zwischenpräsentation gab es nach acht Wochen, doch da wurde nur berichtet, was sie alles begonnen hatten, und die weitere Vorgehensweise im Detail abgestimmt. Wirkliche Ergebnisse sahen die Herren des Chefkabinetts, Wahlen und Frau Dr. Sturm heute zum ersten Mal. Die Consultants saßen etwas im Hintergrund, elegant im dunklen Zwirn und brav nebeneinander aufgereiht. Für Natalie war Ludwig nachgerückt, der Sebastian kaum begrüßt hatte und offensichtlich noch immer beleidigt war, weil sein Projektleiter am Morgen nicht auf ihn gehört hatte. Michael Klosters saß vorne, und Sebastian präsentierte.

Die Berater erwarteten kritische Rückfragen, vielleicht sogar Detaildiskussionen - und stießen gleich beim ersten Kapitel auf gleichgültige Gesichter. Für jede Kreditform und jede Art von Tagesgeld, Sparkonto und Wertpapierdepot hatten sie ausgerechnet, wie viel die Bank daran vor und nach den Bearbeitungskosten verdiente - aber ihre fein differenzierten Darstellungen blieben tote Zahlenkolonnen. Die Berechnungsmethodik der Berater war im Markt inzwischen Standard, für Großmann, Meyer & Cie. jedoch unbekanntes Terrain. Der Imperator ließ Zahlen wie Erklärungen an sich vorüberziehen, und die anderen, die jede seiner Reaktionen wachsam verfolgten, taten es ihm gleich. Die Bank war schließlich, ganz egal, was die Consultants gerechnet hatten, auch dieses Jahr auf dem Weg zu einem nicht mehr grandiosen, aber immer noch zufriedenstellenden Ergebnis. Man wollte Visionen für neue, noch bessere Geschäfte und keine Erbsenzählerei.

Auch das zweite Kapitel hatte da keine Begeisterung aufkommen lassen. Die Analyse der wesentlichen Abläufe im Kredit- und im Einlagengeschäft zeigte nicht nur, dass alles, was in der Bank angepackt wurde, mit immenser Umständlichkeit geschah - das war ja erwartet worden. Es demonstrierte auch, dass jede der zwölf Filialen im Laufe der Jahre ihre eigenen Abläufe entwickelt hatte, und dass jeder Filialleiter stolz auf seine Errungenschaft verwies, denn schließlich waren Innovationen verlangt worden. Böttcher und Jerusalem wurden hier etwas lebendiger und amüsierten sich über die Beschränktheit ihrer Direktoren an der Front. Der Imperator schwieg.

Im dritten Kapitel war es dann um die Klassifizierung der Bankkunden gegangen. Die vorhandenen Systeme unterschieden gerade einmal zwischen Selbständigen und Angestellten einerseits und Einlagen und Krediten andererseits, wobei die Kundeninformationen in der DV weitere sinnvolle Gruppierungen möglich gemacht hätten - es hatte nur bisher niemand danach gefragt. Das Team von Top Management Consulting hatte sich die Kundendaten heruntergeladen und dann in eine mehrdimensionale Datenbank eingelesen. Das Ergebnis nächtelanger Arbeit waren neun Kundengruppen, die nach Berufen und Lebensstufen unterschieden wurden. Auf diese Weise konnten sie nicht nur die Anzahl der Kunden in den einzelnen Gruppen darstellen - das wusste man selbst bei Großmann, Meyer & Cie. - sondern auch die Kredit- und Anlageformen, die typischerweise in Anspruch genommen wurden. Und wenn man weiter rechnete, ergab sich schließlich die wichtigste Zahl: die Antwort auf die Frage, wie profitabel jede Kundengruppe war. Eines Tages präsentierte Paul Kopper dann beim wöchentlichen internen Projekt-Meeting, im Consulting-Slang kurz IPM, stolz einen Berg von Folien, der sogar Michael Klosters beeindruckte - kurzzeitig, wie sich schnell herausstellte. Denn Michael bekam bald Bedenken, ob die komplizierte Systematik den Bankern mit ihren vergleichsweisen simplen Denkgewohnheiten zu vermitteln war. Sebastian sah eine Gelegenheit, Führungsstärke zu demonstrieren, und verkündete, er vertraue Paul blind, und gemeinsam würden sie es schon schaffen.

Als er in der Präsentation dann das Thema Kundenklassifikation aufschlug und sich den gelangweilten Blicken des Kabinetts ausgesetzt sah, war sich Sebastian seiner Sache schon weitaus weniger sicher. Bei seinen Erklärungen stieß er nur auf verständnisloses Schweigen. Als er zu den verschiedenen Berechnungsebenen kam, machte sich Unruhe breit.

Das ist doch völlig akademisch. Wir sind hier Praktiker. Was hat das denn für Auswirkungen auf unser Tagesgeschäft? warf Böttcher aufgebracht ein. Nach Unterstützung suchend sah er sich im Raum um. Noch machte kein anderer den Mund auf.

Sebastian beeilte sich, zum nächsten Kapitel überzugehen, und beschrieb in detaillierten Prognosen die Zukunft jeder Kundengruppe. Leider waren aber auch diese Aussichten nicht so schlecht, dass das Auditorium sich von ihnen betroffen gefühlt hätte. Es war nun mal nicht zu verleugnen - die Bank hatte sich eine Nische erobert, in der man sich schon sehr anstrengen musste, um *nicht* Geld zu verdienen.

Deshalb konnte es jetzt in den Schlussfolgerungen nur darum gehen, wie es zukünftig *mehr* Geld werden konnte. Eigentlich wäre ja eine andere Frage viel drängender gewesen - wie eine solche kleine, einigermaßen feine Privatbank mit einem relativ stabilen Geschäft und nicht unbefriedigender, ja sogar steigerungsfähiger Rendite in Zukunft ihre Unabhängigkeit wahren sollte. Ein noch attraktiveres Objekt für die Kaufbegierde der Großbanken war kaum denkbar. Michael hatte das Thema zu einem seiner raren Gespräche mit dem Imperator mitgenommen und kam kopfschüttelnd zurück. Darüber wollte man nicht reden. Und an Kaiser, den Verwaltungsratsvorsitzenden, hatte der Imperator die Berater erst gar nicht herangelassen.

Sebastian nahm die Agenda vom Projektor und legte die erste Folie der Schlussfolgerungen auf. Er trat zwei Schritte zur Seite, stellte sich neben der Leinwand in Positur und sah dem Imperator fest in die Augen.

Wie Sie hier sehen, haben wir drei Ebenen identifiziert, in denen Ihre Bank ein beträchtliches Verbesserungspotential hat. Zum einen ist das ihre Filialstruktur, zweitens ihr Bearbeitungsorganisation und drittens ihr Produktmarketing. Beim letzten Wort zog der Imperator fragend die linke Braue hoch. Solche neumodischen Begriffe waren alten Bankern nicht vertraut. Sebastian beschloss, schnell zu den konkreten Vorschlägen überzugehen. Er legt die nächste Folie auf.

Beginnen wir mit dem Thema Filialstruktur. Auf der Leinwand war eine Deutschlandkarte zu sehen, auf der die Filialen der Bank eingezeichnet waren. Die Berater hatten vier Regionen gebildet - Nord, Mitte, Süd und Ost - und für jede Region die Effizienz und die Rentabilität der Filialen geprüft. Sebastian begann mit der Vorgehensweise. Wir haben das Geschäftsaufkommen aller Filialen detailliert aufgenommen und aus den Prognosen für die Kundengruppen den zukünftigen Aufwand berechnet. Dabei hat sich herausgestellt, dass die Region mit den größten Problemen der Osten ist. Er wartete, bis alle Gesichter ihm zugewandt waren. Dann legte er die nächste Folie auf.

Hier links ist die Entwicklung der Kundenzahlen der drei Filialen Berlin, Leipzig und Dresden dargestellt, angefangen mit dem Vorjahr, dann das laufende Jahr, rechts die Prognosen für die nächsten zwei Jahre. Wie Sie sehen, geht die Tendenz in allen drei Filialen deutlich nach unten. Sebastian ging ein paar Schritte zur Seite und zeigte auf die rechte Seite der Leinwand. Und hier haben wir die jährlichen Betriebskosten der Filialen mit ihrer Auslastung gegenübergestellt. Wir haben also die für jeden Kunden durchschnittlich anfallenden Geschäftsprozesse aufgenommen und auch die Zeit, die das Filialpersonal für jeden dieser Prozesse benötigt. Aus beidem haben wir berechnet, wie viel Arbeitszeit in einer Filiale tatsächlich für die Kunden aufgewandt wird. Und das für das vergangene Jahr, das laufende und auch für die beiden nächsten Jahre. Er sah in die Runde. Sie schienen ihm alle folgen zu können. Wie Sie sehen können, liegt in diesem Jahr keine Filiale über 60 Prozent Auslastung. Und in zwei Jahren werden sie alle zwischen 30 und 40 Prozent liegen. Er drehte sich von der Leinwand weg, bis er seinem Publikum frontal gegenüberstand. Das heißt, es ist völlig unrentabel, die neuen Bundesländer von drei Filialen aus zu betreuen.

Der Imperator ließ das Feuerzeug sinken und nahm die neue Zigarette aus dem Mund. Sie wollen uns raten, die Filialen wieder zu schließen?
Sebastian schaute hinüber zu Michael. Ein kurzes Nicken. Er holte tief Luft. Mit einer Filiale in Berlin und einem Außendienstler-Büro in Leipzig ist der vorhandene Kundenstamm mühelos zu betreuen.
Das heißt, die Filialen in Dresden und Leipzig sind überflüssig? Der Imperator rückte an den Tisch.
Sebastian blieb standhaft und sagte ruhig: Die Kosten für die drei Filialen stehen in keinem Verhältnis zu dem erzielten Ergebnis. Wenn Sie eine Bearbeitungszentrale in Berlin einrichten und dort und in Leipzig zwei Stützpunkte für die Kundenbetreuer, dann haben Sie einen wesentlich geringeren Aufwand und mindestens das gleiche Ergebnis.
Dr. Schweizer drehte sich zu seinen Kollegen. Was sagen Sie denn dazu? Herr Grimm?
Ich bin da etwas überrascht, sagte Grimm, merklich verunsichert. Ich meine, wir hatten unsere Entscheidung damals ja ausführlich vorbereitet, und...
Der Imperator schaute verächtlich über ihn hinweg. Frau Dr. Sturm, was meinen Sie? Sollen wir die Filialen dicht machen?
Sebastian verschränkte die Arme. Jetzt wurde es ernst. Er sah, wie Frau Doktor in ihren Unterlagen blätterte.
Das lässt sich auf Basis der bisher gegebenen Informationen schlecht beantworten, sagte sie gedehnt und holte aus ihren Unterlagen ein Blatt hervor. Sie sagen, Sie haben die Kundenentwicklung geprüft, und die Tendenz ist rückläufig. Das überrascht mich insofern, als meine Abteilung in den letzten Tagen einen Sonderauftrag des Verwaltungsrats ausgeführt hat, in dem die Kontendaten der Ostfilialen analysiert werden mussten.

Und bei dieser Gelegenheit wurde festgestellt, dass die drei Filialen im vergangenen Jahr die höchste Zahl an Neukrediten vorweisen konnten.
Sebastian sah, wie Ludwig tiefer in seinen Stuhl sank. Nur nicht nervös werden, hieß jetzt die Devise. Das ist schon richtig. Uns liegen diese Zahlen auch vor. Nur sind sie ja wegen eines DV-Fehlers falsch.
Frau Doktor rückte ihre getönte Pilotenbrille gerade. Ich weiß nicht, wovon Sie reden, Herr Ritter. Mir ist nichts von einem DV-Fehler bekannt.
Sebastian ging einen Schritt auf das Plenum zu. Unseren Informationen nach hat die DV Ende des Jahres eine Aufspaltung der Daten im Osten auf die einzelnen Filialen durchgeführt, sagte er ruhig. Wegen eines Codierungsfehlers sind die Zahlen jedoch deutlich zu hoch ausgefallen und deshalb irreführend.
Das höre ich zum ersten Mal. Frau Doktor schien ehrlich überrascht zu sein.
Unter den Kabinettsmitgliedern machte sich Unruhe breit. Schweizer sah Grimm an, der angestrengt versuchte, seinem Blick auszuweichen.
Woher stammen Ihre Informationen? fragte Frau Doktor weiter.
Aus der DV natürlich, Frau Sturm, log Sebastian.
Von welchem Sachbearbeiter?
Sie war schon hartnäckig, das musste man ihr lassen. Sebastian überlegte einen Moment, ob er irgendeinen Namen nennen sollte. Dann kam ihm die rettende Idee. Wir lassen Ihnen morgen früh gerne eine Liste mit den einzelnen Gesprächsterminen zukommen, Frau Sturm, sagte er und lächelte kalt. Aus den Augenwinkeln sah er, wie Michael den rechten Daumen hob.
Frau Doktor zupfte an ihrem bunten Seidentuch und strich das Nadelstreifenkostüm glatt. Der Imperator nutzte die Pause. Weit zu Grimm hinübergebeugt, machte er es ihm unmöglich, weiter auszuweichen. Was ist das für ein DV-Fehler, Herr Grimm? fragte er grollend.

Grimm äugte gequält zum Imperator herüber. Die DV hat keinen Fehler gemacht, presste er hervor. Wenn da letztes Jahr etwas nicht geklappt hat, dann lag es an den Filialen.
Moment mal. Böttcher war im Kabinett verantwortlich für das Filialnetz, und wenn ihn auch die Vorschläge der Berater bisher unbeteiligt gelassen hatten, so hieß das noch lang nicht, dass er Kollegenschelte auf sich sitzen ließ. Aber er kam nicht dazu, den Streit weiter zu schüren. Der Imperator hob den Arm.
Meine Herren, bitte. Ich möchte mit Ihnen nach der Sitzung noch einmal getrennt sprechen. Nur zu dritt. Er drehte sich wieder zu Sebastian. Machen Sie weiter, bitte.
Ja, danke, sagte Sebastian und legte die nächste Folie auf. Er musste sich beeilen, von diesem DV-Thema wegzukommen. Wir haben einmal ausgearbeitet, wie eine neue Filialstruktur im Osten aussehen könnte.
Er ging ein paar Schritte zurück und stellte sich wieder neben die Leinwand. In Berlin hätten Sie dann die folgenden Funktionen versammelt.
Augenblick, Herr Ritter. Frau Doktor hatte sich halb in ihrem Stuhl erhoben. Herr Dr. Schweizer, entschuldigen Sie, wenn ich noch einmal auf dieses Thema zurückkomme, aber ich halte es für eine sinnvolle Diskussion der Schließung der Ostfilialen für unumgänglich, dass die Berater zunächst ihre Recherchen zu diesem angeblichen DV-Fehler plausibilisieren. Die Analyse ist schließlich nichts wert, wenn nicht geklärt ist, ob ihre Ausgangsbasis auch verlässlich ist.
Sebastian sah, wie Schweizer bedächtig nickte, und wollte gerade einen Rettungsversuch für ihr Konzept starten, als es an der Tür klopfte. Frau Schumann, die erste Sekretärin des Imperators, schlüpfte in den Raum und reichte ihrem Chef einen Zettel. Er holte seine Brille aus seiner Brusttasche und überflog ihn.

Ja, in Ordnung. Ich komme, sagte er leise zu Frau Schumann. Meine Herren, Frau Dr. Sturm, ich bitte um Entschuldigung. Der Verwaltungsrat will mich in einer dringenden Angelegenheit sprechen, es wird ein paar Minuten dauern. Aber machen Sie ruhig schon weiter, ich muss ja nicht bei allem dabei sein. Er stand auf und ging, von Frau Schumann gefolgt, zur Tür. Als er schon fast draußen war, drehte er sich noch einmal um und sah zu Frau Doktor hinüber. Frau Dr. Sturm, Sie können mich ja anschließend informieren, was hier noch Wichtiges passiert ist.

Die Tür fiel ins Schloss. Frau Doktor strahlte und machte sich bereit, ihre Attacken fortzusetzen. Da ergriff Jerusalem das Wort.

Wenn Sie nichts dagegen haben, würde ich gerne die Gelegenheit nutzen und erst einmal eine Pause machen, bevor wir fortfahren. Wir sind jetzt ja schon seit über zwei Stunden zugange. Er nickte Sebastian zu.

Frau Doktor sah aus, als wollte Sie protestieren, aber Böttcher und Grimm standen schon auf.

In Ordnung, sagte Sebastian erleichtert. Sagen wir, fünfzehn Minuten? Gut, dann machen wir um 16.30 Uhr weiter.

Das allgemeine Stühlerücken begann. Jerusalem ging als erster, Böttcher folgte ihm mit Valentino im Schlepptau, und auch Grimm beeilte sich, den Saal zu verlassen, wenn auch in sicherem Abstand zu Böttcher. Wenn ein Mitglied des Chefkabinetts Telefonate angekündigt hatte, konnten die anderen nicht zurückstehen, schließlich waren sie alle wichtig. Frau Doktor steuerte auf Sebastian zu. Ihre Augen waren hinter der Pilotenbrille kaum zu erkennen, aber ihr zuckender Mund verhieß nichts Gutes. Sebastian machte sich schon auf den nächsten Krach gefasst, als Michael sich an ihm vorbei drängte. Lass mal, raunte er ihm zu, ich mache das schon. Überleg du Dir mal lieber, wie du die Sache gleich wieder auf die richtige Bahn bringst. Er ging weiter zu Frau Doktor. Sebastian gab seinen Consultants ein

Zeichen und beeilte sich, auf den Flur zu kommen. Die Idee. Er brauchte einfach die rettende Idee.

Fünfzehn Minuten später kehrten die Sitzungsteilnehmer langsam wieder in den Raum zurück. Sebastian stand mit roten Wangen am Overhead-Projektor. Michael hatte es wirklich geschafft, Frau Doktor die ganze Zeit in ein Gespräch zu verwickeln. Sebastian hatte mit dem Team eine Lösung gesucht, aber der rettende Geistesblitz ließ auf sich warten. Am Schluss kamen sie überein, dass ihnen nichts übrig blieb, als eine Klärung der DV-Frage nachzuliefern. Das würde bestimmt einen Tag dauern. Zugleich wollten sie aber unbedingt noch die künftige Filialstruktur vorstellen. Schließlich bot sie eine erhebliche Kostenersparnis bei einer intensiveren Kundenbetreuung, und diese Vorteile mussten die Banker doch neugierig machen.

Sebastian atmete tief durch. Er hatte schon ganz andere Krisen bewältigt, und auch das hier war zu schaffen. Er sah sich im Raum um. Bis auf den Imperator waren alle wieder da und standen in kleinen Grüppchen zusammen. Michael setzte sich und nickte ihm zu. Los ging's.

Meine Herren, Frau Dr. Sturm, auch wenn Herr Dr. Schweizer noch nicht zurückgekehrt ist, würde ich vorschlagen...

Das Telefon klingelte. Böttcher nahm den Apparat ab. Er hörte kurz zu und wurde plötzlich blass. Langsam legte er den Hörer auf.

Wir müssen sofort zu Dr. Schweizer. Kaiser ist tot.

Mit einem Schlag herrschte in dem Sitzungssaal eine lähmende Stille. Die Bestürzung war allen ins Gesicht geschrieben. Es dauerte zwei, drei Minuten, bis die Banker begannen, sich in Bewegung zu setzen. Einer nach dem anderen verließ den Raum. Valentino ging als letzter. Als er an Sebastian vorbei ging, nickte er ihm verschwörerisch zu.

Gehen Sie jetzt. Heute passiert hier nichts mehr.

Sebastian schaute ihn fragend an.
Valentino fuhr leise fort. Der Alte war der Ziehsohn von unserem Verwaltungsratsvorsitzenden. Jetzt, wo Kaiser tot ist, werden die Karten neu gemischt.
Aber wann…
Rufen Sie morgen früh an. Morgen oder übermorgen geht es weiter. Und gehen Sie in die DV. Die Jungs werden Ihnen schon die Wahrheit sagen.
Sebastian lächelte dankbar. Er ging mit dem Kreditleiter zur Tür und schloss sie hinter ihm. Als er sich umdrehte, sah er drei verloren am Tisch sitzende Berater. Langsam ging er zu seinem Stuhl und setzte sich dazu.
Also, sagte er. Ich finde, wir sollten jetzt erst einmal eine Pause machen.

18:19 Uhr

Die Karten werden neu gemischt? Was soll das denn heißen? Michael drehte sich vom Fenster weg und nahm einen Schluck Champagner.
Sebastian schmeckte der Moët ausgesprochen gut. Noch besser als der Veuve Cliquot am Wochenende. Obwohl da ja Natalie... Ach was, das Wochenende war vorbei. Er schlürfte genüsslich, bevor er der erwartungsvollen Zuhörerschaft eine Antwort zukommen ließ. Valentino hat mir gesagt, dass der Imperator in zwei Jahren in den Ruhestand geht.
Er hat doch schon heute keine Lust mehr, grummelte Michael. Im Büro ist er nur von Dienstag bis Donnerstag, und zwar maximal von elf bis fünf. Den Rest der Woche weilt er auf seinem Anwesen in Mallorca.
Schon, sagte Sebastian, aber er will ein gut bestelltes Haus hinterlassen. Deshalb sind wir ja da. Aber wenn er aus dem Chefkabinett ausscheidet, wird er nicht ganz aufhören wollen. Er schaute in die Runde. Ist doch klar, Schweizer will Verwaltungsratsvorsitzender werden.

Paul Kopper stellte sein Glas geräuschvoll auf den Tisch. Und du meinst, jetzt, wo Nero tot ist, wird daraus nichts mehr?

Zumindest ist es nicht mehr so leicht wie vorher, antwortete Sebastian. Valentino hat immer erzählt, dass Kaiser und Schweizer alte Saufkumpane waren. Und dass Kaiser irgendwelche Leichen im Keller hatte, von denen der Imperator wusste. Ich meine, Kaiser wurde nicht umsonst Nero genannt. Er trank noch einen Schluck.

Ich dachte immer, Privatbanken wären etwas Vornehmes. Ludwig klang indigniert. Als einziger trank er nur Mineralwasser. Wahrscheinlich schmollte er auch noch immer, dachte Sebastian. Schließlich hatte er ja das Desaster mit den Ostfilialen kommen sehen.

Das mag schon sein, sinnierte Michael und ließ sich in einen der dicken Clubsessel plumpsen. Aber diese Bank ist halt ein bisschen anders. Die ist vor allem dafür da, Zeitvertreib zu bieten. Kurzweil für die Reichen und die Schönen.

Schöne habe ich da eigentlich noch nicht gesehen, brummte Ludwig.

Frau Crailsheim *war* zumindest mal schön, sagte Sebastian. Böttchers Sekretärin war bekannt dafür, gerne mit den jungen Beratern herumzuschäkern, und Sebastian galt als ihr bevorzugtes Opfer.

Dafür sind ihr jetzt alle siebenundfünfzig Männer, die sie in den letzten drei Jahren vernascht hat, sorgsam gestapelt ins Gesicht geschrieben. Michael gluckste.

Ich finde, Frau Nougat ist nicht zu verachten. Paul grinste auffällig unverschämt.

Frau Nougat? Hab' ich was verpasst? Michael war ganz aufgebracht. Wer ist das denn, Frau Nougat? Rück raus, Paul.

Jetzt grinste Paul verhaltener. Na, das ist Frau Neher, die Sekretärin von Jerusalem.

Jerusalems Sekretärin? Sebastian, wieso hast du mir noch nie Jerusalems Sekretärin vorgestellt?
Weil du ja gerade mal genug Zeit hast, um alle vier Wochen beim Imperator deine Aufwartung zu machen.
Aber wenn ich gewusst hätte, dass in Jerusalems Vorzimmer was Schnuckeliges wartet, hätte ich ihn doch mal besucht, sagte Michael. Paul, erzähl, wie sieht sie aus.
Paul druckste ein wenig herum. Na ja... so dunkelhaarig, gute Figur und dunkle Augen, fast schwarz.
Ach, so genau hast du sie dir schon angesehen? fragte Sebastian.
Na ja... Paul wurde verlegen. Ich hab sie mal zum Essen eingeladen.
Plötzlich grinste Michael nicht mehr. Vorsicht, Jungs. Keine Affären beim Kunden.
Michael, wirklich... Da war nichts, sagte Paul und hob die Hand wie zum Schwur. Wir waren beim Chinesen, und dann hab ich sie ins Taxi gesetzt und...
Schon gut, wiegelte Michael ab. Aber komm nicht auf die Idee, mal mit ihr mitzufahren und noch ein Gute-Nacht-Schlückchen auf dem Wohnzimmersofa zu nehmen. Er goss sich noch etwas Champagner nach. In Los Angeles hat so eine Chef-Tippse vom Kunden einen Berater auf 150.000 Dollar Schadenersatz verklagt. Wegen Sexual Harassment.
Na ja... Sebastian fand das überzogen. Aber wir sind hier ja in Deutschland.
Du meinst, hier haben wir unseren Spaß in der eigenen Firma? warf Ludwig ein. Sebastian musterte ihn misstrauisch. Sollte das eine Anspielung sein?
Ganz egal, ob beim Kunden oder bei uns, auch in Deutschland hat das nichts mit Spaß zu tun. Michaels Humor war verflogen. Wirklich, Jungs, ihr solltet da ganz vorsichtig sein. Bei uns in der Firma ist der Umgangston etwas

lockerer, das verleitet vielleicht den einen oder den anderen. Aber schon bei uns gibt das nur Probleme. Es gibt da genug Geschichten.

Die Consultants sahen Michael erwartungsvoll an, aber er wollte offenbar nicht mehr erzählen. Sebastian rutschte auf seinem Sessel herum. Er fühlte sich reichlich unwohl bei diesem Thema. Ob Michael etwas von Natalie und ihm wusste?

Und beim Kunden kann das noch ganz andere Folgen haben, fuhr Michael unbeeindruckt fort. Jeder kann mit seiner Karriere machen, was er will. Aber wenn es wegen irgendeiner schlecht gelaufenen Liebesgeschichte Ärger beim Kunden gibt, ist die Firma betroffen. Und das können wir uns überhaupt nicht leisten. Er sah noch einmal streng in die Runde. Vor allem nicht bei dieser Bank. Da haben wir schließlich schon Probleme genug.

Sebastian stellte sein leeres Glas auf den Tisch. Der letzte Satz war das Signal. Michael wollte wieder an die Arbeit. Keine Wunder, sie saßen ja auch schon seit fast einer Stunde in der Casa, dem Lieblingshotel der Berater in Frankfurt. Michael hatte nach dem abrupten Ende der Präsentation Sebastians Wink verstanden und das Team zu einem Imbiss auf sein Zimmer eingeladen. - und natürlich zur Seelenmassage, denn die Motivation der gebeutelten Berater bedurfte etwas Pflege. 'Imbiss' bedeutete in der Klosterschen Diktion, dass der Tisch beladen war mit Kanapees mit Lachs, Shrimps, Parmaschinken, Rohmilchkäse und was die feine Küche sonst noch hergab, und dass natürlich der Champagner floss. Die Casa bot das richtige Ambiente für ein solches kleines Intermezzo, denn keines der hohen, gepflegten Altbauzimmer hatte weniger als fünfundzwanzig Quadratmeter, und alle waren mit schweren englischen Möbeln eingerichtet. Die üppigen Blumenmuster auf Sofas, Sesseln und Vorhängen bewirkten beim Betrachter schon einmal leichte

Schwindelgefühle. Als die Platten leer gegessen waren und der zweite Korken knallte, war die Stimmung wieder gelöst.
Aber jetzt ging es zur Sache. Sebastian war überrascht gewesen, dass Michael ihn nicht gleich nach der Präsentation zur Rede gestellt hatte wegen Frau Doktors Vorwürfen. Doch nun, da alle Details des vergangenen Geschehens im Sitzungssaal durchgekaut waren, alle Fauxpas der Banker und Geistesblitze der Berater ihre Würdigung gefunden hatten, mussten sie zu dem einen Punkt kommen, bei dem die Geistesblitze offensichtlich ausgeblieben waren. Michael verschränkte die Arme vor der Brust und ließ seinen Blick über das Team wandern.
Okay. Ich will es noch einmal in einem Satz sagen: Lasst Euch von der Trägheit dieser Banker nicht verunsichern, insgesamt war die Präsentation ein Erfolg. Und für den Abbruch konnten wir schließlich nichts. Er kratzte sich am Hals. Nur das Ding mit Frau Doktor, das hätte nicht sein müssen.
Jeder im Raum versuchte, Michaels bohrendem Blick auszuweichen. Auch Sebastian wurde bewusst, dass er auf den Boden starrte.
Ich will gar nicht wissen, wieso das so gelaufen ist. Um Vergangenheitsbewältigung geht es mir nicht. Was mich interessiert, ist, wie wir sicherstellen, dass uns die Banker unsere Rechnungen glauben.
Wir haben uns schon etwas überlegt, sagte Sebastian sofort. Erst einmal müssen wir natürlich herausfinden, was es mit diesem DV-Fehler wirklich auf sich hat. Das macht Ludwig morgen früh. Paul geht noch einmal die Berechnungen durch, und ich überlege mir, ob wir nicht noch an besseres Zahlenmaterial herankommen.
Gut, sagte Michael nickend. Das ist schon ein Anfang. Dann sollten wir uns morgen Nachmittag wieder zusammensetzen, damit wir die Ergebnisse besprechen können.

Morgen Nachmittag. Das war verdammt wenig Zeit, dachte Sebastian. Aber Michael hatte ja recht, sie mussten jetzt schnell etwas vorzeigen.

Ach so, sagte Michael dann, als hätte er noch etwas vergessen. Und es wäre gut, wenn ihr die Ergebnisse in einer vollständigen Dokumentation zusammenfasst. Separat für jede Filiale.

Michael, sagte Sebastian, das bekommen wir so schnell nicht zusammen. Natalie ist schon auf ihrem neuen Projekt, und...

Michael sah ihn an. Wieso bekommt ihr das dann nicht zusammen? Hat sie Ludwig ihre Sachen nicht ordentlich übergeben?

Doch, sicher, antwortete Sebastian. Aber wenn wir jetzt alles im Detail aufarbeiten sollen, werden sich noch Fragen ergeben.

Dann holt sie her.

Ihr neues Projekt hat heute angefangen. Sie ist in London.

Da werdet ihr sie ja wohl auftreiben. Michael sah auf die Uhr. Am besten gleich, würde ich vorschlagen. Dann bekommt ihr heute Abend noch etwas geschafft. Er griff nach seinem Aktenkoffer. Ich habe gleich um sieben noch eine Sitzung des Personnel Committees. Ich würde vorschlagen, wir treffen uns dann morgen Nachmittag um vier zum IPM. Er ging zum Schrank, holte seinen Mantel heraus und ging zur Tür. Als er an Sebastian vorbeikam, blieb er noch einen Moment stehen.

Ach, Sebastian. Kann sein, dass wir heute Abend auch über dich reden. Ich habe morgen Vormittag einen Termin bei Mitchell's in London. Sebastian musste etwas irritiert geschaut haben, denn Michael grinste und sagte: Keine Angst, ich habe keine Absicht, ins Lager der Investmentbanker zu wechseln. Die arbeiten noch mehr als wir, das ist nichts für mich. Sein Lachen ging schnell in ein Husten über. Mich hat ein alter Kunde angerufen, der für eines seiner Unternehmen einen Käufer sucht, und da soll ich ein paar Kontakte herstellen. Egal, ich will dich morgen früh noch kurz sehen.

Vielleicht kannst du Dir die Zeit nehmen und mit mir morgens zum Flughafen rausfahren? Dann haben wir wenigstens eine halbe Stunde.

Sebastian nickte. Wenn das Personnel Committee über ihn sprach, dann ging es um seine Beförderung. Kein besonders günstiger Termin. Und wenn Michael ihn dringend noch einmal allein sehen wollte, dann mit Sicherheit, um ihm doch noch die Leviten zu lesen. Wann geht dein Flieger? fragte er zurück.

7 Uhr 25. Sagen wir um halb sieben an der Rezeption? Sebastian nickte.

Gut. Michael schaute noch einmal in die Runde. Also dann, good luck, gentlemen.

Als er gegangen war, herrschte betretenes Schweigen. Schließlich stand Sebastian auf.

Dann lasst uns losziehen. Mal sehen, wer als erster im Büro ist.

19:08 Uhr

Als der Banker die Nummer in das schwarze Telefon eintippte, merkte er erst, wie verschwitzt seine Hände waren. Erst beim zweiten Mal stimmten alle Zahlen.

Ja?

Sind Sie wahnsinnig?

Der andere lachte. Er lachte einfach! Bleiben Sie ganz ruhig. Es ist doch alles in bester Ordnung.

In Ordnung? Er ist tot!

Ja. Aber es war ein Unfall.

Ach so, ein Unfall. Und das soll irgendjemand glauben?

Der andere atmete tief durch. Jetzt machen Sie mal einen Punkt. Wir haben hier die Sache im Griff.

Ach so, im Griff. Das hat man ja deutlich gesehen.

Ich habe Ihnen doch gesagt, es war ein Unfall. Ich gebe ja zu, wir wussten nicht, dass Neros Herz schon so schwach war. Aber eine Verbindung zu uns herzustellen ist völlig unmöglich.

Ich glaube Ihnen kein Wort.

Das Mädchen musste glauben, dass Nero sie selbst ins Hotel bestellt hat. Und die Videokamera haben wir entfernt, bevor die Polizei eintraf.

Aber die ermitteln jetzt doch! Und was ist, wenn sie anfangen, die Bank zu durchsuchen?

Ich sagte Ihnen doch, er ist eines natürlichen Todes gestorben. Und die Umstände sind so peinlich, dass die Familie alles daransetzen wird, die Sache zu vertuschen. Er kicherte leise. Aus der neuen Situation ergeben sich auch einige Vorteile.

Was?

Wir haben jetzt die Chance, den Verwaltungsratsvorsitz für uns zu reklamieren.

Sie sind völlig wahnsinnig. Und was dann?

Dann könnten wir die Filialschließungen schneller durchziehen. Und sofort zu Plan B übergehen.

Der Banker fuhr sich mit der Hand durchs Gesicht. Plan B. Darüber hatten sie vor Ewigkeiten einmal gesprochen, bevor sie die Geschäfte im Osten angefangen hatten. Er konnte sich kaum noch daran erinnern, was sie damals alles zusammenphantasiert hatten. Und was ist mein Part dabei?

Der andere lachte. Ich finde, Sie wären ein sehr geeigneter Bankensprecher.

Sagte er das nicht so, als ob es ein Scherz wäre? Sehr witzig.

Am anderen Ende der Leitung hielt das Glucksen noch etwas an. Es war beleidigend. Lassen Sie uns darüber reden, wenn die Zeit reif ist. Jetzt ist es erst einmal wichtig, dass Sie Ihren Job gut machen. Wie war die Präsentation?

Er wischte über die Schreibtischplatte. Seine Hand hinterließ feuchte Spuren. Sie sind nicht durchgekommen. Dummerweise ist der DV-Fehler zu einem großen Thema geworden, weil Frau Dr. Sturm nichts von ihm wusste. Sie wollte unbedingt durchsetzen, dass die Sitzung abgebrochen wird, bis der Fehler geklärt ist, als dann die Nachricht von Neros Tod kam und sowieso Schluss war.

Der andere schwieg.

Er nahm sein Taschentuch hervor und versuchte, den Tisch trocken zu reiben. Gut ist natürlich, dass die Berater jetzt unter Zugzwang sind. Sie sind überzeugt, dass ihr Vorschlag, die Filialen zu schließen, richtig ist. Und Sie werden alles tun, um auch die Bank davon zu überzeugen.

Wann geht es weiter?

Das ist noch nicht entschieden. Aber morgen mit Sicherheit nicht. Dazu ist hier noch viel zu viel Aufruhr.

Das heißt, morgen rennen die Berater durch die Bank und versuchen, den DV-Fehler aufzuklären.

Davon ist wohl auszugehen. Jetzt würde er ihn gleich fragen, ob die Berater dort auch das Richtige finden würden. Mein Gott, dass er daran nicht gedacht hatte. Und er hatte die Stunden seit der Präsentation einfach verstreichen lassen, ohne sich darum zu kümmern.

Dann helfen Sie ihnen dabei.

Was?

Es ist alles vorbereitet. Helfen Sie ihnen. Sie werden finden, was sie suchen.

Hören Sie, ich dachte, hier in der Bank, das wäre mein Teil.

Der andere lachte wieder. Ist es doch. Melden Sie sich nach der nächsten Präsentation. Es klickte in der Leitung.

Aber... Hallo? Hallo! Der andere hatte wirklich aufgelegt.
Er legte den Hörer auf die Gabel und ließ seinen Blick nachdenklich durch das Büro wandern. Der Junge am Pool grinste nicht mehr. Er sah noch einmal genau hin. Jetzt erschien es ihm, als wolle sich der Junge jeden Moment umdrehen. Schade. Auf dem Bild konnte man nicht sehen, ob jemand hinter ihm stand.

00:02 Uhr

Auf der Straße peitschte ihm der Nieselregen ins Gesicht. Sebastian Ritter schlug den Kragen hoch und beeilte sich, zum Taxistand zu kommen. Er hatte Glück, ein Wagen stand noch da. Er ging an die rechte hintere Tür und klopfte an die Scheibe. Der Fahrer schreckte von seiner Lektüre hoch und sah nach hinten. Sebastian machte die Tür auf, warf seinen Aktenkoffer auf die Rückbank und kletterte in das Taxi. Der Fahrer beeilte sich, den Beifahrersitz nach vorne zu schieben.
Danke, geht schon. Zum Hotel Casa bitte.
Der Mann nickte und fuhr los. Sebastian rutschte tief in den Sitz hinein. Er steckte die Hände in die Manteltaschen und stöhnte einmal kräftig.
Langer Tag? Der Taxifahrer beäugte ihn im Rückspiegel. Sebastian sah nicht viel von ihm. Er wirkte massig, mit wilden dunklen Haaren und einem Vollbart. Er trug eine Lederjacke und hatte einen langen weißen Schal kompliziert um den Hals gewickelt. Die Holzkugeln auf der Rückenlehne passten nicht so recht zum Bild des nichtangepassten Nachtarbeiters.
Mmh. Mal wieder viel zu tun.
Ich bin um diese Uhrzeit meist in dieser Ecke. Da bei Ihnen arbeitet man auch gerne nachts, was?
Gerne nicht. Aber es kommt häufiger vor.

Sebastian sah durch die tropfenübersäten Scheiben hinaus auf das nächtliche Frankfurt. Sie fuhren die Mainzer Landstraße entlang, vorbei an den Glaspalästen der Großbanken. Vereinzelte Lichter standen fahl hinter den glatten Wänden. Die Bürgersteige waren menschenleer. Er schaute nicht mehr hoch, als die beiden Vorzeigetürme der Deutschen Bank auftauchten. Soll und Haben. Früher hatte die kalte, glänzende Pracht ihn fasziniert. Jetzt kannte er Banken zu gut.

Was machen Sie denn da eigentlich? Wirtschaftsprüfung? Die Augen des Taxifahrers schauten neugierig in seine Richtung. Sebastian verkroch sich noch etwas tiefer in seinen Mantel.

So ähnlich.

Geheim, was? Dürfen Sie nicht drüber reden?

Sebastian stöhnte noch einmal. Nein, nein. So schlimm ist es nicht. Wir beraten Unternehmen.

Unternehmen? Banken auch?

Ja, Banken auch.

Ich dachte, die hätten so viel Geld, dass sie sich die besten Leute leisten können. Wieso brauchen die denn Berater?

Tja, wieso brauchten Banken eigentlich Berater? Eine gute Frage. Weil sie zwar viel Geld hatten, aber zu wenig in gutes Personal investierten. Weil wirklich gute Leute nicht zu einer spießigen Bank gehen wollten. Weil der Bankenalltag totlangweilig war. Bei Banken ist es genau so wie bei vielen anderen Unternehmen, fing Sebastian an. Man macht das Geschäft mit einer gewissen Routine, was Vorteile hat, aber auch den Nachteil, dass man schnell betriebsblind werden kann. Man sieht alles immer aus derselben Perspektive und merkt nicht, wie der Markt sich ändert. Und wenn dann die Geschäfte schlechter gehen, weiß keiner warum.

Und dann holt man Sie?

Ja.
Der Taxifahrer schüttelte den Kopf. Sie sind doch noch ziemlich jung. Wie können Sie denn den Leuten in der Bank noch etwas beibringen?
Sebastian versuchte, das Gesicht des Taxifahrers zu erkennen. Es war zu dunkel, er sah nicht mehr als die Umrisse. Trotzdem, es reichte. Wahrscheinlich könnte selbst dieser Typ in der Lederjacke den tollen Bankern noch etwas beibringen, wenn er in den eleganten Büros mit den weichen Teppichen und den Schlafsesseln genauso bohrend fragte wie hier in seinem dunklen Taxi. Es geht nicht darum, denen ihr Geschäft beizubringen, redete er weiter. Natürlich kennen die das besser als wir. Aber wir haben eine tiefergehende Analysemethodik.
Was?
Sebastian atmete einmal tief durch. Eigentlich war er stolz darauf, komplizierte Sachverhalte einfach in Worte fassen zu können. Nur nach Mitternacht schien das nicht mehr so gut zu gehen. Im Rückspiegel erschien es ihm, als ob der Taxifahrer grinste. Wir geben uns nicht mit dem zufrieden, was immer schon so gemacht wurde, sondern fragen weiter. Wir untersuchen so genau wie möglich, darin werden wir ausgebildet. Und wir verlieren die einmal gesetzten Ziele nicht aus den Augen. Ein Termin wird immer eingehalten. Und wenn wir Tag und Nacht arbeiten. Er seufzte. Sehen Sie ja.
Und was machen Sie da die ganze Zeit im Büro?
Reden. Vor allen Dingen reden. Vorhin hatten sie fast zwei Stunden gebraucht, um die genaue Systematik ihrer Rechnungen zusammenzutragen. Das Problem waren einfach die Schlüsselungen. Die knappe Zeit hatte nicht ausgereicht, um alle notwendigen Daten in jeder der zwölf Filialen zu erheben. Eigentlich war das ja auch ein allgemein akzeptiertes Vorgehen - nur im Fall der Ostfilialen wurde es problematisch.

Grundsätzlich war ihre Aussage, dass die Auslastung in den nächsten Jahren immer dramatischer fiel, ja überzeugend genug, um zu erkennen, dass drei Filialen zu viel waren. Nur, wenn jemand fragte, warum denn ausgerechnet eine bestimmte Filiale geschlossen werden sollte, hatten sie nicht viel zu bieten - jedenfalls keine überzeugenden Berechnungen. Michael hatte das in der Präsentation schnell durchschaut. Und er hatte auch begriffen, dass Sebastian ihn vorher nicht darauf hingewiesen hatte.
Sebastian schloss die Augen. Es war einfach grenzenlos naiv gewesen, zu glauben, dass er mit diesem Zahlengewurstel durchkommen würde. Beim Kunden vielleicht, aber nie bei Michael. Sebastian wusste, dass es sein Fehler war. Jetzt musste er ihn wieder gut machen. Nicht er alleine: das Team. Die nächsten Tage würden hart werden. Es war klar, worauf Michael mit seinen Anforderungen hinauswollte. Er wollte Filiale für Filiale überprüfen, welche Zahlen geschlüsselt waren, und überall dort, wo es möglich war, neue Daten direkt in den Filialen nacherheben. Und das natürlich möglichst schnell. Nur wie das gehen sollte, das wusste noch keiner von ihnen.
Entschuldigung? Schlafen Sie schon?
Sebastian schreckte hoch. Was? Nein, nein. Ich bin nur etwas weggedriftet. Was haben Sie noch mal gefragt?
Was Sie den ganzen Tag...
... im Büro machen. Richtig. Wissen Sie, damit man ein Geschäft versteht, muss man erst einmal seine Logik begreifen. Die Hebel, mit denen Sie überhaupt etwas bewegen können. Und dann müssen Sie anhand der Zahlen überprüfen, ob der Kunde diese Hebel wirklich ausreichend nutzt.
Und das dauert so lange?
Allerdings. Und es war noch nicht einmal besonders spannend. Es war nicht mehr als Number Crunching - Zahlen in den Computer einhacken,

Rechenoperationen eingeben, Ergebnisse überprüfen. Immer wieder überprüfen, ob man auch keinen Fehler gemacht hatte. Wie heute.

Es dauert ewig.

Sebastian seufzte. Gemeinsam mit Ludwig hatte er sich durch Natalies Dateien quälen müssen. Und da war er auf einmal ganz froh, dass Ludwig so ein Pedant war. Weil er sich die letzten Tage schon detailliert eingearbeitet hatte, wusste er, wie die Rechnungen funktionierten, und er konnte Sebastian praktisch mit der Ankunft im Büro eine Liste mit offenen Punkten vorlegen. Natürlich war Ludwig noch immer beleidigt wegen des Telefongesprächs am Morgen, aber Sebastian hatte es geschafft, die Diskussion zu vertagen. Vorrangig waren die Fragen an Natalie.

Und das macht Ihnen Spaß?

Spaß? War Spaß das richtige Wort? Ich... ich mache es gerne.

Verstehe ich nicht.

Ich will gute Arbeit leisten. Die beste, die möglich ist. Und daran arbeite ich mit den besten Leuten. Wir haben eine Vorbildfunktion, wissen Sie. Wir setzen einen neuen Standard bei unseren Kunden. Und damit verändern wir die Arbeit dort. Das ist es, was eigentlich zählt.

Der Taxifahrer schwieg. Sie bogen in die Straße des Hotels ein. Die bestmögliche Arbeit mit den besten Leuten. Es stimmte, das war es, was ihn hielt. Leute wie Michael, wie Paul. Vielleicht auch so jemand wie Ludwig. Und natürlich Natalie. Natalie... Als sie anriefen, war sie noch im Büro in London. Sie waren die Fragen durchgegangen, konnten aber nicht alles klären. Nach Frankfurt konnte Natalie auf gar keinen Fall kommen. Sie war schon bis zum Hals in ihrem neuen Projekt. Sebastian musste es zähneknirschend akzeptieren. Immerhin wussten sie nun, mit wem sie morgen in der DV-Abteilung sprechen mussten.

So. Da sind wir. Das macht 34 Mark 70.

Sebastian griff nach seinem Portemonnaie. 38 bitte, und eine Quittung. Danke. Der Taxifahrer machte das Wagenlicht an und füllte das Formular aus. Als er das Blatt nach hinten reichte, gab ihm Sebastian die Geldscheine. Der Taxifahrer nahm seine Geldbörse hervor und suchte nach den passenden Münzen. Interessant, was Sie da erzählt haben, murmelte er. Sebastian lächelte müde. Ein Bewunderer. Wie schön. Er konnte es doch noch, auch um diese Zeit.

Der Taxifahrer reichte ihm das Wechselgeld. Wissen Sie, sagte er dabei, ich fahre oft Berater.

Wie? Sebastian war verwirrt. Ja... und warum fragen Sie dann, was ich mache?

Oh, ich frage alle, die ich da abhole. Und dann vergleiche ich die Antworten.

So. Und... was sagen die anderen?

Der Taxifahrer drehte sich um und steckte die Geldbörse weg. Alle möglichen Geschichten, sagte er und schien dabei nach vorne zu blicken, aber Sebastian merkte, dass er ihn verstohlen durch den Rückspiegel ansah. Die Neuen sind völlig begeistert, dass sie es geschafft haben. Dann kommt der Stress, und die ersten Misserfolge. Dann haben sie Angst, es nicht zu schaffen. Ein paar halten durch. Und kurz bevor sie gehen, erzählen sie mir dann, sie machen es nur wegen der anderen, mit denen sie da arbeiten.

Sebastian merkte, dass er noch immer die Münze in der Hand hielt. Als ob er Trinkgeld bekommen hätte. Er steckte das Geld weg und griff nach seinem Aktenkoffer.

Gut, sagte er patzig. Ich gehe nicht so bald. Er öffnete die Tür und zwängte sich hinaus. Gute Nacht.

Er knallte die Tür zu und sah dem Wagen nach, als er aus dem Hof wieder hinausfuhr. Es regnete jetzt stärker. Er zog den Mantel am Kragen zusammen und wollte sich gerade umdrehen, als er hörte, wie jemand die Treppen vor dem Hotel heruntergestolpert kam.

Guten Abend, Herr Doktor Ritter.

Es war der Nachtportier, bewaffnet mit einem Schirm, den er jetzt Sebastian entgegenstreckte.

Sebastian lächelte und grüßte zurück. Der Nachtportier war ein älterer, etwas schrulliger Grieche mit einer dicken Hornbrille, die er mit einem dicken schwarzen Band hinter den Ohren zusammengebunden hatte. Anfangs hatte er Sebastian abends genauso kommentarlos empfangen, wie es Portiers gewöhnlich tun, aber nach und nach taute er auf. Je häufiger Sebastian spät abends kam, desto besorgter zeigte er sich. Auch heute drohte er Sebastian mit dem Zeigefinger, als sie gemeinsam in das Hotel hineingingen.

Wieder sehr spät, Herr Doktor Ritter.

Sebastian lächelte. Ich hatte sehr viel zu tun.

Der Portier ging hinter die Rezeption. Ah, immer sehr viel zu tun. Was macht Ihre Freundin?

Keine Ahnung. Sie schläft wohl. Sie ist weit weg von hier.

Der Portier lächelte. Hier. Sehen Sie. Nachricht für Sie.

Neben seinem Schlüssel lag ein zusammengefaltetes Blatt. Er machte es auf. 23.57 Uhr stand da. Dann eine Telefonnummer. Und darunter eine Zeile: Liebe Grüße von deiner Natalie.

Freundin war sehr traurig, als Sie nicht waren da.

Sebastian schaute hoch. Na ja. Manchmal ist's ganz gut, wenn die Frauen ein bisschen warten. Gute Nacht also. Und vielen Dank. Ach ja, und wecken Sie mich bitte um viertel vor sechs.

Der Nachtportier schüttelte den Kopf. Viel zu früh, Herr Doktor. Zu wenig Schlaf.

Sebastian lächelte noch einmal, nahm seine Sachen und ging zum Fahrstuhl.

Oben im vierten Stock angekommen, ging er den Flur hinunter bis zur vorletzten Tür. Sebastians Zimmer war nicht ganz so riesig wie Michaels, aber es hatte einigen Charme. Das Bett war auf einer zweiten Ebene, die man über eine kleine Treppe erreichte. Wenn man oben war, konnte man das ganze Zimmer überblicken, wie von einem Thron aus.

Er zog den Mantel aus, ließ sich auf das Bett plumpsen und suchte in seiner Hosentasche nach dem Zettel mit Natalies Nummer. Er faltete ihn auseinander und wählte.

Hello?

Natalie?

Yes.

Ich bin's, Sebastian.

Sebastian... Sie kicherte.

Ich bin gerade ins Hotel gekommen und... ich wollte mich nur für deine Nachricht bedanken.

Nachricht? Ach die... Sie lachte schon wieder.

Natalie? Ist alles mit Dir in Ordnung?

Was? Oh ja... London ist wunderbar und dieses Hotel ist so schön... So schön... Sie prustete los.

Natalie? Hast du... Hast du einen sitzen?

Sie hörte nicht mehr auf zu lachen. Ich hab einen sitzen... und du hast einen stehen... Sie musste den Hörer aufs Bett geworfen haben, denn er hörte ihr schallendes Gelächter nur noch gedämpft.

Natalie? Natalie? Er hörte sie im Hintergrund reden, verstand aber nicht, was sie sagte. Dann lachte sie wieder.

Natalie! Nimm doch den Hörer, verdammt noch mal!

Plötzlich war sie wieder dran. Ja. Ich bin jetzt ganz ernst. Also, was willst du, Sebastian? Noch ehe er antworten konnte, redete sie weiter. Ach so, du willst dich bedanken. Ja. Gut. Oh mein Gott, ist das Zeug stark.

Zeug? Was für ein Zeug?

Wahnsinn... Wie ich deine Stimme höre, Sebastian, ganz anders als sonst... Ich hör dich in mir, hier unten, ganz tief in mir...

Natalie, was ist das für ein Zeug?

Ich hab nur etwas von dem Afghanen reingetan... Wahnsinn...

Jetzt dämmerte es ihm. Sie hatte einen Joint geraucht. Er hatte sie schon einmal bekifft erlebt, einen Abend in ihrer Wohnung. Er hatte sogar mitgeraucht, aus Neugierde, mit viel Angst, aber er hatte nichts gespürt. Sie umso mehr. Sie hatte ohne Unterlass geredet, nur unterbrochen durch heftige Lachanfälle. Dann war sie immer weiter weggedriftet, irgendwohin, wohin er keinen Zugang hatte. Schließlich war er gegangen.

Natalie. Er musste sie erreichen. Natalie, flüsterte er, du fehlst mir so.

Mmmhhhnnnnn. Du bist so weit weg, Sebastian.

Willst du nicht doch morgen kommen. Ich rede mit deinem Projektleiter.

Ich bleibe, wo ich bin. Ooooh, mir geht's hier so gut... Ich bin allein, und so soll es sein. Sie lachte schon wieder.

Aber wäre es nicht schöner, wenn wir zusammen wären...

Jetzt ist es so schön... Ich will jetzt mit niemandem zusammen sein. Lass mich doch in Ruhe. Hörst du? Lass mich! Sie warf den Hörer wieder weg.

Er lauschte ins Telefon hinein. Ein paar Sekunden glaubte er noch, sie im Hintergrund reden zu hören, dann war es still.

Er legte auf.

Nachdem er sich ausgezogen hatte, macht er das Licht aus und zog die Decke über den Kopf.

Dienstag, 19. November

06:29 Uhr

Als Sebastian die Treppe zum Erdgeschoss hinunterkam und durch die Glastür zur Rezeption ging, stand Michael Klosters bereits am Tresen und unterschrieb gerade den Beleg seiner Kreditkarte.

Guten Morgen.

Michael schaute zu ihm hoch. Seine Augen waren noch etwas verquollen und reichlich gerötet.

Guten Morgen, brummte er zurück.

Gestern wieder etwas viel vom guten Rotwein gehabt?

Mmnnh. Michael räusperte sich. Wenn's wenigstens das gewesen wäre. Nur Mineralwasser. Aber es ging bis in die Puppen. Er steckte seine Brieftasche weg.

Taxi kommt jeden Moment. Der Portier nickte freundlich zu den beiden Beratern herüber.

So viele schwierige Fälle? fragte Sebastian und lächelte bemüht. Natalie hatte er ganz nach hinten in eine versteckte Kammer seines Herzens gedrängt, aber ein flaues Gefühl blieb. Was im Vordergrund war, erschien allerdings auch nicht besonders erstrebenswert. Es konnte einfach nichts anderes auf ihn warten als eine Standpauke. Verschoben war nicht aufgehoben. Und dann die Sitzung des Personnel Committees. Wenngleich da wohl Zuversicht angesagt war, denn bisher hatten sie ihm ja immer bestätigt, dass er einer der Hauptleistungsträger bei Top Management Consulting war.

Michael griff nach der Reisetasche und seinem Aktenkoffer und ging langsam in Richtung Ausgang. Schwierige Fälle? sagte er, mehr zu sich als zu seinem Begleiter. Nein. Ja. Ach, du weißt doch, wie diese Aus-

schussarbeit ist. Alle müssen sich wichtigtun. Ich meine, wir sind zuständig für die Senior Projekt Managers - Leute, die alle gut kennen, schließlich läuft jeder SPM seit mindestens vier Jahren in der Firma herum. Und bei einer solchen Sitzung wird dann so getan, als wären alle zum ersten Mal da.
Draußen fuhr das Taxi vor. Sie gingen hinaus. Der Fahrer öffnete den Kofferraum, Michael hievte seine Sachen hinein, Sebastian tat es ihm nach.
Du nimmst auch schon alles mit? fragte Michael, während er hinten in den Wagen einstieg.
Ja. Sebastian ließ sich neben Michael ins Polster sinken und schlug die Tür zu. Phil Meyer hat mir eine Nachricht hinterlassen, dass ich ihn um acht Uhr anrufen soll, wegen meines anderen Projekts. Das mache ich lieber vom Büro aus, da habe ich mehr Ruhe. Er lehnte sich nach vorne. Zuerst einmal zum Flughafen, bitte. Der Fahrer nickte und fuhr los.
Fleißig, fleißig, sagte Michael spöttisch und sah aus dem Fenster. Besonders eilig schien er es nicht zu haben. Sebastian versuchte, seinen Blick zu treffen, aber es gelang ihm nicht. Also schaute er auch auf die Straße hinaus. Viel war dort um diese Zeit nicht zu sehen. Es war noch dunkel, die Straßen waren nass und menschenleer, und die feuchte Novemberkälte zog durch die Ritzen der Wagenfenster. Die Gegend um das Hotel war alles andere als lebhaft, eben - so nannte man das wohl - eine typische Wohngegend mit langen Reihen von Mietshäusern aus den Fünfziger und Sechziger Jahren. Am Tag kroch die Langeweile durch die Straßen, und abends kam aus jedem Fenster das blaue Licht der Fernseher. Eine Spießeridylle, dachte Sebastian. Wer hätte gedacht, dass ausgerechnet in dieser Gegend ein Hotel für verwöhnte Berater zu finden war.
Michael schwieg noch immer. Schließlich wurde es Sebastian zu bunt. Also, sagte er. Worüber willst du mit mir reden?

Michael drehte sich zu ihm und sah ihn mit einem Blick an, der irgendwo zwischen Verwunderung und Amüsement lag. Eigentlich will ich Dir nur gratulieren, antwortete er und grinste.
Was?
Du bist gestern zur Partnerwahl vorgeschlagen worden.
Sebastian atmete tief durch. Also doch. Jetzt war er da, der Moment, auf den alle Berater bei Top Management Consulting sehnsüchtig warteten. Wenn es auch noch nicht die endgültige Belohnung für all die Dinge war, die er im Laufe der Jahre auf dem Altar des Beraterallitags geopfert hatte. Aber er war kurz davor. Er war zugelassen zur Wahl.
Aber das heißt noch lange nicht, dass du auch gewählt bist, mein Lieber.
Erst reichte er den edlen Tropfen, dann spuckte er hinein. Sebastian hätte es wissen müssen, Michael Klosters war ja bekannt für diese Taktik. Er nickte mechanisch und versuchte, seinen Ärger nicht sichtbar werden zu lassen. Michael lachte.
Vor Sebastian zogen die Bilder seiner Beförderungsgespräche vorbei. 'Up or out' war für ihn nie eine Frage gewesen, denn er hatte jede Hürde stets mit Bravour genommen: Vom Juniorberater, im Firmenjargon Associate Consultant genannt, zum Project Leader und nach weiteren zwei Jahren zum Senior Project Manager, kurz: SPM. Die meisten scheiterten in dieser Zeit und wurden zu dem, was im Beraterdeutsch nur abfällig 'Loser' genannt wurde - einer, der es nicht geschafft hatte und sich unter Schmach innerhalb einer bestimmten Frist einen neuen Job suchen musste. Doch der schwierigste, der alles entscheidende Schritt stand auch für Sebastian erst jetzt bevor, und er wusste, dass die Gefahr des Scheiterns groß war. Vierzig Prozent der Anwärter wurden vom Personnel Committee gar nicht erst vorgeschlagen. Bei der Wahl selber lag die Durchfallquote bei fünfzig Prozent. Von zehn Kandidaten schafften es also statistisch gesehen gerade

einmal drei. Drei, die dann zu Mitinhabern der Firma wurden. Einem Job, in dem man so viel Freiheit und Entfaltungsmöglichkeiten hatte wie in keiner anderen Position in der Wirtschaft - hieß es. Es hieß auch, dass man damit mindestens eine Million im Jahr verdiente. Und dass man schon weibliche Consultants vergewaltigen musste, um gefeuert zu werden. Sebastian schluckte. Das war ja auch noch eine Möglichkeit.

Leicht wird es für dich nicht werden.

Sebastian schwieg und vermied es, Michael anzusehen. Er wusste, dass jetzt der andere Moment gekommen war - der, auf den er gewartet hatte. Er wusste auch, dass er jetzt möglichst gelassen reagieren musste. Wer Emotionen zeigte, wenn er mit Kritik konfrontiert wurde, hatte schon verloren.

Du hast ein, zwei nicht unwesentliche Gegner. Und sie haben einige Punkte, die nicht ganz von der Hand zu weisen sind.

Sebastian besah seine Fingerspitzen. Und die wären?

Vieles von dem, was ich Dir seit zwei Jahren in die Bewertungen schreibe. Und was gestern auch wieder deutlich wurde. Michael drehte den Kopf langsam in Richtung seines Nachbarn. Pragmatik ist gut, Sebastian. Aber du bist manchmal regelrecht oberflächlich. Du glaubst, dass du weißt, wie das Projekt abläuft, und kümmerst dich deswegen nicht mehr richtig um die Einzelheiten. Das geht schief. So wie gestern.

Sebastian blickte unbeweglich nach vorne.

Eigentlich braucht man gar nicht erst groß herumzurechnen, um zu sehen, dass diese drei Bankfilialen im Osten sinnlos sind. Aber wenn man es nachweisen will, Sebastian, dann muss die Berechnung auch Sinn machen. Und nicht so ein geschlüsseltes Gemauschel sein wie das, was du da gestern vorgestellt hast.

Heute Mittag kümmere ich mich darum, wie wir an bessere Daten herankommen.

Ja, ja. Aber erst, nachdem du diesen Quatsch mit der DV geklärt hast. So etwas einfach durchgehen zu lassen... Und mit mir redest du über diese dämliche Kundensystematik, aber nicht über das, was wirklich wichtig ist. Das ist schon keine Oberflächlichkeit mehr, Sebastian. Das ist fahrlässig.

Stadtauswärts war auf der Autobahn noch kaum Verkehr. Sebastian merkte, wie die Augen des Taxifahrers im Rückspiegel in seine Richtung sahen. Wahrscheinlich bekam er Aufführungen dieser Art nicht so oft geboten.

Was mich aber am meisten ärgert, fuhr Michael fort, das sind diese unsäglichen Fehden, die du zu allem Überfluss auch noch austragen musst. Langweilen dich eigentlich deine Projektinhalte so sehr, dass du dich schon auf Intrigen einlässt, um sie aufzupeppen? Er rückte näher an seinen Nachbarn heran. Sebastian. Das hast du doch überhaupt nicht nötig. Du bist einer der besten Berater, die in diesem Laden herumlaufen. Dazu stehe ich, weiterhin. Deshalb habe ich mich ja dafür eingesetzt, dass wir dich vorschlagen. Aber du musst dich auf deine Stärken besinnen.

Er schwieg einen Moment. Du kannst Menschen begeistern, Sebastian, sagte er dann. So viele Leute können das nicht, auch bei uns nicht, und für unseren Job ist das mindestens so wichtig wie eine intelligente Analyse. Und die kannst du ja auch, wenn du nur willst. Er grinste wieder. Sebastian sah auf die Straße.

Aber wenn es einmal nicht klappt mit der Begeisterung, dann beißt du dich fest. Wie jetzt mit Frau Dr. Sturm. Gestern die Szene hat doch gezeigt, dass du damit das Projekt gefährdest. Und in diesem Moment heißt das, dass damit auch deine Zukunft auf dem Spiel steht.

Mit einem Mal fasste Michael Sebastian am Arm. Frau Doktor ist der Schlüssel zu deinem Erfolg. Junge, du bist kurz davor, zum Partner gewählt zu werden. Das ist der wichtigste Schritt in deiner Karriere. Er drückte fest zu. Sebastian verzog das Gesicht. Vielleicht der wichtigste in deinem Leben. Michael sah ihn ein paar Sekunden durchdringend an. Dann ließ er ihn los. Deshalb brauchst du jetzt den Erfolg. Wir müssen das Projekt bei dieser Bank weiterverkaufen, Sebastian. Und dazu brauchen wir Frau Doktor. Michael lehnte sich wieder zurück. Sebastian fuhr sich über den Arm. Draußen erschienen die Wegweiser des Flughafens.

Also, denk daran, sagte Michael, als das Taxi in die Spur unter dem Abflugsymbol einbog. Du schreibst deine eigene Erfolgsstory. Und in der muss Frau Doktor eine positive Rolle spielen.

Keiner sagte mehr etwas, bis der Wagen zum Stehen kam. Michael machte die Tür auf und zwängte sich heraus. Sebastian überlegte erst, im Auto zu bleiben. Dann stieg er doch aus, um sich zu verabschieden

Wir sehen uns heute Nachmittag, sagte Michael, während er seine Taschen aus dem Kofferraum nahm. Mach es jetzt nicht zu kompliziert. Und denk einmal darüber nach, was ich Dir gesagt habe.

Er marschierte los. Sebastian sah ihm noch ein paar Sekunden nach. Dann klopfte er sich den Mantel ab und stieg wieder in das Taxi.

07:32 Uhr

Sebastian ging durch die Glastür in das menschenleere Frankfurter Office. Um diese Zeit war die Beratergemeinde entweder auf dem Weg zum Kunden, oder sie drehte sich im Bett auf die andere Seite - 'office days' ließ man etwas geruhsamer angehen. Der nächste Tag beim Kunden kam immer schneller als gedacht, und er begann auch immer früher als erhofft. Sebastian ging in eines der leeren Bürozimmer. Zwei Schreibtische in warmen Kirschholz standen sich gegenüber, dahinter jeweils zwei Schreibtischstühle mit hoher Rückenlehne - keine Chefsessel, soweit waren die Berater schließlich noch nicht. Die Tische waren wie leergefegt, nur zwei Telefone mit jeweils einem Dutzend Speichertasten standen da, daneben lagen einige Kabelzugänge für Computer. Alle Akten waren fein säuberlich weggeschlossen, so, wie es die Vorschrift wollte. Sebastian hoffte, dass die Büroinhaber wirklich beim Kunden waren. Aber was sollte es – notfalls musste er eben umziehen. Er stellte seine Taschen ab, legte das Schoko-Croissant und die Zeitungen, die er eben gekauft hatte, auf den Schreibtisch, zog seinen Mantel aus und legte ihn auf die Fensterbank. Er nahm das Croissant aus der Tüte und biss einmal kräftig hinein. Gut. Ein Kaffee fehlte.

Die Teeküche war am Ende des Korridors. An den Wänden waren neue Bilder aufgehängt worden, Portraits erfolgreicher Berater. Mittendrin hing auch ein Bild von Sebastian - und sogar ein recht gutes. Es war in Italien aufgenommen worden, bei einem Management Training im letzten Sommer. Sebastian hatte die Arme hinter dem Kopf verschränkt und lächelte breit und zufrieden. Kein Wunder, als das Bild gemacht wurde, war es sieben Uhr abends, und er hatte schon den ersten Sundowner intus. Zur Beratung bin ich gekommen wie manche Jungfrau zum Kind: aus Neugierde, begann der Text auf dem Portrait. Und auch heute ist das noch mein Hauptantrieb für jeden Tag. Ich bin neugierig auf meine Kunden, neugierig auf ihre Probleme, neugierig, wie wir im Team gemeinsam eine Lösung finden werden. Und ich bin vor allem neugierig zu lernen. Das ist es, was den Job als Berater so unvergleichlich macht: an jedem Tag lernt man etwas Neues. So bleibt die Neugierde lebendig.

Sebastian lächelte bitter. In der Tat. Jeden Tag lernte man etwas Neues. Und wenn es Neuigkeiten über sich selbst waren.

In der Küche nahm er sich einen Becher aus dem Schrank und stellte ihn unter den Kaffeeautomaten. Seit einer halben Stunde wiederholten sich Michaels Sätze in seinem Kopf. Zu oberflächlich, hatte er gesagt. Fahrlässig war es, was Sebastian gemacht hatte. Fahrlässig und dumm. Ein geschlüsseltes Gemauschel hatte er abgeliefert. Und sich auf Intrigen eingelassen - auf Intrigen in einer Bank, in der genau das der wesentliche Inhalt des Arbeitsalltags war. Grenzenlos naiv war das.

Mit der Tasse in der Hand ging er zurück auf den Flur. Das Schlimmste an der ganzen Predigt war, dass Michael auch noch recht hatte. Weitgehend jedenfalls. Es war einfach zu ärgerlich. Was war bloß in ihn gefahren in den letzten Wochen? Wie konnte er das nur alles durchgehen lassen? Und warum musste er auf Frau Doktor immer so aggressiv reagieren? Er blieb noch einmal vor dem Rahmen mit seinem Bild stehen. Jeden Tag etwas Neues lernen. Es war wohl wieder an der Zeit.

Im Büro setzte er sich an den Schreibtisch und stellte den Kaffee ab. Rosig waren die Aussichten nicht, jedenfalls nicht für die nächsten Tage. Er nahm noch einen Schluck Kaffee. Aber, sagte er sich dann, es war zu schaffen. Und genau das würde er tun.

Sebastian biss in das Croissant und begann, die FAZ durchzublättern. Im Wirtschaftsteil war unter 'Personalien' eine Meldung zum Tod des Verwaltungsratsvorsitzenden. Leopold Kaiser überraschend verstorben, hieß es in der Überschrift. Dr. Leopold Kaiser, 76, der Nestor der deutschen Anwaltschaft, ist gestern Nachmittag in einem Berliner Hotel tot aufgefunden worden. Ersten Untersuchungen zufolge erlag er einem Herzinfarkt. Kaiser war bis zu seinem Ausscheiden 1995 Vorsitzender mehrerer juristischer Berufsverbände und saß in sieben Aufsichtsräten deutscher Industrieunternehmen und Banken. In der Öffentlichkeit war er bekannt geworden, als er in den siebziger Jahren die Interessen einer privaten

Investorengruppe im Konkursverfahren der Herstatt-Bank erfolgreich vertrat. Mit Kaiser verliert die deutsche Hochfinanz eine ihrer schillerndsten Persönlichkeiten, die sich nicht nur durch kritische, teilweise eigenwillige Meinungsäußerungen zur deutschen Steuergesetzgebung hervorgetan hat, sondern bis ins hohe Alter hinein auch den gesellschaftlichen Dialog pflegte.

Sebastian trank seinen Kaffee. Ein Partylöwe also. Valentino hatte mal durchblicken lassen, dass Kaiser und Schweizer in der Bank berühmt waren für ihre gemeinsam durchzechten Nächte. Und 'Nero' verhieß ja noch eine ganze Menge mehr. Er schlug die Bild-Zeitung auf. Kaiser hatte es nicht auf die erste Seite geschafft, aber auf der letzten war ein einspaltiger Bericht. Der Tod kam in die Präsidenten-Suite. Das war ja eher zahm. Der Artikel brachte die Boulevard-Version der Kaiserschen Biographie, ohne dass Sebastian etwas Neues auffiel - bis er plötzlich stutzte. Der letzte Abschnitt hatte es in sich.

Und jetzt: das plötzliche Ende mit 76, unter mysteriösen Umständen. Der Zimmerkellner sollte eine Flasche Champagner und zwei Gläser bringen und fand Kaiser alleine - und tot. Was den Herzinfarkt auslöste, ist nicht bekannt. Vielleicht war es die Aufregung über den schwarzen Slip, den man in Kaisers Jackett fand. Die Polizei teilte mit, dass nach ersten Untersuchungen von einer natürlichen Todesursache ausgegangen wird. Dennoch: der Staatsanwalt ermittelt.

Sebastian legte die Bild-Zeitung beiseite. Merkwürdig. Das klang danach, dass ein alter Playboy noch einmal auf jung machen wollte und sich dabei etwas übernommen hatte. Spannend war natürlich, wem dieses Höschen wohl gehörte... Morgen stand es sicher in der Bild-Zeitung. Spannend war auch, wer wohl neuer Verwaltungsratsvorsitzender bei Großmann, Meyer & Cie. wurde. Das würde man wohl eher in der FAZ finden - nur wann.

Hoffentlich hatten die Geschäftsführer unter diesen Umständen genügend Ruhe, um sich die Präsentation zu Ende anzuhören. Vielleicht würde ein neuer Verwaltungsratsvorsitzender ja auch die Frage der Unabhängigkeit der Bank ernsthafter betrachten. Es konnte jedenfalls nicht schaden, das Thema schon einmal vorsichtig anklingen zu lassen.
Er trank seine Tasse leer und schaute auf die Uhr. Fünf vor acht. Gleich musste er Phil anrufen und die nächsten Schritte seines Wertmanagement-Projekts besprechen. Mit Birgit sollte er nach neun besser auch einmal telefonieren, damit mit dem Fragebogen alles glatt lief. Genug Zeit war heute Morgen auf jeden Fall, denn sein nächster Termin war erst um zehn. Ludwig und er waren beim DV-Leiter angemeldet, um über den mysteriösen Fehler zu reden.
Sein Blick wanderte über den Schreibtisch und blieb noch einmal bei den Zeitungen hängen. Auf der Titelseite der Bild-Zeitung prangte eine Blondine, die sich kopfüber auf einem Sofa räkelte und mit den Beinen in der Luft baumelte. Alles, was sie trug, waren ein paar schwarze Pumps und ein knappen Slip - allerdings ein weißer. Er sah noch einmal genau hin. Das Höschen kam ihm bekannt vor. Hat er es schon einmal in einem Schaufenster gesehen, oder... Nein. Natalie hatte denselben. Fast jedenfalls. Es war aus Spitze, ein blumiges Muster, hinten nur mit einem schmalen Steg. Er schluckte.
Langsam kroch das Gespräch vom Vorabend wieder hervor, und mit ihm kamen der Ärger und der Schmerz zurück. Sie war es nicht wert, dass er sich überhaupt über sie aufregte. Diese dumme Tusse. Wie man nur so blöd sein konnte, im Hotelzimmer zu kiffen. Das roch man doch. Und dann ihre dämlichen Sprüche... Ich bin allein, und so soll es sein. Große Poesie.
Er stand auf und stapfte durch das Büro. Wenn das gestern Abend die wahre Natalie gewesen war, dann hatte es wirklich keinen Sinn. Dann

waren die vergangenen Wochen nur ein Spiel gewesen, und das Wochenende erst recht. Dann konnte er froh sein, dass sie in London war - weit genug weg, dass er ihr nicht mehr zu begegnen brauchte. Damit er gar nicht in Versuchung kam, ihrem blonden Haar hinterher zu sehen. Oder sich von ihrem Lächeln erweichen zu lassen.
Er blieb vor dem Schreibtisch stehen und sah noch einmal hinüber zum Foto in der Bild-Zeitung. Das Model schaute den Betrachter direkt an, mit wilden Haaren und leicht geöffnetem Mund. Ihr Hintern kam in dem winzigen Wäscheteil ziemlich gut zur Geltung.
Langsam setzte er sich wieder auf den Stuhl. An jenem Abend im Hotel hatte Natalie dasselbe Höschen angehabt. Er sah sie wieder vor sich, wie sie damals auf dem Sofa gelegen hatte, das blaue Kostüm schon abgestreift, die weiße Bluse offen, auf ihren Lippen dieses Lächeln, das ihn nicht mehr loslassen sollte. Dann hatte sie auch die Bluse ausgezogen. Ein Träger ihres BHs hing herunter, ihr Busen drängte sich bereits hervor. Sie drehte sich um, legte sich auf den Bauch, und dann ließ sie ihn sehen, wie ihre Hand zu ihrem Schoß wanderte, wie sie den Stoff zur Seite schob, wie ihre Finger über die dicht gekräuselten Haare strichen, die Lippen auseinanderzogen und dann eindrangen in den warmen, feuchten Spalt... Sebastian schloss die Augen. Er merkte, wie sein Herz pochte. Er hörte wieder, wie sie stöhnte, er fühlte, wie er nicht mehr an sich halten konnte und sich an sie drückte, wie er sich an ihr rieb, und er sah sich wieder, wie er ihr den Slip herunterriss und ihre Beine auseinanderschob.
Mit einem geräuschvollen Schwung ging die Tür auf.
Sebastian! Gut, dass ich dich hier treffe. Ich habe da noch ein paar Fragen zu unserem Termin.

Es war Ludwig, wer sonst. Sebastian holte tief Luft. Das Bild von Natalie war verschwunden. Mit einem Schlag kehrte der fahle Geschmack des nächtlichen Telefonats zurück.
Ludwig hatte schon begonnen, den Schreibtisch gegenüber in Besitz zu nehmen. Ich habe jetzt keine Zeit, Ludwig, sagte Sebastian schnell. Ich muss mit Phil in München telefonieren.
Es dauert nicht lange.
Okay, dann reden wir nachher auf dem Weg darüber. Sieh Dir jetzt besser noch einmal die Filialdaten an, damit du nachher die Details genau kennst.
Ludwig nickte enttäuscht und begann, Papiere auf dem Tisch auszubreiten. Sollte er noch ein bisschen in den Zahlen herumwühlen. Hauptsache, er störte jetzt nicht.
Sebastian wählte die Phils Nummer im Münchner Office.
Phil Meyer.
Hi Phil. Hier ist Sebastian.
Sebastian. Wie geht es Dir?
Er musste grinsen. Phil war jetzt seit mehr als zehn Jahren in Deutschland, aber seinen amerikanischen Akzent wurde er einfach nicht los. Und jetzt, wo er gerade ein paar Tage in den Staaten hinter sich hatte, war der Akzent natürlich besonders ausgeprägt.
Danke. Und Dir?
Okay. Ich habe deine Nachricht gehört.
Ja. Der Anfang war gestern nicht ganz einfach, aber am Ende war ich sehr zufrieden mit dem Gespräch.
Phil schwieg einen Moment. Dann sagte er: Mmh. Klohs hat mir auch etwas hinterlassen.
Sebastian horchte auf. Und?
Er erwartet substanzielle Ergebnisse.

Das war nun nicht gerade besonders erstaunlich. Die wird er bekommen, sagte Sebastian.
Klohs sagte, du warst sehr professionell.
Oh. Danke.
Ja. Und er erwartet, dass du dich schnell in die Geschäfte der Gruppe einarbeitest.
Absolut. Genau das habe ich vor.
Am anderen Ende der Leitung war wieder eine Pause. Hatte Phil Zweifel? Irgendetwas stimmte nicht.
Hast du schon Termine gemacht?
Sebastian zählte Phil die einzelnen Stationen auf.
Ganz schön viel, Sebastian.
Allerdings. Von Hamburg über Düsseldorf nach Heidelberg und Stuttgart bis nach Wien. Eine kleine Reise durch Mitteleuropa, bei der er mehr Stunden im Flugzeug zubringen würde als in den Gesprächen selbst.
Wenn es geht, würde ich gerne bei einigen Terminen dabei sein.
Okay, Phil. An welchen Tagen geht es bei dir?
Das sollen unsere Sekretärinnen abstimmen. Aber wir sollten den Ablauf der Gespräche besprechen. Am besten hier im Büro.
Phil war bei diesem Projekt übervorsichtig, das war klar. Verständlicherweise, es war ein neuer Kunde, bei dem viel aufzubauen war. Wenn man die Thematik beherrschte. Sebastian kratzte sich am Kinn. Es gab einiges zu tun für ihn.
Ja, sagte er. Wann soll ich bei dir sein? Morgen um neun?
Das ist in Ordnung. Und bring den Fragebogen mit.
Sie verabschiedeten sich. Sebastian legte auf. Ihm gegenüber war Ludwig tief in den Zahlenreihen versunken, so wie Sebastian es ihm aufgetragen hatte. Genauso wie er mit Ludwig umging, machte Phil es mit ihm. Als

Senior Project Manager war Sebastian das eigentlich nicht mehr gewohnt. Aber so war das eben, wenn das Team nur aus einem Partner und einem SPM bestand. Top Management Consulting hatte glasklare Hierarchien, auch wenn es auf den ersten Blick nicht danach aussah.
Ludwig seufzte leise. Sebastian sah ihm zu, wie er die Zahlenreihen durchging und sich am Rand Notizen machte. Das System hat schon seine Vorteile, dachte er. Aber richtig kommen sie erst zum Tragen, wenn man endlich Partner wird. Er griff zu seinem Kalender und sah sich seine To-do-Liste an. Bis dahin war es noch ein weiter Weg.

09:44 Uhr

Während Ludwig zahlte, stieg Sebastian schon einmal aus dem Taxi aus und ging die Treppen zum Bankgebäude hoch. Am Eingang drehte er sich um und wartete. Die Zentrale von Großmann, Meyer & Cie. lag etwas abseits der Bankenmeile von Frankfurt im Westend. Die Seitenstraßen um das Gebäude herum waren recht nett, mit einigen alten Villen mit verzierten Fassaden und gepflegten Vorgärten. Nur die Straße, auf der das Gebäude selbst war, beeindruckte weniger. Sie war laut und dreckig, ein billiges Vorstadtgeschäft grenzte an das andere. Schräg rechts vor der Bank war eine Frittenbude, die immerhin für ihre Currywurst berühmt war. Inzwischen war es zur Tradition geworden, dass die Berater einmal die Woche zu der Bude zogen und sich Currywurst mit Pommes rot und weiß genehmigten. Besonders Paul lebte dabei auf. Wie zu Hause, sagte er dann, und mit jedem Wort wurde deutlicher, dass er aus dem Ruhrgebiet kam. Wenn er besonders gut drauf war, endete der Satz mit woll.

Ich komme schon... Ludwig steckte umständlich sein Portemonnaie in den Mantel und hüpfte die Treppen empor. Sebastian sah belustigt zu, bis er oben angekommen war.

Magst du eigentlich Currywurst? fragte er und lachte, als er Ludwigs entsetztes Gesicht sah.

Was? Currywurst? Wie kommst du denn darauf?

Sebastian schüttelte den Kopf. Eigentlich hätte er es ja wissen müssen. Ludwig war dürr wie ein Bleistift. Ach, nichts, sagte er. Lass man. Dann essen wir heute Mittag halt etwas anderes.

Sie gingen durch die Drehtür. Im Foyer nickte ihnen der Pförtner zu und betätigte den Öffner für die zweite Tür. Am Fahrstuhl drückten sie sicherheitshalber die Knöpfe für beide Fahrtrichtungen. Die Minuten vergingen, ohne dass etwas passierte.

Dieses Ding ist genau so effizient wie der Rest der Bank, brummte Sebastian, doch dann leuchtete der Pfeil nach oben auf. Die Türen öffneten sich, und Jerusalem stand im Fahrstuhl.

Oh, guten Morgen, Herr Jerusalem. Einen der Chefs im Lift zu treffen war eine Seltenheit. Normalerweise benutzten sie ihren Schlüssel für die Sonderfahrt und rauschten an allen Wartenden vorbei.

Ach, guten Morgen, Herr Dr. Ritter. Ich habe heute dummerweise meine Schlüssel vergessen. Im Auto sind sie auch nicht. Er schüttelte den Kopf.

Sebastian stieg in den Lift, gefolgt von Ludwig. Na ja, sagte er, der Fahrstuhl tut's ja auch so.

Jerusalem lächelte. Hoffentlich.

Sebastian drückte auf den Knopf für die zweite Etage. Die Zehn leuchtete bereits.

Sie sind auf dem Weg in die DV? fragte Jerusalem.

Ja.

Jerusalem räusperte sich. Wie lange werden Sie dort brauchen?
So etwa eine Stunde, denke ich, sagte Sebastian.
Ach so. Jerusalem kratze sich am Kinn. Da bin ich bei Herrn Dr. Schweizer. Er sah nachdenklich zu Sebastian hinüber. Ob Ihr Kollege vielleicht schon einmal allein in die DV gehen könnte und Sie erst noch ein paar Minuten zu mir mitkommen?
Sebastian sah Ludwig an, der sofort nickte. Der Fahrstuhl hielt in der zweiten Etage. Es blieb ihm wohl keine Wahl, auch wenn es ihm überhaupt nicht gefiel, Ludwig allein zu dem Gespräch mit den DV-Experten zu schicken. Schließlich war das Thema reichlich sensibel, und Ludwig hatte noch keinerlei Erfahrung in der Bank.
Na gut, meinte er und lächelte gequält. Ludwig ging aus dem Fahrstuhl. Sebastian raunte ihm schnell zu, er solle sich strikt an die Fragen halten, die sie am Vorabend gemeinsam aufgestellt hatten. Er sah noch, wie Ludwig verbissen nickte, dann gingen die Fahrstuhltüren wieder zu.
Jerusalem lehnte lässig am Geländer und betrachtete ihn amüsiert. Sebastian hatte den Eindruck, als würde der Blick des Bankers musternd an ihm herab- und wieder hinaufwandern, und drehte sich weg. Möglichst unverfänglich sah er auf die Zahlenreihe über der Tür. Als die Sechs leuchtete, rumpelte der Fahrstuhl plötzlich. Dann blieb er stehen, und neben der Sechs leuchtete auch die Sieben.
Einen Moment lang sahen sich Jerusalem und Sebastian fragend an, dann dämmerte es ihnen. Jerusalem wurde blass. Jetzt sind wir tatsächlich steckengeblieben. Als ob ich es geahnt hätte. Er ging zu der Steuerungsleiste und drückte auf den roten Alarmknopf. Nichts passierte. Wieso tut sich da nichts.

Er drückte noch einmal. Wieder nichts. Hektisch presste Jerusalem den roten Knopf, zweimal, dreimal, fünfmal. Es geschah nichts. Er schlug mit der Faust auf die Metall-Leiste Da muss doch was geschehen.
Lassen Sie mich mal. Sebastian drängte sich an Jerusalem vorbei und drückte noch einmal den Alarmknopf. Als er ihn etwa zehn Sekunden festgehalten hatte, knackte es im Lautsprecher. Jerusalem seufzte erleichtert. Es knackte wieder, dann kam wirklich eine Stimme aus den Ritzen.
Ja? Hallo? Es war der Pförtner.
Sebastian drückte die Sprechtaste und beugte sich zum Lautsprecher hinunter. Ritter hier, Top Management Consulting, sagte er. Wir sind steckengeblieben.
Wer sind Sie?
Ritter. Sie wissen schon, der Berater. Ich bin eben an Ihnen vorbeigegangen. Können Sie den Aufzug wieder in Bewegung setzen?
Ach so, ja. Einige Sekunden lang hörten Sie gar nichts. Dann sagte der Pförtner: Das wird etwas dauern, ich muss erst die Nummer vom Kundendienst finden.
Schnaubend schob Jerusalem Sebastian beiseite. Jerusalem hier, brüllte er in den Lautsprecher. Sie holen uns hier sofort heraus, verstanden?
Oh, Herr Jerusalem. Der Pförtner stammelte vor lauter Ehrfurcht. Sie - Sie sind auch da drin.
Allerdings, grollte Jerusalem. Und in fünf Minuten muss ich bei Herrn Dr. Schweizer sein. Also beeilen Sie sich, ja.
Der Pförtner verschluckte sich beinahe und versicherte mehrfach, dass es sich nur um ganz wenige Minuten handeln könnte. Dann knackte es wieder im Lautsprecher.
Da standen sie. Jerusalem nahm sein Taschentuch heraus und wischte sich über das schweißnasse Gesicht. Er war blass, mit ungesunden rötlichen

Flecken am Hals. Als er sich den Kragenknopf öffnete und die Krawatte lockerte, merkte er, wie ihn Sebastian beobachtete.
Tut mir leid, ich bin etwas derangiert, sagt er. Die Sache mit Kaiser gestern hat uns alle etwas mitgenommen.
Kannten Sie ihn gut?
Persönlich, meinen Sie? Jerusalem zuckte mit den Achseln. Nur von Sitzungen. Die anderen hatten über Jahre hinweg mit ihm zu tun, das war natürlich etwas anderes. Und Schweizer... Er nahm noch einmal das Taschentuch hervor und wischte sich über den Mund. Nein, aber Kaiser war ein Ordnungsfaktor, wissen Sie. Jetzt...
Jetzt werden die Karten neu gemischt, sagte Sebastian.
Jerusalem sah Sebastian einen Moment lang mit offenem Mund an. Ja, sagte er dann, genau. Und das macht alle im Moment ein wenig nervös. Mich auch, um ganz ehrlich zu sein.
Sebastian nickte verständnisvoll. Und die Umstände seines Todes sind ja auch etwas merkwürdig.
Merkwürdig? Wieso merkwürdig?
Na ja, sagte Sebastian langgezogen und verschränkte die Arme. Ich meine, tot im Hotelzimmer gefunden zu werden, und dann diese Geschichte mit der Damenunterwäsche.
Was? Damenunterwäsche?
Sebastian merkte, wie er rot wurde. Er räusperte sich schnell und sagte: In der Bild-Zeitung stand, Kaiser hätte einen schwarzen Damenslip in der Jackettasche gehabt.
Jerusalem starrte ihn an. Also das höre ich zum ersten Mal, sagte er. Das kann doch nur eine Erfindung der Boulevard-Presse sein.
Die Bild-Zeitung hat Vermutungen angestellt, Kaiser sei an der Aufregung über die Trägerin der Unterwäsche gestorben.

Jerusalems Lippen wurden schmäler. Das ist doch nun wirklich ein Aasgeier-Journalismus. Und so etwas lesen sie?
Sebastian schaute zu Boden. Na ja, man muss sich breit informieren.
Bleiben Sie doch einfach bei den Fakten. Wenn Sie die bei uns richtig anbringen wollen, haben Sie noch genug zu tun.
Tja, gestern war das etwas mühsam, sagte Sebastian vorsichtig.
Mühsam? Jerusalem wurde wieder laut. Das ehrt Sie, dass Sie das mühsam nennen. Ich fand es grauenhaft.
Sebastian sah ihn an. Die roten Flecken schienen sich noch weiter ausgebreitet zu haben.
Schweizer hat überhaupt nichts verstanden von dem, was Sie vorgestellt haben, und der Rest sowieso nicht. Und Frau Dr. Sturm ist nur damit beschäftigt, sich an Details aufzuhängen, um jeden Fortschritt in dieser Bank zu verhindern.
Sebastian konnte sich eines Grinsens nicht erwehren. Er hatte es immer gewusst. Jerusalem war auf ihrer Seite.
Da brauchen Sie gar nicht zu grinsen, Herr Dr. Ritter. Ich bin da ganz offen, denn so geht es nicht weiter.
Nein, nein, ich bin ja ganz...
Ja, dann ist es ja schön. Diese Frau ist eine Strafe für diese Bank. Mit ihrer selbstherrlichen Ignoranz blockiert sie alles, was hier überhaupt noch an Initiative zustande kommt. Wobei jeder Gedanke, den hier einer der Mitarbeiter selbständig fasst, ja ein Wunder ist nach all den Jahren des... des Despotismus.
Sebastian nickte langsam.
Jerusalem atmete einmal tief durch. Was Sie in der Präsentation vorgestellt haben, war völlig richtig, fuhr er fort, nun wieder etwas leiser. Und natürlich war das im Osten ein DV-Fehler. Das weiß doch jeder in der Bank, dass die

Eingliederung der neuen Filialen vorne und hinten nicht geklappt hat. Er suchte noch einmal nach seinem Taschentuch und wischte sich über den Nacken. Nein, nein, ich vertraue Ihnen da voll und ganz. Es war nur dumm, dass Sie das nicht belegen konnten. Damit haben Sie dieser Intrigantin natürlich einen idealen Vorwand gegeben.

Morgen haben wir alle Informationen, die wir brauchen, sagte Sebastian bestimmt und schaute verstohlen auf die Uhr. Fünf nach zehn. Ludwig war jetzt schon mittendrin in der Diskussion des DV-Fehlers. Und er war seit fast zehn Minuten hier in diesem Fahrstuhl.

Jerusalem hatte Sebastians schlecht verdeckte Bewegung bemerkt und sah nun selbst auf die Uhr. Zehn Minuten... presste er hervor und drückte wieder auf den Alarmknopf. Diesmal knackte es gleich, und die quäkende Stimme des Portiers meldete sich.

Passiert hier bald mal etwas? rief Jerusalem gegen die Fahrstuhlwand.

Der Portier antwortete gequält, der Kundendienst sei schon verständigt, es könne sich nur um Minuten handeln. Er bäte noch um ein wenig Geduld, und Herrn Dr. Schweizer habe er auch schon informiert. Dann knackte es wieder im Lautsprecher.

Auch das noch, stöhnte Jerusalem. Jetzt weiß Schweizer, dass ich hier im Fahrstuhl feststecke. Das passt ihm garantiert wieder genau ins Bild. Er lehnte sich gegen die Fahrstuhlwand. Na ja. Was soll's.

Es ist doch nicht Ihr Fehle, hob Sebastian an, aber Jerusalem lächelte nur mitleidig.

Doch. In dieser Bank schon. Dann verschwand das Lächeln. Deswegen ist es ja so wichtig, dass Sie mit Ihrem Reformprogramm weitermachen, Herr Dr. Ritter. Und lassen Sie sich nicht von vornherein auf faule Kompromisse ein. Diese Bank hier braucht einen völligen Neuanfang.

Sebastian bemühte sich, Jerusalems Blick mit gleichem Ernst zu erwidern. Gut, sagte er. Genau das wollen wir mit unserem neuen Filialkonzept.
Ja, sagte Jerusalem, das ist der erste Schritt.
Und damit verbunden ist die Schließung der Ostfilialen.
Jerusalem zuckte ein wenig. Ja, sagte er, schon. Aber das ist ein Reizthema. Das müssen Sie noch einmal ganz langsam und im Einzelnen vorstellen. Verstehen Sie, mit einer solchen Entscheidung wären ja die ganzen Expansionspläne der letzten Jahre mit einem Mal begraben.
Sebastian kam einen Schritt nach vorne. Die Pläne der letzten Jahre schon, aber nicht die Expansion an sich. Sie müssen es nur richtig machen.
So. Und wie?
Der Vertrieb muss aktiver werden. Gründen Sie einen Außendienst, der die Kunden besucht und ihnen Komplettangebote ausarbeitet.
Jerusalem sah ihn skeptisch an. Na ja. Wir sind ja keine Versicherung.
Nein, aber Sie müssen mit den Allfinanzanbietern konkurrieren können. Sebastian hob die Hände, um seinen Vortrag vehementer untermalen zu können, als der Aufzug wieder ruckte.
Er geht wieder. Gott sei Dank. Jerusalem legte die Arme erleichtert auf das Geländer und sah hoch zu der Zahlenreihe, auf der nun wieder ein Stockwerk nach dem anderen aufleuchtete, bis ein dünnes Klingeln ertönte und der Aufzug wieder hielt. Sie waren im zehnten Stock. Die Tür ging auf.
Ich sehe schon, was Sie meinen, Herr Dr. Ritter, sagte Jerusalem. Das ist ein Ansatz, der Zukunft hat. Aber diese Bank muss Schritt für Schritt dorthin geführt werden. Er ging durch die Tür, drehte sich dann aber doch noch einmal um und sah dabei auf die Uhr. Zehn nach zehn. Ich muss jetzt wirklich zu Schweizer, und Sie wollen sicher endlich in die DV. Vor der Fortsetzung Ihrer Präsentation sollten wir noch einmal miteinander reden. So etwas wie gestern möchte ich kein zweites Mal erleben.

Sebastian nickte. Soll ich Sie anrufen, wenn der Termin feststeht?

Jerusalem stand schon vor der Eingangstür zu den Vorstandsbüros. Was? Ja, ja, machen Sie das, rief er zum Fahrstuhl und verschwand.

Die Fahrstuhltüren schlossen sich. Die Nerven liegen hier blank, dachte Sebastian. Er überlegte, ob er nicht sicherheitshalber zu Fuß zum zweiten Stock hinuntergehen sollte, entschied sich dann aber doch für den einfacheren Weg. Er drückte auf die Zwei, und der Fahrstuhl fuhr los. Die Zahlen blinkten eine nach der anderen auf, bis es wieder klingelte und der Aufzug sanft und ohne Ruckeln zum Stehen kam. Sebastian stieg aus und ging durch die offenstehende Glastür auf den Flur der DV-Abteilung.

Das Sekretariat war die vorletzte Tür auf der linken Seite. Er klopfte an. Ja, sagte eine weibliche Stimme.

Sebastian öffnete die Tür und sah zu der hageren Sekretärin hinüber, die ungerührt weiter auf ihre Tastatur eintippte. Er murmelte eine Begrüßung und wollte gleich weiter in das Büro des Abteilungsleiters.

Sie brauchen da gar nicht hineinzugehen, Herr Dr. Ritter, sagte die Sekretärin. Sebastian blieb stehen.

Das Sekretariat von Herrn Böttcher hat eben angerufen. Er möchte Sie dringend sprechen. Sie sollen sofort vorbeikommen.

Jetzt gleich? Aber sollte ich nicht wenigstens Ihren Chef begrüßen.

Sie schüttelte kurz den Kopf. Herrn Böttcher lässt man nicht warten, Herr Dr. Ritter.

Sebastian zuckte mit den Achseln. Zumindest in einigen Bereichen hatte die Bank klare Regeln. Beispielsweise hatte man zu folgen, wenn ein Kabinettsmitglied rief.

Wenn Sie in die Kabinettsetage gehen, nehmen Sie doch auch gleich die Schlüssel von Herrn Jerusalem mit. Die hat er verloren, als er heute Morgen hier war.

Sebastian nickte und nahm den Schlüsselbund. Als er sich verabschiedete, tippte sie schon wieder.

Der Fahrstuhl kam natürlich nicht, obwohl Sebastian wieder alle Richtungen gedrückt hatte. Da war noch das Treppenhaus, aber hoch bis in den zehnten Stock. Ach was. Bewegung tat schließlich gut. Sebastian zog die schwere Eisentür auf und stapfte hurtig die Treppen hoch. Eigentlich hatte er hier in der Bank noch nie das Treppenhaus benutzt, fiel ihm ein. Auf dem Zwischengeschoss angelangt, sah er aus dem Fenster. Die Bankentürme reckten sich in den Himmel, einer neben dem anderen, wie ungleichmäßige Drachenzähne. Der Traum von gestern Morgen fiel ihm wieder ein. Von hieraus war es derselbe Blick. Er ging näher an das Fenster heran. Da unten war auch der Parkplatz. Direkt unter ihm, gleich vor dem Hintereingang zum Fahrstuhl, war der Stammplatz des Imperators. Und just in diesem Moment bog auch der schwere Mercedes um die Ecke und steuerte auf den Platz zu.

Merkwürdig, dachte Sebastian. Jerusalem hatte doch gesagt, er hätte um zehn einen Termin mit Schweizer. Er sah auf die Uhr. Zwanzig nach. Na ja, vielleicht hatte sich der Imperator ja wieder einmal verspätet. Er sah noch einen Moment zu, wie der Wagen eingeparkt wurde. Schweizer stieg hinten aus, faltete seine Zeitung zusammen und warf sie vehement ins Auto. Für eine Wirtschaftszeitung hatte das Blättchen etwas viel rote Farbe auf der Titelseite. Sebastian grinste. Es war unverkennbar: Der Imperator las die Bild-Zeitung.

Als er bald darauf im zehnten Stock angelangt war, musste Sebastian feststellen, dass er sportliche Betätigungen nicht mehr gewohnt war. Er ging langsam den Gang hinunter und versuchte, seinen Atem wieder zu beruhigen. Er klopfte an der Tür, aber es kam keine Antwort. Innen war das Vorzimmer leer, und die Tür zum Chefbüro war offen. Böttchers

Schreibtisch war am anderen Ende des riesigen Raumes. Er saß in seinem Drehsessel mit dem Rücken zum Eingang und sah hinaus auf die Bankenlandschaft Frankfurts. Das beige Sakko baumelte über der Lehne. Der Schreibtisch war leergefegt, wie immer.

Schönen guten Morgen, Herr Böttcher. Sie wollten mich sprechen? sagte Sebastian von der Tür aus.

Böttcher drehte sich um und sah ihn mürrisch an. Wie immer war er sonnenbankgebräunt, aber die dunklen Ringe unter den Augen zeigten, dass auch an ihm die Ereignisse des gestrigen Tages nicht spurlos vorübergegangen waren.

Ja, sagte er, allerdings. Und wieso kommen Sie erst jetzt?

Sebastian ging langsam auf den Schreibtisch zu. Ich habe erst im Sekretariat erfahren... Weiter kam er nicht.

Wir zahlen ein Vermögen dafür, dass Sie und Ihre Beratung hier durch unsere Bank rennen, polterte Böttcher los. Davon könnte ich mir mühelos eine ganze neue Abteilung halten. Hören Sie? Eine ganze Abteilung!

Sebastian blieb bewegungslos stehen und schwieg.

Und dann sind Sie nicht einmal zu erreichen, wenn man Sie braucht! Sie lassen mich hier warten! Er sah auf die große, leere Schreibtischplatte, als suchte er dort etwas, und sagte dann etwas leiser: Ich warte nicht gerne, Herr Dr. Ritter. Und an so einem Tag schon gar nicht.

Sebastian legte beide Hände auf die Stuhllehne vor ihm und nickte. Das kann ich gut verstehen, Herr Böttcher. Ich möchte mich auch ausdrücklich entschuldigen.

Ja, ja, sagte Böttcher abfällig. Überlegen Sie sich das nächstens vorher. Er drehte seinen Stuhl zur Seite und griff nach der Kaffeetasse, die neben dem schwarzen Telefon stand. Als er merkte, dass sie leer war, setzte er sie

wieder scheppernd auf die Untertasse. Frau Crailsheim, rief er in den anderen Raum. Wo zum Teufel bleibt der Kaffee?
Sebastian hörte das Geschirr klappern. Die Sekretärin rief: Kommt sofort.
Böttcher schüttelte den Kopf. Heute funktioniert auch gar nichts, brummte er und sah dann wieder Sebastian an. Was stehen Sie da eigentlich so komisch herum? Nun setzen Sie sich endlich.
Sebastian nahm sich einen der schwarzen Ledersessel und überlegte, wie man wohl am besten neutral und sachlich aussah. Er schlug die Beine übereinander, faltete die Hände vor seiner Weste und blickte angestrengt auf Böttchers Kinn. Ihm in die Augen zu sehen war heute wohl nicht empfehlenswert.
Böttcher hatte inzwischen einen silbernen Kugelschreiber von seinem Beistelltisch genommen und spielte mit ihm herum. Wissen Sie, sagte er nach einer Weile, das war gestern ein ganz schöner Schock für uns.
Sebastian nickte verständnisvoll.
Kaiser war der Bank seit mehr als dreißig Jahren verbunden. Er ist mit uns durch alle Höhen und Tiefen gegangen. Und jetzt dieses plötzliche Ende...
Böttcher schüttelte den Kopf. Tot im Esplanade. Als ich ihn das letzte Mal gesehen habe, sah er schon so schlecht aus. Lassen Sie sich untersuchen, habe ich ihm gesagt. Und trinken Sie nicht so viel. Er sah wieder in Richtung Vorzimmer. Frau Crailsheim! rief er drohend. Prompt war wieder Geschirrgeklapper zu hören.
Aber auf mich hat er ja nicht gehört. Böttcher legte den Kugelschreiber auf den Tisch und faltete die Hände. Er hat auf keinen von uns gehört. Nur auf Schweizer. Die beiden hielten zusammen wie Pech und Schwefel.
Sebastian rutschte auf seinem Stuhl herum. Was machte man, wenn einem ein Bankenchef sein Herz ausschüttete?

Jetzt, wo Kaiser tot ist, hat Schweizer seine wichtigste Stütze im Verwaltungsrat verloren. Keiner weiß, wer Kaisers Nachfolger wird.
Sebastian horchte auf. Wollte Böttcher auf den Machtkampf zu sprechen kommen?
Zunächst einmal schwieg der Banker wieder und betrachtete seine Hände.
Dann fragte er: Wann machen Sie mit Ihrer Präsentation weiter?
Der Termin steht noch nicht genau fest. Ich vermute aber, dass es morgen weitergeht.
Böttcher runzelte die Stirn. Mir ist diese Sitzung sehr wichtig. Gestern sind wir ja nicht weit genug gekommen, aber morgen werden Sie Ihre Empfehlungen ausführlich vorstellen, denke ich.
Sebastian nickte.
Sie dürfen sich von der Stimmung bei diesen Sitzungen nicht irritieren lassen, Herr Dr. Ritter. Es will sich keiner eine Blöße geben, wissen Sie. Keiner außer Frau Dr. Sturm. Er lehnte sich in seinem Stuhl zurück. Was halten Sie eigentlich von Frau Dr. Sturm, Herr Dr. Ritter?
Sebastian druckste ein wenig herum. Nun ja... Sie ist mit Sicherheit nicht einfach zu nehmen.
Böttcher lachte laut. Nicht einfach zu nehmen! Er streckte sich Sebastian entgegen. Mir brauchen Sie doch nichts vorzumachen, Herr Dr. Ritter, sagte er verschwörerisch. Ich denke da doch genauso wie Sie. Die Frau ist unerträglich, und Sie ist eine Belastung für die Bank. Aber leider hat Schweizer einen Narren an ihr gefressen. Er lehnte sich wieder zurück. Mir sind deshalb die Hände gebunden. Und meinen Kollegen auch. Sie dagegen, als Berater...
Er unterbrach sich, denn die Sekretärin brachte den Kaffee. Böttcher sah ihr schweigend dabei zu, wie sie die Tassen bereitstellte und beiden einschenkte. Als sie schon fast wieder durch die Tür war, rief er auf einmal:

Ach, Frau Crailsheim. Sehen Sie doch bitte einmal nach, ob wir morgen Nachmittag einen Termin haben. Sie nickte und verschwand in ihrem Zimmer. Und zwar gleich, schrie Böttcher hinterher.
Ja, sagte er dann, nachdem er einen großen Schluck Kaffee getrunken hatte. Noch einmal zu der Sitzung gestern. Das mit den Filialen im Osten, das sollten Sie nicht so ernst nehmen. Klar ist das ein DV-Fehler. Das ganze Zeug funktioniert bei den neuen Filialen nicht so richtig, nur redet da keiner darüber. Wissen Sie, das ist Grimms Bereich, und da will keiner reinpfuschen.
Das Telefon klingelte einmal kurz. Böttcher drehte sich zum Apparat und drückte eine Taste. Durch den Lautsprecher kam die leicht verzerrte Stimme seiner Sekretärin. Herr Böttcher, Sie sind morgen um 15 Uhr mit Herrn von Hohenstein verabredet, dem Vorsitzenden...
Ja, ja, unterbrach Böttcher sie unwillig, ich weiß, wer das ist. Rufen Sie ihn an und verschieben Sie den Termin. Ich habe eine Kabinettsitzung. Er drückte noch einmal auf die Taste und wandte sich wieder Sebastian zu. Sie sagen mir dann Bescheid, wann genau der Termin ist, ja?
Sebastian nickte.
Ich weiß, dass Grimm auch schon heute Morgen mit der DV telefoniert hat, fuhr Böttcher fort. Sie sollten unbedingt mit ihm reden, wenn Sie wissen, was nun genau los ist. Er ist da sehr empfindlich.
Ja. Selbstverständlich. Und vielen Dank für den Hinweis.
Böttcher faltete wieder die Hände. Ich glaube, Herr Dr. Ritter, was Sie da angedeutet haben am Ende der Sitzung, dieses neue Filialkonzept, das könnte wirklich ganz interessant werden für diese Bank. Er sah Sebastian direkt in die Augen. Denn nach Ihrem Bericht über die Zustände in den Filialen bin ich sicher, dass Sie dieselben Missstände beseitigen wollen, die ich auch sehe.

Sebastian sah seine Chance. Das heißt, Sie stimmen auch unserem Vorschlag zu, die Ostfilialen zu schließen? fragte er schnell.
Böttcher wischte mit der Hand über den Schreibtisch. Na ja... ich kann darin einen gewissen Sinn sehen. Aber wir brauchen mehr als nur ein Schließungsprogramm.
Natürlich. Wir müssen auch den Vertrieb stärken.
Böttcher sah ihn interessiert an. Ja, das klingt vernünftig. Das müssen wir, Herr Dr. Ritter. Er setzte sich in seinem Sessel auf. Wir müssen ein komplettes Programm zur Neuausrichtung der Bank zusammenbauen, verstehen Sie? Das ist etwas, was wir im Verwaltungsrat präsentieren können. Und damit können wir auch beeinflussen, aus welcher Fraktion der nächste Vorsitzende kommt.
Und zwar nicht nur der des Verwaltungsrats, dachte Sebastian. Er holte tief Luft, um die Grundgedanken des neuen Filialkonzeptes vor Böttcher auszubreiten, doch er kam nicht zum Zug.
Mit einem heftigen Schwung öffnete sich die direkte Tür zu Böttchers Büro, und der Imperator stand im Raum. Merklich verwirrt starrte er auf Sebastian.
Ach so, der Berater... Ja, dann will ich nicht stören. Er drehte sich um und schloss die Tür, nur um sie im nächsten Moment wieder aufzureißen.
Aber ich habe eine Angelegenheit von äußerster Wichtigkeit! Überlegen Sie sich, wofür Sie Ihre Zeit verwenden. Im nächsten Moment war die Tür wieder geschlossen.
Sebastian sah Böttcher erstaunt an. Auch der schien etwas überrascht zu sein.
Warten Sie hier, sagte er. Ich sehe mal nach, was da los ist. Er ging durch die gerade zugefallene Tür hinaus.

Sebastian stand auf und ging im Büro umher. Der Tod Kaisers schien das Kabinett wirklich aufgerüttelt zu haben, auch bei Böttcher lagen die Nerven blank. Es war klar: Heute morgen hatte das Rennen um die Nachfolge Schweizers als Bankensprecher neu begonnen.
Neugierig betrachtete Sebastian die Einrichtung des Chefbüros. Elegant war sie schon. Die Möbel alle in schwarz, nicht nur der Schreibtisch, auch die Sessel und die Sitzecke gegenüber. Dazu passend ein flacher Marmortisch, besser geeignet, um ein Glas Whisky abzustellen, als um Unterlagen durchzugehen. Über dem Sofa hing ein großes Bild. Sebastian kannte sich nicht besonders aus in moderner Malerei. Immerhin war es nicht abstrakt, sondern sehr realistisch.
Plötzlich ging die Tür wieder auf. Böttcher kam zurück und wirkte jetzt noch verwirrter als vorher. Er hob resignierend die Arme.
Tut mir leid, ich muss unser Gespräch leider abbrechen.... Herr Dr. Schweizer will, dass wir uns wieder einmal zusammensetzen. Er kam näher an Sebastian heran und fügte leise hinzu: Er ist völlig aufgebracht über einen Artikel in der Bild-Zeitung. Er hat schon mit Kaisers Anwälten telefoniert, und jetzt will er sie dazu bringen, eine einstweilige Verfügung zu beantragen.
Was, alles wegen der Damenunterwäsche? platzte Sebastian heraus.
Böttcher schaute ihn erstaunt an. Ach, Sie kennen den Artikel?
Ich habe ihn heute Morgen kurz überflogen, sagte Sebastian verlegen.
Der Banker grinste. Na, dann wissen Sie ja, worum es geht. Die Anwälte sagen, der Zimmerkellner hätte Lügen verbreitet. Kaiser hätte ein Glas Champagner bestellt, nicht mehr. Und in seinem Jackett wäre nur ein weißes Taschentuch gewesen. Er ging um seinen Schreibtisch herum, griff nach dem silbernen Kugelschreiber und nahm aus einer Schublade einen Block heraus. Dann sehen wir uns wohl morgen. Überlegen Sie sich etwas

Vernünftiges. Und machen Sie es nicht so lang. Ich bin um sechs zum Tennis verabredet.
Kopfschüttelnd ging Sebastian auf den Flur. Diese Bank hatte schon etwas spezielle Sorgen. Als er schon fast am Fahrstuhl war, fiel ihm ein, dass er ja noch in Jerusalems Sekretariat die Schlüssel abgeben musste. Die Tür stand offen. Sebastian klopfte, aber niemand antwortete. Er öffnete die Tür ein wenig weiter und schaute hinein. Alles leer. Die Tür zu Jerusalems Büro war allerdings zu. Er ging hinein, nahm sich einen Zettel vom Schreibtisch und kritzelte auf ihn ‚Für Herrn Jerusalem - wurde in der DV-Abteilung vergessen'. Dann legte er den Zettel und die Schlüssel auf die Computer-Tastatur, damit Jerusalems Sekretärin sie auch nicht übersah. Dabei musste er an die Tasten gestoßen sein, denn plötzlich verschwand der Bildschirmschoner. Sebastian konnte nicht widerstehen und riskierte einen Blick auf den Monitor. Es war ein Schreiben Jerusalems an Kaiser, dem Datum nach eine Woche alt. Jerusalem bedankte sich für einen Besuch Kaisers und versicherte ihm, dass er sich seiner Fragen zu dem Geschäftsverlauf in den neuen Bundesländern so schnell wie möglich annehmen würde. Sieh da, dachte Sebastian. Nero hatte ganz offensichtlich den Dialog mit dem gesamten Kabinett gepflegt. Frau Doktor hatte gestern in der Sitzung doch auch etwas von einer Auswertung des Ostens im Auftrag des Verwaltungsrats erzählt. Wahrscheinlich reichten Nero die Informationen aus dem Lager des Imperators nicht mehr.
Plötzlich hörte er ein Geräusch an der Tür. Er sah hoch. Es wäre schon peinlich, wenn er allein im Sekretariat des Wertpapier-Chefs überrascht würde, wie er am Computer herumspielte. Vielleicht sogar etwas mehr als peinlich. Er musste hier raus.

Sebastian kam genau zwei Schritte weit. Dann musste er abrupt stehen bleiben, um nicht mit Frau Neher zusammenzustoßen, der Sekretärin Jerusalems.

Herr Dr. Ritter! Was machen Sie denn hier?

Er war schon wieder verlegen. Ich... äh... Frau Neher stand in verwirrend geringem Abstand vor ihm. Er roch eine Parfümwolke. Calvin Klein? Oder war es doch Chanel? Er drehte sich in Richtung Tisch. Ich habe Ihnen nur den Schlüssel von Herrn Jerusalem hingelegt, den hat er heute Morgen in der DV-Abteilung vergessen.

Frau Neher lächelte, ging an ihm vorbei zu ihrem Schreibtisch und nahm den Schlüssel vom Keyboard hinunter. Als sie auf den Monitor sah, stutzte sie kurz, schwieg aber. Sie setzte sich an den Schreibtisch, griff nach dem Terminkalender und sagte dann zu Sebastian: Wenn Sie Herrn Jerusalem sprechen wollen, muss ich Sie enttäuschen. Er ist gerade in einer Sitzung mit Herrn Dr. Schweizer.

Sebastian atmete auf. Frau Neher schien seinen Aufenthalt im leeren Vorzimmer für nicht weiter bemerkenswert zu halten. Wie sie da so saß, konnte er begreifen, warum Paul so von ihr geschwärmt hatte. Sie hatte wirklich erstaunlich dunkle Augen. Und einen hübschen Mund mit einem ausgesprochen netten Lächeln. Womit er sich wieder einmal die Frage stellte: Warum mussten Vorstände eigentlich immer so attraktive Sekretärinnen haben?

Ihre Präsentation ist gestern nicht so gut gelaufen, habe ich gehört? fragte Frau Neher da.

Ach so? antwortete Sebastian und tat überrascht. Von wem denn das?

Frau Neher sah ihn verständnislos an. Na, von Herrn Jerusalem natürlich. Er kam hier völlig aufgelöst an.

Aber das war doch sicher wegen des Todes von Herrn Dr. Kaiser.

Meinen Sie? Ihre Frage klang aufrichtig. Glaube ich nicht. Wir hatten hier eigentlich nie viel zu tun mit diesem Herrn Dr. Kaiser. Herr Jerusalem hat eigentlich insgesamt nicht so viel Kontakt zum Verwaltungsrat. Sie stützte ihr Kinn auf ihren rechten Arm und sah zu Sebastian. Nein, das war es nicht. Ich glaube, er war eher erbost, dass Sie mit Ihrem Programm nicht durchgekommen sind.

So.

Ja. Herr Jerusalem hat mir schon ein paar Mal erzählt, dass er viel von Ihren Ideen hält.

Tatsächlich. Sebastian musste lächeln. Frau Neher gefiel ihm immer besser. Er ging auf den Schreibtisch zu. Was hat Herr Jerusalem denn sonst noch erzählt?

Och... Sie zuckte mit den Achseln. So viel redet er auch wieder nicht mit mir, wissen Sie. Dabei würde ich wirklich gerne genauer verstehen, was hier so vor sich geht.

Hm, brummte Sebastian zustimmend und ließ sich auf der Schreibtischecke nieder. Hier in der Bank scheint wirklich das meiste hinter den Kulissen zu laufen.

Ja, nicht? Aber für Sie als Berater dürfte das doch eigentlich nichts Neues sein. Oder sind andere Banken so völlig anders als die hier?

Sebastian rückte noch ein wenig an sie heran. Na ja. Also ich denke, in ihrer Nische ist diese Bank schon wirklich einzigartig.

Sie meinen wegen der Kunden? Ja, stimmt, andere Banken können sich ihr Klientel nicht so gezielt aussuchen. Dafür arbeiten sie aber auch etwas effizienter, oder?

Sebastian hob die Brauen. Selbst für eine Chefsekretärin machte Frau Neher sich ungewöhnlich viele Gedanken. Haben Sie immer schon in dieser Bank gearbeitet? fragte er.

Ich habe als Lehrling in der Frankfurter Filiale angefangen. Die Arbeit am Schalter fand ich aber bald totlangweilig, und als dann eine Sekretariatsstelle hier in der Hauptverwaltung ausgeschrieben wurde, habe ich mich darauf beworben.

Und dann sind Sie bei Jerusalem gelandet.

Sie schüttelte den Kopf. Erst in der Wertpapierabteilung. Aber als Herr Jerusalem kam, wollte er keine von den Kabinettssekretärinnen, und dann hat er mich gefragt.

Sebastian nickte anerkennend. Toll, sagte er und lehnte sich in ihre Richtung. Noch ein paar Zentimeter, dann berührte er ihren rechten Arm. Und was machen Sie so, wenn Sie nicht hier im Büro sitzen?

Frau Neher sah ihn an. Erst merkte er gar nicht, dass ihr Blick sich etwas verändert hatte. Aber dann sagte sie: Ich amüsiere mich bestens. Auch ohne Berater, und die Kälte ihrer Stimme ließen Sebastian zusammenzucken.

Peinlich berührt schaute er zu Boden. Dann stand er vom Schreibtisch auf. Entschuldigen Sie bitte, sagte er leise. So habe ich das nicht gemeint.

Schon gut. Sie sollten sich nur einmal darüber klar werden, dass Sekretärinnen nicht darauf warten, von Beratern wach geküsst zu werden.

Paul, schoss es Sebastian durch den Kopf. Da musste doch mehr gewesen sein, als das Schlitzohr erzählt hatte. Er nahm sich vor, noch einmal ein klares Wort mit ihm reden. Ja, dann gehe ich wohl besser, murmelte er.

Ja. Tun Sie das. Tschüs, Herr Dr. Ritter. Sie drehte sich zu Ihrem Bildschirm.

Ja... tschüs, sagte Sebastian und ging. Wie blöd von mir, dachte er, als er im Korridor stand. Die ganze Hochstimmung nach den Gesprächen mit den Bankern war dahin. Und alles nur wegen so eines dummen Flirtversuchs.

Als er wieder in der DV-Abteilung ankam, stand Ludwig im Korridor.

Du, tut mir leid, begann Sebastian, aber Ludwig lächelte wissend. Ich habe schon gehört, dass Böttcher dich sprechen wollte. Er fasste Sebastian am Arm. Sebastian, ich hab's! Ich weiß jetzt, wie die Zahlen zustande gekommen sind.

Und?

Es ist ziemlich kompliziert, sagte Ludwig und legte die Stirn demonstrativ in Falten. Aber ganz vereinfacht gesagt sind es schlicht Abgrenzungsprobleme.

Abgrenzungsprobleme?

Ja. Bis Ende letzten Jahres waren alle Filialen im Osten unter einer Filialnummer verschlüsselt. Zum 1. 1. sollte dann jede eine eigene Nummer bekommen.

Aha.

Am 28. Dezember hat die DV einen Testlauf gestartet, und das Ergebnis waren die Zahlen, die uns vorliegen.

Und was war am 1. 1.?

Nichts. Denn als sie die Zahlen vom 28. bekamen, merkten sie, dass sie vorne und hinten nicht stimmten. Die Verschlüsselung der Konten hat nicht geklappt.

Sebastian begriff immer noch nichts. Wie? Nicht geklappt?

Na, ursprünglich hatten doch alle Konten der drei Filialen die gleiche Filialnummer. Und nach dem neuen System sollte es drei verschiedene geben. Damit nicht jeder Kunde per Hand einer Filiale zugeordnet werden musste, sollten die Kunden nach Postleitzahlen verteilt werden. Und das hat nicht geklappt, weil die Gebiete nicht eindeutig zugeordnet worden waren.

Dann lag der Fehler doch bei den Filialen und nicht bei der DV?

Ludwig grinste. Das sieht die DV auch so. Aber ich bin mir sicher, wenn du die Filialen fragst...

Sebastian nickte. Schon klar, sagte er. Und wann haben sie die Nummerierung nun umgestellt?

Zum 1. 4. Bis zum 31. 12. haben sie es nicht mehr hinbekommen, den Fehler zu bereinigen.

Sebastian dachte kurz nach. Also zum Stichtag 1. April könnten wir korrekte Daten aus allen Filialen bekommen?

Ludwig nickte wieder. Ich denke schon. Jedenfalls sollen die Postleitzahlen jetzt klar abgegrenzt sein.

Gut. Sebastian wusste, was er jetzt zu tun hatte. Dann gehen wir jetzt zu Frau Doktor und holen uns die Daten.

11:55 Uhr

Gut, sagte der Banker erleichtert. Dann hat sich ja alles geklärt. Vielen Dank. Er legte den Hörer auf und lehnte sich in seinem Sessel zurück.

Von dem kleinen Wutanfall vorhin abgesehen hatte sich der Vormittag ja wirklich hervorragend entwickelt. Wer hätte das gestern Abend für möglich gehalten.

Er griff nach seinem Kugelschreiber und ging die Liste auf seinem Schreibblock durch. Der DV-Fehler war aufgeklärt, und alle Details waren bei den Beratern angekommen, das hatte seine Nachfrage beim Abteilungsleiter eben noch einmal bestätigt. Sehr schön. Dann konnten sie ja morgen in aller Ruhe weitermachen mit der Präsentation. Gut war auch, dass die Berater sich jetzt einschossen auf das neue Filialkonzept als Hauptthema. Damit war die Schließung der Filialen im Osten nur noch ein Nebenkriegsschauplatz, und die Emotionen wurden woanders hingeleitet. So konnte es klappen.

Er musste grinsen, als er sich daran erinnerte, wie dieser Ritter ihn nach seiner Meinung zu den Filialschließungen gefragt hatte. Den Ball hatte er doch wirklich hervorragend zurückgespielt, oder? Vorsichtig, mit einer gewissen Skepsis wegen der schwierigen Entscheidungssituation hier in der Bank. Jetzt würde der Berater in die richtige Richtung laufen, das war klar. Wie eine Marionette. Nur dass er nichts von den Fäden wusste.

Der Kugelschreiber wanderte zum zweiten Punkt: Neros Tod. Das war reichlich heikel. Was die Schwachköpfe im Hotel sich wohl dabei gedacht hatten, diese dämliche Unterwäsche in Neros Jackentasche zurückzulassen? Wie konnte diese Nutte überhaupt ohne Unterhose davonlaufen? Machte die so etwas öfters? Er verzog den Mund vor Abscheu. Widerlich, dieses ganze Gossenmilieu. Nero hatte sich darin mit Begeisterung herumgesuhlt, in den letzten Jahren immer ungenierter, bis es wirklich jeder gewusst hatte, zumindest hier in der Bank. Nur Schweizer hatte von keiner der Peinlichkeiten etwas hören wollen, sie stets als Lügen und Verleumdungen zurückgewiesen, und damit natürlich die Gerüchteküche angeheizt, denn jeder fragte sich, was der greise Verwaltungsratsvorsitzende wohl über den großen Imperator wusste, dass der die Eskapaden des Alten alle so über sich ergehen ließ. Auch vorhin hatte Schweizer natürlich getobt wegen der Geschichte mit der Unterwäsche. Nur mit Mühe hatten sie ihn von der einstweiligen Verfügung wieder abbringen können. Das wäre nun wirklich ein Stich ins Wespennest gewesen. Neros Anwälte waren aber glücklicherweise auch der Meinung gewesen, dass Schweigen der beste Weg war, um die Gerüchte verstummen zu lassen.

Der Banker kratzte sich am Kinn. Er musste seinen Partner noch einmal auf die Geschichte ansprechen. Schweigen allein war ihm einfach zu gefährlich. Es musste etwas gemacht werden, damit diese Unterwäschen-Story wieder aus der Welt kam.

Der dritte Punkt: Frau Dr. Sturm. Tja, da lag nun alles in der Hand des Beraters. Alle nötigen Informationen hatte er. Nicht zuletzt die, dass sie alle die Frau lieber heute als morgen los würden - alle außer Schweizer. Das hieß, er musste diplomatisch mit ihr umgehen. Diplomatisch, aber selbstsicher, und mit der notwendigen Härte im Hintergrund.
Er lehnte sich zurück und streckte sich. Dieser Ritter würde das schon schaffen. Insgesamt machte er wirklich einen guten Eindruck, wenn er vielleicht auch ein bisschen zu gutgläubig war. Aber das hatte ja auch seine Vorteile, schließlich konnte man ihn dadurch leichter lenken.
Der Banker kicherte ein bisschen. Eigentlich fühlte er sich ein wenig wie ein Künstler. Ritter war seine Schöpfung - er wusste es nur nicht. Er sah kurz hinüber auf das Bild. Der Junge am Beckenrand sah wirklich gut aus. Der Kunsthändler hatte ihm damals, als er das Bild zum ersten Mal gesehen hatte, gesagt, dass es ein Porträt des Liebhabers des Malers war. Bloß wer der Mann im Pool war, hatte er nicht gewusst. Vielleicht ein Nebenbuhler, den der andere gerade entdeckte. Oder ein Fremder, mit dem sich eine Geschichte erst noch entwickeln würde. Oder aber ein Ahnungsloser, der gar nicht wusste, dass er beobachtet wird, benutzt wird für einen Zweck, den er nicht durchschaut.
Der letzte Punkt auf der Liste war 'Hohenstein'. Nachdenklich kratzte sich der Banker am Kinn. Er musste die günstige Wendung unbedingt nutzen, um hinter Hohensteins wahre Absichten zu kommen. Das Bild zog wieder seinen Blick an. Er konnte einfach nicht widerstehen. Ging es ihm wie dem Schwimmer? War auch er ein Ahnungsloser? Langsam kam ein Lächeln über seine Lippen. Nein. Nach diesem Morgen stand *er* am Beckenrand. Er musste nur noch herausfinden, wer es war, der da im Wasser strampelte.

14:01 Uhr

Sebastian und Ludwig kamen müde ins Office zurück. Nach dem Termin mit Frau Doktor hatten sie etwas zu essen gebraucht, und Sebastian war der Meinung, dass es nach einem solchen Gespräch schon ein gutes Mittagessen sein musste. Da es ja auch schnell gehen sollte, waren sie in eine Sushi-Bar gegangen. Ludwig war skeptisch, rohen Fisch hatte er noch nie probiert. Sebastian blieb unerbittlich, und so hatten sie bald jeder zehn Reishappen mit rohem Thunfisch, Garnelen und Muscheln vor sich stehen, ein paar davon eingerollt in schwarzen Seetang. Ludwig sah sich alles genau an und wurde noch skeptischer. Sebastian nahm die Stäbchen, tunkte das Reisteil fachmännisch in die Sojasoße und verschlang es genüsslich. Ludwig stocherte in seinem Reis herum, versuchte, einen der Happen mit den Stäbchen anzuheben, worauf es in der Mitte durchbrach, und aß es schließlich mit den Fingern. Sebastian nickte ihm auffordernd zu. Aber Ludwig schüttelte nur den Kopf und schob das Brett mit dem rohen Fisch von sich fort. Sebastian redete auf ihn ein, während er selbst weiter aß. Ludwig sagte nichts mehr. Schließlich aß Sebastian auch Ludwigs Portion auf.

Im Office zog sich Ludwig schnell zurück, um seine DV-Funde zusammenzuschreiben. Sebastian ging zu Michaels Büro, um ihm von den Gesprächen in der Bank zu erzählen - vor allem von dem Treffen mit Frau Doktor. Aber die Tür war abgeschlossen. Michael war noch nicht aus London zurück. Sebastian beschloss, sich erst einmal einen Kaffee zu gönnen, und ging dann in das Büro, in dem er am Morgen gesessen hatte. Auf dem Schreibtisch lag ein Fax aus München mit dem fertig getippten Fragebogen. Sebastian war froh, dass er sich mit etwas Neuem beschäftigen konnte, und ließ sich in den Schreibtischstuhl fallen.

Birgit hatte genau das gemacht, was er ihr am Morgen gesagt hatte, und einen Standard-Fragebogen aus dem TMC-Handbuch herausgenommen. Es ging los mit einem Check der abrufbaren Daten. Dann die Frage nach den im Unternehmen verwendeten Kennzahlen. Hier wurde es schon etwas kniffliger, denn selbst wenn die Einzelunternehmen übereinstimmende Größen benutzten, hieß das noch lange nicht, dass sie einheitlich berechnet wurden. Es ging weiter mit Fragen nach dem Stand der Diskussion zum Thema 'Wertmanagement' im Unternehmen und danach, worin der Befragte die wesentlichen Hebel zur Wertsteigerung sah.
Sebastian legte die Blätter wieder beiseite. Das war eigentlich alles in Ordnung. Vielleicht fielen ihm ja später noch ein paar kundentypische Punkte ein. So etwas war immer ganz wichtig, damit es später keine 08/15 Präsentation wurde. Ihm fiel ein, dass er sein Voice Mail seit gestern Abend nicht mehr gecheckt hatte. Er griff nach dem Telefon, wählte die Voice-Mail Nummer des Münchner Büros und gab seine Geheimnummer ein. Er hatte drei neue Nachrichten.
Der erste Anruf war von Birgit. Sie war sauer, dass er sich noch nicht gemeldet hatte. Ob der Fragebogen in Ordnung war. Sie hatte ja so wenig Zeit gehabt. Die Termine standen auch weitgehend. Und alle möglichen Leute suchten ihn. Sollten sie doch. Sie konnten ja eine Nachricht hinterlassen. Und schwer zu erreichen war er wirklich nicht. Der Einfachheit halber hatte er sein Handy und sein Telefon zu Hause auf das Voice-Mail im Büro umgeleitet.
Der zweite Anruf war von Michael, der ihm noch einmal genau aufzählte, was er alles im IPM besprechen wollte. Sebastian schrieb eifrig mit, obwohl die Nachricht eigentlich nichts Neues enthielt. Am Schluss druckste Michael etwas herum und meinte, er sollte sich das Gespräch vom Morgen nicht so

zu Herzen nehmen, er habe ihn vor allem wachrütteln wollen, und so weiter, und so weiter.

Wachrütteln. Aha. Na, dann würde es nachher ja vielleicht auch etwas geben, was Michael wachrüttelte. Sebastian schnitt eine Grimasse und schrieb Frau Doktor an die erste Stelle seiner Liste.

Beim letzten Anruf kam erst nur ein Rauschen. Sebastian wollte schon auflegen, als er plötzlich Natalies Stimme hörte.

Hallo, Sebastian. Ich bin es, Natalie. Du bist nicht zu erreichen. Schade.

Danach kam wieder eine Pause. Sebastian drehte seinen Stuhl in Richtung Fenster und sah hinaus.

Ich... Ich hoffe, ich habe dich gestern Abend nicht zu sehr geschockt. Es... tut mir leid, Sebastian. Er grinste bitter.

Ich würde gerne mit Dir reden. Es ist jetzt viertel nach zwölf. Ich bin noch bis eins im Büro und dann den Rest des Tages beim Kunden. Und heute Abend... Heute Abend bin ich spätestens ab neun im Hotel. Ja. Bis später dann, Sebastian. Und ruf bitte an. Es klickte kurz. Dann kam die Ansage, dass keine weiteren Nachrichten vorlagen.

Sebastian sah auf die Uhr. Zehn nach zwei. London war zwar eine Stunde früher, aber wahrscheinlich hatte es keinen Sinn mehr, anzurufen. Er drehte den Stuhl in Richtung Schreibtisch - und schreckte zusammen, denn ihm gegenüber stand Michael Klosters. Sein Mantel war offen, der Kragen schief. In der einen Hand hielt er den Aktenkoffer, in der anderen sein Handy. Sein Gesicht war bedenklich rot.

Sebastian rutschte etwas hoch in seinem Bürostuhl. Michael, sagte er unsicher. Alles in Ordnung?

Michael sah ihn starr an. Dann sagte er: Das würde ich gerne von Dir wissen.

Sebastian schluckte. Irgendetwas stimmte da nicht. Ich war den ganzen Vormittag in der Bank.

Michael starrte weiter vor sich hin. Ich glaube, sagte er schließlich, wir gehen besser in mein Büro.
Sie gingen an der Rezeption vorbei den Gang hinunter. Michael marschierte mit weitausgreifenden Schritten zur vorletzten Tür, und es sah aus, als schleifte er Sebastian hinter sich her. Wer ihnen entgegen kam, machte Platz.
In seinem Zimmer warf Michael den Mantel in eine Ecke, ließ sich auf seinen Sessel fallen und nahm ein Zigarillo aus einer Holzkiste. Sebastian setzte sich auf einen der Besucherstühle. Er sah zu, wie Michael sich das Zigarillo anzündete, und dachte sich, dass er ihm eigentlich endlich sagen könnte, was nun passiert war.
Michael qualmte und schwieg.
Sebastian hustete und schlug den Rauch weg. Dann fragte er, Wieso bist du eigentlich schon da? Deine Sekretärin sagte, du würdest erst um vier zurück sein.
Michael stütze die Ellbogen auf den Schreibtisch. Mitchell's ist wirklich ein sehr straff organisierter Haufen. Ich hab's immer schon gesagt, von den Investmentbankern können wir noch etwas lernen. Wir waren um einiges eher mit unserem Meeting fertig als gedacht, und da habe ich eine frühere Maschine genommen. Er blies den Rauch in den Raum. Und als ich dann um halb drei im Taxi saß, rief Grimm bei mir an.
Sebastian fiel siedend heiß ein, dass er vergessen hatte, nach dem DV-Termin mit dem Orga-Chef sprechen. Wenn er sich jetzt bei Michael meldete, hieß das wohl, dass er beleidigt war. Und? fragte er.
Er hat von mir verlangt, dass ich dich vom Projekt herunternehme.
Sebastian zuckte zusammen. Was? Wieso das denn?
Frau Doktor ist zu ihm gelaufen und hat ihm gesagt, dass sie nicht mehr bereit ist, mit so jemandem Inkompetenten wie dir zusammenzuarbeiten.

Michael sagte das ohne die leiseste Spur der Ironie, die ihm sonst immer nachgesagt wurde. Sebastian fühlte, wie die Hitze langsam von seinem Nacken zur Stirn hochzog.

Und da er sowieso stinksauer auf dich war, weil du ihn nicht über die Resultate deiner DV-Sitzung informiert hattest, hat er gleich ordentlich vom Leder gezogen und gedroht, er werde dafür sorgen, dass das Projekt eingestellt wird, wenn du es weiterhin leitest. Er nahm noch einen tiefen Zug aus dem Zigarillo.

Und jetzt?

Michael lehnte sich zurück. Jetzt, mein lieber Sebastian, sagte er, möchte ich mal gerne hören, was du mit Frau Doktor angestellt hast. Er fuhr mit dem Stuhl nach hinten und legte die Füße auf den Tisch.

Sebastian fing an zu erzählen. Er berichtete von seinem Tête-à-Tête mit Jerusalem, ließ die hämischen Kommentare Michaels über den steckengebliebenen Fahrstuhl über sich ergehen, kam dann zu dem Gespräch mit Böttcher, wobei er auch hier den Wutanfall ausließ, streifte den plötzlichen Auftritt des Imperators und schilderte schließlich die Ergebnisse der DV-Sitzung.

Das klingt ja nach einem Erfolg auf ganzer Linie, sagte Michael und zündete sich das zweite Zigarillo an. Und dann?

Dann bin ich mit Ludwig zu Frau Doktor gegangen, sagte Sebastian.

Hmhm. Und?

Ihr Vorzimmerdrachen sagte, sie würde gerade telefonieren. Dann habe ich gefragt, ob wir warten könnten, und sie sagte, es könnte länger dauern. Ich habe ihr geantwortet, dass es dringend sei, und dann wollte sie uns gerade auf den Gang hinauskomplimentieren, damit wir dort herumstehen, als Frau Doktor aus ihrem Büro kam.

Michael nickte.

Ich sagte ihr, dass wir nun wüssten, wie der DV-Fehler zustande gekommen sei, und ob sie einen Moment Zeit hätte, weil sich daraus noch einige Fragen hinsichtlich der Datenanforderungen ergäben.
Und dann hat sie dich rausgeschmissen, weil sie keine Zeit hatte.
Sebastian schüttelte energisch den Kopf. Überhaupt nicht. Sie war eigentlich recht freundlich und hat uns hereingebeten.
Michael hob die Augenbrauen und zog noch einmal am Zigarillo.
Dann hat Ludwig ihr erklärt, wie es zu dem DV-Fehler gekommen ist, fuhr Sebastian fort. Na ja, und du weißt ja, wie sie ist, während Ludwig sprach, hat sie die ganze Zeit genickt, so dass ich schon dachte, dass sie alles schluckt, aber als wir dann durch waren, meinte sie, dass sich da ja wieder zeigte, was es für ein Unsinn sei, unerfahrene Berater mit DV-Fragen zu betrauen.
Ach. Und du hast dich dadurch natürlich mal wieder provozieren lassen.
Sebastian hob die Hände. Ich war wirklich ganz ruhig, frag Ludwig. Ich habe sie nur gefragt, was sie denn nun zu dieser Aussage brächte.
Michael nickte. Gute Frage.
Sie sagte, dass sie nun schon dreimal Filialnummern umgestellt hätten und dass es nie beim ersten Anlauf geklappt hätte. Und immer wäre es dasselbe Spiel gewesen: Die DV gab den Filialen die Schuld, die Filialen der DV. Jedes Mal hätte sie persönlich eingreifen müssen, um die genaue Abgrenzung der Filialgebiete durchzupauken.
Da mag Sie schon recht haben, brummte Michael ungeduldig. Und was heißt das nun für uns?
Das heißt, sagte Sebastian, dass sie überzeugt ist, dass die Abgrenzung der Gebiete auch heute nicht in Ordnung ist und die Zahlen deshalb noch immer irreführend sind. Sie habe jetzt aber Wichtigeres zu tun, als in den Osten zu gehen.

Na ja, meinte Michael und atmete eine Rauchwolke aus. Das ist ja ein sehr vager Verdacht. Auch wenn es noch Unstimmigkeiten gibt, mit den Zahlen vom 1. April würden wir uns doch schon viel wohler fühlen. Und den Check können wir dann ja später in den Filialen machen.

Sebastian nickte. Genau das habe ich ihr vorgeschlagen. Sie sollte uns die Zahlen vom 1. April besorgen, damit wir die neuen Daten mit den alten vergleichen können, und dann würde sich ja sicher zeigen, ob etwas faul ist. Tja, und da ging's dann los.

Michael sah ihn müde an und ließ das Zigarillo in den Aschenbecher fallen.

Was sollte ich machen, Michael, versuchte Sebastian sich zu rechtfertigen. Ich hatte doch alles versucht, um ihren Aggressionen auszuweichen. Und irgendwann musste ich doch mit unserem Vorschlag kommen, schließlich wollten wir ja etwas erreichen mit diesem Gespräch. Und du hast ja eben selbst gesagt, dass der Vorschlag vernünftig war.

Schon. Aber vielleicht noch nicht zu diesem Zeitpunkt.

Also bitte, du bist es doch, dem immer alles zu langsam geht.

Mit einem Mal war bei Michael alle Lässigkeit verflogen. Er nahm die Füße vom Tisch, rückte mit dem Stuhl heran und verschränkte die Arme. Ich habe Dir heute Morgen etwas gesagt, Sebastian. Und das Gespräch heute war die Gelegenheit, zu zeigen, dass du es verstanden hast.

Das war zu viel. Sebastian sprang auf. Du hast mir etwas gesagt. Du bist ein Witzbold. Die Alte hat jede Form von Zusammenarbeit kategorisch abgelehnt. Sollte ich mich da bedanken und wieder gehen?

Michael nahm das halb aufgerauchte Zigarillo aus dem Aschenbecher und zündete es noch einmal an. Also gut. Was hat sie denn nun eigentlich gesagt?

Die Daten vom 1. April lägen nicht mehr vollständig vor, und sie hätte nun wirklich keine Zeit, für uns Sonderauswertungen zu fahren. Wir hätten

schließlich gezeigt, dass von uns keine soliden Analysen zu erwarten wären. Und sie würde uns nicht die Kohlen aus dem Feuer holen.
Das hat sie gesagt? Wörtlich?
Sebastian wies auf die Tür. Geh zu Ludwig und frag ihn. Genau das waren ihre Worte. Und glaube mir, ich bin völlig ruhig geblieben. Sie hat einfach immer mehr herumgekeift. Und als ich dann gesagt habe, in dieser Weise rede ich nicht weiter mit ihr, ist sie zur Tür gegangen und hat gemeint, dann könnten wir ja gehen und ihr nicht weiter die Zeit stehlen
Michael schüttelte wieder den Kopf. Tja. Da konntest du wirklich nur noch gehen. Einmal mehr verschwand er hinter einer Rauchwolke. Und dann ist sie wohl gleich zu Grimm marschiert.
Im Gespräch hat sie irgendetwas von einem Termin mit Böttcher gesagt.
Auch das noch. Dann hat sie erst den heiß gemacht und ist dann hinüber zu Grimm.
Sebastian ließ sich wieder auf den Stuhl fallen. Tja. Und was machen wir jetzt?
Das Telefon klingelte. Michael runzelte die Stirn und murmelte, dass er doch gesagt hatte, er wollte nicht gestört werden. Beim zweiten Klingeln nahm er ab.
Ja?
Am anderen Ende meldete sich jemand, und Michaels Gesicht wurde mit einem Mal weicher. Seine Frau, dachte Sebastian.
Monika, ich kann jetzt nicht, sagte Michael leise, und auch seine Stimme klang jetzt anders. Ja... Gut, dann komme ich heute Abend etwas früher. Nein, du hast recht, das müssen wir besprechen. Bis dann.
Er legte auf und sah einen Moment lang abwesend in den Raum. Ach je, brummte er dann. Sei nur froh, dass du noch keine Kinder hast, Sebastian. Nichts als Probleme machen sie einem.

Sebastian nickte routinemäßig.
Charlotte hat Freitag Geburtstag, und sie hat sich gewünscht, dass ich mit ihr auf eine Go-Kart-Bahn gehe. Eine Sechsjährige! Und zu allem Überfluss ist ausgerechnet an diesem Tag das Partnermeeting in London. Er stöhnte. Na ja. Das ist etwas für heute Abend. Wo waren wir stehen geblieben?
Wir haben gerade überlegt, was wir jetzt machen, sagte Sebastian.
Genau. Eigentlich ist es ganz einfach: Wir machen unbeirrt weiter. Vor allem in der Präsentation müssen wir bei unserer Linie bleiben. Aber vorher brauchen wir noch ein Gespräch mit Grimm. Und mit Böttcher.
Wann ist denn die Präsentation jetzt eigentlich?
Das Sekretariat von Schweizer hat mir eine Nachricht hinterlassen. Morgen Nachmittag, 15 Uhr.
Sebastian schüttelte den Kopf. Dann wird es alles sehr knapp. Ich treffe mich morgen früh mit Phil in München. Ich glaube nicht, dass ich vor halb eins wieder hier sein kann. Und Jerusalem will mich auch noch einmal sprechen vor der großen Sitzung.
Michael blätterte in seinem Terminkalender. Na ja, das reicht doch. Dann treffen wir uns um eins bei Grimm, du kannst danach noch kurz zu Jerusalem und ich nehme mir Böttcher vor. Bei Schweizer kriegen wir eh keinen Termin, das habe ich schon probiert.
Sebastian massierte seinen Nacken. Schlauer war er jetzt noch immer nicht. Und was bereden wir mit Grimm?
Michael öffnete die Holzkiste und nahm noch ein weiteres Zigarillo heraus. Erst einmal zeigen wir alles, was wir jetzt zusammengestellt haben. Damit er ein bisschen staunen kann über unsere Arbeit. Dann müssen wir ihm klar machen, dass wir ihm ja gerne noch detaillierte Berechnungen für den Osten vorlegen würden, dass es aber ohne neue Daten nicht geht.
Das reicht nicht, sagte Sebastian und schüttelte wieder den Kopf.

Michael drehte prüfend das Zigarillo. Wir zeigen ihm, dass wir ihre Bedenken ernst nehmen, sagte er nachdenklich. Du gestehst deinen Fehler gegenüber Frau Doktor ein -

Was?

Michael grinste unangenehm. Das ist ja wohl das Mindeste, Sebastian. Er nahm das Zigarillo in den Mund und suchte nach seinen Streichhölzern. Also, du bist der reuige Sünder, und ich führe ihn zu unserem Filialkonzept, damit wir von diesem dämlichen Streit über die Schließungen im Osten wegkommen.

Und du glaubst, darauf wird sich Grimm einlassen?

Michael zuckte mit den Achseln. Die Schließungen können ihm nicht recht sein. Aber mit dem Gesamtkonzept bieten wir ihm eine Profilierungsmöglichkeit. Wir müssen ihm nur glaubhaft machen, dass er das Konzept vor allen anderen erfährt. Er steckte sich das Zigarillo an.

Und das machen wir natürlich bei allen drei Kabinettsmitgliedern.

Michael zog genüsslich am Zigarillo und grinste breit. Ganz genau. Und damit nehmen wir Frau Doktor den Wind aus den Segeln. Ist das nicht ein wundervoller Plan?

Sebastian nickte mechanisch und blies den Rauch von sich weg. Das heißt, fragte er leise, ich behalte das Projekt?

Michael sah ihn schweigend an, und in diesem Moment erschien es Sebastian, als läge auch so etwas wie Fürsorge in seinem Blick. Mach Dir mal keine Sorgen, sagte er schließlich. Du hast Fehler gemacht, aber deswegen lasse ich dich doch nicht fallen. Und schon gar nicht wegen so jemandem wie Frau Doktor. Ich sehe doch, wie schwer du es mit ihr hast. Er hustete kurz. Wir werden uns aber noch etwas mit ihr einfallen lassen müssen. Umsetzen können wir uns Konzept nur, wenn sie mitmacht. Er sah auf seine Uhr. Jetzt las uns aber rüber zum IPM gehen. Wir sind schon etwas überfällig, die Jungs warten bestimmt. Das heißt, geh du schon mal, ich gehe noch eben ins Sekretariat und lass die Termine mit Grimm, Böttcher und Jerusalem bestätigen.

Sebastian nickte und ließ Michael in seinem Büro. Draußen auf dem Flur hörte er schon von weitem Pauls heiseres Lachen. Er öffnete die Tür zum Sitzungsraum. Ludwig erzählte gerade die neuesten Schwänke von Frau Doktor.

Und dann sieht sie Sebastian an und sagt 'Wissen Sie, Herr Ritter, die Aufgaben, die Sie verhunzen, übergebe ich üblicherweise meinen Auszubildenden.'

Heftiges Grölen war die Reaktion. Sebastian setzte sich wortlos auf einen der freien Stühle. Das Gelächter ebbte ab. Sie sahen ihn an. Er griff nach der Kaffeekanne und schenkte sich einen der Becher mit der Aufschrift 'Consulting is us' ein.

Paul traute sich als erster. Kommt Michael nicht? fragte er.

Sebastian trank in aller Ruhe, bevor er antwortete. Doch. Er macht nur noch ein paar Termine. Er sah in die Runde. Redet nur weiter.

Doch das Gespräch war verebbt. Alle drei sahen sie aneinander vorbei, bis Michael in den Raum kam und sich geräuschvoll auf einem Stuhl niederließ. Ja, ich weiß, Ihr habt lange gewartet, wie immer. Dafür ziehen wir das jetzt zügig durch. Er schaute Sebastian an. Alles klar. Wie abgesprochen, morgen 13.00 Uhr bei Grimm. Die anderen Termine macht Liane gerade. Zieh dich aber warm an, Grimm ist immer noch geladen.

Sebastian nickte, lehnte sich zurück und verschränkte die Arme vor der Brust. Ich gehe nicht mehr ohne wattierte Jacke aus dem Haus.

Michael lächelte milde. Dann blickte er in die Runde. Okay, Jungs, fangen wir an. Wer lässt als erster die Hosen runter? Ich will alles sehen.

Und so holten sie die Unterlagen hervor, gingen die komplette Argumentation noch einmal durch, präsentierten Michael die Thesen und die verwendeten Formeln, diskutierten den Einsatz der Schlüssel und stritten sich über die Glaubwürdigkeit der Verdachtsmomente, die Frau Doktor hatte anklingen lassen. Ludwig echauffierte sich, Paul beruhigte ihn wieder, worauf Ludwig mit immer neuen kreativen Vorschlägen ankam, die Michael gleich wieder abbog, damit niemand auf die Idee kam, die Präsentation noch einmal neu zu schreiben. Sebastian war froh, dass Michael die Initiative übernahm, und war während des ganzen Meetings vor allem damit beschäftigt, vor lauter Müdigkeit nicht vom Stuhl zu rutschen. Zweimal passierte es ihm, dass ihm beim Versuch, etwas aufzuschreiben, das Papier verschwamm und die Hand langsam vom Blatt wegrutschte. Ich schlafe zu wenig, dachte Sebastian. Und wie so oft nahm er sich vor, das zu ändern, und wusste doch zugleich, dass es auch diesmal wieder nur zu einem Wochenende ohne Weckerklingeln reichen würde.
Schließlich quälte ihn Michael noch etwas, weil er noch einmal die für morgen geplanten Präsentationsteile durchgehen wollte. Diesmal will ich keine Überraschungen erleben, sagte er, und so half kein Jammern und kein Augenverdrehen. Sebastian leierte sein Programm noch einmal herunter, dann waren sie durch. Es war viertel nach sechs.
Michael streckte sich und gähnte einmal kräftig. Okay, das war's. Schluss für heute. Good work, Gentlemen. Ach ja, und ich habe mir das noch einmal überlegt mit der Präsentation morgen. Es macht eigentlich überhaupt keinen Sinn, dass wir mit der ganzen Horde auftauchen. Das verschreckt unsere Banker nur. Sebastian und ich machen das besser alleine. Wir sehen uns dann, wenn die Chose gelaufen ist, so gegen fünf hier im Büro.
Die Berater sahen Michael überrascht an. Bei Paul und Ludwig schwang eine gehörige Portion Enttäuschung mit - schließlich hatten sie die ganze

Arbeit gemacht, und bei der Vorstellung vor den großen Bankern wollten die Herren Projektleiter nun unter sich bleiben. Michaels Blick zeigte jedoch, dass er keine Lust mehr zu weiteren Diskussionen hatte.

Der Aufbruch begann. Sebastian nahm seine Sachen und zog sich gerade den Mantel an, als Michael noch einmal auf ihn zukam. Auch er wirkte erschöpft.

Mach's gut, sagte er. Denk nicht zu viel nach über das, was heute gelaufen ist. Auch du brauchst mal eine Pause.

Sebastian sah ihn an und nickte. Er war viel zu müde für einen spöttischen Kommentar.

Und mach Dir morgen auf dem Rückflug mal ein paar Gedanken, wie dieser Vergleich zwischen den April-Zahlen mit den getrennten Filialnummern und den Dezember-Daten mit der übergreifenden Nummer genau funktionieren soll. Grimm liebt Details.

Okay, sagte Sebastian und zog seine Handschuhe an.

Aber erst morgen, fügte Michael hinzu. Schlaf lieber heute Abend.

Ja. Tschau. Sebastian griff nach Aktenkoffer und Kleidersack und ging los. Bis morgen früh war jetzt Ruhe. Dann konnte er auch Ludwig anrufen. Sollte der sich etwas für Grimm überlegen.

18:22 Uhr

Nachdem sich der letzte seiner Kabinettskollegen verabschiedet hatte, schloss der Banker die Tür zu seinem Büro. Seine Sekretärin war schon gegangen. Er war endlich allein.

Er warf seine Notizen auf den schwarzen Schreibtisch, ging hinüber zur Sitzecke und zog sein Jackett aus. Dann lockerte er sich die Krawatte und nahm die Cognac-Flasche aus dem Schrank. Glücklicherweise war seine Sekretärin so ordentlich, immer mindestens vier sauber polierte Cognac-

Schwenker neben die Flasche zu stellen - für Gäste. Er schenkte sich einen ordentlichen Schluck ein.

Mit dem Glas ging er zu seinem Schreibtisch zurück und setzte sich. Der Cognac brannte in seiner Kehle. Immerhin war er angenehm warm im Magen. Er schloss die Augen und atmete tief durch. Der Alkohol entfaltete sich.

Heute Mittag hatte alles nach einem Erfolg auf ganzer Linie ausgesehen. Im Grunde war da ja auch schon alles geklärt - bis auf die Haltung von Frau Dr. Sturm.

Als er den ganzen Nachmittag nichts gehört hatte, war er misstrauisch geworden. Am Telefon war Frau Dr. Sturm nicht zu erreichen, also war er extra zu ihr hinübergegangen. Wahrscheinlich war das schon falsch gewesen - er hätte sie zu sich bestellen und abkanzeln sollen. Stattdessen hatte er bei ihr gesessen und über die Filialen geplaudert, über die Arbeit der DV und darüber, was nun geschehen sollte. Sie hatte natürlich über die Berater geschimpft, dass sie jede systematische Arbeit mit ihrer Untersuchungshektik zunichtemachten, hatte vage Verdachtsmomente anklingen lassen, ohne konkret zu werden, und vor allem darauf gepocht, dass man jetzt nichts überstürzen durfte, um den geregelten Geschäftsbetrieb der Gesamtbank nicht zu gefährden. Das ginge schließlich vor.

Er nahm einen zweiten Schluck. Allmählich dämmerte ihm, was Frau Dr. Sturm wollte. Sie musste wissen, dass in der Bank geheime Geschäfte liefen. Deshalb wollte sie jede Veränderung verhindern. Und sie säte Verdächtigungen, um diejenigen, die etwas zu verbergen hatten, nervös zu machen. Wer nervös wurde, machte Fehler. Und wer in diesem Spiel einen Fehler machte, hatte eigentlich schon verloren.

Er ließ den Kopf zwischen seine Hände sinken. Das Problem war, sie hatte es schon geschafft. Er war nervös. Und wahrscheinlich hatte er auch schon einen Fehler gemacht. Er hatte zugelassen, dass sie seine Schwäche erkennen konnte. Es war zum Heulen.

Vorhin hatte er sich noch einmal mit seinen Kollegen zusammengesetzt, um die Situation zu besprechen - ohne Schweizer. Wenn Schweizer das herausbekam, würde es einen riesigen Ärger geben. Schweizer war geradezu paranoid, wenn es um seine Position im Chefkabinett ging. Beim kleinsten Anzeichen einer Fraktionsbildung war einer seiner gefürchteten Tobsuchtsanfälle angesagt.

Aber so richtig schreckte das jetzt keinen mehr ab. Nachdem Nero nicht mehr da war, suchten alle den Schulterschluss, um die beste Ausgangsposition zu haben, wenn die Machtverhältnisse im Verwaltungsrat wieder klar waren. Und weil Frau Dr. Sturm heute zum offenen Feldkrieg gegen die Berater übergegangen war, wollte man sich einigen, wie am besten vorzugehen war.

Er trank noch einmal, dann war der Schwenker leer. Viel war natürlich nicht herausgekommen. Sie hatten sich geeinigt, die Präsentation am nächsten Tag abzuwarten, und Schweizers Reaktion. Und erst ganz am Schluss hatte er vom Auftritt von Frau Dr. Sturm bei Grimm erfahren, und von Grimms Reaktion. Die Attacke gegen Ritter war natürlich blanker Unsinn, da waren sie sich dann doch einig. Und Grimm hatte auch zugegeben, dass es mehr ein Schuss vor den Bug sein sollte. Damit die Berater kontrollierbarer wurden.

Kontrollierbarer. Er hätte lauthals lachen können. Es waren doch nicht die Berater, die nicht zu kontrollieren waren. Es waren die verdammten verfeindeten Fraktionen hier in der Bank. Und es war noch nicht einmal klar, wer eigentlich zu welcher Fraktion gehörte.

Er stand auf und fing an, in seinem Büro auf und abzugehen. Eigentlich war es nutzlos, denn ihm fiel einfach nichts ein, was er machen konnte. Alles war so schön eingefädelt, und jetzt... Er blieb stehen. Es blieb ihm nichts anderes übrig. Er musste Hohenstein anrufen.

Er tippte die Nummer in das schwarze Telefon. Das Rufzeichen war zu hören.

Ja?

Ich bin es.

Das dachte ich mir.

Natürlich. Er war schon wieder informiert. Sie wissen Bescheid?

Ja.

Wo hatte dieser Mensch bloß überall seine Leute. Und warum bekam er selber nicht heraus, wer sie waren? Tja... Wir haben da jetzt wohl ein Problem.

Hohenstein lachte kurz und höhnisch. Sie sind eine gottverdammte Niete.

Versuchen Sie doch mal, mit der Sturm klarzukommen! Sie ist Schweizers Liebling, da ist nichts zu wollen. Und sie macht schlicht, was sie will.

Der andere lachte einfach weiter. Sie sind ein solcher Versager, dass es schon komisch ist.

Er sprang auf. Jetzt reicht es! Ich lass mich doch nicht von Ihnen beschimpfen!

Was wollen Sie denn machen? Hä? Sie können nichts machen. Gar nichts. Ein falscher Mucks, und ich lasse Sie hops gehen.

Er spürte, wie ihm der Schweiß ausbrach. Dann werde ich Sie mitnehmen.

Nichts werden Sie. Sie haben nicht einen einzigen Beweis.

Aber Sie.

Die Antwort war kurz und trocken. Allerdings. Ihre Abenteuer sind alle sauber dokumentiert. Hier in meinem Schrank.

Der Schweißtropfen lief langsam an seiner Augenbraue entlang. Er hätte es nicht darauf ankommen lassen sollen. Es blieb ihm nichts anderes übrig, als still zu sein.

Hören Sie. Ich habe keine Lust, mich mit Ihnen herumzustreiten. Das wissen wir doch nicht erst seit gestern, dass Ihre Frau Doktor unberechenbar ist. Schweizer war doch nur vorgeschoben. Nero war derjenige, der hinter ihr stand. Er hatte sie eingeweiht in seine Intrigen, da ist sie etwas größenwahnsinnig geworden. Aber das hat jetzt ein Ende. Ich nehme die Sache in die Hand. Sie halten sich aus allem heraus, verstanden?

Er schluckte. Richtig. Einen Trumpf hatte er schließlich noch. Was haben Sie da im Hotel eigentlich für einen Mist gemacht? Wo kam denn die Damenunterwäsche her?

Die Stimme am anderen Ende der Leitung wurde lauter. Jetzt passen Sie mal auf. Ich kann auch unbequemer werden. Wenn Sie schon Ihren eigenen Kram nicht hinkriegen, dann kümmern Sie sich erst recht nicht um Sachen, die Sie nichts angehen.

Du darfst dich jetzt nicht einschüchtern lassen, sagte er sich. Sie haben einen Fehler gemacht. Geben Sie es doch zu.

Wir... Wir haben die Raffgier des Zimmerkellners unterschätzt. Er hat was mitbekommen, und er wollte Geld. Wir haben gedacht, wir könnten ihn runterhandeln, aber dann hat er sich den Rest von der Presse geholt.

Und jetzt?

Jetzt haben wir seiner Freundin ein nettes kleines Andenken verpasst. Der erzählt nichts mehr.

Ihm schauderte. Mein Gott, worauf hatte er sich da bloß eingelassen.

Aus der Leitung kam ein hässliches Kichern. Also gut. Ich gebe es zu, uns unterlaufen auch Fehler. Aber wir bügeln sie auch wieder aus.

Plötzlich kam ihm eine Idee. Und was ist mit Plan B?

Der andere schwieg lange. Dann sagte er schließlich: Es geht voran.
Der Banker witterte plötzlich wieder eine Chance, zurück ins Spiel zu kommen. Hören Sie, wenn Sie weiter wollen, dass ich an Bord bleibe, dann müssen Sie mir schon etwas mehr an Informationen geben.
Sie sind wirklich ein Witzbold. Erst vermasseln sie Ihren Part, dann mäkeln sie an meiner Arbeit herum, und jetzt wollen Sie sich auch noch in fremde Geschäfte einmischen. Warum sollte ich Ihnen etwas geben? Damit Sie noch mehr Unheil anrichten können?
Wenn er seinen Zug jetzt durchziehen wollte, durfte er sich nicht irritieren lassen. So kühl wie möglich sagte er: Nein. Damit Sie größere Chancen haben, Ihre Geschäfte durchzuziehen. Wenn Sie ein Mitglied des Chef-kabinetts in den Verhandlungen präsentieren können, haben Sie eine viel glaubwürdigere Position. Und Sie glauben doch nicht wirklich, dass Sie einen von den anderen so einfach auf Ihre Seite ziehen können.
Die Sekunden vergingen, und Hohenstein sagte noch immer nichts. Er kämpfte gegen den Drang, nachzufragen. Das war ein reines Machtspiel.
Also... Im Hintergrund waren plötzlich Geräusche zu hören. Ja... Ja, ich komme.
Was?
Nichts... Ich muss gleich los. Ich melde mich morgen Nachmittag bei Ihnen.
Die Enttäuschung war so groß, dass er regelrecht auf seinem Sessel zusammensackte. Hohenstein wollte sich einfach davonstehlen! Hören Sie, sagte er verzweifelt. Das können Sie doch nicht mit mir machen. Das... Das funktioniert doch nicht, wenn Sie das alleine machen...
Nun machen Sie mal halblang. Im Moment ist es ja erst einmal so, dass ich Ihren Job erledigen muss. Und dazu sehe ich heute Abend meinen Maulwurf.
Ein Maulwurf? Hier bei uns? Oder... oder bei den Beratern?

Sie werden es schon sehen. Also, bis morgen. Es klickte in der Leitung. Langsam ließ der Banker den Hörer auf die Gabel sinken. Einige Minuten lang saß er nur da, das Gesicht in die Hände gestützt, und starrte vor sich hin. Als er dann aufstand, bemühte er sich, nicht schon wieder zu dem Bild hinzusehen. Schließlich war es ja doch kein Orakel. So etwas hätte er jetzt allerdings gut brauchen können. Es konnte nur um die Berater gehen. Aber wer um alles in der Welt war da der Maulwurf?

19:35 Uhr

Sebastian quälte sich mit seinem Aktenkoffer und seinem Kleidersack durch den engen Mittelgang des Flugzeugs. Er schaute noch einmal auf seine Bordkarte: 26 B - das war ein Mittelplatz in der letzten Reihe. Er blickte hoch. Neben ihm war der Vorhang, der die Business Class von der Economy Class abgrenzte - den Sekt vom Selters. Normalerweise saß er ja *vor* diesem Vorhang. Nur heute nicht. Leise fluchend stolperte er weiter.

Der Airbus war viel voller, als er gedacht hatte. Vom Taxi war er gleich schnurstracks zum Gate marschiert, wo ihn am Counter eine bunte Reihe herumstehender Geschäftsleute begrüßte. Ihre angespannten Gesichter zeigten, dass sie auf der Warteliste waren - mit der vagen Hoffnung, auch ohne feste Buchung noch kurzfristig mitgenommen zu werden. Er konnte ein gewisses Gefühl des Triumphes nicht unterdrücken. Seit einem Jahr hatte er die Senator Karte, die die Lufthansa nur den 'distinguished customers' übergab. Es tat gut, zu den Privilegierten zu gehören. Einer der angenehmsten Vorteile war, dass Senatoren automatisch an die Spitze der Warteliste rückten.

So wurde er denn auch zehn Minuten später, als die freigebliebenen Plätze an die Wartenden verteilt wurden, als erster aufgerufen - und als einziger. Es war wirklich gerade mal noch ein Platz übrig. Natürlich hatten alle bemerkt, dass er als letzter dazugekommen war - entsprechend begeistert waren die Reaktionen der anderen. Sebastian ging nonchalant an ihnen vorbei, schnappte sich lächelnd seine Bordkarte und ging zum Flieger. Fünf Jahre lang hatte er auch zu denen gehört, die übrig blieben. Jetzt war er auf der anderen Seite.

Leider aber eben nicht im Flieger. Ein Mittelplatz in der letzten Reihe war so ziemlich das Mieseste, was man sich vorstellen konnte. Ein wohlbeleibter Nachbar links, einer rechts, und man konnte sehen, wo man seine Ellbogen ließ. Zu essen gab es nichts, und die Getränke waren auch Standardware. Und man saß am äußersten Ende dieses langen Schlauchs. Nur gut, dass er so müde war.

Als er am Zeitschriftenfach vorbei ging, lag da noch eine übriggebliebene 'Bunte'. Warum nicht, dachte er, und klemmte sie unter den Arm. Ein bisschen Klatsch zur Nacht konnte nicht schaden.

Dann stand er endlich an seinem Platz. Natürlich saßen die beiden anderen schon da, natürlich waren sie alles andere als gertenschlank. Und natürlich hatten sie auch schon das Gepäckfach mit ihren Aktenkoffern und Mänteln vollgestopft. Er stellte seinen Kleidersack hin, zog den Mantel aus und versuchte ihn noch in das Fach hineinzuquetschen. Das ging. Den Aktenkoffer konnte er vor seinen Sitz stellen, das Jackett an die Rücklehne vor ihm hängen, aber wohin mit seinem Kleidersack? Hilfesuchend sah er zur Stewardess. Und wirklich, der treue Hundeblick funktionierte noch. Geben Sie mal her. Wir werden schon etwas finden, sagte sie und verschwand.

Der Passagier vom Gangplatz stand auf, und er konnte sich auf seinen Sitz schieben. Als er angeschnallt war, lehnte er sich zurück und schloss die Augen. Gut, dass es jetzt nach Hause ging. Er konnte es kaum erwarten,

endlich in Ruhe mit Natalie zu sprechen. Aber jetzt wollte er erst einmal schlafen.
Zwar dauerte es, bis er wegdämmerte, aber dann kamen die Traumbilder. Er stand wieder im Teamraum, aber diesmal sah er hinunter auf den Parkplatz. Sein BMW stand auf einem der beiden Plätze, die für die Berater reserviert waren. Da klingelte sein Handy. Er nahm es in die Hand und wusste, wer dran sein würde. Ja, sagte er in das kleine schwarze Ding hinein. Ich bin da, sagte es aus dem Handy heraus. Wo bist du, Natalie, fragte er zurück, und sie antwortete, na, hier unten, auf dem Parkplatz. Ich bin zu Dir gekommen.
Er wollte durch das Treppenhaus hinunterlaufen zum Parkplatz, aber er konnte sich nur in Zeitlupe bewegen. Er tat alles, um schneller zu gehen, aber es ging nicht. Irgendetwas klebte wie Blei an seinen Gelenken. Er schleppte sich mühsam von Stufe zu Stufe, fast wahnsinnig vor Angst, er könnte unten ankommen, und sie wäre nicht mehr da.
Endlich stand er doch draußen auf dem Parkplatz. Aber niemand war da. Da sah er, dass sich etwas in seinem Auto bewegte. Er ging weiter. Als er näher kam, erkannte er Natalie. Sie klopfte gegen die Scheiben, also wollte sie heraus. Er suchte nach seinem Schlüssel, aber in keiner seiner Taschen war er. Wie auch - er steckte auf der Fahrertür.
Er öffnete das Auto und stieg ein. Da saß sie, ihm gegenüber, ganz nah, mit diesem zarten, hingehauchten Lächeln auf den Lippen. Er fühlte, wie ihm das Herz bis an den Hals schlug. Sie fuhr sich durch das blonde Haar und schob eine Strähne hinter ihr Ohr. Er streckte seine Hand aus und streichelte ihr über den Hals. Warm war er, und weich. Seine Hand wanderte tiefer, in ihren Ausschnitt. Er beugte sich zu ihr, und sie küssten sich, langsam, intensiv. Seine Zunge wanderte durch ihren Mund und suchte ihre

Zunge, die, einmal berührt, lebendig wurde, sich um seine wand, an ihr zog, bis es begann weh zu tun. Er riss sich los.
Er sah sie an. Es war nicht Natalie, die da saß. Es war Frau Doktor.
Er schreckte hoch, als er sich auf die Zunge biss. Dabei hätte er fast den Kaffee seines Nachbarn umgeworfen.
Mein Gott, passen Sie doch auf.
Er entschuldigte sich automatisch und sank wieder in seinen Sitz zurück. Sein Mund war trocken. Die kleinen Finger beider Hände waren ihm eingeschlafen. Minutenlang starrte er vor sich hin. Das Gesicht von Frau Doktor erschien ihm wieder, und er musste sich heftig konzentrieren, um es wieder los zu werden. Er schüttelte sich. Er wollte nicht mehr über den Tag nachdenken. Lustlos begann er, in der Zeitschrift herumzublättern. Was war in, was out. Warum nahmen sich diese Männer Geliebte. Wann gewann die Ehefrau, wann die Neue. Er gähnte.
Endlich kam die Ansage, dass sie sich im Landeanflug auf München befänden. Jetzt konnte es nicht mehr lange dauern. Er versuchte, aus dem Fenster zu schauen, aber er sah keine Lichter, nur Dunkelheit. Er schloss noch einmal die Augen.
Diesmal träumte er gar nichts. Er wurde erst wieder wach, als die Maschine aufsetzte. Sie waren in München.
Es dauerte ewig, bis er das ganze Ritual des Andockens, des Aussteigens, des langen Weges vom Flugsteig bis zum Parkplatz hinter sich gebracht hatte. Ungeduldig stieg er in seinen Wagen. Er wollte nach Hause. Und er wollte endlich in Ruhe Natalie anrufen.
Die Straßen waren leer, aber es dauerte, bis er endlich in Schwabing ankam. Er fuhr in die Garage, nahm seine Sachen wieder heraus und ging nach Hause, vorbei an den Kneipen, in denen lauter rotgesichtige Leute saßen und aßen und tranken und grölten. Er schaute nicht mehr hin.

Er schloss das Tor auf, ging in den Eingang und bog nach rechts in das Treppenhaus. Als er in der Wohnung war, machte er das Licht an, ging hinein und ließ sein Gepäck fallen. Nachdem er den Mantel aufgehängt hatte, griff er nach dem Telefon.
Während er wählte, ließ er sich auf einen der Küchenstühle sinken. Es meldete sich wieder der Portier des Londoner Hotels. Hello, sagte Sebastian heiser, Miss Schieritz, please. Er wurde durchgestellt. Es klingelte fünfmal, dann war der Portier wieder dran und murmelte irgendetwas, das nach Bedauern klang. Sie war nicht da.
Langsam legte er das Telefon auf den Küchentisch. Sie war nicht da. Das konnte doch gar nicht sein. Sie hatte doch gesagt, sie wäre spätestens ab neun im Hotel. Er sah auf die Uhr. Es war fünf nach neun. Das konnte die Erklärung sein. Wahrscheinlich war sie noch im Büro. Wann wurde man bei einer Beratung schon mal rechtzeitig fertig.
Er rief im Londoner Büro an. An dem Schreibtisch, an dem sie gestern gewesen war, nahm niemand ab. Die Rezeption war natürlich auch nicht mehr besetzt.
Er blieb erst einmal unschlüssig sitzen und starrte vor sich hin. Was tun? Er sah hinaus in die Diele. Seine Sachen standen so herum, wie er sie eben hatte fallen lassen. Er konnte ja auspacken und sich umziehen. Und es in zwanzig Minuten noch einmal im Hotel versuchen.
Achtzehn Minuten später saß er wieder am Küchentisch, nunmehr in Jeans und Sweat Shirt. Anzug und Hemden hingen wieder auf dem Bügel, die Schuhe waren säuberlich auf Spannern, die Kleider für morgen waren bereits herausgehängt. Die mitgebrachte 'Bunte' lag vor ihm auf dem Tisch. Vielleicht sollte er noch ein bisschen blättern, ehe er es wieder versuchte.
Nach ein paar Seiten sah er wieder auf die Uhr. Jetzt war es halb zehn. Er griff nach dem Telefon. Die Piepser jagten durch die Leitung, der Portier

meldete sich und stellte wieder durch. Es klingelte wieder - und wieder vergeblich. Schließlich kam der Portier wieder an den Apparat.
Has Mademoiselle Schieritz already been in her room tonight? fragte Sebastian.
Der Portier antwortete in einem etwas übertriebenen Oxford Accent. Oh ja, er konnte sich an sie erinnern, das charmante deutsche Fräulein. Sie war gegen acht kurz auf ihrem Zimmer gewesen und dann ausgegangen. Und bis jetzt war sie nicht zurück - unfortunately.
Sebastian bedankte sich tonlos und legte auf. Dann sprang er auf und trat gegen den Tisch. Das Telefon fiel herunter und tutete. Er ging zur Balkontür und sah hinaus auf den Hinterhof.
Warum machte sie das? Erst besorgt tun und inständig um einen Anruf bitten und dann einfach nicht da sein? Sie hätte ihm doch eine Nachricht hinterlassen können, wenn ihr irgendetwas dazwischen gekommen war. Wollte sie ihn quälen? Oder war er schlicht nicht wichtig genug? Er lachte lautlos. Es wurde Zeit, dass er es endlich begriff. Er bedeutete ihr einfach nichts.
Langsam hob er das Telefon auf und setzte sich wieder an den Küchentisch. Sollte er jemand anderen anrufen? Er hatte den ganzen Tag nichts anderes gemacht, als mit Leuten zu reden. Jetzt auch noch Small Talk zu treiben, ging über seine Kräfte
Er blätterte noch etwas weiter in der Zeitschrift, bis er zu den Klatschberichten über die Bälle der Woche kam. Auf einer Seite wurde über den Geburtstag irgendeines Banken-Vorstands berichtet, und die gesamte deutsche Banker-Crème war anwesend. Natürlich auch Nero. Er war sogar abgebildet. Lustig, da hinten waren auch Böttcher und Jerusalem. Und schräg hinter ihnen stand noch ein Mann, der auf dem Bild nur angeschnitten war. Sehr groß, graumelierte Haare, dunkle Augen, mit einem

Grübchen am Kinn. Er sah zu Nero hinüber, mit einem Blick, der nicht so recht angemessen schien für einen Ball, bei dem doch Frohsinn angesagt war. Es war ein kalter, abschätziger Blick. Oder zumindest erschien er Sebastian so.

Er schüttelte den Kopf und legte die Zeitschrift weg. Jetzt war nicht die Zeit, sich darüber den Kopf zu zerbrechen. Sollte er noch einmal bei Natalie... Unsinn. Man musste den Realitäten ins Auge blicken. Vielleicht kam noch etwas in der Glotze.

Er stand auf, ging in sein Wohnzimmer und schlug die Tür hinter sich zu.

Mittwoch, 20. November

08:04 Uhr

Komm herein, Sebastian.

Phil Meyer saß an seinem Schreibtisch, vor sich die Liste der Interviewtermine mit den RFG-Unternehmen. Daneben lag der Fragebogen. Sebastian stellte beruhigt fest, dass kaum Anmerkungen danebenstanden. Ein gutes Zeichen.

Komm, wir setzen uns an den Besprechungstisch da drüben. Das ist bequemer. Phil stand auf und kam um den Schreibtisch herum. Sebastian fiel auf, dass sein weißes Hemd schon jetzt zerknittert war und die Krawatte etwas überflüssig am steifen Kragen baumelte. Anders als die meisten seiner Geschäftsführerkollegen legte Phil keinen Wert auf Eleganz. Dinge dieser Art hielten ihn nur vom Wesentlichen ab - seiner Arbeit. Auch in der an Workaholics nicht gerade armen Beratergemeinschaft galt Phils Fleiß als absoluter Maßstab. Nur der Wunsch, seine Kinder einmal während der Woche ins Bett zu bringen, brachten ihn wenigstens Freitags dazu, um sieben Uhr das Büro zu verlassen.

Phil war bekannt dafür, die Probleme seiner Consultants ernst zu nehmen und ausführlich mit jedem zu reden, der zu ihm kam, obwohl er eigentlich nie die Zeit dafür hatte, denn immer wartete schon ein neuer Termin. Mindestens einmal die Woche sah man Phil mit einem Koffer in jeder Hand zum Taxi rennen, um das Unmögliche wahr zu machen und doch noch den letzten Flug nach Düsseldorf, London oder New York zu bekommen. Manche hielten ihn deshalb für unorganisiert und kritisierten, dass er für Entscheidungen grundsätzlich zu lange brauchte. Erst vor ein paar Tagen hatte Sebastian wieder einen der Partner schimpfen gehört, Phil sei zu zögerlich und insgesamt nicht durchsetzungsstark genug. In regelmäßigen

Abständen kam das Gerücht auf, er würde bald als Deutschland-Chef abgelöst.
Heute morgen jedoch lächelte Phil, als hätte er noch nie von irgendwelchen Gerüchten gehört. Er setzte sich, rückte an den Tisch heran, nahm einen goldenen Kugelschreiber aus seiner Hemdtasche und legte ihn auf seinen Schreibblock. Okay, begann er dann. Kommen wir noch einmal auf das Auftaktgespräch zurück. Klohs hat gestern Abend ein zweites Mal angerufen. Er hat noch immer Zweifel.
Sebastian zog die Brauen hoch. Zweifel? Am Ende unserer Sitzung war er völlig überzeugt, da bin ich sicher.
Ja, das ist richtig, sagte Phil und kritzelte etwas auf seinen Schreibblock. Wir haben ja schon gestern darüber geredet. Aber am Abend sagte Klohs zu mir, dass er nicht überzeugt war von deiner Qualifikation für das Projekt.
Unwillig zog Sebastian die Brauen zusammen. Das konnte nur der Einfluss dieses Querulanten Speer sein. Gut, sagte er. Dann habe ich jetzt zwei Wochen, um ihm zu beweisen, dass ich der Richtige bin.
Phil nickte nachdenklich und sagte nichts. Statt dessen setzte er seine Kritzeleien auf dem Schreibblock fort. Sebastian versuchte vergebens, etwas zu erkennen.
Sebastian, ich frage mich, ob es wirklich gut ist, was wir hier machen. Es sind wahnsinnig viele Termine, das habe ich dir ja schon gesagt. Und du setzt dich unter einen sehr starken Druck. Er sah ihn fragend an.
Ja. Und?
Ich habe Angst, dass der Druck für dich zu viel wird.
Sebastian spürte, da er nervös wurde. Hatte Michael mit Phil gesprochen? Das war unwahrscheinlich. Siehst du dafür irgendwelche Anzeichen? fragte er vorsichtig.

Phil kritzelte weiter. Du lieferst ordentliche Arbeit ab, Sebastian. Auf den ersten Blick. Aber wenn man darüber nachdenkt, was du da machst, dann merkt man, dass da einiges nicht zusammenpasst.
Sebastian schluckte. Was zum Beispiel? fragte er leise.
Zum Beispiel die Termine. Es gibt in allen Unternehmen mehrere Geschäftsführer oder Vorstände, und unser Gesprächspartner ist dann immer der Sprecher oder Vorsitzende des Boards. Das ist okay. Nur wenn der Sprecher nicht kann, dann wäre es bei dem Thema Shareholder Value doch sicher sinnvoll, denjenigen zu nehmen, der zuständig ist für Controlling oder Finanzen, oder?
Sebastian nickte.
Siehst du. Bei zwei Unternehmen auf deiner Liste ist der Sprecher nicht verfügbar. Einmal ist der Termin mit dem Controlling-Chef. In dem zweiten Unternehmen ist es der Technik-Vorstand.
Ich hätte die Liste noch einmal durchgehen sollen, bevor sie an Phil ging, dachte Sebastian. Aber jetzt war es zu spät.
Und ich weiß auch, warum das so ist, Sebastian. Das heißt, ich glaube, ich weiß es.
Warum?
Der Jahresbericht der RFG listet das Management der Tochterunternehmen auf. Bei beiden Unternehmen, von denen ich sprach, folgt nach dem Sprecher der Mann, mit dem der Termin gemacht ist.
Natürlich, dachte Sebastian, Birgit ist den einfachen Weg gegangen. Warum auch nicht. Er hatte ihr ja auch nichts anderes gesagt.
Genau dasselbe beim Fragebogen, Sebastian. Er ist genauso, wie er in unserem Handbuch empfohlen wird...
Ich überarbeite den Fragebogen noch einmal, sagte Sebastian schnell.

Phil sah ihn an. Das ist auch notwendig. Die Fragen zur Koppelung von Unternehmenswert und Geschäftsführungstantieme zum Beispiel, die gehen viel zu weit. Von so etwas war in diesem Unternehmen noch nie die Rede. Es gibt einen Aufstand, wenn du das so direkt ansprichst. Das Handbuch ist eben nur eine Empfehlung, weißt du.
Oberflächlich, dachte Sebastian. Das war es wieder. Andere würden diese Dinge sicher als Kleinigkeiten abtun, aber bei Top Management Consulting zählte es halt. Dafür waren die Berater einfach zu teuer. Er war wieder in die Falle hineingetappt. Oberflächlich. Oder war es schon wieder fahrlässig?
Ich hatte nicht genügend Zeit für die Sachen, sagte er leise. Bei meiner Bank ging es etwas hoch her...
Auf deinem anderen Projekt gibt es auch Probleme?
Phil starrte ihn jetzt regelrecht an. Ruhig, sagte sich Sebastian. Nur ruhig. Sonst machst du alles nur noch schlimmer.
Der Kunde ist ausgesprochen schwierig, fing Sebastian an. Es gab Meinungsverschiedenheiten mit der Bankenführung. Aber Michael und ich haben die Sache wieder im Griff. Wir denken, dass wir das Projekt heute Nachmittag weiterverkaufen werden.
Phil legte den Kugelschreiber auf den Tisch. Weißt du, sagte er dann, als ich vor ein paar Jahren zur Wahl anstand, wurde ich einen Tag vor dem großen Termin plötzlich zurückgestellt. Ohne jede Angabe von Gründen. Er lehnte sich zurück und faltete die Hände hinter seinem Nacken. Ich wollte kündigen. Ich ging zu Bob Ginsburg, um ihm zu sagen, dass ich jetzt die Nase voll hatte. Ich wollte ihm klar machen, dass sie mich einmal zu oft enttäuscht hatten.
Sebastian wusste, dass seine Wangen wieder rot angelaufen sein mussten. Phil erzählte immer dann Anekdoten aus seiner Zeit mit Ginsburg, einem

der Gründer von Top Management Consulting, wenn es galt, unliebsame Botschaften zu vermitteln.

Also ging ich hinein in sein Büro. Bob saß da und sah auf die Fifth Avenue. Die Adresse war sündhaft teuer - die Geschäfte fingen damals an, besser zu gehen, aber natürlich konnten wir uns diese Gegend überhaupt nicht leisten. Er saß also da, ganz der Gründungsvater, und schaute mir zu, wie ich hineinstürmte. Als ich mich vor ihm aufgebaut hatte, sah er mich an, und ich weiß es noch heute, er wirkte wie ein müder, alter Mann. Es war nicht mehr seine Zeit. Pioniere waren nicht mehr gefragt. Bewahren, schützen und gedeihen lassen, das war die neue Idee. Er sah hoch. Wie heute, weißt du.

Sebastian nickte.

Aber ich erzähle wieder zu viel, fuhr Phil fort. Ich kam nicht dazu, Bob alles vor die Füße zu werfen. Er sah mich an, und als er dann anfing zu reden, wusste ich, dass ich ihn unterschätzt hatte. Er gehörte noch lange nicht zum alten Eisen. Er sagte mir: 'Halt jetzt den Mund. Mach drei Monate Pause, und komm dann wieder.'

Sebastian sah überrascht hoch.

Ich nahm mir drei Monate Leave of Absence. Ich kann nicht sagen, dass ich pausenlos darüber nachgedacht hätte, was ich nun machen sollte. Ich hab alle möglichen Dinge getan - alles, was mir Spaß machte. Und als ich zurückkam, ging ich wieder zu Bob. Und er sagte, arbeite jetzt weiter, Phil. Mach drei Monate, und lass uns dann noch einmal reden. Ich tat es, und drei Monate später sagten sie mir, sie hätten sich entschieden. Und ich war Partner.

Panik kroch in Sebastian hoch. Hatte Phil zu denen gehört, die sich am Montag Abend im Personnel Committee gegen ihn ausgesprochen hatten?

Ich... Ich weiß nicht, ob das der richtige Weg für mich ist, Phil, sagte er langsam.
Phil sah ihn lange unbeweglich an. Dann nickte er. Ich verstehe, du willst es unbedingt durchziehen.
Ich will es nicht durchziehen. Ich will es einfach nur machen.
Phil sah ihn weiter an. Es war unübersehbar, dass er nicht überzeugt war. Sebastian versuchte, tief ein- und auszuatmen, um wieder ruhig zu werden. Aber nur so, dass Phil es nicht merkte.
Lass mich die ersten Interviews führen, Phil, sagte er und hörte, wie seine Stimme zitterte. Du kannst ja mitkommen und dir selbst ein Urteil bilden. Und in zwei Wochen können wir noch einmal alles kritisch Revue passieren lassen.
Phil fing wieder an zu kritzeln. Sebastian sah ihm schweigend dabei zu. Schließlich schaute Phil wieder hoch. Gut, wir machen es so, wie du es willst, Sebastian. Aber überdenke noch einmal meinen Vorschlag. Ich will dich nicht verheizen. Es gibt nur einmal die Chance zur Wahl. Er stand auf. Sebastian ging um den Tisch auf ihn zu. Ich weiß, Phil. Und danke, dass du so offen mit mir sprichst.
Phil lächelte. Dann sagte er: Morgen Vormittag kann ich nicht. Aber morgen Nachmittag bei dem Termin in Wien, das müsste ich einrichten können.
Sebastian nickte. Okay. Dann treffen wir uns am besten auf dem Flughafen in Wien, nicht wahr?
In Ordnung, sagte Phil und drückte ihm fest die Hand.
In seinem Büro ließ Sebastian sich in seinen Sessel fallen. Er war in einer Krise, ausgerechnet jetzt, im entscheidenden Moment seiner Karriere. Zwei Partner hatten ihn darauf angesprochen, jetzt musste er reagieren. Von jetzt an durfte es keine Oberflächlichkeiten mehr geben, kein ‚die Zeit hat nicht gereicht', kein ‚es gab da ein anderes wichtiges Problem'. Er musste

sich jetzt durchbeißen, wie damals, als kleiner Consultant. Mürrisch sah er auf seinen Schreibtisch. Die Arbeit wartete. Birgit hatte ihm fein säuberlich die Post der letzten Tage auf den Tisch gelegt. Er streckte sich und begann, den Stapel durchzublättern.

Das meiste waren Werbebriefe, dazwischen lagen zwei, drei Protokolle. Der Rest dürfte als Email auf ihn warten. Schließlich hatte sich Top Management Consulting schon seit geraumer Zeit auf die Fahnen geschrieben, ein papierloses Büro zu werden.

Er zog sein Notebook aus der Tasche und stöpselte es an den Strom und das Netzwerk. Während das Betriebssystem anlief, hörte er wieder Phils Stimme. 'Mach drei Monate Pause.' Am Ende war es ja keine so schlechte Idee. Statt sich mit schwierigen Kunden und fragwürdigen Berechnungen herumzuschlagen, könnte er einmal so richtig ausspannen und... Er stockte. Und was? Ihm fiel schlicht nichts ein, was er gerne machen würde. Außer vielleicht mit Natalie zusammen zu sein...

Sebastian sah auf den Bildschirm und rief die neu eingegangene Post auf. Insgesamt warteten 53 neue Nachrichten auf ihn - die Ration von zwei Tagen Abwesenheit. Er sah auf die Uhr. 8 Uhr 44. Er hatte noch eine knappe Stunde, bevor er zum Flughafen musste. In der Zeit musste er die Emails durchsehen. Und mit Birgit reden, um diesen einen falschen Gesprächspartner auszutauschen Der Fragebogen musste auch noch überarbeitet werden. Dann musste er Ludwig anrufen, damit er sich Gedanken über die Details des Datenvergleichs bei den Ost-Filialen machte. Er nickte entschlossen. Das war doch zu schaffen. Nur trödeln durfte er nicht.

Er sah auf die Liste seiner Mails und ging die Überschriften durch. Wie erwartet waren das meiste Routinegeschichten. Montag hatte eine neue Sekretärin ihren Einstand gegeben, abends war der Server kurz abgeschaltet worden, Dienstag hatte das Vorbereitungskomitee für die Weihnachtsfeier noch weitere Helfer gesucht und die Buchhaltung die Abgabe der Reisekostenabrechnungen angemahnt - und so weiter, und so weiter. Er löschte eine Nachricht nach der anderen, ohne sie gelesen zu haben. Dann kam ein Mail vom Gesamtleiter der Personnel Committees. Sebastian öffnete es. In den ersten Zeilen stand, dass die Zeit zwischen der Entscheidung, einen Berater zum Ausscheiden aufzufordern, und dem tatsächlichen Verlassen der Firma meistens viel zu lang war. Es folgten die vorgegebenen Fristen und die Aufforderung an die Committees, ihre Einhaltung strikter zu überwachen:

Associate Consultants und Project Leaders - drei Monate

Senior Project Managers - sechs Monate.

Sebastian schluckte. Sechs Monate blieben ihm also, wenn er es nicht schaffen sollte. Das bedeutete, bis zum 1. Juni würde er einen neuen Job finden müssen. Und was sollte er machen, wenn die Beratung ihn nicht mehr behalten wollte? Banken? Als Kreditleiter würde ihn wohl niemand nehmen, und als Marketing-Chef hatte man in einer richtigen Bank nichts zu sagen. Orga-Leiter? Zu langweilig. Vielleicht besser in die Industrie? Bloß in welche Branche? Und eine andere Beratung? Das lag am nächsten. Aber wenn es kein Abstieg sein sollte, musste er eine finden, die ihn gleich als Partner einstellte.

Es klopfte an der Tür. Sebastian sah hoch. Birgits Haarpracht drängte sich durch den Türspalt.

Sieh da, du bist auch mal wieder da.

Sie kam in das Büro und ließ sich lässig auf der Tischkante nieder.

Sebastian lehnte sich in seinem Sessel zurück. Guten Morgen, sagte er. Gut, dass du kommst. Wir haben da noch etwas zu besprechen.

Erzähl doch erst einmal. Wie war denn eigentlich die Präsentation am Montag?
Sebastian zuckte mit den Achseln. In den Telefonaten war er diesem Thema immer ausgewichen, und auch jetzt hatte er wenig Lust, noch einmal in die Details des abgebrochenen Vortrags einzutauchen. Aber Birgits große blauen Augen zeigten, dass sie neugierig war. Wir haben mitten drin abgebrochen, sagte er. Plötzlich kam die Nachricht herein, dass der Verwaltungssratsvorsitzende gestorben ist.
Echt? Wie hieß er denn?
Kaiser. Es stand gestern in der Zeitung.
Birgit riss die Augen vor Erstaunen noch etwas weiter auf. Dieser Dr. Kaiser, der in seinem Hotelzimmer tot gefunden wurde?
Sebastian grinste amüsiert. Drei Jahre war Birgit jetzt seine Sekretärin, und er hatte sie eigentlich immer nur etwas flüchtig betrachtet. Bis auf den einen Abend beim Company Retreat im Oktober... Gut, aber da waren sie beide ziemlich betrunken gewesen, und außerdem, bei diesen Ausflügen waren die Sitten insgesamt etwas lockerer.
Ja, genau der. Das mit der Damenunterwäsche soll übrigens eine Ente sein.
So, so, sagte Birgit. Der Herr Doktor liest die Bild-Zeitung. Heute hast du aber wohl noch nicht hineingesehen, was?
Nein, wieso?
Sie haben geschrieben, dass der Zimmerkellner festgenommen wurde. Er hatte sich in Widersprüche verwickelt. Man vermutet jetzt, dass er Kaiser die Unterwäsche in die Tasche geschmuggelt hat, um die Geschichte der Presse verkaufen zu können.
Sebastian schüttelte den Kopf. Du bist ja bestens informiert. Nicht viel los hier, was?

Och, das würde ich nicht so sagen. Aber ich werde hier natürlich im Kombinieren geschult.

Was soll das denn heißen?

Birgit neigte den Kopf etwas zur Seite und spielte mit einer Locke herum. Sebastian musste an seine gestrigen Erfahrungen mit Sekretärinnen-Flirts denken. Eigentlich reichte das ja für diese Woche. Also komm, nun sag schon, drängte er. Was meinst du damit?

Du bist ja nie im Büro. Was meinst du, wie hier die Gerüchteküche abgeht.

Sebastian legte die Arme hinter den Kopf. Das war ja nun wirklich nichts Neues. Andererseits, wenn sich diese Gerüchte um ihn drehten... Und? fragte er. Was zum Beispiel?

Birgit sah ihn verstohlen an. Na, zum Beispiel das Gerücht, dass du gerade damit beschäftigt bist, deine Wahl zum Partner zu verspielen.

Was?

Vor ein paar Wochen hieß es noch, du wärst der sicherste von den drei Kandidaten, sagte sie auf einmal ganz leise. Aber jetzt sieht es irgendwie nicht mehr so gut aus.

Woher willst du das denn wissen?

Na hör mal, ich bin jetzt vier Jahre dabei. Ich kenne die anderen Sekretärinnen ziemlich gut, auch die der Partner. Irgend jemand hat gesagt, dass sie jetzt deine Projekterfahrung für zu eng halten.

Sebastian verzog das Gesicht. Dass es einigen einflussreichen Leuten bei Top Management Consulting nicht gefiel, dass er vor allem mit Banken gearbeitet hatte, war auch nichts furchtbar Neues. Aber wenn das jetzt durch die Korridore gereicht wurde...

Und der klare Beweise wäre ja, dass du jetzt mit deinem ersten eigenen Projekt außerhalb der Bankenwelt überhaupt nicht zurechtkommst.

Sebastian fühlte, wie er blass wurde. Wer hat das gesagt? presste er hervor.

Birgit sah an die Wand hinter ihm und sagte nichts.

Nun sag schon.

Na, eine Sekretärin halt. Ist doch auch egal.

Wahrscheinlich hatte sie ja recht, dachte Sebastian. Wer es war, das war egal. Dass sie über ihn redeten, das war das Schlimme.

Stimmt das denn, Sebastian?

Es stimmt? Du glaubst diesen ganzen Müll?

Nein... Birgit nestelte verlegen an ihrem Kragen herum. Nein, natürlich nicht, Sebastian. Aber du hast mir doch selber gesagt, dass du keine Lust auf das Projekt hast.

Natürlich, er hatte selber davon erzählt. Und mit jeder Erzählung hatte er natürlich zu den Gerüchten beigetragen, die jetzt in den Büros standen wie kalter Zigarrenrauch. Er musste lernen, seinen Mund zu halten. Schweigen, das war das einzige, was gegen diese Verleumdungen half. Was in den nächsten Wochen von ihm zu hören sein durfte, waren nur offizielle Erfolgsmeldungen.

Birgit saß etwas verloren auf seiner Tischkante herum. Was ist denn jetzt? fragte sie. Redest du nicht mehr mit mir?

Doch, natürlich, sagte er und versuchte ein Lächeln. Erzähl doch noch ein bisschen. Affären werden mir aber keine nachgesagt?

Sie schaute auf ihre lila lackierten Fingernägel. Na ja... Als Kostverächter giltst du nicht gerade.

Sebastian seufzte entnervt.

Es ist wirklich nichts Dramatisches, Sebastian. Wir sind halt beobachtet worden damals beim Retreat. Und dass du am Abend vorher mit zwei anderen herumgeflirtet hast und nicht zum Zuge gekommen bis, haben sie auch alle gesehen.

Jetzt reichte es wirklich, dachte Sebastian. Lächerlich hatte er sich auch noch gemacht. Wenigstens ging es nicht um Natalie, das wäre mit Sicherheit der Todesstoß gewesen... Aber auch so war es übel genug. In der Versenkung zu verschwinden war jetzt die einzige Rettung. Er sah auf die Uhr. Viertel nach neun. Am besten fing er gleich damit an.
Pass auf, ich habe da noch etwas. Dieser Termin in Hamburg...
Weiter kam er nicht. Birgit rutschte beleidigt vom Schreibtisch herunter.
Ach so, ich verstehe, jetzt beginnt der offizielle Teil, sagte sie. Klar, jetzt weißt du ja auch alles.
Komm, Birgit, versuchte er sie zu beruhigen, aber sie stand schon vor der Tür.
Eigentlich hätte ich es ja wissen müssen, dass ich damals nur dritte Wahl war, Sebastian, sagte sie abfällig. Aber jetzt hast du es mir noch mal klar gemacht.
Birgit, rief Sebastian und sprang auf. Aber es war zu spät.
Keine Angst, ich werde nichts erzählen. Darum geht es dir doch nur, oder?
Sie warf die Tür hinter sich zu.
Sebastian blieb alleine in seinem Büro und starrte aus dem Fenster, bis sein Kopf nur noch leer war. Schließlich fiel ihm ein, dass er ja gleich los musste, und noch einiges zu tun war. Telefonieren konnte er glücklicherweise auch aus dem Auto. Aber die Emails musste er noch durchsehen.
Es kam nichts Aufregendes mehr, bis er bei der letzten Nachricht ankam. Er stutzte. Sie hatte keine Überschrift. Aber der Absender war Natalie Schieritz, und abgesandt war sie heute morgen um 8 Uhr 32.
Es gefiel Sebastian überhaupt nicht, dass sein Herz sofort wieder bis zum Hals schlug, als er die Nachricht aufrief. Sie war nur ein paar Zeilen lang.
Hallo Sebastian,

wahrscheinlich bist du jetzt sauer, dass ich gestern Abend nicht im Hotel war. Es tut mir auch wirklich leid. Ich schreibe eine Email, weil du ja wahrscheinlich ans Telefon gehen würdest, und im Moment kann ich nicht richtig reden. Das Büro ist hier schon ziemlich voll. Ich musste mich gestern Abend mit jemandem treffen, den ich einige Zeit nicht mehr gesehen habe, und leider hat es viel länger gedauert, als ich dachte. Ich konnte mich nicht vorher bei dir melden, weil wirklich alles ganz plötzlich ging. Heute Abend rufe ich dich auf deinem Handy an, das verspreche ich. Und dann erzähle ich dir alles.

Natalie.

Sebastian drückte auf ‚Löschen'. Der Ärger vom gestrigen Abend kam wieder hoch. Eigentlich glaubte er nicht mehr an Natalies Versprechungen, aber jetzt hatte sie natürlich wieder Hoffnung in ihm geweckt. Und er konnte wieder einmal nicht mehr tun als abzuwarten.

Er sah auf die Uhr. Zwanzig vor zehn. Es war Zeit zu gehen.

10:16 Uhr

Dreamer... you're nothing but a dreamer... Can you put your hands in your head, oh no...

An der Seite der Autobahn zogen die Häuser an ihm vorbei. Sebastian summte den Text mit. Supertramp. Er konnte sich noch gut daran erinnern, was für ein Fan er mal gewesen war. Siebzehn war er damals gewesen. Das war lange her... War er damals der größere Träumer gewesen oder heute? Mit siebzehn hatte er Kurzgeschichten geschrieben und wollte Literatur studieren. Heute war er ungefähr doppelt so alt, schrieb nur noch Präsentationen und wollte dafür Unternehmen verändern. Und die Menschen, die dort arbeiteten. Und nicht zuletzt die Berater, die mit ihm zusammen dieses Ziel angingen.

Am Straßenrand erschienen wieder die Hinweisschilder für die nächste Ausfahrt. Garching-Nord. Dann kam Eching, dann das Neufahrner Kreuz... Noch einmal durfte ihm das nicht passieren, dass er vor lauter Telefoniererei an der richtigen Abzweigung vorbei fuhr. Die Gefahr bestand - es war wieder Ludwig, mit dem er unbedingt noch vor dem Flug nach Frankfurt reden musste.

Er drückte auf die Handytasten. Ludwig nahm ab. Hallo Ludwig, sagte Sebastian. Hier ist dein Projektleiter.

Sebastian... Gut, dass du anrufst. Stell dir vor, ich habe gerade ein sehr interessantes Gespräch mit dem neuen Filialleiter in Berlin gehabt.

Sebastian stutzte. Eigeninitiative der Consultants war ja grundsätzlich sehr zu begrüßen, aber jetzt waren sie in einer äußerst sensiblen Phase. Du hast ihn angerufen?

Ja, klar.

Klar? Wieso klar? Warum hast du ihn angerufen?

Ludwig schien nichts von dem drohenden Unterton in Sebastians Fragen zu bemerken. Er plapperte fröhlich weiter. Na weil ich so eine Ahnung hatte, wie wir um Frau Doktor herumkommen könnten...

Sebastian wäre fast auf eine Ente aufgefahren, die sich in provokant langsamer Fahrt auf die linke Spur schob. Er blinkte ein paar Mal wütend mit der Lichthupe. Ludwig nutzte das kurze Schweigen, um weiter von seinem Coup zu schwärmen.

In der Filiale haben sie natürlich die Zahlen von April. Zwar nur als Ausdruck, aber immerhin. Warum also den Umweg über Frau Doktor gehen und sich all den Ärger aufhalsen, wenn wir sie doch direkt über den Filialleiter kriegen können.

Mitten in die triumphierende Pause hinein explodierte Sebastian. Bist du wahnsinnig, Ludwig? Und was, wenn dieser Filialfuzzi nichts besseres zu tun

hat, als gleich Frau Doktor anzurufen? In Nullkommanichts ist sie bei Grimm, und wenn ich dann dort auftauche, kriege ich sofort einen Tritt in die Eier! Und das ist dann wahrscheinlich mein letzter. Verdammt noch mal, wie kannst du da herumtelefonieren, ohne das mit mir abzustimmen!
Aber ich dachte doch nur, ich könnte den ganzen Konflikt entschärfen, stammelte Ludwig.
Und hast uns damit wahrscheinlich erst richtig tief in die Scheiße geritten! Großartig, Herr Staupe.
Ludwig schwieg. Sebastian hielt krampfhaft Ausschau nach der Ausfahrt zur Deggendorfer Autobahn. Nur nicht wieder denselben Fehler machen. Er musste pünktlich sein.
Schließlich räusperte sich Ludwig. Ich glaube nicht, dass da Gefahr besteht, Sebastian. Ich habe mir schon überlegt, wen ich anrufe. Natalie hat mir viel erzählt von diesem Typ in Berlin. Er ist ganz neu bei der Bank und muss wohl ein ganz fähiger Kerl sein, und auch recht nett, sie war jedenfalls mal mit ihm essen...
Sebastian schluckte. Auch das noch.
...Und dabei ist er den ganzen Abend über Frau Doktor hergezogen. Er kann überhaupt nicht mit ihr. Er war jetzt auch total aufgeschlossen und hat mir alles noch einmal im Detail erklärt mit dieser Datenkonvertierung. Die DV hat sich da schon reichlich dämlich benommen.
Sebastian fuhr auf die rechte Spur und bog ein in die langgezogene Kurve, die zur Flughafen-Autobahn führte. Langsam wurde er wieder ruhiger. Vielleicht war es ja doch nicht so dumm, was Ludwig da angestellt hatte.
Also gut, sagte er. Dann erzähl mal, was du rausgekriegt hast.
Ludwig legte los mit einem Schwall von Details. Sebastian versuchte, möglichst viel mitzubekommen, ohne die Geschwindigkeit zu sehr zu verringern, aber er merkte bald, dass er am Autotelefon unmöglich alles

verstehen konnte, was Ludwig da an technischen Prozessen herunterspulte. Selbst wenn Ludwig das alles rechtzeitig zusammenschreiben könnte - Sebastian wäre nicht in der Lage, die Details Grimm kompetent zu verkaufen. Er brauchte etwas anderes, um den Orga-Chef in ihrem Gespräch zu beeindrucken.
Ludwigs Vortrag plätscherte weiter fort, während Sebastian grübelte, was er Grimm bloß vorsetzen sollte. Frau Doktor hatte ihm mit Sicherheit erzählt, dass sie den unfähigen Filialen nicht traute. Ludwig dagegen schien nach dem Gespräch mit dem Berliner Filialleiter gar keine Zweifel zu haben, dass die Daten richtig waren.
Was ist eigentlich, fragte er nachdenklich, als Ludwig allmählich verstummte, wenn Frau Doktor doch recht hat und die Zahlen immer noch nicht stimmen, weil die Filialen wirklich herummauscheln?
Ludwig hatte eine Antwort. Sebastian, ist das wirklich unser Problem? Ich meine, wir sind ja nicht die interne Revision. Sollen die doch untersuchen, ob in den Filialen alles mit rechten Dingen zugeht. Wir müssen doch davon ausgehen, dass alle Daten ordnungsgemäß zusammengestellt wurden und alle Prozesse so durchgeführt werden, wie wir es aufgenommen haben. Und dann können wir zeigen, dass sich die Filialen unter diesen Bedingungen nicht rechnen. Wenn außerdem noch Täuschungen dazu kommen, dann können die Filialen ja nur noch unrentabler sein. Denn kein Mensch würde ja vorgeben, zu wenig Leistung zu erbringen. Nein wirklich, lass das andere die Revision machen.
Sebastian kaute an seiner Unterlippe. Er fuhr an Freising-Süd vorbei - in zwei Minuten kam die Flughafenausfahrt. Viel Zeit blieb ihm nicht mehr, wenn Ludwig noch etwas für das Gespräch mit Grimm ausarbeiten sollte.
Wie lange würden die denn für so einen Filialcheck wohl brauchen? fragte er schließlich.

Keine Ahnung, antwortete Ludwig. Aber ich kann ja mal mit dem Revisionsleiter sprechen.

Das ist eigentlich gar keine so dumme Idee, dachte Sebastian. Ja, genau, mach das, sagte er. Und wenn du dann herausgefunden hast, wie lange so ein Filialeinsatz dauern würde, schreibst du die einzelnen Schritte bis zur Filialschließung fein säuberlich auf eine Folie und malst mir einen groben Zeitrahmen dran.

Er sah auf die Uhr. Es war kurz nach halb elf. Zwei Stunden mussten reichen. Und um halb eins hast du alles fertig und wartest am Fax darauf, dass ich dir aus dem Teamraum das Signal gebe. Und dann kannst du alles losschicken.

Ludwig stöhnte nur ganz leise, aber Sebastian konnte es doch hören. Er konnte sich ein Grinsen nicht verkneifen, denn er konnte sich nur zu genau vorstellen, wie der Junior-Berater sich jetzt fühlte. Aber das hatte man halt davon, wenn man in diesem Job gute Ideen hatte - und sie auch noch laut sagte.

Sebastian setzte den Blinker und zog den Wagen nach rechts zur Ausfahrt. Er musste fertig werden mit seinem Gespräch. Schön, Ludwig. Mach dich an die Arbeit. Wenn wir Grimm diesen Plan übergeben können, haben wir unsere Glaubwürdigkeit wieder gewonnen. Er verabschiedete sich und legte auf. Bestens, dachte er und betrachtete das vorbeiziehende Flughafengelände. Jetzt sind wir auf dem richtigen Weg.

Das Hauptgebäude kam näher. Er sah die Lufthansa-Maschinen aufgereiht an den gläsernen Fingern. Als er unter der Brücke kurz vor Terminal A hindurchfuhr, rollte gerade eine Maschine über ihm in Richtung Startbahn. Er zuckte instinktiv zusammen, aber die Brücke hielt tatsächlich. Das muss ein gutes Omen sein, dachte Sebastian.

11:06 Uhr

Das prustende Schnarchen seines Nachbarn weckte Sebastian. Unwillig blinzelte er ein paar Mal. Zu allem Überfluss blendete ihn auch noch das gleißende Sonnenlicht, das von der schneeweißen Wolkendecke reflektiert wurde. Mürrisch zog er die Fensterklappe nach unten und sah sich um. Neben ihm saß ein kleines, unförmiges Männchen mit wirren grauen Haarresten, die mühevoll über den fast kahlen Schädel gezogen waren. Der pralle Kugelbauch hob und senkte sich regelmäßig, und mit ihm wanderte ein zerknülltes Exemplar der Financial Times auf und ab, fest gehalten von zwei wurstfingerigen Händen, die an vergleichsweise dünnen Ärmchen ansetzten.

Als die Stewardess ihnen mit erprobtem Werbelächeln den Reiseproviant anbot, wachte das Männchen auf. Im Korb vor ihnen lagen dicht gedrängt Mini-Baguettes mit Räucherlachs. Edel war sie ja, die Lufthansa, wenn auch etwas knapp bemessen. Sebastians kleiner dicker Nachbar griff gleich nach zwei Brötchen, um die knappe Größe durch die Menge auszugleichen. Sebastian beschränkte sich auf eins.

Eigentlich ist das ja eine ganz normale Woche, dachte Sebastian, während er das Baguette aus der Serviette herauspellte. Das eine Projekt ist kurz vor dem Abschluss, der Kunde ist voller Erwartung, und der Partner ist nicht zufrieden mit den Ergebnissen. Das andere Projekt fängt gerade an, der Kunde ist misstrauisch, und der Partner will ihn unbedingt beruhigen, damit der Fang auch sicher in den Hafen gebracht werden kann. Standardsituationen. Eigentlich hatte er das schon x-mal erlebt. Was es diesmal etwas anders machte, war die anstehende Partnerwahl. Er biss in sein Baguette und kaute auf dem Lachs herum. Was hatte Michael gestern gesagt? 'Der wichtigste Schritt in deiner Karriere. Vielleicht der wichtigste in deinem Leben.' Das klang ziemlich dramatisch. Aber irgendwo hatte er

ja recht. Was ihm bevorstand, war der entscheidende Moment des Beraterlebens. Definitely up or out.
Und da war es natürlich schon ziemlich bitter, feststellen zu müssen, dass sich ausgerechnet in diesem Moment die Fehler häufen. Fehler, die auf eine charakteristische Schwäche zurückzuführen waren, die ihn im Grunde schon seine Karriere hindurch verfolgte. Michael hatte es ja gesagt. Und es stand auch in mehreren Bewertungen. ‚Tends to be somewhat superficial.'
Was möchten Sie trinken?
Die Stewardess schickte ihr Barbie-Lächeln in Sebastians Richtung. In Anbetracht der noch ausstehenden Termine entschied er sich für einen Tee. Er klappte den Tisch aus der Sessellehne heraus und stellte das Tässchen darauf ab. Jetzt musste er ganz systematisch vorgehen. Sich nicht auf seine Projektroutine verlassen, sondern jede Aufgabe so sorgfältig angehen, als machte er sie zum ersten Mal. Der Fragebogen zum Beispiel, der war gut dafür geeignet, die Vorsätze in die Tat umzusetzen. Am besten fing er gleich hier im Flieger damit an... Nein. Das war Unsinn. Übertriebene Hektik. Die Zeit reichte nie und nimmer, um das Ding korrekt durchzuarbeiten. Das war etwas für heute Nachmittag, nach der Präsentation in der Bank.
Er stellte die Lehne seines Sitzes nach hinten und lehnte sich entspannt zurück. Eigentlich war das eine richtige Herausforderung. Er freute sich regelrecht ein wenig darauf, es Phil zu zeigen, dass er auch genau arbeiten konnte. Präzise. Analytisch korrekt. Einfach klug.
Und wenn der Erfolg dann kam, dann würde er schon dafür sorgen, dass die Meldungen richtig lanciert wurden. Viel Zeit hatte er natürlich nicht, aber bis Anfang Dezember waren es ja noch ein paar Tage. Und vorher würde die Partnergruppe sich bestimmt nicht treffen.

Wenn man alles so in Ruhe betrachtet, dachte Sebastian, sind die Aussichten doch gar nicht so schlecht. Mit Birgit musste er sich wieder versöhnen, denn die brauchte er für seine PR in eigener Sache. Notfalls musste er halt ein paar Mark für einen großen Blumenstrauß investieren. Das hatte bisher immer gewirkt.

Die Stewardess räumte die Tasse und die Reste ihres kärglichen Mahles ab. Neben Sebastian schnarchte das kleine dicke Männlein lautstark unter seiner Zeitung. Die Stewardess musste es wohl irgendwie berührt haben, denn mit einem Mal rappelte es sich in seinem Sessel wieder auf, schnallte sich los, suchte oben im Gepäckfach nach seiner Aktentasche und nahm eine leuchtend roten Hülle heraus. Mit einem misstrauischen Blick auf Sebastian setzte es sich wieder auf seinen Platz, schnallte sich unter gemurmelten Flüchen und lauten Zisch- und Schnalzgeräuschen wieder an und vertiefte sich in seine Papiere, wobei es sorgsam darauf achtete, dass sein Nachbar nichts von ihnen erkennen konnte.

Über den Lautsprecher kam die Nachricht, dass sie zum Landeanflug auf Frankfurt ansetzten. Sebastian sah zu seinem dicken Nachbarn hinüber. Dessen Vorsichtsmaßnahmen erwiesen sich gerade als hinfällig, weil er wieder vom Schlaf überwältigt worden war und sich die Blätter auf seinem Kugelbauch ausbreiteten. Sebastians berufsmäßige Neugier war entfacht. Mit einem schrägen Blick versuchte er, unauffällig zu erspähen, worum es wohl in den Papieren ging.

Auf der Titelseite stand oben groß ‘Offering Memorandum’, als Verfasser war die Londoner Investmentbank Mitchell’s angegeben. Darunter war zu lesen: ‘Project Switzerland’ und dann: ‘Strictly confidential’. Sebastian zog die Brauen hoch. Das klang ja spannend. Er drehte sich ein wenig, um mehr vom nachfolgenden Text erkennen zu können. Das kleine dicke Männchen schnarchte vor sich hin, und mit jedem Atemzug drohte das Papier vom Kugelbauch herunterzurutschen. Sebastian musste schnell sein.

Der Text beschrieb mit merkwürdigen Kennworten und umständlichen juristischen Formulierungen die Gesellschafterstruktur einer Privatbank. Am Schluss der ersten Seite kam das Entscheidende: Eine größere Gruppe von Teilhabern wollte sich in anderen Branchen engagieren und ihre Anteile verkaufen, am liebsten an ein europäisches Bankhaus, das einen Stützpunkt in Deutschland benötigte, um für den Moment gerüstet zu sein, wenn mit dem Euro als einheitlicher europäischer Währung auch ein gemeinsamer europäischer Finanzmarkt entstehen würde. Problematisch war aber wohl, dass einige andere Gesellschafter noch gegen den Verkauf waren. Die Investmentbank sah jedoch eine Lösung, die -

Hier endete die erste Seite. Sebastian fluchte leise und sah sich um. Auf der rechten Seite der ersten Reihe saß nur ein Passagier, versunken in irgendwelchen Zahlenkolonnen. Von hinten konnte man die erste Reihe nicht einsehen. Die Stewardessen waren irgendwo unterwegs. Er konnte es wagen. Unauffällig beugte er sich nach vorne und versuchte, mit der Financial Times, die auf dem Platz zwischen ihm und dem Dicken lag, vorsichtig das oberste Blatt etwas zu verschieben. Während der Dicke in aller Ruhe weiter schnarchte, bewegte sich die Seite ganz langsam und rutschte ein wenig nach rechts...

Noch etwas Süßes für Sie?

Vor Sebastians Nase schwebte eine Schale mit Schokolade, gehalten von der plötzlich aus dem Nichts aufgetauchten Stewardess. Das Männchen schreckte hoch. Sebastian beeilte sich, in eine unauffällige Sitzhaltung zurückzurutschen, und griff nach einer der kleinen Tafeln. Der Dicke blinzelte einmal mehr, nahm sich zwei Tafeln und beeilte sich, sein Papier

zu ordnen, nicht ohne seinem Nachbarn einen weiteren verkniffenen Blick zuzusenden.
Sebastian lehnte sich zurück und packte die Schokolade aus. Konnte es sein, dass es in dieser Verkaufsoffer um Großmann, Meyer und Cie. ging? 'Project Switzerland' ließ ja eigentlich eher auf eine Schweizer Bank schließen, aber dann war ja ausdrücklich von einem Stützpunkt in Deutschland die Rede. Vielleicht war 'Switzerland' eine Anspielung auf Schweizer, den Imperator? Er aß das zweite Stück und versuchte vorsichtig, zu seinem dicken Nachbarn hinüberzuschielen. Das Männchen schien nun hellwach zu sein und schrieb eifrig auf seinem Memorandum herum, nicht ohne durch seine Spinnenarme und seine Körperfülle das Papier so abzudecken, dass von keiner Seite auch nur ein Buchstabe zu erkennen gewesen wäre. Als er einen Moment lang hochsah, schaute Sebastian schnell wieder weg.
Über den Lautsprecher wurden sie aufgefordert, die Tische hochzuklappen und die Sitze wieder gerade zu stellen, weil die Landung in Frankfurt anstand. Der Dicke packte alles zusammen und steckte die Unterlagen in den Spalt zwischen seiner Körperfülle und der Sessellehne. Sebastian wurde immer unruhiger. Je mehr er darüber nachdachte, um so weniger zufällig erschienen ihm mehr und mehr der Dinge, die ihm in den letzten achtundvierzig Stunden widerfahren waren. Aufzüge blieben stecken, Bankenchefs bemühten sich auffällig, ihm ihre Unterstützung zu vorher stark umstrittenen Punkten kundzutun. Die Frau, mit der er eine leidenschaftliche Beziehung begonnen hatte, wurde plötzlich auf ein weit entferntes Projekt beordert und war nicht nur kaum zu erreichen, sondern auch deutlich abweisend. Der Consultant, den er als Ersatz erhielt, rief ihn zu nachtschlafender Zeit an, um ihn auf katastrophale Fehler hinzuweisen, nur um zwei Tage später alle angeblich ja völlig falschen Schlüsse als

goldrichtig anzupreisen. Und seine glänzende Karriere bei einer der weltweit führenden Beratungsfirmen geriet plötzlich kurz vor der entscheidenden Beförderung in eine elementare Krise.
Konnte es eigentlich sein, dass alle diese Geschehnisse zusammenhingen? Und zwar in der Weise, dass sie alle durch eine gemeinsame Absicht verbunden waren? Das könnte bedeuten... Er schluckte. Das könnte bedeuten, dass es sich um einen groß angelegten Plan handelte, in dem er vielleicht nur eine kleine Spielfigur war. Aber was war der Plan?
Sie landeten. Sebastian schüttelte den Kopf. Irgendwie klang das alles nach einem fortgeschrittenen Fall von Paranoia. Statt sich in groß angelegte Verschwörungsgeschichten hineinzusteigern, sollte er sich lieber noch einmal mit den nächsten Terminen beschäftigen. Schließlich ging es da ganz handfest darum, drei der Chefs dieser Privatbank von der Richtigkeit ihres Konzepts zu überzeugen. Wenn ihm das gelang, war das Projekt weiterverkauft, niemand würde ihm mehr Oberflächlichkeit vorhalten, und seine Partnerwahl war sicher. Und wenn er das geschafft hatte, konnte er sich so viele Geschichten ausdenken, wie er wollte.
Die Maschine rollte langsamer, und dann sah er schon den Finger auf die Kabinentür zukommen. Der Signalton erklang, die Stewardess sagte an, dass sie die Parkposition erreicht hatten. Das dicke Männchen stand auf und holte seine Aktentasche heraus. Als er seine Unterlagen wieder einstecken wollte, rutschten ihm die Papiere aus der roten Hülle heraus. Er fluchte unwirsch und machte sich daran, die Blätter schnell wieder einzusammeln. Sebastian sah, dass in der Hülle auch eine ausgerissene Seite aus der FAZ war. Er meinte auch, die Überschrift des Nachrufs auf Kaiser zu erkennen.
Als das Männchen wieder alles eingesammelt hatte, half die Stewardess ihm in seinen Mantel. Kaum war die Tür offen, eilte es dann mit

erstaunlicher Geschwindigkeit davon. Sebastian marschierte ihm hinterher. Sie kamen in die große Abflughalle des Frankfurter Flughafens und gingen nacheinander die Treppe zur Ankunftsebene hinunter, wo die Taxen warteten. Der Dicke steuerte zielstrebig auf einen großen, elegant gekleideten Herren zu, der vor dem Presseladen neben dem Ausgang wartete. Sebastian hörte, wie sie sich lautstark begrüßten. Als er an ihnen vorbei ging, versuchte er, sich den Bekannten des Dicken etwas genauer anzusehen. Er hatte graumelierte, kurze Haare, dichte Augenbrauen, eine randlose, eckige Brille und ein langes Gesicht mit einem auffallenden Grübchen im Kinn. Irgendwie kam er Sebastian bekannt vor.
Er musste wohl etwas zu auffällig hinübergesehen haben, denn der Mann blickte plötzlich zu ihm zurück. Sebastian drehte sich schnell weg und beeilte sich, zu den Taxen zu kommen. Als er sein Gepäck eingeladen hatte, wandte er sich noch einmal um. Der Dicke zeigte auf die Taxen und redete auf seinen eleganten Bekannten ein. Der sah starr in Sebastians Richtung und nickte.
Er stieg schnell ein und herrschte den Taxifahrer an, er sollte losfahren. Irgendwie war ihm ausgesprochen mulmig zumute. Vielleicht litt er doch nicht unter Paranoia.

13:07 Uhr

Tja, Herr Dr. Ritter, da haben Sie ja wirklich ein Meisterstück abgeliefert. Frau Dr. Sturm war den Tränen nahe, als sie hier bei mir im Büro saß.
Grimm saß steif in seinem großen, schwarzen Chefsessel und betrachtete mit düsterer Miene die beiden Berater, die auf der anderen Seite des riesigen Schreibtischs auf den Stühlen kauerten. Sebastian tat, wie Michael ihm geheißen hatte: Er sah schuldbewusst zu Boden und sagte nichts.

Michael hatte seine Therapeutenmiene aufgesetzt - und sagte ebenfalls nichts.
Grimm fühlte sich bald bemüßigt, etwas nachzulegen. Was mich aber wirklich fuchsteufelswild macht, das ist dieser Versuch, Ihre eigenen Schwächen auf diese billige Weise zu überdecken und uns den schwarzen Peter zuzuschieben. Frau Dr. Sturm hat in der Sitzung am Montag ja nun geradezu überdeutlich demonstriert, dass Ihre Analyse der Ostfilialen alles andere als hieb- und stichfest ist. Und Sie haben als Antwort nichts besseres zu tun, als uns Fehler und Versäumnisse zu unterstellen und mit Forderungen nach neuen Erhebungen zu kommen, die unser komplettes Rechenzentrum für ganze Tage lahm legen würde.
Sebastian blickte zu Grimm hoch. Für die neuen Daten benötigen wir keine Minute Rechnerleistung aus dem Rechenzentrum.
Michael trat sofort einmal kräftig auf Sebastians Fuß und sandte noch einen bösen Blick hinterher. Aber es war schon zu spät.
Ich habe überhaupt keine Lust, mich mit Ihnen über technische Details herumzustreiten, Herr Dr. Ritter. Grimm stand auf und stapfte wütend durch sein Büro, die Hände hinter dem Rücken gefaltet. Ich habe mir eine halbe Stunde lang Frau Dr. Sturms detaillierte Erläuterungen anhören müssen, warum diese Sonderauswertung vor Weihnachten nicht machbar ist, und meine Techniker haben mir den Aufwand in unserem RZ bestätigt. Da sind Ihre besserwisserischen Kommentare ausgesprochen überflüssig.
Er stand vor der Sitzgruppe, mit dem Rücken zu den Beratern, und sah zu dem Bild hoch, das über dem Ledersofa hing. Die beiden Berater verharrten in unbequemen Drehungen in ihren Stühlen, um ihn überhaupt sehen zu können. Grimm zeigte ihnen nur seinen Rücken und betrachtete weiter die präzise Darstellung auf dem kargen Kunstwerk. Schließlich schien er ein Einsehen zu haben und wandte sich langsam wieder um. Wenn ein Berater

dermaßen unangenehm bei qualitativ minderwertigen Leistungen ertappt wird, sagte er, dann erwarte ich eine sofortige, vollständige und klar dokumentierte Nachbesserung und keine zusätzlichen Anforderungen an den Kunden, die den Geschäftsbetrieb zum Kollaps führen.

Er stand da wie ein Racheengel, vom Zorn des Herren geleitet. Und je mehr ihn die Rolle überkam, desto schneidender wurde seine Stimme. Ob solche Dinge mit Ihnen, Herr Dr. Ritter, allerdings noch möglich sind, das möchte ich doch nachdrücklich bezweifeln. Sie haben sich mit Ihren kindischen Attacken gegen Frau Dr. Sturm ja nun nachdrücklich disqualifiziert.

Sebastian wurde noch etwas kleiner in seinem Stuhl. Es half ihm nichts, er musste jetzt weiter in der Demutshaltung bleiben.

Herr Grimm, wir verstehen Ihren Ärger, sagte Michael. Und wir haben uns deshalb gleich nach der Präsentation am Montag daran gesetzt, Ihnen eine komplette, detaillierte Dokumentation unserer Filialberechnungen aufzustellen. Er holte einen Aktenordner neben seinem Stuhl hervor und legte ihn Grimm auf den Tisch. Wir haben zu Beginn die Logik der Analyse in der Übersicht dargestellt und anschließend die Berechnung jeder Filiale im einzelnen aufgeführt. Sie werden sehen, dass alle unsere Folgerungen schlüssig aus den vorliegenden Daten hervorgehen.

Grimm war langsam wieder zum Schreibtisch gekommen, als Michael den Ordner hingelegt hatte. Er ließ sich auf seinem Sessel nieder, zeigte aber keine Anstalten, in den Ordner hineinzusehen.

Michael schlug die Filiale Dresden auf. Hier, Herr Grimm. Auch für die Ostfilialen haben wir eine komplette Dokumentation...

Warum fangen Sie jetzt wieder mit dieser Zahlenreiterei an? Grimms Stimme hatte eine unangenehme Lautstärke erreicht. Das interessiert mich nicht, was Sie da an altem Zeug herausgesucht haben. Überarbeiten Sie Ihre Berechnungen, und dann können Sie wieder kommen.

Herr Grimm, wir können unsere Berechnungen nicht überarbeiten, solange wir nicht besseres Datenmaterial erhalten. Auch Michaels Mund war jetzt schmal geworden. Er sah Grimm bewegungslos an.
Wollen Sie jetzt auch noch anfangen? Wir können das Projekt auch einfach abbrechen, und dann geht Ihre hochgelobte Firma eben nach Hause.
Michael schwieg einen Moment und sah Grimm durchdringend an. Dann sagte er: Herr Grimm, welche Fehler werfen Sie uns in unserer Analyse vor?
Grimm schaute gekonnt entnervt zur Decke. Sie wissen genau, wovon ich rede. Sie haben gewisse Daten nicht aufgenommen, weil damit Ihr gewünschtes Ergebnis in Frage gestellt worden wäre.
Sie meinen also, wir haben unsere Datenauswahl manipuliert?
Ja. Genau das meine ich, Herr Klosters.
Herr Grimm, der Ihnen unterstellte Leiter der DV-Abteilung hat uns ausdrücklich bestätigt, dass die Jahresenddaten der Filialen Berlin, Leipzig und Dresden durch einen Programmfehler verfälscht worden sind. Da scheint es mir nur folgerichtig zu sein, diese Zahlen nicht in eine Prognose des zukünftigen Geschäftsaufkommens aufzunehmen.
Grimm wurde noch eine Spur bleicher. Ich will mit Ihnen jetzt nicht über Details streiten. Tatsache ist, dass Ihre Berechnungen für den Osten nicht aus Daten der Filialen stammen. Frau Dr. Sturm hat das mir gegenüber im Einzelnen nachgewiesen.
Sebastian hob den Kopf und machte Anstalten, auch etwas zu sagen, wurde aber gleich durch ein Handzeichen von Michael wieder gestoppt. Herr Grimm, diese Schwäche ist uns wohl bewusst, fuhr er fort. Wir haben deshalb auch schon Kontakt mit den Filialen aufgenommen, um entsprechende Daten direkt von dort zu erhalten.
Sebastian sank noch eine Spur tiefer in seinen Stuhl. Jetzt wurde es spannend. Im Fahrstuhl hatte er Michael Ludwigs Idee zugeraunt. Michael

hatte sofort verstanden, dass er damit den Vorwürfen, die von Grimm zu erwarten waren, die Spitze nehmen konnte, indem er einen eleganten Ausweg am Rechenzentrum vorbei auf den Tisch legte. Die Frage war nur, ob Grimm erkannte, dass dieser Weg auch an Frau Doktor vorbeiführen sollte.

Und das soll ohne zusätzlichen Aufwand gehen? fragte Grimm skeptisch. Immerhin hatte er sich auf den Vorschlag eingelassen.

Michael stieß Sebastian an. Sein Einsatz. Herr Krumme aus der Filiale Berlin hat uns bestätigt, dass er die Daten bereits vorliegen hat. Er muss sie uns nur noch zusenden.

Grimm fuhr sich nachdenklich über sein Kinn. Und was sagt Frau Dr. Sturm dazu?

Sebastian erstarrte. Da war sie, die Frage, die er so gefürchtet hatte. Wieder kam unter dem Tisch ein Stoß von Michael. Er sah zu ihm hinüber. 'Los' sagten Michaels Lippen. Sebastians Blick wanderte zu Grimm. Es half ihm nichts. Er musste das sagen, was Michael ihm aufgetragen hatte. Ich wollte unmittelbar nach unserem Gespräch zu Frau Dr. Sturm gehen und mich entschuldigen. Und ihr bei dieser Gelegenheit vorschlagen, die Daten direkt in den Filialen abzufragen, um keinen zusätzlichen Aufwand zu verursachen.

Grimm zeigte den Anflug eines spöttischen Grinsens. Tja, dann wünsche ich Ihnen viel Vergnügen bei diesem Gang, Herr Dr. Ritter.

Michael grinste noch deutlich breiter als der Banker. Sebastian sah auf den Boden. Er war der einzige, der diese Bemerkung nicht komisch fand.

Gut, meine Herren, sagte Grimm, nun eher gönnerhaft, dann ist der Osten ja erst einmal vom Tisch, bis Sie Ihre Berechnungen überarbeitet haben. Und worüber reden wir dann gleich in Ihrer Präsentation?

Sebastian sah wieder Michael an. Damit brauchte er Ludwigs Fleißarbeit gar nicht erst aus der Tasche zu ziehen, denn Grimm jetzt den Schließungsfahrplan unter die Nase zu halten, hätte den gerade mühsam besänftigten Streit sofort wieder neu entfacht. Na ja, dachte er, dann wandert der Plan halt erst einmal in die Akten. Irgendwann würden sie ihn schon gebrauchen können.
Michael war längst schon weiter. Wir möchten Ihnen unser Konzept für einen mobilen Vertrieb vorführen, verkündete er. Dieses Konzept ist übrigens ganz unabhängig von Filialschließungen zu realisieren. Es verlangt allerdings einige Umstrukturierungen, mit denen jedoch der Marktauftritt der Bank ganz erheblich verbessert werden könnte.
Mmh, brummte Grimm, das Kinn in der Hand vergraben. Dann rückte er ein wenig nach vorne. Und was für Umstrukturierungen wären das?
Der Personalschwerpunkt muss aus der Bearbeitung in die Beratung verlagert werden, sagte Michael voller Elan. Natürlich ging das am besten bei einer Zusammenlegung des Back-Offices in ein bis zwei Zentren. Grimms Miene verfinsterte sich wieder. Michael reagierte sofort. Aber auch bei einem Verbleib der Bearbeitung in den einzelnen Filialen sind durch relativ einfache Ablaufänderungen deutliche Effizienzverbesserungen in der Bearbeitung möglich. Sie könnten dann dort Kapazitäten freisetzen und praktisch kostenneutral den Vertrieb verstärken.
Grimm kratzte sich weiter am Kinn. Aber Sie glauben doch nicht, dass wir in der Bearbeitung das geeignete Personal für eine kompetente Kundenberatung haben?
Sicher nur in einzelnen Fällen, antwortete Michael und hob beschwichtigend die Hände. Man müsste verschiedene Personalmaßnahmen miteinander verbinden, aber natürlich, da haben Sie

schon recht, um einen Sozialplan käme man nicht herum. Er machte eine kleine Pause, um Grimm die Möglichkeit zur Reaktion zu geben. Aber ihr Gegenüber schwieg. Michael legte noch etwas nach. Damit hätten Sie natürlich die Möglichkeit, durch spätere Neueinstellungen die Personalqualität erheblich zu verbessern.

Grimm lehnte sich zurück und sah nachdenklich über die beiden Berater hinweg. Sicher, das klingt schon alles ganz schön, sagte er. Aber, und in diesem Moment sah er Michael wieder direkt in die Augen, aber wie sieht das denn nun konkret in Zahlen aus? Wie viel Leute kämen in den Sozialplan, und wie viele müssten wir neu einstellen?

Unter dem Tisch bekam Sebastian wieder das Signal. Er griff in seine Tasche und holte die Präsentationsfolien hervor. Schauen Sie, Herr Grimm, sagte er, während er nach der Übersicht über die Auswirkungen der ersten Stufe der Reorganisation suchte. Dabei ging es um die Einführung neuer Abläufe im Kreditbereich. Endlich hatte er sie gefunden und legte sie Grimm vor.

Hier auf der Säule links sehen Sie die heutige Personalverteilung in den Filialen. Der Block in der Mitte zeigt die Kapazitätsauswirkungen unserer einzelnen Ablaufänderungen. Und hier rechts die Säule, das wäre die verringerte Personalstärke nach der Reorganisation.

Grimm sah mit großen Augen auf die Folie. Dann nickte er und lehnte sich wieder zurück. Wieder an Michael gewandt fragte er: Und wie lange würde dieser Prozess dauern?

Das ist davon abhängig, wie schnell Sie sich mit Ihrem Betriebsrat einigen, sagte Michael nüchtern. Aber nehmen wir mal an, Sie würden da unserem Musterzeitplan folgen - Sebastian kramte sofort in seinen Folien, aber Grimm winkte ab - dann, denke ich, dass die Umstrukturierung in weiteren sechs Monaten durchzuführen ist.

Ich vermute, Sie würden uns dann dabei unterstützen. Grimm schielte zu dem Partner hinüber.
Michael zeigte keinerlei Regung. Alles, was er sagte, war ein Wort.
Gerne.
Grimm stand auf und ging noch einmal durch sein Büro. Diesmal sah er ein, zwei Minuten aus dem Fenster, bevor er sich umdrehte und auf die Berater zuging. Gut, meine Herren. Das klingt alles ganz sinnvoll. Ich bin gespannt auf Ihre Präsentation. Und wenn Sie es schaffen, möglichst bald eine vernünftige Berechnung für den Osten vorzulegen, dann können wir über die Weiterführung des Projektes reden. Er sah kritisch auf Sebastian herunter. Voraussetzung ist allerdings, dass Sie sich mit Frau Dr. Sturm einigen, Herr Dr. Ritter. Sebastian nickte schuldbewusst. Frau Dr. Sturm hat es geschafft, innerhalb von kürzester Zeit ein Controlling aufzubauen, das vom gesamten Kabinett akzeptiert wird, fuhr Grimm fort. Sie hat das uneingeschränkte Vertrauen von Herrn Dr. Schweizer. Und, wer weiß... Er senkte den Kopf und rieb sich die Nasenspitze. Dann sah er wieder seine Zuhörer an. Ich rechne damit, dass Herr Dr. Schweizer ihr zum Beginn des neuen Jahres einen Sitz im Kabinett anbieten wird. Soweit ich weiß, ist die Zustimmung des Verwaltungsrats sicher.
Sebastian und Michael sahen sich kurz an. Das war also der Grund für Grimms Solidarisierungsakt.
Gut, sagte der Banker und schaute demonstrativ auf seine Armbanduhr. Meine Herren, wir sehen uns dann in einer halben Stunde.
Die Berater standen auf. Grimm begleitete sie bis zu seinem Vorzimmer. Als sie sich verabschiedeten, klingelte das Telefon, und Grimms Sekretärin rief ihrem Chef zu, dass ein Mitglied des Verwaltungsrats am Apparat sei. Grimm nickte und schloss seine Tür.

Draußen auf dem Korridor sah Sebastian Michael fragend an, aber der schüttelte den Kopf. Nicht jetzt, sagte er. Geh jetzt zu Jerusalem. Ich mache meinen Besuch bei Böttcher. Wir sehen uns gleich im Sitzungssaal. Dann zog sich doch ein breites Lächeln über sein Gesicht. Ist doch gut gelaufen, oder?
Sebastian lächelte zurück und nickte.
Aber vergiss mir Frau Doktor nicht. Michaels Lächeln war zu seinem typischen unangenehmen Grinsen geworden.
Sebastian zog es vor, nicht zu reagieren. Er drehte sich um und machte sich auf zum nächsten Termin.

13:48 Uhr

Die Windböen drückten den Regen in unregelmäßigen Abständen gegen die Fensterscheiben. Dicht an dicht saßen die Tropfen auf dem Glas, und dahinter versanken die Frankfurter Bankentürme in der schmutziggrauen Watte aus Wolken, Nebel und Gischt. Oder was sonst noch in der Luft hing.
Der Banker drückte seine Stirn gegen das kalte Glas. Solange sein Besuch noch da gewesen war, hatte er sich noch zusammenreißen können. Aber jetzt war er weg, und damit brach bei ihm die Verzweiflung durch.
Er stöhnte laut und sah zu, wie das Glas beschlug. Dann rammte er seine Stirn gegen die Scheibe. Der Knall war viel lauter, als er gedacht hatte, und die Scheibe vibrierte spürbar. Um Gottes willen, dachte er. Am Ende zerspringt sie noch. Und wie sollte er das dann erklären?
Er ging schnell vom Fenster weg und setzte sich auf einen der Sessel. Langsam ließ er seinen Blick zu dem Bild hoch wandern, obwohl er wusste, dass es ihn heute nur ärgern würde. An einem solchen Tag sah auch das Bild grauenhaft aus. Die Farben waren falsch, zu flach, zu kalt, und bauten

keinen Raum auf. Und der Mann im Pool war weder ein Schwimmer noch eine Wasserleiche, sondern einfach nur eine schlechte Illusion.
Er überlegte, ob er sich einen Cognac genehmigen sollte. Aber gleich begann ja die Präsentation. Wenn sie denn diesmal überhaupt stattfand. In diesem Haus musste man ja laufend auf Überraschungen gefasst sein.
War das eigentlich wirklich so eine Überraschung, was er da eben zu hören bekommen hatte? Eigentlich, dachte er sich, war es ja nur folgerichtig. Die Berater waren einfach nur einen Schritt weiter gegangen auf dem Weg, der sich gestern schon abgezeichnet hatte, und den er ja ausdrücklich unterstützte. Den er einen Moment lang für sein eigenes Konzept gehalten hatte, einen Irrtum lang. Natürlich, die Berater verfolgten genau so ihre eigenen Interessen wie alle anderen hier in der Bank. Die Schließung der Filialen im Osten war ihnen zu heikel geworden, also wurde sie zurückgestellt. Neue Daten wollten sie nun, um belegen zu können, dass auch der Osten keine Ausnahme war, sondern dass ihr Gesamtkonzept dort genau so zutraf.
Vielleicht war ihm diese Nuance bisher ja nur entgangen, aber er war doch zusammengezuckt, als er sie vorhin gehört hatte. Dabei war es ja glasklar, wenn man es einmal durchdachte: Sie hatten sich eine neue Filialstruktur überlegt, und die wollten sie jetzt umsetzen. Das war ein neues Projekt, ein neuer Auftrag, der mindestens ein halbes Jahr dauerte. Die Schließung dagegen... Aber damit sie dort nicht ihr Gesicht verloren, sollten jetzt noch neue Daten her, als Feigenblatt.
Er vergrub sein Gesicht in den Händen. Es war so sicher wie das Amen in der Kirche, dass sie über neue Daten aus den Filialen auf die Geschäfte stoßen würden. Das musste er verhindern. Bloß wie... Die einzige Möglichkeit war eigentlich eine Allianz mit Frau Doktor. Aber wie sollte er das nun wieder hinbekommen, ohne dass sie ihn endgültig als Verlierer

ansah - und dann sicherlich keinen Moment zögern würde, ihn über die Klinge springen zu lassen, wahrscheinlich unter dem Applaus all seiner reizenden Kollegen, und womöglich noch dieses intriganten Hohenstein im Hintergrund?

Der Banker stand auf und ging mit schleppenden Schritten durch sein Zimmer. Es sah so aus, als wäre es einmal wieder so weit. Er hatte sich ja eigentlich geschworen, nicht wieder in diese Bar zu gehen, nicht wieder einen Schnaps nach dem anderen zu kippen, bis die Zunge gelöst war und das Spiel beginnen konnte. Er schüttelte angewidert den Kopf. Nein, sagte er sich, nein, nicht schon wieder. Vor allem nicht mitten in der Woche. Wenn überhaupt, dann erst Freitagnacht. Er schlurfte weiter. Wie ein alter Mann, dachte er. Das haben sie aus mir gemacht. Diese Bank, und vor allem dieser Hohenstein. Aber jetzt auch noch über diesen Kerl nachzugrübeln, würde ihn wahrscheinlich endgültig der Depression übergeben. Er sah auf seine Uhr. Fünf vor zwei. Am besten, er ging jetzt hinunter in den Sitzungsraum. Es hatte ja doch keinen Sinn im Moment. Und vielleicht bot die Sitzung ja auch einmal eine positive Überraschung. Oder wenigstens eine kleine Inspiration.

13:57 Uhr

Als Sebastian in den Sitzungssaal kam, wartete Michael schon auf ihn. Er saß sichtlich entspannt auf einem der Stühle und schob sich einen Schokoladenkeks in den Mund. Und? fragte Sebastian. Zufrieden? Er begann, die Präsentationsfolien auszupacken.

Hmmmh. Michael kaute noch. Doch. Das war vorhin eine gelungene Vorstellung.

Und bei Brownie?

Der konnte sich kaum halten vor Begeisterung. Michael wischte sich den Mund ab. Er hat sofort zugestimmt, dass die Filialschließungen nur ein kleines Element sind und das Gesamtkonzept das eigentlich Wichtige. Du hättest das ja schon gestern erwähnt, und er sei sowieso immer dafür gewesen, dass wir das umsetzen sollten.
Sebastian nickte zufrieden. Damit war die Gefahr, dass er das Projekt verlieren könnte, wohl endgültig vom Tisch. Schön, sagte er. Dann ist er ja genauso auf Linie wie Jerusalem. Ist doch schon erstaunlich, was die Aussicht auf die Sprecherposition so alles bewirken kann.
Michael streckte sich genüsslich. Ja, ja. Aber zu allem nicken sie nun auch wieder nicht. Er faltete die Hände auf dem Bauch. Da muss man schon mit der richtigen Idee auftauchen, mein Lieber.
Sebastian ging zum Overhead-Projektor und legte die erste Folie auf den Projektor. Etwas höher, sagte Michael. Sebastian verstellte den Spiegel, bis das Bild richtig stand. Aber es bleibt noch Frau Doktor.
Ich habe sie noch nicht erreicht, sagte Sebastian schnell. Sie war bei Schweizer.
Ach so. Na ja, es war ja zu erwarten, dass wir sie nicht vor der Präsentation zu fassen bekommen. Er stand auf und ging an den Sitzungstischen entlang. Sie hier vor dem ganzen Kabinett mit unserem Vorschlag zu konfrontieren, das bringt allerdings auch nichts, sagte er nachdenklich. Dann blockiert sie garantiert. Die Klärung der DV-Frage musst du natürlich bringen, das ist ja die Anknüpfung an den Montag. Und dann schlägst du vor, alle weiteren Fragen zu den Ost-Filialen mit ihr getrennt zu besprechen. Wenn sie dann zuckt, sage ich, dass für uns das neue Gesamtkonzept für alle Filialen im Vordergrund steht. Nach den Gesprächen eben müssten da alle nicken, und dann ist auch der Imperator überzeugt.

Sebastian machte den Projektor wieder aus. Dann soll ich nach der Präsentation zu ihr hingehen?
Wenn du einen Termin bekommst, sagte Michael. Sonst halt morgen. Er blieb vor den Folien stehen. Denk dran, Sebastian. Frau Doktor muss heute nur ruhiggestellt werden. Unser Ziel für die Präsentation heißt, das Projekt weiterzuverkaufen. Und dazu sind wir auf dem besten Wege, würde ich mal sagen.
Sebastian schaute ihn verstohlen an. Und was das für dich heißt, ist ja wohl klar, sagte Michaels Blick.
Es klopfte. Die Berater drehten sich zur Tür und sahen Böttcher hineinkommen, in gebührendem Abstand gefolgt von seinem Wasserträger, Valentino. Man begrüßte sich. Valentino nickte Sebastian aufmunternd zu. Kaum hatten sich die beiden Kreditleute gesetzt, kam auch Grimm. Die Stimmung war gut, man witzelte herum. Nach ein paar Minuten stieß auch Jerusalem dazu. Sebastian sah auf die Uhr. Fünf nach zwei. Hoffentlich ließ der Imperator sie heute nicht wieder eine halbe Stunde warten.
Fünfzehn Minuten später war Sebastians Hoffnung schon deutlich gesunken. Das akademische Viertel war vorüber, und noch immer war vom Imperator und von Frau Doktor nichts zu sehen. Auch die Banker wurden langsam ein wenig nervös. Das Gespräch erlahmte. Dann, um zwanzig nach zwei, klopfte es an der Tür. Frau Schumann, die erste Sekretärin des Imperators, kam in den Raum. Sie war wachsweiß im Gesicht. Es tut mir sehr leid, begann sie. In der Runde wurde es still. Alle Blicke richteten sich auf die kleine, zerbrechliche Gestalt der Sekretärin, die so unsicher in diesem großen Raum stand, dass man befürchten musste, sie würde gleich umfallen.

Auf... Auf die Gattin von Herrn Dr. Schweizer ist geschossen worden. Die Tränen schossen ihr in die Augen.
Was? rief da Böttcher. Geschossen? Das gibt es doch gar nicht.
Ich weiß auch nicht mehr, Herr Böttcher, schluchzte Frau Schumann. Sie griff nach einem Taschentuch und presste es gegen ihre Wangen. Herr Dr. Schweizer ist gleich losgefahren, um nach dem Rechten zu sehen.
Ist Frau Schweizer verletzt? fragte Jerusalem.
Frau Schumann schüttelte den Kopf. Glücklicherweise wohl nicht. Sie hat eben selbst angerufen. Aber... Sie hielt sich wieder das Taschentuch vor ihr Gesicht.
Ist sonst jemandem etwas zugestoßen? hakte Jerusalem nach
Man weiß noch nichts, sagte die Sekretärin mit zittriger Stimme. Frau Dr. Sturm hat Herrn Dr. Schweizer begleitet.
Die Banker schwiegen betreten. Böttcher blickte auf den Boden, Jerusalem kratzte sich am Kinn. Valentino kritzelte in seinem Kalender und bemühte sich, bloß niemanden anzusehen. Grimm war weiß wie ein Handtuch und starrte Schweizers Sekretärin an, als wäre sie eine Geistererscheinung. Sebastian sah zu seinem Nachbarn. Michael fluchte lautlos vor sich hin.
Schließlich räusperte sich Frau Schumann. Ja, sagte sie, das Taschentuch fest in der Hand. Ich bin vor allem heruntergekommen, um Ihnen zu sagen, dass die Sitzung verschoben werden muss. Herr Dr. Schweizer wollte morgen mit Ihnen einen neuen Termin für die nächste Woche vereinbaren. Sie schnäuzte sich. Das war es eigentlich.
Als die Sekretärin wieder gegangen war, blieben die Sitzungsteilnehmer unbeweglich sitzen. Erst nach einigen Minuten stand Böttcher auf und meinte, ohne Schweizer und Frau Dr. Sturm machte es wenig Sinn, jetzt irgendwelche Untersuchungsergebnisse zu besprechen, man sollte doch wirklich bis zur nächsten Woche warten und die Sitzung jetzt beenden. Die

anderen nickten. Böttcher verabschiedete sich und ging, Jerusalem folgte ihm. Als Valentino aufstand, flüsterte Michael Sebastian zu, sie könnten jetzt eigentlich einmal den Kreditleiter aushorchen, was in der Bank los sei. Sebastian nickte, flüsterte dann aber zurück, dass er das besser allein machen sollte. Er kannte Valentino gut genug, um zu wissen, dass er in einer Runde nie dasselbe sagte wie unter vier Augen. Michael schaute etwas pikiert, stimmte dann aber zu.

Schnell rannte Sebastian hinter Valentino her und verabredete das Gespräch. Sie standen noch in der Tür, als Michael zu ihnen stieß, um sich zu verabschieden. Erst da fiel Sebastian auf, dass Grimm noch immer auf seinem Platz saß. Er ging ein paar Schritte auf ihn zu. Grimms Gesicht war schweißnass. Herr Grimm, ist Ihnen nicht gut? fragte Sebastian.

Der Banker schüttelte geistesabwesend den Kopf. Das hätte ich nie für möglich gehalten, sagte er leise.

Entschuldigung? sah Sebastian mit müden Augen an. Dass der... Dass mitten in Deutschland am helllichten Tag auf eine unschuldige Frau geschossen wird, das kann ich einfach nicht begreifen.

Das ist schlicht unglaublich, stimmte Sebastian ihm zu. Aber es scheint ihr ja nichts passiert zu sein. Gott sei dank.

Grimm nickte. Dann sah er auf die Uhr. Ich glaube, ich werde jetzt nach Hause fahren. Er stand unsicher auf. Sebastian wollte ihn schon stützen, aber Grimm hob abwehrend die Hand. Dann ging er langsam aus dem Sitzungsraum. Valentino und die Berater sahen ihm nach.

So habe ich Grimm noch nie erlebt, meinte Valentino kopfschüttelnd.

Michael betrachtete ihn nachdenklich. Hat er so ein enges Verhältnis zu Schweizer und seiner Familie? fragte er.

Bisher habe ich immer gedacht, Grimm hätte vor allem Angst vor Schweizer, antwortete Valentino und kratzte sich am Kinn. Aber vielleicht

ist da ja doch mehr dahinter. Er nahm Sebastian beim Arm. Kommen Sie, lassen Sie uns gehen. Herr Klosters kann vor lauter Arbeitsdrang schon nicht mehr stillstehen.
Michael lächelte etwas gequält. Bevor er ging, raunte er Sebastian noch zu, dass er ihn sofort nach dem Gespräch im Büro sehen wollte.
Als Valentino und sein Gast einige Minuten später durch die Tür des Vorzimmers kamen, sah seine Sekretärin die beiden erstaunt an. Sie wollte schon nachfragen, aber Valentinos Blick ließ sie gleich wieder verstummen. Er murmelte nur etwas von einer Besprechung und keinerlei Störung.
In Valentinos Büro war der alte runde Besprechungstisch übersät mit Kreditakten. Er stöhnte einmal kurz, griff beherzt zu und manövrierte alle mit einem Schwung auf seinen Schreibtisch. Dann ließ er sich auf einem der Stühle nieder und wies Sebastian mit einer Geste den gegenüberliegenden zu.
So, Herr Dr. Ritter. Ich habe schon gedacht, Sie kommen gar nicht mehr zu mir. Sie hetzen ja nur noch von einem Kabinettsmitglied zum anderen.
Sebastian lächelte möglichst vielsagend.
Aber jetzt wollen Sie also wieder etwas von mir. Dann darf ich wohl vermuten, dass Ihre Verwirrung inzwischen ein fortgeschrittenes Stadium erreicht hat.
Sebastians Lächeln erstarrte. Valentino war ja in einer wunderbaren Laune.
Also, was wollen Sie wissen? fragte der Kreditleiter.
Alles, was Sie mir über die Bank sagen können.
Das erzähle ich Ihnen doch schon seit einem halben Jahr. Haben Sie nicht richtig zugehört?
Ich hätte ihn mehr hofieren sollen, dachte Sebastian. Jetzt will er es mir heimzahlen. Natürlich habe ich Ihnen zugehört, Herr Wahlen. Aber in den

letzten Tagen sind Dinge passiert, die unsere früheren Themen doch alle etwas nichtssagend erscheinen lassen.
Valentino sah ihn skeptisch an und schwieg.
Herr Wahlen. Sie haben mir doch selbst gesagt, dass jetzt die Karten neu gemischt werden. Wir haben versucht, uns darauf einen Reim zu machen. Und dann passiert diese komische Sache heute. Er lehnte sich zu seinem Gegenüber. Herr Wahlen. Sie sind der Einzige, der noch durchschaut, was hier abgeht.
Jetzt muss er sich einfach geschmeichelt fühlen, dachte Sebastian. Aber Valentino sagte noch immer nichts. Vielleicht war es zu durchsichtig.
Sebastian setzte gerade wieder an, als der Kreditleiter die Hand hob. Schon gut, Herr Dr. Ritter. Es reicht. Ich erzähl Ihnen ja etwas. Er fuhr sich über seinen grauen Schnurrbart. Fangen wir mal mit dem kleinen Einmaleins an, sagte er dann. Sie wissen, wie das Kapital in dieser Bank verteilt ist?
Sebastian schüttelte den Kopf.
Valentino seufzte. Das dachte ich mir. Er lehnte sich bequem zurück und begann zu dozieren. Kaiser hatte bei weitem den größten Anteil, wenn auch zum Teil nur treuhänderisch. Eine ganze Reihe von Gesellschaftern hatte ihm das Stimmrecht übertragen, zum Beispiel die Erben der Gründer. Wenn Sie so wollen, war er der Hauptgesellschafter dieser Bank.
Wie viel Prozent hat er denn gehalten? fragte Sebastian.
Mit allen übertragenen Stimmrechten über 50 Prozent. Aber das ist jetzt Schnee von gestern - Kaiser ist tot, und die Bevollmächtigung galt nur für ihn persönlich. Außerdem ist seine Witwe gänzlich ungeeignet für alle geschäftlichen Tätigkeiten. Bis die Ordnung in sein Erbe gebracht hat, wird einige Zeit vergehen. Man nannte ihn nicht umsonst Nero - die jungen Freundinnen hatte er nicht zuletzt, um den Tod aus seinem Leben zu verbannen. Und jetzt ist natürlich nichts vorbereitet.

Sebastian nickte wieder. Also die Gesellschafter sind jetzt führungslos? fragte er. Aber es muss doch ein neuer Verwaltungsratsvorsitzender gewählt werden.
Valentino ließ sich noch tiefer in seinen Stuhl rutschen und hob theatralisch die Arme. Der neue Verwaltungsratsvorsitzende. Tja, Herr Doktor, das mag wohl so sein, aber was meinen Sie denn, wann der gewählt werden muss?
Bei der Gesellschafterversammlung vermute ich, sagte Sebastian und merkte, dass er unwirsch klang. Valentinos Oberlehrermanier ging ihm langsam auf die Nerven.
Der Kreditleiter schien Sebastians Ärger zu genießen. Ja, ja, sagte er spöttisch. Das ist das, was man so in Lehrbüchern liest. Aber die ordentliche Gesellschafterversammlung ist nächstes Jahr im Juni. Und wenn es keine außerordentliche gibt, was passiert dann bis dahin, Herr Dr. Ritter?
Sebastian sah ihn böse an. Dann macht es der bisherige Stellvertreter, vermute ich.
Richtig, sagte Valentino und klatschte in die Hände. Und wer ist das wohl?
Ich weiß es nicht, Herr Wahlen, sagte Sebastian leise.
Ach, nun kommen Sie, Herr Dr. Ritter. Ich dachte immer, ein Berater müsste auch etwas von einem Detektiv haben.
Ein Detektiv braucht eine Spur, sagte Sebastian.
Ach, und die haben Sie nicht? Valentinos Grinsen erinnerte Sebastian allmählich an einen Mafioso. Na, dann raten Sie doch mal.
Sagen Sie es mir bitte, flüsterte Sebastian.
Also gut, meinte Valentino gönnerhaft. Es ist ein gänzlich unbedarfter Erbe aus der Familie Meyer. Nero mochte keine starken Männer neben sich. Nur Schweizer hat er akzeptiert - die beiden waren ja auch alte Saufkumpane. Was meinen Sie, was noch vor ein paar Wochen in Schweizers Villa auf Mallorca alles abgelaufen ist.

Sebastian sah ihn verständnislos an.

Habe ich Sie jetzt verwirrt, Herr Doktor?

Ich verstehe nicht, worauf Sie hinauswollen, Herr Wahlen.

Valentino legte die Fingerspitzen an seine Lippen. Sagt Ihnen der Name Hohenstein etwas?

Sebastian überlegte. Hohenstein... Den Namen hatte er schon einmal gehört. Aber wo?

Hubertus von Hohenstein ist der Vorsitzende...

Jetzt weiß ich es wieder, fuhr ihm Sebastian dazwischen. Böttcher hat ihn gestern erwähnt. Er hatte einen Termin mit ihm.

Valentino zog die Augenbrauen hoch. So, Böttcher. Das ist ja interessant.

Er hat ihn allerdings gerade absagen lassen, als ich da war. Wegen der Präsentation heute.

Na ja, sagte Valentino mit einem wissenden Grinsen. Da dürfte auch noch anderes dahinter gewesen sein.

Wie meinen Sie das?

Böttcher hat Hohenstein vor Jahren in den Verwaltungsrat bugsiert. Vermutlich hat er das aber seitdem mehr als einmal bereut.

Was? Können Sie das vielleicht einmal der Reihe nach erzählen?

Also, sagte Valentino. Fangen wir wieder ganz von vorne an. Böttcher ist Kaisers Patensohn, das wussten Sie, oder?

Was? Patensohn? Ich dachte, das wäre hier eine Bank.

Valentino lachte kurz, aber heftig. Das ist eine Privatbank, Herr Dr. Ritter. Privatbanken gehören Familien. Kaiser war der Cousin von Großmann, dem einen der beiden Gründer. Und Böttcher ist der Sohn einer Jugendfreundin von Kaiser. Glauben Sie, Onkel Jochen wäre sonst Bankdirektor geworden? Er lachte wieder, wenn es diesmal auch mehr wie ein Bellen klang. Als Böttcher dann ein paar Jahre dabei war, hat er Hohenstein kennen gelernt.

Damals war der noch Wirtschaftsprüfer und wollte sich gerade als Steuerberater selbständig machen. Die beiden haben sich prächtig verstanden. Sie wissen schon... Man hatte denselben Geschmack, dieselben teuren Hobbys und nicht zuletzt zwei Frauen, die gern gemeinsam Geld ausgaben. Hohenstein hat als Student sein Geld als Autoverkäufer verdient. Wahrscheinlich können Sie sich vorstellen, was er für ein Typ ist, sagte er und zog einmal die Nase hoch.

Jedenfalls hat der gute Jochen seinen Patenonkel Nero überredet, dem lieben Hohenstein doch erst ein paar Anteile zu verkaufen und ihn dann später in den Aufsichtsrat der Bank zu wählen. Bloß - kaum war Hohenstein drin, war er schon alles andere als lieb. Er hat nämlich versucht, seinen Kumpel Böttcher zum Aufstand gegen den großen Dr. Schweizer zu überreden. Böttcher ist auch zu seinem Patenonkel gegangen, aber dann hat er doch kalte Füße gekriegt.

Sebastian folgte Valentinos Erzählungen mit offenem Mund. Und dann? fragte er.

Dann gab es einen riesigen Krach. Böttcher blieb nur bei der Bank, weil sein Patenonkel Hauptgesellschafter war, aber seine Ambitionen, einmal Schweizers Nachfolger zu werden, konnte er sich an den Hut stecken.

Und Hohenstein?

Kaiser hat natürlich versucht, ihn loszuwerden, aber es war schon zu spät. Er hatte sich bei der Steuerberater-Fraktion der Kommanditaktionäre festgesetzt wie ein Parasit. Nur dass sie ihn heiß und innig liebten - weil er ihnen goldene Nasen versprach, wenn er einmal das Sagen in der Bank hätte.

Wann war das?

Vor drei Jahren.

Und jetzt reden Böttcher und Hohenstein nicht mehr miteinander?

Valentino zuckte mit den Achseln. Einige Zeit haben sie es mit Sicherheit nicht getan. Aber seit Jerusalem da ist...

Wie kommt der jetzt ins Bild?

Jerusalem und Hohenstein haben schon in Jerusalems früherer Bank miteinander Geschäfte gemacht, erzählte Valentino weiter. Und Hohenstein hat Jerusalem ins Spiel gebracht, als ein neues Kabinettsmitglied für den Wertpapierbereich gesucht wurde.

Ich dachte, Hohenstein kam bei Kaiser nicht mehr durch die Tür?

Er hat es natürlich etwas geschickter eingefädelt, über Mittelsleute. Und Jerusalem war sehr überzeugend. Die Beziehung zu Hohenstein kam erst heraus, als er schon im Kabinett war.

Sebastian atmete tief durch und ließ sich in seinem Stuhl zurückfallen. Also wenn ich das richtig verstehe, dann wird dieser Hohenstein nach dem Tod Kaisers darauf aus sein, den Verwaltungsratsvorsitz für sich zu reklamieren, und Jerusalem wird dann der nächste Sprecher der Bank.

Valentino rieb sich über den Schnäuzer und kniff ein Auge zu. Richtig, sagte er. Und doch falsch.

Wieso das jetzt?

Es gibt Anzeichen dafür, dass Böttcher sich wieder mit Hohenstein versöhnt hat, und dass Hohenstein andererseits Jerusalem doch nicht so furchtbar viel zutraut. Aber dass Hohenstein Verwaltungsratsvorsitzender werden will, das könnte schon stimmen.

Also wird er versuchen, eine außerordentliche Gesellschafterversammlung einzuberufen?

Valentino nickte. Genau, sagte er. Und zwar mit Ihrer Hilfe.

Sebastian zog die Brauen zusammen. Was? fragte er ungläubig.

Herr Dr. Ritter, wie naiv sind Sie eigentlich? Allmählich müsste Ihnen doch klar geworden sein, dass Sie und Ihre vornehme Firma auch nur Instrumente in einem sehr viel größeren Spiel sind.

Sebastian schwieg. Die Erinnerung an sein Erlebnis im Flugzeug kehrte zurück.

Hohenstein wird Ihr Reorganisationspaket als Anlass dafür nehmen wollen, die außerordentliche Gesellschafterversammlung einzuberufen, sagte Valentino in einem Ton, der keinen Zweifel zuließ. Er weiß genau, dass er allein mit dem Tagesordnungspunkt 'Wahl eines neuen Verwaltungsratsvorsitzenden' auf verlorenem Posten steht. Kaiser ist halt nicht mehr, und die führungslosen Gesellschafter werden sich jetzt erst einmal an Schweizer halten. Es sind ja nur so etwa dreißig, und der ganze Haufen ist auch unglaublich zerstritten. Aber wenn auf einmal dunkle Zeiten angekündigt werden und sich keiner mehr auskennt, dann vertraut man gerne einem erprobten Haudegen. Wenn Hohenstein in dieser Situation wirklich die Mehrheit hinter sich bringen will, dann muss er mehr bieten als nur seinen Willen zur Macht.

Die Mehrheit könnte er ja auch anders kriegen, dachte Sebastian. Und was, wenn er die Bank nicht reorganisieren, sondern verkaufen will? fragte er langsam.

Valentino war sichtlich überrascht von dieser Variante. Er schwieg einige Sekunden, bevor er zurückfragte: Wie kommen Sie denn darauf?

Sebastian zuckte mit den Schultern. Nur eine weitere Möglichkeit.

Das ginge den meisten Gesellschaftern zu weit, glaube ich, sagte Valentino und schüttelte den Kopf. Diese Henne hat schließlich all die Jahre ziemlich goldene Eier gelegt, die gibt man nicht so schnell aus der Hand. Eine Reorganisation dürfte jetzt eher ziehen, wo das Edelmetall etwas blechern wird.

Dann hätten wir aber doch ziemlich gute Karten für unser Programm, sagte Sebastian und versuchte, optimistisch zu klingen.

Valentino kuschelte sich geradezu in seinen Stuhl. Sie haben eins vergessen, sagte er triumphierend. Es gibt auch noch Frau Doktor.

Sie meinen, die spielt so eine große Rolle? fragte Sebastian zurück.

Sie können sie nicht ausstehen, das beeinträchtigt das Urteilsvermögen, Herr Dr. Ritter. Kein kluger strategischer Zug, wenn ich das einmal anmerken darf.

Nicht einmal ignorieren, dachte Sebastian. Valentino hatte sich so gut in Fahrt geredet, da durfte man ihn nicht mehr irritieren.

Böttcher und Jerusalem sind mit Grabenkämpfen beschäftigt und neutralisieren sich gegenseitig. Schweizer hat das durchschaut. Deshalb baut er Frau Doktor als seine Nachfolgerin auf. Das weiß sie ganz genau. Und sie hätte Sie gerne benutzt, um dabei voranzukommen.

Und? Warum hat sie es nicht getan?

Valentino lehnte sich weit über den Tisch. Sie hat es versucht, Herr Dr. Ritter, sagte er leise. Aber Sie waren zu starrköpfig. Sie wollten sich nicht unterordnen. Er sah Sebastian in die Augen. Frau Doktor ist klug, sehr genau und äußerst machtbewußt. Das hätte Ihnen klar sein müssen. Aber Sie mussten auf Ihrer Position bestehen, und jetzt haben Sie Frau Doktor gegen sich. Natürlich will sie Ihr Programm durchziehen, aber unter ihrem Namen. Dann hat sie Schweizer und den Verwaltungsrat auf ihrer Seite. Böttcher und Jerusalem hält sie hin, bis die beiden sich endgültig die Köpfe eingeschlagen haben. Daran werden Sie dann schuld sein - und sie ist der Gewinner.

Sebastian schluckte. Nicht schlecht, was der kleine Kreditstratege sich da ausgedacht hatte. Vielleicht war es ja möglich, noch ein bisschen mehr aus ihm herauslocken. Was können wir denn tun, damit der Plan nicht funktioniert? fragte er unschuldig.

Valentino fuhr sich langsam über das Kinn. Diese Präsentationsverschiebung heute, das war das letzte Steinchen, das mir noch fehlte im Mosaik. Er sah verschwörerisch zu Sebastian. Frau Doktor ist mit Schweizer mitgefahren, Herr Dr. Ritter.

Sebastian überlegte kurz und sah dann betroffen zu Boden.

Nur der Anlass für diese Verschiebung, der macht mir Sorgen, fuhr Valentino fort. So etwas ist selbst in dieser Bank noch nicht vorgekommen. Schüsse auf die Ehefrau, das sind ja Mafiamethoden. Er machte eine Pause und betrachtete den Berater prüfend. Sebastian hielt still. Und Grimms Rolle in der Angelegenheit, die verstehe ich auch nicht. Bisher war er immer ein farbloser Opportunist ohne Stellenwert. Aber so betroffen, wie er sich heute gegeben hat, muss er doch hinter den Kulissen aufgewertet worden sein.

Mit einem Mal griff Valentino nach dem Arm seines Gegenübers. Sebastian zuckte erschrocken zusammen.

Machen wir uns nichts vor, Herr Dr. Ritter. Ganz egal, was da sonst noch läuft - entscheidend ist das Verhältnis von Schweizer und Frau Doktor. Sie ist sich seiner Unterstützung sicher. Und damit haben Sie so gut wie verloren. Ich weiß jedenfalls nicht, was Sie noch machen können.

Er drückte genau auf die Stelle, die Michael gestern morgen im Griff hatte. Sebastian verzog das Gesicht. Es sei denn, Herr Dr. Ritter, Sie kriechen bei Frau Doktor zu Kreuze.

Endlich ließ Valentino los. Sebastian fuhr sich über den Arm.

Ich meine es gut mit Ihnen, Herr Dr. Ritter. Und ich will nicht, dass diese Bank im Ränkegewirr untergeht. Nehmen Sie meinen Rat ernst.

Sebastian sah lange auf den Boden und schwieg. Dann nickte er, stand auf und bedankte sich. Es war Zeit, ins Büro zu gehen.

15:46 Uhr

Wütend warf der Banker den Hörer auf den Apparat. Seit bald einer Stunde versuchte er jetzt, Hohenstein zu erreichen, und auf keiner seiner vielen Nummern bekam er eine Antwort. Nicht einmal das Sekretariat war besetzt. Überall liefen nur irgendwelche nichtssagende Tonbandtexte. Vielleicht war er ja schon auf der Flucht, in irgendein exotisches Land. Wie es Kriminelle eben so machten, wenn es ihnen zu heiß wurde.

Er schlug mit beiden Händen auf den Tisch. Es war einfach unglaublich. Auf die Gattin des Imperators zu schießen! Als die kleine alte Hexe aus Schweizers Vorzimmer die Nachricht überbrachte, hatte er sofort gewusst, dass nur Hohenstein hinter solch einer Ungeheuerlichkeit stecken konnte. Wer sonst konnte so skrupellos sein, die geheiligte Burg des Imperators zu entweihen? Sein Zuhause, vor dem er jeden Geschäftskontakt gewissenhaft fernhielt? Gerade, dass Irmgard Schweizer noch ab und zu mitkam zu Veranstaltungen, bei denen es sich absolut nicht vermeiden ließ, ansonsten hütete sie das Haus und wachte über die Ehen der beiden Kinder. Und Schweizer ließ keine Gelegenheit aus, seine immerwährende Anbetung seiner lebenslangen Gefährtin zu demonstrieren. Dass das mit Vorsicht zu genießen war, wusste der Banker allerdings erst, seit er einen Abend zufällig mit einer Dame ins Gespräch gekommen war, die sich nach ein paar Gläsern Champagner als kürzlich abgelegte Geliebte des Imperators outete.

Egal, dachte der Banker bitter. Er wünschte, er könnte über seine Frau so reden, wie Schweizer das über seine Irmgard tat. Seine Frau würde jeden Killer verführen, bevor er überhaupt die Waffe zücken könnte. Aber dennoch, trotz aller Differenzen, auch ihn hätte es ziemlich aus der Bahn geworfen, wenn er heute Nachmittag solch eine Nachricht erhalten hätte. Er schlug noch einmal mit der Faust auf den Tisch. Schüsse, das war einfach zuviel. Das waren keine verdeckten Operationen mehr, die notwendig waren, um die wahnwitzige Steuerlast auf ein angemessenes Niveau zu reduzieren. Das war ein Gewaltverbrechen. Und mit so etwas wollte er nichts zu tun haben.

Es klopfte an seiner Tür. Ja, sagte er mechanisch. Seine Sekretärin steckte den Kopf hinein. Herr Direktor...

Ja? Was ist denn?

Herr Direktor, ich wollte nur fragen, ob alles in Ordnung ist.

In Ordnung? Was soll mit mir nicht in Ordnung sein?

Na ja, es hat mehrfach so laut geknallt, seit sie wieder im Büro sind.

Da stand sie in der Tür, eine schmale, fast knabenhafte Person, ganz beherrscht von ihren großen, sorgenvollen Augen. Er musste lächeln. Es war schon rührend, wie sie sich um ihn kümmerte.

Keine Angst. Ich habe mich nur etwas aufgeregt. Aber... Es hat sich schon wieder alles beruhigt.

Sie sah auf den Boden. Es ist wegen des Anschlags auf Frau Schweizer, nicht wahr?

Sie haben schon davon gehört?

Das hat sich wie ein Lauffeuer in der Bank verbreitet.

Der Banker seufzte resigniert. Das war ja klar. Und? fragte er. Was halten Sie von der ganzen Geschichte?

Sie zuckte mit den Achseln. Ich kann mir das nicht so recht vorstellen, dass jemand auf die Frau von einem Bankenchef schießt, den kein Mensch kennt. Und dann auch noch so, dass sie nicht einmal verletzt ist.

Da hatte sie eigentlich recht, dachte der Banker. Vielleicht war es ja ein schlechter Schütze, sagte er trotzdem.
Und wer soll den dann beauftragt haben?
Es könnte ja ein persönlicher Racheakt sein.
Ja, schon, sagte sie. Aber in den Kreisen macht man das doch nicht per Pistole, oder?
Hm. Sie hatte recht. Was glauben Sie denn, was es war?
Sie kam ein paar Schritte auf ihn zu. Also, ich sehe zwei Möglichkeiten. Entweder, Frau Schweizer hat sich das nur eingebildet...
Meinen Sie? fragte er skeptisch. Die Frau ist Ende Fünfzig, die hat noch Erinnerungen an den Krieg. Die weiß doch, wie ein Schuss klingt.
Und wenn ein Auspuff gleich neben ihr explodiert ist? Von einem alten Käfer?
Er schüttelte den Kopf. Nein. Das ist mir zu weit hergeholt.
Na gut, sagte die Sekretärin. Dann nehmen wir Möglichkeit zwei. Könnte es nicht sein, dass jemand Frau Schweizer einen Schock versetzen wollte, damit ihr Mann zu ihr nach Hause kommt?
Der Banker zuckte zusammen. Daran hatte er noch überhaupt nicht gedacht. Obwohl es doch so eindeutig war wie nur irgend etwas. Hohenstein hatte Schweizer weggelockt, um die Präsentation zu stoppen. Was halten Sie davon?
Und warum wollte Hohenstein die Präsentation stoppen? Weil er verhindern wollte, dass ein anderes Thema die Filialschließungen verdrängte? Oder weil er Zeit gewinnen wollte? Zeit wofür?
Herr Direktor? Sie stand direkt vor ihm und beugte sich zu ihm hinab. Er roch das süßliche Parfüm, dass ihm aus ihrem Ausschnitt entgegenströmte, und wich zurück. So nah wollte er diese Frau nicht an sich heranlassen.

Das Telefon klingelte. Erleichtert sah er zum Apparat und griff nach dem Hörer. Manchmal konnten Störungen doch auch sehr hilfreich sein. Ja? Ich bin es.

Der Banker erstarrte. Hohenstein. Er wagte es wirklich, ihn anzurufen.

Sie...

Ich hatte doch gesagt, dass ich Sie anrufen würde.

Der Banker hielt die Hand vor den Hörer. Würden Sie mich bitte allein lassen? sagte er zu der Sekretärin. Sie sah ihn an und lächelte bitter. Dann drehte sie sich um und ging.

Als sie die Tür geschlossen hatte, legte der Banker los. Jetzt hören Sie mal zu. Meinen Sie, dass ich mich mit so einem gemeinen Kriminellen wie Ihnen überhaupt noch einlasse?

Zunächst herrschte Stille in der Leitung. Dann fragte der andere: Sind Sie übergeschnappt?

Übergeschnappt? Wenn hier einer übergeschnappt ist, dann Sie!

Wovon reden Sie überhaupt?

Wovon ich rede? schrie er in den Hörer. Na, von den Schüssen auf Frau Schweizer natürlich.

Schüsse? Was für Schüsse?

Er zwang sich, ruhig zu sprechen. Jetzt hören Sie schon auf, Hohenstein. Vor zwei Stunden ist auf die Gattin von Herrn Dr. Schweizer geschossen worden. Und dahinter steckt niemand anderes als Sie.

Es dauerte einen kleinen Moment, dann fing Hohenstein lauthals an zu lachen.

Hohenstein! brüllte der Banker ins Telefon. Hören Sie auf mit diesem Blödsinn!

Der andere gluckste noch ein paar Sekunden. Und das glauben Sie?

Jetzt kommen Sie mir nicht an mit irgendwelchen explodierenden Auspuffen.

Was? Ach so. Nein, nein. Trotzdem, jede Wette, dass keine Spur von irgendwelchen Schüssen gefunden wird.

Wie meinen Sie das?

Kennen Sie Schweizers Frau?

Nur von zwei oder drei Empfängen. Und Sie?

Ich habe x-Mal erlebt, wie sie sich die Birne zugekippt hat, bis sie nicht mehr richtig stehen konnte, und dann anfing, ihren Alten zu beschimpfen. Meinen Sie, es ist Zufall, dass Schweizer sie nirgendwo hin mehr mitnimmt?

Ja... Und?

Und? Wahrscheinlich war sie wieder blau. Und wollte den Alten bei sich haben, um ihm mal wieder die Meinung zu sagen.

Und dafür erfindet sie Schüsse?

Vermutlich haben die Sekretärinnen sie nicht durchgestellt, und dann musste sie halt etwas heftiger werden. Er hat dann doch bestimmt die Präsentation geschmissen und ist brav zu ihr gefahren, oder?

Ja. Mit Frau Dr. Sturm.

Hohenstein fing wieder an, lauthals zu lachen. Der alte Gauner... Lässt seine Alte glauben, sie habe gewonnen, und kommt dann mit dieser Schickse an. Wo er genau weiß, dass sein Frauchen hinter jedem Rockzipfel eine Affäre wittert.

Der Banker schwieg. So recht wollte er Hohenstein die Geschichte nicht abnehmen. Ach ja, sinnierte der andere. Was man in dieser Bank so alles erlebt. Plötzlich änderte sich seine Stimme. Sie glauben mir nicht, was?

Nein.

Na ja, sagte der andere, und es klang wieder einmal verächtlich, dass Ihnen so etwas fremd ist, wundert mich nicht. Aber dann fragen Sie halt etwas herum. Sie werden schon sehen, dass ich recht habe.

Das glaube ich dir nicht, das lügst du mir vor, dachte der Banker. Aber warum machst du das? Was wollten Sie eigentlich von mir? fragte er direkt.

Was? Ach so. Ich wollte nur wissen, wie die Präsentation gelaufen ist.

Die Präsentation, natürlich. Und Plan B hatte er völlig vergessen, selbstverständlich. Aber war das nicht zu erwarten gewesen, bei einem Typ wie Hohenstein? Tja. Darauf müssen Sie jetzt wohl noch etwas warten.

Der andere schnaubte höhnisch. Warten. Das können Sie machen. Ich habe schon lange gehandelt.

So ein Angeber. Dann haben Sie ja hoffentlich auch das Richtige gemacht, sagte der Banker und versuchte auch, Verachtung in seine Stimme zu legen. Die Berater wollen neue Daten in den Filialen erheben.

Ja, ja. Das weiß ich schon lange. Keine Angst, dagegen habe ich schon etwas unternommen.

Sie können mir viel erzählen.

Er schnaubte wieder, aber diesmal klang es eindeutig wütend. Jetzt hören Sie mir mal gut zu, Sie Klugscheißer. Wenn hier einer in den letzten Tagen viel erzählt und wenig getan hat, dann waren Sie das ja wohl.

Der Banker war selbst überrascht, wie wenig es ihm ausmachte, dass dieser Kretin wieder anfing, ihn zu beleidigen. Er glaubte ihm nicht, das war der Grund. Er wusste, dass der Mann am anderen Ende der Leitung nichts von dem meinte, was er sagte, und dass er in Wahrheit nichts anderes als ein gemeiner Krimineller war. Und das war ein Sachverhalt, der jede weitere Zusammenarbeit verbot. Hören Sie auf, Hohenstein, sagte er kalt. Sie können mich nicht mehr beeindrucken. Das heute war ein Schritt zu weit.

Ich lege jetzt auf, und dann gehe ich zu Schweizer und sage ihm, dass Sie auf seine Frau geschossen haben.
Es dauerte einen Moment, dann fing der andere wieder schallend an zu lachen. Dann leg auch auf, jetzt sofort, sagte sich der Banker, doch dann, als sein Arm schon zuckte, besann er sich doch eines Besseren. Schön, dass Sie das so lustig finden. Ich glaube nicht, dass Schweizer Ihren Humor teilen wird, wenn ich ihm auch noch von Neros Tod erzähle.
Das Lachen brach ab. Ich mache Sie fertig, Sie Wicht, zischte Hohenstein, wenn Sie auch nur an Schweizers Tür klopfen. Ich habe alle Beweise.
Der Banker war jetzt wirklich ganz kaltblütig. Ja, ja. Aber ob Sie sich Ihres Siegs dann freuen können, wenn Sie in der Zelle sitzen...
Erst kam nur Schweigen aus der Telefonleitung, dann ein Satz, der so ganz anders klang als das, was bisher zu hören gewesen war. Jetzt hören Sie auf mit dem Quatsch.
Der Banker horchte auf. Sollte der andere tatsächlich nervös werden? Hohenstein redete weiter. Kommen Sie lieber mal wieder auf den Teppich zurück.
Er war im Vorteil, ganz eindeutig! Sein stolzer Partner zog den Schwanz ein. Jetzt war er es, der anfing zu lachen.
Hören Sie auf!
Er lachte einfach weiter.
Also gut, Sie haben gewonnen, sagte Hohenstein, und es klang nach Resignation. Ich schicke Ihnen Plan B.
Das Lachen blieb ihm im Hals stecken. Was? frage er verdutzt.
Nun kommen Sie schon, sagte der andere, das wollten Sie doch die ganze Zeit.
Plan B. Jetzt war Hohenstein wirklich bereit, ihm das Papier zu schicken! Was schicken Sie mir? Und wann?

Ich faxe Ihnen fünf Seiten zu. Morgen früh.

Morgen? fragte er und war plötzlich wieder enttäuscht. Warum erst morgen?

Weil noch nicht alles fertig ist. Wann kommt Ihre Sekretärin ins Büro?

So gegen halb neun.

Gut. Dann seien Sie morgen um halb acht da. Es klickte in der Leitung. Verwirrt legte der Banker den Hörer zurück. Was für ein abruptes Ende. Aber einen Moment des Triumphs musste er sich doch gönnen. Ich habe es geschafft, dachte er. Ich habe ihn nervös gemacht. Lächelnd lehnte er sich in seinem Sessel zurück. Aber, sagte er sich dann, aber gerade deswegen ist es klar, dass die Geschichte mit Frau Schweizer gelogen war. Und Plan B... Er schüttelte den Kopf. So recht wollte er auch das nicht glauben. War Hohenstein wirklich in einer Extremsituation, jetzt, wo es um alles oder nichts ging? Es war nicht abzustreiten, er brauchte einen Verbündeten, um die Macht an sich zu reißen, und zu wem sollte er gehen außer ihm? Aber dieser Mann war doch ein Krimineller, das wusste er doch nun. Wirklich? Er kratzte sich am Kinn. So richtig wusste er nicht mehr, was tatsächlich wirklich war. Das Beste war, zu warten, was morgen passieren würde.

18:24 Uhr

Sebastian starrte auf das weiße Papier. Seit mindestens fünfzehn Minuten versuchte er, eine sinnvolle Schlussfrage für seinen Fragebogen zu formulieren, aber alles, was ihm einfiel, erschien ihm entweder zu trivial oder zu erklärungsbedürftig. Vielleicht lag es ja auch an den anderen Gedanken, die in diesem Kopf hartnäckig herumgeisterten und den sicherlich wichtigen, Sebastian aber leider doch ziemlich fernen Wertmanagement-Fragebogen immer wieder in den Hintergrund drängten.

Nach dem Gespräch mit Valentino war er ziemlich verwirrt ins Büro gekommen. Leider war der Versuch, sich erst einmal in ein leeres Büro zu schleichen und die Gedanken zu ordnen, schmählich gescheitert. Er war Michael Klosters gleich an der Rezeption in die Arme gelaufen, und Michael hatte ihn - wieder einmal - regelrecht durch die Gänge gezerrt und dann auf den Stuhl vor seinen Schreibtisch platziert.

So, hatte er gesagt. Jetzt erzähl.

Und das hatte Sebastian dann getan. Michael hatte lange Zeit nichts gesagt und genickt, bis er schließlich bei Valentinos dramatischem Ratschlag angekommen war. Da hatte er nur noch tief geseufzt. Und nach einer Weile dann auch gesprochen. Ich wusste schon immer, dass dieser Wahlen zum Schwafeln neigt.

Ja, gut, da hast du ja recht. Aber meinst du nicht, dass er die Sache insgesamt doch richtig einschätzt?

Michael legte die Stirn in Falten und begann, unter den Papierbergen nach seiner Zigarrenkiste zu suchen. Na ja, was hat er denn inhaltlich nun groß an Neuem gesagt? Gut, diese ganzen Hintergrunddetails kannten wir nicht, aber dass es in einer Bank vor Intrigen nur so wimmelt, gerade auf der Chefetage, und in einer Privatbank natürlich noch umso mehr... Auch unter dem letzten Stapel war keine Kiste. Michael kratzte sich am Kopf.

Aber die Geschichte mit diesem Hohenstein, das ist doch schon ganz schöner Sprengstoff.

Ach, Sprengstoff. Michael hatte fürs erste aufgegeben und lehnte sich nun ohne Zigarillo in seinem Sessel zurück. Um ehrlich zu sein, mich interessiert das alles nicht so fürchterlich. So schnell ändert sich erfahrungsgemäß nichts in den Führungsriegen einer Bank. Er rollte zurück, schob mit dem linken Fuß ein paar Papiere beiseite und streckte die Beine dann genüsslich auf die Tischplatte.

Sebastian sah ihm missbilligend zu. Ich versteh dich nicht so recht, sagte er. Unsere Präsentation wird im letzten Moment abgeblasen, und zwar wegen Schießereien - Schießereien, das muss man sich mal vorstellen - wir hören etwas von geheimnisvollen Machtkämpfen beim Kunden, ich soll mir die Nase blutig schlagen lassen von Frau Doktor...

Das ist es, was dich wurmt, was? Du hast keine Lust, im Showdown zu verlieren?

Sebastian stockte. Er hätte gerne heftig mit dem Kopf geschüttelt. Aber er konnte es nicht.

Sebastian, sagte Michael, und es klang fast beschwörend. Das ist das falsche Bild. Hör auf, dich immer mit Frau Doktor duellieren zu wollen. Sieh es politisch. Es muss nur Ruhe einkehren mit ihr, das ist alles, was wir brauchen.

Er musste noch immer skeptisch geschaut haben, denn Michael deklamierte im gleichen Ton weiter. Es bringt doch überhaupt nichts, jetzt eine große Sache aus den Ostfilialen zu machen. Wir - wollen - das - Projekt – weiterverkaufen! Das ist alles, was jetzt zählt. Er verschränkte die Arme hinter dem Kopf. Dabei soll Frau Doktor mitmachen. Und den Osten schließen können wir später immer noch, wenn wir mittendrin sind in der Neuorganisation.

Aber was ist, wenn sie uns wirklich nur benutzen will, um...

Sebastian, stöhnte Michael. Willst du jetzt Partner werden oder nicht?

Es hatte keinen Sinn. Sebastian nickte.

Na also. Dann geh zu ihr hin, entschuldige dich, gib zu, dass wir Fehler gemacht haben, schlag ihr vor, wie wir den Fehler gut machen wollen, und erklär ihr unser Gesamtkonzept für die Filialen. Und zwar so, dass sie es gut findet. Während er sich kräftig streckte, murmelte Michael noch: Ich habe dir schließlich gezeigt, wie man das macht.

Und trotzdem wird es alles scheitern, schoss es Sebastian durch den Kopf, wenn die Bank verkauft wird. Sollte er Michael von dem 'Project Switzerland' erzählen?
Gut, brummte Michael. Dann brauchen wir eigentlich nur noch einen neuen Präsentationstermin, oder?
Ich habe da noch etwas, sagte Sebastian leise.
Ach ja?
Ja. Ich habe den Verdacht, dass die Bank gerade zum Verkauf ansteht.
Michael zog die Brauen hoch. Wo hast du das denn her?
Sebastian berichtete von seinem Erlebnis auf dem Flug von München nach Frankfurt. Noch während er redete, wurde ihm bewusst, dass es ein Fehler war, Michael die Geschichte zu erzählen. Die Miene seines Gegenübers verdüsterte sich mehr und mehr.
Also, wenn du meine Meinung wissen willst, sagte er, kaum dass Sebastian fertig war. Das ist totaler Quatsch.
So fernab aller Wirklichkeit sah Sebastian seinen Verdacht nun doch nicht. Aber die Bank ist wirklich ein ideales Übernahmeobjekt. Eine kleine, zahlungskräftige Klientel, ein eingeführter Name, das Haus in einem einigermaßen intakten Zustand, mit einem riesigen Potential, das wissen wir beide. Die einzigen Probleme sind das verkrustete Kabinett und der wahrscheinlich noch verschlafenere Verwaltungsrat. Aber jetzt ist der Verwaltungsratsvorsitzende tot, und da wittert jemand seine Chance.
Ja, ja, sagte Michael. Das stimmt schon alles. Aber daraus einen Zusammenhang zu diesem komischen Papier herstellen zu wollen... Er schüttelte den Kopf.
Aber es liegt doch wirklich auf der Hand, entfuhr es Sebastian. Die Panik, mit der die Bankenführung agiert, ist doch der Beweis dafür, dass da etwas

im Hintergrund abgeht. Und dann diese Schüsse heute. Was willst du denn noch an Indizien?

Ob diese Schüsse nun wirklich Indizien sind, ich weiß nicht. Mir kommt das ein bisschen vor wie eine UFO-Meldung.

Michaels Gesicht war völlig verschlossen. Er wollte einfach nichts von der Verkaufstheorie hören, eindeutiger war es nicht zu signalisieren. Eigentlich merkwürdig, hatte Sebastian gedacht, wo er anfangs doch selbst dieses Thema als so wichtig angesehen hatte und immer wieder mit Schweizer darüber reden wollte. Aber das war offenbar vorbei, ohne dass Sebastian der Grund einsichtig war.

So, hatte Michael dann gesagt, jetzt ist Schluss. Hast du nicht noch ein anderes Projekt? Stürz dich doch darauf, wenn du überschüssige Fantasie hast.

Sebastian hatte seine Sachen genommen und war in ein leeres Büro gegangen, um dort zu arbeiten. Seitdem waren anderthalb Stunden vergangen, in denen er vor einem beeindruckenden Berg Papier gesessen hatte, ein Berg, den er eigentlich durchforsten wollte. Er bestand aus alten Fragebögen und Auswertungen aus Wertmanagement-Projekten, die das Research kurzfristig für ihn ausfindig gemacht hatte. Die Auswertungen waren recht beeindruckend, am meisten die Folien, die die Ergebnisse schließlich zusammenfassten. Aber sie zeigten auch, dass die ursprünglichen Fragebögen und das, was am Ende als Erkenntnisse vorgeführt wurde, nicht unbedingt eng zusammenhingen. In allen Fällen waren Anschlussinterviews nötig geworden – etwas, für das Sebastian überhaupt keine Zeit hatte. Es blieb ihm nichts übrig, als herauszuarbeiten, was an Ergebnissen herauskommen sollte, und von hier auf die notwendigen Fragen zurückschließen. Und das bedeutete, den Fragebogen noch einmal neu zu schreiben.

Immerhin, er war bis zur letzten Frage gelangt, aber hier hatte ihn dann der Elan verlassen. Es wollte sich einfach kein sinnvoller Schluss finden. Leider war es aber verdammt wichtig, einen guten Ausstieg zu schaffen. Schließlich sollte es ja nicht das letzte Gespräch mit diesen Top-Managern sein.

Gerade griff Sebastian wieder nach einem Papierstapel, um doch noch eine bisher übersehene Anregung für die Abschlussfrage zu finden, als sein Handy klingelte. Ungläubig sah er auf das Display. In ihm blinkte die Nummer des Londoner Büros von Top Management Consulting.

Hallo? sagte er.

Sebastian? kam es aus dem Hörer. Ich bin es, Natalie.

Natalie... Da war es wieder, das Herzrasen. Sebastian saß steif an seinem Schreibtisch. Er wusste nichts zu sagen.

Geht's dir gut? fragte sie.

Ja... Na ja. Ein ganzer Satz wollte ihm noch nicht gelingen. Er holte tief Luft. Ich muss morgen früh einen Termin mit Frau Doktor machen, um mich bei ihr zu entschuldigen.

Sie kicherte. Oh Gott, sagte sie, Du Armer. Hat Michael dich verdonnert?

Du weißt doch, wie er ist, antwortete er. Aber diesmal ist es wirklich wichtig. Wenn ich die große Versöhnung hinbekomme, haben wir das Projekt weiterverkauft.

Ach du je. Dann bist du ja noch ein Jahr bei dieser langweiligen Bank?

Kann schon sein. Aber dann wohl als Partner.

Sie schwieg einen Moment. Ach so, sagte sie dann. Deine Wahl hängt also von Frau Doktor ab.

Er lachte verkrampft. Sie hatte diese Art, Dinge so zu formulieren, dass sie weh taten. Er hätte gerne das Thema gewechselt, aber ihm fiel nichts

Passendes ein. Schließlich sagte er: Warum hast du gestern nicht angerufen?

Es ging nicht, Sebastian, antwortete sie. Mir ist abends noch ein Termin aufgedrückt worden.

Du hättest dich wenigstens melden können.

Das habe ich heute morgen getan.

Ja. Per E-Mail.

Das ganze Büro war voll mit Consultants.

Außerdem habe ich gestern Abend gewartet.

Sie schwieg und atmete laut hörbar in den Hörer. Als sie dann wieder sprach, klang ihre Stimme noch distanzierter als vorher. Ich habe mich schon entschuldigt, Sebastian.

Das Gespräch lief genau so, wie er es nicht wollte. Leise kroch die Angst in ihm hoch. Natalie, bitte, versteh doch, sagte er. Ich habe hier Druck ohne Ende. Und wenn du mich dann auch noch im Stich lässt, dann tut das doppelt weh.

Ich habe dich nicht im Stich gelassen, Sebastian, sagte sie. Ich melde mich ja wieder.

Ja... Ja, du hast ja recht. Entschuldige. Was war das denn für ein Termin gestern Abend?

Sie zögerte. Das war... ein Bekannter von früher, aus dem Studium.

Ach so, sagte Sebastian. Na ja, das ist ja immer ganz nett, so ein Wiedersehen.

Es ging. Das letzte Mal hatte ich ziemlichen Krach gehabt mit diesem Typ. Ich wollte ihn eigentlich nie wieder sehen.

Wer ist das denn?

Du kennst ihn nicht, sagte sie schnell. Er hat wahnsinnig viel Geld verdient in den letzten Jahren, und das ist ihm wohl zu Kopf gestiegen.

Und was wollte er von dir?
Sie schwieg wieder. Sebastian glaubte, Geräusche im Hintergrund zu hören.
Ist jemand bei dir?
Was? fragte sie abwesend. Nein, ich habe mir nur eine Zigarette angezündet.
Er hörte sie rauchen. Nach einer Weile sagte sie: Er wollte Informationen von mir.
Informationen? Was denn für Informationen?
Über einen Kunden.
Was? Der Projektleiter in ihm war aufgerufen. Natalie, lass bloß die Finger davon, damit kommst du in Teufels Küche.
Ich weiß, Sebastian, sagte sie. Ich kann auf mich allein aufpassen.
Er fuhr sich über den Nacken. Irgendwie schien er heute immer den falschen Ton zu treffen. Und? fragte er. Was hast du ihm gesagt?
Dass er von mir höchstens einen Tritt bekommt.
Sebastian musste grinsen. Das kann ich mir vorstellen, sagte er. Aber dafür hast du den ganzen Abend gebraucht?
Ja, Sebastian. Es hat gedauert, bis er zu diesem Thema kam.
Ach so. Ja. Warum hatte sie bloß angerufen, wenn sie ihm doch eigentlich gar nichts erzählen wollte? Vielleicht lag es ja wirklich am Telefon. Natalie war nicht geschaffen für das Telefon. Wenn sie sich gegenübersaßen, redeten sie miteinander. Am Telefon wurden es mit schöner Regelmäßigkeit Verhöre. Wenn sie sich überhaupt erreichten. Er schwieg.
Erzähl mir doch noch ein bisschen von der Bank, Sebastian, sagte sie schließlich, noch leiser als zuvor.
Was soll ich dir da erzählen, sagte er. Du weißt ja, wie schwierig die Leute sind.

Hat das denn geklappt mit Euren neuen Einzelaufstellungen der Filialkapazitäten?

Ach so. Ja, schon. Nur, wir konnten es nicht vorstellen.

Was?

Natürlich, Natalie konnte ja noch nichts wissen von den dramatischen Geschehnissen des Nachmittags. Sebastian erzählte ihr von den Gesprächen mit den Bankenchefs, von der Präsentation, die gar nicht erst begonnen hatte, von Valentinos Vermutungen. Vom 'Project Switzerland' und Michaels Zurückweisung sagte er nichts. Und er hielt ihr auch nicht vor, dass sie es gewesen war, die die fragwürdigen Berechnungen der Ostfilialen aufgestellt hatte. Natalie hörte zu und schwieg. Erst als er bei dem Arbeitspensum vor ihm auf dem Schreibtisch angelangt war, wurde sie wieder lebendig.

Ganz schön aufregend.

Tja, meinte er mit gequältem Stolz, damit kann London wohl nicht mithalten.

Nein, sagte sie voller Ernst. Ich sitze hier nur und gebe eine Zahlenreihe nach der anderen ein. Und von London habe ich bisher nur das Hotel und zwei Restaurants gesehen.

Er spürte, wie es wieder über ihn kam. Sag es jetzt nicht, warte ab, sagte er sich. Gib ihr nicht wieder die Chance, Nein zu sagen. Natalie...

Ja?

Zu spät. Die Worte waren schneller als seine Vorsätze. Er hörte, wie er es sagte: Warum kommst du am Freitag nicht einfach nach München.

Sie antwortete noch schneller, als er es erwartet hatte. Sebastian, ich stecke bis zum Hals in Arbeit. Was soll ich denn da bei dir. Ich muss ins Büro.

Ja, ja, aber ein Büro gibt es ja auch in München. Und arbeiten muss ich auch. Aber wir könnten wenigstens zusammen essen, und abends etwas unternehmen...

Und ins Bett gehen.

Er schluckte. Das auch, wenn du willst, sagte er.

Im Hintergrund hörte er eine männliche Stimme etwas auf Englisch sagen und dann laut lachen. Natalie hielt die Hand vor den Hörer und antwortete etwas, das Sebastian nicht verstand. Dann hörte er wieder ihren Atem im Telefonhörer. Natalie? fragte er.

Ja. Hier ist jemand gekommen, sagte sie. Und dieser Typ hat auch schon wieder angerufen...

Er stutzte. Welcher Typ? Aber noch ehe er fragen konnte, redete Natalie weiter. Ich kann jetzt nicht mehr reden. Ich... Ich überlege es mir mit München, Sebastian.

Rufst du noch einmal an?

Ja.

Wann?

Wann... Morgen.

Ich bin aber den ganzen Tag unterwegs.

Ich hinterlasse dir eine Nachricht auf deinem Handy.

Er schwieg. Immerhin, kein klares Nein. Er wartete darauf, dass sie sich verabschiedete und auflegte, aber nichts geschah. Als sie dann doch etwas sagte, war ihre Stimme überraschend nah.

Und... Sebastian.

Ja?

Alles Gute für das Gespräch mit Frau Doktor.

In diesem Moment sah er es wieder, das Lächeln, nur eine zarte Andeutung, ein Hauch, der mehr verhieß. Danke, sagte er.

Du schaffst das schon, dich mit ihr zu versöhnen, flüsterte sie. Bestimmt. Und dann habt ihr auch eine Chance gegen den Verwaltungsrat. Also, dann tschüs.

Es klickte in der Leitung.

Langsam legte Sebastian das Handy wieder auf den Tisch. Sie hatte doch ein Herz. Manchmal war es ihm erschienen, als sei da nur ein Stein, ein kalter, harter, völlig bewegungsloser Block. Aber in Momenten wie diesem taute sie doch auf und war ihm nah. Er blickte herunter auf den Fragebogen, aber die schwarzen Zeichen auf dem weißen Papier wollten keine Bedeutung annehmen. Durch sie hindurch sah er Nathalie, wie sie am Sonntag vor seinem Bett gestanden hatte, nur in einem T-Shirt und einem rosa Socken. Sie stand da und sah ihn an mit ihren blauen Augen, die noch ganz zugequollen waren vom Schlaf. Ihre hellblonden Haare waren zerzaust, ihre Haut war blass, auch ihre Lippen hatten nur einen Hauch Farbe mehr, aber sie hatten auch dieses Lächeln, diesen leichten, geheimnisvollen Zug, nur angedeutet, hingehaucht. Sie stand da, ätherisch, elfengleich, beugte sich herunter, hob ihre zerknautschten Zigaretten auf und fing an, wild zu fluchen. Er stand in der Tür und konnte den Blick nicht von ihr wenden. Sie hielt die krummen Zigaretten in der Hand, noch immer fluchend, sah wieder zu ihm herüber und lachte. Dann war sie auf ihn zugegangen, hatte ihm einen Kuss auf den Mund gegeben und gesagt, dass es nun genug sei. An ihm vorbei war sie ins Bad gegangen. Er hatte noch eine Weile in der Tür gestanden, unbeweglich, und hatte sie weiter vor dem Bett gesehen, nur in ihrem T-Shirt und dem Socken.

Er fuhr sich mit den Händen durch sein Gesicht. Es hatte keinen Sinn mehr. Er konnte sich nicht konzentrieren. Am besten wäre es, wenn er jetzt seine Sachen nähme und aufbrechen würde. Heute musste er mal nicht fliegen - nach Stuttgart fuhr man mit dem Zug. Er sah auf die Uhr. Kurz vor sieben.

Irgendwo hatte er auch eine Platzkarte. Egal, dachte er dann. Die Züge fuhren schließlich jede Stunde.
Er stand auf und begann, seine Sachen zusammenzupacken. Natalies Stimme war noch in seinem Ohr - nicht die harte, distanzierte Stimme, mit der sie sprach, wenn sie beim Kunden war, nicht die abweisende Stimme, mit der sie von ihrem Termin gestern Abend erzählt hatte, es war die Stimme ihrer letzten Sätze, weich, nah, voller Verständnis. Du schaffst es schon, sagte die Stimme. Bestimmt. Und gemeinsam habt ihr auch eine Chance gegen den Verwaltungsrat.
Er stutzte. Wieso eigentlich gegen den Verwaltungsrat? Es war doch nie die Rede davon gewesen, dass der Verwaltungsrat gegen die Berater eingestellt war. Er dachte noch einmal daran, was Valentino alles über die Frontenbildung in der Bank erzählt hatte. Vielleicht tat sich da ja wirklich eine neue Gefahr auf, die er noch gar nicht gesehen hatte. Erstaunlich, dass Natalie das gleich so genau durchschaut hatte. Es war doch gut, mit jemandem über diese Dinge zu reden, der strategisch denken konnte.
Er zog seinen Mantel an, nahm seinen Aktenkoffer und schwang sich den Kleidersack über die Schulter. Komisch nur, dass Natalie ihn nicht vor einer Gefahr gewarnt hatte. Sie hatte ihm nur Glück gewünscht für den Schritt, der nach dem Gespräch mit Frau Doktor kommen würde. Als wüsste sie schon, was alles passieren würde.
Er schüttelte einmal mehr den Kopf. Da war sie wieder, die paranoide Freude am Kombinieren. Er baute sich wieder Wolkenschlösser zusammen, wo überhaupt nichts war. Nichts, außer einem netten Satz zum Abschied.
Er machte das Licht im Büro aus und schloss die Tür. In den anderen Räumen war noch ziemlich viel Betrieb. Er nahm sich vor, die letzte Frage im Zug zu schreiben.

Donnerstag, 21. November

06:17 Uhr

Sebastian schreckte hoch und starrte in die Dunkelheit. Schemenhaft sah er verschiedene Flächen, ohne dass er ihnen eine vertraute Form zuzuordnen vermochte. Wo war er? War jemand neben... Nein. Er war allein im Bett. Zu Hause? Das war nicht seine Wohnung. Er musste in einem Hotel sein.

Langsam begann er, mehr in dem finsteren Zimmer zu erkennen. Links neben dem Bett war ein Vorhang, der ganz oben einen kleinen Spalt offenstand, durch den das fahle Licht der Straßenbeleuchtung hinein kam. Er schaute noch einmal über das Fußende seines Betts. Die Flächen entpuppten sich als eine Kommode, auf der ein Fernseher stand, und ein großes Bild mit dunklem Rahmen, dessen Motiv er nicht erkennen konnte. Und da, ganz rechts, das musste ein Schrank sein. Er zuckte zusammen. Stand da nicht jemand davor?

Irgendwo musste es hier einen Lichtschalter geben. Sebastian tastete am Kopfende des Betts entlang, bis er auf etwas Glattes, Quadratisches stieß. Das helle Licht der Deckenlampe ließ ihn blinzeln. Er hielt seine Hand schützend über die Augen und sah sich noch einmal um. Die Schranktür war offen, und an ihr hing sein dunkelgrauer Anzug, so, wie er ihn gestern Abend dort aufgehängt hatte.

Langsam sank er in sein Kissen zurück. Wie viel Uhr war es eigentlich? Die Digitaluhr auf dem Nachtisch zeigte 06:17 an. Er hatte noch eine Stunde, bis ihn der Weckdienst hier im Hotel anrufen würde. Er drehte sich noch einmal in Richtung auf den Nachtisch, erspähte den Schalter und löschte das Licht wieder.

Nach dem kalten Licht hatte die Dunkelheit alle furchteinflößende Fremde verloren. Er wickelte sich in die warme Bettdecke, zog die Beine an und versuchte, den Schlaf wiederzufinden. Schwarz. Vor ihm war nichts als Schwarz. Keine Formen, keine Figuren. Auch nicht die Figur von Natalie... Nein. Nicht das. Nicht wieder dasselbe wie gestern Abend. Nicht wieder das Grübeln darüber, was wohl in ihr vor sich ging. Warum sie so abweisend war, und dann doch wieder so nah, so verführerisch. Aber vielleicht war es ja gerade das, was ihn so anzog. Was ihn verrückt machte an ihr. Vom ersten Abend an.

In Düsseldorf hatten sie auf einem dieser Bootlokale auf dem Rhein gesessen, gegessen, getrunken und erzählt, bis die Sommernacht kühl wurde und das Lokal zumachte. Eigentlich hatte nur sie erzählt, zuerst von ihrem Studium, davon, wie allein sie gewesen war in der Menge, wie sie unter der Angst gelitten hatte, den Ansprüchen nicht gerecht zu werden und im Wettbewerb nicht bestehen zu können. Er hatte ihr zugehört und sie angesehen, ein, zwei, drei Stunden lang. Er war versunken in ihren Augen, verschmolzen mit ihrem Mund, ihrem leichten, nur angedeuteten Lächeln, vergangen vor Sehnsucht danach, den letzten Abstand zu überwinden, eins zu werden mit ihren Ängsten, ihren Hoffnungen, ihren Träumen. Eins zu werden mit ihr. Aber so recht hatte er es nicht verstanden, seine Gefühle auch in Worte zu fassen.

Ich will dich nicht nur für eine Nacht, hatte er gesagt. Ich will etwas, was tiefer geht. Was uns lange verbindet.

Danach waren sie händchenhaltend durch den Park zum Büro zurückgegangen, und als sie ihre Sachen aus der Garderobe unten neben dem Empfang holte, hatte er sie gepackt und geküsst, gierig, voller Hunger nach mehr. Sie hatte ihn angesehen und gegrinst.

Du hast auch gar keine Skrupel, was.

Dann hatte sie ihre Sachen genommen und war zur Tür gegangen.
Ich glaube, ich nehme jetzt ein Taxi und fahr nach Hause. In welchem Hotel bist du denn?
Er hatte sie zum Taxi gebracht, und dann war er zu Fuß ins Hotel gegangen. Es war nicht so weit vom Büro, und er brauchte noch etwas Abkühlung. Er ging die nächtlichen Straßen der Düsseldorfer Innenstadt entlang und schaute angestrengt in die opulenten Schaufenster der Geschäfte, um die wirren Gedanken in seinem Kopf ruhig zu stellen.
Ausgerechnet vor einer Dekoration mit Damenunterwäsche blieb er stehen. Fünf oder sechs Puppen mit strohartigen, glatt fallenden blonden Haaren standen in manierierten Posen vor einem riesigen Poster des regennassen Broadways herum. Sie trugen offene, transparente Regenmäntelchen mit schwarzem Rand und darunter die Dessous - BHs, Slips, Strumpfhalter und Strümpfe. Ohne Schaufensterbeleuchtung wirkten die Farben nur ordinär - weinrot, mintgrün, apricot. Aber ein Teil gefiel ihm. Es war weiß, aus Seide, ganz glatt, ein wenig transparent. Er ging am Schaufenster entlang und versuchte zu erkennen, wie der Slip wohl von hinten aussah. Am äußersten Rand des Schaufenster angelangt, drückte er sein Gesicht gegen das kalte Glas und spähte in die halbdunkle Auslage. Es war nicht zu erkennen. Wie viel Stoff würde wohl hinten noch übrig sein? Er stellte sich das Höschen an Natalie vor, drehte sie, betrachtete sie von allen Seiten, fuhr am Saum entlang, tastete sich zwischen Stoff und Haut... Von irgendwo her hörte er eine Frau lachen. Er trat schnell zurück von der Schaufensterscheibe und sah sich um. Es war niemand zu sehen. Als er wieder in die Auslage blickte, sah er sein Spiegelbild. Er stand da in seinem hellen, offenen Trenchcoat, die Hände in den Taschen vergraben. Der Kragen war hochgeschlagen, seine Haare waren zerwühlt, sein Gesicht fast

vollständig im Schatten. Er sah schnell weg, nahm seine Taschen und schlich davon in Richtung Hotel.

Jetzt wälzte er sich von der rechten auf die linke Seite. Er spürte die Müdigkeit, aber an Schlaf war nicht zu denken. Es war 6 Uhr 31 - noch eine dreiviertel Stunde Zeit, Entspannung zu suchen, bevor der Tag begann. Die Gedanken an Natalie waren da leider wenig hilfreich. Er hätte damals schon wissen müssen, dass er verloren war. Nichts von dem, was sie beide sagten oder taten, war verlässlich. Die Attribute 'ehrlich' oder 'gelogen' trafen nicht mehr zu. Es war ehrlich von ihm, als er sagte, dass er nicht mit ihr schlafen wollte. Aber es war nicht wahr. Alles zog ihn hin zu ihr, zu ihrem Körper, ihrer warmen Haut, ihrem haarigen Schoß. Und es kam die Nacht, als sie ihn zu sich ließ, als sie das weiße Höschen mit dem schmalen Steg trug, als sie schrie vor Lust und eins zu werden schien mit ihm.

Das war nett, sagte sie danach.

Wie - nett?

Schön halt. Wie ein Bad im Ozean.

Er hätte aufstehen sollen, sich anziehen, seine Sachen nehmen und gehen. Aber es war zwei Uhr morgens, sie waren in seinem Hotelzimmer, und er blieb liegen. Kurze Zeit später war sie eingeschlafen, und er blieb wach und starrte in die Dunkelheit.

Vielleicht sollte er den Fernseher anmachen? Oder etwas lesen? Nein. Vor ihm lag ein harter Tag - Interviews, Reisen, Telefonate. Er musste weiter versuchen, sich zu entspannen. Er drehte sich auf den Rücken, legte die Arme auf die Bettdecke und konzentrierte sich auf seinen Atem.

Das Merkwürdige war, dass es ja trotz ihrer Bemerkung nicht bei der einen Nacht geblieben war. Am nächsten Morgen hatte sie fast nichts gesagt und war einfach verschwunden, aber im IPM am nächsten Tag hatte sie ihn sehnsüchtig angesehen und ihn dann nachts angerufen. Und schließlich war sie zu ihm nach München gekommen, und auch dort hatten sie wieder miteinander geschlafen, leidenschaftlich und ohne Tabus. Aber danach hatte sie sich zurückgezogen, sich weg gedreht, jede Berührung verweigert und war eingeschlafen. Sie hatte ihm gesagt, dass er zu lieb für sie sei. Dass sie das Alleinsein bräuchte. Dass sie das nächste Mal weniger abgedreht sein würde. Dass sie froh sei, dass er bei ihr sei. Dass sie nicht wüsste, wie es mit ihnen weitergehen sollte.

Worte waren Worte. Aber auch Taten waren nicht mehr. Alles war wahr, und alles konnte einen Moment später nicht mehr gelten. Es gab keine Sicherheit. Aber es zog ihn zu ihr, und wohl auch sie zu ihm. Es würde weitergehen, irgendwie, das wusste er. Immer weiter, fortgetrieben von der Hoffnung, dass es einmal anders würde.

Er merkte erst, dass er wirklich wieder eingeschlafen war, als das Telefon klingelte. Es war sein Weckruf. Als er den Hörer wieder zurück auf die Gabel gelegt hatte, drehte er sich noch einmal auf die Seite. Er fühlte sich völlig zerschlagen. Jetzt wäre er in der Lage gewesen, weiter zu schlafen. Aber jetzt begann der Tag.

07:30 Uhr

Der Banker starrte auf das Telefon. Die ganze Nacht hatte ihn dieser Anblick verfolgt: Der schwarze flache Kasten, rechts die zwanzig schmalen Tasten für die Kurzwahlen, links die normalen Wähltasten, darüber der Hörer. Aber in keinem seiner Träume hatte es tatsächlich geklingelt - vier, fünfmal war er hochgeschreckt, und jedes Mal hatte er nichts anderes gehört als seinen eigenen Atem. Er hasste dieses Warten, und er hasste sich noch mehr dafür, dass es ihn so verfolgte. Dabei hatte er doch gar nicht geglaubt, was Hohenstein ihm da gestern erzählt hatte. Als er abends aufgebrochen war, hatte er sich gesagt, dass es Unsinn war, sich jetzt wieder verunsichern zu lassen. Das konnte doch nur eine weiterer Trick sein, um zu verhindern, dass er wirklich zu Schweizer ging. Hohenstein war ein Krimineller, daran bestand doch kein Zweifel. Zu Hause hatte er die ganze Sache dann schon fast vergessen. Seine Frau war gerade damit beschäftigt gewesen, sich für den Abend herzurichten, als er ankam, und kaum dass er sich umgezogen hatte, war sie auch schon losgezogen. Das hatte seine Gedanken in eine ziemlich andere Richtung gelenkt. Aber dann war die Nacht gekommen, und die Träume... Jedes Mal hatte er sich gesagt, dass der andere doch gelogen hatte, wie so oft. Aber es hatte nichts geholfen.

Im nächsten Moment geschah es. Das Telefon klingelte. Einfach so, ohne Vorwarnung, ohne Begleiterscheinungen. Instinktiv wollte er sofort abnehmen, doch als er den Hörer berührte, beherrschte er sich noch einmal. Es klingelte ein zweites Mal. Er spürte seinen Herzschlag. Nach dem dritten Klingeln nahm er ab.

Ja?

Sind Sie allein?

Ja.

Gehen Sie zu Ihrem Fax. Die fünf Seiten kommen gleich.

Er hatte gar keine Zeit, mehr zu sagen. Es klickte sofort in der Leitung. Verwirrt sah er auf den Hörer. Es war doch keine Lüge gewesen. Er wollte ihm wirklich Plan B geben.

Langsam erhob er sich aus seinem Sessel und ging zum Sekretariat. Er zwang sich, nicht auf das Bild zu sehen. Es war wirklich schon so weit, dass dieses Ding für ihn zu einer Obsession wurde. Das durfte nicht so weiter gehen. Irgendwo musste man sich schließlich beherrschen können.

Im Sekretariat ging er auf und ab und wartete darauf, dass das Fax ansprang. Es dauerte noch, aber jetzt wusste er ja, dass etwas kommen würde. Der Schreibtisch seiner Sekretärin war fein säuberlich aufgeräumt, kein Blatt lag herum, keine Kritzelei befleckte die große weiße Schreibunterlage. Komisch, dachte er, sonst wirkt sie alles andere als pedantisch. Er wurde neugierig. Ob ihre Schubladen auch so sauber aufgeräumt waren? Wahrscheinlich waren sie ja sowieso abgeschlossen, wie es sich für ein anständiges Vorzimmer gehörte.

Er versuchte, die oberste Schublade aufzuziehen - und sie gab nach. Allerdings war nichts Aufregendes zu sehen. Kugelschreiber, Bleistifte, Umschläge verschiedener Größe, Schreibmaschinenpapier - was man halt so brauchte im Büro. Er schüttelte den Kopf. Es war ja auch eine blöde Idee, hier herumzuspionieren. Peinlich geradezu für einen Geschäftsführer. Andererseits... Die Neugier kribbelte. Er zog die zweite Schublade auf.

Unter ein paar einzelnen weißen Blättern erspähte er eine Zeitschrift. Er schob das Papier beiseite und sah genauer hin. Das sah ziemlich nach einer Klatschspalte aus.

Plötzlich sprang das Fax an. Es brummte, und in winzigen Schritten schob sich das erste Blatt aus der Maschine. Warum musste das so ewig langsam sein, dachte er. Verärgert schaute er noch einmal auf die Zeitschrift in der Schublade. Was stand da... Um die Überschrift besser lesen zu können, nahm er das Blatt heraus. Es war ein Bericht über den Geburtstagsball eines Bankenvorstands, bei dem er auch eingeladen gewesen war. Richtig, auf einem der Fotos war er auch abgebildet, neben Kaiser und... Merkwürdig. Der Mann neben ihm war mit Kugelschreiber so dick übermalt, dass man nicht mehr erkennen konnte, wer es war. Er hob die Seite hoch und hielt sie gegen das Licht. So konnte er erst recht nichts sehen. Er nahm die Brille hoch und hielt das Bild ganz nah vor seine Augen. Das konnte doch eigentlich nur...

In das Schloss der Vorzimmertür wurde ein Schlüssel gesteckt. Schnell legte er die Zeitschrift wieder in die Schublade, schob sie zu und ging zum Fax. Als die Tür aufging, sah er in das erstaunte Gesicht seiner Sekretärin.

Herr Direktor! Sie schon hier?

Er lächelte verlegen. Ja... Mir ist gestern ein wichtiges Fax angekündigt worden, und da dachte ich, gehst du am besten etwas früher ins Büro, falls es schon da ist... Und jetzt kommt es gerade durch. Er zeigte auf das Fax, wo gerade die zweite Seite ausgeworfen wurde.

Sie nickte, schaute aber skeptisch. Während sie sich den Mantel auszog, musterte er sie. Gestern war sie noch so frisch gewesen, zauberhaft geradezu in ihrer Sorge um ihn. Aber heute sah sie müde aus, traurig. Eher sogar verbittert. Als sie auf dann auf ihn zuging, sah er, dass ihre Augen ganz rot waren.

Geht es Ihnen nicht gut? fragte er leise.

Sie sah ihn an, schüttelte den Kopf und drehte sich gleich darauf schnell zum Fax. Es sah aus, als wären ihr wieder die Tränen gekommen. Er schaute peinlich berührt zu Boden, bis ihm bewusst wurde, dass sie gerade die Blätter aus dem Gerät nahm.

Danke, sagte er überstürzt und riss ihr die Seiten aus der Hand. Als sie ihn erstaunt ansah, das Make-up schon tränenverwischt, lächelte er unsicher.

Ich komme schon klar, lassen Sie mal.

In ihr Erstaunen schien sich Misstrauen zu mischen, aber sie sagte nichts.

Hoffentlich hat sie nichts gelesen, dachte der Banker.

Sind Sie so nett und machen mir einen Tee? fragte er und hoffte, sie damit loswerden zu können.

Sie nickte wortlos und ging zur Tür.

Als sie gegangen war, sah er auf das Papier. Er brauchte nur den ersten Abschnitt zu überfliegen, um zu verstehen, warum sich Hohenstein so angestellt hatte. Was er da in der Hand hielt, war purer Sprengstoff.
Das Fax piepte. Er nahm die restlichen Seiten heraus und ging in sein Büro. Als er die Tür geschlossen hatte, ließ er sich auf den nächststehenden Ledersessel sinken und fing an, das Memo Zeile für Zeile zu lesen.

08:36 Uhr

Einen schönen guten Morgen, Ritter. Ich hätte gerne Frau Dr. Sturm gesprochen, sagte Sebastian und versuchte, sich auf dem Rücksitz des Taxis in eine möglichst entspannte Position zu bringen. Wenn jetzt nur die Funkleitung hielt.
Einen Moment bitte, antwortete die Sekretärin. Ich muss einmal sehen, ob Frau Dr. Sturm schon an ihrem Platz ist.
Es knackte kurz, dann hörte er eine grauenhaft verzerrte elektronische Version der kleinen Nachtmusik. Er hielt das Handy in einiger Entfernung von seinem Ohr. Dabei wäre ihm fast entgangen, dass das Gedudel auf einmal abbrach.
Hallo? Herr Ritter?
Ja, Frau Dr. Sturm, guten Morgen.
Guten Morgen, sagte die Controlling-Chefin und klang gehetzt. Ich habe nicht viel Zeit, Herr Ritter. Herr Schweizer wünscht mich um 9 Uhr zu sprechen.
Natürlich. Frau Sturm, ich möchte... Zunächst möchte ich mich entschuldigen. Ich war sehr aufgebracht bei unserem letzten Gespräch...
Allerdings, Herr Ritter. Ihr Auftreten war schlicht ungehörig.
Ja... Es tut mir sehr leid, Frau Sturm. Ich hätte mich besser unter Kontrolle haben sollen.

Das ist ja sehr schön, dass sie solche Einsicht zeigen, Herr Ritter, aber damit ist es nicht getan. Der Grad an Unfähigkeit, der in diesem Gespräch zu tage trat, verbietet ja nun doch eindeutig jede weitere Zusammenarbeit mit Ihnen.

Sebastian schluckte. Frau Doktor wusste, wie man austeilte. Wenn Sie mir trotz dieses Eindrucks noch einmal eine Chance geben würden, begann er noch einmal und versuchte, bloß kein Zittern in seiner Stimme zuzulassen, dann wäre ich Ihnen sehr dankbar, wenn wir uns morgen noch einmal treffen könnten.

Ein Treffen? Und wozu?

Wir sind noch einmal den Berechnungsweg für die Filialkapazitäten im Osten durchgegangen, und ich glaube, es gibt da zwischen uns noch ein paar Missverständnisse.

Missverständnisse gibt es da keine, Herr Ritter. Ihr Berechnungsweg ist schlicht unsinnig, und solange Sie ihn nicht korrigieren, sehe ich keinen weiteren Gesprächsbedarf.

Genau darum geht es, Frau Sturm. Ich sehe da eine Verbesserungsmöglichkeit...

Wenn Sie damit Ihren Vorschlag zur Datenerhebung meinen, vertun Sie Ihre Zeit. Wir haben hier ein Geschäft, das reibungslos ablaufen muss, Herr Ritter. Und zwar auch dann, wenn wir Berater im Hause haben. Wir können nicht wegen jedem Ihrer Wünsche gleich unsere Programme abstellen.

Nein, nein, natürlich nicht, Frau Sturm. Das ist mir klar.

Schön, dass Sie das jetzt so sagen, Herr Ritter. Dienstag war das leider in keiner Weise der Fall.

Sebastian blieb die Luft weg. Bei dieser Frau eine zusammenhängende Satzfolge loszuwerden, war kein leichtes Unterfangen.

Ja. Nein, darum geht es nicht, Frau Sturm...

Vielleicht sagen Sie dann mal endlich, worum es dann geht. Ich muss gleich weg, Herr Ritter.
Ich möchte Ihnen gerne eine verbesserte Berechnung vorlegen und die Implikationen mit Ihnen diskutieren. Das war ein reichlich vollmundiges Versprechen, und eigentlich auch keines, das in Michaels Plan vorgesehen war. Egal, dachte er, ich brauche einen Aufhänger.
So. Sie stöhnte emphatisch in den Telefonhörer hinein. Ich hätte nächste Woche Donnerstag wieder einen Termin frei.
Sebastian schloss die Augen. Ich fürchte, die Zeit drängt etwas, Frau Sturm. Wenn möglich, sollten wir uns vor der Präsentation...
Ich sagte Ihnen doch, es ist nicht möglich.
Ich komme auch gerne am frühen Morgen oder am Abend.
Ich habe einen kleinen Sohn, Herr Ritter, und als allein erziehende Mutter habe ich besseres zu tun, als die wenige Zeit mit meinem Kind durch Termine dieser Art noch weiter zu verringern.
Spräche denn etwas gegen morgen früh, 8 Uhr?
Sie wollen ganz offensichtlich nicht zuhören, Herr Ritter. Ich habe morgen früh um neun einen Termin mit Herrn Grimm...
Wir würden mit einer Stunde auskommen, Frau Sturm.
Ich komme üblicherweise um halb neun ins Büro.
Wenn Sie einverstanden sind, frage ich bei Herrn Grimm nach, ob sich sein Termin um eine halbe Stunde verschieben lässt.
Ich bin ganz und gar nicht einverstanden, Herr Ritter. Sie können nächste Woche Donnerstag um 8 Uhr 30 zu mir kommen. Sagen Sie in meinem Sekretariat Bescheid, wenn Sie sich entschieden haben. Ein lauter Knall markierte das Ende der Verbindung.
Sebastian legte das Handy auf den Schoss und seufzte. Was für ein Anfang für diesen Tag. Er sah durch die tropfenbehangenen Fenster des Taxis auf

das verregnete Stuttgart. Aus diesem Anblick konnte auch kein Elan erwachsen.
Aber er durfte sich nicht unterkriegen lassen. Er brauchte dieses Gespräch vor dem nächsten Präsentationstermin, und das hieß nichts anderes als diese Woche. Er griff wieder nach dem Handy und suchte nach der Nummer von Grimm.
Neher.
Habe ich mich jetzt verwählt, dachte Sebastian. Frau Neher ist doch Jerusalems Sekretärin. Frau Neher, guten Morgen, sagte er irritiert. Ich wollte eigentlich mit Herrn Grimm sprechen...
Ja, da sind Sie sind bei mir schon richtig, sagte sie freundlich. Ein Glück, dachte Sebastian, sie ist nicht mehr sauer wegen des misslungenen Flirtversuchs am Dienstag. Seine Sekretärin ist krank, deshalb ist seine Leitung auf mich umgestellt. Warten Sie, ich schau mal gerade nach, ob er an seinem Platz ist. Es klickte wieder. Sebastian nahm den Hörer sofort wieder vom Ohr weg, aber er bekam noch etwas von den schrillen Mozart-Tönen mit. Nach einigen Sekunden knackte es ein zweites Mal. Frau Nehers Stimme war wieder in der Leitung.
Herr Dr. Ritter, sagte sie, Herr Grimm lässt fragen, ob es sehr dringend ist...
Ja, das ist es leider.
Ach so. Ja, dann stelle ich Sie wohl besser durch. Sebastian machte sich wieder auf das elektronische Gedudel gefasst, aber dann hörte er doch noch einmal Frau Nehers Stimme.
Ach... Herr Dr. Ritter?
Ja?
Erst kam nur eine Pause, aber dann sagte sie: Ich war da Dienstag etwas schroff. Das tut mir leid.

Sebastian traute seinen Ohren nicht. Aber ich bitte Sie, Frau Neher, sagte er und überlegte schnell, wie er denn am besten an diese versöhnliche Geste anknüpfen sollte. Doch Frau Neher kam ihm zuvor.

Ich würde mich wirklich gerne mal mit Ihnen unterhalten. Über die Bank, und...

Und über die Welt.

Er hörte, wie sie lächelte. Ja, über die auch.

Jetzt hieß es, die Gelegenheit beim Schopfe zu packen. Sebastian griff nach seinem Terminkalender. Wie wär's mit nächster Woche? fragte er.

Ja... Dann musste sie die Hand auf die Muschel gelegt haben, denn plötzlich hörte er nur noch gedämpftes Gerede, von dem er nichts verstand. Dann war sie wieder da. Ich stelle Sie jetzt durch zu Herrn Grimm. Rufen Sie doch bitte später noch einmal an.

Es knackte wieder. Offensichtlich war jemand in den Raum gekommen. Aber sie hat gesagt, ich soll noch einmal anrufen, tröstete sich Sebastian.

Einen Moment später meldete sich ein wenig erbauter Grimm. Sebastian schilderte in dürren Worten das Gespräch mit Frau Doktor. Am Schluss sagte er: Sie wissen besser als ich, wie wichtig dieser Termin ist, Herr Grimm. Und wie dringend.

Grimm schwieg.

Und deshalb rufe ich nun bei Ihnen an, weil ich dachte, dass Sie vielleicht noch einmal mit Frau Dr. Sturm reden könnten. Vielleicht wäre es ja auch möglich, Ihren Termin mit ihr morgen etwas nach hinten zu schieben.

Sebastian hatte sich redlich bemüht, den letzten Worten einen flehentlichen Unterton zu geben. Trotzdem dauerte es, bis Grimm sich zu einer Reaktion herabließ.

Sie haben da ja etwas Schönes angerichtet, sagte er und schwieg dann wieder. Sebastian hütete sich davor zu reagieren.

Also gut, brummte Grimm schließlich. Ich rufe Sie an. Sind Sie heute zu erreichen?
Ich bin den ganzen Tag in Sitzungen, aber vielleicht könnten Sie mir eine Nachricht auf meinem Handy hinterlassen...
Ja, ja, in Ordnung. Das macht dann meine Sekretärin. Auf Wiederhören, Herr Dr. Ritter.
Sebastian lehnte sich zurück und atmete tief durch. Draußen hatte das Industriegebiet begonnen. Es konnte nicht mehr weit sein bis zu seinem nächsten Kunden.

10:26 Uhr

Auch nach einer guten Stunde zeigte der Finanzvorstand noch keinerlei Anzeichen von Ermüdung bei seinen Versuchen, Sebastian von einem Detail des Wertmanagements zum nächsten zu hetzen. Es ging los mit seinen bohrenden Fragen zu einer eingängigen - und umsetzbaren! - Definition des Cashflows, denn die bräuchte man ja schließlich, wenn man sinnvolle Kennzahlen benutzen wollte, die nicht auf Buchwerten basierten. Dann kamen die generellen Unterschiede zwischen der deutschen und der amerikanischen Bilanzierung, und schließlich ließ der Vorstand den Zweifeln freien Lauf, die er an der Börse als einzigem Richtwert unternehmerischen Handelns hatte - denn nichts anderes bedeutete schließlich 'Shareholder Value' in der Praxis. Aber die Börse schwankte doch - gerade in Deutschland - oft genug willkürlich, aus 'psychologischen Gründen', wie man dann so schön sagte, und sich danach zu richten, hieß das nicht, ein Unternehmen dem Gerücht als oberster Maxime auszuliefern?
Sebastian standen die Schweißperlen auf der Stirn. Er beantwortete die Fragen so gut es ging, doch der steigende Enthusiasmus, mit dem der

Vorstand bei seinen Antworten nachhakte, zeigte schon, wie sehr er hier vorgeführt wurde. Da war es kaum verwunderlich, dass der spöttische Zug um die Mundwinkel seines Gegenübers immer deutlicher hervortraten.

Sie saßen im Büro des Finanzvorstands an einem großen, runden Besprechungstisch aus Eiche, der sicherlich schon etliche Generationen von Unternehmenslenkern erlebt hatte. Tradition war das bestimmende Merkmal des Maschinenbauers, und das wurde auch dem erstmaligen Besucher bewusst, ehe er noch das Werksgelände betreten hatte, denn die Straße, in der sich die Einfahrt befand, war nach dem Firmengründer benannt. Stand man einmal in der Anmeldungsbaracke und stellte sich den misstrauischen Blicken des Werkschutzes, wurde schnell klar, dass die großen Zeiten des Unternehmens vorüber waren. Bei dem beleuchteten Firmenlogo auf der Baracke blieb der erste Buchstabe dunkel, das Fenster in der Eingangstür war gesprungen, die Wartestühle neben dem Tresen der Wachleute sahen aus, als wären sie aus den Fünfziger Jahren.

Sebastian war in das erste Gebäude auf dem Gelände geschickt worden, in das oberste Stockwerk, die Vorstandsetage. Der Aufzug wirkte wenig vertrauenserweckend, aber trotz Rumpeln und Quietschen brachte er sie nach oben. Besser als in mancher Bank, dachte Sebastian.

Dr. Meier, der Finanzvorstand, war Anfang vierzig, recht drahtig, mit einer prominenten Glatze und neugierigen Augen hinter rahmenlosen Brillengläsern. Sein Büro war groß, aber karg. Von der langen Fensterfront aus überblickte man das Werk. Es musste einmal riesig gewesen sein, geradezu einschüchternd in seiner Ansammlung von Fabrikhallen. Inzwischen waren nur noch einige wenige in Betrieb, und eine der wesentlichen Tätigkeiten von Dr. Meier bestand darin, noch mehr Teile des Geländes stillzulegen. Weiter im Hintergrund sah das Werk deshalb eher aus wie ein Schrottplatz.

Sebastians Blick wanderte vom Fenster wieder zu seinem Gegenüber. Dr. Meier hatte gerade begonnen, über seine Sanierungsziele zu dozieren. Verstohlen. sah Sebastian auf die Uhr. Halb elf. Ihr Termin war auf zwei Stunden angesetzt, also noch bis viertel nach elf. Eine dreiviertel Stunde musste er noch durchhalten. Am besten, er ließ Dr. Meier erzählen, dann würde er nicht so viel fragen. Er griff nach der Kaffeekanne.

Dr. Meier redete lebhaft über die tiefen Einschnitte im Personal, die sein Sanierungsprogramm mit sich brachte. Da haftete einem schnell der Ruf des Job-Killers an. Um so wichtiger war es, das Management zu neuen, konstruktiven Aufgaben hin zu führen, und von nicht geringer Bedeutung dabei war das Anreizsystem.

Wie ist denn da eigentlich Ihre Sicht, Herr Ritter, fragte er unvermittelt. Würde sich der Free-Cashflow als eine Grundlage für die Berechnung des Jahresbonus eignen?

Sebastian hatte gerade die Kaffeetasse am Mund, als ihn die Frage traf. Glücklicherweise zuckte er nicht so stark, dass er sich bekleckert hätte, aber Dr. Meier musste es gesehen haben. Er stellte die Tasse langsam zurück.

Ich denke, fing er an, ich denke, die Bonusberechnung sollte so einfach wie möglich erfolgen, damit sie den Führungskräften transparent und nachvollziehbar erscheint. Ob da der Free-Cashflow so ohne weiteres akzeptiert wird, erscheint mir etwas fraglich.

Dr. Meier nickte langsam. Das heißt, sagte er, Sie halten den Free-Cashflow nicht für transparent und nachvollziehbar?

Sebastian sah etwas verdutzt zu dem Finanzvorstand herüber. Dr. Meier sah ihn genauso ruhig an wie zuvor. Vielleicht war der Spott in seinem Gesicht noch etwas mehr hervorgetreten. Er musste es jetzt darauf abgesehen haben, Sebastian den entscheidenden Stoß zu versetzen.

So würde ich das nicht formulieren, sagte Sebastian vorsichtig. Er wollte sich auf gar keinen Fall auf eine Diskussion einlassen, bei der er nur schlecht aussehen konnte. Nicht zuletzt deswegen, weil ihm die genaue Abgrenzung des speziellen Free-Cashflows vom generellen Cashflow nicht unbedingt präsent war. Man muss da unterscheiden. Für die Spezialisten, die die Wertberechnungen betreiben sollen, ist das sicherlich ohne Probleme vermittelbar, aber in der Breite der Führungsebene wäre ich vorsichtig, zumal es ja direkt um das Einkommen geht.

Das überrascht mich jetzt etwas, sagte Dr. Meier, nachdem er sich ausführlich das Kinn massiert hatte. Hatten Sie nicht vorhin gesagt, dass das Wertmanagement eine Aufgabe für alle Führungskräfte sei?

Das ist völlig richtig, sagte Sebastian und versuchte, wieder etwas sicherer zu klingen. Es ist nur die Frage, ob alle Details der Berechnungen dem gesamten Management gegenüber offengelegt werden müssen.

Ihre Maximen der Transparenz und der Nachvollziehbarkeit würden Sie also für das Wertmanagement generell nicht ansetzen?

Doch, sicherlich... In der Umsetzung kommt es aber doch vor allem auf die Detaillierungsebene an.

Und wo setzen Sie da die Grenze?

Sebastian holte kurz Luft. Da gibt es kein Patentrezept, sagte er ausweichend.

Sie wollen die Führungskräfte doch wohl nicht einer Intelligenzprüfung unterziehen?

Sebastian nahm die Kaffeetasse hoch und sah, wie sie zitterte. So hatte es keinen Sinn. Dr. Meier hatte ihn in eine Ecke gejagt und spielte jetzt mit ihm. Das Einzige, was ihm blieb, war, in die Offensive zu gehen.

Scheppernd stellt er die Tasse wieder ab. Lassen Sie mich doch noch einmal kurz die Ziele unserer Wertmanagement-Philosophie darstellen, sagte er dann. Ehe Dr. Meier ihm ins Wort fallen konnte, ging Sebastian Punkt für Punkt das Shareholder-Value-Programm durch, so, wie Top Management Consulting es in einer seiner brillant aufgemachten Hochglanzbroschüren darstellte. Nicht kurzfristige Gewinnmaximierung, sonder langfristige Steigerung des Unternehmenswertes als Ziel. Der wichtigste Hebel: Das Unternehmen musste in seinen Kernkompetenzen ständig besser werden. Wie war das umzusetzen? Von Branche zu Branche gab es da Unterschiede. Mit einem Mal sah Sebastian eine Antwort auf Dr. Meiers Frage: Was die Führungskräfte des Unternehmens in erster Line leisten mussten, war, die Kernkompetenzen zu identifizieren und ihre ständige Verbesserung anzugehen. Hieran sollte ihr Bonus gemessen werden. Und wenn sich der Free-Cashflow im Werkzeugmaschinenbau als die geeignete Messgröße herausstellen sollte, bitte.

Mit Ihrem Sanierungsprogramm machen Sie doch genau das, was ich Ihnen eben beschrieben habe, Herr Dr. Meier. Sie reduzieren Ihr Unternehmen auf die Kernkompetenzen. Und die Wertsteigerung erreichen Sie natürlich über die Kostenreduzierung, die Ihnen die Möglichkeit gibt, wieder rentabel zu produzieren. Das können Sie am einfachsten messen, indem Sie fragen, was am Ende einer bestimmten Periode in der Kasse bleibt. Damit sind wir dann beim Free-Cashflow.

Dr. Meier betrachtete ihn schweigend. Natürlich war das holzschnittmäßig vereinfacht, was Sebastian gerade gesagt hatte. Vielleicht sogar verfälschend?

Aber dann lächelte Dr. Meier. Es war kein Spott mehr in seinen Zügen, eher so etwas wie Anerkennung. Gut, sagte er. Sie haben da einen interessanten Ansatz, Herr Dr. Ritter. Und wie geht es jetzt weiter?

Wir berichten in vierzehn Tagen an den Holding-Vorstand, antwortete Sebastian. Dann wird entschieden, in welchen Unternehmen wir mit der Einführung des Wertmanagements beginnen werden.

Und Sie werden dann das Projekt leiten?

Sebastian nickte.

Wie lange sind Sie schon dabei, wenn ich fragen darf?

Seit sechs Jahren.

Sechs Jahre? Dr. Meier zog die Augenbrauen hoch. Dann sind Sie ja länger bei Ihrem Verein als ich im Unternehmen bin.

Langsam fiel die Spannung von Sebastian ab. Wann haben Sie denn hier angefangen? fragte er.

Dr. Meier lehnte sich zurück. Vor fünf Jahren, als Leiter der Controlling-Abteilung, sagte er. Der damalige Finanzvorstand war schon seit zwanzig Jahren dabei. Entsprechend wenig hat sich damals bewegt.

Sebastian lächelte. Aber mit Ihnen hat sich das ja deutlich geändert.

Ja, ja, sagte der Vorstand und klang nach Zweifeln. Wir haben einfach Glück gehabt. Jedenfalls am Anfang. Ich wäre ja nie auf diesen Posten gekommen, wenn mein Vorgänger nicht hätte gehen müssen.

Hat die Holding durchschaut, dass er nichts bewegte?

Dr. Meier schüttelte den Kopf. Die Holding hat sich bisher nie besonders um unseren Laden gekümmert, sagte er. Damals nicht, leider, muss man sagen, und heute auch nicht, und da danken wir Gott für. Nichts ist schlimmer als ein paar schlaue Stabsleute, die einem erklären wollen, wie man sein Geschäft besser macht. Er grinste, als er merkte, wie Sebastian wieder erstarrte. Nein, nein, keine Angst, Berater stelle ich nicht auf dieselbe Stufe. Nicht ganz jedenfalls. Er gluckste ein wenig.

Aber Sie verstehen, dass ich Ihnen vor diesem Hintergrund mit etwas Skepsis begegne. Und in solchen Situationen neige ich dazu, etwas unfaire Fragen zu stellen. Aber als Berater haben Sie ja gelernt, damit umzugehen.
Sebastian nickte wortlos.
Wir sind hier noch lange nicht durch mit unserer Sanierung, seufzte Dr. Meier. Etliche Bereiche schreiben noch immer rote Zahlen, und dazu gehört leider auch das Stammwerk hier. Experimente kann ich da nicht brauchen. Er sah zu Sebastian hinüber. Aber wenn Sie mir einen vernünftigen Plan vorlegen, wie Ihr Wertmanagement unsere Sanierung beschleunigen kann, dann bin ich dabei.
Hervorragend, dachte Sebastian. Ein gelungener Auftakt. Er steckte den Fragebogen wieder in seinen Aktenkoffer, als ihn doch noch die Neugier übermannte. Warum musste denn eigentlich Ihr Vorgänger gehen?
Wie? Ach so. Dr. Meier fuhr sich kurz an der Nase entlang, als müsste er sich noch einmal erinnern. Dann sagte er: Er hat Kreditmanipulationen vorgenommen, und so etwas vergibt die Holding niemandem.
Kreditmanipulationen?
Ja. Eigentlich war es schlichte Steuerhinterziehung. Er hat versucht, Einnahmen aus Nebentätigkeiten an der Steuer vorbei zu manövrieren, und weil er dachte, dass sich niemand traut, in seiner Buchhaltung herumzuspionieren, hat er es über Firmendarlehen versucht.
Aber das muss doch den Wirtschaftsprüfern aufgefallen sein.
Ganz richtig, sagte Dr. Meier. Man vermutete deshalb auch, dass der Wirtschaftsprüfer mit im Spiel war, aber es war ihm nichts nachzuweisen.
Welcher Prüfer war das denn?
Dr. Meier kratzte sich an einer Geheimratsecke. Also, den Namen weiß ich nun wirklich nicht mehr. Warum interessiert sie das denn?

Ach, rein persönlich. Der Vorstand sah Sebastian verwundert an. Nein, nicht, was Sie jetzt denken, fügte er schnell hinzu. Ich habe nur ein paar Bekannte in Wirtschaftprüfergesellschaften, deshalb die Frage.
Ach so. Ich kann Ihnen den Namen gerne heraussuchen lassen. Wir werden ja noch telefonieren.
Sebastian stand auf. Ja, sicher, sagte er. Ich schicke Ihnen am Montag das Protokoll.
Dr. Meier nickte. Gut, danke. Wo geht es jetzt hin?
Nach Wien.
Ach ja. Sehen Sie Herrn Sawatzki?
Genau.
Dann grüßen Sie ihn mal schön von mir. Sawatzki war hier mal Leiter des Rechnungswesens. Er hatte bessere Kontakte zur Holding als ich, deshalb hat man ihn damals nach Wien beordert, als der Posten vakant wurde. Dr. Meier erhob sich und ging auf Sebastian zu, um sich zu verabschieden. Sawatzki ist gegangen, kurz nachdem die Affäre damals ruchbar wurde, sagte er zum Abschluss. Der kann Ihnen auch eine Menge erzählen. Auf Wiedersehen, Herr Dr. Ritter.

14:12 Uhr

Es war nicht zu erkennen, woher das Blut stammte, aber es lief am linken Bein hinab, weiter in das Wasser, bis es sich am Bildrand sammelte. Es war nicht so viel, dass es über den Rahmen hinaus gelaufen wäre. Aber auf dem Bild war es deutlich zu sehen.
Irgend jemand musste in seinem Büro gewesen sein, dachte der Banker, und sein Bild beschmiert haben. Irgend jemand hatte eine rote Flüssigkeit über die Figur geschüttet, die im Pool trieb. Nicht viel, keinen dicken Klecks,

nur ein wenig, so dass eine dünne rote Linie das Bild hinabfloss. Eine Linie, die aussah wie Blut.
Er drehte sich langsam von dem Bild weg und ging zum Fenster. War das Zufall, oder war es eine Drohung? Es war nicht sonderlich schwer, hier in das Büro hineinzukommen, abends, wenn die Putzkolonne das Gebäude durchschwärmte. Vielleicht war es ja jemand von der Putzkolonne gewesen. Nein, das war unwahrscheinlich. Dazu war die Farbe zu gekonnt auf das Bild geträufelt. Das machte keine Putzfrau. Außerdem, warum sollte es abends gewesen sein? Heute morgen hatte er noch nichts bemerkt auf dem Bild. Er hatte die rote Spur eben erst gesehen, als er aus der Sitzung zurückkam.
Es konnte sich ja jemand hineingeschlichen haben in sein Büro, als er nicht da war. Ein Berater? Vielleicht. Das Wahrscheinlichste war, dass es einer der Maulwürfe von Hohenstein war. Und dann war es wohl eine Drohung. Oder nur eine Warnung?
Er sah hinaus auf die Hochhäuser Frankfurts. Vielleicht saß Hohenstein jetzt ja hinter irgendeinem dieser Fenster und spann seine Pläne weiter. Seit das Fax angekommen war, hatte er nichts mehr von ihm gehört. Er hatte ihn auch wieder einmal nicht erreichen können. Das war schon kein gutes Zeichen gewesen. Und jetzt das.
Langsam ging der Banker zu seinem Schreibtisch und setzte sich auf seinen Sessel. Dann machte er die unterste Schublade des linken Containers auf und zog eine blaue Klarsichthülle heraus. Plan B.
Er nahm die Blätter aus der Hülle und legte sie nebeneinander auf den Tisch. Fünf Seiten. Vier Seiten Text, ein Organigramm. Das neue Bankhaus Großmann, Meyer und Cie.
Dass Hohenstein so eng mit den Beratern zusammenarbeiten würde, hätte er nie gedacht. Was da vor ihm lag, konnte nur von ihnen stammen. Es war

ein komplett ausgearbeitetes Szenario, wie die Bank ihre Geschäfte mit 30 Prozent weniger Personal ausführen konnte, wobei sich diese Einsparungsquote auch auf die Hauptverwaltung bezog und nicht einmal vor dem Chefkabinett halt machte. Ein Posten sollte einfach wegfallen. Namen wurden keine genannt in dem Papier, nur Funktionen wurden beschrieben. Ein Kabinettsmitglied sollte zuständig sein für das Kreditgeschäft, eines für die Einlagen und die Wertpapiere, eines für Controlling, Personal und Verwaltung. Alle diese Posten waren heute besetzt. Darüber hinaus gab es heute noch den Sprecher, übergeordnet, ohne weitere festgeschriebene Zuständigkeiten. In Plan B kam er nicht mehr vor. Das neue Bankhaus Großmann, Meyer und Cie. war eines ohne den Imperator.

Der Banker stützte das Gesicht in beide Hände. Merkwürdig. Das war wohl noch der harmloseste Begriff für das, was ihm da widerfahren war. Er hatte frech mehr Informationen gefordert, und Hohenstein hatte wirklich nachgegeben. Erst mit etwas Zeitverzug, aber immerhin, das Papier mit der zukünftigen Struktur der Bank lag vor ihm. Aber zwei Fragen blieben offen: Erstens, wer in der neuen Struktur die Sprecherfunktion ausüben sollte. Und zweitens, wie man zu dieser neuen Struktur gelangen sollte.

Das waren Fragen, von denen Hohenstein wissen musste, dass er sie stellen würde. Aber er hatte es vorgezogen, sich ihnen zu entziehen. Er hatte auch keinen Ton mehr zu der Frage der Filialschließungen im Osten gesagt. Er hatte ihm einfach dieses Papier in die Hand gegeben, das sie beide den Kopf kosten konnte, wenn es Schweizer in die Hände geriet. Oder auch nur das Verwaltungsratsmitglied alleine.

Vielleicht war es ja alles nur eine Finte, um ihn von dem Problem der Ostfilialen abzulenken? Um ihn zu beschäftigen, während die Ermittlungen liefen, die finden würden, wozu sie die Filialen im letzten Jahr benutzt

hatten? Die ihn nicht nur aus dieser komfortablen Bank katapultieren würden, sondern auch schnurstracks hinter Gittern?
Aber Hohenstein war doch mit von der Partie gewesen - er hatte eigentlich die Idee gehabt. Die Umsetzung war dann der Job des Bankers gewesen, denn schließlich hatte er die richtigen Verbindungen zu den Filialleitern. Kritisch war es geworden, als der alte Leclaire in Berlin verrückt spielte, aber sie hatten ihn noch einmal beruhigen können. Und ihn dann mit einer fürstlichen Abfindung in den Ruhestand geschickt. Hohenstein hatte das immer im Hintergrund gedeckt - wollte er sich jetzt ganz absetzen?
Wenn das sein Ziel war - warum gab er dann seinem Opfer belastendes Material in die Hand? Nachdenklich kratzte sich der Banker am Kinn. Aber es half nicht. Es wollte sich keine Lösung ergeben. Er kam einfach nicht darauf, was dieser Mann im Schilde führte.
Wie gefährlich Hohenstein sein konnte, hatte diese Woche ja schon gezeigt. Erst die Geschichte mit Nero - wobei man ihm da zugute halten musste, dass er nicht vorhersehen konnte, dass Nero vor lauter Geilheit gleich einen Herzinfarkt bekommen würde. Immerhin, auch wenn er den Alten ja eigentlich nur mit der kleinen Nutte erpressen wollte, die er ihm aufs Hotelzimmer geschickt hatte - wobei dieses 'nur' schon recht zynisch war - er hatte es in Kauf genommen, dass Nero dabei draufging.
Er schüttelte sich voller Abscheu. Was für eine Brutalität, und was für eine Kaltblütigkeit! Wegen diesem alten Narren hatte Hohenstein seine gesamte Existenz aufs Spiel gesetzt. Und fast hätten sie ihn ja wirklich noch erwischt, nicht die Polizei, aber die Presse. Da konnte sich der Banker dann aber doch einer gewissen Bewunderung nicht erwehren. Es waren keine Geschichten zu Kaiser mehr in den Zeitungen - Hohenstein hatte für Ruhe gesorgt. Mit seinen Mitteln zwar, aber immerhin.

Er konnte sich noch genau an die Nacht erinnern, die er damals mit Hohenstein in der einsamen Skihütte zugebracht hatte. Sturzbetrunken waren sie beide gewesen, und die Geschichten über ihre Autos und ihre Abenteuer an der Börse hatten sie schon hinter sich gebracht. Als er dann die zweite Flasche Obstler aufmachte, hatte Hohenstein ihm eine Geschichte aus seiner Kindheit erzählt. Wie es in der Schule einmal zu einem Entscheidungskampf gekommen war, wer der Stärkste in der Klasse war. Vierzehn, fünfzehn musste Hohenstein da gewesen sein. Johlend hatte die Meute um die beiden Kampfhähne herumgestanden. Mindestens eine Viertelstunde lang konnte keiner der beiden einen Vorteil erlangen. Doch dann war Hohensteins kleiner Finger im Nasenloch des anderen gelandet, und mit einem kräftigen Ruck hatte er ihm das halbe Gesicht aufgerissen - und gewonnen. Zwar vor Blut triefend, aber ein Sieg war ein Sieg.
Der Banker schluckte. Er sah den anderen vor sich, wie er in der Hütte halb über dem Tisch lag, prustend und spuckend, wie ihm vor Lachen die Tränen die Wangen hinabliefen. Danach, hatte er dann erzählt, war er von der Schule geflogen, und seine Eltern hatten ihn in ein Internat gesteckt. Langsam hatte er aufgehört zu lachen. Und als er dann den einen Satz sagte, den der Banker nie vergessen hatte, wirkte Hohenstein gar nicht mehr betrunken.
Aber was war das schon alles gegen dieses unvergleichliche Gefühl, der Stärkste zu sein.
Eigentlich, dachte der Banker, war diese ganze Geschichte ja eher lächerlich. Eigentlich zeigte sie ja, was dieser Hohenstein für ein aufgeblasener, ungehobelter Fatzke war. Schlicht erbärmlich. Aber gerade deswegen war er so gefährlich. Denn wo die feinen Banker zurückschreckten, ging er einfach weiter. Getrieben von dem unwiderstehlichen Drang, alle anderen klein zu machen.

Von daher hätten auch die Schüsse auf Frau Schweizer genau ins Bild gepasst. Aber es war einfach nicht herauszubekommen, was da wirklich geschehen war. Schweizer war nicht im Haus, und auch über die Sekretärinnenkanäle hatte er nichts Neues erfahren können - dabei waren das normalerweise die besten Informationsquellen. So konnte er nur sagen: Vielleicht hatte Hohenstein nicht gelogen. Vielleicht zog er aber auch wieder im Hintergrund die Fäden. Es war zum Kotzen.

Er sah auf die Uhr. Gleich war es halb drei, und er musste los zu der Abteilungsleiterbesprechung. Also. Was konnte er tun? Zu Schweizer gehen. Damit hatte er gedroht, aber ganz nüchtern betrachtet war es ja viel zu gefährlich, denn so egal war ihm sein eigenes Wohl nun auch wieder nicht. Still halten. Das war die Kapitulation. Was blieb, war weiterhin zu versuchen, Hohenstein zu erreichen. Ihn dazu bringen, aktiv zu werden. Er sah auf das Telefon. Eher widerstrebend griff er zum Hörer und gab die Handy-Nummer ein. Es dauerte einige Sekunden, bis eine Reaktion aus der Leitung kam.

Der gewünschte Teilnehmer ist zur Zeit nicht erreichbar. Bitte versuchen Sie es später noch einmal.

Langsam legte der Banker den Hörer wieder zurück. Nichts zu machen. Und die anderen Nummern brauchte er erst gar nicht zu versuchen. Was also konnte er tun? Er konnte auf jemand anders zugehen. Aber auf wen? Die Berater? Ganz offensichtlich saßen die ja mit Hohenstein in einem Boot.

Er sah auf die Seiten, die vor ihm lagen. Wie bei den Beratern üblich, war auf jeder Seite eine Fußzeile. In der Mitte stand der Name Top Management Consulting, links ein Kürzel für die Datei und das Datum des Ausdrucks. 19. November. Ganz frisch. Es sah alles echt aus. Auch wenn er es wirklich schwer glauben konnte, dass diese Firma sich auf ein solches doppeltes Spiel einlassen würde. Das passte nicht zu ihrem Renommee. Und außerdem war Schweizer ihr Auftraggeber.

Oben auf den Blättern war eine weitere Zeile, die er bisher nicht gesehen hatte. ‚20-Nov' stand dort, ‚07:31'. Daneben das Wort ‚FAX', dann eine Nummer, die mit ‚+44' begann, und zwei Worte: ‚The Connaught'. Wahrscheinlich die Absenderangabe, dachte der Banker. Gab es nicht ein Hotel Connaught? Natürlich, das kannte er doch. Das Connaught in London, da hatte er ja auch schon einmal gewohnt.

Er stand auf und ging um den Schreibtisch herum. Hohenstein hatte doch am Dienstag gesagt, er wollte seinen Maulwurf besuchen. Und das hatte er dann wohl getan, und zwar in London, in diesem Hotel. Und wenn er sich das Fax ansah, dann musste dieser Maulwurf wohl einer von den Beratern sein. Einer, der Hohenstein das Papier ausgearbeitet hatte.

Mit einem Mal kam ihm eine Idee. Was, wenn Hohenstein den Maulwurf und das Papier nutzen wollte, um die Berater aus der Bank zu werfen? Er brauchte das Papier schließlich nur auf verdeckten Wegen Schweizer zukommen zu lassen, dann würde es einen Riesenskandal geben, und die geschniegelten Herren müssten wie die Hasen aus dem Haus flüchten, denn sie wären ja die Schuldigen. Aber wozu das alles?

Er blieb vor dem Bild stehen. Die Verhältnisse hatten sich umgekehrt. Oder waren sie immer schon so gewesen, und er hatte sich nur eingebildet, dass sie anderes seien? Jedenfalls war es jetzt nicht mehr zu bestreiten: Er war im Pool, und Hohenstein sah ihm vom Beckenrand zu, unbeweglich, undurchschaubar in seinen Absichten. Er ging näher an das Bild heran. Die Farbspur stand dick von der Leinwand ab. Er kniete sich auf einen der Sessel und kratzte mit dem Fingernagel an der Farbe herum. Sie ging ab. Langsam arbeitete er sich bis zum Bildrand vor.

Als er fertig war, ging der Banker einen Meter zurück und betrachtete seine Arbeit. Die Linie war verschwunden. Er hatte doch noch eine Chance, sagte er sich. Er musste diesen Ritter erreichen.

17:59 Uhr

Missmutig trank Sebastian seinen Bourbon mit Ginger Ale. Es war ja klar, dass es ausgerechnet an so einem Tag in Wien anfangen musste zu schneien. Und dass deshalb alle Flüge Verspätung hatten. Wobei sein Flug nach Frankfurt noch einer war, der ganz gut wegkam – er musste nur eine Stunde warten. Trotzdem, eine Stunde Verspätung hieß, dass er jetzt mindestens bis acht hier in der Senator-Lounge am Wiener Flughafen herumhängen durfte und erst gegen zehn in Frankfurt ankommen würde. Einfach ein Traum, dachte Sebastian. Ein passender Abschluss für einen beschissenen Tag.

Dabei hatte alles noch richtig gut ausgesehen, als er in Stuttgart losgeflogen waren. Noch im Taxi hatte er seine Voice Mails abgehört. Eine gute Nachricht nach der anderen – vielleicht mit Ausnahme der letzten. Am Anfang stand der neue Präsentationstermin in der Bank: Montag, ihr Wunschtermin. Grimm hatte Frau Doktor überredet, Sebastian morgen früh um acht zu empfangen, so dass auch sichergestellt war, dass er vor der Präsentation mit ihr reden konnte. Und hoffentlich auch alles klären.

Frau Neher hatte die Nachricht durchgegeben, und sie war wieder so aufmerksam, ja, so besorgt gewesen, dass er geradezu hingerissen war. Um so größer war dann sein schlechtes Gewissen, als er die nächste Nachricht hörte. Warum muss ich eigentlich immer auf deinen blöden Anrufbeantworter treffen, hatte eine weibliche Stimme gesagt. Das ist wirklich ein Scheißjob, den du dir da ausgesucht hast. Na ja, ich ja auch. Dann kam ein Lachen, und erst an dieser Stelle war Sebastian klar geworden, dass es Natalie war. Sie klang richtig fröhlich. Was ich dir sagen wollte: Am Wochenende... Aber da musste die Leitung zusammengebrochen sein, denn alles, was danach kam, war nur ein Rauschen. Immerhin. Mit so fröhlicher Stimme sagte man nicht ab. Sie würden sich am Samstag sehen, da war Sebastian sich sicher.

Die letzte Nachricht war dann von Phil. Er konnte nun doch nicht am Termin in Wien teilnehmen. Sebastian sollte ihn am Abend anrufen, vor halb sieben, denn da saß er schon wieder im Flieger.

Einerseits war Sebastian heilfroh, denn diese Gespräche in den RFG-Unternehmen konnten böse Überraschungen bereit halten, das hatte der Morgen ja gezeigt. Andererseits war es ihm ja gelungen, sich blendend aus der Affäre zu ziehen, so etwas gab Selbstvertrauen.

Danach hatte er gegrinst. Wenn er da gewusst hätte, was auf ihn noch zugekommen sollte, hätte er Gott gedankt, dass Phil abgesagt hatte. Obwohl – vielleicht wäre gar nichts passiert, wenn er dabei gewesen wäre. Sebastian sah auf die Uhr. Kurz nach sechs. Es war Zeit für seinen Anruf. Er nahm sein Handy vor, und wenig später hörte er Phils Stimme, leicht blechern und mit heftigem Rauschen im Hintergrund.

Hallo, Phil, sagte er. Hier ist...

Sebastian! Gut von dir anzurufen. Wie waren die ersten Gespräche?

Oh, insgesamt gut. Er schluckte.

Von der anderen Leitung kam einen Moment lang nur das Rauschen. Er hat schon etwas gemerkt, dachte Sebastian. Dann sagte Phil: Erzähl.

Und Sebastian erzählte. Vom Morgen beim Maschinenbauer, davon, wie der Finanzvorstand die Sanierung gut im Griff zu haben schien, wie aufgeschlossen er dem Wertmanagement gegenüber war, wie intensiv sie alle Fragen diskutiert hatten, wie gut er selbst mit der Thematik zurecht gekommen war...

Ah, wunderbar, sagte Phil. Also du bist jetzt im Thema drin?

Das kann man so sagen.

Okay. Dann war alles positiv. Und es gab keine kritischen Momente?

Sebastian hätte jetzt von seinem Schwächemoment erzählen können, oder von der merkwürdigen Steuerhinterziehung des Vorgängers von Meier, vielleicht auch von dem Hinweis auf den Kollegen in Wien, der doch mehr über die Geschichte wissen sollte. Er tat es nicht. Konzentration auf das Wichtigste war die erste Priorität bei Gesprächen mit Partnern, hatte er einmal gelernt. Nein, sagte er. Es lief alles richtig gut.

Und dann?

Dann bin ich zu dem Textilmaschinenhersteller nach Wien geflogen.

Oh ja, natürlich. Wien ist eine schöne Stadt, nicht wahr?

Kann schon sein, sagte Sebastian tonlos. Wir sind nur vom Flughafen zum Industriegebiet gefahren. Und der Autobahnring ist nicht besonders attraktiv.

Ach so, sagte Phil. Ja. Hätte ich mir denken können. Er schwieg einen Moment lang. Wie war es da?

Er hätte sagen sollen: Es war einfach beschissen. Dieser wienerische Intrigant Sawatzki hatte ihn erst eine halbe Stunde im Flur warten lassen, dann hatte er so getan, als wüsste er überhaupt nichts von einem Projekt, geschweige denn von neumodischem Kram wie Wertmanagement, und sich erst einmal über ihren Fragebogen lustig gemacht. Es fing etwas schwierig an.

Phil zeigte keine Reaktion. Er wollte mehr hören.

Mein Gesprächspartner war nicht so recht über das Projekt informiert, sagte Sebastian. Genauer gesagt, ich glaube, er wollte sich nicht informieren, denn Klohs hat ja alle Geschäftsführer angerufen.

Sag mir, was herausgekommen ist. Phil klang etwas gehetzt. Wahrscheinlich war er wieder kurz davor, seinen Flug zu verpassen.
Was war herausgekommen? Nach einer halben Stunde hatte sich Sawatzki leidlich ausgetobt, und er konnte mit den Fragen anfangen. Es ging schon besser als am Morgen, und je länger es dauerte, um so zugänglicher wurde der Herr Generaldirektor - was tatsächlich sein Titel war. Ich habe unseren Fragebogen durchgezogen, sagte Sebastian zu Phil.
Dann können wir einen Statusbericht über das Unternehmen abgeben? Für die Präsentation, meine ich?
Ja, das können wir. Sebastian meinte fast, Phil aufatmen zu hören. Aber es war nur das Rauschen.
Hör zu, Sebastian, sagte Phil schließlich. Ich komme jetzt gleich am Flughafen an. Wir können jetzt nicht mehr reden. Ich vermute, das Gespräch war ziemlich unangenehm und du machst dir deswegen Sorgen. Aber das Entscheidende ist, dass wir die Präsentation fertig bekommen werden. Der ganze Rest wird sich klären lassen. Und wir können darüber morgen reden.
Wann bist du morgen zu erreichen?
Gar nicht. Ich bin dauernd in Meetings. Es ist besser, ich rufe dich an. Bis morgen, Sebastian. Das Handy piepte.
Morgen. Ob Klohs es wohl schaffen würde, Phil zu erreichen? Wenn es so wäre, würde sein Gespräch mit dem Partner wohl nicht so angenehm werden, dachte Sebastian. Aber all das hing davon ab, ob dieser Sawatzki sich wirklich über ihn beschweren würde. Und das war reine Spekulation. Bei so jemandem wie dem Herrn Generaldirektor konnte man keinem Satz trauen, schon gar nicht, wenn es eine Drohung war.
Alles hatte damit angefangen, dass sie so früh fertig waren. Sebastian war mit den Fragen in kaum einer halben Stunde durch - nicht zuletzt, weil sein

Gesprächspartner immer nur das Nötigste antwortete. Natürlich wollte er beim ersten Gespräch nicht so schnell wieder gehen. Also begann er, ein bisschen über das Unternehmen in Wien und die RFG zu plaudern, und Sawatzki schien auch etwas aufzutauen. Er fragte danach, mit wem sie sonst noch gesprochen hatten, und Sebastian erzählte von dem Maschinenbauer und Dr. Meier. Und dann sprach er den zutraulich lächelnden Herrn Generaldirektor auf die Steuerhinterziehung an. Eigentlich war es eine unschuldige Frage. Aber bei Sawatzki bewirkte sie erstaunliche Reaktionen.

Zuerst verschwand das Lächeln aus seinem leicht aufgedunsenen Gesicht. Dann fuhr er sich nervös durch das akkurat gescheitelte, wenngleich leicht fettig glänzende Haar und sagte: Was hat das mit unserem Gespräch zu tun?

An dieser Stelle hätte er das Treffen beenden und für die nette Aufnahme danken müssen. Er hätte die feuchte Hand des Herrn Sawatzki geschüttelt und wäre gegangen. Aber aus irgendwelchen unerfindlichen Gründen hatte er einfach weitergeredet.

Dr. Meier sprach das Thema heute morgen an. Und er hat erwähnt, dass Sie mehr darüber wüssten.

Wieso interessiert Sie das? fragte Sawatzki zurück, plötzlich mit versteinerter Miene.

Das betrifft überhaupt nicht unser Projekt, Herr Sawatzki, wollte Sebastian beschwichtigen. Wirklich, es war nur eine Frage aus persönlicher Neugierde.

Ich hatte nichts mit der Sache zu tun, sagte Sawatzki scharf.

Davon bin ich natürlich ausgegangen, Herr Sawatzki, sagte Sebastian souverän lächelnd und fing an, seine Papiere einzupacken.

Einen Moment lang schien es dann, als würde Sawatzki wieder auftauen. Er lachte kurz, aber es war ein Lachen ohne Humor. Dann sagte er: Das ist überaus freundlich von Ihnen. Und wenn ich jetzt bitte erfahren könnte, im Rahmen welcher Untersuchung Sie diese Überlegungen nun tatsächlich angestellt haben.

Sebastians Mund war trocken. Dieser Generaldirektor war ein Psychopath, kein Zweifel. Er musste unbedingt aus diesem Büro verschwinden. Herr Sawatzki, sagte er eindringlich. Ich versichere Ihnen, es gibt da keine Untersuchung. Es war wirklich nur eine rein persönlich motivierte Frage.

Sawatzki hatte sich jetzt wieder ganz unter Kontrolle. Sein unangenehmes Lächeln war zurückgekehrt. Lässig lehnte er in seinem Sessel und fuhr mit dem Arm großzügig durch die Luft. Ach, kommen Sie, Herr Ritter. Sie wollen, dass ich offen mit Ihnen umgehe und Ihnen alle Kammern meiner Firma zeige. Und gleichzeitig wollen Sie selber gar nichts preisgeben. Wie sollen wir so zusammenkommen?

Es gibt da nichts preiszugeben, Herr Sawatzki. Ich war nur neugierig.

Natürlich, Herr Ritter, das waren sie, sagte Sawatzki. In seinem rechten Mundwinkel sammelte sich der Speichel. Und unvorsichtig waren sie auch. Und dumm. Sehr dumm. Er lehnte sich auf den Tisch. Schauen Sie, Herr Ritter. Sie wollen hier etwas von mir. Das kann ich machen. Oder auch nicht. Und ich muss Ihnen gestehen, ich habe immer weniger Lust dazu.

Sebastian sah dem Generaldirektor direkt ins Gesicht. Es glänzte schweißig. Eine fettige Strähne hing ihm in die Stirn. Was für ein Widerling, dachte er. Dann stand er einfach auf. Ich möchte dieses Gespräch jetzt beenden, Herr Sawatzki. Er griff nach seinen Taschen.

Das Lächeln gefror auf Sawatzkis Gesicht. Gut, sagte er tonlos. Dann verschwinden Sie. Aber damit kommen Sie hier auch nicht mehr rein. Er sprang auf und ging mit hektischen Schritten zu der zweiten Tür, die zu seinem Arbeitszimmer führte. Er öffnete sie und schien schon grußlos hindurchgehen zu wollen, als er sich eines Besseren besann. Und dass ich mich über Sie beschweren werde, das ist Ihnen ja wohl auch klar. In diesem Unternehmen werden Sie kein Projekt machen, und in der Holding auch nicht. Die Tür knallte ins Schloss.

Draußen war es eiskalt gewesen. Es hatte gedauert, bis er es geschafft hatte, über das Handy ein Taxi zu rufen. Und dann hatte es ihn warten lassen, zehn Minuten lang, fünfzehn, fast eine halbe Stunde. Er hatte dagestanden im Schneetreiben und gefroren. Als das Taxi dann endlich gekommen war und er sicher auf dem Weg zum Flughafen war, fragte sich Sebastian, warum um alles in der Welt er Sawatzki diese Frage gestellt hatte. Und musste feststellen, dass er keine rechte Antwort hatte. Es war einfach Neugier. Und Nervosität.

Sebastian sah auf die Uhr. Kurz vor halb sieben. Das bedeutete, noch über eine Stunde herumzusitzen. Während immer wieder die Szene in Sawatzkis Besprechungszimmer vor ihm ablief.

Sein Handy klingelte. Es war Birgit. Ich habe den Termin nächsten Mittwoch umgelegt. Du triffst jetzt den Finanzvorstand. Und zwei Leute von der Bank haben mehrfach versucht, dich zu erreichen. Ein Herr Böttcher und ein Herr Jerusalem. Und Ludwig braucht dich auch.

Okay, sagte Sebastian und gähnte. Und sonst?

Sonst? Sonst war nichts. Gar nichts. Peng. Sie hatte wieder aufgelegt.

Sie war also noch immer sauer, dachte Sebastian resignierend. Aber er war jetzt wirklich nicht in der Stimmung für große Versöhnungsgespräche. Und die Kabinettsmitglieder anzurufen hatte er auch keine Lust. Morgen war ja auch noch ein Tag.

Ein Tag, der mit dem Termin mit Frau Doktor begann. Dann musste er wohl zumindest mit Ludwig sprechen, denn sich heute noch zu sehen, würde wohl kaum noch klappen. Jedenfalls hatte er keine Lust, um zehn noch ins Büro zu fahren.

Er entschloss sich, Ludwig eine Nachricht auf dem Voice Mail zu hinterlassen, dass er ihm die Auswertung in der Casa an der Rezeption hinterlassen sollte. Dann stand auf und holte sich noch einen Bourbon mit Ginger Ale. Als er an der Bar stand, sah er jemanden auf sich zukommen. Groß, blond, dunkler Anzug, ganz der Beratertyp. Nein, die Krawatte war doch etwas zu bunt. Und in dem Alter trug auch kein Berater mehr einen Pilotenkoffer, denn da war man schon Partner und hatte nur noch ein Dokumentenmäppchen. Moment, dachte Sebastian, ist das nicht...

Stefan Brömmighausen!

Der blonde Hüne sah ihn verwundert an. Dann zog ein breites Grinsen über sein Gesicht. Hey! Sebastian Ritter! Du hier, altes Haus.

Sebastian schüttelte seinem Ex-Kollegen heftig die Hand. Brömmighausen war schon ein Jahr dabei gewesen, als Sebastian bei Top Management Consulting anfing. Mit ihm hatte er sein erstes Projekt durchgestanden.

Wie, und du bist ganz alleine unterwegs?

Tja, wir sind in der Anfangsphase. Du weißt schon, Bestandsaufnahme, und natürlich war kein Consultant frei.

Du bist also noch immer bei dem alten Verein? fragte Brömmighausen.

Klar.

Und dir geht es weiter gut?

Sebastian nickte.

Sag mal... Ich bin jetzt zwei Jahre weg... Dann musst du doch bald Partner werden.

Na ja. Vor Weihnachten ist die Wahl.

Und? drängte Brömmighausen unverfroren. Aber dich brauche ich ja gar nicht zu fragen...

Sebastian grinste. Wie geht es dir denn?
Brömmighausen wiegte den Kopf hin und her. Ach, mal so, mal so. Dann fragte er: Wo geht's denn hin bei dir?
Frankfurt.
Hey, strahlte Brömmighausen, bei mir auch. Komm, das müssen wir unbedingt begießen. Ich bin Nacht im Arabella, kommst du mit in die Bar?
Sebastian hätte gerne abgelehnt, aber er sah Brömmighausens Gesicht an, dass jeder Widerstand zwecklos war. Schicksalsergeben nickte er.
Prima. Komm, dann holen wir uns jetzt erst einmal einen Schampus. Mit dem Feiern kann man nicht früh genug anfangen.
Er zog los in Richtung Bar. Sebastian folgte ihm brav. Besser als hier herumzuhängen, sagte er sich. Und außerdem konnte es ihm nur guttun, die alten Zeiten wieder aufleben zu lassen.

23:47 Uhr

Das glaube ich einfach nicht. Er hat dich einfach stehen lassen? Und dir richtig gedroht? Brömmighausens Gesicht war leicht gerötet. Seine Augen waren zu Schlitzen zugequollen. Er grinste erwartungsvoll, wohl wissend, dass er im nächsten Moment in prustendes Gelächter ausbrechen würde.
Der Sabber lief ihm das Kinn hinunter. Und eine fettige Tolle hing ihm in die Stirn. So. Sebastian fuhr sich durch das Haar. Brömmighausen wieherte vor Lachen. Und dann hat er gesagt: Hier machen Sie kein Projekt, und in der Holding auch nicht. Er hob die leicht zittrige rechte Hand. Ich schwör's.
Also, Sebastian, sagte Brömmighausen, so etwas ist mir in meiner ganzen Beraterzeit nicht gelungen. Du bist ein echter Held. Er hob sein Glas und stieß mit seinem Gegenüber an.
Sebastian trank seine Strawberry Margarita und versuchte zu überschlagen, die wievielte es wohl war. Nummer drei oder Nummer vier?

Nicht zu vergessen die zwei Bourbon mit Ginger Ale, der Schampus, erst in der Lounge, dann im Flieger... Er schluckte. Gut, dass er immer Aspirin dabeihatte. Für Gelegenheiten wie dieser hier.

Jetzt hatte er Brömmighausen zum dritten Mal die Geschichte von Sawatzki erzählt, und sein liebenswerter Ex-Kollege konnte schlicht nicht genug davon bekommen. Wobei Sebastian nicht recht klar war, ob er wirklich daran interessiert war, wie es ihm ging, oder ob er sich nur über ihn lustig machen wollte. Wahrscheinlich fand er vor allem die Geschichte witzig.

Und wie war das am Dienstag? Mit dieser Frau Doktor? Wie hieß die noch mal? Brömmighausen kratzte sich etwas ungelenk am Kopf.

Sturm, sagte Sebastian. Frau Dr. Lisa Sturm.

Ah ja, lallte Brömmighausen. Die hat dich doch auch rausgeschmissen, oder?

Nicht ganz. Die hat unser Gespräch nur für beendet erklärt.

Ach so. Ja. Gut, das ist mir auch schon passiert. Das ist die etwas feinere Art. Er fuhr mit dem Finger am Rand seines Cocktailglases entlang. Dann sagte er leise: Das passiert mir eigentlich dauernd, um ehrlich zu sein.

Durch den Alkoholschleier wurde Sebastian bewusst, dass Brömmighausen bisher kaum etwas von sich erzählt hatte. Er hatte sich eigentlich ausschließlich darauf beschränkt, gierig alle greifbaren Details des Beraterlebens aufzusaugen. Mit dem letzten Satz hatte er sich zum ersten Mal ein wenig geöffnet.

Erzähl doch mal, sagte Sebastian. Was machst du denn jetzt eigentlich genau.

Brömmighausen zuckte mit den Achseln. Na, das weißt du doch. Ich bin bei der Haritz-Gruppe. Malen, Reinigen, Restaurieren. Über dreißig Niederlassungen in Deutschland. Jede ein bisschen anders. Manchmal mehr als nur ein bisschen.

Und du machst da jetzt das Controlling?
In der Holding, sagte Brömmighausen und nickte. Ursprünglich sollte ich mal Strategien entwickeln. Wie alle Ex-Berater, die in einer Unternehmenszentrale landen. Er lachte trocken und schlürfte noch einmal von seinem Cocktail.
Ich bin ein halbes Jahr durch die Republik gereist und habe die Niederlassungen besucht. Ich habe mit den Geschäftsführern gesprochen, die heutigen Tätigkeitsfelder aufgenommen, auch ein paar Marktinterviews geführt. Und ich habe Kerngeschäfte identifiziert und Zukunftsperspektiven entworfen.
Klingt ja wie bei uns, sagte Sebastian.
Brömmighausen sah ihn missmutig mit seinen verquollenen Augen an. Hmm, brummte er. Ja. Schon. Nur, dass du kein Team hast. Kannst alles selber machen. Er drehte mit seinem Zeigefinger Kreise in seinem Cocktailglas und leckte ihn dann ab. Trotzdem, sagte er. War die beste Zeit damals.
Und wie ging's dann weiter?
Brömmighausen zuckte mit den Achseln. Eigentlich gar nicht, sagte er. Ich habe die Ergebnisse präsentiert, und erst waren alle begeistert. Haritz senior nickte mir wohlwollend zu. Alle sahen mich schon als zukünftigen Geschäftsführer der Holding. Er spielte mit seiner Serviette herum und schwieg.
Ja - und dann? fragte Sebastian.
Nichts dann. Sie haben dankbar meine Ordner entgegengenommen und sie dann weggepackt. Und seitdem nicht mehr angesehen. Er begann, die Serviette in kleine Fetzen zu reißen.

Sebastian sah ihm eine Weile lang zu, bis er merkte, dass er Brömmighausens Hände doppelt vor sich sah. Er schüttelte den Kopf. Verstehe ich nicht, sagte er.
Brömmighausen schaute langsam nach oben. Das ist ein Familienbetrieb, Sebastian. Aus einem kleinen Malerbetrieb in Wanne-Eickel hervorgegangen. Und nach dem Krieg hat dann der alte Haritz angefangen, Filialen zu gründen und die Geschäfte zu erweitern. Nicht nur Gebäudeanstrich, sondern auch Spezialarbeiten. Anstrich von Stromleitungsmasten zum Beispiel. Oder später dann Teerarbeiten bei Flachdächern. All so'n Kram.
Ja - und?
Brömmighausen lachte blechern. Und! Das sind Handwerker. Verstehst du, der Alte hat Handwerksbetriebe gegründet. Oder aufgekauft, wenn sich etwas passendes bot. Und damit kamen immer mehr Niederlassungen zusammen, und immer neue Geschäfte. Was halt so vor Ort gemacht wurde. Vom Entrosten von alten Kuttern bis zum Restaurieren von Fachwerkhäusern. Und alles geleitet von dickschädeligen Landesfürsten.
Langsam begriff Sebastian. Und von denen hat dich keiner ernst genommen.
Brömmighausen schüttelte den Kopf. Nicht einer. Anfangs haben sie noch mitgespielt, weil es ja vom Alten kam. Aber als meine Studie dann fertig war und es ans Umsetzen ging, haben sie alle die Schotten dicht gemacht. Und der Alte hat mich im Regen stehen gelassen, weil er es sich mit keinem verderben wollte. Er grinste Sebastian bitter an und sah aus, als würde er jeden Moment in Tränen ausbrechen.
Na ja, sagte er nach einer Weile und fuhr fort, die Serviette zu zerfetzen. Eine Zeitlang habe ich dann Däumchen gedreht und gewartet. Als nichts passierte, bin ich zu Haritz junior gegangen - der ist für die Finanzen

zuständig - und habe mich aufgeregt. Daraufhin haben sie mein Gehalt erhöht und mich zum Leiter Controlling gemacht. Er nahm den letzten Schluck aus seinem Glas.

Tja, und jetzt sorge ich dafür, dass die Monatsberichte rechtzeitig bei Haritz senior und junior ankommen und schreibe jedes Quartal, dass sich die Einschätzungen aus meiner Studie bewahrheiten. Und ansonsten warte ich darauf, dass etwas passiert.

Der Barkeeper räumte Brömmighausens Glas ab. Noch einen Wunsch? fragte er.

Ja, sagte Brömmighausen und ignorierte Sebastians Kopfschütteln, noch einmal eine Runde von demselben. Sebastian stöhnte.

Komm, so schnell sehen wir uns nicht wieder. Brömmighausen drohte ihm leicht zittrig mit dem Zeigefinger. Und erzähl mir nicht, was du morgen für wichtige Termine hast. Die hast du jeden Tag.

Sie starrten schweigend vor sich hin, bis die neuen Cocktails kamen. Dann fragte Sebastian: Warum haben die dich eigentlich eingestellt?

Das habe ich mich schon tausendmal gefragt, sagte Brömmighausen und trank. Um ehrlich zu sein, so ganz verstehe ich es nicht. Aber ich glaube, sie wollten in erster Linie ein Beruhigungsmittel für ihre Banken. Die finden es gut, wenn ein Berater aus einer renommierten Firma kommt, um sich um die Zukunft zu kümmern.

Sebastian nickte. Und warum gehst du nicht?

Brömmighausen lachte wieder. Was meinst du, warum ich hier bin. Ich hab morgen ein Interview. Hier im Hotel, witzigerweise.

Und? Was ist das für ein Laden?

Brömmighausen zuckte mit den Achseln. Eine Holding. Die wollen mich für eines ihrer Unternehmen. Aber ich bin da skeptisch, weißt du. Damals, als ich von unserem Laden weg bin, da hat es fast ein Jahr gedauert, bis ich etwas Vernünftiges gefunden hab. Das heißt, etwas, das ich für vernünftig hielt, korrigierte er sich. Damals habe ich gedacht, das ist ein Laden, in dem du etwas verändern kannst. Und Haritz junior schien das auch zu wollen. Er trank von seinem Daiquiri. Na ja, Schwamm drüber.

Sie schwiegen eine Weile. Sebastian sah sich um. Die Bar im Arabella bestand vor allem aus einer großen Theke, die recht unvermittelt in der Hotellobby auftauchte. Drumherum standen noch einige vereinzelte Tische, aber im wesentlichen spielte sich das Leben an dieser Theke ab. Normalerweise jedenfalls. Jetzt war alles schon leer - bis auf einen der runden Tische, an dem noch zwei grauhaarige Männer in dunklen Anzügen saßen. Als Sebastian in ihre Richtung schaute, sah sich der eine um. Sebastian zuckte zusammen. War das nicht Dr. Speer, das Vorstandsmitglied bei seinem zweiten Kunden? Der ihm am Dienstag erklärt hatte, dass sie so jemanden wie ihn nicht brauchen konnten? Er reckte sich zur Seite, um an Brömmighausen vorbei eine besser Sicht zu haben, aber der Mann am Tisch hatte sich schon wieder umgedreht.

Alles klar? fragte Brömmighausen, leicht irritiert von Sebastians Verrenkungen.

Ja, ja... Ich dachte, da hinten säße jemand, den ich kenne.

Brömmighausen drehte sich um. Einer von den beiden da am Tisch? Er suchte nach seinem Glas. Jemand vom Kunden?

Ja. Sebastian schüttelte den Kopf. Aber das kann er eigentlich nicht gewesen sein. Er grinste etwas verlegen. In letzter Zeit neige ich etwas zu Paranoia.

Brömmighausen nickte ernst. Kenn ich, sagte er. Klares Zeichen von Überarbeitung. Sei vorsichtig, Sebastian.

Sie schwiegen wieder. Sebastian blickte auf den Tresen. Eigentlich hatte er das Gespräch nicht in diese Richtung lenken wollen.

Sebastian schluckte. Sag mal, sagte er schließlich. Musstest du damals eigentlich gehen?
Brömmighausen schaute nicht einmal hoch. Das weißt du doch, sagte er tonlos.
Damals hieß es, du wärst Ihnen mit deiner Kündigung zuvor gekommen.
Ja, sagte Brömmighausen, das haben wir gut hingekriegt. Die Gerüchteküche ausgetrickst, sozusagen. Er drehte sich zu Sebastian und wäre dabei fast von seinem Barhocker gerutscht. Nein, nein, meinte er, nachdem er wieder sicher saß, ich wusste schon länger, das sie mich nicht zur Wahl vorschlagen würden. Sie haben mir sogar den Headhunter besorgt.
Mit einem Mal war es Sebastian unerträglich heiß. Er spürte, wie ihm der Schweiß auf der Stirn stand. Er zog an seiner Krawatte und öffnete den obersten Hemdenknopf.
Wenn du Partner wirst, Sebastian, dann hast du es geschafft, sagte Brömmighausen leise. Glaube mir, so mies dir heute dein Job vorkommen mag, draußen ist es viel schlimmer. Da draußen gibt es nirgendwo einen Job, bei dem du so viel Freiheit hast - und so viel Spaß - wie in der Beratung. Als Berater kostest du so viel, dass es sich keiner leisten kann, dich einfach zu ignorieren. Oder alles vor die Wand fahren zu lassen. Irgendeinen Erfolg kannst du immer vorweisen. Und das reicht doch schon, damit du ein neues Projekt kriegst. Er wollte nach seinem Glas greifen, aber die Bewegung misslang ihm. Das Glas kippte zur Seite und zerbrach. Der Daiquiri ergoss sich über den Tresen.
Oh, Scheiße, murmelte Brömmighausen. Er sah sich hilfesuchend um. Der Barkeeper war bereits mit einem Schwung Servietten unterwegs.

Ich glaube, wir zahlen jetzt besser, sagte Brömmighausen und wischte sich seine klebrige Hand an einer der Servietten ab. Der Barkeeper nickt und verschwand wieder.

Sebastian fühlte, wie der Schweiß langsam an seiner Wange hinablief. Ihm war elend zumute. Eine leichte Übelkeit kam aus der Magengegend nach oben gekrochen. Und dann war da dieser Drang, endlich einmal alles loszuwerden. Nachdem, was er ihm jetzt anvertraut hatte, könnte Brömmighausen der Richtige sein. Einer, der ihn verstehen würde.

Warte, sagte er. Sein Mund war trocken. Ich glaube, ich muss dir noch etwas erzählen.

Freitag, 22. November

07:10 Uhr

Sebastian schreckte hoch und griff nach seiner Armbanduhr. Zehn nach sieben. Um acht Uhr sollte er bei Frau Doktor antreten. Hatte er nicht um einen Weckruf um halb sieben gebeten? Er rieb sich die Augen. Und sie hatten doch auch angerufen... Richtig. Er musste den Hörer abgenommen haben und sofort wieder eingeschlafen sein.

Er warf die Bettdecke von sich und wollte aus dem Bett springen. Aber schnelle Bewegungen waren an diesem Morgen nicht möglich. Eine unvorsichtige Drehung des Kopfes und er wusste, was los war. Er meinte, sich düster daran zu erinnern, dass er gestern im Bad noch ein Aspirin genommen hatte... Es hätten wohl besser zwei sein sollen.

Langsam stand er auf, zog sich T-Shirt und Boxer-Shorts vom Leib und ging in Richtung Badezimmer. Nach drei Schritten stellte er fest, dass er noch immer ein wenig schwankte. Er blieb stehen und sah sich im Zimmer um. Merkwürdig. Die Schranktür stand zwar offen, aber sein Anzug und sein Hemd hingen fein säuberlich auf dem Bügel, und auch die Sachen aus dem Kleidersack waren ordentlich aufgehängt. Es war ihm völlig schleierhaft, wie ihm das gestern noch gelingen konnte.

Im Badezimmer angekommen, brauchte er einige Zeit, um den Lichtschalter zu finden. Er bemühte sich, seinem Anblick im großen Spiegel zu entgehen, und ließ sich erst einmal auf der Toilette nieder. Im Stehen zu pinkeln hätte ihn an diesem Morgen eindeutig überfordert.

Der Kopfschmerz fing am Hinterkopf an und zog sich bis zu den Augäpfeln, dazu pochte es auch noch heftig in den Schläfen. Er schloss die Augen. Was war er doch für ein Idiot. Er hätte gehen sollen, als Brömmighausen zahlen wollte. Aber nein, er musste ihm noch sein Herz ausschütten...

Er stand auf und drückte die Spülung. Als er vor dem Spiegel stand, konnte er der Versuchung doch nicht widerstehen und sah hoch.
Er sah nicht so schlimm aus, wie er befürchtet hatte. Gut, seine Augen waren rote Striche, die Lider zugequollen. Blass war er natürlich auch, und die Lippen waren schmal und fahl. Die Haare standen in alle Himmelsrichtungen. Aber mit einer kräftigen kalten Dusche dürfte das schon wieder hinzukriegen sein. Wenn nur dieser Kopf nicht wäre...
Aus seinem Waschbeutel nahm er noch zwei Aspirin und löste sie in einem Wasserglas auf. Er starrte auf die sprudelnden Tabletten, bis ihm einfiel, dass er ja gar nicht so viel Zeit hatte. An diesem Morgen zu spät zu Frau Doktor zu kommen, wäre so ziemlich das Dümmste, was er machen konnte. Er trank mit gierigen Schlucken und bereute es sofort, denn sein Magen hüpfte entnervt auf und ab. Er stützte sich auf das Waschbecken und betete inständig um Besserung. Es dauerte eine Weile, bis es wieder ging. Umständlich kletterte er in die Dusche und drehte den Kaltwasserhahn auf. Als er aus dem Bad herauskam, ahnte er dumpf, dass er dort viel zu lange herumgetrödelt hatte. Er sah auf seine Uhr. Zwanzig vor acht. Eine Katastrophe.
Fünf Minuten, um sich anzuziehen. Die anderen Sachen musste er hier hängen lassen und vor zwölf noch einmal zurück kommen, um alles abzuholen. Dann konnte er auch zahlen. Das Taxi brauchte zehn Minuten zur Bank. Das könnte so gerade klappen. Wenn er gleich ein Taxi bekam... Er griff zum Hörer, wählte die Nummer der Rezeption und bat sie, ihm schon einmal einen Wagen zu bestellen.
Beim Anziehen musste er heute morgen eine neue Rekordzeit erreichen. Ich bin doch ein echter Berater, dachte er. Immer vom Wettbewerbsgedanken getrieben. Hatte er Brömmighausen auch davon

erzählt? Er konnte sich nur an einzelne Bilder erinnern, an Gesprächsfetzen. An seine weinerliche Stimme. An Brömmighausens versteinertes Gesicht.

Er ging zum Spiegel, um sich die Krawatte zu binden. Wie er hierher gekommen war, wusste er nicht mehr so genau. Doch, Brömmighausen hatte ihn in ein Taxi gesetzt. Und das musste ihn hier abgeladen haben. Und der Nachtportier hatte den Schlüssel bereit gehabt für ihn, wie immer. Und er hatte irgend etwas von sehr spät gesagt, nach zwei.

Als er sich bückte, um seine Schuhe zuzubinden, pochte sein Kopf wieder, als würde sich all das Blut seines Körpers in diesem kleinen Raum unter der Schädeldecke versammeln. Er setzte sich schnell wieder auf. Ein Glück, dachte er, dass er Brömmighausen so schnell nicht wiedersehen würde. Der Abend gestern war an Peinlichkeit ja kaum zu überbieten.

Er zog sein Jackett an, warf sich den Mantel über, griff nach seinem Aktenkoffer und stampfte aus dem Zimmer.

Als er die letzten Stufen zum Erdgeschoss hinabpolterte, sah er draußen schon das Taxi warten. Er wollte nur schnell den Schlüssel auf die Rezeption werfen, aber die junge Frau hinter dem Tresen stoppte ihn.

Herr Dr. Ritter, hier ist noch ein Umschlag für sie. Sie reichte ihn über den Tresen.

Wie? Ja, ach so, danke, sagte Sebastian. Ludwigs Fleißarbeit. Die hatte er völlig vergessen. Er bedankte sich und hetzte weiter in Richtung Ausgang.

Draußen riss er die Taxitür auf, warf seinen Koffer auf die Rückbank und schob sich in den Wagen.

Zum Bankhaus Großmann, Meyer und Cie., sagte er. Ein Blick auf die Uhr: zehn vor acht. Er hatte doch etwas länger gebraucht. Und beeilen Sie sich bitte. Ich habe um acht einen Termin.

Der Taxifahrer brummte etwas Unverständliches. Sebastian sah auf den Umschlag. ‚Zimmer 404' war oben rechts in der zittrigen Schrift des

Nachtportiers geschrieben, und ‚4.47 Uhr'. Wieso um alles in der Welt hatte Ludwig die ganze Nacht an den Daten gesessen? Entweder, der ganze Ansatz funktionierte nicht, oder... Oder er hatte gleich alle Daten miteinander verglichen. So pedantisch wie Ludwig war, tippte Sebastian auf letzteres.

Im Umschlag waren ein Memo und der Ausdruck eines Spread Sheets. Sebastian blickte flüchtig auf die Zahlentabelle, steckte sie zurück in den Umschlag und begann, das Memo zu lesen.

Hallo Sebastian,

Paul und ich haben die Daten aus Berlin den ganzen Tag in den Computer gehackt, so dass wir jetzt alles auch als Datei vorliegen haben. Diese Datei umfasst die laufenden Konten der Filiale Berlin per 1. April diese Jahres, also per Umstellung auf das neue System. Bei jedem Konto ist das Eröffnungsdatum mit angegeben, so dass man die Neuzugänge des laufenden Jahres abgrenzen kann. Problematischer ist es mit den Kontoschließungen, denn da sie vor dem Stichtag abgeschlossen wurden, sind sie nun nicht mehr aufgeführt. Glücklicherweise hat der Filialleiter über alle Kontoschließungen separat Buch führen lassen und mir die Ausdrucke auch mitgeschickt. Die Daten sind allerdings nicht so vollständig wie in der Originaldatei; es fehlen das Datum der Kontoeröffnung und vor allem der Kontoinhaber. Um diese Daten herauszufinden, müsste man auf die Kontoakten in der Filiale zurückgreifen.

Sebastian fluchte leise. Wenn Ludwig es doch einmal schaffen würde, sich kurz zu fassen. Schon an einem normalen Tag war diese Fülle von Einzelheiten kaum zu ertragen, und heute, mit seinen Kopfschmerzen, grenzte es an Folter. Wenigstens pochte nach dem Aspirin der Schmerz nicht mehr, aber der Druck hinter der Stirn blieb unangenehm genug. Und sein Magen... Aber es half ja nichts. Trotzig übersprang er die nächsten

Zeilen mit irgendwelchen technischen Details und begann wieder beim letzten Abschnitt auf der Seite:

Aus all diesen Daten haben wir dann den Kontenbestand der Filiale Berlin per 31. 12. zurückgerechnet und anschließend den Personalbedarf neu kalkuliert.

Sebastian blätterte um. Jetzt wurde es endlich spannend.

Um es vorwegzunehmen, das Ergebnis ist einigermaßen verwirrend. Der Personalbedarf in Berlin ist um 15 Prozent höher als der Wert, den Natalie ausgerechnet hat - also fast so hoch wie das Ergebnis, das wir auf Basis der Einzeldaten gehabt haben, die von der DV dann ja wieder zurückgezogen wurden. Da wir die Gesamtzahlen per 31. 12. für den Osten haben und die Richtigkeit dieser Zahlen von niemandem angezweifelt worden sind, bedeutet ein höherer Wert für Berlin aber, dass der Personalbedarf in den beiden anderen Filialen *noch niedriger* sein muss, als Natalie ihn berechnet hat. Unsere Schließungsempfehlung für Leipzig und Dresden ist damit auf jeden Fall bestätigt.

Sebastian konnte einen kurzen Seufzer nicht unterdrücken. Wunderbar, dachte er. Das ist doch alles, was wir wollten. Was ist daran verwirrend? In der Entfernung sah er schon das Gebäude der Bank. Ihm blieben nur noch ein paar Sekunden für den letzten Abschnitt von Ludwigs Memo.

Paul und ich sind trotzdem der Meinung, dass wir noch weitere Recherchen brauchen, um diese Empfehlung guten Gewissens geben zu können. Was uns nämlich wundert, ist, dass der Kontenbestand in Berlin per 1. 4. fast bis auf die letzte Zahl dem entspricht, was Natalie für den 31. 12. berechnet hat. Das liegt an den ungewöhnlich hohen Kontoschließungen, vor allem im Kreditbereich. Diese Zahl lässt darauf schließen, dass da irgendwelche Bereinigungen gelaufen sind, über die wir mehr herausfinden sollten, bevor wir die neuen Zahlen der Bank übergeben.

Das Taxi hielt vor der Bank. Sehr witzig, dieser Ludwig, dachte Sebastian, während er zahlte. 'Irgendwelche Bereinigungen'. Wahrscheinlich hatte er ja wieder 'so eine Ahnung', wie letzten Montag.

Er zahlte, nahm seinen Aktenkoffer und zwängte sich aus dem Taxi. Es war noch nicht richtig hell, der Nebel hing wieder tief in den Straßen und ließ erwarten, dass es einmal mehr ein grauer Tag würde. Sebastian sog die frische, feuchte Luft ein paar Mal tief ein, in der Hoffnung, dass damit der Druck im Kopf besser würde. Sein Blick wanderte über die Fassade des Bankhauses, die nach oben hin immer schemenhafter wurde. Dass seine Jungs nicht begriffen, dass er nicht länger warten konnte. Er musste *jetzt* zu Frau Doktor. Und alles, was er ihr zeigen würde, waren die Ergebnisse zum Jahresende. Was später passiert war, durfte ihn nicht interessieren. Und sie sowieso nicht.

Er wollte gerade losstapfen, als sein Handy klingelte. Ausgerechnet jetzt, dachte Sebastian, und überlegte, ob er das Ding nicht einfach ausstellen sollte. Auf dem Display blinkte nur das Wort 'Call', keine Nummer. Wer konnte das bloß sein, um diese Uhrzeit?

Die Neugier gewann, und er drückte den grünen Knopf. Ritter.

Sebastian...

Natalie! Wo bist du?

Ich kann hier nicht lange reden. Pass auf dich auf, Sebastian. Sie wollen dich in eine Falle locken.

Was? Wer?

Ich habe damit aber überhaupt nichts zu tun, hörst du? Sie haben mich gezwungen... Es gab einen Knall, dann war die Leitung tot.

Sebastian starrt entgeistert auf das Handy. Was um alles in der Welt war das denn? Eine Falle? Und Natalie war gezwungen worden? Zu was? Er schüttelte den Kopf. War sie jetzt völlig durchgedreht? Und das alles an so

einem Morgen, mit diesem Kopf, und Frau Doktor, die oben auf ihn wartete..
Er sah schnell auf seine Uhr. Es war acht Uhr, er musste hoch. Wie hieß das noch mal? Go and beat the shit out of her.

08:03 Uhr

Frau Dr. Lisa Sturm saß an ihrem überdimensionalen Schreibtisch und unterschrieb ihre Korrespondenz, als Sebastian in ihr Büro kam. Er begrüßte sie, und Frau Doktor murmelte etwas Unverständliches, ohne hochzusehen. Sie hielt ihren schweren Füllfederhalter drohend in der Luft, während sie ihre Brieftexte überflog, und ließ ihn dann auf das Papier hinuntersacken. Ohne weiter Schwung zu holen, unterschrieb sie mit ihrer großen, wellenförmigen Schrift.
Sebastian sah ihr schweigend zu. Dass sie ihn wie einen Dienstboten herumstehen ließ und ihm keinerlei Beachtung zeigte, überraschte ihn nicht. Schließlich waren die Rollen eindeutig verteilt: Frau Doktor war auf Streit eingerichtet, und er hatte ihn zu vermeiden. Und mit diesem Auftakt zeigte sie, dass sie es ernst meinte. Alles, was er machen konnte, war, ihre Provokationen verpuffen zu lassen. Irgendwann würde sie dann ernsthaft mit ihm reden. Das Problem war nur, dass er gerade mal eine Stunde lang Zeit hatte, diesen Moment zu erreichen.
Frau Doktor blätterte um und las den nächsten Brief. Wie so oft trug sie ein schwarzes Kostüm mit zweireihigem Blazer und einer Fülle von riesigen Goldknöpfen. Über die linke Schulter hatte sie ein großes, buntes Wolltuch geschwungen, das ganz offensichtlich dazu gedacht war, reizvoll mit dem Schwarz des Kostüms zu kontrastieren. Sie schaffte es wirklich, das Tuch nicht verrutschen zu lassen, dachte Sebastian. Aber dafür musste sie auch ein wenig schief auf ihrem Stuhl sitzen.

Während sie las, zuckte ihr leuchtend rot geschminkter Mund unaufhörlich. Hinter der nach oben hin leicht grünlich getönten Pilotenbrille wanderten ihre Pupillen rhythmisch hin und her. Je weiter sie las, desto tiefer sank ihr Kinn, bis es sich kurzzeitig verdoppelte. Dann blätterte sie um, und das Gesicht machte einen Ruck nach oben.

Zum zweiten Mal sank der Federhalter auf das Papier. Frau Dr. Sturm betrachtete kurz ihre Unterschrift und suchte dann auf der spiegelnden Oberfläche des Mahagonischreibtisches nach der Federhalterkappe. Während sie langsam ihren Stift zuschraubte, sah sie zum ersten Mal zu Sebastian hoch.

Sie scheinen wirklich mehr Fähigkeiten zu besitzen, als ich bisher erkennen konnte, Herr Ritter, sagte sie und betrachtete Sebastian - missbilligend, wie es ihm erschien. Ein merkwürdiger Satz aus dem Mund von Frau Doktor. Ein noch merkwürdigerer Kontrast zu ihrem Blick. Sebastian zeigte keine Regung.

Es ist für mich jedenfalls unbegreiflich, wie sie es geschafft haben, Herrn Grimm zu ihrem Fürsprecher zu machen. Sie sah ihm weiter direkt in die Augen. Sebastian merkte, wie der Hemdkragen ihm auf die Kehle drückte. Einem Mitglied des Chefkabinetts schlägt man in diesem Hause keine Bitte ab. Sie schlug die Unterschriftenmappe zu, schob sie beiseite und faltete ihre Hände. Herr Grimm hat mir gesagt, dass Ihr Berechnungsvorschlag für den Osten vernünftig sei und Ihre Empfehlungen auf eine wesentlich bessere Basis stellen würde. Ich habe keine Zweifel daran aufkommen lassen, Herr Ritter, dass ich das für ausgesprochen unwahrscheinlich halte. Aber Herr Grimm hat mich inständig gebeten – ihr Mund zuckte wieder kurz, es schien sogar, als wollte sich ein Lächeln formen, aber sie hatte sich gleich wieder unter Kontrolle - Ihnen eine Chance zu geben.

Sie griff nach ihrer Zigarettenschachtel und zündete sich eine Menthol-Zigarette an. Sebastian blies den Rauch weg, der sich seinem empfindlichen Kopf bedrohlich näherte.

Also gut, sagte sie. Hier haben Sie Ihre Chance. Fangen Sie an.

Danke, Frau Sturm. Sebastian setzte sich, öffnete seinen Aktenkoffer und nahm Ludwigs Memo heraus.

Wenn ich die Situation noch einmal kurz zusammenfassen darf, begann er. Wir haben für die Ostfilialen per 31. 12. nur Zahlen für alle drei Filialen gemeinsam. Die Umschlüsselung, die zum Jahresende geplant war, hat zu verfälschten Ergebnissen geführt. Eigentlich sollten die Kunden den Filialen nach Postleitzahlen zugeteilt werden...

Weiter kam er nicht. Das Telefon klingelte. Frau Sturm drehte sich langsam und offenbar auch ein wenig irritiert zu dem großen Apparat neben ihrem Schreibtisch und nahm ab.

Sturm. Ein kurzer Moment des Schweigens, das obligatorische Zucken der Mundwinkel. Dann sagte sie: Also in Ordnung. Stellen Sie durch. Sie gab Sebastian mit einer Handbewegung zu verstehen, dass sie leider nichts gegen diese Unterbrechung machen konnte, und drehte sich dann ein wenig von ihm weg, wohl, um sich auf das Telefongespräch zu konzentrieren.

Nachdem sie den Anrufer begrüßt hatte - natürlich ohne einen Namen zu nennen - hörte Frau Doktor in erster Linie zu. Sebastian versuchte, seine Kopfschmerzen nicht zu beachten, und sah sich in ihrem Büro um.

Im Mittelpunkt stand der riesige Mahagoni-Schreibtisch, direkt vor der großen, natürlich mit weißen Papierlamellen verhüllten Fensterfront. Frau Doktor zog es offensichtlich vor, sich nicht durch Außenansichten von ihrer Arbeit ablenken zu lassen. Außer dem Schreibtisch stand im Büro nicht viel herum. Links hinter ihm war noch der Besprechungstisch, das wusste

Sebastian, aber dorthin wollte er sich jetzt nicht drehen. Der Druck in seinem Kopf ließ sich nicht unterdrücken. Ein Glas Wasser wäre jetzt gut gewesen. Oder besser eine ganze Flasche. Frau Doktor hatte ihm natürlich nichts angeboten. Ob er einfach mal ins Sekretariat gehen sollte und... Aber in diesem Moment hörte er das Wort ‚Ostfilialen' aus Frau Doktors Richtung. Er blieb sitzen. Vielleicht konnte er ja doch etwas aufschnappen. Wenige Minuten später musste Sebastian feststellen, dass seine Hoffnung trügerisch war. Frau Doktor hatte noch einige Male 'Ja' und 'Ach so' von sich gegeben, aber das war es dann auch. Und nun hatte sie aufgelegt und sich wieder in seine Richtung gedreht. Er sollte weiter reden. Ohne Wasser. Über seinem rechten Auge bohrte der Schmerz.

Er fing noch einmal an mit seiner Bestandsaufnahme, beschrieb die vorhandene Rechenmethode, nannte die Kritikpunkte der Bank, ohne auf deren Stichhaltigkeit einzugehen, und wollte gerade zu der Möglichkeit kommen, die Kundenlisten der Filialen direkt auszuwerten, als das Telefon zum zweiten Mal klingelte.

Diesmal schien Frau Doktor den Anruf erwartet zu haben, denn sie griff behände zum Hörer und meldete sich nur mit 'Ja'. Sebastian schloss die Augen und massierte sich die Stirn. Wenn das so weiter ging, würde er es nie schaffen, seinen Berechnungsvorschlag mit ihr zu besprechen. Aber er konnte ihr ja kaum verbieten, in ihrem Büro zu telefonieren...

Ach, das ist ja interessant, sagte Frau Doktor plötzlich überraschend laut. Sebastian horchte auf.

Sie sollten ihm Ihre Kundendaten schicken? Da hört ja alles auf.

Frau Doktor sah aus den Augenwinkeln zu Sebastian herüber. Nein, keineswegs, sagte sie dann, einmal mehr mit einem triumphierenden Lächeln auf den Lippen. Sie haben völlig richtig gehandelt. Daten aus den

Filialen werden nur nach Abstimmung mit mir oder dem Chefkabinett weitergeleitet.

Sebastian schluckte. Jetzt war es passiert. Jetzt hatte sie Wind von der Datenweitergabe bekommen, bevor er ihr überhaupt etwas sagen konnte. Er hätte sich nie auf Ludwigs Vorschlag einlassen sollen.

Frau Doktor legte auf und drehte sich wieder in seine Richtung. Langsam griff sie nach ihren Zigaretten und zündete sich eine neue an. Sie inhalierte tief, atmete genüsslich aus und sah ihn amüsiert an.

Entschuldigen Sie die Unterbrechung, sagte sie. Dieser neue Filialleiter in Berlin, Krumme, hat in Leipzig angerufen und wollte die Liste mit den Kunden der Filiale haben. Angeblich, um irgendwelche Vergleiche mit seinen eigenen Kunden anzustellen. So etwas ohne Abstimmung mit mir zu unternehmen, ist natürlich eine Dreistigkeit sondergleichen. Sie nahm noch einen tiefen Zug. Aber das wird Herr Krumme schon noch lernen.

Sebastian betrachtete Frau Doktors Grinsen und fühlte, wie ihm immer flauer wurde. Hätten… hätten Sie vielleicht ein Wasser für mich? fragte er heiser.

Oh, sagte Frau Doktor, und für einen Moment schien der Spott aus ihrem Gesicht zu verschwinden, ich habe Ihnen ja noch gar nichts angeboten. Sie griff wieder zum Hörer und bestellte bei ihrer Sekretärin ein Mineralwasser und einen Kaffee. Dann sah sie ihn wieder an.

Es ist schon nach halb neun, Herr Ritter. Die Zeit läuft uns davon. Was haben Sie mir nun vorzuschlagen?

Also, sagte Sebastian gedehnt und hoffte darauf, dass ihm einfallen würde, wie er Frau Doktor jetzt für die Datenabfrage direkt in den Filialen gewinnen konnte. Es klopfte an der Tür. Die Sekretärin brachte die Getränke.

Es dauerte ein wenig, bis sie alles verteilt hatte, der Kaffee vor Frau Doktor stand und er einen Schluck von seinem Wasser trinken konnte. Doch dann half ihm nichts mehr. Er musste etwas sagen.

Die Überlegung war, Frau Sturm, dass die Umstellung der Kontenzuordnung zum 1. April dieses Jahres ja geglückt ist. Und damit liegt in jeder Filiale im Osten eine vollständige Liste ihrer Konten vor. Und... Er stockte. Frau Doktors Lippen zuckten.

Er trank sein Glas leer, nahm ein Taschentuch hervor und wischte sich über den Mund. Dann sprach er weiter. Und diese Liste könnte uns nun die Zahlen direkt liefern. Die Zahlen, meine ich, die wir für unsere Kapazitätsberechnung brauchen.

Sebastian sank zurück in seinen Ledersessel. Sein Puls war ungesund schnell. Sie weiß, dass wir die Liste schon haben, dachte er. Und sie hat das alles arrangiert, damit wir in die Falle laufen. Die Falle... War es das hier, vor dem Natalie ihn warnen wollte?

Frau Doktor nickte. Ich verstehe. Und jetzt wollen Sie, dass ich Ihnen die Genehmigung erteile, auf die Filialen zuzugehen?

Ja... Ja.

Sie griff nach dem Wolltuch und schwang es auch um die andere Schulter. Sie sind ja wohl hoffentlich nicht schon tätig geworden, Herr Ritter? fragte sie drohend.

Sebastians Mund war trocken. Er starrte an Frau Doktor vorbei auf die Papierlamellen, die sich in der warmen Luft der Heizkörper leicht hin und her bewegten. T-tätig... stotterte er. Da klingelte wieder das Telefon.

Sturm, sagte Frau Doktor scharf in den Hörer. Ja. Sie schwieg einen Moment. Und Sie haben ihm gesagt, dass... Ja. Wir beide gemeinsam? Ja. Gut, dann gehen wir jetzt. Sie legte den Hörer auf den Apparat und stand auf.

Herr Dr. Schweizer will mich sprechen, Herr Ritter. Und Sie soll ich gleich mitbringen.

08:52 Uhr

Frau Schumann, die erste Sekretärin, wies wortlos auf die Tür zum Büro des Imperators, als Frau Dr. Sturm in das Vorzimmer hineinschritt und Sebastian sich bemühte, ihr nachzukommen. Frau Doktor klopfte kurz und ging hinein. Sebastian folgte ihr nach und schloss die Tür.

Das Zimmer des Imperators war zwar genauso eingerichtet wie das der anderen Kabinettmitglieder, aber es war ungefähr doppelt so groß. Hinter dem entsprechend riesigen Schreibtisch, auf dem sich ein paar Aktenstapel verloren, hing ein etwa vier Quadratmeter großes Gemälde abstrakt expressionistischer Provenienz, das so gut mit den anderen im Raum verteilten Kunstwerken harmonierte, dass es nur von einem gewieften Innenarchitekten ausgesucht sein konnte. Frau Doktor ging selbstbewusst durch den Raum und blieb unmittelbar vor dem Schreibtisch stehen. Sebastian zog es vor, etwas schräg hinter ihr zu bleiben.

Nach dem Anruf hatte sie ihn noch einmal scharf angesehen und nur noch gesagt, dass sie das Gespräch wohl besser nach dem Treffen mit Herrn Dr. Schweizer zu Ende brächten. Dann hatte sie geschwiegen und war mit eiligen Schritten losmarschiert, so dass Sebastian ihr kaum folgen konnte. Er war vor allem froh gewesen, der Konfrontation entronnen zu sein - fürs erste zumindest. Aber nun, da sie vor dem Imperator standen, wurde ihm bewusst, dass er nicht die geringste Ahnung hatte, was er hier eigentlich sollte.

Dr. Schweizer saß, seitlich weggedreht von seinem Besuch, auf seinem monumentalen schwarzen Chefsessel, lehnte seinen Kopf auf seine rechte Hand und hielt eine Zigarette in der Linken. Er ließ die beiden eine Weile stehen, bis er seinen Kopf ein wenig in ihre Richtung drehte. Wenigstens wusste er jetzt, wo Frau Doktor ihre Manieren gelernt hatte, dachte Sebastian.

Setzen Sie sich, sagte der Imperator.

Als sie saßen, schob er eine Klarsichthülle über den Tisch in Sebastians Richtung. Wissen Sie, was das ist? fragte er.

Sebastian sah auf das Papier. Zukünftige Organisationsstruktur des Bankhauses Großmann, Meyer und Cie. stand in der Überschrift. Er überflog den ersten Abschnitt. Im folgenden, hieß es da, stellen wir die Aufbauorganisation des Bankhauses nach einer durchgängigen Restrukturierung dar, die alle Geschäftsfunktionen der Bank umfasst, inklusive der Hauptverwaltung und der Bankenführung.

Sebastians Blick wanderte auf dem Blatt nach unten. In der Fußzeile stand in der unverwechselbaren Schrift die Bezeichnung ‚Top Management Consulting'.

Sebastian zog die Brauen hoch. Wenn das Papier von ihnen kam, dann konnte es nur Michael selber geschrieben haben, denn er hatte es noch nie gesehen. Er griff nach der Hülle, nahm die Blätter heraus und legte sie nebeneinander. Es waren fünf. Auf der letzten Seite war ein Organigramm. Sebastian drehte die Seite, bis er das Querformat richtig vor sich liegen hatte, und betrachtete die Grafik. Sie entsprach unverkennbar dem Format Guide von Top Management Consulting. Er ging die Hierarchieebenen der Hauptverwaltung durch. Keine umwerfenden Änderungen... Dann erkannte er es. Das Kabinett bestand nur noch aus drei Funktionen. Der Sprecher fehlte.

Ach du lieber Gott, entfuhr es ihm.

Das ist keine Antwort auf meine Frage, sagte der Imperator scharf. Ich will von Ihnen wissen, was das ist.

Sebastian sah hoch. Schweizer hatte sich wieder etwas von ihm weggedreht und zog an seiner Zigarette. Auch als er den Rauch weit in den Raum hineinblies, wirkte er noch ruhig, wenn man das leichte Zittern der Zigarette außer acht ließ.

Das... Das sieht aus wie ein Entwurf von uns.

Der Imperator nickte. Das habe ich mir auch gedacht. Und was haben Sie dazu zu sagen?

Sebastian rieb sich über die Wange. Er war heute schlecht rasiert. Ich sehe das hier zum ersten Mal.

So, sagte Schweizer und starrte weiter vor sich hin. Das heißt, das Papier ist nicht von Ihnen ausgearbeitet worden.

Also von mir nicht.

Und auch von niemand anderem in Ihrer Firma?

Eine Zukunft ohne den Imperator war für Großmann, Meyer und Cie. auch eine Zukunft ohne Top Management Consulting. Ausgeschlossen, dass Michael so etwas zu Papier bringen würde. Sebastian schüttelte den Kopf. Von niemandem aus meinem Team.

Das heißt, Sie schließen nicht aus, dass es von jemandem anderen aus Ihrer Firma stammt?

Doch, doch, natürlich, sagte Sebastian, als sei er ertappt worden. Das Wording klingt okay, aber wenn man genau hinsieht...

Der Imperator hörte ihm schon nicht mehr zu. Was halten Sie denn von diesem Papier, Frau Dr. Sturm? fragt er und drehte sein Kinn in ihre Richtung.

Wenn ich einmal sehen darf.... Sie griff an Sebastian vorbei nach den auf dem Tisch ausgebreiteten Blättern und zog sie zu sich herüber. Sebastian sah ihr zu, wie sie anfing zu lesen. Wie ihr Mund zuckte, erst langsam, dann heftig. Wie sie unwillig den Kopf schüttelte und die anderen Blätter überflog. Als sie schließlich auf das Organigramm starrte, rutschte sein Blick auf den dichten hellbraunen Teppichvlies. Die Kraft verließ ihn, als hätte jemand ein Ventil aufgedreht. Der Schmerz hämmerte in seinem Kopf. Sein Magen krampfte sich zusammen. Er war verloren.

Sie schwieg weiter, zwei, drei, vier Sekunden lang. Dann kam es, das Urteil. Ungeheuerlich, sagte Frau Doktor, und mit jeder Silbe steigerte sie die Verachtung in ihrer Stimme. Wir sollten uns sofort von diesen Leuten trennen, Herr Dr. Schweizer. Dieses Pamphlet ist nichts anderes als Verrat am Auftraggeber.

Der Imperator nickte. Sie hören, was mir geraten wird, sagte er zu Sebastian. Was haben Sie dazu zu sagen?

Mühevoll hob Sebastian den Kopf und sah den Imperator an. Er saß noch immer seitlich zum Schreibtisch und schien irgendeine Stelle an der Wand seines Büros zu betrachten. Sebastian öffnete den Mund, aber es wollten sich keine Worte mehr bilden.

Also? sagte Schweizer.

Das... Das ist nicht von uns. Der Schweiß stand auf Sebastians Stirn. Das muss eine Fälschung sein, presste er hervor.

Eine Fälschung! Dass ich nicht lache. Frau Doktor erhob sich halb in ihrem Sessel und starrte furienhaft zu ihm herüber. Dieses Papier passt genau in die Reihe der Frechheiten, die Sie in den letzten Wochen vorgelegt haben. Ihre Arbeit ist darauf aus, der Führung dieser Bank zu schaden. Aber glücklicherweise sind Sie so unfähig, dass sie sich dabei selbst im Wege stehen. Und das da - sie zeigte angewidert auf das Papier - das ist nun endlich der Beweis.

Sebastian saß zusammengekauert auf seinem Stuhl und schüttelte den Kopf. Das ist nicht wahr, sagte er leise.

Mit einem Mal drehte sich der Imperator zu ihm hin. Wer hat das Papier in Auftrag gegeben? fragte er und sah in drohend aus seinen zusammengekniffenen Augen an. Einer aus dem Kabinett? Oder jemand aus dem Verwaltungsrat?

Sebastian schüttelte nur wieder den Kopf.

Von einem Moment auf den anderen verlor Schweizer die Geduld. Nun hören Sie schon auf, hier den Unwissenden zu markieren, polterte er los. Wer war es?

Es ist eine Fälschung, wiederholte Sebastian leise.

Der Imperator schlug mit der flachen Hand auf den Tisch. Jetzt hören Sie auf mit Ihrem weinerlichen Gefasel. Er stand auf und schritt durch das Büro, bis er vor dem Fenster mit den zugezogenen Papierlamellen stand. Ich komme hier morgens ins Büro und finde dieses Zeugs auf meinem Tisch. Keine meiner Damen weiß, wie es hier hereingekommen ist. Der einzige Bankfremde, der hier auf dieser Etage ein und ausgeht, sind Sie. Und diese Blätter tragen den Namen Ihrer Firma. Da denkt man, dass kommt wohl von Ihnen. Aber Sie behaupten, es sei eine Fälschung. Und wieso?

Sebastian reckte den Kopf nach oben. Weil wir keine Unterlagen einfach in Ihr Büro legen, brachte er hervor.

Ich finde dauernd irgendwelche Papiere von Ihnen auf meinem Tisch, sagte der Imperator und fuhr mit der Hand durch die Luft, als wollte er dieses lächerliche Argument wegwischen. Und warum sonst?

Weil... Weil diese Inhalte unserer Strategie widersprechen.

Ach so? Da ist Frau Dr. Sturm aber anderer Meinung.

Was Frau Dr. Sturm sagt, ist nicht richtig. Unser Ziel ist immer der Erfolg des Kunden.

Frau Doktor brach in lautes Gelächter aus. Der Imperator gluckste ein wenig mit, bis ein heftiges Husten seinem Amüsement eine Ende bereitete. Ich

lasse das mal so stehen, Herr... Herr Ritter, sagte er heiser. Also nehmen wir mal an, es wäre eine Fälschung. Von wem sollte die dann stammen?
Unwillkürlich fiel Sebastians Blick auf Frau Doktor. Noch ehe er etwas sagen konnte, sprang sie auf. Das schlägt dem Fass den Boden aus. Also das wollen Sie, ja? Mir dieses Pamphlet in die Schuhe schieben? Sie sind ein solches...
Jetzt beruhigen Sie sich, Frau Dr. Sturm. Schweizer ging schnell auf seine Controlling-Leiterin zu, nahm sie an beiden Armen und drückte sie behutsam wieder auf den Sessel hinunter. Dann drehte er sich zu Sebastian. Ich glaube, mit Ihnen weiter zu reden, hat keinen Sinn. Gehen Sie zurück in Ihr Büro und sagen Sie Ihrem schlauen Geschäftsführer, dass das Projekt beendet ist. Wir haben keinen weiteren Bedarf für Ihre... Ihre Ratschläge.
Sebastian starrte ihn mit offenem Mund an, als hätte er nicht begriffen, was ihm da gesagt wurde. Als er keine Anstalten machte, sich zu bewegen, überkam Schweizer die Wut.
Verstehen Sie kein Deutsch mehr? Verschwinden Sie! Mit hochrotem Kopf stürzte er auf Sebastian zu, packte ihn am Arm und zerrte ihn aus dem Sessel.
Meinen Koffer... Ich brauche noch meinen Koffer, stammelte Sebastian. Schweizer ließ ihn los. Er griff nach dem Aktenkoffer, hielt ihn schützend vor sich und bewegte sich langsam rückwärts von dem keuchenden Banker weg. Nach wenigen Schritten stieß er gegen einen der Ledersessel in der Sitzecke des Büros, verlor das Gleichgewicht, fiel auf die Lehne und rutschte am Sessel entlang auf den Boden. Dabei entglitt ihm der Koffer, der mit einem lauten Schlag auf dem Glastisch landete und aufsprang. Die Unterlagen ergossen sich über den Teppich des Imperators.

Sebastian rappelte sich schnell auf und kniete sich auf den Boden, um seine Papiere wieder einzupacken. Als er die Kofferschlösser wieder zuschnappen ließ, sah er hoch. Schweizer stand an seinen Schreibtisch gelehnt, die Krawatte verzogen, das Gesicht fast blau, und atmete schwer. Frau Doktor stützte ihn. Hinter sich hörte Sebastian, wie die Sekretärinnen die Tür öffneten und besorgt aufschrieen. Er stand auf und wollte gehen, doch die Sekretärinnen standen ihm im Weg. Unschlüssig drehte er sich noch einmal zum Schreibtisch um.

Frau Doktor sah ihn an, als wäre er schon als Mörder verurteilt. Machen Sie, dass Sie endlich raus kommen, zischte sie. Und kommen Sie nicht auf die Idee, hier jemals wieder aufzutauchen.

Sebastian ging auf die Sekretärinnen zu. Als er kurz vor ihnen stand, drehten sie sich leicht zur Seite und bildeten eine Gasse. Er ging zwischen ihnen hindurch und stieß die Tür auf.

Als er durch das Vorzimmer eilte, hörte er, wie Frau Doktor ihm hinterher schrie: Ab jetzt haben Sie hier Hausverbot!

09:38 Uhr

Als er die Tür zu Schweizers Vorzimmer schloss, merkte Sebastian, wie er von oben bis unten zitterte. Er suchte in seiner Hosentasche nach einem Taschentuch, um sich den Schweiß abzuwischen, aber als er es herausgefingert hatte, ließ er es vor lauter Zittern fallen. Er bückte sich, um es aufzuheben, und verlor dabei beinahe das Gleichgewicht. Er kauerte noch auf dem Boden, als er hörte, wie die Glastür zum Vorstandsflur aufging.

Herr Ritter! Alles in Ordnung mit Ihnen?

Er sah hoch. Es war Jerusalem.

Ja... Ja, schon, stammelte er und versuchte, wieder aufzustehen. Jerusalem packte ihn am Arm und half ihm hoch.

Mein Gott, Sie sehen ja schlimm aus, sagte er besorgt. Was ist denn passiert?

Ich... äh... Herr Dr. Schweizer... Wir... Wir hatten eine Auseinandersetzung.

Jerusalem schwieg einen Moment. Dann fragte er leise: Und er hat Sie rausgeschmissen?

Sebastian sah auf den Boden. Ja, flüsterte er.

Jerusalem schaute sich um. Kommen Sie, sagte er. Wir gehen in mein Büro. Dann können Sie mir alles erzählen. Er nahm Sebastian am Arm und führte ihn den Kabinettsflur entlang.

An seiner verdutzten Sekretärin vorbei schob Jerusalem den derangierten Berater in sein Büro. Sebastian ließ sich in einen der Ledersessel fallen, während Jerusalem lautstark zwei Kaffees orderte. Dann setzte er sich auf das Ledersofa, gegenüber von dem Berater und dem obligatorischen Gemälde.

Ich habe gestern mehrfach versucht, Sie zu erreichen, sagte der Banker. Ich habe es geahnt, dass sich hier im Hause etwas zusammenbraut. Aber nun erzählen Sie. Was war da gerade los?

Sebastian zog an seiner Krawatte und machte sich den obersten Hemdenknopf auf, um etwas mehr Luft zu haben. Dann fing er an: Er erzählte von dem Termin mit Frau Doktor, von der Falle, die sie ihm gestellt hatte, vom überraschenden Anruf des Imperators, von dem Papier, das plötzlich vor ihm auf dem Schreibtisch lag...

Was? unterbrach ihn Jerusalem. Ein Organisationsvorschlag aus Ihrem Hause?

Ja. Aber es ist eine Fälschung.

Jerusalem rückte auf seinem Sofa nach vorne. Eine Fälschung? Und wie kommen Sie darauf?

Ganz einfach, sagte Sebastian. Glauben Sie, wir sind wirklich so dumm, uns hier zukünftige Projekte zu verbauen und eine Bank ohne Schweizer zu planen?

Der Banker zuckte mit den Achseln. So etwas soll zumindest schon vorgekommen sein...

Ausgeschlossen. Sebastian schüttelte vehement den Kopf. Ich bin jetzt sechs Jahre dabei, und ich kann Ihnen mit absoluter Sicherheit sagen, dass Top Management Consulting nie gegen die Interessen des Auftraggebers gearbeitet hat. Und wir würden niemals Spekulationen wie in diesem Papier schriftlich niederlegen.

Jerusalem sah ihn skeptisch an und kratzte sich am Kinn.

Überlegen Sie doch mal, redete Sebastian auf ihn ein. Wir leben schließlich von unserem Ruf. Wenn so etwas zu einem Skandal wird, dann.... Er verstummte.

Jerusalem nickte langsam. Dann ist Ihre Beraterkarriere mit ziemlicher Sicherheit beendet.

Oh Gott. Sebastian vergrub das Gesicht in seinen Händen. Der Kopfschmerz drängte sich wieder in den Vordergrund, und mit ihm eine fahle Übelkeit.

Nun mal ganz langsam, Herr Dr. Ritter, sagte Jerusalem nach einer Denkpause. Sebastian hob mühsam den Kopf. Wie sah dieses Papier denn nun genau aus?

Sebastian beschrieb alle Details, an die er sich erinnern konnte. Jerusalem machte sich Notizen und fragte ab und zu nach.

Waren die Seiten aus dem Drucker? Oder war es ein Fax?

Ein Fax, glaube ich...

Haben Sie eine Absenderzeile gesehen? Oben oder unten am Seitenrand?

Sebastian sah den Banker verwundert an. Erstaunlich, dachte er, worauf jemand wie Jerusalem achtete. Er hatte es leider nicht getan. Keine Ahnung, murmelte er.
Jerusalem schwieg. Sebastian überlegte verzweifelt, ob er sich noch an etwas anderes auf diesen fünf Blättern erinnern konnte, aber ihm fiel beim besten Willen nichts mehr ein. Was tun, dachte er. Was bloß. Aber in seinem Kopf schien nichts zu sein außer dem pulsierenden Schmerz.
Schließlich unterbrach Frau Neher das Schweigen und brachte den Kaffee. Sie sah Sebastian besorgt an, und er lächelte dankbar zurück.
Sie tranken schweigend. Dann stand Jerusalem auf und ging langsam durch sein Büro. Als er wieder am Sofa angelangt war, blieb er stehen und betrachtete das Bild an der Wand.
Seltsam, nicht? sagte er leise und lächelte. Jetzt sieht es wieder so aus, als wäre da eine Leiche im Pool. Oder was meinen Sie?
Sebastian drehte sich um. So genau hatte er noch nie auf dieses Kunstwerk geachtet. Auf dem Bild schwamm ein Mann in einem Becken, und am rechten Rand sah ihm ein zweiter Mann dabei zu. Schön gemalt, dachte Sebastian, vor allem die Landschaft im Hintergrund, wenn auch ein bisschen steril. Und das Motiv war schon komisch. Aber wieso sollte der Mann im Becken tot sein? Der taucht doch. Schauen Sie, die Beine sind angewinkelt, und die Arme auch. Das macht doch keine Wasserleiche.
Jerusalem sah weiter auf das Bild und lächelte versonnen. Mag sein, sagte er nach einer Weile. Vielleicht sehen Sie es aber auch nur anders. Er lachte kurz, drehte sich um und setzte sich wieder. Aber nehmen wir einmal an, Sie haben recht. Und ich glaube Ihnen.
Sebastian schaute ihn erwartungsvoll an. Und, dachte er.
Dann würde das voraussetzen, dass ich Ihnen vertraue. Und das ist in einer Situation wie dieser nicht eben mal dahin gesagt.

Sebastian verstand. Was wollen Sie noch wissen? fragte er.
Jerusalems Gesicht hellte sich auf. Wie beurteilen Sie denn die Konstellation im Chefkabinett?
Sebastian atmete einmal tief durch. Schweizers Position ist nach Kaisers Tod nicht mehr so unangefochten wie früher, würde ich sagen. Und ich habe gehört, dass es im Verwaltungsrat eine mächtige Fraktion gegen ihn gibt.
So?
Ja... Sebastian zögerte. Sollte er mit Jerusalem wirklich offen reden?
Sie meinen Hohenstein?
Genau. Valentino hatte wohl doch richtig gelegen mit seinen Vermutungen. Hohenstein sammelt im Verwaltungsrat seine Truppen, heißt es. Um Schweizer abzuwählen und einen neuen Sprecher einzusetzen.
Und wer soll das sein?
Sebastian schwieg und sah Jerusalem an.
Ich? Jerusalem fing an zu glucksen. Na, schön wär's, Herr Dr. Ritter. Aber ich fürchte, da werden einflussreiche Leute dagegen sein.
Sie meinen, Schweizer hat noch genügend Unterstützung im Verwaltungsrat, um wenigstens seinen Nachfolger durchzudrücken?
Jerusalem zuckte mit den Achseln. Gut möglich, sagte er. Was denken Sie denn?
Er wird bestimmt auf Frau Doktor setzen.
Dazu müsste die ja erst einmal ins Chefkabinett.
Das, sagte Sebastian, ist unseren Informationen nach so gut wie entschieden.
Jerusalems Blick wurde starr. Ach so. Er kratzte sich wieder am Kinn. Dann sagte er: Ein Sieg über die betrügerischen Berater wäre dann natürlich ein hervorragender Anlass für eine Berufung.

Sebastian nickte langsam. Vielleicht hatte er mit seinem unwillkürlichen Verdacht doch nicht so falsch gelegen. Sie meinen, das Papier kommt von Frau Doktor?

Das nicht unbedingt. Aber vielleicht hat sie es Schweizer zugespielt.

Sie und Ihre Organisation sind auch nur Instrumente in einem sehr viel größeren Spiel, murmelte Sebastian vor sich hin.

Wie bitte?

Das hat Valent... Herr Wahlen mir kürzlich gesagt.

Jerusalem sah ihn unbeweglich an. Dann sagte er: Da mag er recht haben.

Er weiß mehr als er sagt, dachte Sebastian plötzlich. Er räusperte sich. Und... Was für ein Spiel ist das, Herr Jerusalem?

Jerusalem sah ihn weiter fest an. Das würde ich gern von Ihnen wissen.

Soll ich ihm von der Verkaufsofferte erzählen, fragte sich Sebastian. Aber nachher macht er sich genauso lustig über mich wie Michael. Nein, diese Sache war einfach zu sehr an den Haaren herbeigezogen. Das konnte nichts mit dieser Bank zu tun haben. Und das, was hier ablief, war ja auch so schon kompliziert genug. Kompliziert und undurchsichtig. Ich weiß nur das, was ich Ihnen schon gesagt habe, Herr Jerusalem, sagte er schließlich.

Jerusalem stand auf und begann, in dem Büro auf und ab zu gehen. Nach einer Weile blieb er vor dem Fenster stehen und sah hinaus, ohne ein Wort zu sagen. Sebastian überlegte schon, ob er nicht besser gehen sollte - schließlich musste er Michael beichten, was passiert war, und je eher er das hinter sich brachte, desto größer war die Chance, dass sie vielleicht doch noch etwas tun konnten - da sagte Jerusalem dann doch etwas, leise, mehr zu sich als zu seinem Gast: Dann geht es wirklich nur um Schweizer und Frau Dr. Sturm. Er drehte sich um. Und um mich, fügte er zu seinem Satz hinzu. Wenn Frau Dr. Sturm hier Sprecherin wird, ist für mich kein Platz mehr. Tja, Herr Ritter, dann sind wir jetzt wohl endgültig Verbündete.

Sebastian seufzte. Viel war das nicht in diesem Moment. Aber vielleicht ein Hoffnungsschimmer.

Jerusalem kam wieder zurück zum Sofa und ließ sich hineinfallen. Passen Sie auf. Sie gehen jetzt in Ihr Büro und reden mit ihrem Geschäftsführer. Ich versuche, hier mehr über dieses Papier herauszufinden.

Vor allem, sagte Sebastian, müssten wir es in die Hand bekommen. Dann könnten wir auch beweisen, dass es eine Fälschung ist.

Jerusalem nickte. Sie haben recht. Ich werde es Ihnen besorgen.

Bis wann?

Jerusalem sah auf die Uhr. Es ist ja noch früh... Sagen wir, bis heute Mittag?

In Ordnung.

Gut. Sie müssen dann herausbekommen, wer dieses Papier geschrieben hat. Und zwar heute noch.

Ja.

Ich versuche derweil mehr über... über das Spiel herauszufinden, das hier abgeht. Er stand auf.

Sebastian erhob sich und streckte ihm die Hand entgegen. Vielen Dank, Herr Jerusalem, sagte er.

Keine Ursache, antwortete Jerusalem und lächelte. Wir haben ja eine gemeinsame Sache.

10:15 Uhr

Als der Berater gegangen war, ging der Banker zu dem Schrank, in dem die Cognac-Flasche stand, nahm sie heraus und goss sich einen großen Schluck in einen der bereitstehenden Schwenker. Es war zwar noch Morgen, aber außergewöhnliche Neuigkeiten gestatteten außergewöhnliche Reaktionen. Er trank einen großen Schluck aus dem Schwenker, als es plötzlich an der Tür klopfte. Schnell stellte er das Glas zurück in den Schrank.

Herr Direktor...

Es war natürlich seine Sekretärin. Herr Dr. Schweizer bat alle Kabinettsmitglieder zu einer Dringlichkeitssitzung zu sich.

Jetzt gleich? fragte er gereizt.

In einer Viertelstunde.

Er nickte müde. Eine Viertelstunde. So viel Zeit blieb ihm also, um zu überlegen, was er jetzt machen sollte.

Als die Sekretärin wieder die Tür geschlossen hatte, erhob er sich mühsam und ging wieder zu seinem Bild. Ein Taucher sollte das also sein, dort oben im Pool, und nichts anderes. Er schüttelte den Kopf. Das Bild eröffnete sich eben nur ihm.

Er ließ sich auf den Sessel fallen. So hatte er also recht gehabt mit seinem Verdacht. Hohenstein hatte das Memo wirklich benutzt, um die Berater loszuwerden. Und nach dem, was dieser Ritter ihm eben erzählt hatte, sah alles danach aus, dass der nächste Schritt darin bestand, ihn loszuwerden. Er ging noch einmal zum Schrank und holte sich das Glas mit dem Cognac. Dann setzte er sich an seinen Schreibtisch und trank wieder. Hohenstein hatte ihn tatsächlich ruhigstellen wollen mit dem Papier. Jetzt war es klar. Er sollte darüber grübeln, und er sollte passiv bleiben. Und wenn er ihm den Gefallen nicht getan hätte und damit zu Schweizer gegangen wäre? Hohenstein kannte ihn zu gut, er wusste, dass er das nie gemacht hätte. Und die Zwischenzeit hatte er genutzt, um neue Verbündete zu finden. Mindestens Frau Doktor, vielleicht ja sogar Schweizer. Und er, Jerusalem, er war das Bauernopfer. In der Sitzung gleich würden sie ihn öffentlich hinrichten.

Er vergrub sein Gesicht in den Händen. Wie hatte er sich nur auf Geschäfte mit diesem Verbrecher einlassen können? Aber er hatte damals ja keine Wahl. Hohenstein hatte ihn gerettet, als diese dumme Affäre in seiner alten Bank aufzufliegen drohte, und hatte ihn in diese Bank eingeschleust. Und als Hohenstein dann seine Steuermachenschaften aufziehen wollte, hatte er die alte Geschichte ganz geschickt eingesetzt, um ihn gefügig zu machen. Die Geschäfte hatten ihm ja auch einiges gebracht, das war nicht abzustreiten, so viel, dass er damit seine Schulden tilgen konnte. Er seufzte tief. Das war ja alles gut, nur würde der Steuertrick ihm jetzt noch mehr bringen. Den Rausschmiss, bestimmt auch noch eine Anzeige, die Rückzahlungen, womöglich Gefängnis... Einen Riesenskandal. Er war erledigt.

Wenn seine Frau das alles erfuhr, würde sie garantiert ihre Sachen packen. Zu sagen hatten sie sich ja sowieso schon lange nichts mehr, obwohl es am Anfang nicht so eine Zweckgemeinschaft war, wie sie es heute geworden war. Er hatte wirklich gedacht, mit dieser Frau könnte es gehen, und einige Zeit hatte es ja auch den Anschein gehabt. Aber dann waren die Vorwürfe doch immer häufiger gekommen, die Auseinandersetzungen waren immer heftiger geworden, und schließlich hatte er wieder mit seinen Rundgängen begonnen... Als sie es entdeckt hatte, wollte sie sich scheiden lassen, aber dann hatten sie sich doch arrangiert. Sie hatte ihr Budget, sie kam mit auf die Parties und die Empfänge und gab die elegante Gattin, und ansonsten lebte sie ihr Leben, mit ihrem Liebhaber, falls es denn nur einer war. Aber wenn die Geschäfte in Berlin aufflogen, dann war es vorbei mit dem Gesellschaftsleben. Dann würde sie gehen. Und sein Leben würde auseinanderbrechen.

Er trank den Schwenker leer und starrte vor sich hin. Gab es denn keinen Ausweg? Keine Rettung? Wenn er sich wirklich mit den Beratern zusammentat... Er schüttelte den Kopf. Nein, das waren alles nur Hirngespinste, was er da eben geredet hatte. Gestern hatte er sich da etwas vorgemacht, und im Nachhinein war es eigentlich nur gut, dass er Ritter gestern nicht erreicht hatte, sonst hätte es ihn heute gleich mit in den Strudel gerissen. Ritter war erledigt, das war eindeutig. Ein bisschen schade war es schon um ihn, denn er war ein netter Junge, und so gut aussehend... Egal, man konnte ihn vergessen, und seine Firma mit ihm. Die hatte noch nicht einmal begriffen, dass sie einen Maulwurf in ihren Reihen hatte.

Das hieß aber, dass ihn selbst nur noch ein Wunder retten konnte. Hohenstein machte keine halben Sachen, und wenn ihm das auch diesmal wieder gelungen war, dann saß er in der Falle. Wenn da etwas schief gehen konnte, dann nur dadurch, dass sich er und seine Komplizen nicht über den Weg trauten. So war das ja bei ihnen beiden auch gewesen.

Mit einem Mal kam Jerusalem ins Grübeln. Wenn Hohenstein sich jetzt wirklich mit Schweizer oder wenigstens mit Frau Doktor verbündet hatte, warum sollte das dann eigentlich besser funktionieren als ihre Partnerschaft? Wobei er es sich nicht vorstellen konnte, dass Schweizer mit Hohenstein auch nur ein Wort reden würde. Der Alte hasste ihn wie die Pest. 'Dieser dreckige kleine Steuerberater' pflegte er ihn zu nennen. Jerusalem musste doch grinsen.

Und Frau Doktor? Die spielte doch immer ihr eigenes Spiel. Vielleicht wollte sie jetzt ja Schweizer und Hohenstein gegeneinander ausspielen... Das sollte sie nur versuchen. Da wollte er gerne zuschauen, am besten in der ersten Reihe. Und wenn sie sich dann alle gegenseitig zerfleischt hatten...

Nein, das war nun wirklich Unsinn. Aber ein tiefgreifendes Misstrauen zwischen den Komplizen - wenn es denn welche waren - das könnte natürlich in ein Wunder ausarten. Und ihm vielleicht die Möglichkeit geben, in Anstand seinen Abschied zu nehmen, vielleicht mit einem kleinen

Beratervertrag... Dann könnte er sich auch eine Finca auf Mallorca kaufen, so wie Schweizer. Und endlich sein eigenes Leben führen. Da unten würde es gehen, ohne dass er gleich zum Außenseiter würde. Und seine Frau liebte die Insel, wenn das Ambiente stimmte, würde sie mitkommen, und mit ihr gemeinsam würde die Gesellschaft dort unten auch ihn aufnehmen. Die offizielle Gesellschaft natürlich, um die andere würde er sich schon selbst kümmern.

Er sah auf das Bild. Die Landschaft im Hintergrund, die sah aus wie Mallorca. Das Bild würde gut in eine Finca passen, und die Bank musste es ihm mitgeben, auf jeden Fall. Das war schließlich ein persönliches Geschenk gewesen, damals, als er sich dieses Büro einrichten durfte. Und, wenn er ganz ehrlich war, es war eigentlich das einzige, was ihm wirklich wichtig war in diesem Gebäude. Die Darstellung der zwei Männer, der eine im Pool, der andere am Beckenrand, der eine in Aktion - oder schon in immerwährender Ruhe? - der andere als Zuschauer. Die Farben, ihre Veränderungen im wechselnden Licht, an unterschiedlichen Tagen... Das Bild lebte. Oder, noch anders: Es war wie das Leben. Sein Leben.

Es klopfte wieder. Es ist Zeit, Herr Direktor, sagte Frau Neher.

Ja, sagte Jerusalem. Ich komme.

10:58 Uhr

Michael Klosters starrte vor sich hin und schwieg. Nach einer Weile begann er, erst mit einer, dann auch mit der zweiten Hand das Gesicht zu massieren. Als er wieder aufhörte, hatte er ungleichmäßige rote Flecken von der Stirn bis zum Kinn. Er stützte das Gesicht in seine Handflächen und blickte weiter ins Leere. Schließlich sprach er leise, mehr zu sich selbst als zu dem regungslos auf der anderen Seite des Schreibtisches sitzenden Sebastian.

Scheiße.
Sebastian rührte sich nicht. Seit er Michael Klosters eben erzählt hatte, was im Büro des Imperators geschehen war, hatte sich der stolze, vor Selbstbewusstsein strotzende Partner verwandelt. Von dem sonst üblichen Spott war nichts zu hören, Michael hatte sich nicht einmal aufgeregt. Er saß nur da und war still. Zum ersten Mal in all den Jahren hatte Sebastian den Eindruck, dass er verzweifelt war.
Michael schloss die Augen und fuhr sich noch einmal über die Lider. Dann sagte er, immer noch ganz leise: Wie kommst du darauf, dass es eine Fälschung ist?
Sebastian zuckte mit den Achseln. Wer von uns soll denn so etwas geschrieben haben?
Michael öffnete die Augen wieder und sah Sebastian an. Na, du zum Beispiel.
Ich? Es dauerte einen Moment, bis Sebastian begriff. Der Schmerz über dem rechten Augen pochte wie wild, sein Magen verkrampfte sich wieder. Alles, was er sagen konnte, war: Das kann doch nicht dein Ernst sein.
Michael zeigte keine Regung. Wieso nicht? fragte er kühl. Die Vermutung, dass so ein Papier von einem aus dem Team geschrieben wurde, liegt doch am nächsten. Und als Projektleiter bist du derjenige, der am ehesten das Wissen und die Fähigkeiten dazu hat, eine solche Organisationsstruktur zu entwerfen.
Jetzt war Sebastian übel. Wenn Michael nicht mehr an ihn glaubte, dann war es um ihn geschehen. Die Verzweiflung kam in ihm hoch, und mit ihr schossen ihm die Tränen in die Augen. Ich... Ich habe das nicht geschrieben, Michael, stammelte er. Das musst du mir glauben.
Michael sah ihn skeptisch an und schwieg.

Sebastian starrte auf den Boden, bis er meinte, wieder sprechen zu können. Mühsam reckte er den Kopf hoch und sah Michael an.

Meinst du denn wirklich, ich bin so verrückt, schriftlich eine Zukunft ohne Schweizer zu entwerfen? sagte er und bemühte sich, seine Tränen hinunter zu schlucken. Und dass ich dann auch noch so blöd bin, das Papier in der Bank zu lassen?

Du hast alle möglichen merkwürdigen Anwandlungen gehabt in den letzten Tagen.

Ach so, und dann meinst du also, jetzt bin ich total ausgerastet?

Sagen wir mal, ich würde eine gewisse Wirklichkeitsverzerrung nicht ausschließen.

Das sagst du mir? Nach all den Jahren, die wir zusammengearbeitet haben? Das ist übrig geblieben an Vertrauen?

Michael sah auf seinen Schreibtisch und schwieg.

Gut, sagte Sebastian, dann habe ich verstanden. Er stand auf, um zu gehen, aber da hob Michael die Hand.

Jetzt warte, sagte er. Sebastian blieb stehen.

Ich glaube dir ja, Sebastian. Ich wollte mir meiner Sache nur sicher sein.

Sebastian sah ihn ungläubig an.

Wirklich. Wie hätte ich denn dagestanden, wenn ich den naheliegendsten Verdacht nicht wenigstens überprüft hätte? Er grinste etwas gezwungen. So, sagte er dann. Und jetzt setz dich wieder hin.

Sebastian sank zurück auf den Stuhl. Sein Kopf dröhnte noch immer. Er fühlte sich einfach elend.

Ich wollte sehen, wie du reagierst, Sebastian. Wenn du irgend etwas mit diesem Papier zu tun gehabt hättest, wärst du mit Erklärungen angekommen. Aber so entrüstet, wie du eben warst, kannst du wirklich nichts davon gewusst haben.

Sebastian betrachtete Michael misstrauisch. Ein solches menschenverachtendes Spiel hätte er ihm nie zugetraut. Irgend etwas war anders mit Michael Klosters, spätestens seit er ihm die Neuigkeiten aus der Bank erzählt hatte. Aber eigentlich auch schon vorher, wenn er an Michaels Reaktion auf die Szene im Flugzeug dachte. Irgend etwas stimmte da nicht. Diese Gemeinheit jetzt, das war der Gipfel. Sebastian wusste, vergessen würde er das nie. Und auch nicht verzeihen.

So, sagte Michael ungerührt und nahm eine Kladde und einen Kuli hervor. Jetzt gehen wir mal systematisch an die Sache heran.

Michael ließ Sebastian noch einmal alle Details des ominösen Papiers aufzählen, an die er sich erinnern konnte. Bei jedem Punkt hakte er nach, bis er sicher war, dass Sebastian wirklich nicht mehr wusste.

Also Jerusalem besorgt uns jetzt das Ding, ja? fragte Michael, als sie durch waren.

Sebastian nickte. Noch war er auf Michael Klosters angewiesen. Bis heute Mittag.

Gut. Dann rufst du jetzt das Team zusammen, inklusive Natalie. Und ich versuche, mich einmal zu Schweizer durchzukämpfen.

Fünfzehn Minuten später kam Sebastian zurück, um zu berichten. Paul ist hier im Büro, mit dem können wir sofort sprechen. Ludwig ist unterwegs, und seine Sekretärin weiß angeblich nicht, wo er steckt. Er seufzte. Und Natalie ist verschwunden.

Was?

In London ist sie nicht, da hat man mir gesagt, sie wäre gestern Abend zurück nach Düsseldorf geflogen. Aber ins Düsseldorfer Office ist sie nicht gekommen, obwohl sie laut ihrer Sekretärin eigentlich da sein müsste. Und zuhause ist sie auch nicht. Er fuhr sich durchs Haar. Dabei hat sich mich heute morgen noch angerufen.

Und? Was hat sie da gesagt?

Mit einem Mal begriff Sebastian, was Natalie gemeint hatte. Die Falle, das war das Papier. Und wenn sie sagte, dass sie nichts damit zu tun hatte und dass sie dazu gezwungen worden war, dann konnte sich das auch nur auf dieses Papier beziehen. Hatte sie es am Ende geschrieben?

Sebastian. Was hat sie gesagt?

Michael Klosters würde ihm das nie glauben. Wenn er jetzt etwas davon sagte, wäre Natalie der Sündenbock. Und er hätte sie verraten. Nichts... Besonderes. Nur, dass sie mich am Wochenende besuchen kommt.

So, brummte Michael. Na, schön für dich. Wenn sie denn auftaucht. Er zog die Nase hoch. In der Bank ist niemand für uns zu sprechen.

Jerusalem auch nicht?

Michael schüttelte nur den Kopf.

Merkwürdig, murmelte Sebastian und ließ sich auf den Stuhl sinken. Und was machen wir jetzt?

Michael zuckte mit den Achseln. Weiter wie geplant. Gib noch einmal eine Suchmeldung durch, und dann reden wir mit Paul.

11:09 Uhr

Die Kabinettsmitglieder saßen im Zimmer des Imperators in den Ledersesseln und warteten. Schweizer hatte sie alle für halb elf in sein Büro bestellt, und seitdem hockten sie herum. Böttcher hatte gleich, als er herein kam, gefragt, was denn so dringlich sei, dass man Freitag morgens eine Sitzung bräuchte, und als Grimm mit den Achseln zuckte, hatte auch Jerusalem nichts gesagt. Dann hatten sie eine Zeit lang Small Talk getrieben, aber bald waren ihnen die Themen ausgegangen. Und jetzt schwiegen sie nur noch und hofften, dass Schweizer bald kommen würde.

Jerusalem wusste nicht so recht, was es zu bedeuten hatte, dass Schweizer sie warten ließ. War es nur seine gewöhnliche Machtattitüde, oder plante er mit Frau Doktor die Details der Hinrichtung? Es war sinnlos, zu grübeln, das wusste er, aber damit waren die Gedankengänge nicht zu stoppen. Natürlich versuchte er, ruhig und unauffällig zu bleiben, während die Minuten in furchtbarer Langsamkeit dahin zogen. Und er bemühte sich, seine Kollegen zu beobachten. Vielleicht verriet ja einer, ob er auch etwas wusste.

So genau er aber auch jede Bewegung, jedes Wort bedachte, es war nichts Besonderes oder gar Verdächtiges festzustellen. Böttcher wirkte zerstreut wie immer. Das einzige, was er sagte, betraf seine Golfpartie am Nachmittag. Grimm war übernervös, rutschte erst auf seinem Sessel hin und her, ging dann im Büro auf und ab. Aber das war nichts Außergewöhnliches für ihn, denn in den meisten Kabinettsitzungen war er Schweizers bevorzugtes Opfer. Wahrscheinlich befürchtete er für heute Ähnliches und litt schon im voraus.

Endlich, nach achtunddreißig langen Minuten, hörten sie ein Geräusch auf dem Korridor. Die direkte Tür zum Büro wurde aufgerissen, und der Imperator marschierte in den Raum, dicht gefolgt von Frau Dr. Sturm.

Sie sind schon da. Gut. Sehr gut, meine Herren. Er warf ein paar Unterlagen auf den Schreibtisch, kam dann zu der Runde, begrüßte jeden kurz mit Handschlag und ließ sich dann in einen der Sessel sinken. Frau Doktor blieb hinter ihm stehen.

Ich muss sagen, meine Herren, was mir heute passiert ist, das habe ich in meiner gesamten Berufslaufbahn in mehr als dreißig Jahren noch nicht erlebt. Er schaute mürrisch in die Runde. Ein Abgrund an Heimtücke und Verrat hat sich heute eröffnet.

Erstaunte Gesichter im Chefkabinett. Auch Jerusalem schaute bestürzt. Schweizer begann, zu erzählen, leider so umständlich wie immer: Wie er am Morgen in sein Büro gekommen war, um nur ein paar Vorlagen abzuzeichnen und dann ins Wochenende zu fliegen, wie da plötzlich dieses Papier auf seinem Tisch lag - ein Papier, mit dem ihm, dem die Bank beinahe alles zu verdanken hatte, eben diese Bank entrissen werden sollte. Er steigerte sich in beißende Vorwürfe gegen die Berater, diese 'Bande von Parasiten', wie er sie nannte, und schilderte beredt, wie er den vorwitzigen Projektleiter hinausgeworfen hatte.

Und dann hat dieser ungehobelte Mensch doch wahrhaftig die Unverschämtheit, Frau Dr. Sturm als Drahtzieher dieser ganzen Aktion hinzustellen! Schweizer schüttelte verärgert den Kopf. Frau Doktor reckte sich hinter ihm etwas in die Höhe.

Böttcher räusperte sich. Der Imperator sah zu ihm herüber.

Ist es denn sicher, dass dieses... Papier wirklich von den Beratern ist? fragte Böttcher vorsichtig.

Es gibt daran überhaupt keinen Zweifel, antwortete der Imperator. Dieser Projektleiter, oder wie die sich nennen, faselte vorhin etwas von einer Fälschung. Das ist natürlich ein Täuschungsmanöver. Frau Dr. Sturm und ich haben uns den ganzen Ordner mit den Faxen angesehen, mit denen diese Herren in den letzten Monaten mein Sekretariat überschwemmt haben. Das Papier sieht ganz genauso aus wie frühere Sendungen.

Und es ist auch im Stil genauso gehalten, ergänzte Frau Doktor.

Schweizer nickte. Was dennoch als Frage bleibt, sagte er langsam, ist, mit wem diese Schmarotzer in der Bank zusammengearbeitet haben. Er sah in die Runde seiner Kabinettkollegen.

Einen Moment lang herrschte betroffenes Schweigen. Dann sagte Grimm etwas zu laut: Ja wohl mit niemandem aus dem Kabinett.

Der Imperator schwieg, griff in seine Jackettasche und holte eine Zigarettenpackung und ein silbernes Feuerzeug heraus. Während er sich die Zigarette zwischen die Lippen steckte und sie mit leicht zittriger Hand anzündete, sahen sich die anderen mehr oder weniger verstohlen an. Nur Frau Dr. Sturm schaute über die Gruppe hinweg durch die aufgezogenen Lamellen hindurch auf die Bankentürme Frankfurts.

Also, wenn das ein Verdacht sein soll, dann muss ich den ganz entschieden zurückweisen, Herr Dr. Schweizer, erregte sich Grimm schließlich weiter. Wir wissen hier im Chefkabinett ja nun alle, in was für einer Situation die Bank jetzt ist. Wir brauchen Ihre Führung. Das möchte ich betonen.

Der Imperator nickte gefällig. Bringen Sie mir doch mal das Papier, Frau Dr. Sturm, sagte er. Frau Doktor ging zum Tisch, griff nach einer der Klarsichthüllen, die Schweizer vorhin dort hingeworfen hatte, und reichte sie ihm. Er nahm die Blätter heraus und suchte einen Moment. Hier... 'Aufgrund der wiederholten Verweigerung dringend erforderlicher Investitionen durch den Bankensprecher ist die Banken-DV in einem völlig überalterten Zustand.' Das ist doch Originalton Grimm, oder?

Grimm sprang hoch wie von der Tarantel gestochen. Herr Dr. Schweizer, das ist eine ungeheure Unterstellung. Er legte seine Hand auf seine Brust. Dass Sie gerade mir, der ich es nie an Loyalität habe missen lassen, auch in den düstersten Momenten, dass Sie gerade mir aus so einem vereinzelten Satz einen Strick drehen wollen, das...

Jajaja. Der Imperator winkte ab. Nun bleiben Sie mal auf dem Teppich, Herr Grimm. Er blätterte ein wenig. Oder das hier: 'Die alleinige Unterschriftsberechtigung des Bankensprechers bei Krediten über 10 Mio. DM Volumen führt heute im Durchschnitt zu Bearbeitungsverzögerungen von mehr als drei Wochen, ohne dass weitere Prüfungen anfallen.' Das haben Sie doch auch mal so gesagt, oder, Herr Böttcher?

I-ich? stammelte Böttcher, vor Entrüstung blass. Herr Dr. Schweizer, das muss ich zurückweisen. Ich habe nie...
Gut, sagte Schweizer und lächelte, dann bin ich ja beruhigt. Dann sah er Jerusalem an. Na? Und Sie? Warten Sie schon auf Ihr Zitat?
Eine Schweißperle lief langsam an Jerusalems Wange herab. Er brachte keinen Ton heraus.
Keine Angst, ich hab Sie nicht vergessen... Hier. 'Durch die systematische Vernachlässigung des Anlagegeschäfts', und so weiter und so weiter, wo ist es... Da ist es: 'Hat die Bank gerade in den jüngeren Zielgruppen erhebliches Potential an die Strukturvertriebe verloren.' Na, Herr Jerusalem?
Jerusalem schüttelte den Kopf. Ich... Ich habe nichts damit zu tun, presste er heraus.
Der Imperator lachte, und Frau Doktor stimmte mit ihm ein. Na wunderbar, meine Herren, dann sind wir ja alle einer Meinung. Da bin ich wirklich zufrieden. Er stand auf und ging um die Sitzgruppe herum. Als er vor dem Fenster angekommen war, drehte er sich plötzlich um.
Ich werde den Verwaltungsrat über dieses Pamphlet informieren müssen, meine Herren. Und ich weiß jetzt schon, dass man mir die Frage stellen wird, ob es die Berater tatsächlich aus eigener Initiative heraus verfasst haben. Ich werde darauf antworten, dass das Kabinett sich geschlossen von den Thesen auf diesen Blättern distanziert hat. Er sah prüfend in die Runde. Keiner rührte sich.
Und dass, wenn es denn einen Auftrag gegeben hat, dieser deshalb nicht aus der Bankenführung gekommen sein kann. Außerdem, fuhr er nun etwas lauter fort, außerdem werde ich sagen, dass meine Kollegen mich in Anbetracht der kritischen Situation, in die die Bank in den letzten Tagen geraten ist, um zwei Dinge gebeten haben, die in einer außerordentlichen

Gesellschafterversammlung bestätigt werden sollten. Die Runde sah erstaunt zum Imperator hoch.

Erstens. Sie haben mich gebeten, die Funktion des Bankensprechers für weitere drei Jahre auszuführen, damit die Bank wieder in ruhige Gewässer geführt werden kann. Und zweitens. Sie haben mich gebeten, Frau Dr. Sturm als fünften Geschäftsführer in das Kabinett zu berufen. Schweizer machte eine Pause. Niemand sagte ein Wort.

Gut, sagte er dann. Kann ich Ihr Schweigen als Zustimmung deuten? Herr Grimm?

Grimm reckte sich nach oben und sagte: Ja.

Herr Böttcher?

Böttcher sah missmutig zum Imperator. Ja.

Und... Herr Jerusalem?

Jerusalem wollte sprechen, aber es kam kein Ton aus seiner Kehle. Er nickte schnell.

Ich habe Sie nicht verstanden, Herr Jerusalem, sagte der Imperator unerbittlich.

Ja, krächzte Jerusalem.

Mit einem triumphierenden Lächeln sah der Imperator zu Frau Doktor. Danke, meine Herren, sagte er dann. Das war es. Sie können jetzt gehen.

11:45 Uhr

Sebastian stand an der Wand von Michaels Büro, neben der Tür. Ich kann mich nicht daran erinnern, das Thema Organisation der Hauptverwaltung mit irgend jemandem in der Bank einmal angesprochen zu haben, sagte er zu Paul Kopper. Und du?

Paul schüttelte nur den Kopf.

Ist denn bei irgendeiner anderen Gelegenheit mal über das Thema gesprochen worden? fragte Michael.

In... In einem IPM, meinst du? fragte Paul zurück.

Zum Beispiel.

Paul sah auf den Boden und antwortete nicht.

Also los, Paul. Was verheimlicht du uns da?

Dir doch überhaupt nichts, sagte Paul mürrisch zu Sebastian.

Was?

Na, du hast doch Natalie den Auftrag mit dem Organisationsvorschlag gegeben.

Sebastian starrte ihn an. Bist du verrückt geworden, oder was?

Ruhe jetzt, fuhr Michael dazwischen. Erzähl, Paul.

Paul verschränkte die Arme vor der Brust und fing an. Natalie kam vor ein paar Wochen an einem Abend zu mir ins Büro und wollte darüber reden, wie man am besten eine Reorganisation der Hauptverwaltung angehen könnte. Er räusperte sich. Sie sagte, dass du von ihr einen Projektvorschlag haben wolltest, Sebastian.

So, sagte Michael und drehte sich zu Sebastian. Das ist ja interessant.

Erst schüttelte Sebastian nur den Kopf. Dann sagte er tonlos: Ich habe nie mit Natalie über einen Projektvorschlag gesprochen. Er fühlte die Blicke der anderen auf sich. Blicke, die sagten: Wir glauben dir nicht. Wirklich nicht, setzte er noch einmal an. Natalie... Natalie hat gelogen.

Die Blicke lösten sich von ihm. Eine Weile waren alle still, dann hustete Michael und fragte: Wann war das mit Natalie?

Am Tag nach dem IPM, auf dem wir das erste Mal über die Schlusspräsentation gesprochen haben, antwortete Paul. Wir haben mindestens zwei Stunden zusammengesessen und herumdiskutiert.

Nebenan im Büro. Plötzlich stockte er. Moment mal. Vielleicht ist da ja noch etwas auf der Tafel.

Das Büro nebenan war leer. Als Paul vor der weißen Tafel stand, die an einer der Seitenwände hing, sagte er: Genau. Da ist es ja.

Sebastian erkannte ein paar Graphen mit unleserlichen Kommentaren, ein paar mehr oder weniger obszöne Kritzeleien und rechts unten in der Ecke ein Organigramm mit drei Ebenen. Auf der obersten Ebene war ein Kästchen mit mehreren Buchstaben, darunter waren vier weitere Kästchen, die dritte Ebene war nur noch durch Striche angedeutet. Paul zeigte auf die oberste Ebene.

Hier. Das steht für das Kabinett. Da haben wir überlegt, ob die Funktionseinteilung heute eigentlich Sinn macht.

Michael drängte sich an Sebastian vorbei und ging näher an die Tafel heran. Quer durch das Kästchen ging ein dünner waagerechter Strich, unter dem K, H und O standen.

Was heißen die Buchstaben da? fragte er Paul.

K steht für Kredit, H für Handel und O für Organisation. So, wie die Aufteilung heute ist. Wenn man jetzt einen neuen Außenvertrieb schafft, der sowohl Kredite wie Anlageprodukte verkauft, dann ist natürlich die Frage, ob man ihn der Kreditseite zuordnet oder dem Wertpapierhandel...

Ja, ja. Michael zeigte auf den Buchstaben oberhalb der Linie. Es war ein S. Wenn man genau hinsah, konnte man sehen, dass es einmal durchgestrichen worden war. Aber danach hatte jemand den Strich wieder weggewischt. Und was ist das da?

Das S steht für 'Sprecher', erklärte Paul. Wir sind ganz systematisch durchgegangen, was der Sprecher für Aufgaben hat. Und sind zu dem Ergebnis gekommen, dass es im Grunde nicht für eine separate Position ausreicht, sondern dass die Funktionen von einem der anderen Kabinettsmitglieder mit erledigt werden können.

Ihr habt den Imperator also so eben mal abgeschafft? fragte Michael entsetzt.

Nein, natürlich nicht. Das war uns natürlich auch klar, dass diese Position in der Bank nicht so einfach zu realisieren ist. Aber wir dachten halt, dass es vielleicht in einer zweiten Stufe durchzusetzen wäre...

Ach so, seufzte Michael. Aber ihr habt mit niemandem sonst darüber gesprochen?

Nein, antwortete Paul, natürlich nicht. Natalie hat es ja nicht einmal beim nächsten IPM erwähnt. Und als auch nichts von dir kam, dachten wir, die Sache hätte sich erst einmal erledigt. Er steckte die Hände in die Hosentaschen. Bis heute.

Eine Weile standen sie alle nur herum und schwiegen wieder. Dann dankte Michael Paul und schickte ihn weg.

Als sie beide allein waren, beteuerte Sebastian noch einmal, dass er nie etwas von einem Projektvorschlag gewusst hatte. Michaels Blick blieb skeptisch.

Schließlich schüttelte der Partner den Kopf. Ich wünschte, ich könnte dir das alles so einfach glauben, Sebastian. Aber allmählich nimmt die ganze Angelegenheit etwas monströse Ausmaße an.

Er ging zur Tafel, nahm einen der dicken Filzstifte und hielt ihn prüfend hoch. Hast du eigentlich etwas mit ihr gehabt?

Was?

Michael sah ihn durchdringend an. Sebastian fühlte, wie ihm das Blut ins Gesicht stieg. Er versuchte, etwas zu sagen, aber es wollten sich keine Worte finden.

Sag lieber nichts, brummte Michael und wippte mit dem Stift hoch und nieder. Das macht alles natürlich noch schwieriger.
Ich... Ich muss sie finden.
Michael zuckte mit den Achseln. Das würde es sicher einfacher machen, sagte er. Dann sah er auf seine Uhr. Aber viel Zeit hast du nicht. Um zwanzig nach fünf geht mein Flug nach London, da fängt heute Abend das europäische Partnermeeting an. Das heißt, spätestens um viertel nach vier muss ich weg. Und bis dahin müssen wir eine Lösung haben, denn in London werde ich die Angelegenheit nicht verheimlichen können. Er ging auf Sebastian zu. Und wenn ich dann erzählen muss, dass wir einen Kunden wegen eines irregeleiteten Projektvorschlags verloren haben, mein lieber Sebastian, dann können wir uns beide einen neuen Job suchen.

12:11 Uhr

Mein Gott, Herr Direktor, Sie sind ja leichenblass. Ist alles in Ordnung mit Ihnen?
Jerusalem blieb vor dem Schreibtisch seiner Sekretärin stehen und nickte erschöpft. Sie hat wieder diesen besorgten Blick, dachte er gerührt. Es tat ihm gut, dass sie ihn so ansah. Aber helfen konnte sie ihm auch nicht.
Was ist denn passiert?
Er keuchte noch ein wenig, aber dann gelang es ihm doch, einigermaßen ruhig zu reden. Schweizer hat ein Papier der Berater auf den Tisch bekommen, in dem ein zukünftiges Haus ohne ihn entworfen wird.
Ihr Blick wurde starr. Sie ahnt etwas, dachte Jerusalem. Sie hat doch gesehen, was auf dem Fax stand. Aber was sollte das - jetzt konnte es ihm schließlich egal sein. Und Schweizer nutzt dieses Papier nun, um die Berater herauszuschmeißen, und um seine Regentschaft zu verlängern. Ach ja, und Frau Dr. Sturm wird in das Kabinett aufgenommen.

Ihr Unterkiefer rutschte langsam nach unten, aber sie sagte nichts. Wieso erzählte er ihr das eigentlich? Vertrauliche Dinge, einer Sekretärin? Das war doch nur vertane Zeit, nein, es war gefährlich, denn damit speiste er diese Informationen ja in das Sekretärinnen-Netzwerk ein, und in einer Stunde wusste es die ganze Bank. Ach, aber wieso auch nicht. Für ihn gab es hier schließlich sowieso keine Zukunft mehr.

Er ging weiter zu seinem Büro. Als er die Türklinke in der Hand hatte, hörte er, wie sie dann doch etwas sagte.

Und was wird jetzt aus Ihnen?

Langsam drehte er sich noch einmal zu ihr um und lächelte sie an. Ganz klein sah sie aus, wie sie so auf ihrem Stuhl vor dem großen, mit Unterlagen übersäten Schreibtisch saß. Ganz klein, und unendlich traurig. So, wie er sich auch fühlte. Er seufzte laut und ging in sein Büro.

Kaum hatte er sich in seinen Sessel gesetzt, als das Telefon klingelte. Er sah auf das Display. Es war kein externer Anruf, sondern einer seiner Kollegen.

Ja?

Böttcher hier, Herr Jerusalem. Na, was sagen Sie zu dem ganzen Theater?

Was soll ich sagen... Schweizer hat die Gunst der Stunde genutzt.

Böttcher lachte trocken. Das haben Sie nett gesagt. Aber das können wir uns doch nicht gefallen lassen. Ich meine, wenn es noch irgendeinen Beweis brauchte, dass der Alte nicht mehr Herr seiner Sinne ist. Und das soll noch drei Jahre so weitergehen!

Dafür hat Schweizer jetzt ja die Sturm als Stütze.

Mein Gott, das sagen Sie einfach so dahin! Das ist doch ein Skandal. Diese Frau hat null Ahnung vom Bankgeschäft, und jetzt soll sie hier die Zügel in die Hand nehmen...

Dafür versteht sie um so mehr von Intrigen.

Böttcher schwieg einen Moment. Wir müssen etwas tun.

Jerusalem konnte nicht anders, er musste wieder lächeln. Jetzt wurde er also wach, dieser Golfspieler! Jetzt, wo es zu spät war.
Hören Sie, wollen wir nicht gleich zusammen etwas essen gehen? Irgendwo, wo wir ungestört sind? Ins 'Da Enzo'?
Böttcher kannte den Italiener, er war ein paar Straßen weiter, und die Küche war gut. Also, warum eigentlich nicht? Eben war er der Hinrichtung knapp entronnen, aber nachdem Frau Doktor jetzt das Sagen in dieser Bank hatte, war es nur eine Frage der Zeit, bis sie ihn endgültig abholen würden.
Also... Gut. Wann?
In einer halben Stunde. Ich bestelle einen Tisch, und wir treffen uns im Restaurant.

12:40 Uhr

Der erste Eindruck am Morgen hatte Sebastian nicht getäuscht. Der Tag hatte grau begonnen, und grau ging er weiter. Man musste lange auf den Himmel starren, um überhaupt Unterschiede in dieser einen, alles überdeckenden Farbe erkennen zu können. Egal, wie die Gebäude gestrichen oder verglast waren, heute wirkte alles verschmutzt und alt. Wie in einem Film, der zu lange im Archiv gelegen hatte.
Das Telefon hatte ein paar Mal geklingelt in der letzten halben Stunde, aber die rettenden Neuigkeiten hatte er nicht bekommen. Natalie war einfach wie vom Erdboden verschluckt. Inzwischen suchte sie das halbe Düsseldorfer Büro, aber es war ihnen noch nicht einmal gelungen, eine Spur ausfindig zu machen. Sie hatte weder Termine in London noch in Düsseldorf, auch nichts Internes, nicht mal eine Verabredung. Eine Weile hatte er gedacht, dass sie einfach abgehauen sei, mit Sack und Pack auf und davon, vielleicht aus Panik. Sie hatten den Hausmeister dazu bekommen, dass er in ihre Wohnung gegangen war, um nachzusehen, aber dort war

alles unberührt gewesen. Ihre Sachen hingen noch in den Schränken, das Geschirr wartete in der Spülmaschine, der Kühlschrank war halbvoll, zwei leere Koffer lagen auf einem Schrank, hatte der Mann erzählt. Da konnte sie nicht gewesen sein in den letzten Tagen, aber alles machte den Eindruck, dass sie bald wieder zurückkehren würde.

Wenn er sie nicht finden würde - bald finden würde - dann bestand seine einzige Chance, nicht zum Sündenbock gestempelt zu werden, darin, dass er Michael Klosters erzählte, was Natalie heute morgen am Telefon gesagt hatte. Aber auch das war ein Risiko, weil er Michael nicht mehr vertrauen konnte. Seit dem Gespräch vorhin war da ein Riss. Er hoffte nur, dass er nicht größer wurde, solange das hier nicht vorbei war. Michael war drauf und dran, ihn fallen zu lassen. Und Natalie... Hatte sie ihn schon fallen gelassen? Warum hatte sie dann angerufen? Und warum war sie jetzt verschwunden?

Er drehte sich im Kreis, das war nicht zu übersehen, aber was sollte er auch machen, wenn sie der Schlüssel zu den Antworten war. Lustlos blätterte er in seinem Terminplaner. Gab es denn wirklich keine andere Möglichkeit, in dieser verwickelten Geschichte weiterzukommen? Moment. Jerusalem hatte ihm doch das Papier versprochen. Vorhin hatte Michael ihn ja nicht erreicht, aber jetzt müsste Jerusalem es doch endlich haben. Das könnte ihm weiterhelfen.

Er wählte Jerusalems Nummer. Es klingelte ein paar Mal, dann nahm jemand ab.

Schumann, Büro Dr. Schweizer.

Sebastian war so erschrocken, dass er gleich wieder auflegte. Nicht einmal Frau Neher ging ans Telefon, sondern gleich die Chefsekretärin. Dann hatten sie wohl alle Kabinettsleitungen auf Schweizers Büro umgestellt, damit sie dort die Anrufe filtern konnten. Er seufzte. Schweizer war misstrauischer, als er gedacht hätte. Und wohl auch cleverer.

Als er gerade wieder begann, im Grübeln zu versinken, klingelte sein Telefon.

Ja, Ritter.

Sebastian!

Ludwig, verdammt noch mal. Wo steckst du? Warum meldest du dich nicht?

Ich bin in Berlin, Sebastian...

Warum zum Teufel bist du in Berlin? Was treibst du da?

Ich habe mir die Konten angesehen, die im ersten Quartal geschlossen worden sind.

Sebastian konnte es nicht fassen. Hier ging die Welt unter, und Ludwig, der Oberpedant, kramte in Berlin in irgendwelchen Unterlagen herum, um seinem Ordnungstrieb Befriedigung zu verschaffen. Ludwig, ich glaub, ich werde wahnsinnig. Weißt du eigentlich, was hier los ist?

Ja... äh,.. Meine Sekretärin hat schon gesagt, dass dicke Luft herrscht...

Dicke Luft? Schweizer hat uns rausgeschmissen! Wegen einem Papier, dass die Zukunft der Bank ohne Sprecher darstellt!

Ludwig schwieg einen Moment. Dann sagte er vorsichtig: Na ja, so ganz abseitig ist der Gedanke ja nicht.

Jetzt fängst du auch noch an! Am Ende hast du das Ding geschrieben, oder wie?

Ich? Nein, nein, ich war das nicht. Aber...

Was aber?

Als mir Natalie die Sachen übergeben hat, sind wir auch die Hauptverwaltung durchgegangen. Und da hat sie mir davon erzählt, dass ihr irgendwann mal im IPM darüber diskutiert hättet, wie man die Führungsstruktur reformieren könnte.

Sie war wirklich ein gottverdammtes Luder. Die Idee der Bank ohne Sprecher war von ihr im Team platziert worden, und wenn nun irgendeiner mal im Gespräch mit den Bankern diesen Gedanken erwähnt hatte, dann gab es Zeugen dafür. Und dann konnten sie das Papier abstreiten, so oft sie wollten, niemand würde ihnen mehr glauben. Hast du mit irgendjemandem darüber gesprochen? fragte er Ludwig.

In der Bank? Nein, natürlich nicht.

Na hoffentlich, dachte Sebastian. Und sonst?

Paul wusste ja eh schon davon.

Es war klar, Natalie steckte hinter dem Papier. Es konnte gar nicht anders sein. Und wenn jemand sie dazu gezwungen hatte, dann musste er wirklich heftige Drohmittel besitzen und sie über lange Zeit angewandt haben, denn so gewissenhaft, wie es Natalie getan hatte, arbeitete normalerweise doch niemand gegen seinen Willen. Wahrscheinlich hatte sie auch das Papier an Schweizer gefaxt. Aber in wessen Auftrag? Und warum dann doch noch der Anruf am Morgen?

Sebastian? Bist du noch da?

Was? Ja, ja, Ludwig, klar. Pass auf. Du setzt dich jetzt ins nächste Flugzeug und kommst sofort hierher, verstanden?

Sebastian, ich habe hier wirklich etwas Interessantes entdeckt.

Sebastian verdrehte die Augen. Kaum war Ludwig einmal losgelassen, gab es kein Halten mehr. Wenn er doch einmal lernen würde, Wichtiges von Unwichtigem zu unterscheiden. Ja, Ludwig. Später. Jetzt haben wir Wichtigeres zu tun als uns um die Filialschließungen zu kümmern. Also, beeil dich. Er legte auf.

Im nächsten Moment klopfte es kurz an der Tür, dann stand Michael im Raum. Also, sagte er mit versteinertem Gesicht. Was ist?
Natalie steckt hinter dem Papier.
Das war mir schon vor einer Stunde klar. Und wo ist sie?
Sebastian zuckte mit den Achseln. Ich weiß es nicht. Sie ist wie vom Erdboden verschluckt. Was du auch tust, dachte er, du darfst Sie nicht verraten. Wenn sie doch nur benutzt worden ist, dann hast du sie auf dem Gewissen. Und sie hat dich schließlich gewarnt. Irgend etwas stimmt da nicht, Michael, sagte er fest. Heute morgen, als sie mich angerufen hat, da hat sie mir gesagt, man würde mir eine Falle stellen, und sie hätte damit nichts zu tun, sie wäre gezwungen worden...
Warum sagst du mir das erst jetzt?
Sebastian sah auf den Schreibtisch. Ich... Ich bin sicher, dass sie die Wahrheit gesagt hat, Michael.
Du bist so blind, Sebastian, so...
Er schluckte. Ich lasse sie nicht im Stich. Ich werde sie beschützen. Sie ist erpresst worden, ganz bestimmt. Sie ist keine Verräterin.
Du rennst dieser Frau hinterher wie ein Lemming, schnurstracks zum Abgrund.
Sebastian schüttelte den Kopf.
Ich hätte mich früher darum kümmern müssen, murmelte Michael. Ich hatte so eine Ahnung, aber ich bin der Sache aus dem Weg gegangen.
Sollte er doch reden. Wenn er sie erst gefunden hatte, dann würde sich alles klären. Dann würden sie den wahren Schuldigen finden. Vielleicht stand er ja hier im Raum.
Was ist mit dem Papier? fragte Michael nach einer Weile. Hat Jerusalem es besorgt?

Sebastian schüttelte den Kopf. Schweizer hat alle Telefone des Kabinetts auf sein Sekretariat umgestellt. Ich habe Jerusalem nicht erreicht.
Michael starrte ins Leere und presste die Lippen zusammen, bis nur noch ein Strich übrig war. Und dann, nach einer Zeit, die Sebastian wie eine Ewigkeit vorkam, sagte er: Gut. Dann bleibt nichts anderes mehr. Dann muss ich jetzt in die Bank fahren und das Papier holen.

12:53 Uhr

Das Restaurant war voller, als er gedacht hatte. Abends war er hier schon das eine oder andere Mal gewesen, auch privat, denn die Atmosphäre in dem verwinkelten Souterrain-Räumen mit dem weiß getünchten Gewölbe hatte ihm gut gefallen. Aber mittags, wenn es draußen noch hell war, erschien es doch etwas bedrückend. Er starrte vor sich hin und wartete auf Böttcher. Aber niemand kam.
Nach fünfzehn Minuten war der Banker schon kurz davor, wieder zu gehen, als sein Kollege dann doch noch auftauchte. Ein wichtiger Kunde hatte ihn am Telefon festgehalten, entschuldigte er sich. Jerusalem betrachtete ihn skeptisch. Schweigend wählten sie aus und bestellten. Dann rieb sich Böttcher die Hände und begann.
Wissen Sie eigentlich, was genau in diesem Papier steht?
Jerusalems Skepsis wurde noch größer. Wollte Böttcher ihn in eine Falle locken? Woher soll ich das denn wissen? Schweizer hat es mir genauso wenig gegeben wie Ihnen.
Mmh, nickte Böttcher. Natürlich. Ich dachte nur, Sie mit Ihren Kontakten...
Kontakte? Was für Kontakte?
Na, zu den Beratern. Sie haben sich doch so gut mit Ihnen verstanden.
Aber die Berater haben doch selbst keine Ahnung, wo das Papier herkommt.

Böttcher sah ihn erstaunt an. Woher wissen Sie das denn?
Jerusalem erstarrte. Jetzt habe ich mich verraten, schoss es ihm durch den Kopf. Oder... Schweizer sagte doch, sie würden behaupten, es sei eine Fälschung. Das würden sie wohl kaum sagen, wenn sie das Papier selbst verfasst hätten.
Hmmm... Böttcher wiegte den Kopf hin und her. Es kann ja auch eine Finte sein, um die Wahrheit zu verbergen.
Der Kellner brachte ihr Mineralwasser. Ich habe genug von Finten, dachte Jerusalem, während er zusah, wie das Wasser in seinem Glas sprudelte. Je mehr man darüber nachdachte, was eine Aktion alles bedeuten konnte, um so mehr verlor man doch den Blick für die Wirklichkeit. Er trank ein paar Schlucke. Nein, sagte er dann, das ist doch überzogen. Die Berater sind selbst hereingelegt worden, da bin ich ganz sicher. Nur wer hinter der ganzen Aktion steckt, das weiß ich beim besten Willen nicht.
Na gut, meinte Böttcher. Also, nehmen wir einmal das Einfachste an. Schweizer und Frau Doktor haben diese Geschichte eingefädelt, um ihre Macht über diese Bank zu sichern. Dann sind wir die Verlierer, Sie, Grimm und ich.
Nur Hohenstein hat er vergessen, dachte Jerusalem. Er nickte trotzdem.
Wenn wir nicht etwas dagegen unternehmen.
Und was?
Böttcher grinste verschlagen. Wir müssen Schweizer dazu zwingen, auf sein Amt zu verzichten, bevor er seine Pläne umsetzen kann.
Und wie soll das funktionieren?
Ihre Vorspeise wurde serviert. Sie sahen zu, wie der Kellner die Teller auf den Tisch stellten und ein ‘Buon appetito’ wünschte. Dann begannen sie, die eingelegten Gemüse zu essen. Versalzen, dachte Jerusalem, und ließ seinen Teller nach ein paar Bissen stehen. Böttcher kaute enthusiastisch.

Und? fragte Jerusalem nach einer Weile.

Schweizer hat doch seine Finca auf Mallorca. Ich vermute, Sie wissen, wer die ihm dahin gestellt hat.

Die Bank, denke ich mal.

Genau.

Na ja, aber das ist doch nichts Ungewöhnliches. Ich vermute mal, die Bauabteilung ist so groß, weil sie in erster Linie mit den Villen des Kabinetts beschäftigt ist? Er rückte etwas an Böttcher heran. Mit Ihrem Haus doch sicher auch, oder?

Sein Kabinettskollege verzog das Gesicht. Nun ja, in einem gewissen Umfang ist das ja auch zulässig, nicht. Ich meine, Sicherheitsmaßnahmen und so weiter... Er streckte seinen Kopf nach vorne. Aber was Schweizer gemacht hat, geht weit über so etwas hinaus. Die Finca hat über zehn Millionen gekostet.

Und das hat alles die Bank gezahlt?

Jeden Pfennig. Alles als Betriebsausgaben. Das heißt, Schweizer hat seinen Mitgesellschaftern Erträge in Millionenhöhe vorenthalten. Und wenn man ihm nachweisen kann, dass alles, was da unten steht, seinem Privatvergnügen dient, hat er auch noch ein Verfahren wegen massiver Steuerhinterziehung am Hals.

Aber wie wollen Sie ihm das denn nachweisen?

Über Böttchers Gesicht zog sich ein triumphierendes Grinsen. Über die Belege der Bauabteilung. Ich habe alle fein säuberlich gesammelt.

Woher haben Sie die denn?

Ich habe halt auch meine Kontakte. Und der Nachweis, dass noch nie eine Veranstaltung der Bank in Mallorca stattgefunden hat, ist ja nicht so schwer. Nicht einmal ein Kundenbesuch.

Das kriegen Sie nie hin. Schweizer hat doch bestimmt irgendwelche Freunde eingeladen, die auch ein Konto bei der Bank haben.
Böttcher winkte verächtlich ab. Das ist doch völlig egal. Die Belege sind das Wichtige. Wenn die Gesellschafterversammlung davon erfährt, oder gar die Presse... Das hält der Alte nie durch.
Während ihre Teller abgeräumt wurden, überlegte Jerusalem. Wenn Schweizer von einem solchen Coup wirklich überrascht würde, dann könnte er funktionieren. Wenn... Und wie wollen Sie sicherstellen, dass er nichts davon erfährt?
Indem ich ihn in Sicherheit wiege.
Jerusalem musste etwas zu skeptisch geschaut haben, denn Böttcher schraubte seinen Enthusiasmus noch eine Stufe höher. Wir alle müssen das tun, indem wir ihm vorgaukeln, dass wir ihn bei seinem Plänen unterstützen. Aktiv, verstehen Sie. Er muss sicher sein, dass das komplette Kabinett mitzieht, und dann, wenn die Verwaltungsratssitzung begonnen hat, dann hole ich...
Und wie sollen wir ihn unterstützen? Aktiv?
Böttcher sah Jerusalem streng an. Indem wir ihm seinen größten Gegner auf dem Tablett liefern.
Jerusalem schluckte. Und wer ist das? fragte er kaum hörbar.
Das wissen Sie ganz genau.
Einen Moment lang erstarrte Jerusalem. Dann schüttelte er vehement den Kopf. Böttcher, Sie sind verrückt. Hohenstein zu erledigen, das schaffen wir nicht.
Die Berater müssten nur zugeben, das Papier für ihn geschrieben zu haben.
Jerusalem schüttelte heftig den Kopf. Das machen die nie.
Sie müssten nur sagen, dass es *einer* von ihnen getan hat.

Auf dem Fax stand das Hotel, schoss es Jerusalem durch den Kopf. Und in dem Hotel musste ein Berater sein. Und wenn Hohenstein dort auch übernachtet hatte... Nein. Das war zu kompliziert, das würden sie nicht recherchiert bekommen in der kurzen Zeit. Aber die Verbindung zu Hohenstein, hielt er dagegen. Die bekommen wir doch nicht zusammen.
Wir könnten ihnen sagen, dass sie weiter für uns arbeiten können, wenn einer von ihnen die Schuld für das Papier auf sich nimmt und den Verwaltungsrat als seinen Auftraggeber nennt. Ein paar Zeilen würden ja reichen.
Und wer soll der Sündenbock sein?
Also, sagte Böttcher. Ich dachte an diesen Ritter.
Zwei große Teller mit pittoresk angerichtetem Fisch wurden vor ihnen auf den Tisch gestellt und gaben Jerusalem Gelegenheit, seine Gedanken zu sammeln. Schweigend begann er zu essen. Wenigstens der Fisch war vorzüglich.
Und, meinte Böttcher nach einiger Zeit. Was meinen Sie?
Jerusalem schüttelte wieder den Kopf. Ich kann mir nicht vorstellen, dass die Berater das machen.
Da ist Grimm aber anderer Meinung.
Sie haben Ihren Plan mit Grimm besprochen?
Natürlich. Er hat mir schließlich die Belege aus der Bauabteilung beschafft. Die gehört ja in sein Ressort.
Jerusalem sah auf seinen Teller und aß weiter. Aber die Portion war nicht groß genug, um ihm eine längere Pause zu geben. Viel zu früh war er fertig und musste Böttcher wieder ansehen. Sein Kabinettskollege starrte ungeduldig zu ihm hinüber. Tja, sagte Jerusalem. Dann soll Herr Grimm doch den Beratern den Vorschlag machen.

Das geht nicht. Grimms Verhältnis zu diesem Geschäftsführer ist zu angespannt. Böttcher legte sein Besteck auf dem Teller zusammen. Der Einzige, der das einfädeln kann, sind Sie.
Ich, dachte Jerusalem. Ich bin doch noch wichtig für sie. Sollte er es wagen? Noch war er gut verborgen in der Deckung. Und wenn er sich jetzt herauswagte, ohne Not... Ich weiß nicht, sagte er leise. Das Risiko ist immens hoch.
Böttchers Blick wurde bohrend. Wenn wir nichts tun, ist es sicher, dass wir gehen müssen.
Ja, ja... Aber vielleicht mit Anstand.
Böttcher beugte sich weit über den Tisch, bis er fast in den Fischresten lag. Sie haben noch immer nicht verstanden, was Schweizer mit Frau Doktor wirklich vorhat. Kommen Sie, wir gehen zu Grimm, der kann Ihnen mehr erzählen.
Langsam, immer noch zweifelnd, nickte Jerusalem. Was blieb ihm schon übrig? Gut, sagte er, gehen wir zu Grimm.

13:18 Uhr

Hallo, Sebastian, sagte die Stimme am Telefon, hier ist Phil.
Ph-Phil... stotterte Sebastian überrascht. Das konnte nur Ärger bedeuten, wenn Phil Meyer unerwartet anrief. Wahrscheinlich hatte er schon durch irgendwelche Kanäle gehört, was hier passiert war. Oder dieser grauenhafte Sawatzki hatte seine Drohung wahr gemacht und sich wirklich beschwert?
Sebastian, sagte Phil. Sag mir, was da bei Euch in Frankfurt los ist.
Du meinst mit der Bank?
Genau.

Sebastian schluckte. Phil hatte also etwas erfahren. Jetzt durfte er bloß nicht zuviel sagen. Beim Bankensprecher ist ein Papier aufgetaucht, das angeblich von uns stammen soll. Es beschreibt eine Organisationsstruktur, in der der jetzige Sprecher nicht mehr vorkommt. Und daraufhin hat er unser Projekt abgebrochen.

Phil schwieg erst einen Moment. Dann fragte er: Wie ist das Papier dorthin gekommen?

Das wissen wir nicht.

Und wer hat es geschrieben?

Das... Das wissen wir auch nicht.

Phil räusperte sich. Wo ist Michael?

In der Bank. Er versucht, das Papier zu bekommen.

Ihr habt es noch nicht einmal?

Nein, sagte Sebastian tonlos.

Vom anderen Ende kam eine ganze Weile lang nichts. Dann erzählte Phil in kargen Sätzen, dass er vor ein paar Minuten einen Anruf eines gewissen Dr. Schweizers bekommen hätte, der ihm in sehr gereiztem Ton mitgeteilt hatte, dass das Bankhaus Großmann, Meyer und Cie. gerichtliche Schritte gegen Top Management Consulting einleiten wollte. Wegen Geschäftsschädigung.

Das ist doch völlig unhaltbar, Phil.

Mag sein, Sebastian. Aber damit steht unser guter Ruf auf dem Spiel.

Sebastian verstummte. Jerusalems Stimme klang wieder in seinen Ohren. 'Wenn es ein Skandal wird, dann ist Ihre Beraterkarriere beendet.

Sebastian, der nächste Flug nach München geht um zwanzig nach zwei. Schau, dass du Michael auftreibst, und dann kommt Ihr beide. Wir treffen uns am Flughafen. Ich fliege dann mit Michael um sechs Uhr nach London.

Und bis dahin muss uns etwas eingefallen sein. Er verabschiedete sich und legte auf.
Der Telefonhörer zitterte in Sebastians Hand. Jetzt ist es so weit, dachte er. Jetzt beginnt das Verfahren. Und du hast nicht die Spur einer Chance. Er ließ den Hörer fallen und schlug die Hände vors Gesicht.
Als er sie wieder sinken ließ, stand am anderen Ende des Schreibtischs Michael Klosters.
Vor Schreck zuckte er heftig zusammen, aber dann grinste Michael Und? fragte Sebastian schnell. Hast du es?
Michael schüttelte nur den Kopf. Phil hat dich angerufen?
Sebastian nickte.
Dann müssen wir jetzt wohl los.
Sebastian stand auf und nahm seine Sachen. Als sie durch die Tür gingen, boxte ihn Michael in die Seite. Nun komm schon. Bloß nicht aufgeben. Irgendwie geht's immer.

14:20 Uhr

Missmutig kratzte Jerusalem sich am Kinn. Herr Grimm, Frau Dr. Sturm gehört zu Ihrem Bereich, sagte er zu seinem inzwischen etwas erschöpft wirkenden Kollegen. Keiner in der Bank kennt sie doch besser als Sie. Bisher waren Sie mit ihr immer auf einer Linie. Und plötzlich wird Ihnen klar, dass alles, was sie macht, nur darauf ausgerichtet ist, Sie zu entmachten?
Ihn und uns beide, sagte Böttcher, ehe Grimm antworten konnte.
Jerusalem lächelte gequält. Also, mir erzählen Sie da nichts Neues. Aber Ihnen ist das erst heute klar geworden, und schon schütteln sie einen ausgefuchsten Plan aus dem Ärmel?
Nein, sagte Grimm und sah zu Böttcher hinüber. Kommen Sie. Sagen Sie es ihm.

Böttcher schaute auf den Boden. Kaiser war mein Patenonkel, wissen Sie. Ich habe ihn sehr verehrt. Und ich kann es nicht zulassen, dass sein Andenken beschädigt wird.

Jerusalem musste ziemlich verwirrt geschaut haben, denn Grimm kam ihm zu Hilfe. Was Herr Böttcher meint, Herr Kollege, ist die Rolle Kaisers hier in der Bank. Wir haben alle nicht gewusst, wie groß sein Einfluss ist.

Sie haben wahrscheinlich immer geglaubt, Schweizer hat hier alle Fäden in der Hand, oder? sagte Böttcher mit einem Grinsen. Hatte er auch, nach außen hin. Aber hinter ihm stand Kaiser, und der hatte in der Bank ein echtes Spinnennetz aufgebaut. Jeder der Spitzenleute hier hing irgendwie drin, ob er es wusste oder nicht.

Und das trifft eben auch auf Frau Doktor zu, ergänzte Grimm, und sogar auf Schweizer.

Es ging alles etwas zu schnell für Jerusalem. Alles, was er sagen konnte, war ein völlig verwirrtes: Was?

Kaiser gab jedem den Eindruck, er zöge ihn ins Vertrauen und offenbare ihm seine wahre Menschlichkeit, wenn Sie den Ausdruck gestatten, sagte Grimm. Tatsächlich hat er aber all diese vordergründige Freundlichkeit nur vorgeschoben, um uns alle auszunutzen und seine eigene Macht immer weiter zu vergrößern.

Na ja, sagte Böttcher, er liebte es eben, ab und zu das Spinnennetz etwas zu schütteln. Und dann fiel der eine oder andere herunter.

Ja, entfuhr es Jerusalem, der sich immer noch nicht zurechtfand, und was hat das nun mit der Situation jetzt zu tun? Kaiser ist doch tot.

Ja, sagte Böttcher, eben.

Was Herr Böttcher meint, sprang Grimm ein, ist, dass Kaiser für ein ausgewogenes Machtgefüge gesorgt hat. Nach außen erschien Schweizer als der große Zampano, aber natürlich wusste er genau, dass er nur so viel machen konnte, wie Kaiser zuließ. Und Frau Dr. Sturm...

Kaiser hat Frau Doktor entdeckt, unterbrach ihn Böttcher. Und er hat sie eingestellt, damit sie Schweizer auf die Finger schaut. Nur, leider hat Schweizer einen Narren an ihr gefressen, und irgendwann hat sie dann mehr auf ihn gesetzt als auf ihren alten Wohltäter. Und das hat dieser Wohltäter überhaupt nicht gerne gesehen. Mit seinen Aufträgen hat er sie mehr und mehr in die Enge getrieben, sie hat es nur nicht gemerkt.

Keiner von uns hat es gemerkt, sagte Grimm.

Böttcher lächelte etwas schief. Na ja, ich schon.

Leider hatten Sie aber nicht die Güte, das auch anderen mitzuteilen.

Böttcher zuckte mit den Schultern. Kaiser wollte nicht, dass irgend jemand davon wusste, schon gar nicht im Kabinett.

Und wieso wussten Sie es dann? fragte Jerusalem.

Wir hatten eben ein etwas engeres Verhältnis, und wir haben auch öfter mal einen getrunken. Und einmal hat er mir halt davon erzählt. Aber wenn er erfahren hätte, dass ich das weitergesagt hätte, dann wäre alles vorbei gewesen. Dann hätte ich meinen Hut nehmen müssen.

Jerusalem schaute ihn ungläubig an.

Ich habe einmal etwas gegen Kaisers Willen gemacht, sagte Böttcher leise, weil dieser... dieser verdammte Hohenstein mich eingewickelt hat. Er wollte damals schon Schweizer stürzen, und ich Trottel war so blöd, ihn dabei zu unterstützen. Böttcher wischte sich mit der Hand über den Mund. Na ja. Es war mir auf jeden Fall eine Lehre. Nein, bei Kaiser tat man lieber das, was ihm gefiel. Sonst ging es einem schlecht, und zwar schneller, als man es merken konnte.

Er war ein Despot, sagte Grimm abfällig. Menschen waren für ihn reine Manövriermasse. Gefühle kannte er nicht.

Jetzt hören Sie auf, heulte Böttcher auf. So war er nicht. Alles, was er getan hat, war zum Wohle der Bank.
Eine Weile herrschte Schweigen in der Runde. Jerusalem überlegte, wie der Mann im Wasser jetzt wohl aussehen würde. Leider saßen sie ja in Böttchers Büro, sonst hätte er zwischendurch immer mal wieder auf das Bild sehen können. Wenn er in der Bank bleiben würde, sagte er sich, dann würden künftig Sitzungen mit ihm in seinem Büro stattfinden. Unter dem Bild.
Also, beendete er dann die Stille. Wenn ich das richtig verstehe, sagen Sie, dass Kaiser der Garant für das Gleichgewicht hier in der Bank war. Und jetzt, wo er tot ist, wird Schweizer die Situation ausnutzen und mit seiner Gehilfin alle Macht an sich ziehen?
Ja, sagte Grimm und nickte. Das wird er tun. Zuerst wird er uns drei rausschmeißen und irgendwelche blasse Gefolgsleute auf diese Posten setzen, und wenn dann alle Weichen gestellt sind, dann wird er Frau Doktor zum Sprecher machen und selber in den Verwaltungsrat gehen, um Kaiser spielen zu können. Das war schon immer sein Traum.
Ah ja, sagte Jerusalem. Und - auch wenn ich mich wiederhole - all das ist ihnen heute klar geworden?
Nein, sagte Böttcher. Nicht heute. Ich habe es gleich gewusst, als ich gehört habe, dass Kaiser... dass er tot ist. Und Mittwoch bin ich dann zu Herrn Grimm gegangen und habe ihm gesagt, was hier wirklich vorgeht.
Ich habe das aber alles nicht glauben wollen, ergänzte Grimm. Ich habe immer gedacht, ich weiß, was Frau Dr. Sturm tut, ich schätze sie, und sie schätzt mich. Das habe ich geglaubt, bis zu der Sitzung vorhin.
Zu mir sind sie aber erst gekommen, als sie merkten, dass sie zu zweit nicht zurechtkommen, dachte Jerusalem. Erst wollten sie es ohne mich machen. Er nickte langsam. Jetzt verstehe ich.

Dann ist es ja gut, sagte Böttcher. Dann begreifen Sie ja auch, dass die Sache mit den Beratern unsere einzige Chance ist, den Gang der Dinge noch einmal umzudrehen.
Ja, dachte Jerusalem, wenn das alles so ist, wie die beiden sagen, dann ist es das wohl. Trotzdem, ein letzter Zweifel blieb. Aber den Plan mit der Finca müssen Sie doch schon länger gehabt haben, sonst hätten sie doch kaum die Belege gesammelt? sagte er zu Böttcher.
Die Belege habe *ich* gesammelt, sagte Grimm scharf. Diese Belege sind, wenn Sie so wollen, meine Lebensversicherung. Und jetzt ist die Zeit gekommen, sie zu benutzen.
Sie haben beide ihre Vorkehrungen getroffen, damit sie nicht aus dem Spinnennetz fallen, dachte Jerusalem. Und jetzt merken sie, dass das doch nicht reicht. Jetzt brauchen sie mich. Ja, sagte er. Es ist Zeit, dass wir *unser* Netz aufziehen.
Böttcher schaute zu Grimm, über dessen Gesicht ein Lächeln huschte. Dann nickten sie sich zu, und die Anspannung wich aus ihrer Haltung. Dann rufen Sie jetzt den Klosters an? fragte Böttcher erleichtert.
Jerusalem nickte und ging zum Telefon.
Da auf dem Block steht die Nummer der Berater, rief ihm Böttcher hinterher.
Jerusalem wählte und wartete.
Top Management Consulting, guten Tag.
Guten Tag, Jerusalem hier, Bankhaus Großmann, Meyer und Cie. Ich hätte gerne Herrn Klosters gesprochen.
Einen Moment bitte, ich verbinde. Es klickte. Eine Weile herrschte Stille, dann meldete sich eine weibliche Stimme.
Jerusalem am Apparat, sagte der Banker. Ich wollte mit Herrn Klosters sprechen.

Herr Klosters sitzt gerade im Flugzeug.
Jerusalem sackte regelrecht zusammen, so sehr traf ihn die Enttäuschung.
Und wann ist er wieder zu sprechen? fragte er leise.
Er landet viertel nach drei in München. Dann können Sie ihn auf seinem Handy erreichen. Warten Sie, ich gebe Ihnen die Nummer.
Jerusalem schrieb mit, bedankte sich und legte auf.
Tja, sagte er dann. Er hatte sich wieder unter Kontrolle. Sieht so aus, als müssten wir uns noch etwas die Zeit vertreiben.

15:34 Uhr

Als die Stewardess die Kabinentür öffnete, zog die kalte, feuchte Luft in die Maschine. Schneeluft, dachte Sebastian. Michael Klosters drängte an ihm vorbei und stürmte davon. Kein Wunder, sie waren spät dran, und Phil wartete. Beeil dich, wenn wir gelandet sind, hatte Michael gesagt. Und überleg dir, wie du anfängst. Du hast nur ein paar Sätze. Und die müssen Klarheit schaffen.
Sebastians Schritte hallten durch den langen, leeren Glasgang, der zum Flughafengebäude führte. Michael war schon um die nächste Ecke gebogen, er musste sich sputen, wenn er ihn noch vor dem Ausgang erreichen wollte. Klarheit. Leicht gesagt. Klarheit hieß, dass er sich entscheiden musste: Karriere oder Gefühle. Oder war es Karriere oder Moral?
Im Taxi hatte Michael erzählt, wie es ihm in der Bank ergangen war. Er war nicht einmal über den Empfang hinausgekommen, denn Schweizer hatte strikte Anweisung gegeben, keinen der Berater mehr in die Bank zu lassen. Da war Michael endgültig klar geworden, dass es wirklich ernst war. Und deshalb war er auch nicht überrascht gewesen, dass er eine Nachricht von Phil vorfand, als er auf der Rückfahrt sein Voice Mail abhörte. Schweizer

wollte sie vorführen, und zwar in aller Öffentlichkeit. Je dramatischer die Entlarvung der Berater als gekaufte Verräter inszeniert werden konnte, um so besser. Um so überzeugender würde sein Auftritt vor Verwaltungsrat und Gesellschafterversammlung werden, um so hinreißender seine Rolle als Retter der Bank, der weise genug war, auch gleich die Nachfolge sicher zu stellen.

Weißt du, Sebastian, hatte Michael dann gesagt, als sie im Flieger saßen und den dünnen Lufthansa-Kaffee schlürften, Schweizer ist wirklich ein verdammt gerissener Hund. Und ein guter Stratege, so aberwitzig uns das auch erscheinen mag, wo er doch nicht ein einziges von unseren Charts versteht.

Sebastian hatte schon gar nicht mehr richtig hingehört. Seinen Kater hatte er immer noch nicht überwunden, und jetzt kam noch die Erschöpfung nach den Ereignissen des Vormittags dazu. Er wollte eine Pause, ein paar Minuten Schlaf, nur ein bisschen, damit er wieder etwas Kraft sammeln konnte, um weiter zu kämpfen. Sonst würde er sich bald aufgeben, das spürte er.

Aber Michael hatte immer weitergeredet, unerbittlich, immer eindringlicher, immer rabiater. Es gibt nur eine Möglichkeit, mit der wir Schweizers Front durchbrechen können, Sebastian, hatte er schließlich gesagt. Wir müssen ihm einen Schuldigen präsentieren.

Sebastian hatte nicht gleich begriffen, was er meinte, wahrscheinlich war es die Müdigkeit. Als er nicht reagierte, nannte Michael die Dinge beim Namen. Es ist ganz einfach, Sebastian. Entweder du gibst Natalie die Schuld - und zwar die ganze, sonst bist du mit drin - oder du musst sie selber übernehmen. Mit allen Konsequenzen.

Sebastian hatte es gehört, und er hatte noch immer nichts gesagt, jetzt wohl eher vor Schreck. Wenn er die Verantwortung für das Papier übernahm, war seine Karriere beendet. Wenn er Natalie belastete, zum Beispiel als durchgeknallte Außenseiterin, die aus Rache Verleumdungen verfasst hatte - Rache an wem, das würde sich noch finden - dann gab er seine Seele her, denn er wusste ja, dass es nicht wahr sein konnte, nie und nimmer, sie konnte nur erpresst worden sein, von einem Drahtzieher im Hintergrund. Und wenn er nichts von beidem tat? Dann würde Michael Klosters für ihn handeln. Und dann war erst recht alles zu Ende.

Michael hatte das verdammt geschickt eingefädelt. Eigentlich war er doch der Partner auf diesem Projekt, derjenige, der für den Kundenkontakt verantwortlich war. Aber ganz offensichtlich hieß das ja, dass er nur dann den Kopf hinhalten musste, wenn er keinen anderen fand. Für Michael Klosters kein Problem. Er hatte schon zwei Schuldige, zwei, die auch noch unter einer Decke steckten. Es sei denn, einer von den beiden sagte sich vom anderen los. Immerhin, diesen Ausweg hatte er ihm gelassen. Ein Ausweg, der keiner war. Aber so sehr Sebastian auch grübelte, er fand keine Lösung.

Michael musste wohl bemerkt haben, was in ihm vorging, denn nach einiger Zeit fing er wieder an zu reden, aber diesmal erzählte er von seiner Frau und seinen Kindern. Er hatte eine Lösung für den Geburtstag seiner Tochter gefunden. Statt wie geplant am Sonntag würde er schon Samstag Mittag aus London zurückkommen, und dann gingen sie alle auf eine Go-Kart-Bahn. Er wusste jetzt auch, woher seine Tochter das hatte, natürlich von ihm selber. Er hatte ihr mal abends als Gute-Nacht-Geschichte erzählt, wie er einmal Go-Kart gefahren war, in einem Urlaub war das, ein langes Wochenende im März in Mallorca, und das war der Kleinen so in Erinnerung geblieben, dass sie das jetzt auch machen wollte. Seine Frau hatte sich umgehört, und es gab wirklich eine Bahn in ihrer Nähe, wo auch Kinder fahren konnten.

Sebastian ließ die Worte an sich vorbeirauschen. Irgendwann landete das Flugzeug, und dann hörte Michael auch endlich auf zu reden. Sie standen beide im Gang, kaum dass die Maschine angedockt hatte, und als die Tür geöffnet wurde, rannte Michael los. Sebastian eilte ihm hinterher, auf dem Weg zu dem Gespräch, das sein Schicksal besiegeln würde. Als er zu den Gepäckbändern kam, ging Michael schon durch die Glastür, und dahinter musste Phil stehen.

Die gläserne Drehtür bewegte sich in Zeitlupe. Endlich war er heraus, hetzte an den Gepäckbändern vorbei, ging durch die Schiebetür, hinaus in die Ankunftshalle. Da stand Phil, und neben ihm Michael, der schon emsig auf ihn einredete. Phil nickte. Als er Sebastian sah, streckte er ihm die Hand entgegen und sagte: Lasst uns in die Lounge gehen. Dort können wir reden.

Schweigend gingen sie in Richtung des Abflug-Terminals, zu der Rolltreppe, die sie hoch führen würde zur Senator Lounge. Da klingelte Michaels Telefon.

Umständlich fingerte er es aus seinem Jackett heraus, drückte auf die Ruftaste, meldete sich - und erstarrte. Er ließ seinen Koffer fallen und griff nach Sebastians Arm. Es ist Jerusalem, flüsterte er.

Jerusalem, dachte Sebastian. Ist das jetzt doch die Rettung? Oder ein Aufschub zumindest? Phil drehte sich um und kam auf die beiden zu, ein wenig irritiert über die Unterbrechung. Sebastian raunte ihm schnell eine Erklärung zu, dann versuchte er, Michaels Telefonat zu folgen.

Aber es war wie am Morgen bei Frau Doktor: Michael sagte nicht viel, hörte fast nur zu, nickte ein paar Mal, schüttelte dann wieder den Kopf. Sein Gesicht war verschlossen. Nach guten Nachrichten sieht das nicht aus, dachte Sebastian.

Im selben Moment klingelte ein zweites Telefon. Sebastian und Phil sahen sich überrascht an und tasteten nach ihren Handys. Sebastian war schneller, aber Phil hatte den Anruf.

Herr Klohs. Was für eine Überraschung.

Phil ging ein paar Schritte weiter, um ungestört reden zu können. Jetzt auch noch Klohs, dachte Sebastian, und dann unerwartet. War doch noch die angedrohte Beschwerde aus Wien eingegangen? Wenn jetzt auch noch sein zweites Projekt zusammenbrach, dann war es endgültig um ihn geschehen. Dann bräuchte er sich nicht einmal mehr zu entscheiden.

Michael nahm das Handy vom Ohr und sah in Sebastians Richtung, aber der Blick schien durch ihn hindurchzugehen.

Und? fragte Sebastian, als Michael nicht sprach. Nun sag schon, was ist. Hat er das Papier?

Nein, sagte Michael leise. Aber er will dich als Sündenbock.

Was?

Er hat mir gesagt, dass das Kabinett mit uns weiterarbeiten will, wenn du vom Projekt heruntergehst und die Verantwortung für das Papier übernimmst. Und wenn du den Auftraggeber offenlegst.

Den Auftraggeber?

Ja. Er hat auch keinen Zweifel daran gelassen, wer das nur sein kann.

Wer denn?

Der Verwaltungsrat. Genauer gesagt, Hohenstein.

Das ist doch völliger Wahnsinn, Michael. Jerusalem ist durchgedreht. Du hast doch abgelehnt, oder?

Michael schwieg. Sein Blick wanderte unsicher über den Boden.

Michael, schrie Sebastian. Das ist doch regelrecht Bestechung!

Ja, ja. Nein... Ich habe ja auch nicht Ja gesagt.

Ach so. Aber Nein auch nicht, oder wie?

Sebastian... Michael verzog gequält das Gesicht. Las uns mit Phil reden. Es wird sich alles klären.
Was hast du Jerusalem gesagt, Michael?
Es dauerte einen Moment, bis die Antwort kam. Ich habe ihm gesagt, dass ich ihn Montag wieder anrufe.
Sebastian starrte ihn an.
Verstehst du nicht? Ich will Zeit gewinnen. Für uns, Sebastian. Und für dich.
Es musste gerade eine Maschine angekommen sein, denn mit einem Mal drängte sich ein Pulk von Männern mit Aktenkoffern an ihnen vorbei. Sebastian versuchte, ihnen aus dem Weg zu gehen, und wäre dabei fast mit Phil zusammengestoßen. Michael war direkt hinter ihm.
Gut, dass Ihr kommt, sagte Phil. Jetzt müssen wir wirklich reden.

15:39 Uhr

Na, das ist doch wunderbar, sagte Böttcher strahlend. Jetzt haben wir sie im Sack.
Glauben Sie? Jerusalem kratzte sich nachdenklich am Kinn. Ich weiß nicht, das klingt mir eher danach, dass sie noch nicht wissen, wie sie reagieren sollen.
Grimm schüttelte gelassen den Kopf. Das glaube ich nicht. Dieser Klosters ist ein Pragmatiker. Wenn er seinen Projektleiter wirklich hätte retten wollen, dann hätte er sofort abgelehnt. Als ich ihm am Dienstag gesagt habe, dass er Ritter vom Projekt nehmen soll, hat er sich gleich vor ihn gestellt. Nein, nein, Herr Kollege. Die Sache ist klar. Sie müssen sich nur noch ein bisschen zieren, um nicht ganz ihr Gesicht zu verlieren.
Gut, meinte Böttcher. Dann gehen wir doch jetzt zu Schweizer und erzählen ihm unsere Neuigkeit.

Jetzt schon? Fragte Jerusalem. Aber... Ist das nicht etwas voreilig? Was ist, wenn Klosters am Montag doch abspringt?

Ihre Skepsis in allen Ehren, sagte Grimm, aber wir dürfen die Gelegenheit jetzt nicht vorüberziehen lassen. Wir sollten ihn aber noch einmal um eine Dringlichkeitssitzung des Kabinetts bitten, damit die Sache auch den richtigen Stellenwert bekommt.

Jerusalem sah ihn an und blieb skeptisch. Er redet, als sei er der neue Sprecher. Wie umgewandelt. Nein, befreit war wohl das richtige Wort.

Gut, sagte Böttcher, dann machen wir das. Er griff zum Telefon.

Halt, ging Jerusalem dazwischen, warten Sie.

Böttcher ließ den Hörer wieder sinken. Was ist denn jetzt noch?

Wir haben keinen einzigen Beweis.

Na und? Den bekommen wir am Montag. Heute geht es doch nur darum, dass wir Flagge zeigen. Und zwar so, dass Schweizer glaubt, dass wir jetzt wirklich hinter ihm stehen.

Jerusalem biss sich auf die Lippe. Irgendwie war ihm reichlich unwohl bei dieser Sache.

Grimm ging auf ihn zu und legte die Hand auf seine Schulter. Wir sind doch bei Ihnen, Herr Kollege, sagte er leise. Gemeinsam schaffen wir es. Aber dazu müssen wir heute anfangen.

Langsam nickte Jerusalem. Böttcher seufzte erleichtert und drückte die Taste für Schweizers Vorzimmer.

15:43 Uhr

Phil stellte seine Teetasse scheppernd auf den Glastisch. Hat dieser Jerusalem etwas gegen dich? fragte er Sebastian.

Die Lounge begann sich um diese Zeit langsam zu füllen, aber sie hatten es noch geschafft, eine Sitzecke zu finden, in der sie ungestört waren. Jerusalem war immer derjenige, der am deutlichsten Stellung für uns bezogen hat, sagte Sebastian. Er hat mich auch aufgesammelt, als Schweizer mich heute aus seinem Büro geworfen hat. Wir haben lange miteinander geredet, und am Ende hat er gesagt, wir seien jetzt Verbündete.

Und wie erklärst du dir dann den Anruf?

Sebastian schüttelte ratlos den Kopf. Er muss einfach durchgeknallt sein, sagte er leise. Die Angst kroch wieder in ihm hoch. Aber Phil war doch jetzt da, und der konnte ihn doch nicht einfach so fallen lassen, einfach als Bauern opfern zum Wohle der Firma, denn was war das dann für ein Wohl, und was für eine Firma, die sich der billigen Erpressung eines Kunden beugte, bei dem das Geschäft aus Intrigen bestand.

Was würde geschehen, wenn wir uns auf den Vorschlag einließen? Phil sagte den Satz nüchtern, geradezu unbeteiligt.

Sebastian lief ein kalter Schauer den Körper hinab. Er starrte Phil an, der ihn völlig ausdruckslos ansah, dann drehte er sich mit einem Ruck zu Michael Klosters, doch auch der zeigte keine Regung, natürlich nicht. Das... Das könnt Ihr doch nicht machen, stammelte er. Das... Mich... Ich kann doch überhaupt nichts für dieses Papier.

So, brummte Phil. Und wer dann?

Na, der, der es geschrieben hat.

Ich denke, Ihr wisst nicht, wer es war.

Wir haben einen Verdacht, sagte Michael.

Und? Wer ist es?

Sebastian biss sich auf die Zunge. Er durfte es nicht sagen, er durfte sie jetzt nicht vorschieben, er musste standhaft bleiben...

Natalie Schieritz, sagte Michael.

Phil riss die Augen auf. Die Blonde? Die wir jetzt nach London geschickt haben? Aber die ist doch brillant. Wie kommt die denn dazu?

Das fragst du besser Sebastian, sagte Michael.

Er fühlte die fragenden Blicke auf sich. Sie hat dich doch gewarnt. Sie hat gesagt, dass sie gezwungen wurde.

Sebastian hat ein Verhältnis mit ihr, hörte er da Michaels Stimme. Und das hat sein Urteilsvermögen reichlich getrübt.

Mit einem Ruck drehte er sich nach links. Er musste Michael Klosters stoppen. Das ist nicht wahr, presste er hervor.

Was ist dann die Wahrheit? fragte Phil.

Natalie hat das Papier geschrieben, im Auftrag von jemandem aus der Bank. Aber...

So, wie Jerusalem es gesagt hat, fuhr Michael dazwischen. Sie muss für den Verwaltungsrat gearbeitet haben.

Und du hast nichts davon gewusst? sagte Phil zu Sebastian.

Sie hatte es doch versteckt vor ihm, und das, was er bei ihr herausbekommen wollte, das war doch etwas ganz anderes gewesen. Nein, sagte Sebastian.

Hat sie nie über ihre Kontakte gesprochen?

Erst, als es schon zu spät war, als er nichts mehr anfangen konnte mit der Information, als er schon halb in der Falle steckte. Er schüttelte den Kopf.

Wieder Michael Klosters Stimme. Er war doch nur damit beschäftigt, sie in sein Bett hineinzukriegen.

Sebastian wollte ihn anspucken, anbrüllen, niederschlagen, dieses Schwein, das ihn jetzt auf die Schlachtbank zerrte, um sich selbst reinzuwaschen...

Sebastian, drang Phils Stimme zu ihm durch. Was ist da wirklich gewesen?

Er war zu oberflächlich gewesen. Er hatte nicht erkannt, was wirklich ablief. Bei Michael Klosters, und bei Natalie. Und jetzt war es zu spät.

Sebastian, sagte Phil noch einmal. Was war deine Beziehung zu Natalie?

Ich habe geglaubt, dass es Liebe ist, sagte er leise. Aber in Wirklichkeit war es nur ein abgefeimter Plan, um ihrem Auftraggeber die Macht in der Bank zu verschaffen. Und dass ich dabei über die Klinge springe, das hat sie überhaupt nicht interessiert.

Eine Weile sagte niemand etwas. Dann fragte Phil: Wo ist Natalie jetzt?

Wir wissen es nicht, sagte Michael. Sie ist nicht aufzufinden.

Das heißt, wir können nicht nachprüfen, ob die Geschichte stimmt?

Es ist die Wahrheit, sagte Sebastian tonlos. Sie hat die Firma verraten. Und mich.

Er sah, wie Phil zu Michael hinüberblickte und kurz nickte. Dann schob er die leere Tasse beiseite und wischte über den Tisch, als wollte er das Glas säubern. Schließlich räusperte er sich und sagte: Weißt du, warum Klohs vorhin angerufen hat, Sebastian?

Warum?

Er hat mich um einen neuen Projektleiter gebeten.

Sebastian schrie nicht. Nichts erstarrte mehr in ihm. Alles, was er tat, war in das Sofa zu rutschen, bis er mehr lag als saß, und Phil anzusehen.

Klohs hat mir gesagt, dass du dich in den Interviews überhaupt nicht um das Projektthema gekümmert hättest, sondern nur an Intrigengeschichten interessiert gewesen wärst. Der Mann in Wien hätte dich deswegen sogar hinausgeworfen. Und gestern Abend musst du das alles lautstark in einer Hotelbar erzählt haben, so dass Dr. Speer es gehört hat, der unglücklicherweise ein paar Tische weiter saß.

Sebastian stöhnte auf. Er hätte es wissen müssen.

Für sich allein betrachtet, sind das bedauerliche Fehler, die aber sicherlich verzeihlich sind, in Anbetracht dessen, was du alles geleistet hast. Aber nachdem, was du uns jetzt hier erzählt hast, sieht das anders aus.

Sebastian schloss die Augen. Es gab nichts mehr zu sehen.

Von einem Projektleiter erwarten wir, dass er die Verantwortung für seine Arbeit übernimmt, Sebastian. Aber das hast du nicht getan. Du hast dich mit allen möglichen Dingen befasst, nur nicht mit deiner Aufgabe. Und jetzt, da das Projekt gescheitert ist, willst du die ganze Schuld einem Mitglied aus deinem Team geben. Einem weiblichen Consultant, der auch noch in sexuelle Abhängigkeit von dir geraten ist.

Phil wartete einen Moment. Aber Sebastian sagte nichts mehr.

Glaubst du wirklich, Sebastian, Michael und ich hätten diesen unglaublichen Vorschlag der Bank akzeptiert? Uns selbst reingewaschen, indem wir einen zum Sündenbock erklären, der für uns arbeitet? Wir hätten die Firma sofort verlassen müssen.

Phil schwieg. Als er dann wieder ansetzte, war seine Stimme leise und bitter. Nach dem Anruf von Klohs wollte ich dir die Chance geben, uns zu zeigen, dass du weiter einer von uns bist. Dann hätten wir eine Lösung gefunden, trotz deiner Fehler auf beiden Projekten. Aber du hast uns gezeigt, dass du dem Druck nicht standhalten kannst, Sebastian. Und so jemand kann nicht weiter bei uns arbeiten.

Sebastian schwieg weiter. Aber unter seinen Wimpern drängte sich eine Träne hervor und floss langsam seine Wange hinab.

Wir werden über diese Angelegenheit in London reden. Am Montag tagt dann die deutsche Partnergruppe. Wie die Sache aussieht, werden wir dich auffordern, unsere Firma zu verlassen.

Sebastian hörte, wie sie ihre Sachen packten. Als er die Augen wieder öffnete, war er allein.

15:49 Uhr

Jetzt kommt es darauf an, dachte Jerusalem.

Schweizer hatte sich wirklich zu einer neuerlichen Kabinettssitzung bereit erklärt, sofort, in seinem Büro - erstaunlich eigentlich, an einem Freitag, um diese Zeit. Und so saßen sie wieder alle auf den Ledermöbeln, mit dem Imperator am Kopf und Frau Doktor zu seiner Rechten. Böttcher, der ja um den Termin gebeten hatte, begann.

Ihre Frage vorhin in der Sitzung hat uns nicht ruhen lassen, Herr Dr. Schweizer.

Der Imperator zog eine Braue hoch. Welche Frage?

Die nach dem Auftraggeber des Papiers.

So.

Wir haben jetzt die Antwort gefunden.

Na, sagte der Imperator, da bin ich ja gespannt.

Grimm reckte sich empor. Herr Dr. Schweizer, es sieht alles danach aus, dass ein Mitglied des Verwaltungsrats versucht, diese Bank unter seine Kontrolle zu bringen.

Der Imperator betrachtete Grimm mit verkniffenen Augen. Dann fing er plötzlich an zu kichern. Sehr gut, sehr gut, gluckste er. Ganz hervorragend, Herr Grimm. Dass Sie das endlich auch mitbekommen haben.

Ja, sagte Grimm, doch merklich irritiert. Ich meine Herrn von Hohenstein.

Nein, lachte Schweizer. Was Sie nicht sagen. Und woher haben Sie diese Neuigkeit?

Von Herrn Jerusalem, sagte Böttcher.

Alle Blicke wanderten zu ihm, aber es war nicht das, was Jerusalems Pulsschlag mit einem Schlag in gefährliche Höhen trieb. Es war die Art dieser Blicke. Schweizers Lachen war gefroren, Frau Doktor hielt ihr Feuerzeug verkrampft in der Luft, und, ja, auch Böttcher und Grimm hockten unnatürlich angespannt in ihren Sesseln. Und alle starrten sie ihn an, als hätten sie den Schuldigen entdeckt.

Ich habe mit den Beratern telefoniert, sagte er und versuchte, dabei ruhig zu klingen. Und sie haben mir gesagt, dass der Projektleiter, Herr Dr. Ritter, die Verantwortung für das Papier übernimmt.

Die Blicke hielten ihn weiter fest. Keiner rührte sich, und keiner sagte etwas.

Und... Und man hat mir zu verstehen gegeben, dass er das Papier im Auftrag des Verwaltungsrats angefertigt habe. Im Auftrag von Herrn von Hohenstein.

Sie schwiegen weiter, bis der Imperator redete. Das ist es doch nicht, was Sie uns wirklich sagen wollen.

Doch... Natürlich...

Nein. In Wirklichkeit wollen Sie doch ein Geständnis ablegen.

Ein... Was?

Kommen Sie. Sie wollen uns sagen, dass Sie der Verbindungsmann sind.

Ich? Aber nein. Fragen Sie doch Herrn Böttcher, oder bitte, Herrn Grimm, die waren doch dabei vorhin bei dem Telefonat...

Schweizers Blick wich nicht von Jerusalem. Jetzt lenken Sie nicht ab. Sie sind der Vertraute der Berater, dass wissen wir doch schon lange.

Jerusalem sah hilfesuchend zu Böttcher, doch der betrachtete den Teppichboden. Grimm war so tief in den Sessel hineingesunken, dass man ihn kaum noch sah. Nur Frau Doktor schaute ihn an, wie ein Henker, mit einem perfiden Lächeln auf den Lippen, ein Lächeln, das zu sagen schien: Gleich bist du so weit, mein Lieber. Dann lege ich dir den Strick um. Er zog an seinem Hemdkragen.

Und Hohenstein ist doch sowieso ein alter Freund von Ihnen, oder? krächzte der Imperator. Noch aus den alten Tagen bei Ihrer früheren Bank?

Noch immer sagte keiner einen Ton. Jetzt begriff Jerusalem. Sie hatten sich gegen ihn verschworen, alle miteinander, auch Böttcher und Grimm. Und er war so dumm gewesen, darauf hereinzufallen. Aber so leicht würde er sich nicht beiseiteschaffen lassen. Diese Allianz konnte gar nicht halten. Ich habe keinen Kontakt mehr zu diesem Herrn, sagte er trotzig. Aber fragen Sie doch mal Herrn Böttcher. Der hat sich doch schon einmal mit ihm zusammengetan, oder?

Schweizers Blick wanderte zu Böttcher, der sofort in seinem Sessel hochschoss. Sie... Das ist eine Unterstellung!

Schweizer hob die Hand. Ruhig, sagte er. Dann sah er wieder Jerusalem an. Sie sprechen also nicht mehr mit Hohenstein?

Nein, sagte Jerusalem fest.

Gut. Das wollen wir doch einmal sehen. Los, jetzt rufen Sie ihn an.

Was?

Kommen Sie - er wies mit der Hand auf seinen Schreibtisch - rufen Sie den Hohenstein an und sagen Sie ihm, was heute passiert ist. Dann werden wir ja sehen, was die Wahrheit ist.

Jerusalem spürte, wie er blass wurde. Er griff in seine Hosentasche, nahm ein Taschentuch heraus und wischte sich über das Gesicht. Lassen Sie doch Böttcher anrufen. Der redet doch mit ihm, nicht ich.

Ich will, dass Sie jetzt da anrufen. Schweizers Arm war noch immer in die Luft gereckt. Los.

Alle starrten ihn an, mit gierigen Blicken. Sie wollten sehen, wie er zusammenbrach. Aber eine kleine, eine letzte Chance hatte er noch. Es konnte doch nicht sein, dass auch Hohenstein eingeweiht war. Langsam erhob er sich und sah sich um. Der Imperator hob den Arm noch etwas höher. Jerusalem stolperte in Richtung Schreibtisch. Als er neben dem Telefon stand, flüsterte er: Aber... Ich habe ja gar nicht die Telefonnummer.

Schweizer drehte sich zur Seite. Frau Dr. Sturm. Nehmen Sie mal meinen Kalender und schlagen Sie die Seite mit H auf.
Sie nickte, ging zum Schreibtisch und reichte Jerusalem Schweizers Taschenkalender.
Jerusalem nahm den Hörer in die Hand und begann zu wählen, aber nach einigen Ziffern brach er ab, schüttelte den Kopf und drückte auf die Gabel. Er versuchte es ein zweites Mal, mit demselben Ergebnis. Als er auch beim dritten Mal nicht die Nummer zu Ende brachte, gab der Imperator Frau Doktor ein Zeichen. Los, helfen Sie ihm mal.
Frau Dr. Sturm ging mit sicherem Schritt zu Jerusalem, nahm ihm den Kalender aus der Hand und tippte die Zahlen ein. Jerusalem hielt den Hörer gegen das Ohr gepresst.
Hallo? Ja... Jerusalem hier. Er starrte zu der Sitzecke. Der Imperator nickte. Ich... ich hätte gerne Herrn von Hohenstein gesprochen.
Stellen Sie auf laut, sagte der Imperator.
Frau Dr. Sturm drückte auf die Lautsprechertaste. Eine sonore Stimme dröhnte leicht verzerrt durch den Raum. Hohenstein.
Guten Tag, Herr von Hohenstein. Hier Jerusalem.
Ja.
Er wusste von nichts. Er konnte von gar nichts wissen, nicht, wenn das ganze Kabinett sich verschworen hatte. Haben Sie... Haben Sie schon gehört, was heute in der Bank passiert ist?
Nein, sagte Hohenstein. Sie haben sich ja nicht gemeldet, seit ich Ihnen Plan B gefaxt habe.
Der Hörer fiel aus Jerusalems Hand. Er drohte zu stürzen, aber Frau Dr. Sturm fing ihn auf. Einen Moment hielt er sich an ihr fest, dann zuckte er zurück und umkrallte die Schreibtischkante.

Hallo? Hallo? tönte es aus dem Telefon. Frau Doktor nahm den Hörer und legte ihn zurück auf die Gabel.

Sie standen alle um ihn herum, keinen halben Meter entfernt, mit Schweizer in der Mitte.

Montagmorgen räumen Sie Ihr Büro, sagte der Imperator. Und dann will ich Sie hier nie wieder sehen.

Samstag, 23. November

09:27 Uhr

Zum ersten Mal seit Tagen schien die Sonne. Der graue Innenhof, an den üblichen Novembertagen ein Anblick, der einen leicht zu Depressionen verführen konnte, hatte heute ein geradezu südländisches Flair. Das abgeblätterte schmiedeeiserne Balkongeländer ergänzte das Bild, und selbst das dazugehörige vertrocknete Ästegewirr des Knöterichs passte dazu - Verfall in kleinen Dosen war schließlich der Inbegriff von Romantik.
Hinter der Balkontür stand Sebastian Ritter und kratzte sich an der Nase. Warum bloß ausgerechnet heute die Sonne zurückgekehrt war. Der Himmel war blau, und alles, was in den vergangenen Tagen im Grau ersoffen war, strahlte heute in neuem Glanz. Als ob ihm jemand zeigen wollte, wie unwichtig es war, dass seine Existenz gestern in tausend Stücke zersprungen war.
Er drehte sich um und ging zum Küchentisch. Auch hierhin waren die Farben wieder eingekehrt: Das Kiefernholz des Tisches und der Wandtäfelung leuchteten in einem warmen, vollen Orange. Sebastian wurde bewusst, dass er diesen Raum seit Wochen nicht mehr bei Tageslicht gesehen hatte, und sicherlich seit dem Sommer nicht mehr in diesen Farben. Eigentlich, dachte er, eigentlich sollte ich das jetzt genießen und mich darauf freuen, dass ich es öfter sehen werde. Wenn das Wetter mitmacht, jeden Tag.
Auf dem Tisch stand seine halbleere Teetasse. Er trank einen Schluck, aber der Tee war inzwischen kalt. Vor einer Stunde war er aufgestanden, weil er es im Bett nicht mehr ausgehalten hatte und da die Hoffnung war, dass er sich dem Grübeln entziehen könnte, wenn er etwas tat. Aber er war nur bis in die Küche gekommen, bis zu diesem Tisch. Die Zeitung lag unberührt in

der Ecke. Er hatte nicht lesen können, die Gedanken waren zu mächtig. Mal stockend, mal hetzend hatten sie ihre Bahnen gezogen, ohne je zu einem Ende zu gelangen.
Und er, er hatte bewegungslos auf diesem Stuhl gesessen, vor sich hingestarrt und sie alle verflucht. Michael Klosters, weil er ihn in die Falle hineingetrieben hatte, um seinen eigenen Kopf zu retten, Phil, weil er ihn noch auf die Probe stellen wollte, als er vor lauter Anspannung schon nicht mehr klar denken konnte, sein Team, das nie auch nur erwähnt hatte, was der Maulwurf in seiner Runde so alles im Geheimen trieb, natürlich Natalie, die ihn hereingelegt hatte, verführt mit ihrer Unnahbarkeit, die sie in wohldosierten Etappen aufgegeben hatte, ohne ihn je richtig an sich heranzulassen, so dass er auf Abstand gefangen war, beschäftigt mit seinen Liebeswirren und blind gegenüber all dem, was sie hinter seinem Rücken trieb. Und jedes Mal, wenn er zu diesem Punkt gekommen war, schlug seine Sicht um, und er verfluchte sich selbst am meisten von allen, beschimpfte sich für sein Versagen und nahm alle die in Schutz, die er eben noch verdammt hatte.
Und dann ärgerte er sich über das Pathos, schimpfte über seine Emotionen, nahm sich vor, nun klar zu denken, nüchtern alles durchzugehen und aufzuzeichnen, wie es so weit hatte kommen können, und die Punkte zu markieren, an denen er jetzt einhaken musste, um doch noch alles wieder anders werden zu lassen. Er begann von vorne, versuchte, systematisch vorzugehen - und landete doch wieder in den vertrauten Bahnen. Er war einfach kein Berater mehr, und dieses eine ungeheure Faktum - dass sie ihm seine Existenz genommen hatten, und dass er selbst daran schuld war - das war einfach nicht auszuklammern, und es hielt ihn fest auf diesem Stuhl, in einem Raum, der ihn verspottete mit seiner wohligen Farbe und seinem sonnendurchfluteten Blick.

So waren die Minuten vergangen, und er hatte dagesessen und nichts getan. Ab und an hatte sich die Erinnerung an die Träume der vergangenen Tage in seine Gedanken geschmuggelt, vor allem die an den Montag morgen, den Tag, an dem alles angefangen hatte. Natalie vor dem Fenster im Teamraum, verlockend, aber auch gefährlich, denn hinter ihr tauchte ja der große Unbekannte auf, der ihn dann hinauswerfen wollte aus dem Fenster, dem Imperator auf den Kühler, als Jagdbeute sozusagen... Hatte dieser Traum nicht vorweggenommen, was ihm dann in der Woche passiert war? Aber wer war das, dieser Unbekannte? Die Frage blieb stehen, und er starrte leer vor sich hin.

Dann hatte das Telefon geklingelt. Er war hochgeschreckt, hatte einen Moment gebraucht, bis er aufgestanden war, um hinüberzugehen in sein Wohnzimmer, wo das Telefon ganz unten auf einem der Regale stand. Er hatte den schwarzen eckigen Apparat angestarrt, darauf gewartet, dass er noch einmal klingelte, und als das geschehen war, hatte er abgenommen und seinen Namen genannt. Aber der Anrufer, wer immer er auch gewesen sein mochte - oder sie? - hatte schon aufgelegt.

Das war ja nicht viel gewesen, aber immerhin, es hatte ihn aufgerüttelt. Als er in die Küche zurückgegangen war, hatte er sich nicht wieder auf den Stuhl gesetzt, sondern es bis zur Balkontür geschafft. Er hatte zurückgeblickt auf den Morgen, und nun wusste er, dass es Zeit war, etwas zu tun.

Er nahm das Telefon, ging in sein Arbeitszimmer und wählte seine Büronummer. Wenn hier schon jemand anrief, vielleicht waren dann ja auch Nachrichten auf seinem Voice Mail. Das hatte er ja noch, und, wer wusste das schon, vielleicht konnte es ihm ja weiterhelfen.

Es klingelte einmal, dann sprang die automatische Stimme an. Er gab seine Geheimzahl ein und wurde durchgestellt.

Sie haben - zwei - neue Nachrichten.
Erstaunt merkte Sebastian, wie sein Herz schneller klopfte. Es funktionierte noch, die Neugierde kam doch noch immer über ihn. Aber das erste Gespräche war eine Enttäuschung: Es war nur Ludwig, der gestern Nachmittag durchgegeben hatte, dass er seinen Flug von Berlin nach Frankfurt verpasst hatte und nun erst am Abend ankommen würde. Die Stimme kündigte den nächsten Anruf an. Er stammte auch von Freitag, den 22. November, eingegangen um 15 Uhr 44.
Guten Tag, Herr Ritter, hier Meier, meldete sich eine Stimme, die Sebastian nicht gleich erkannte, und der Allerweltsname sagte ihm auch nichts. Ich habe vorhin ein etwas irritierendes Gespräch mit Herrn Klohs gehabt.
Jetzt dämmerte es ihm. Der Mann auf dem Band war der Finanzvorstand des Maschinenbauers, den er am Donnerstag besucht hatte. Was wollte der denn noch?
... Und da ich befürchte, dass sich da etwas zusammenbraut, wollte ich Sie sprechen. Jetzt sind Sie nicht zu erreichen. Rufen Sie mich doch bitte am Montag im Büro an, Sie haben ja die Nummer.
Er machte eine Pause. Er wird doch noch nicht auflegen, schoss es Sebastian durch den Kopf. Er muss mir doch noch sagen, was eigentlich los ist.
Als ob er sein Flehen gehört hätte, sprach Meier dann weiter. Wahrscheinlich wissen Sie ja schon, worum es geht. Ich fürchte, ich habe Sie da etwas in die Bedrouille gebracht, als ich bei unserem Treffen erwähnte, dass Herr Sawatzki von der Steuerhinterziehungsgeschichte damals wusste. Ich hatte ganz vergessen, wie krankhaft misstrauisch der Mann ist. Sie haben wohl etwas davon erwähnt, und er muss sich bei Klohs ziemlich aufgeführt haben. Er schwieg wieder für einen Moment. Bitte, red weiter, flüsterte Sebastian.

Ich weiß nicht, was Klohs jetzt gemacht hat, aber lassen Sie sich nicht davon verunsichern, Herr Ritter. Sawatzki ist ein Spinner, das habe ich Klohs auch gesagt, und wir brauchen Sie und Ihr Projekt. Ja. Ich hoffe, es ist noch nicht wirklich etwas passiert. Aber lassen Sie uns am Montag telefonieren. Auf Wiederhören, Herr Ritter.

Sebastian atmete tief durch. Vielleicht war doch noch nicht alles verloren, vielleicht gab es noch einen Ausweg. Einer war auf seiner Seite. Er wollte den Hörer schon auflegen, da hörte er, dass Meier noch etwas sagte:

Ach so, und falls es Sie noch interessiert. Sie hatten doch nach dem Wirtschaftsprüfer gefragt, der die Steuerhinterziehung damals nicht bemerkt hatte. Das war Tabucchi & Gray, immerhin ja eine der ganz großen Firmen, und der zuständige Partner war ein gewisser Hubertus von Hohenstein. Er ist bald darauf aus der Firma ausgeschieden, glaube ich.

Die Kunststimme verkündete, dass es keine weiteren Nachrichten mehr gab. Sebastian legte das Telefon auf seinen Schreibtisch. Jetzt wusste er, was er tun musste.

11:13 Uhr

Dr. Meier hatte Recht gehabt. Hubertus von Hohenstein hatte bald nach der Aufdeckung der Steuerhinterziehung bei seinem Mandanten die Wirtschaftsprüfergesellschaft verlassen - genauer gesagt am 30. Juni 1992. Das Handelsblatt hatte schon ein paar Wochen vorher in einer Personalienmeldung darüber berichtet, knapp und sachlich, aber immerhin mit einem Hinweis auf den Werdegang: Hohenstein dementierte Berichte, nach denen er zu der Londoner Investmentbank Mitchell's zurückkehren würde, deren deutsche Niederlassung er Anfang der achtziger Jahre mitaufgebaut hatte, und kündigte an, er werde sich als Steuerberater selbständig machen. Kein Hinweis auf einen Zusammenhang zwischen dem

Abgang und dem Skandal beim Maschinenbauer - der wohl eher ein Skandälchen war, denn Sebastian konnte keine Pressemeldung dazu finden. Hohenstein dagegen tauchte bald wieder auf, und wie. Schon ein gutes Jahr später berichtete die Süddeutsche in einem Artikel, der regelrecht reißerisch mit ‚Geschäfte mit der Gesundheit' betitelt war, davon, dass er nicht nur gemeinsam mit einem Partner namens Schreiber eines der größten Steuerberaterbüros für Ärzte besaß, sondern auch eine Abrechnungsgesellschaft für Privatliquidationen, wie es in dem wenig menschenfreundlichen Fachvokabular der Gesundheitspfleger hieß. Hohenstein wurde damals damit zitiert, dass er einen Vollservice für niedergelassene Ärzte anstrebte - die komplette finanzielle Betreuung von der Rechnungsausstellung bis zur Anlage der vor der Steuer geretteten Einkünfte. Er ließ auch durchblicken, dass der nächste Schritt darin bestehen würde, dieses Angebot allen attraktiven Selbständigen anzubieten. Das legte die Verbindung mit einer Bank ja nahe, und siehe da, wieder ein paar Monate später war auch diese Meldung in der Presse: Hohenstein wird Mitglied des Verwaltungsrates von Großmann, Meyer und Cie.

Sebastian nickte zufrieden. Jetzt zahlte es sich aus, dass er sich vor ein paar Monaten ein Account einer Presse-Datenbank im Internet hatte einrichten lassen. Er zog den letzten Artikel aus dem Drucker und überflog ihn noch einmal. Kein uninteressanter Typ, dieser Hubertus von Hohenstein. Ganz offensichtlich ein Macher, aber einer der wenigen, die auch strategisch dachten. Der hätte es auch in einer Beratung weit gebracht. Und für so jemanden musste Großmann, Meyer und Cie. einfach ein 'prime target' sein – die Bank war im richtigen Kundensegment tätig, dazu im Besitz einer überschaubaren Menge von wenig bankerfahrenen Gesellschaftern, vielleicht mit der Ausnahme Kaiser, und geleitet wurde sie von einer Horde

verschnarchter Manager. Ein Teich, voll mit fett gewordenen Karpfen, wie geschaffen für einen bissigen Hecht wie Hohenstein.
Und der Hecht hatte ordentlich losgelegt, das hatte Valentino ja erzählt. Einen Aufstand gegen Schweizer hatte er initiiert, einen Kampf der verschiedenen Fraktionen bei den Gesellschaftern, und was sonst noch alles. Aber die Bank hatte es geschafft, die Öffentlichkeit von alledem fernzuhalten, und auch Hohenstein hatte offensichtlich kein Interesse an Publicity. Erst im Sommer '95 brachte die Wirtschaftswoche ein Interview mit ihm zur Lage der Ärzte - ein beliebtes Thema, seit es das berüchtigte Gesundheitsstrukturgesetz mit seinen Budgetbegrenzungen und Niederlassungssperren gab und es der einst geldscheffelnden Berufsgruppe richtig an den Kragen ging. Hohenstein zeigte sich in dem Interview als begnadeter Lobbyist, buhlte um Sympathie, ohne mitleidig zu wirken, zeigte natürlich keine einzige konkrete Alternative, aber machte mit jedem Satz deutlich, dass die Politik nur darauf aus war, die armen, nur um das Beste ihrer Patienten kämpfenden Ärzte in den Ruin zu treiben. Und dann, ganz am Schluss, sagte er etwas, das Sebastian stutzen ließ: So geht es nicht weiter. Wenn die Politiker keine Einsicht zeigen, müssen wir neue Wege gehen. Und nur diejenigen, die das entschlossen und unerbittlich tun, werden gewinnen.
Eine etwas heftige Aussage für dieses hochpolitische Terrain, zumindest auf den ersten Blick. Der zweite ließ einen dann zweifeln, ob es nicht eher Schaumschlägerei war, was der scheinbar so gewiefte Experte da von sich gab, denn von da an enthielt keine der einschlägigen Datenbanken mehr irgendeinen Text, in dem Hubertus von Hohenstein vorkam. Oder er war so entschlossen und unerbittlich gewesen, dass einmal mehr nichts bekannt geworden war. Sebastian wollte schon aufgeben, doch dann kam er auf die Idee, noch einmal eine Suche mit dem Namen von Hohensteins Partner zu

starten. Und siehe da, hier fand sich etwas. Es war wieder eine Personale, wieder aus dem Handelsblatt, vom September dieses Jahres:
Edgar Schreiber, 51, seit 1. Januar geschäftsführender Gesellschafter der ES Gesellschaft für Finanzdienstleistungen, ist am 22. September überraschend einem Herzinfarkt erlegen.

Das war ja nun wirklich reichlich nichtssagend, und es war auch von keiner anderen Zeitung übernommen worden, soweit Sebastian das jetzt noch in der Datenbank nachvollziehen konnte. Aber merkwürdig war es schon. ES war vermutlich eine Abkürzung für Edgar Schreiber; und ein solcher Alleinanspruch ließ kaum vermuten, dass der alte Partner Hohenstein da noch mit von der Partie war. Sebastian wechselte in die Datenbank mit den Firmeneinträgen und suchte nach der 'ES Gesellschaft für Finanzdienstleistungen'. Und wirklich, er hatte Glück. Die Datenbank war nicht gerade die aktuellste. Edgar Schreiber wurde noch als Geschäftsführer des Unternehmens genannt, auch bei den Gesellschaftern stand er an erster Stelle, und zwar mit 75 Prozent. Dann kamen... Sebastian erstarrte. 20 Prozent hielt eine gewisse Magda Schreiber-Schieritz, und 5 Prozent gehörten Natalie Schieritz.

Da war sie also, die Verbindung zwischen Natalie und Hohenstein. Hatte sie nicht einmal etwas von einem Stiefvater erzählt? Sebastian war sich nicht sicher. Den Namen Schreiber hatte sie jedenfalls nie erwähnt, und schon gar nicht, dass dieser Jemand früher einmal der Geschäftspartner eines Verwaltungsratsmitglieds von Großmann, Meyer und Cie. gewesen war. Auch von einem plötzlichen Tod war nie die Rede gewesen. Sie hatte es ihm wohl verheimlicht, wie ganz offensichtlich noch vieles mehr. Was hatte sie noch einmal gestern morgen am Telefon gesagt, bei diesem merkwürdigen Anruf? 'Ich habe damit überhaupt nichts zu tun. Sie haben mich gezwungen.' 'Sie', waren das Hohenstein und... wer auch immer sonst?

Und Dienstag, als sie nicht angerufen hatte, da hatte sie sich doch überraschend mit jemandem getroffen, einem 'Bekannten aus dem Studium'. Ein schöner Bekannter. Und er hatte Informationen von ihr gewollt, über einen Kunden. Sebastian lächelte bitter. Es war nicht schwer zu erraten, welcher Kunde das war. Und obwohl Natalie ja am Telefon gesagt hatte, sie hätte ihm nichts gegeben, war es jetzt auch klar, was für Informationen es waren.

Sebastian stützte das Kinn auf die Hände und starrte auf das Papier vor sich. Wenn es stimmte, dass Natalie von Hohenstein zu dem Papier gezwungen worden war, womit konnte er sie wohl erpresst haben? Es musste etwas mit diesem Stiefvater - oder was immer er war - zu tun haben, seinem früheren Partner, der so unerwartet einen Herzinfarkt bekommen hatte. Merkwürdig, dachte Sebastian, er ist genauso gestorben wie Kaiser. Er stutzte. Und was, wenn die Übereinstimmung kein Zufall war? Wenn Hohenstein so entschlossen und unerbittlich zu Werke ging, dass er auch vor kriminellen Mitteln nicht zurückschreckte? War es möglich, dass er hinter den beiden Toden steckte? Und waren dann die Schüsse auf Frau Schweizer am Mittwoch der dritte Versuch gewesen, jemanden ins Jenseits zu befördern?

Er stand auf und fing an, im Zimmer herumzugehen. Natürlich waren das alles nur Spekulationen. Aber es musste eine Wahrheit geben, und er würde sie finden, gerade durch diese Spekulationen. Es war nur nötig, systematisch an das Problem heranzugehen, so, wie er es als Berater gelernt hatte. Sebastian nahm sich ein Blatt Papier und einen Stift, schrieb oben 'Hohenstein' hin und begann, die Informationen aus den Datenbanken darunter aufzulisten.

Weit kam er nicht, denn schon bei der Investmentbank kam die Systematik ins Stocken. Mitchell's, fiel ihm plötzlich ein, das war die Bank, bei der

Michael Klosters am Dienstag gewesen war, um über irgendeinen Unternehmensverkauf eines Kunden zu verhandeln. Gab es eine Verbindung zwischen Michael Klosters und Hubertus von Hohenstein? War das Bindeglied der Unternehmensverkauf über Mitchell's? Er schluckte. Das Offering Memorandum, das er im Flugzeug gesehen hatte - 'Project Switzerland', das war es. Das stammte doch auch von Mitchell's. Kein Wunder, dass Michael alles als baren Unsinn abgetan hatte. Und kein Wunder, dass seine Karriere bei Top Management Consulting kurz darauf beendet worden war - durch Michael Klosters. Er war ihm auf die Spur gekommen. Michael Klosters wollte das Bankhaus Großmann, Meyer und Cie. verscherbeln, gemeinsam mit Hubertus von Hohenstein.

Aus seinem Arbeitszimmer schlurfte er in die Diele. Um weiterzukommen, brauchte er mehr Informationen, das war klar. Er musste einfach mehr über diesen Hubertus von Hohenstein erfahren. Das Beste wäre, mit jemandem zu sprechen, der Hohenstein kannte. Ihm fiel ein, dass er noch gar nicht wieder versucht hatte, ob Natalie doch zu erreichen war. Vielleicht war sie ja wieder aufgetaucht, und er konnte sie treffen, und alle Fragen würden sich klären, und sie würde ihm helfen, die Abstimmung am Montag abzuwenden, und er würde doch Partner werden, weil er den Fall gelöst hatte... Er drückte auf die Programmtaste an seinem Telefon, und die Pieptöne flitzten durch die Leitung. Dann kam der Rufton, und er ließ es klingeln - einmal, zweimal, fünfmal, zehnmal. Keine Antwort. Sie war verschwunden, wie gestern.

Langsam ließ Sebastian das Telefon sinken. Er musste sie finden, das war seine einzige Chance. Auf direktem Weg war sie nicht aufzufinden, das hatte sich mit dem Anruf jetzt ja wieder gezeigt. Also über Hohenstein? Damit war er wieder bei der Frage: Wer wusste etwas über ihn? Jemand aus der Bank? Vielleicht... Valentino?

Er ging zurück zu seinem Schreibtisch und suchte nach seiner Telefon CD-ROM, startete das Programm und gab 'Wahlen Horst' ein. Es gab vier in Deutschland, und natürlich war es der letzte, der in der Nähe von Frankfurt wohnte. Sebastian wählte die Nummer und wartete gespannt.

Wahlen. Die Stimme war unverkennbar. Es war Valentino.

Guten Tag, Herr Wahlen, hier Ritter.

Herr Ritter. Was wollen Sie denn?

Sebastian räusperte sich. Nun ja, Herr Wahlen, Sie werden ja schon gehört haben, was gestern in der Bank passiert ist.

Allerdings. Ich habe vor allem gehört, dass Sie jetzt Hausverbot haben.

Ja, sagte Sebastian, das ist leider richtig. Es ist sehr unglücklich gelaufen gestern, und Herr Dr. Schweizer ist, äh... ja, explodiert.

Valentino hörte ihm nicht länger zu. Frau Schumann hat gestern Nachmittag alle Abteilungsleiter angerufen und informiert, dass der Auftrag Ihrer Gesellschaft beendet worden ist und ein weiterer Kontakt mit Ihnen und Ihren Mitarbeitern nicht erwünscht ist.

Ach so. Sebastian biss sich auf die Lippe. Aber telefonieren können wir doch noch, Herr Wahlen.

Das kommt darauf an, worüber Sie mit mir reden wollen, Herr Dr. Ritter.

Hören Sie, die Vorwürfe sind völlig unberechtigt. Ich habe überhaupt nichts zu tun mit diesem Papier, das alles ausgelöst hat. Frau Dr. Sturm hat die Situation genutzt und...

Das habe ich Ihnen doch alles schon am Mittwoch gesagt, Herr Dr. Ritter. Aber Sie wollten ja nicht auf mich hören.

Jetzt will er es mir erst recht zeigen, dachte Sebastian. Ich muss sein Vertrauen wieder gewinnen. Oder zumindest seine Neugier. Herr Wahlen, flüsterte er ins Telefon. Hohenstein will die Bank verkaufen.

Valentino zeigte sich unbeeindruckt. Das haben Sie schon Mittwoch durchblicken lassen, Herr Dr. Ritter. Ich habe es Ihnen damals nicht geglaubt, und heute tue ich es auch nicht.

Ich bin sicher, dass ich es beweisen kann, sagte Sebastian beschwörend. Wenn Sie mir helfen, Herr Wahlen.

Eine Weile lang kam keine Antwort.

Nein, sagte Valentino dann bestimmt. Nein, Herr Dr. Ritter. Das ist mir zu gefährlich. Sie sind da raus, aber ich will noch ein paar Jahre bei dieser Bank verbringen. Nein, und bemühen Sie sich nicht noch einmal.

Herr Wahlen, rief Sebastian in die Leitung, aber er hatte schon aufgelegt.

Feigling, dachte Sebastian, mieser kleiner Feigling. Er schlug auf den Tisch. Opportunistisch bis zur Selbstaufgabe, widerlich.

Wer kam sonst in Frage? Bei den Kabinettsmitgliedern brauchte er es erst gar nicht zu probieren, auch nicht bei Jerusalem, der war ja das größte Schwein. Die Wut kroch wieder in ihm hoch, als er daran dachte, was Jerusalem gestern von Klosters verlangt hatte. Dagegen war Valentino wirklich ein kleines Licht. Ausgerechnet Jerusalem, ausgerechnet derjenige, der doch auf ihrer Seite zu sein schien, ausgerechnet der hatte ihn verraten, und wie. Ein Arschloch eben, ohne Charakter, ohne Moral, dachte nur an sich und sein schickes Büro und...

Frau Neher. Er konnte versuchen, mit Frau Neher zu sprechen. Die war doch so nett gewesen bei den letzten Gesprächen. Vielleicht wusste die ja etwas, schließlich saß sie mittendrin in der Schaltzentrale.

Sebastian gab 'Neher' in den Computer ein, und das System zeigte ihm eine endlose Reihe von Namen an. Wie hieß sie doch mit Vornamen? Bei ihrem letzten Anruf hatte sie ihn doch genannt, irgendetwas mit ‚A'... Anja? Er probierte es und tippte den vollständigen Namen ein. Es gab zwei Anja

Neher, eine wohnte im Frankfurter Raum. Er wählte die Nummer, und wirklich, es meldete sich die Stimme, auf die er gehofft hatte.

Guten Tag, Frau Neher, hier ist Ritter, sagte Sebastian.

Herr Dr. Ritter, kam die verblüffte Antwort. Geht es Ihnen... gut?

Sie weiß auch Bescheid, dachte Sebastian. Na ja, sagte er zögerlich. Wie sagt man, den Umständen entsprechend. Er hustete. Frau Neher, wir wollten uns doch mal treffen. Wie wär's, wenn wir das heute machten?

Heute?

Ja. Heute Nachmittag. Ich brauche Ihre Hilfe, Frau Neher.

Meine Hilfe? Was kann ich denn schon für Sie tun?

Sie können mir sagen, was in den letzten Wochen im Büro von Herrn Jerusalem abgelaufen ist.

Sie schwieg.

Und ob er in dieser Zeit mit einem gewissen Hubertus von Hohenstein gesprochen hat.

Sie wissen, dass ich gar nicht mit Ihnen reden darf, sagte sie leise.

Sebastian hatte seine Lektion gelernt. Frau Neher, kommen Sie. Bei einer Bank, die solche Anweisungen ausgibt, wollen Sie doch sowieso nicht bleiben.

Eine Chefsekretärinnen-Position ist nicht so leicht zu finden.

Und wenn ich Ihnen beim Suchen helfe?

Sie musste lachen.

Ich meine es ernst, Frau Neher, sagte Sebastian, den Hörer ganz nah an den Lippen. Wenn es stimmt, was ich vermute, dann sollten sie schauen, dass sie schleunigst aus dieser Bank verschwinden. Und ich habe genügend Kontakte, da wird sich bestimmt etwas machen lassen.

Sie ließ ihn eine Weile warten. Dann sagte sie: Also gut. Aber nicht am Telefon.

Wo dann? Bei Ihnen?

Nein, sagte sie schnell, und ergänzte dann: Vielleicht wird meine Wohnung ja beobachtet.

Sie spinnt auch schon, dachte Sebastian im ersten Moment, aber dann dachte er daran, dass die Bank ja jeden Kontakt mit den Beratern untersagt hatte. Vielleicht war es wirklich besser, vorsichtig zu sein.

Am besten treffen wir uns im Haus meiner Eltern, die sind sowieso gerade in Urlaub. Sie gab ihm eine Adresse in Bad Homburg durch. Wann wollen Sie kommen?

Moment... sagte Sebastian und griff nach dem Flugplan in seinem Aktenkoffer. Der nächste Flug geht um 12 Uhr 25, das wird zwar knapp, aber das schaffe ich schon. Dann bin ich so gegen zwei bei Ihnen.

Gut, sagte sie, ich werde da sein.

13:28 Uhr

Draußen im Garten schien die Sonne, aber das stumpfe Grau beherrschte weiter das karge Ensemble, das nie richtig angewachsen war. Wie ein Schleier legte es sich auf den erdigen Rasen und hing im Gestrüpp der zu klein geratenen Büsche. Kein Vergleich mit dem satten, mediterranen Grün, auf das der Banker in seinem Büro immer geblickt hatte. Der Blick auf die Landschaft fehlte ihm, und mit ihm der Junge am Pool, der wirkte wie ein Geliebter. Wie wohl der Mann im Pool heute aussehen würde? Bei diesem Licht war er ihm immer sehr lebendig erschienen, aber nachdem, was gestern geschehen war, war das nicht mehr so sicher. Vielleicht leuchteten die Farben jetzt in allen Tönen der Verwesung, und es war endgültig unabweisbar, dass er schon lange herumtrieb im Wasser, tot und aufgeschwemmt, ekelerregend.

Wolfgang, rief eine Stimme aus dem anderen Zimmer. Er reagierte nicht. Die Dinge hatten sich etwas anders entwickelt, als er gedacht hatte, als er sie gestern Nachmittag aus dem Büro anrief, nach der Hinrichtung. Er hatte es alles hinter sich bringen wollen, komplett abschließen, nur hören, wie sie sich verabschiedete und verschwand aus seinem Leben. Aber als er gesagt hatte, was passiert war, schwieg sie erst und reagierte dann nur mit einem Wort:

Warum?

Und er hatte geantwortet: Weil er mich reingelegt hat.

Wer?

Hohenstein.

Erst hatte sie nur geseufzt. Danach sagte sie einen Satz, leise, aber bestimmt: Ich komme und hole dich ab.

Er war viel zu überrascht gewesen, um zu reagieren, und als es ihm bewusst wurde, was sie da eigentlich gesagt hatte, war die Leitung schon tot. Kurze Zeit später hatte sie in seinem Büro gestanden, hatte ihn umarmt, ihn an der Hand genommen und aus dem Gebäude hinausgeführt, auf den Parkplatz, zu ihrem Cabrio, und hatte ihn nach Hause gefahren. Er war ihr gefolgt, willenlos, wie in Trance.

Zu Hause hatte sie Kaffee gekocht, und sie hatten dagesessen und den Kaffee getrunken, schweigend. Sie hatte ihn angesehen, lange, besorgt, als hoffte sie, er würde etwas sagen. Aber er hatte weiter geschwiegen, denn er wollte nicht mit ihr reden. Er wollte nicht mit ihr streiten, natürlich nicht, aber er wollte auch nicht ihr Verständnis. Das Liebste wäre ihm gewesen, sie hätte ihn einfach in Ruhe gelassen, alleine, bis er sich gesammelt hatte und gehen konnte, davon ziehen in die Nacht, in die Bars, wo er sich nicht verstecken musste, wo er auf nichts Rücksicht zu nehmen brauchte, wo er die Bank, dieses Haus, dieses ganze verlogene Leben hinter sich lassen konnte.

Aber sie ging nicht. Sie blieb einfach sitzen, auf dem Sofa, ihm schräg gegenüber, und sah ihn an. Und als sie dann anfing zu reden, da sagte sie, dass dies nun der Moment wäre, all das zu überwinden, was sie einander entfremdet hatte, dass es die eine Gelegenheit für sie beide wäre, das Leben neu zu beginnen, ehrlich, offen, für- und miteinander. Dass sie weggehen sollten aus dieser Stadt, aus diesem Land, neu anfangen, irgendwo, ohne dieses vom Geld, von der Gesellschaft bestimmten Leben, so viel brauchte sie ja gar nicht, sie wollte nur in Ruhe leben, Zeit für sich haben, und für ihn, für sie beide.

Er musste sie ziemlich ungläubig angesehen haben, denn plötzlich brach sie in Tränen aus und schluchzte, auch jetzt würde er ihr nicht vertrauen, so wie er es nie getan hätte, auch jetzt würde er sie vorführen mit seiner Distanz, seiner Kälte, ob er das nicht merken würde, ob es ihm nicht bewusst wäre, wie er sie quälen würde, obwohl sie es doch war, die kämpfte für ihre Beziehung, für den gegenseitigen Respekt, der aus dem Vertrauen erwuchs. Und als er immer noch nichts sagte, wurde sie hysterisch, heulte laut und schrie, er hätte sie zugrunde gerichtet, er hätte ihr alles genommen, die Freude, die Fröhlichkeit, die Lust am Leben. Als sie es noch gekonnt hätte, hätte er sie nicht gehen lassen, er hätte sie eingesperrt mit seinem Geld, sie in seiner Nähe haben wollen wie ein Schmuckstück, schön, angenehm, bloß nicht lästig. Und jetzt, wo das alles zu Ende war, jetzt wollte er wohl alles zerstören, nicht nur sich, sondern sie mit dazu.

Geh doch einfach, hätte er in diesem Moment sagen sollen, geh einfach, ich zahle dir, was du brauchst, oder zumindest das, was ich glaube, dass du brauchst, geh, hasse mich, aber lass mich in Ruhe. Aber er hatte nichts gesagt, immer noch nicht.

Sie war über ihn hergefallen, hatte ihn an den Schultern gepackt und geschüttelt, hatte ihn angebrüllt, er sollte mit ihr reden, er sollte ihr sagen, was er dachte, was in ihm war. Wer er war.

Ich glaube es dir nicht, sagte sie dann, als er immer noch nicht antwortete, ich glaube es nicht, dass du schwul bist. Vielleicht wärst du es gern. Aber du hast viel zu viel Angst davor, es zu sein. Und deswegen hast du gar keine Gefühle, Wolfgang. Nichts. Du bist ein Roboter. Ein Eunuch. Dann hatte sie wieder geweint, aber diesmal leiser, resignierter, so dachte er wenigstens. Aber er hatte sich getäuscht.

Verstehst du nicht, hatte sie wieder angefangen, ich will dir doch helfen. Ich erwarte doch gar nicht, dass du mich begehrst, das vergeht doch immer schnell, das kenne ich doch. Ich will, dass du zu deinen Gefühlen findest, Wolfgang, durch mich. Und jetzt hast du die Gelegenheit dazu. Jetzt, und vielleicht nie wieder.

Wahrscheinlich hatte sie ihn einfach mürbe geredet. Vielleicht war er auch einfach nur verzweifelt, gebrochen vom Rausschmiss, von seiner Naivität, der Ahnungslosigkeit, mit denen er ihnen in die Falle gegangen war, trotz all seines Nachdenkens, aller Strategien. Und möglicherweise war es auch das Bewusstsein, dass sie sich irrte, dass er Gefühle hatte, und dass sie trotzdem recht hatte, weil er nicht zu ihnen stehen konnte, nicht hier, nicht vor ihr, nicht vor der Welt. Auf jeden Fall waren ihm in diesem Moment die Tränen gekommen.

Es musste wie eine Befreiung für sie gewesen sein. Sie nahm ihn in den Arm, zog ihn an sich, flüsterte ihm ins Ohr, drückte ihm Küsse auf die Wangen, die Stirn, auf den Mund, schleppte ihn fort ins Schlafzimmer, legte ihn aufs Bett und zog ihn aus, deckte ihn zu und kam dann selbst hinein, kuschelte

sich an ihn und streichelte und herzte ihn, ohne Pause, ohne Ende, wie ein immerwährendes, unveränderliches Ritual. Und er ließ alles mit sich geschehen, ohne Bewegung, ohne Willen, nach einiger Zeit auch ohne Tränen. Irgendwann musste er eingeschlafen sein.
Als er dann am Morgen aufgewacht war, lag er alleine im Bett. Einen Moment lang war die Hoffnung in ihm aufgekeimt, aber dann hatte er sie in der Küche gehört. Er war schnell aufgestanden, ins Bad verschwunden, damit er erst einmal etwas Zeit hatte, sich zu finden, sich bereit zu machen dafür, ihr wieder gegenüberzutreten. Als er dann nach einer halben Stunde herauskam, ging es schon wieder. Am Frühstückstisch hatte sie dann angefangen zu fragen, und er hatte ihr langsam erzählt, was in der Bank passiert war. Er wusste nicht, wie viel sie wirklich verstanden hatte, aber sie kannte natürlich die Akteure in der Geschichte, und sie hasste sie alle, bis auf Hohenstein, der immer einen gewissen Reiz auf sie ausgeübt hatte, das war jedenfalls sein Eindruck gewesen, und manchmal hatte er regelrecht so etwas wie Eifersucht entwickelt, vor allem wohl deswegen, weil er nicht wollte, dass Hohenstein auch noch von dieser Seite in sein Leben eindrang und noch mehr über ihn erfuhr, denn alles, was dieser Mann wusste, setzte er in Macht um, und in Erpressung, das hatte er oft genug erfahren müssen.
Er hatte erzählt, alles, auch die Steuergeschichte, und sie hatte sich aufgeregt, nicht darüber, dass er diesen Irrtum begangen hatte, wie sie sagte, sondern darüber, dass man ihn unter Druck gesetzt hatte, erpresst, wie sie sagte, hereingelegt, in eine Falle gejagt, bloßgestellt in aller Öffentlichkeit. Dabei ließ sie nicht den geringsten Zweifel aufkommen, dass sie auf seiner Seite war, voll und ganz, ohne jeden Abstrich, wie sie betonte. Nicht eine abfällige Bemerkung zu seinem Verhalten hatte sie losgelassen, anders als früher, genauer gesagt, anders als vor ein paar Tagen, als sie ihn

das letzte Mal verspottet hatte, bis er schweigend aus dem Zimmer gegangen war, wie so oft. Nein, sie war ganz Verständnis und Mitgefühl. Am Ende, als sie schon die Tassen auf das Tablett stellte, hatte sie dann gesagt:

Siehst du, Wolfgang, wir können doch miteinander reden. Du kannst Vertrauen zu mir haben. Dann hatte sie über den Tisch nach seiner Hand gegriffen, ihm in die Augen gesehen und geflüstert: Komm, machen wir weiter so. Wir schaffen das. Wir beide, zusammen.

Der Mann am Pool trug ein Jackett in einer merkwürdig roten Farbe, so, wie man sie gerne in den Siebzigern anzog, und heute wohl wieder, erst gestern hatte er in der Nähe der Bank einen Jungen gesehen in einem ähnlichen Jackett, schon von weitem war er ihm aufgefallen, als er die Straße entlang ging, der Junge kam auf ihn zu, und er erwiderte seinen Blick, er lächelte ihn an, aber es war nicht der richtige Ort gewesen und nicht der richtige Moment, er hatte schnell weggesehen und war in das Restaurant gegangen, wo er Böttcher getroffen hatte, das Schwein. Er verstand es einfach nicht, wie ihm das passieren konnte, dass er nichts begriffen hatte von ihrem Komplott, dass er ihnen in die Falle getapert war wie ein dummer, gutmütiger Bär, genau das hatte seine Frau vorhin auch gesagt, aber bei ihr hatte das fast geklungen wie ein Kompliment. Dabei war er vor allem dumm gewesen, dumm und naiv, und das Beste war, dass er sich auch noch bereitwillig hatte vorführen lassen, vor versammelter Mannschaft, bei diesem miesen Telefontrick, immer von der Hoffnung getrieben, dass da doch noch ein Ausweg war, dass wenigstens Hohenstein nicht mit in diesem Spiel sein konnte...

Wolfgang, komm, das Essen ist fertig.

Sie hatte er auch missverstanden, völlig falsch eingeschätzt, die ganze Zeit, aber vor allem jetzt am Schluss. Und nicht nur sie, auch seine eigenen

Gefühle. Jetzt war ihm klar, dass er gestern Angst gehabt hatte davor, ohne sie zu sein, ohne diese sichere, schützende Hülle, die er sich über die Jahre aufgebaut hatte, mit vielen Spannungen nach innen, sicherlich, aber nach außen hatte es wunderbar funktioniert, über sie beide gab es nicht solche Geschichten wie über Schweizer und die Frau Gemahlin. Und er hatte gedacht, in den letzten Monaten hätten sie sich endgültig arrangiert, ihren Weg der offenen Ehe gefunden, und jetzt das. Jetzt wollte sie ihm helfen, ihn womöglich heilen, bekehren, hinführen zu einem neuen, erfüllten Leben, mit ihr.

Eigentlich wollte er doch nur allein sein. Hätte er sie vertreiben sollen, gestern, als sie auf ihn einschlug? Es wäre wenigstens konsequent gewesen. Er hätte brutal werden müssen, hätte ihr weh getan, vielleicht noch mehr als in der Vergangenheit, hätte ihre Wut auf sich gezogen, ihre Verzweiflung. Sie hätte getobt, irgendwie ja zurecht, womöglich hätten sie sich ernsthaft geschlagen, am Ende wären nicht nur Tränen geflossen, sondern sogar Blut. Hätte er das alles lostreten sollen, die Schuld auf sich laden an solch einer Eruption? Jetzt war sie glücklich, hatte wieder Hoffnung, und ihm hatte das doch auch gutgetan, gestern Abend. Im Grunde konnte sie ja alles machen, was sie sich jetzt vorstellte, ihn bemuttern, ihm zuhören, ihn unterstützen, wenn sie ihn nur zugleich auch in Ruhe ließe, nicht dauernd Ansprüche erhob, ihm sein eigenes Leben erlaubte. Vielleicht ging es ja, wenn er ihr das sagte. Aber würde er es können? Und wenn er sich überwand - würde sie ihn verstehen? Oder würde es die nächste Szene geben, und dann doch den großen Ausbruch, der womöglich nicht nur sie davon riss, sondern ihn gleich mit?

Wolfgang. Nun komm doch.

Ja.

Er ging hinüber ins Esszimmer und setzte sich zu ihr an den Tisch. Sie strahlte ihn an, er lächelte kurz zurück, und dann begannen sie zu essen. Sie hatte wunderbar gekocht, das konnte sie, Fisch mit rosa Pfeffersauce, immer schon einer seiner Favoriten, dazu Zuckerschoten, ein Traum. Sie tranken einen Chardonnay aus Italien, erdig, nicht verzärtelt wie viele Kalifornier, sehr schön, es schmeckte ihm.

Wolfgang, sagte sie, als ihr Teller dann leer war und sie ihm zusah, wie er die letzten Spuren der Soße mit dem Reis aufsog, um nichts übrig zu lassen von dem Genuss, Wolfgang, lass uns doch wegfahren.

Er sah erstaunt hoch.

Ja, einfach raus, fort von diesen ganzen schlechten Erinnerungen hier. Ich habe vorhin beim Reisebüro angerufen, morgen Nachmittag um vier geht ein Flug nach Mallorca, abends um acht könnten wir dort sein.

Mallorca. Daran hatte er doch gestern noch gedacht.

Wir könnten ins Hotel Formentor gehen, weißt du, direkt da am Kap. Wir waren da schon einmal essen, und es hat dir so gut gefallen damals.

Kap Formentor. Das war ihr erstes gemeinsames Wochenende gewesen, und damals hatte sie ihn wirklich bezaubert, mit ihrem Lächeln, ihrem Charme, Tag und Nacht, selbst im Bett. Keine schlechte Wahl. Er musste lächeln.

Also du bist einverstanden?

Er nickte. Ja, sagte er, ja, in Ordnung. Lass uns fahren.

13:50 Uhr

Das Taxi bog so langsam um die Ecke, dass Sebastian das Straßenschild lesen konnte und den Namen wiedererkannte. Neugierig folgte sein Blick den behäbig vorbeiziehenden Häusern mit ihren ordentlichen Vorgärten, den schmalen, kontrastreich abgesetzten Eingangstüren, meist neben breiten Garagentoren, schön Ton in Ton, und den wuchtig aufgesetzten Dächern, bei denen ab und an mal ein Fenster hervorlugte, wohl der Hort der jungen Generation. Irgendwo, hinter einem von diesen Fenstern, hatte wahrscheinlich auch Frau Neher ihre wohlbehütete Kindheit verbracht. Das Taxi hielt vor dem letzten Haus der Stichstraße. Sebastian zahlte und stieg aus. Das schmiedeeiserne Tor, in das kunstvoll der Name Neher eingefügt war, stand einen Spalt offen. Als Sebastian es weiter schob, um hindurchzupassen, quietschte es bedrohlich. Unwillkürlich sah er sich um, aber über der ganzen Gegend lag die müde Stille des Samstagnachmittags. Nichts zu sehen und zu hören. Als er sich wieder umdrehte, stand Frau Neher in der Haustür und winkte ihn hinein.

Kaum war er durch die Tür, machte sie sie schon zu, flüsterte eine Begrüßung und schob ihn durch den dunklen Flur in das Wohnzimmer, wo neben einer plüschigen Couch der Tisch gedeckt war. Geben Sie mir Ihren Mantel, sagte sie, und setzen Sie sich. Ich komme sofort.

Sebastian tat, wie ihm geheißen, und sah sich um. Das typische gutbürgerliche Wohnzimmer, mit der obligatorischen Schrankwand vor der weißen Raufasertapete, dem beigen Teppichboden, auf dem ein schon etwa abgewetzter Perser lag, und über dem Sofa das barocke Ölbild, auf dem ein junges Mädchen einem feisten Alten Wein einschenkte. Neben dem Sofa ein Beistelltisch mit Zeitschriften. Die oberste war aufgeschlagen, ein Bericht über irgendein Fest, mit vielen Fotos. Sebastian sah genauer hin. Das war doch der Bericht über den Geburtstag des Banken-Vorstands, den er auch schon in der Hand gehabt hatte. Er suchte nach dem Foto mit Nero, Böttcher und Jerusalem. Richtig, da war es, und da im Hintergrund war auch der merkwürdige Mann mit dem kalten Blick... Sebastian erstarrte. Er erkannte den Mann wieder. Es war derselbe, den er am Frankfurter

Flughafen gesehen hatte, neben dem dicken Männchen. Und mit einem Mal wusste er auch, wer dieser Mann war.

Die Tür quietschte, und Frau Neher kam mit einem Teller voller Kuchen. Als sie vor Sebastian stand, erschrak sie. Mein Gott, Herr Dr. Ritter. Ist alles in Ordnung?

Langsam sah Sebastian zu ihr hoch. Die dunklen Haare fielen ihr ins Gesicht, das heute viel blasser war, als er es in Erinnerung hatte. Aber ihre Augen waren so, wie er sie kannte, dunkel, fast schwarz, und sie sahen ihn mit einer Besorgnis an, die ihm gut tat. Ja, keine Angst, sagte er und lächelte schmal. Dann zeigte er auf das Foto. Wissen Sie, wer das ist?

Wer... Der da hinter Herrn Böttcher?

Sebastian nickte

Das ist Herr von Hohenstein. Kennen Sie den gar nicht?

Hohenstein. Er war es. Wenn er vorhin bei seinen Recherchen wirklich das gemacht hätte, was er sich ja eigentlich vorgenommen hatte, nämlich systematisch zu denken, dann hätte er darauf kommen müssen, dass nur er es gewesen sein konnte, dem er da am Mittwoch am Flughafen begegnet war, eher per Zufall, aber wer wusste das schon. Er sah noch einmal auf das Foto. Der kalte Blick, auf Nero gerichtet, den Gegner im Verwaltungsrat, das war derselbe Blick, mit dem er ihm in Frankfurt hinterhergesehen hatte. Wenn Hohenstein diesem Blick auch immer Taten folgen ließ, dann hatte er noch einiges zu erwarten.

Als er nicht antwortete, goss Frau Neher Kaffee ein. Sebastian sah ihr zu, noch immer etwas betroffen von der Entdeckung, die ja eigentlich keine war, und der Angst, die leise begann, in ihm hochzukriechen. Frau Neher trank ihren Kaffee, griff sich ein Stück Kuchen, brach ein kleines Stück ab, knabberte daran und wartete ganz offensichtlich darauf, dass Sebastian etwas sagte. Kennen Sie ihn denn? fragte er schließlich. Diesen Hohenstein, meine ich?

Herr Jerusalem hat mir einiges über ihn erzählt. In der Bank habe ich ihn auch einmal gesehen, glaube ich. Und auf Fotos. Haben Sie ihn nie getroffen?

Ich habe den Namen Hohenstein diese Woche zum ersten Mal gehört, sagte Sebastian.

Ach so, sagte Frau Neher, und rührte in ihrem Kaffee.

So ging das nicht. Was war nur mit ihr los? War das dieselbe Person, die ihm am Dienstag nach Benchmarks ausgefragt hatte? Die so selbstbewusst geredet hatte, und das ja nicht nur einmal, dass er ganz nervös geworden war? Vielleicht war es die Umgebung, dieser verstaubte Raum mit seiner bleiernen Spießbürgerlichkeit? Frau Neher, sagte er eindringlich, bitte. Was wissen Sie?

Sie sah zu ihm hoch, ängstlich, wie es ihm schien, oder war es doch nur verwirrt, und sagte: Was meinen Sie?

Er hätte mit ihr in ein Café gehen sollen, irgend wohin, wo die Atmosphäre locker war, angenehm, wo sie hätten plaudern können. Frau Neher. Sie haben die ganze Zeit im Schaltzentrum gesessen, wenn ich das mal so nennen darf. Sie müssen doch vieles mitbekommen haben.

Sie zuckte mit den Achseln. Als Sekretärin hört man höchstens ein paar Einzelheiten, keine Zusammenhänge. Und Herr Jerusalem ist sehr verschlossen.

Aber vor ein paar Tagen wollten Sie doch mit mir reden, weil Sie genauer verstehen wollten, was in der Bank vor sich ging.

Sie schwieg. Warum ist sie nur hierhergekommen, wenn sie nichts sagen will, dachte Sebastian. Oder will sie sich nur bitten lassen? Kommen Sie, Frau Neher. Wir fangen jetzt einfach mal an. Sie erzählen mir, was sie so wissen an Einzelheiten, und zusammen bekommen wir dann die Zusammenhänge schon hin.

Ihr Nicken war fast unmerklich, aber es war ein Signal.

Also. Was ist am Freitag passiert, nachdem ich gegangen bin?

Herr... Herr Jerusalem ist in die Kabinettsrunde gegangen, sagte sie, ohne ihn anzusehen. Vorher hat er sich aber einen ordentlichen Cognac genehmigt.

Kam das öfters vor?

In letzter Zeit schon. Er war wahnsinnig unter Druck diese Woche.

Und? Dann?

Als er aus der Sitzung zurückkam, hat er mir erzählt, dass Sie... also...

Dass wir aus der Bank herausgeflogen sind.

Sie wischte sich einen Krümel vom Rock. Ja. Aber das wusste ich schon. Die Sache mit dem Papier und die Szene bei Herrn Dr. Schweizer hatte sich schon herumgesprochen.

Sebastian schwieg und sah auf den Boden.

Herr Jerusalem war ziemlich aufgelöst, denn er war ja mitbetroffen von der ganzen Entwicklung.

Er war mitbetroffen?

Ja. Dr. Schweizer hat die Gelegenheit benutzt, um vom Kabinett die Unterstützung für die Verschiebung seines Ausscheidens einzuholen. Er will jetzt noch drei Jahre bleiben. Und Frau Dr. Sturm will er mit ins Kabinett berufen. Herr... Herr Jerusalem musste in dem Moment von seinen Karrierehoffnungen Abschied nehmen. Frau Dr. Sturm und er sind schließlich wie Katz und Maus, und mit ihr in dieser Position hatte er keine Chance mehr im Kabinett, das wusste er.

Mmh. Na also. Sie wusste doch etwas, und bei weitem mehr als nur Einzelheiten. Und dann?

Dann ging er in sein Büro und telefonierte.

Mit wem?

Sie sah ihn starr an. Mit Herrn Böttcher.

Ach so. Sebastian nickte gleichmütig.

Er hat sich mit ihm zum Mittagessen verabredet.

War das etwas Besonderes?

Ja, schon. Herr Jerusalem ging sonst nie mittags essen, es sei denn, mit Kunden.

Ach ja. Und was passierte dann?

Als er zurückkam, war er völlig verändert. Er hat mich kaum gesehen, rannte nur schnell in sein Büro und holte seinen Kalender, und dann ging er zu Böttcher. Sie griff nach der Kaffeetasse. Als sie sie hochnahm, sah Sebastian, dass ihre Hand zitterte. Er kam erst am späten Nachmittag zurück, und da sah er aus, als wäre er dem Tod begegnet. Ja, und dabei hat er mir gesagt, dass er nicht mehr zurückkommen wird.

Sebastian musste sie wohl reichlich verständnislos angesehen haben, denn Frau Neher lachte kurz, aber es klang so, als wären die Tränen nicht weit entfernt. Damit wollte er sagen, dass Schweizer ihn gerade hinausgeworfen hatte.

Sebastian merkte, wie sein Kinn hinuntersank. Jerusalem gefeuert! Damit hatte er nun wirklich nicht gerechnet. Wissen Sie, warum?

Sie schüttelte nur kurz den Kopf. Aber natürlich weiß sie es, dachte Sebastian. Herr Jerusalem hat uns am Nachmittag angerufen. Wussten Sie das?

Sie sah erstaunt zu ihm hinüber, ehrlich erstaunt, erschien es ihm. Nein.

Er hat uns angeboten, dass wir die Bank weiter beraten können, wenn wir die Verantwortung für das Papier übernehmen, das bei Schweizer gelandet ist. Genauer gesagt, wenn ich zugebe, dass ich es im Auftrag von Hohenstein geschrieben habe.

Ihre Augen wurden noch größer, als sie es schon waren, aber in ihnen las Sebastian weiter nur Erstaunen, nicht sonst. Haben Sie eine Ahnung, wie Jerusalem auf diese Idee gekommen ist? hakte er nach.

Sie zeigte keine Regung.

Das ist schließlich Erpressung, das ist Ihnen klar.

Nichts.

Da fiel es ihm ein. Haben Sie nicht gesagt, dass Jerusalem mit Böttcher essen war? Und dass er danach so verändert war?

Langsam, wie in Zeitlupe, floss eine Träne aus ihrem linken Augenlid herab, die Wange entlang, bis sie am Kinn hängen blieb.

Kommen Sie, sagte Sebastian leise. Erzählen sie es. Wenn es heraus ist, geht es Ihnen besser. Mir können Sie vertrauen.

Sie sah ihn an, und im nächsten Moment begann ihr Körper zu zucken, und dann erbrach sie die Tränen stoßweise, so heftig, dass Sebastian sie festhielt, weil er Angst hatte, sie würde hinunterrutschen von ihrem Sessel, vielleicht gegen den Tisch schlagen und sich verletzen. Sie schluchzte weiter in seinem Arm, bis ihr die Luft wegblieb, wimmerte leise, und als sich dann ein neuer Stoß den Weg bahnte, schrie sie, als würde der Schmerz sie zerreißen. Verzweifelt kramte Sebastian nach Taschentüchern, aber alle waren benutzt, und so konnte nur sein Hemd den Tränenfluss aufnehmen, bis sie sich losmachte und davonlief zum Badezimmer.

Nach einigen Minuten kam sie wieder, das Gesicht rot verquollen, in der Hand einen ganzen Knäuel von Papiertaschentüchern, und ließ sich in den Sessel fallen. Entschuldigen Sie bitte, flüsterte sie, ich wollte keine Szene machen.

Er nickte verständnisvoll. Dann sagte er: Was ist mit Böttcher?

Die Tränen füllten wieder ihre Augen, aber sie schluchzte nicht mehr. Er ist ein Schwein, flüsterte sie. Er hat Jerusalem auf dem Gewissen.
Böttcher? entfuhr es Sebastian. Aber... Wie denn?
Böttcher hat das Papier auf Schweizers Tisch gelegt.
Was? Dann hat er es schreiben lassen?
Nein. Sie wischte sich mit dem Handrücken über das Gesicht. Ich habe es ihm gegeben.
Sebastian sah sie nur noch mit großen Augen an. Und dann, endlich, begann sie zu erzählen.
Ich... Böttcher... Ich war seine Geliebte. Seit zwei Jahren. Es ging los, nachdem ich Jerusalems Sekretärin geworden war, er hat mit mir herumgeschäkert, auf dem Flur, oder wenn Jerusalem in einer Sitzung war, dann kam er schon einmal herein, Sie wissen schon. Ich habe mir nicht viel dabei gedacht, anfangs, er hatte so den Ruf, aber dann fing er an, mich zum Essen einzuladen, und irgendwann habe ich ja gesagt und ... Sie seufzte. Ach, was soll ich Sie damit langweilen. Er hat mir alles Mögliche versprochen, und in Wirklichkeit hat er mich nur benutzt, und als er alles hatte, was er wollte, hat er mich fallen lassen wie eine heiße Kartoffel. Sie schnäuzte sich.
Am Mittwoch Abend, als alle gegangen waren und ich gerade die Sachen wegpackte, da kam er zu mir. Jochen mochte das, so spontan vorbeikommen, und es dann im Büro... machen. Möglichst nicht in seinem eigenen. Sie wischte sich noch einmal die Tränen weg. Wir. Wir haben an dem Abend in Jerusalems Büro miteinander geschlafen, auf dem Sofa, unter dem Bild. Als er fertig war, wollte Jochen etwas trinken, wie so oft, und ich wusste ja, wo der Cognac stand. Wir haben ziemlich viel getrunken, und herumgealbert. Sie sah hinüber zu Sebastian. Sie wissen schon. Und dann... dann wollte er mir die Fußnägel lackieren. Ich hatte roten Nagellack

im Schreibtisch, und es war auch sehr lustig, bis er auf die Idee kam, auf das Bild über dem Sofa eine Blutspur aufzumalen. Ich wusste, dass das Jerusalems Heiligtum war, und fand es überhaupt nicht komisch, und als er es dann trotzdem tat, haben wir uns fürchterlich gestritten. Am Ende hat er nur noch gebrüllt, und ich habe geheult.

Am nächsten Morgen bin ich ganz früh ins Büro gekommen, um den Nagellack wieder wegzumachen und den Cognac aufzufüllen, aber Jerusalem war schon da, angeblich, um ein Fax entgegenzunehmen. Er hat nicht aufgepasst, und ich konnte sehen, was auf der ersten Seite stand: 'Zukünftige Organisationsstruktur', und so weiter. Als Jerusalem dann in seine Abteilungsleiterrunde ging, bin ich in sein Büro und habe erst einmal den Cognac aufgefüllt. Dann wollte ich eigentlich den Nagellack abkratzen, aber ich war doch so neugierig, und ich wusste ja, wo Jerusalem die wichtigen Sachen immer versteckte, und als ich das Papier gerade in der Hand hielt, kam Böttcher hinein.

Er sagte, er wollte sich entschuldigen, aber als er das Papier sah, hat er gleich alles vergessen und es mir aus der Hand gerissen, und dann haben wir uns wieder gestritten, aber das hat ihn alles nicht interessiert, er ging zum Fax in meinem Büro und hat sich eine Kopie gemacht, dann hat er mir das Papier vor die Füße geworfen - sie konnte das Schluchzen nicht mehr unterdrücken - und dann ist er gegangen. Eine Weile lang weinte sie wieder. Sebastian sah betreten auf den Perser.

Am nächsten Tag ging das Theater dann los, aber das wissen Sie ja. Ich hätte Jerusalem ja gerne gewarnt und Sie auch, aber wie hätte ich das denn machen sollen, ohne alles zu verraten?

Aber jetzt erzählen Sie es mir doch auch, sagte Sebastian.

Sie sah ihn lange an, ohne Regung, mit ihren schwarzen, bohrenden Augen. Als Jerusalem gestern gegangen war - seine Frau hat ihn abgeholt, die hat sonst nie die Bank betreten - kam Böttcher noch einmal zu mir. Und - die Tränen schwollen wieder an, aber sie redete weiter, mit einer hohen, gepressten Stimme, die jeden Moment umzuschlagen drohte - Und er hat mir gesagt, dass jetzt, wo mein Chef nicht mehr in der Bank sei, auch für mich keine Verwendung mehr bestünde. Ich... Ich bräuchte... am Montag... nicht... mehr zu kommen.

Sebastian wartete, bis sie nicht mehr schluchzte, und fragte dann leise: Haben Sie das Papier?

Nach einer kleinen Pause nickte sie, stand auf und verschwand kurz. Als sie zurückkam, hatte sie eine Klarsichthülle in der Hand.

Sebastian nahm die fünf Blätter heraus und legte sie auf den Tisch. Kein Zweifel, das war es. Der Absender war eine Londoner Nummer, und daneben 'The Connaught'. Eindeutiger konnte es nicht sein. Es war ein Fax von Natalie, aus ihrem Hotel.

In erster Linie ist das ja eine Falle für uns, sagte er nachdenklich, wieso hat es dann auch Jerusalem den Hals gebrochen?

Ich bin sicher, dass Böttcher ihn zu irgendeinem Komplott gegen Dr. Schweizer angestachelt hat. Jerusalem war sein Hauptkonkurrent, das hat er mir immer zu verstehen gegeben.

Und deshalb war es um so toller, seine Sekretärin zu vögeln, dachte Sebastian.

Und dieses Komplott muss etwas mit Hohenstein zu tun gehabt haben, dafür spricht ja auch der Anruf, von dem Sie erzählt haben. Hat Ihre Firma eigentlich zugestimmt?

Nein. Sie haben sich bis Montag Bedenkzeit erbeten. Und dann haben Sie mich gefeuert.

Sie sah ihn überrascht an. Ach so. Na, dann haben wir ja etwas gemeinsam. Sie mussten beide lächeln, doch die Bitterkeit ließ sich nicht verleugnen.

Was, wenn Jerusalem das als Zustimmung verstanden hat? sagte sie dann. Und dann mit Böttcher und Grimm in die Sitzung mit Dr. Schweizer marschiert ist, und dort haben die beiden dann die Sache benutzt, um ihn als Komplize von Hohenstein bloßzustellen?
Und wozu das?
Eben um ihn loszuwerden. Schweizer hasst Hohenstein, und wer auf dessen Seite ist, der ist sein Feind, das hat Jerusalem mir oft genug gesagt.
Gut. Dann sind sie ihn jetzt los. Und dann?
Dann sind sie wieder gut Freund mit Dr. Schweizer.
Aber der hat doch schon Frau Dr. Sturm als Nachfolgerin.
Stimmt. Sie grübelte kurz. Dann hob sie die Arme. Ach, ich weiß es auch nicht. Sie sind doch der Stratege.
Ja. Er musste grinsen. Langsam begann es richtig Spaß zu machen mit Frau Neher. Gehen wir noch einmal einen Schritt zurück. Nehmen wir an, es stimmte, dass Hohenstein das Papier wirklich in Auftrag gegeben hat. Was war denn seine Beziehung zu Jerusalem?
Sie sah ihn wieder an, aber ihr Blick hatte sich geändert. Wach war er, beinahe verschwörerisch. Sie haben gemeinsame Geschäfte gemacht.
Geschäfte? An der Börse? Optionsscheine vielleicht?
Sie schüttelte den Kopf. Nein. Jerusalem hat immer gesagt, die Zeiten, wo er selbst spekuliert hätte, seien vorbei, dafür hätte er jetzt seine Leute. Ich glaube, die Börse hat ihn nur noch gelangweilt.
Ideale Voraussetzungen für den Anlagechef einer Bank, dachte Sebastian, aber wahrscheinlich hatte sie recht. Über seine eigentlichen Aufgaben hatte Jerusalem praktisch nie gesprochen. Was war es dann?
So genau habe ich nicht verstanden, was sie am Telefon gesprochen haben. Ich habe nur öfter das Stichwort Ostfilialen gehört.

Ludwig, schoss es Sebastian durch den Kopf. Ludwig hatte am Ende doch wieder recht behalten. Bestimmt waren es diese Geschäfte, die hinter den merkwürdigen Kontovermehrungen und Abnahmen steckten. Und wenn er daran dachte, was er heute so alles über Hohenstein gefunden hatte, dann hatte es garantiert mit irgendwelchen Steuertricks zu tun. Er musste Ludwig anrufen, wenn das hier vorbei war.

Frau Neher ließ ihm nicht die Zeit, noch weiter zu grübeln. Aber in dieser Woche kam noch etwas Neues dazu. Sie nannten es nur Plan B.

Plan B? Kann der denn mit diesem Papier zu tun haben?

Das kann natürlich sein, sagte sie nachdenklich. Vielleicht wollte Hohenstein ja zusammen mit Jerusalem ein Komplott gegen Schweizer starten, bei dem Jerusalem dann neuer Sprecher geworden wäre, obwohl er natürlich nichts wirklich zu sagen gehabt hätte...

Bis Böttcher das Papier in die Hand bekam und ihnen einen Strich durch die Rechnung machte.

Aber, sagte sie, jetzt sind wir wieder da, wo wir vorhin waren. Was hat Böttcher davon, außer, dass er Jerusalem jetzt los ist? Frau Dr. Sturm ist Schweizers Favoritin.

Vielleicht hat sich Böttcher dann ja mit Hohenstein verbündet und will nur Schweizer ruhigstellen, um einen neuen Coup in aller Ruhe durchzuziehen?

Und was soll das für ein Coup sein?

Plötzlich dämmerte es Sebastian. Natürlich, sagte er. Das ist es.

Was?

Hohenstein will die Bank verkaufen. Und Böttcher ist jetzt mit im Boot.

Sie sah ihn skeptisch an. Sebastian holte tief Luft und erzählte ihr von seinem Erlebnis im Flugzeug, der Begegnung im Flughafen und seinen Recherchen im Internet. Als er fertig war, hatte ihre Skepsis sich nicht wesentlich geändert.

Ich weiß nicht. Das klingt mir reichlich fantastisch. Und Sie haben nicht einen einzigen Beweis.

Das stimmt. Aber das bedeutet nur, dass ich ihn finden muss. Schließlich wollte er seinen Job zurück. Und den aus der Firma katapultieren, dem er das alles zu verdanken hatte. Dazu musste er zeigen, dass er doch der Beste war.

Und wo wollen Sie ihn finden?

Tja, wo? Sebastian kratzte sich am Kinn. Sie wissen doch bestimmt, wo Jerusalem wohnt?

Sie nickte. Hier ganz in der Nähe.

Er strahlte. Na, dann weiß ich doch, wo ich jetzt anfange zu suchen.

Sie sah ihn verblüfft an. Sie sind verrückt.

Nein, sagte Sebastian. Das bin ich nicht. Dann stand er auf, um zu gehen.

15:25 Uhr

Was wollen Sie hier?

Die Frau in dem hellen Pelzmantel sah ihn mit funkelnden Augen an. Dabei war Sebastian gerade mal bis zu dem kleinen Eingangstor gekommen und hatte den Namen neben der Messingklingel gelesen: 'Jerusalem' stand da in schnörkeliger Schreibschrift. Und das war nun wohl Frau Jerusalem, die da mit energischen Schritten auf das Tor zukam, auf dessen anderer Seite Sebastian stand und noch immer reichlich verblüfft dreinsah.

Ich habe Sie etwas gefragt. Wer sind Sie? Sind Sie von der Bank?

Er setzte zu einer Antwort an, aber sie redete schon wieder weiter.

Wenn Sie zu meinem Mann wollen, der ist nicht zu sprechen.

Eine schöne Frau stand da vor ihm, sehr elegant, ebenso perfekt geschminkt wie blondiert, das Rouge noch etwas verstärkt durch den bebenden Zorn. Er wollte etwas sagen, das die Wogen glättete, aber da bewegte sich etwas am Haus. Frau Jerusalem bemerkte sofort, dass Sebastian an ihrer Schulter vorbei zur Haustür lugte, und sie ahnte auch gleich, dass das, was er da sah, ihre Bemerkung Lügen strafte. Derjenige, der doch nicht zu sprechen sein sollte, stand hinter ihr in der Tür und machte durchaus einen aufnahmefähigen Eindruck, wenn der vergangene Tag auch seine Spuren hinterlassen hatte. Leicht gebeugt stand er da, mit müden Zügen, den Blick ins Leere gerichtet.

Herr Jerusalem, sagte Sebastian schnell. Ich bin es, Ritter.

Was erlauben Sie sich, begann der neuerliche Wortschwall Frau Jerusalems, aber Sebastian hörte nicht hin. Jerusalem hatte den Kopf gedreht, als er seinen Namen hörte, und jetzt kam er langsam zum Tor und legte seiner Frau die Hand auf die bepelzte Schulter. Lass mal, sagte er, ich kenne den jungen Mann.

Also ist er von der Bank?

Nein, er ist ein Berater.

Sie schwieg einen Moment. Jerusalem sah Sebastian an.

Warum kommen Sie noch zu mir, Herr Dr. Ritter? fragte er, und seine Stimme klang noch müder, als er aussah.

Ich möchte wissen, warum Hohenstein Sie fallen ließ.

Was soll das, noch darüber zu reden, fiel Frau Jerusalem ein, morgen Abend fahren wir weg, und dann ist sowieso alles vorbei.

Dann ist es um so dringender, dass wir reden, sagte Sebastian schnell.

Jerusalem nickte, wie in Zeitlupe.

Wolfgang, sagte seine Frau, jetzt mit Entsetzen in der Stimme, Du willst doch nicht...

Ich habe bei Herrn Dr. Ritter noch etwas gut zu machen, sagte er leise.

Sie verstummte. Jerusalem öffnete Sebastian das Tor.

Gut, sagte sie, aber dann will ich bei dem Gespräch dabei sein.

Schweigend gingen sie in das große, lichte Haus hinein, Frau Jerusalem warf ihren Pelz über einen Biedermeierstuhl in der Diele, dann gingen sie in das Wohnzimmer, in dem vor einer riesigen Fensterfront mit Blick auf einen etwas steril wirkenden Garten eine cremefarbene Ledergarnitur stand.

Setzen Sie sich, sagte Jerusalem und ließ sich auf dem Sofa nieder. Seine Frau setzte sich an seine Seite. Sebastian setzte sich in einen der Sessel.

Er wusste, dass er nicht viel Zeit hatte. Die ersten Sätze mussten ins Ziel treffen, sonst war er draußen, und das, was wirklich in der Bank geschehen war - und noch weiter geschah, da hatte er keine Zweifel - würde ein Geheimnis bleiben, bis zu dem großen Knall. Dann würden die Strippenzieher ihre Geschichte präsentieren, und jeder würde sie glauben müssen, notgedrungen. Und an ihm, Sebastian Ritter, dürfte kein Mensch mehr interessiert sein, denn er war dann schon längst in der Versenkung verschwunden. Es sei denn, er schaffte es, Jerusalem dazu zu bringen, die Wahrheit zu sagen, und zwar *jetzt*.

Herr Jerusalem, was ist Plan B?

Jerusalem lächelte milde. Von Ihnen hätte ich eigentlich erwartet, dass Sie das inzwischen herausgefunden haben, Herr Dr. Ritter.

Es kann doch nicht das sein, was in diesem Papier steht. Das wäre doch viel zu simpel.

So? Na, ich habe es geglaubt. Bis es zu spät war.

Und wie wollte Hohenstein Schweizer wegbekommen? Das ist doch die Voraussetzung dafür, dass die neue Organisation greift.

Das habe ich mich auch gefragt, sagte Jerusalem und lächelte noch etwas verklärter. Seine Frau saß neben ihm auf der Sofakante und sah aus, als wollte sie sich jeden Moment auf ihn werfen, vermutlich, um ihn zu schützen.

Jerusalem sah auf seine Hände. Böttcher hat es mir dann gesagt, murmelte er schließlich.

Und? fragte Sebastian.

Jerusalem zeigte keine Regung, bis seine Frau nach seiner Hand griff. Er zuckte, aber sie hielt sie fest. Sein Blick wanderte schnell zu ihr, dann schaute er wieder seinen Besucher an. Als ob er Angst hätte, dachte Sebastian verwundert.

Schweizer hat sich seine Privatvilla auf Mallorca komplett von der Bank bauen lassen. Böttcher hat dafür die Beweise, und darüber will er Schweizer zum Rücktritt zwingen.

Sebastian nickte nachdenklich. Und wo kommt jetzt Hohenstein ins Spiel?

Jerusalem zuckte mit den Achseln. Da fragen Sie mich zu viel. Seine Frau streichelte ihm die Hand.

Er vertraut mir noch immer nicht, sagte sich Sebastian. Und mit dieser Wärterin neben ihm dürfte es auch nicht so leicht sein, näher an ihn heranzukommen. Aber er musste es versuchen. Wissen Sie, sagte er und suchte Jerusalems Blick, ich bin sicher, dass Böttcher sich mit Hohenstein verbündet hat. Er hat ihm angeboten, Schweizer zu stürzen, und als Gegenleistung hat er verlangt, dass Sie ausgebootet werden.

Jerusalem sah ihn starr an, aber er sagte nichts.

Und das ist ihnen ja gelungen, denn Sie sind den beiden genau in die Falle gegangen. Sie haben meinen Kopf gefordert - er konnte es nicht verhindern, die Wut stieg wieder in ihm empor - und damit Ihren eigenen verspielt.

Frau Jerusalem schoss nach vorne. Jetzt ist Schluss. Was sind Sie eigentlich für ein ungehobelter Flegel? Sehen Sie nicht, wie Sie meinen Mann quälen?

Jerusalem griff nach ihrem Arm. Charlotte, sagte er, bitte. Er hat ja recht.

Sebastian atmete auf. Was Sie noch nicht wissen, schob er nach, ist, dass wir in derselben Situation sind.
Jerusalem sah ihn fragend an.
Mich hat man auch gefeuert, Herr Jerusalem. Weil Ihre Bank mich zum Spielball ihrer Intrigen gemacht hat, und weil ich im entscheidenden Moment nicht beweisen konnte, dass ich unschuldig bin. Aber ich lasse mich nicht unterkriegen. Ich will meinen Job zurück. Und dafür brauche ich Beweise.
Jerusalem zog die Brauen hoch. Beweise? Was für Beweise?
Beweise für das, was ich Ihnen eben erzählt habe. Dass Böttcher und Hohenstein die Bank in ihre Gewalt bekommen wollen.
Was geht uns das denn noch an, fuhr Frau Jerusalem dazwischen. Morgen sind wir weg, Wolfgang, und dann...
Wie wollen Sie an diese Beweise herankommen? fragte Jerusalem unbeeindruckt.
Sebastian wiegte den Kopf hin und her. Gibt es irgendeine Möglichkeit, Hohenstein unter Druck zu setzen? Vielleicht hat er ja auch eine Villa auf Mallorca.
Wolfgang, lass die Finger davon! schrie Jerusalems Frau. Er hat keine Ahnung, worauf er sich da einlässt.
Sie hat recht, sagte Jerusalem und klang wieder unendlich müde. Hohenstein fordert man nicht heraus.
Und was ist mit den Geschäften, die Sie mit ihm gemacht haben? Gibt es dafür keine Beweise?
Geschäfte? Wie meinen Sie das, Geschäfte?
Sebastian lehnte sich zurück. Herr Jerusalem. Sie wissen genau, was ich meine. Die Geschäfte in den Ostfilialen.

Jerusalems Blick wurde starr. Seine Frau sah es und drehte sich wütend zu Sebastian, aber Jerusalem kam ihr dann doch zuvor. Sie haben es also herausbekommen.

Wolfgang, komm, jetzt ist dieses Gespräch endgültig beendet. Du hast es doch nicht nötig, dich hier verhören zu lassen...

Das ist kein Verhör, warf Sebastian ein. Das ist ein Angebot.

Was heißt das, raunzte sie, ein Angebot?

Schweizer kann Ihren Mann gar nicht herauswerfen, Frau Jerusalem. Er ist schließlich auch nur Geschäftsführer. Sie müssen schon vom Verwaltungsrat abberufen werden, Herr Jerusalem, und vielleicht muss es die Gesellschafterversammlung noch bestätigen, das hängt von der Satzung ab.

Frau Jerusalem sah ihn verständnislos an.

Hohenstein will die Macht im Verwaltungsrat, fuhr Sebastian fort. Aber wenn die anderen Mitglieder erfahren, dass er illegale Geschäfte betrieben hat, dann platzen seine Pläne. Er ist genauso verwundbar wie Schweizer.

Die beiden zeigten keine Regung.

Das heißt, sagte Sebastian, sie hätten doch eine Chance, Ihre Position zu behalten, Herr Jerusalem.

Mein Mann ist an einer Position in dieser Bank nicht mehr interessiert, sagte Frau Jerusalem schnell.

Da bewegte sich ihr Mann. Meinen Sie, sagte er zu Sebastian, während er sich mühsam in dem tiefen Sofa aufsetzte, meinen Sie, ich bekäme mein Bild wieder?

Das Bild? Hatte Frau Neher nicht etwas darüber gesagt... Richtig, 'Jerusalems Heiligtum' hatte sie es genannt.

Wolfgang, das bekommst du auch so, als Teil deiner Abfindung...

Nie und nimmer, sagte Sebastian und schüttelte vehement den Kopf. Böttcher und Hohenstein wollen Ihren Mann erniedrigen, Frau Jerusalem, da können Sie sicher sein. Die werden nie das Bild herausrücken.

Aber wenn Hohenstein gehen muss, sagte Jerusalem und grinste schelmisch, dann habe ich es.

Kerzengerade saß sie auf der Sofakante und zitterte vor lauter Entrüstung. Wolfgang! Bist du wahnsinnig? Überlege doch mal, das Risiko!

Wo ist denn da ein Risiko, wenn wir richtige Beweise haben? fragte Sebastian.

Wenn! Wenn das so einfach ist, dann schaffen Sie sie doch herbei!

Okay, sagte Sebastian ruhig. Ich schaffe sie herbei. Kommen Sie dann mit zu Hohenstein?

Auf gar keinen Fall, schrie Frau Jerusalem. Das ist doch völliger Wahnsinn! Sie packte ihren Mann und schüttelte ihn, aber er lächelte nur vor sich hin. Das Bild, murmelte er, ich bekomme das Bild wieder.

Ich bringe Ihnen bis morgen Nachmittag den Beweis dafür, dass Hohenstein Steuern hinterzogen hat, sagte Sebastian. Und wenn Sie davon überzeugt sind, dass der Beweis stichhaltig ist, dann gehen wir gemeinsam zu ihm.

Aber du hast mir doch versprochen, dass du nicht mehr in diese Bank gehst, schrie sie, die Stimme schon nah am Schluchzen. Wolfgang!

Er drehte sich zu ihr, und sein Lächeln verschwand. Ich gehe nicht wieder zu dieser Bank, Charlotte, sagte er, jetzt sehr ernst. Ich halte mein Versprechen. Aber ich will das Bild. Ich will es unbedingt, verstehst du?

Sie starrte ihn an, verkrampft vor Verzweiflung. Willst du alles wieder aufs Spiel setzen, jetzt, wo wir es endlich gemeinsam schaffen wollen...

Wir fahren nach Mallorca, Charlotte. Wir beide. Auf unsere Finca.

Dann geh doch nicht dieses Risiko ein. Lass uns einfach weggehen.

Wir fahren, sagte er bestimmt. Aber ich brauche das Bild.

Sie sah ihn weiter an, mit offenem Mund. Aber sie kämpfte nicht mehr. Ihr Blick fiel nach unten, und mit ihr sackten ihre Schultern ein. Tu, was du nicht lassen kannst, sagte sie tonlos. Und dann ging doch noch einmal ein Energiestoß durch ihren Körper, sie raffte sich wieder auf, blickte noch einmal bohrend auf ihn und redete weiter, und die Wut drohte aus ihrer Stimme: Aber wir fliegen morgen Nachmittag, das ist unumstößlich.

Er sah sie still an. Ja, sagte er dann und nickte, morgen Nachmittag um vier. Versprochen.

Sebastian kam sich vor wie ein Voyeur, und so sahen sie ihn auch beide an, als sie sich wieder seiner bewusst wurden. Gehen Sie jetzt, Herr Dr. Ritter, sagte Jerusalem zu ihm, gehen Sie und finden Sie Ihren Beweis. Dann können Sie wieder kommen.

Aber er konnte doch noch gar nicht gehen, er wusste doch noch gar nicht, was die Geschäfte genau waren, er brauchte doch noch Informationen. Aber, setzte Sebastian an, Herr Jerusalem...

Gehen Sie. Sie haben Zeit bis morgen Nachmittag. Um drei müssen wir zum Flughafen.

Jerusalems Blick war verschlossen. Es hatte keinen Sinn mehr. Sebastian nickte mechanisch. Auf seiner Uhr war es kurz vor vier. Ihm blieben weniger als vierundzwanzig Stunden.

16:31 Uhr

Natalie sah ihn direkt an, mit großen, erwartungsvollen Augen. Den Kopf hatte sie leicht geneigt, am rechten Ohr baumelte ein tropfenförmiger Ohrring. Um ihren Mund spielte diese leichte Andeutung eines Lächelns, das ihn so oft verfolgt hatte in den letzten Wochen, das er immer wieder gesucht hatte, wenn es ihnen wieder einmal gelungen war, sich gemeinsam ein paar Minuten zu stehlen, um miteinander zu reden, ungestört und unbefangen. Er hatte gestrahlt, da war er sich sicher, aber sie hatte immer nur diesen leichten, geheimnisvollen Zug um den Mund gezeigt, der auf etwas verwies, etwas, von dem er nie genau wusste, was es denn nun war. Wie oft hatte er in den letzten Tagen darauf gehofft, dass dieses Lächeln wieder erscheinen würde, wenn er mit ihr sprach, und wenn es auch nur am Telefon war, wenn er es auch gar nicht sehen konnte, das brauchte er nicht, er hörte es. Selten, viel zu selten war es da gewesen, dieses Lächeln. Aber vielleicht hatte es ja an dem gelegen, was man von ihr verlangt hatte, und von dem sie gewusst haben musste, dass es ihn den Kopf kosten würde. Aber hier, auf diesem Foto, da hatte sie es noch, das Lächeln.

Es war ihr Passfoto, auf einer Kopie des Personalausweises, die dem Kreditantrag beilag. Sebastian überflog ungeduldig das Formular. Also los, sagte er. Dann erklär mir mal deine Theorie.

Ludwig faltete die Hände und begann zu dozieren. Also, Natalie hat mich auf die Spur gebracht, obwohl ihr Fall eigentlich nicht so typisch ist.

Egal. Fangen wir mit ihr an.

Gut. Wie du siehst, ist das ein Vertrag über einen Wertpapierkredit. Die Bank hat Natalies Aktienkauf vorfinanziert und als Sicherheit dafür das Aktiendepot als Pfand erhalten.

Das ist ja nicht gerade etwas Besonderes.

Wie man's nimmt. Erst mal ist es ein nennenswertes Volumen.

Das steht hier unten, nicht? 200.000 Mark.

Ja. Ganz ordentlich, nicht? Und da Aktien nur bis zur Hälfte ihres Wertes beliehen werden können, reicht das Depot als Sicherheit nicht aus.

Ach so. Und 100.000 Mark Eigenkapital hatte sie wohl noch nicht.

Stimmt. Aber sie hat einen Bürgen angebracht. Da unten steht's.

Sebastians Blick folgte Ludwigs Zeigefinger, bis er den Namen fand. Hubertus von Hohenstein stand da, und darunter eine Adresse im Taunus und eine völlig unleserliche Unterschrift. Er hätte es sich denken können.

Aber das ist noch nicht alles, sagte Ludwig triumphierend. Richtig interessant wird es erst, wenn man sich Natalies Depot ansieht.

Das haben sie dir auch gezeigt?

Ludwig grinste. Klar. Wir sind ja quasi Mitarbeiter der Bank, da gibt es kein Geheimnis.

Schön wär's, dachte Sebastian. Du hast ja überhaupt keine Ahnung, was du hier eigentlich ausgegraben hast. Als er Ludwig vorhin angerufen hatte, kaum dass er aus dem Haus Jerusalems herausgekommen war, hatte er ihn im Frankfurter Büro erreicht, wo auch sonst. Ludwig hatte gleich nach dem Papier von Freitag gefragt, aber Sebastian war vorbereitet. Es war noch nichts endgültig entschieden, hatte er gesagt, die Hintergründe seien noch unklar, deshalb wollte er mit ihm reden. Und kaum hatte er die Berliner Filiale erwähnt, da sprudelte Ludwig los wie ein Geysir. Den ganzen Tag schon hatte er gebrütet über den Unterlagen aus der Filiale, um herauszufinden, was hinter diesen 'Bereinigungen' steckte, die er bei der Analyse der Kontobewegungen entdeckt hatte. Und er war sicher, dass er fündig geworden war. Natürlich begriff Sebastian am Telefon so gut wie gar nichts, und so blieb ihm nichts übrig, als ins Büro zu kommen. Das Risiko war glücklicherweise nicht so groß - Michael Klosters war in London, und bis zu Ludwig hatte sich noch nicht herumgesprochen, was gestern auf dem Flughafen in München passiert war.

Also, fuhr Ludwig fort, das Depot ist praktisch leer. Das ist nicht besonders verwunderlich, weil ja alles auf ein Spekulationsgeschäft angelegt war, also: sich Geld leihen für einen Börsentipp, die Papiere kaufen, die Steigerung abwarten, den Gewinn mitnehmen, aus dem Erlös den Kredit zurückzahlen, und die Wertsteigerung sollte dann halt deutlich höher sein als die Kreditzinsen, dann hat sich das Geschäft gelohnt.

Hm. Auch das war ja noch nichts Außergewöhnliches, wenn man auch zugeben musste, dass es überhaupt nicht nach Natalie klang. Klar, Geld mochte sie schon, wer nicht, das allein macht ja auch nicht unglücklich, aber zocken, an der Börse? Sebastian konnte sich nicht vorstellen, dass das ihr Ding war. Es sprach alles dafür, dass sie auf der richtigen Spur waren. Wer da gezockt hatte, das war der Mann im Hintergrund.

Erstaunlich ist allerdings der Kontoeröffnungsantrag. Ludwig zog ein weiteres Papier hervor. Diesmal sah Sebastian genauer hin, denn langsam musste er dem schlauen Ludwig schließlich zeigen, dass auch er nicht auf den Kopf gefallen war. Und wirklich, da fand er es. Hm, brummte er, das ist ja wirklich merkwürdig.

Unten auf dem Formular stand wieder der Name Hohensteins. Er hatte auch die Vollmacht über das Depot. Das klingt ja danach, dass Natalie nur als Strohmann gedient hat, was?

Ludwig wiegte den Kopf hin und her. Möglich, sollte das wohl heißen. Weißt du, wer dieser Hohenstein ist? fragte Sebastian.

Nein, sagte Ludwig kopfschüttelnd. Du?

Allerdings, sagte Sebastian. Und dann begann er, zu erzählen. Von Hohensteins Funktion in der Bank, von seinem Werdegang, und von dem Verdacht, dass er schon einmal mitgeholfen hatte, Steuern zu hinterziehen. Und jetzt hat er es wohl wieder getan.

Dass es um Steuerhinterziehung geht, das habe ich mir auch schon gedacht, sagte Ludwig nachdenklich. Aber ich hatte eigentlich auf jemand anderen getippt.

Du hast dir noch mehr von den Krediten angesehen, die im ersten Quartal getilgt wurden?

Klar, ich bin sie alle durchgegangen. Den Namen Hohenstein habe ich nicht wieder gefunden, nur...
Jerusalem.
Genau, sagte Ludwig überrascht. Woher weißt du das?
Sebastian rückte näher an Ludwig heran. Es war Zeit, ihm zu erklären, was hier gespielt wurde. Pass auf. Hohenstein und Jerusalem haben hier gemeinsam ein Ding gedreht. Aber Jerusalem hat nur mitgemacht. Die treibende Kraft war dieser Hohenstein. Ich weiß es, weil ich mit Jerusalem geredet habe. Hohenstein hat ihn gestern fallen lassen. Daraufhin hat Schweizer Jerusalem gefeuert.
Bist du dir sicher...
Sebastian ließ ihn nicht zu Wort kommen. Es geht noch weiter, Ludwig. Jerusalem ist nicht der Einzige, der vor die Tür gesetzt wurde. Michael Klosters und Phil Meyer haben meinen Rausschmiss beschlossen, weil ich die Verantwortung für dieses gottverdammte Papier trage. Aber ich bin mir sicher, dass das alles ein abgekartetes Spiel ist. Und genau das will ich beweisen, denn nur so komme ich wieder an meinen Job.
Ludwig starrte ihn mit schreckensgeweiteten Augen an. Dann... Dann gehen wir doch mit den Sachen zur Polizei, die soll die Steuerfahndung benachrichtigen, und...
Sebastians trockenes Lachen unterbrach ihn. Das ist doch völliger Quatsch, Ludwig. Erstens dauert das Monate und zweitens gibt es einen Riesenskandal. Davon habe ich überhaupt nichts, und du nur die tolle Befriedigung, dass du den Stein ins Rollen gebracht hast. Aber danken wird dir das niemand, denn die Jungs hier werden alle Hände voll zu tun haben, Top Management Consulting aus den Schlagzeilen herauszuhalten. Er sank wieder zurück auf seinen Stuhl. Nein. Ich brauche die Beweise für

Hohensteins Deal, und dann habe ich ihn in der Hand. Dann muss er mir bestätigen, dass ich unschuldig bin.
Ludwig starrte ihn weiter an. Du spinnst, flüsterte er.
Sebastian lächelte gequält. Nein, sagte er leise, ich spinne nicht, Ludwig. Ich suche nur meine Chance. Und ich habe nur diese eine. Ich bin Berater, sonst nichts.
Eine Weile lang sah ihn Ludwig nur starr an. Dann sah Sebastian, dass er anfing nachzudenken. Aber es dauerte doch noch einige Minuten, bis er etwas fragte. Woher willst du denn die Beweise hernehmen?
Was ist mit den Unterlagen aus der Filiale?
Ludwig verzog das Gesicht. Ich habe ein paar von den Kreditverträgen kopiert, aber die sind noch kein richtiger Beweis, vor allem nicht für Hohensteins Rolle, und mehr gibt es nicht. Die Kredite sind alle vom alten Filialleiter persönlich betreut worden, und da sie ja noch im ersten Quartal getilgt worden sind, hatte sich der Neue die Unterlagen nie angesehen.
Hast du mit ihm über die Sachen gesprochen?
Nein, dazu war mir das zu heiß.
Hohenstein muss sich ja ziemlich sicher gefühlt haben, wenn es so einfach war, an diese Unterlagen heranzukommen.
Ich weiß nicht. Er hat doch Jerusalem vorgeschoben, wenn es stimmt, was der dir gesagt hat. Hohensteins Namen habe ich nur dieses eine Mal gefunden, viel öfter war Jerusalem genannt, meist selber als Kreditnehmer, ein paar Mal auch als Bevollmächtigter. Das ist schon eher auffällig.
Hm, brummte Sebastian. Dann hatte Jerusalem sich also wirklich hereinlegen lassen von diesem Steuerberater. Das hätte ich nicht gedacht, dass Jerusalem sich auf so etwas Blödes einlassen würde.
So blöd war das gar nicht, auch für Jerusalem, so lange alles in der Filiale blieb. Den Filialleiter mussten sie natürlich unter Kontrolle haben, aber

deswegen werden sie wohl Berlin ausgesucht haben. Aber sonst? Die Revision ist ein Saftladen, die Statistiken haben sie über die DV-Fehler manipuliert, und die Steuer wird ja nur tätig, wenn ein Verdacht vorliegt, und den werden sie schon zu vermeiden gewusst haben, dazu ist Hohenstein schließlich Steuerberater.

Sebastian merkte, wie die Panik in ihm hoch kroch. Was, wenn er sich zu früh gefreut hatte? Aber nur mit den 200.000 Mark von Natalie können wir keine große Steuerhinterziehung nachweisen, Ludwig, sagte er leise.

Nun warte mal. Es waren etliche Kredite, die ich da gefunden habe, ein Volumen im zweistelligen Millionenbereich. Jerusalems Name kam vielleicht zehn Mal vor, gut, Hohensteins nur einmal, aber ich kann ja auch etwas übersehen haben. Man könnte zum Beispiel einmal überprüfen, ob die anderen Kreditnehmer nicht Mandanten von ihm sind, das läge ja nahe. Denn dass da ein Zusammenhang ist, daran habe ich keinen Zweifel. Die Kredite sind alle überraschend getilgt worden, und zwar im Zeitraum von etwa drei Tagen.

Wann genau?

Warte mal... Ludwig kramte in den Unterlagen auf seinem Schreibtisch. Hier. Zwischen dem 27. und dem 29. März.

Sebastian holte seinen Kalender hervor und ging den März durch. Am 8. März haben wir zum ersten Mal vor dem Kabinett präsentiert. In der Woche darauf haben wir den Auftrag bekommen, und ich habe gleich das Team zusammengestellt. Und Natalie wollte unbedingt dabei sein.

Ludwig sagte nichts. Aber Sebastian wusste, dass er dasselbe dachte wie er. Sie muss ihn über alles informiert haben, was bei uns intern lief. Und mit einem Mal war die Sache dann zu heiß für ihn, denn er wusste, dass wir etwas finden würden, wenn wir uns die Daten der Filiale vornähmen. Da hat er dann prompt reagiert.

Wo ist Natalie jetzt eigentlich?

Sebastian zuckte hilflos mit den Schultern. Ich weiß es nicht. Sie ist seit gestern wie vom Erdboden verschluckt. Da durchfuhr es ihn. Moment. Sie ist jetzt Hohensteins größtes Risiko, richtig?

Ludwig verstand sofort. Richtig. Also ist sie wohl bei ihm.

Sebastian griff nach dem Kreditvertrag. Hier ist doch Hohensteins Adresse. Am besten fahren wir einfach dort hin.

Bist du wahnsinnig? Und dann?

Ich will ihn nur beobachten. Natalie ist nie und nimmer freiwillig bei ihm, sonst hätte sie mich gestern morgen nicht gewarnt.

Sie hat dich gewarnt? Wovor?

Davor, dass man mir eine Falle stellen würde. Das hat sie mir am Telefon gesagt, und dann ist das Gespräch unterbrochen worden. Jede Wette, Hohenstein hält sie irgendwo versteckt.

Und du willst sie jetzt befreien, oder wie?

Sebastian musste grinsen. Das klang wirklich nach dem weißen Ritter. Ja, sagte er, klar. Zusammen mit dir.

Mit mir? schrie Ludwig, die Augen wieder weit aufgerissen.

Nur mit dir. Allein schaffe ich es nicht.

Krampfhaft schüttelte Ludwig den Kopf.

Ludwig, bitte. Das ist wie auf einem Projekt. Wir können es nur als Team schaffen. Wir machen ja nichts Illegales. Alles, worum ich dich bitte, ist, mit mir zusammen Natalie zu suchen. Wenn wir sie gefunden haben, wird sich schon ein Weg finden. Und sie ist die einzige, die uns die Beweise verschaffen kann für Hohensteins Geschäfte. Nur sie.

Ludwig starrte ihn noch immer an, als hätte er ihm einen Mord vorgeschlagen.

Komm, sagte Sebastian und legte seine Hand auf die Hand des anderen.

Ludwig zuckte zusammen. Misstrauisch wanderte sein Blick zu der Hand und betrachtete sie wie ein unbekanntes Objekt.
Beherzt umfasste Sebastian Ludwigs Hand und drückte sie.
Erst kam keine Reaktion, aber dann sah Ludwig doch wieder hoch. Also gut, sagte er. Ich fahre mit. Aber mehr auch nicht.

17:41 Uhr

Die ersten Häuser der Ortschaft sahen alles andere als hochherrschaftlich aus, aber es war schließlich November, statt Nieselregen gab es inzwischen Nebelschwaden, und es war auch schon ziemlich dunkel. Sebastian knipste das Leselicht an und griff wieder zu dem Großraumplan, den Ludwig glücklicherweise in seinem Auto hatte. Überrascht hatte es ihn allerdings nicht besonders, bei einem sorgfältigen Menschen gehörte so etwas schließlich zur Ausrüstung.
An der nächsten Kreuzung müssen wir rechts, und dann die zweite links, dann sind wir in der richtigen Straße, sagte er zu Ludwig. Der nickte und setzte den Blinker.
Die Fahrt über hatte Ludwig weiter von seinen Funden erzählt, diesmal von den Kreditverträgen, auf denen Jerusalems Name stand, und die ja so viel einfacher zu durchschauen waren als Natalies Formular. Sebastian hörte nach einer Weile nicht mehr so genau hin. Mochte es doch Geldwäsche sein, das interessierte ihn herzlich wenig. Jerusalem war erledigt, daran war nichts zu deuteln, und er konnte für ihn nur noch in einer Funktion von Nutzen sein: als Lockvogel für Hohenstein. Er sah zu Ludwig, der angestrengt in die Dunkelheit spähte, weit über das Steuer gebeugt.
Wo ist denn jetzt das verdammte Haus?
Die Straße war schlecht beleuchtet, so dass man die Häuser, die sich an beiden Seiten der Straße aneinanderreihten, nur schemenhaft erkennen

konnte. Nichts neu Gebautes, eher aus den Sechziger und Siebziger Jahren, meist hinter hohen Mauern verborgen. Sebastian hielt Ausschau nach Hausnummern, aber er fand keine.

Halt doch mal an, da vorne ist doch Platz.

Ludwig fuhr an den Straßenrand. Ein paar Meter vor ihnen war ein Eingangstor, dahinter verborgen ein stattliches Haus mit einem riesigen Walmdach.

Ich kann nichts erkennen, sagte Ludwig. Ich steig mal aus und seh mir die Sache aus der Nähe an.

Er machte den Sicherheitsgurt los und hatte schon den Türgriff in der Hand, als Sebastian ein Geräusch hörte.

Warte mal, sagte er. Da kommt jemand.

Mit schnellem Schritt kam ein Mann an ihrem Wagen vorbei, holte einen Schlüssel aus der Manteltasche und blieb vor dem Eingangstor stehen. Als er das Tor öffnete, drehte er sich in Richtung ihres Wagens. Erst sah Sebastian die kantige Gesichtsform. Dann erkannte das Grübchen im Kinn.

Scheiße, zischte er, das ist er. Er rutschte in seinen Sitz hinein. Ludwig duckte sich hinter dem Steuer.

Hohenstein sah misstrauisch zu ihrem Wagen hinüber, ein, zwei, drei Sekunden lang, die Hand am Tor. Sebastian zog den Kopf noch etwas tiefer ein, bis er nichts mehr sah außer dem schwarzen Armaturenbrett. In seinen Ohren hämmerte der Puls.

Dann hörte er ein Quietschen, gleich darauf ein lautes Scheppern.

Du kannst wieder hochkommen, flüsterte Ludwig. Er ist weg.

Sebastian atmete auf. Mein Gott, murmelte er. Das war knapp.

Ja. Aber jetzt wissen wir wenigstens, wo er wohnt.

Im Haus hinter der Mauer war ein schwacher Lichtschein zu erkennen. Nichts weiter geschah, minutenlang, auch kein Geräusch war zu hören.

Dann ging oben im Dach ein Licht an, in einem Ausbau mit einem großen Fenster. Vom Raum dahinter konnten sie nichts sehen.

So, sagte Ludwig nach einer Weile, als wieder nichts weiter geschah. Und was machen wir jetzt?

Sebastian musste sich eingestehen, dass er keine Ahnung hatte. Sie wussten nicht einmal, ob Natalie in Hohensteins Haus war. Und wie sollten sie es auch herausfinden, ohne hineinzugehen, oder... oder wenigstens hineinzuschauen? Sebastian sah sich um. Die Häuser waren am Hang gebaut, die Straße, an der sie standen, ging ziemlich steil bergauf, und direkt hinter Hohensteins Haus machte sie eine Linkskurve. Fahr doch mal ein Stück weiter, sagte er zu Ludwig. Wenn es hinter der Kurve weiter bergauf geht, können wir vielleicht sehen, was da im Haus passiert.

Ludwig ließ den Wagen wieder an, und sie fuhren weiter nach oben. Von hier aus war das Haus klar zu erkennen, auch das Fenster, nur - es war dunkel.

Wieder stieg die Panik in Sebastian hoch. Er ist weg, presste er hervor.

Ludwig starrte in die Dunkelheit. Langsam ließ er das Auto ein paar Meter weiter den Hang hinunterrollen. Nein, sagte er dann. Er telefoniert. Schau, da unten.

Jetzt sah es auch Sebastian. Rechts neben der Eingangstür war ein schwach beleuchtetes Fenster, und in dem stand Hohenstein, den Arm so angewinkelt, dass er nur ein Telefon halten konnte. Er gestikulierte, verschwand im Zimmer, kehrte wieder kurz zurück, drehte sich weg. Und dann kam er nicht mehr wieder.

Wo ist er? fragte Sebastian leise.

Irgendwo im Haus.

Meinst du, es ist noch jemand da?

Ludwig zuckte mit den Achseln. Es brennt immer nur da Licht, wo er gerade ist. Das spricht dafür, dass er alleine ist.
Scheiße, sagte Sebastian. Dann können wir nur warten.
Die Minuten vergingen. Beide schauten sie voller Anspannung auf Hohensteins Haus, aber es passierte nichts. Zwei Fenster waren erleuchtet, links und rechts von der Eingangstür, aber das war es auch. Nach einer Weile machte Ludwig das Radio an, und ein Klavierstück unterbrach die Stille. Sebastian sah seinen Nachbarn skeptisch an, aber Ludwig verstand den Blick falsch. Schön, nicht? sagte er und lächelte.
Mmh, brummte Sebastian. Müdigkeit begann in ihm hoch zu kriechen, und er wusste, dass es mit dieser Musik nicht lange dauern würde, bis er einschlief. Er gähnte demonstrativ.
Ludwig reagierte prompt. Schlaf ruhig, wenn du willst, ich passe schon auf.
Sebastian nickte ihm dankbar zu. Okay. Ich kann dann ja nachher fahren.
Wann immer das sein mag, seufzte Ludwig.
Sebastian schloss die Augen. Natalie war nicht hier. Es wäre ja auch zu einfach gewesen. Aber wo war sie dann? Wo hatte er sie versteckt? Würde er noch zu ihr fahren? Es gab keine Antwort. Es gab nur das Warten.
Er versuchte, sich auf das Dunkel zu konzentrieren, um ein bisschen zu schlafen. Aber die Gedanken waren zu mächtig. Hohenstein war das magische Wort, um das alles kreiste. Was für einen Sinn hatte eigentlich der Rausschmiss der Berater in Hohensteins Plänen gehabt? Und warum ausgerechnet mit Hilfe dieses Papiers, das er an Jerusalem gefaxt hatte? Er grübelte ein wenig. Dann begriff er. Hohenstein hatte einfach einen großen Stein ins Wasser geschmissen, um die Herren Banker in ihren Nussschalen damit beschäftigt zu halten, sich gegen die aufkommenden Wellen zu verteidigen, und in der Zwischenzeit hatte er zielstrebig seinen eigentlichen Plan ausgebaut. Den Plan, mit dem er sie alle hereinlegen würde, denn

wenn die Bank verkauft war, würde das Kabinett mit Sicherheit innerhalb von Tagen ausgetauscht werden. Schweizer schon vorher, das war schließlich Hohensteins Triumph.
Ganz schön riskant, dachte Sebastian. Es hätte ja auch alles anders kommen können. Jerusalem hätte mit dem Papier zu Schweizer gehen können, oder sich gleich mit Böttcher verbünden, oder... Nein. Hohenstein musste die Herren Kabinettsmitglieder gut kennen. Wahrscheinlich war er ja mit allen in regelmäßigem Kontakt, entgegen der Gerüchte, und hatte seine Informationen so geschickt verteilt, dass jeder von ihnen das dickere Ende für sich haben wollte, nicht nur Jerusalem. So musste es gewesen sein. Nur das erklärte, warum Böttcher und Grimm sich so schnell mit Hohenstein gegen Jerusalem verbünden konnten.
Grimm... Den hatte Sebastian bisher überhaupt noch nicht auf dem Plan gehabt. Das letzte Mal in dieser Woche hatte er ihn nach der Absage der Präsentation am Donnerstag gesehen. Natürlich lag es nahe, dass hinter den Schüssen auf Frau Schweizer auch wieder Hohenstein steckte und dass Grimm irgendwie involviert war, aber wohl nicht so, wie er sich das vorgestellt hatte, sonst wäre er nicht so fertig gewesen. Vielleicht hatte er einen Beweis für die Ernsthaftigkeit von Hohensteins Angebot gefordert, was immer das auch gewesen sein mag, und der hatte ihm gesagt, er würde die Präsentation stoppen. Was ihm auch gelungen war. Aber schon reichlich brutal.
Hoffentlich war er nicht genauso brutal mit Natalie umgegangen. Am Ende hielt er sie nicht nur gefangen, sondern hatte sie gleich umgebracht? Sebastian riss die Augen auf. Das Haus stand unverändert vor ihm. Aus dem Radio kam inzwischen ein Violinkonzert. Ludwig tippte im Rhythmus auf dem Steuerrad herum.

Nein. Nein, das glaubte er nicht. Für Hohenstein musste mit Natalie etwas schief gegangen sein, dafür sprach schon, dass Hohenstein am Dienstag Abend bei ihr gewesen sein musste, das Fax aber erst am Donnerstag bei Jerusalem angekommen war. Wenn es stimmte, was sie am Telefon gesagt hatte, dann musste sie sich geweigert haben, ihm das Papier zu geben. War er dann die ganze Zeit bei ihr geblieben, bis er es bekam? Aber er hatte ihn doch am Mittwoch in Frankfurt auf dem Flughafen gesehen. Hatte Natalie dann doch aus freien Stücken mitgemacht?

Sebastian kaute auf seiner Lippe herum. Was hatte Hohenstein mit Natalie in Paris gemacht? Sie hatte gesagt, sie sei essen gewesen mit... mit ihrem Bekannten. Und danach? War er danach zu ihr aufs Zimmer gekommen? In ihr Bett?

Sein Herz raste wieder. Auch auf diese Fragen gab es keine Antwort. Jedenfalls nicht so lange, wie er sie nicht gefunden hatte.

Plötzlich hörte Ludwig auf zu tippen. Sebastian sah hoch. Das rechte Licht im Haus war ausgegangen, und jetzt wurde auch das linke dunkel. Dann ging die Garage neben dem Haus auf, und sie sahen zwei Scheinwerfer.

Er fährt weg, sagte Ludwig.

Ein breites Stück der Mauer senkte sich in den Boden, dann fuhr der Wagen vor.

Ein Jaguar Cabrio sagte Ludwig bewundernd.

Ja. Sebastian setzte sich wieder auf und schnallte sich an. Los, fahr zu. Wir müssen ihm nach.

20:21 Uhr

Verdammt! Wo ist er denn jetzt?

Da vorne! Da biegt er ab, rechts, die Ausfahrt heraus! Ja. Und jetzt geradeaus weiter. Geradeaus, Ludwig! Nicht rechts!

Aber es war zu spät. Ludwig hatte die falsche Abzweigung genommen, und der Jaguar fuhr jetzt allein und unbehelligt in Richtung Koblenz-Mitte.
Scheiße! Das darf doch nicht wahr sein! Jetzt fahren wir diesem Typen fast zwei Stunden lang problemlos hinterher, und jetzt biegst du Idiot auf einmal falsch ab! Jetzt ist er natürlich weg.
Ludwig schaute hilflos hin und her und suchte nach einer Möglichkeit, umzudrehen. Aber die Straße war vierspurig, mit einer Trennmauer in der Mitte, ohne jede Möglichkeit zu wenden. Endlich kam eine Ausfahrt. Ludwig bretterte in die Kurve und bremste dann scharf ab, als sie auf eine Landstraße stießen.
Was machst du denn jetzt...
Moment. Ludwig wendete mit einem halsbrecherischen Manöver. Ehe sich Sebastian versah, knallte er schon unsanft gegen die Tür.
Au! Bist du wahnsinnig?
Du wolltest ihn doch wieder einholen! schrie Ludwig und gab Gas. Schnell waren sie bei der Abzweigung nach Koblenz. Ludwig legte sich so hart in die Kurve, dass die Reifen quietschten. Auf der Zubringerstraße angekommen, suchten sie beide die Rücklichter der Wagen ab, die vor ihnen fuhren, aber es war natürlich sinnlos.
Er ist weg! jammerte Sebastian. Er ist einfach weg.
Ludwig starrte verbissen in die Dunkelheit. Sebastian schüttelte nur resigniert den Kopf. Sie hatten ihn verloren.
Ich fahr jetzt einfach mal nach Koblenz hinein, sagte Ludwig schließlich.
Nach einem Kreisverkehr blieben sie an einer roten Ampel stehen. Und jetzt? fragte Sebastian.
Richtung Altstadt. Da dürfte am Samstag Abend am meisten los sein. Er schob sich auf die Abbiegerspur. Nach einer Weile sahen sie einen Wegweiser für einen Parkplatz, bogen ein und stellten dort das Auto ab.

Sebastian war nur noch müde. Komm, gehen wir was essen, schlug er vor.
Sie stiegen aus. Der Parkplatz war ziemlich groß und recht dicht belegt. Sie drängten sich zwischen den Autos durch, gingen eine Treppe hoch und sahen sich um.
Warst du hier schon mal? fragte Ludwig.
Sebastian schüttelte den Kopf. Irgendwas wird sich schon finden lassen.
Oben zog sich der Parkplatz noch etwas weiter, aber an der einen Straßenseite waren schon ein paar Lokale. Sebastian wollte gleich in den erstbesten Italiener, aber Ludwig rümpfte die Nase. Sie folgten dem Strom der Stadtbesucher, bis sie auf einen großen Platz kamen, auf dessen gegenüberliegenden Seite ein hell erleuchteter Chinese lockte.
Das sieht doch gut aus, meinte Ludwig.
Sebastian musste an das wenig erfreuliche Sushi-Essen am Dienstag denken. Ich dachte, du magst keine asiatische Küche?
Rohen Fisch mag ich nicht, antwortete Ludwig und grinste. Das andere schon.
Sie gingen hinein und setzten sich an einen der Tische am Fenster. Der Kellner brachte die Karte, sie suchten aus und gaben ihre Bestellung auf. Als dann ihre Biere vor ihnen standen - Sebastian hatte Ludwig überredet - und Sebastian überlegte, worüber sie sich jetzt wohl unverfänglich unterhalten konnten, kippte Ludwig plötzlich sein Glas um. Das Bier ergoss sich über den Tisch.
Ach du je, stöhnte Sebastian. auch das noch.
Ludwig sagte nichts. Sein Mund war halb offen, und seine Augen waren weit aufgerissen.
Sebastian schoss herum. Gegenüber vom Restaurant, vor dem Schaufenstern eines Herrenmodeladens, stand Hohenstein und beschaute die Auslage.

Sie starrten beide aus dem Fenster, bis es Sebastian einfiel, dass sie in dem hell erleuchteten Restaurant ja ziemlich gut zu sehen waren, und wenn Hohenstein ihn wiedererkannte, dann hatte es sich mit ihrer Verfolgung. Er drehte sich wieder zu Ludwig. Behalt ihn im Auge, sagte er leise.

Der Kellner kam und wechselte die Tischdecke. Und? fragte Sebastian.

Er wartet auf etwas. Er schaut dauernd auf die Uhr.

Vorsichtig äugte Sebastian hinaus. Hohenstein hatte beide Hände in die Taschen seines engen Mantels gesteckt und ging vor dem Schaufenster auf und ab, merklich ungehalten. Sebastians Blick wanderte nach oben. In der Wohnung oberhalb des Geschäfts brannte Licht, und an einem der Fenster stand eine Frau. Natalie, entfuhr es ihm.

Was? Wo?

Da oben, in der Wohnung.

Aber sie war schon nicht mehr zu sehen. Du hast Halluzinationen, sagte Ludwig.

Der Kellner brachte die Wärmeplatte für ihr Essen und ein neues Bier.

Sebastian verdrehte sich auf seinem Stuhl, um Hohenstein sehen zu können. Der ging weiter auf und ab, bis er plötzlich hochsah und auf das Restaurant zukam. Sebastian wand sich schnell wieder zu Ludwig.

Was macht er?

Ludwig schaute starr an Sebastian vorbei. Er... Er steht genau vor unserem Fenster, flüsterte er.

Bleib ganz ruhig, zischte Sebastian. Dich kennt er ja nicht.

Ludwig nickte bleich. Ich glaube, er sieht sich die Speisekarte an.

Ihr Essen wurde gebracht. Los, nimm jetzt etwas, sagte Sebastian, als der Kellner wieder fort war. Das fällt doch auf.

Er geht gerade wieder.

Wohin?

Zurück zum Haus. Zum Eingang.

Sie bedienten sich und fingen an zu essen. Mit einem Mal sah Ludwig wieder hoch. Da ist sie.

Sebastian drehte sich wieder herum. Natalie. Sie war es.

Er wollte aufspringen, zu ihr hinlaufen, sie diesem Kerl entreißen und mit ihr davonrennen. Aber als er hoch zuckte, fuhr Ludwig ihn an. Bleib sitzen. Bist du verrückt?

Aber wir sind doch zu zweit, und wir können sofort los zum Auto...

Die sind auch zu zweit. Willst du eine Prügelei, hier mitten auf der Straße?

Sebastian äugte noch einmal über die Schulter. Neben Natalie stand das kleine fette Männchen, das er im Flugzeug gesehen hatte. Er hielt sie am Arm fest. Hohenstein zeigte nach rechts, und die drei gingen los.

Sie gehen zum Auto, sagte Ludwig.

Jetzt sah Sebastian es auch. Direkt um die Ecke, so, dass man ihn vom Restaurant aus noch gerade sehen konnte, stand der Jaguar. Die fahren los, zischte er zu Ludwig. Verdammt, wir müssen ihnen nach.

Warte. Da, sieh dir das an.

Natalie hatte dem Dicken einen Schlag in den Magen versetzt und versuchte nun, sich von Hohenstein loszumachen, aber der ließ nicht locker. Sie rangen miteinander, doch der Dicke erholte sich schnell und packte Natalie an den Haaren. Sie schrie auf und lies los. Hohenstein gab ihr eine schallende Ohrfeige. Sie stolperte rückwärts gegen das Auto und hielt sich das Gesicht, während er auf sie einschimpfte.

Jetzt reicht's, stieß Sebastian hervor und sprang auf. Komm, Ludwig.

Bleib hier. Schau lieber noch mal hin.

Hohenstein hielt Natalie fest im Arm und küsste sie, und sie machte keinerlei Anstalten, sich zu wehren. Dann sprach er mit dem Dicken, der nickte und zum Haus zurückging.

Langsam rutschte Sebastian wieder auf seinen Stuhl.

Jetzt gehen sie. Soll ich ihnen nach? fragte Ludwig.

Er hat sie geküsst, und sie hat sich nicht gewehrt. Er hat mir ihr geschlafen, und ihr hat es Spaß gemacht. Wie mit mir. Wie ein Bad im Ozean.

Sebastian. Sie gehen.

Aber davor hat er sie geschlagen. Das Schwein hat sie geschlagen. Er hat sie in seiner Gewalt, und sie kann sich gar nicht wehren. Sie hat es versucht, aber allein schafft sie es nicht. Aber mit mir zusammen, da geht es. Wir müssen es nur richtig machen.

Jetzt sprang Ludwig auf.

Bleib sitzen, sagte Sebastian müde. Sie müssen doch zurückkommen. Das Auto steht ja hier.

Langsam sank Ludwig wieder auf den Stuhl.

Iss, sagte Sebastian. Es wird ja kalt.

23:54 Uhr

Noch einen?

Ludwig schüttelte müde den Kopf. Das war mindestens der fünfte Espresso, den er gerade geleert hatte. Die Mineralwasser dazwischen hatte Sebastian aufgehört zu zählen. Nach dem ersten Bier war weiterer Alkohol tabu gewesen, sie mussten schließlich einen klaren Kopf behalten. Wer weiß, was Hohenstein und Natalie die ganze Zeit getrunken haben, dachte Sebastian. Bestimmt kein Wasser.

Jetzt saßen sie seit bald drei Stunden hier bei diesem Chinesen. Anfangs war es noch ganz unterhaltsam gewesen, Ludwig hatte von der DDR erzählt, von der Wende, von seinem Studium im Westen, davon, wie anders hier alles war als früher im Osten, und Sebastian konnte ihn nur mit Mühe davon abhalten, ihm als Illustration eines von den alten FDJ-Liedern vorzusingen. Aber dann wurde es immer später, das Lokal leerte sich, Ludwig wurde immer schweigsamer, und von Hohenstein und Natalie war weit und breit nichts zu sehen. Ludwig holte das Auto und stellte es ein paar Wagen hinter den Jaguar, damit sie ihm schneller folgen konnten, wenn er zurückkommen und losfahren sollte. Aber er kam nicht.

Jetzt war es fast Mitternacht, und Ludwig konnte sich nur noch mühsam aufrecht halten. Immer wieder fielen ihm die Augen zu.

Sebastian, murmelte er schließlich.

Ja, Ludwig, ich weiß. Du gehst jetzt zum Auto und setzt dich rein und schläfst.

Quatsch, sagte Ludwig, und mit einem Mal klang er nicht mehr müde. Da sind sie.

Natalie ging mit verschränkten Armen auf das Haus zu. Direkt hinter ihr ging Hohenstein, die Hände in den Manteltaschen. So, wie die beiden aussahen, hatten sie keinen angenehmen Abend verbracht. Am Hauseingang klingelte Hohenstein und schob Natalie dann in den Flur hinein.

Und jetzt? fragte Ludwig.

Tja, meinte Sebastian. entweder, er kommt jetzt gleich wieder herunter und fährt los, oder...

Oder er bleibt über Nacht bei ihr.

Sebastian biss die Zähne aufeinander. Am liebsten hätte er dem Kerl etwas abgeschnitten.

Ich glaube, wir müssen uns keine weiteren Gedanken machen, sagte Ludwig da. Er kommt schon wieder.

Mit eiligen Schritten ging Hohenstein zu seinem Jaguar, stieg ein, ließ den Motor aufheulen und fuhr los.

So, sagte Sebastian entschlossen, jetzt ist der Weg frei.

Ach ja. Und wie willst du das jetzt machen?

Ganz einfach. Wir gehen jetzt darüber, klingeln...

Das ist ja auch ganz unverdächtig, dass es um Mitternacht klingelt.

Hohenstein könnte ja etwas vergessen haben.

Hm. Dagegen fiel Ludwig kein Gegenargument ein.

Und wenn der Dicke dann aufmacht, dann ziehen wir ihm eins über, greifen uns Natalie und ab geht's.

Und das kannst du, ihm so eins überziehen?

Wieso nicht, irgend etwas wird sich schon finden dafür.

Was denn?

Jetzt wurde es Sebastian zu bunt. Ludwig, jetzt hör auf. Du brauchst nur unten zu warten, mehr nicht. Ich mache das schon.

Ludwig sah alles andere als überzeugt aus, aber Sebastian war schon aufgestanden.

Ein paar Minuten später standen sie vor dem Hauseingang. 'Cordell' stand auf dem untersten Klingelschild.

Das muss die erste Wohnung sein, flüsterte Sebastian. Also, ich klingle jetzt.

Halt, warte. Da ist eine Sprechanlage.

Ja. Und?

Was ist, wenn der Dicke fragt, wer da ist. Weißt du, wie Hohenstein spricht?

Nein, aber...

Wenn du das Falsche sagst, macht er garantiert nicht auf. Und er ist gewarnt.

Hör doch auf. Ich probier's jetzt. Er drückte auf die Klingel.

Erst passierte nichts. Dann hörten sie ein Knacken in dem kleinen Lautsprecher über der Klingel. Ja? krächzte eine Stimme.

Sebastian starrte Ludwig an. Mit einem Mal wusste er nicht, was er sagen sollte.

Hallo? rief die Stimme. Hallo?

Sebastians Herz pochte bis zum Hals. Wenn er jetzt einen Fehler machte, war die Chance vorbei. Und eine zweite würden sie dann nicht bekommen.

Ist da jemand? kam es aus dem Lautsprecher.

Sebastian blieb stumm. Es knackte wieder.

Vorsichtig sah Sebastian nach oben. Das Fenster über ihnen war dunkel.

Komm, flüsterte er. Wir gehen hier entlang.

Sie schlichen ganz eng an den Schaufenstern des Modeladens entlang, bis sie sicher waren, dass man sie nicht mehr von oben sehen konnte.

Okay, murmelte Sebastian. Du hast Recht gehabt.

Lass uns doch in ein Hotel gehen, Sebastian. Hohenstein ist weg, morgen früh haben wir auf jeden Fall Zeit. Und bis dahin können wir uns einen richtigen Plan ausdenken.

Sebastian sah ihn missbilligend an. Eine ganze Nacht in einem billigen Hotel, in der er sowieso kein Auge zu tun könnte, weil er ja die ganze Zeit über diesem Plan brüten würde? Aber jetzt noch einmal zu klingeln war nicht möglich. Er hatte den Slot verpaßt.

Los, sagte Ludwig. Jetzt sieh es doch ein.

Sebastian ließ den Kopf hängen. Ludwig schob ihn die Straße hinunter.

Sonntag, 24. November

08:56 Uhr

Tok tok tok.

Sebastian stand vor Ludwigs Zimmertür und klopfte. Keine Antwort.

Tok tok tok.

Nichts.

Beim dritten Versuch schlug er mit der Faust gegen die Tür.

Mmmmmh, kam es von innen.

Ludwig, wach auf.

Ludwig stammelte unzusammenhängende Silben. Dabei war es fast neun Uhr! Mein Gott, er hatte wirklich genug geschlafen.

Wir treffen uns in zwanzig Minuten im Frühstücksraum, Ludwig.

Was?

In zwanzig Minuten. Ich geh schon mal was besorgen.

Besorgen... Was denn?

Einen Blumenstrauß. Du wirst schon sehen.

Sebastian galoppierte die Treppen hinunter. Er war seit fünf Uhr hellwach, und seitdem hatte er ungefähr fünf verschiedene Befreiungsszenarien durchdacht - und wieder verworfen. Bis ihm vorhin unter der Dusche die richtige Idee gekommen war. Und sie war so wundervoll einfach.

Ludwig klingelte unten an der Tür. Der Dicke meldete sich. Guten Tag, sagte Ludwig. Blumenhaus Monika. Ich hätte hier einen Strauß abzugeben. Die Tür öffnete sich, und er ging hoch in den ersten Stock, gefolgt von Sebastian, der sich hinter ihm versteckte. Wenn der Dicke an der Tür stand, bestand die Gefahr, dass er ihn erkannte, sie hatten schließlich schon einmal im Flugzeug nebeneinandergesessen. Aber die Wohnungstür war zu. Ludwig musste noch einmal klingeln, durch den Spion wurde er beäugt

- Wohnungen in Altbauten hatten immer einen Spion - aber seine Unschuldsmiene siegte. Der Dicke öffnete die Tür. Bitte schön, sagte Ludwig, und hielt die Blumen hoch, aber doch so weit entfernt von dem Dicken, dass er halb aus der Wohnung herauskommen musste, um sie zu nehmen. In diesem Moment schoss Sebastian nach vorne, sprühte ihm das Tränengas ins Gesicht, schob den Schreienden in die Wohnung hinein, griff Natalie, und sie rannten die Treppen hinunter, zu Ludwigs Auto, sprangen hinein und waren auf und davon.

Das war es. Genial einfach, nicht mit kruder Gewalt, sondern mit Köpfchen. Das einzige Problem bestand darin, dass es nicht ganz einfach war, am Sonntagmorgen Tränengas aufzutreiben. Aber als er dann vorhin aus der Dusche gestiegen war und sich im Spiegel aufmunternd zugenickt hatte - endlich war sie wieder da, die Zuversicht - da war ihm auch hierfür eine Lösung eingefallen. Er musste nur in seinen Waschbeutel schauen. Da lag die Sprühdose mit dem Deo, und wenn man das in die Augen bekam, dann brannte es bestimmt, sonst würde ja nicht auf der Dose davor gewarnt werden. Und das würde ja reichen, um den Dicken außer Gefecht zu setzen, zumindest für ein paar Sekunden, bis sie weg waren.

An der Rezeption fragte er nach einem Blumengeschäft, das jetzt offen hatte. Am besten am Bahnhof, wurde ihm beschieden. War das weit? Zehn Minuten, immer nur gerade aus. Zehn mal zwei waren zwanzig. Das konnte ja gerade reichen.

Es dauerte dann doch eine halbe Stunde, bis er in den Frühstücksraum zurückkam. Kein Fenster, funzelige Lampen, an den vergilbten Wänden grauenhafte Stiche vom Rhein, und inmitten schwabbelnder Touristen in Jogging-Anzügen Ludwig, der sich gerade eine bewurstete Brötchenhälfte in den Mund schob.

Willst du nichts essen? fragte er kauend.

Nein. Ich möchte gehen.

Ja, ja. Aber ich will erst wissen, was du vorhast.

Also gut, sagte Sebastian. Dann pass auf.

09:44 Uhr

Das klappt doch nie.

Sebastian verdrehte entnervt die Augen. Ludwig, hör jetzt auf mit Deiner Miesepeterei. Wir haben den Ablauf jetzt dreimal durchgesprochen, jeder Handgriff ist klar, wir haben alle Reaktionen durchgespielt, die diesem dicken Sack so einfallen könnten, und wir wissen auf alles eine Antwort. Oder ist das etwa nicht so?

Ja, schon, aber...

Nichts aber. Ich klingle jetzt, und dann sagst du Deinen Text auf.

Ludwig sah ihn noch immer skeptisch an.

Also, sagte Sebastian und legte den Zeigefinger auf den Klingelknopf, auf drei. Eins, zwei...

Warte.

Was ist denn jetzt noch?

Also, wenn er sich meldet, dann sage ich: Guten Tag, Blumenhaus... wie heißt das?

Lass es weg. Ich möchte einen Blumenstrauß bei Ihnen abgeben, das reicht.

Hm.

Ludwig, man kann sich auch tot proben. Wir machen das jetzt, klar?

Ludwig nickte langsam.

Sebastian hielt die linke Hand hoch. Erst kam der Daumen hoch, dann der Zeigefinger, dann der Mittelfinger. Und dann klingelte er.

Es passierte nichts. Ludwig stöhnte leise.

Dann knackte es doch. Ja? kam wider das Krächzen aus dem Lautsprecher.

Sebastian gab Ludwig einen Stoß.

Guten Tag, schrie Ludwig die Klingel an. Ich... Ich hätte da einen Strauß, den ich abgeben muss.

Was? krächzte die Stimme.

Ich habe einen Blumenstrauß. Der ist bestellt worden, für Sie.

Pause.

Für mich? kam es aus dem Lautsprecher. Von wem?

Sebastian nickte Ludwig zu. Das... Das weiß ich nicht, stammelte der. Ich bin nur der Bote. Aber, aber es ist ein Brief dabei. Der ist aber zugeklebt.

Die zweite Pause war noch länger als die erste. Sebastian fühlte wieder, wie sein Blut in den Ohren pochte. Schließlich stieß er Ludwig in die Seite.

D-darf ich den Strauß abgeben, bitte? Ich muss noch weiter.

Sie warteten. Aus dem Lautsprecher kam nichts mehr. Aber dann summte der Türöffner.

Sebastian stieß die schwere Holztür auf und schob Ludwig hinein. Widerstrebend stolperte er durch den engen Flur, aber Sebastian schob ihn weiter, die drei Stufen einer Zwischentreppe hoch, den kleinen Gang hinunter, dann zu einer großen Holztreppe, die sich eng hoch wand zum ersten Stock. Er duckte sich hinter Ludwig, als sie die Tür der Wohnung sehen konnten, aber es war, wie er es erwartet hatte, sie war zu.

Er drückte Ludwig vor die Tür und kauerte sich neben ihn. Aus der Manteltasche holte er die Sprühdose hervor. Ludwig sah zu ihm hinunter.

Los, flüsterte er.

Ludwig klingelte.

Sie hörten Geräusche hinter der Tür. Dann ging sie einen Spalt auf. Sebastian duckte sich noch etwas tiefer.

Gu-guten Tag noch mal, stotterte Ludwig. Hier, die Blumen. Und er streckte sie der Tür entgegen! Das war doch viel zu nah...

Der Dicke zog die Blumen schnell hinein, und ehe Sebastian überhaupt etwas tun konnte, war die Tür schon wieder zu.
Ludwig starrte zu ihm nach unten, schreckensbleich, wie ein Karpfen am Haken.
Los, zischte Sebastian, klingle noch mal, du brauchst noch eine Unterschrift.
Im nächsten Moment hörten sie ein lautes Klirren, als würde etwas zerbrechen, einen Schrei und einen dumpfen Schlag gegen die Tür, so heftig, dass der ganze Rahmen zitterte. Dann klang es, als würde etwas Schweres weggezogen. Die Tür wurde aufgerissen, und Natalie rannte in Ludwig hinein. Beide stürzten, aber Sebastian war sofort bei ihnen.
Komm, schrie er und griff nach Natalies Arm. Er zog sie hoch, wollte sie schon umarmen, aber sie schoss an ihm vorbei, die Treppe hinunter. Ludwig rappelte sich auf, Sebastian schob ihn weiter, dann lief er auch los. Sie rannten durch das Treppenhaus, rissen die Tür auf, draußen schrie Sebastian: nach links, dann waren sie schon am Wagen, Ludwig schloss auf, sie sprangen hinein, er ließ den Motor an, und sie fuhren los, mit quietschenden Reifen um die enge Kurve, der Wagen schleuderte fast, langsam, brüllte Sebastian, dann waren sie schon an der Straße, und jetzt konnte sie nichts mehr aufhalten.

10:16 Uhr

Ich habe die Verantwortung für das Projekt getragen, also auch für das Papier. Und ich habe mich nicht dazu bekannt, das war der Vorwurf. Und deswegen bin ich jetzt meinen Job los.
Sebastian schwieg und schaute auf die Autobahn. An einem Sonntag war um diese Zeit alles leer, und Ludwig drückte gehörig aufs Gas. Mit 200 Kilometern rauschte die Landschaft an ihnen vorbei, Limburg-Nord hatten sie gerade passiert. In einer knappen Stunde würden sie in Frankfurt

ankommen und am besten gleich ins Büro fahren. Natalie konnte ihre Aussage zu Hohensteins Geschäften aufschreiben, und dann hatte Sebastian alles, was er brauchte, um dem Mann gegenüberzutreten. Wenn sie das schrieb, was er von ihr erwartete.

Natalie saß schräg vor ihm, auf dem Beifahrersitz, und kaute auf ihrem Zeigefinger herum. Sie trug genauso das, was er an ihr das letzte Mal im Münchener Büro gesehen hatte, ein knappes, inzwischen etwas zerknittertes dunkelblaues Kostüm mit Nadelstreifen, darunter eine weiße Bluse. Kontrastierte schön mit ihrem blonden Haar. Nur blasser war sie als letzte Woche im Büro, kein Wunder, sie hatte ja auch einiges durchgemacht, vermutlich jedenfalls. Bis jetzt hatte sie nicht viel erzählt, nur gefragt, was bei ihm passiert war in den letzten zwei Tagen nach ihrem morgendlichen Anruf, und er hatte berichtet, knapp, sachlich, hatte die Dinge auf den Punkt gebracht, das hoffte er zumindest. Und sie hatte zugehört, ab und an nachgefragt, ebenso sachlich. Eigentlich wäre emotionslos das bessere Wort. Kalt wirkte sie, wie sie dasaß, distanziert. Fremd. So kalt, wie sie vorhin dem Dicken die Vase über den Schädel geknallt hatte. Dünnes Porzellan, hatte sie gesagt, da kann nicht viel passiert sein. Sebastian hatte geschluckt. Das war nicht die Natalie, die vor genau einer Woche neben ihm aufgewacht war und ihn angelächelt hatte.

Hast du ihnen nicht gesagt, dass es eine Falle war? fragte sie leise, ohne sich zu ihm umzudrehen.

Doch. Aber sie haben es mir nicht geglaubt. Du warst ja nicht aufzutreiben.

Ja, sagte sie. Das hatte Hubertus gut eingefädelt. So was konnte er schon immer.

Sie sagte das völlig unbeteiligt, als hätte sie überhaupt nichts mit dem ganzen Geschehen zu tun gehabt. Als wäre es nicht sie gewesen, die das

Papier nicht nur geschrieben hatte, nein, auch recherchiert, konsequent, wahrscheinlich über Wochen! Und ihm hatte sie alles verheimlicht.

Warum hast du das gemacht, Natalie?

Sie sah schräg zu ihm hoch. Blau waren ihre Augen, die Lider leicht gerötet, etwas angeschwollen, wahrscheinlich hatte sie nicht so viel geschlafen, aber dieses Blau! Wie der Himmel, wie... Nein. Was brachte es, sich jetzt etwas vorzumachen. Es war das Blau eines Gletschers. Ohne Wärme.

Was gemacht?

Dieses Papier geschrieben.

Sie sah wieder auf ihre Hände. Ich habe ihn geliebt, Sebastian.

Das Blut, das schwarze Blut sprudelte hoch in ihm, und mit ihm der Schmerz und die Wut, schneidend und kalt, so kalt wie ihr Blick.

Ach so. Und das mit mir war dann wohl nur Gymnastik?

Ludwig saß starr auf seinem Sitz und sah angestrengt auf die Straße. Natalie schaute hoch, drehte sich weg von Sebastian, sagte nichts.

Natalie. Jetzt antworte gefälligst.

Sie wand sich in ihrem Sitz, bis sie ihn direkt ansehen konnte. Dann hob sie die Hand und strich ihm langsam über das Gesicht. Es tut mir leid, Sebastian, sagte sie leise.

Was tut dir leid?

Alles. Es war ein unglücklicher Zeitpunkt.

Er fiel zurück auf die Rückbank. Ich verstehe überhaupt nichts, sagte er kopfschüttelnd.

Und plötzlich war es wieder da, dieses leise, nur zart angedeutete Lächeln, aber ihm war, als gelte es nicht ihm, als ging es durch ihn hindurch, wurde reflektiert von einem unsichtbaren Spiegel und fiel zurück auf sie selbst. Sie lächelte nur für sich. Ja, sagte sie. Du hast die ganze Zeit nichts verstanden.

Er schaute sie an, ihre kalten, fernen Augen, die irgend etwas sahen, aber nicht ihn, ihr Lächeln, und mit einem Mal dachte er, das Geheimnis, das ist sie selbst. Aber er versuchte es trotzdem noch einmal. Dann erklär es mir doch.

Was?

Alles.

Und wo soll ich anfangen?

Ja, wo? Da, wo alles begann.

Sie drehte sich wieder um, zog die Beine an, ließ die Schuhe herunterfallen, umfasste ihre Knie und sah auf die vorbeiziehende Straße. Und dann begann sie zu erzählen.

Sie redete fast die ganze Stunde hindurch, mit vielen, kleinen Pausen, aber doch ohne den Fluss abzubrechen, und die beiden hörten zu, Ludwig still, als wäre er gar nicht da, aber seine roten Ohren verrieten ihn, Sebastian angespannt, inmitten seiner Verzweiflung, die zunächst noch weiter wuchs, die er zu bändigen versuchte mit vielen hektischen Fragen, die jedoch an ihr und ihrer Geschichte vorbeizulaufen schienen. Sie erzählte von einem kleinen Ort im Taunus, von ihrem Stiefvater, von Hohenstein, dem Geschäftspartner, den sie kennen gelernt hatte, als sie noch in der Schule war, einem geschiedenen Mann, fünfundzwanzig Jahre älter als sie, von der Welt, die er ihr eröffnet hatte, von seinem Zauber, seinem Ehrgeiz, seiner Selbstsucht, seiner Brutalität. Sie erzählte, wie er sie unterstützt hatte in all ihren Plänen, fortzukommen aus dem kleinen Kaff, wie er langsam, ohne Eile, ohne dass die Eltern es merken durften, die Liebe in ihr geweckt hatte, unbeirrbar auch von ihren Ausbrüchen, ihren Affären und Abenteuern, und wie er es dann verstanden hatte, diese Liebe zu nutzen, erst für seine Lust, später auch für sein Geschäft, bei Essen und bei Empfängen, wie seinen Mandanten der Sabber heruntergelaufen war beim Anblick der jungen

Blondine neben ihm, die sich so bezaubernd schüchtern gab, ein wenig verschlossen, geheimnisvoll, sagten sie, die Idioten, sie verstanden nichts. Sein Ziel schien Hohenstein erreicht zu haben, als sie dann in der Beratung anfing, da versuchte er, alle möglichen Informationen über sie zu erlangen, Daten, Hintergründe, Kontakte. Und dann die Nachricht, dass ihre Beratung bei der Bank tätig werden sollte, die große Chance, dort endlich seine Macht durchzusetzen. Für ihn war es selbstverständlich gewesen, dass sie alles an ihn weitergab, und als sie das nicht wollte, hatte er erst nur gelacht, dann gebeten, gebettelt, Belohnungen versprochen. Sie gab ihm Informationen, aber nie genug, nie das, was er wirklich wollte, und er drängte weiter. Mit Hohensteins Zerwürfnis mit dem Stiefvater im letzten Jahr wurde die Krise akut. Als sie sich dann losmachen wollte von ihm, da hatte er seine Gewalt ausgespielt, und sie hatte sehen müssen, dass sie sein Geschöpf geworden war.

Wie - sein Geschöpf? Was hat er denn getan?

Er... Er hat mich erpresst.

Erpresst? Womit?

Mit Dingen, die... passiert waren, am Anfang. Mit meinem Stiefvater. Es gab genug.

Sie schwieg. Sebastian wollte weiter fragen – schließlich war der Stiefvater doch jetzt tot, das musste doch einiges geändert haben, so ein Todesfall geht doch nicht spurlos vorbei - aber dann sah er ihr Gesicht. Verschlossen. Er wusste, es hatte keinen Zweck.

Nach einer Weile redete sie dann doch weiter, wieder von Hohenstein. Sie hatte es zwar noch geschafft, nach London auf ein anderes Projekt zu kommen, aber auch dort hatte er sie gefunden. Er hatte ihr wieder gedroht, sie damit unter Druck gesetzt, dass er sie in der Beratung bloßstellen würde, bis sie ihm endlich – nach langem Widerstand, wie sie betonte – in

London im Hotel das Papier geschrieben hatte. Dann glaubte sie, ihn los zu sein, aber zwei Tage später hatte er sie einfach holen lassen, von diesem dicken Männchen, seinem Adlatus, und der hatte sie in Koblenz in seiner Wohnung versteckt. Gestern Abend hatte Hohenstein ihr dann gesagt, dass sie noch das Wochenende bleiben musste, bis seine Geschäfte abgeschlossen waren. Sie hatte sich gewehrt, aber es war wie immer. Er war stärker.

Sebastian hörte genau zu, beachtete jedes Detail, war bemüht, sich in sie hineinzuversetzen, die Welt, die sie da erschuf, aus ihren Augen zu sehen, aber es wollte ihm nicht recht gelingen. Er hörte ihre Geschichte, aber er verstand sie nicht besser. Was ist nur geschehen, dachte er, was hat sie verändert, denn so viel sie auch berichtete, er fand nicht den Schlüssel, der ihm eröffnete, warum sie jetzt anders war, oder, so gesehen, warum sie zwischenzeitlich so gewesen war, dass er Zugang zu ihr gefunden hatte.

Als sie dann schon fast in Frankfurt waren, als sie eigentlich alles erzählt hatte, aber doch zurückkam zu einzelnen Szenen, sie neu schilderte, als suche sie nach Dingen, die ihr beim ersten Mal entgangen waren, da bemerkte er, dass sich wieder etwas geändert hatte. Ihre Stimme war anders geworden. Er hörte genauer hin, weil er sich keiner Täuschung hingeben wollte, keinem Wahn, aber sie war wirklich anders, sie war weicher, sie war präsent. Als sie sich dann wieder zu ihm umdrehte, war er sicher, dass ihr Blick ihn wieder fand. Und als hätte er nur auf diesen Moment gewartet, auf dieses Signal, das sie ihm gab, ihm allein, da fielen mit einem Mal die Zweifel von ihm ab, und mit ihnen Schmerz und Wut, er konnte zurück lächeln, und das Glück überkam ihn. Sie ist doch hier, durchfuhr es ihn, was auch geschehen ist, jetzt ist sie wieder in meiner Nähe. Sie ist zurückgekehrt, und sie wird bleiben.

Ludwig hielt vor dem Frankfurter Office. Steigt schon mal aus, sagte er, ich bring den Wagen ins Parkhaus.

Sie krochen aus dem Wagen, und Ludwig fuhr los. Als sie auf der Straße standen, wurde ihm bewusst, dass sie beide es waren, allein auf dem sonntäglich leeren Bürgersteig. Er legte seinen Arm um sie, und sie sah zu ihm hoch, und - es gab da keinen Zweifel, er war sich absolut sicher, das war keine Täuschung und auch keinen Irrtum - sie lächelte ihn an, offen, ehrlich, vielleicht noch mit einem letzten Grad an Zurückhaltung, aber das war ja schließlich verständlich nach dem, was passiert war. Da war nichts von einem Geheimnis, von einem Ort, zu dem er keinen Zugang hatte. Sie war bei ihm.

Sebastian, flüsterte sie, ich bin so froh, dass du da bist.

Er küsste sie. Dann nahm er sie bei der Hand, und sie gingen hoch in das Büro.

11:33 Uhr

Was?

Sie standen vor der Glastür des Offices. Sebastian starrte Natalie an. Aber diesmal war es kein Schrecken, der aus dieser Überraschung kroch. Diesmal war es schlichte Erleichterung.

Und das hat er dir alles erzählt?

Sie nickte. Er war wahnsinnig stolz auf sein System. Weil es so simpel war. Klar, es war auch verhältnismäßig leicht aufzudecken, aber nur dann, wenn man die Konten fand. Und das war praktisch unmöglich, jedenfalls in dieser Bank, da war Hubertus sich sicher.

Sebastian schloss die Tür auf. Ludwig war noch nicht da, aber irgendwo waren bestimmt ein paar arbeitswütige Consultants, die noch unbedingt etwas für den Montag morgen fertig machen wollten. Sebastian schob Natalie schnell in das erstbeste freie Büro.

Pass auf, sagte er und lehnte sich gegen den nächsten Schreibtisch. Was ich von dir brauche, ist genau das, was du mir eben erzählt hast. Als Zeugenaussage.

Natalie setzte sich auf einen der Bürostühle. Meinetwegen, sagte sie. Aber das allein wird doch nicht reichen, um ihn zu überführen.

Und was ist mit deinem eigenen Kredit?

Ihr Blick wanderte verlegen auf den Boden. Davon hatte sie bisher nichts gesagt, und sie schwieg auch jetzt.

So schwer war das nicht, den zu finden, sagte Sebastian. Ludwig ist ein exzellenter Spürhund.

Sie nickte langsam und sah aus dem Fenster, als dächte sie wieder an etwas anderes. Eigentlich hatte mein Kredit gar nichts mit Hubertus' Geschäften zu tun. Ich brauchte nur Geld, und ich hatte da diesen Aktientipp aufgeschnappt... Hubertus konnte mir natürlich einen Kredit beschaffen, und dann... Tja, ich denke, Gier ist da das richtige Wort.

Also er hat auch Deinen Kredit für seine Geldwäsche benutzt?

Ja. Er war einfach besessen davon, sein Geld an der Steuer vorbei zu manövrieren. Und er konnte eben keiner Gelegenheit widerstehen.

So ist das halt. Jeder hat seine Schwächen, auch der schlaue Herr von Hohenstein.

Sie sah wieder aus dem Fenster. Nach einer Weile atmete sie tief durch und drehte sich zu Sebastian. Ihr Blick hatte sich wieder verändert. Jetzt war sie entschlossen. Dann sagte sie: Und mit dieser Schwäche willst du ihn jetzt kriegen.

Ja. Es klang wie ein Versprechen. Er würde ihn klein kriegen, den großen Herrn von Hohenstein. Und nicht nur mit dieser einen. Er hat noch mehr

Fehler gemacht. Die Kredite alle mit einem Schlag abzulösen, das war ja auch nicht gerade wenig auffällig.
Sie zuckte mit den Schultern. Hubertus hat immer ein ausgeprägtes Gefühl dafür gehabt, wann eine Situation brenzlig wurde. Und als ich ihm gesagt habe, dass TMC bei der Bank ein Projekt beginnt, wusste er, dass er schnell reagieren musste, schon wegen Jerusalem, der war halt schwer zu kontrollieren. Außerdem war es kurz vor Quartalsende, wenn er länger gewartet hätte, dann hätten die hohen Kreditzahlen in der Filiale Berlin bei der DV-Umstellung auffallen können, und ein zweites Mal hätte er die Umstellung nicht scheitern lassen können, selbst bei seinen guten Verbindungen zur DV nicht...
Also da hatte er auch jemanden sitzen?
Natürlich. Er hat überall in der Bank seine Verbindungsleute.
Dann ist es ja erstaunlich, dass er die Entwicklung in der letzten Woche nicht besser im Griff gehabt hat.
Ihr Gesicht war ernst, fast traurig. Er hat dich falsch eingeschätzt, Sebastian, sagte sie müde.
Mich?
Ja, Sebastian, dich. Du warst viel emotionaler, als er gedacht hatte.
Ich? Emotionaler?
Die Schließungen wären doch ohne Probleme durchgegangen, wenn du dich nicht so hartnäckig mit Frau Doktor zerstritten hättest. Und das war nun wirklich etwas untypisch für einen coolen Berater, Sebastian, das musst du schon zugeben.
Er brummte unwillig. Frau Doktor war ein Thema, an das er sich nicht gerne erinnern ließ, und schon gar nicht, wenn es ihm als Schwäche vorgehalten wurde. Die Sache mit den fehlerhaften Filialdaten war auch nicht schlecht. Und die hast du ja wohl verbockt.

Ihre Augen wurden schmal. Ich habe Hohenstein die ganze Zeit davon abgehalten, etwas gegen das Team zu unternehmen. Und vor allem gegen dich.

Was?

Das war meine Bedingung dafür, dass ich ihm überhaupt Informationen weitergegeben habe. Keine direkten Aktionen gegen unser Projekt.

Und was war dann diese Woche?

Da war ich nicht mehr auf dem Team.

Ach so. Und damit war das Feuer freigegeben, oder wie?

Sebastian, stieß sie hervor. Ich habe versucht, von diesem Typen wegzukommen. Deshalb habe ich alles dran gesetzt, auf ein anderes Projekt gestafft zu werden, so weit weg wie möglich. Damit ich keinen Wert mehr für ihn habe und er mich in Ruhe lässt. Und es hätte ja auch alles wunderbar funktioniert. Du hättest das doch nie gemerkt mit den Filialberechnungen. Aber dann hat dich Ludwig verrückt gemacht, und zum krönenden Abschluss musstest du dich an Frau Doktor festbeißen.

Er schluckte. Sie hielt ihn also auch für oberflächlich, wie alle anderen. Und für unkontrolliert, sie hatte es selbst gesagt. Ausgerechnet Natalie. Ausgerechnet die, die dem ärgsten Gegner der Berater zugearbeitet hatte. Die Wut stieg in ihm hoch. Und nicht nur das, sie hatte auch mit ihm herumgebumst.

Da stand sie auf und kam auf ihn zu. Sebastian, sagte sie leise und nahm ihn an den Händen. Komm, hören wir auf damit. Wir machen damit doch nichts ungeschehen. Ich wollte auch weg, weil ich mir gewünscht habe, zu dir zurückzukommen. Und jetzt bin ich doch da. Jetzt sag mir, wie es weitergehen soll.

Er sah in ihre Augen, in das tiefe Blau, und fragte sich, ob es jetzt wärmer war, ob es wirklich wieder diese Farbe annahm, die ein wolkenloser

Himmel am späten Nachmittag hatte, kurz vor... Sie lächelte ihn an. Und jetzt war nichts mehr von Müdigkeit zu merken, nein, es war wieder das Lächeln, von dem er geträumt hatte, und es entfaltete wieder denselben Sog, den es von dem ersten Moment an hatte, an dem es ihm bewusst geworden war. Er konnte nicht anders. Er lächelte zurück.

Was meinst du, sagte er nach einer Weile, wird Hohenstein kommen, wenn Jerusalem ihn um ein Treffen bittet?

Er wird ihm etwas bieten müssen. Etwas, das Hohenstein haben will.

Er schluckte. Dann sagte er: Dich zum Beispiel?

Ihre Augen wurden riesengroß. Mich?

Ja. Du bist doch jetzt so etwas wie eine Kronzeugin. Und wenn du aussagst, dann ist Hohenstein erledigt. Zumindest wird es dann einen Skandal geben, der ihn bei den anderen Gesellschaftern unmöglich macht.

Ihre Arme sackten herunter, und ihre Hände hätten losgelassen, wenn er sie nicht festgehalten hätte. Das heißt, ich müsste mitkommen, sagte sie tonlos.

Er sah ihr weiter fest in die Augen. Unbedingt, sagte er. Aber ich bleibe ja bei dir.

Und was soll ich tun?

Du legst Hohenstein Deine Aussage vor. Und vergiss nicht, die Belege Deines Kontos anzuführen. Ich schlage ihm dann einen Deal vor: Wenn er uns schriftlich bestätigt, dass er das Papier mit der zukünftigen Organisationsstruktur bei dir in Auftrag gegeben hat, als Studie für den Verwaltungsrat, dann zerreißen wir es wieder.

Und warum muss ich dann daneben stehen?

Weil es nur dann überzeugend wirkt. Er ließ ihre Hände los und fasste sie an den Schultern. Natalie. Über Jerusalem hat Hohenstein eine Akte, und über dich mit Sicherheit auch. Wir bekommen ihn doch nur unter Druck gesetzt, wenn Ihr beide, du und Jerusalem, ihm klar ins Gesicht sagt, dass jetzt Schluss ist mit seinen Erpressungen. Er muss Angst bekommen. Nur dann geht es.

Sie sah ihn an, und er versuchte, in ihren Augen zu erkennen, ob sie überzeugt war. Aber noch ehe er eine Antwort gefunden hatte, zog sie ihn zu sich heran. Vermutlich sollte es nur ein schneller Kuss werden, aber als ihr Gesicht näher kam, kehrte auch der vergangene Sonntag wieder zu ihm zurück, ihr Parfüm, gemischt mit dem Duft ihrer Haut, die Wärme ihres Körpers, durch die Kleider nicht aufzuhalten, die Berührung ihrer Finger, ihrer Haare, ihrer Haut, ihrer Lippen. Sein Herz raste, er drückte sie an sich, leckte gierig über ihren Lippen, bis sie ihren Mund öffnete und ihre Zungen sich trafen. Seine Hände fuhren über ihre Bluse, suchten nach dem Spalt, an dem er zu ihrer Haut vordringen konnte, zu dem Gefühl, sie wieder ganz gefunden zu haben, ihr wieder so nah zu sein wie damals, an ihrem ersten Abend, als sie von dem Boot kamen und eng umschlungen durch den Park gingen, als sie sich zum ersten Mal küssten und er wusste, er war eins mit ihr.

Sie hielt seine Hand fest. Langsam, flüsterte sie und grinste. Ich denke, ich soll jetzt diese Aussage schreiben.

Er sah sie an, als hätte sie ihn auf frischer Tat ertappt. Ja, natürlich, sagte er. Es eilt ja auch.

Sie grinste noch ein bisschen breiter. Das habe ich gemerkt. Dann biss sie ihm zart ins Ohr. Aber keine Angst. Die Belohnung bekommst du, wenn du Hohenstein geschafft hast. Spätestens heute Abend. Sie küsste ihn noch einmal auf die Wange.

Okay, sagte er verlegen. Dann... Dann lass ich dich jetzt schreiben. Er sah auf seine Uhr. Es ist jetzt gleich zwölf, Jerusalem hat maximal bis drei Zeit. Also, je schneller du bist... Ich schau mal, ob Ludwig schon da ist.

Als er hinausging, sah sich Sebastian noch einmal um. Natalie hatte den Computer angemacht. Leicht vorgebeugt saß sie da, den Blick schon fest auf dem Bildschirm, und wartete darauf, dass das System ansprang.

Er fand Ludwig in der Küche. Er stand am Automaten und sah zu, wie sich sein Kaffeebecher füllte. Na, sagte er, als er Sebastian hineinkommen sah, alles klar?

Ja, sagte Sebastian und nahm sich auch einen Kaffeebecher. Sie schreibt jetzt auf, wie Hohensteins Geldwäsche funktioniert hat.

Ludwig pustete auf den heißen Kaffee. Und du willst ihm das dann vorsetzen?

Genau, sagte Sebastian. Dann erzählte er, was er mit Natalie besprochen hatte.

Hm, brummte Ludwig und schlürfte an seinem Kaffee. Das soll funktionieren?

Allerdings. Es steht zuviel für ihn auf dem Spiel, als dass er sich wegen dieser Schiebereien alles zunichte machen wird.

Und du meinst, dass Phil und Michael dich wieder mit offenen Armen aufnehmen, wenn du mit einem Schrieb von Hohenstein ankommst, der die Herkunft dieses dämlichen Papiers erklärt - und sonst nichts?

Michael Klosters wohl nicht, dachte Sebastian. Der steckte ja mit Hohenstein unter einer Decke. Der durfte überhaupt nichts wissen von der ganzen Aktion. Aber Phil Meyer, der war derjenige, zu dem er gehen musste mit seiner Bestätigung. Aber... Jetzt, wo Ludwig die Frage gestellt hatte, ließ sich dieses Aber nicht unterdrücken. Diese lächerliche Bestätigung, dass Hohenstein das Papier in Auftrag gegeben hatte, die würde gar nichts an Phils Einschätzung ändern. Er hatte Sebastian schließlich vor die Tür gesetzt, weil er glaubte, dass er nicht fähig genug für einen Berater war. Das war der Punkt.

Es reicht nie und nimmer, Sebastian.

Ludwig hatte recht. Schon wieder. Sebastian biss sich auf die Lippe. Was meinst du? fragte er. Was müsste denn dazu kommen?

Damit Phil und Michael wirklich erkennen, dass sie dich falsch eingeschätzt haben, musst du etwas erreichen, das einen Wert für die Bank schafft. Und nicht nur einen Persilschein für dich selbst. Er trank wieder seinen Kaffee.

Sebastian sah ihm zu. Er wusste, worauf Ludwig hinaus wollte. Und er wusste auch, dass er Angst davor hatte. Du meinst, wir müssen Hohenstein auffliegen lassen.

Er ist ein Krimineller, Sebastian. Ein ganz gewöhnlicher Verbrecher. Und wenn das stimmt, was du vermutest, dann schreckt er auch nicht davor zurück, Menschen in den Tod zu treiben.

Sebastian nickte langsam. Deshalb ist es mir ja zu gefährlich.

Da hast du ja auch recht. Die beste Lösung wäre, zur Polizei zu gehen.

Ludwig, vergiss es. Das gibt den Riesenskandal, und am Ende wird Hohenstein von seinen Anwälten doch herausgehauen, dafür sind wir beiden die Dummen, und die Bank wird trotzdem noch verkauft.

Was? Ludwig sah ihn ungläubig an. Wieso wird die Bank denn verkauft?

Jetzt war es ihm herausgerutscht, obwohl er doch eigentlich Ludwig gar nichts erzählen wollte von seinem Verdacht. Je mehr es wussten, desto größer wurde das Risiko, dass etwas zur Unzeit herauskam. Aber jetzt war es ja egal, zurück konnte er eh nicht mehr. Also, sagte er, und dann erzählte er die Geschichte vom 'Project Switzerland'.

Ludwig nickte nur, als Sebastian fertig war, und stellte dann seine Tasse weg. Wow, sagte er. Wenn Hohenstein das wirklich vorhat, dann ändert das natürlich alles.

Also du hältst die Sache für realistisch?

Klar. Ich finde, es ist sogar ziemlich plausibel, vor allem nach den Geschehnissen von Freitag. Ein Wahnsinnstriumph für Hohenstein wäre das.

Und wenn wir ihm jetzt drohen, alles vorzeitig auffliegen zu lassen...

Dann wird er zurückschlagen. Überleg mal, so ein Typ wie Hohenstein ist in der Situation doch wie ein waidwundes Tier. Er schüttelte den Kopf. Das ist lebensgefährlich, was du da vorhast, Sebastian. Vergiss es. Und geh zur Polizei.

Zur Polizei! Womit denn! Ich habe nicht einen einzigen Beweis. Und eine Bank zu verkaufen ist ja nicht strafbar.

Ludwig sah ihn starr an und schwieg. Sebastian wusste genau, was er dachte. Es ist eine Sackgasse. Von hier aus geht es nicht weiter. Schön, dass sie die Geschehnisse hinter den Kulissen so brillant nachvollziehen konnten – exzellente Analyse, hätte Phil gesagt – aber die Ergebnisse ließen sich nicht umsetzen. Ihre Position war einfach zu schwach.

Aber war das wirklich so? Oder hatten sie einfach noch nicht genau genug nachgedacht? Das war doch wie ein Strategieprojekt, sie ahnten die Hintergründe, aber die Daten hatten sie noch nicht richtig zusammen, und wohin die Reise gehen sollte, das wussten sie nur von ungefähr. Das kannte Sebastian nur zu gut. Wie oft war er schon in einer solchen Situation gewesen? Und immer hatten sie eine Lösung gefunden. Sie mussten nur genau genug nachdenken.

Ich höre jetzt auf, Sebastian.

Was?

Ich steige aus.

Sebastian traf es wie ein Schlag. Ludwig, das kannst du doch nicht machen...

Doch. Es ist ein Blödsinn, worauf du dich da eingelassen hast. Es bringt dir nichts.

Es ist die einzige Chance.

Ludwig schüttelte den Kopf. Du hast keine Chance, Sebastian. Die Partnergruppe würde dich doch nur in der Firma behalten, wenn du den Kunden zurückgewinnst. Aber du willst dich rächen. Deshalb kann es nicht gut gehen.

Sebastian sah ihn starr an. Das war nicht mehr der schüchterne, übermütig blubbernde Pedant, der ihm gegenüberstand. Ludwig war jetzt überzeugt. Und er war gegen ihn.

Komm, Sebastian, sagte Ludwig. Hör auf. Ich fahr dich mit Natalie zum Flughafen, und ihr beide fliegt irgendwo hin für ein paar Wochen, und dann sieht die Welt doch wieder ganz anders aus.

Idiot. Sebastian spuckte ihm das Wort entgegen. Ludwig war ein Feigling. Ein Bettnässer. Wie er sich nur so in ihm hatte täuschen können. Er drehte sich um und ging zur Tür.

Ludwig hielt ihn am Arm fest. Ehe er etwas sagen konnte, schlug Sebastian die Hand weg. Lass mich los. Ich schaffe es auch ohne dich.

Ich... ich will dich nicht im Stich lassen. Aber es ist einfach zu gefährlich, und das Risiko...

Ja ja. Du hast einfach keinen Mut, das ist es.

Sebastian, das ist total unfair. Wer ist denn gestern mit dir herumgefahren in der Nacht...

Er fing wieder an zu blubbern. Sebastian hörte nicht mehr zu. Wozu auch? Ludwig war nur noch lästig. Bis auf... sein Auto. Das Auto musste er da lassen.

Hör auf, Ludwig. Ich habe verstanden. Komm, tu mir noch einen letzten Gefallen. Gib mir dein Auto. Mehr will ich nicht mehr von dir.

Ludwig verzog gequält den Mund. Sebastian streckte ihm seine Hand entgegen. Erst blieb Ludwig bewegungslos. Dann seufzte er und gab Sebastian den Schlüssel.

Danke.

Du bist wirklich verrückt, Sebastian.

Er steckte den Schlüssel ein und ging. Hinter sich ließ Sebastian die Tür ins Schloss krachen.

12:53 Uhr

Am Ende der Straße konnte Sebastian das helle Haus von Jerusalem erkennen. Er hielt etwa hundert Meter davor. Dann machte er den Motor aus.

Wir machen jetzt alles genau so, wie wir es eben besprochen haben. Okay?

Er legte seine Hand auf Natalies Arm, aber sie reagierte nicht.

Natalie. Komm.

Sie drehte sich zu ihm um. Mit großen Augen sah sie ihn an, noch blasser als sonst.

Wir schaffen das, sagte er und lächelte schief. Aber jetzt lass uns gehen.

Sebastian stieg umständlich aus, öffnete ihre Tür und nahm sie bei der Hand. Gemeinsam gingen sie das regennasse Pflaster entlang, bis sie vor dem schmiedeeisernen Tor standen. Dann klingelte er.

Jetzt kam es darauf an. Jetzt musste sich sein Optimismus bewahrheiten und die Sache wirklich so ablaufen, wie sie sie besprochen hatten, am Ende ihrer langen Fahrt.

Im Büro hatte Natalie nichts gesagt, als sie ihre Aussage fertig hatte und sie beide ohne Ludwig losgegangen waren. Erst als sie im Wagen saßen, begann sie zu fragen. Erst druckste Sebastian herum, schimpfte auf Ludwig, nannte ihn einen Feigling. Warum er eigentlich nicht mitgekommen war, sagte er nicht. Natalie schwieg. Und dann, nach einer Weile, erzählte er doch die Einzelheiten, auch die Szene im Flugzeug, von Anfang bis Ende, bis zum Offering Memorandum und dem Project Switzerland und seinem Verdacht, dass es ihre Bank war, die da verkauft werden sollte. Vielleicht, dachte er, vielleicht ist es ja gar nichts Neues für sie

Und? fragte er dann. Was meinst du?

Sie fuhr sich durch die Haare und schob ein paar Strähnen hinter das Ohr. Wenn ich ganz ehrlich bin, sagte sie, ich weiß einfach nicht, ob es wirklich um unsere Bank geht. Ich habe einmal gehört, wie er am Telefon über dieses Projekt gesprochen hat, aber er hat immer mit so vielen Dingen herumjongliert, dass ich mir nichts dabei gedacht habe.

Meinst du denn, es wäre denkbar?

Das auf jeden Fall. Prinzipiell ist das etwas, was genau zu ihm passen würde. Aber ob er sich wirklich auf ein so großes Rad einlässt... Sie zuckte mit den Achseln.

Wir müssten an dieses Offering Memorandum herankommen.

Sie lachte leise. Das kriegst du nur von Hohenstein selbst. So heikle Sachen hat er immer in seinem Aktenkoffer. Ich versteh gar nicht, dass er es Spot überlassen hat.

Spot?

Der Dicke. Eigentlich heißt er Hans-Heinrich Cordell, aber Hubertus nennt ihn immer Spot, ich glaube, nur um ihn zu ärgern. Wahrscheinlich hat er das Papier irgendwo abgeholt und es dann Hubertus gebracht. Der hat ihm garantiert streng verboten, es auch nur anzuschauen, aber Spot ist wahnsinnig neugierig. Na ja, das hat er jetzt davon.

Also, du meinst, wir können es gegen ihn verwenden?

Natalie sah aus dem Fenster. Dann kramte sie in ihrem Jackett herum und holte ein Päckchen Zigaretten und ein Feuerzeug heraus.
Ja, ja, das müssen wir machen. Es ist ein Risiko, klar. Aber wenn es stimmt, dann ist das der Deal, auf den er seit Jahren gewartet hat. Und dann können wir ihn wirklich kriegen.
Sebastian sah sie von der Seite an. Sie rauchte weiter, mit tiefen Zügen, aber ohne Hast, ohne Hektik. Hatte sie gar keine Angst? Einen Moment lang dachte er, dass er sie doch kaum kannte. Aber dann lächelte sie zu ihm herüber, und die Zweifel verschwanden wieder.
Wie soll das jetzt ablaufen bei Jerusalem, fragte sie.
Ja, wie eigentlich? Alles, was er wusste, war, dass sie Jerusalem dazu bringen mussten, Hohenstein anzurufen, damit er ihm das Treffen vorschlug. Und dazu musste Natalie glaubwürdig wirken. Und war sie das?
Jerusalem wollte Beweise für Hohensteins Geschäfte. Also geben wir ihm erst einmal deine Aussage. Und dann erzählst du ihm deine Geschichte, so, wie du sie mir vorhin erzählt hast, auf der Fahrt hier nach Frankfurt.
Und das wird ihm reichen?
Es muss ihm reichen, dachte er. Und dann war da diese kleine, leise Stimme, die klang wie Ludwig und sagte: Aber es wird nicht reichen. Es ist alles zu oberflächlich, so, wie du das hier angehst. Wie immer. Du wirst scheitern. Nur, dass es diesmal nicht irgendein Projekt ist. Diesmal geht es um mehr. Viel mehr.
Womit hat Hohenstein dich eigentlich erpresst? fragte er mit einem Mal.
Es dauerte etwas, bis sie antwortete. Aber dann hörte sie nicht mehr auf, erzählte die ganze Geschichte, von der er ja geglaubt hatte, sie zu kennen.
Er hörte zu, schweigend, bis er merkte, dass er sich völlig verfahren hatte.
Er fuhr an den Straßenrand.

Warte, sagte er. Ich muss den Weg wieder finden. Er beugte sich an ihr vorbei nach vorne, um Ludwigs Straßenatlas aus dem Handschuhfach zu nehmen. Als er ihn in der Hand hatte, sah er hoch zu ihr. Ihre Augen waren rot. Die Tränen liefen ihr langsam die Wangen hinunter.

Natalie.

Sie griff nach ihm, krallte sich an ihm fest und zog ihn zu sich. Du musst ihn fertig machen, flüsterte sie ihm ins Ohr. Du musst es schaffen, Sebastian, ja, hörst du? Ich will, dass er bezahlt für all das, was er mir angetan hat.

Er hielt sie, bis sie aufhörte zu schluchzen. Dann fuhr er ihr über das Haar, wischte ihr die Tränen und den Lidern und küsste sie.

Komm, sagte er, wir fahren jetzt. Er wird dir glauben.

Da hatte sie wieder gelächelt.

Jetzt standen sie vor der Tür von Jerusalems Haus, und von dem Lächeln war nichts mehr zu sehen. Sein Klingeln war ohne Reaktion geblieben. Er legte den Finger wieder auf den Messingknopf - da knackte es in der Sprechanlage. Jerusalems Frau meldete sich. Sebastian beugte sich zum Lautsprecher vor.

Ritter, Frau Jerusalem, guten Tag. Er holte noch einmal Luft. Ich habe den Beweis.

Stille. Dann nur ein Satz: Ich hole meinen Mann.

Sebastian nickte Natalie zu.

Der Öffner für das Tor summte. Sie gingen hinein, und die Haustür würde aufgemacht. Jerusalem stand vor ihnen.

Sie haben ihn? fragte er. Sein Blick war glasig.

Ja, antwortete Sebastian. Er steht neben mir.

Jerusalem schaute verwundert auf Natalie.

Wie... Wie darf ich das verstehen?

Frau Schieritz ist von Hohenstein für seine Steuerhinterziehung benutzt worden. Und jetzt hat sie genau aufgeschrieben, wie die Geschichte ablief.
Er war noch immer verwirrt, aber er bat sie immerhin ins Haus. Seine Frau stand im Flur, neben den gepackten Koffern, mit einem Gesicht, das an Ablehnung kaum zu übertreffen war.
Sie gingen in das Wohnzimmer. Jerusalem und seine Frau setzten sich wieder auf das Sofa, Sebastian nahm den Sessel neben Jerusalem, wie das letzte Mal, Natalie ging zu dem anderen Sessel, gegenüber vom Sofa. Sebastian griff in seine Jackett, nahm Natalies Aussage heraus und reichte sie Jerusalem. Der zog die Brauen hoch und las. Als er fertig war, wollte er das Papier auf den Sofatisch legen, aber seine Frau griff nach ihm. Einen kleinen Moment lang hielt der Banker es fest, dann lies er los und sah zu, wie sie es noch einmal las.
Als sie die beiden Blätter sinken lies, sah sie ihn an. Jerusalem nickte ein wenig. Also, Herr Dr. Ritter, sagte er, das ist Ihr großer Beweis?
Nein, sagte Sebastian. Wie gesagt, das ist nur der Aufhänger. Der eigentliche Beweis sitzt hier drüben.
Jerusalem musterte Natalie skeptisch. Dann fragte er sie: Sie waren also Hohensteins Geliebte?
Sebastian drehte sich zu Natalie. Sie saß verkrampft im Sessel und starrte auf den Teppich. Langsam sah sie hoch, erst zu Sebastian, danach, noch immer langsam, nervtötend langsam, zu Jerusalem. Dann begann sie zu erzählen.
Sie redete nicht viel, beschrieb in dürren Sätzen, wie sie Hohenstein begegnet war, welche Bedeutung er in ihrem Leben besessen hatte und wie sie immer mehr von ihm beherrscht worden war. Sie sprach stockend, mit unruhigem Blick, der immer wieder zum Boden sank. Sebastian saß steif in

seinem Sessel. Der Schweiß floss ihm den Rücken hinab. Er wusste, so konnte es nichts werden.
Jerusalem zeigte keine Regung, während Natalie erzählte. Als sie fertig war, blieb sein Blick starr auf ihr stehen. Und wer sagt mir, dass Sie nicht mitten drin umfallen, wenn Sie ihn jetzt wiedersehen? fragte er. Oder dass Sie wieder die Seiten wechseln?
Natalie suchte Sebastian. Er erwiderte ihren Blick, nickte ihr zu, um ihr Mut zu machen.
Sie sah schnell zu Jerusalem. Ich, sagte sie, und jetzt klang ihre Stimme hart. Hohenstein hat mich seit Jahren in seiner Gewalt gehabt, und ich will jetzt von diesem Mann loskommen. Jetzt kommt sie, dachte Sebastian. Und wenn Sie Zweifel daran haben, dass ich es ernst meine, sprach sie weiter, dann stellen Sie mich doch auf die Probe.
Ein Lächeln bildete sich in Jerusalems Gesicht. Gut, sagte er. So recht klar geworden ist mir Ihr Verhältnis zu Hohenstein nicht. Wodurch hatte er Sie denn 'in seiner Gewalt', wie Sie sagen?
Jetzt sah sie ihn direkt an, mit einem Blick, der wieder so kühl war wie am Morgen, auf der Fahrt nach Frankfurt. Er hat mich erpresst, sagte sie knapp.
Jerusalem lächelte ungerührt weiter. So. Und womit, Frau... äh...
Schieritz, sagte Natalie. Mit meinem Stiefvater. Sie schluckte. Ihre Finger krallten sich in den Sessel. Mein... mein Stiefvater hat mich... als Kind missbraucht. Ihre Stimme brach. Sie sah wieder zu Sebastian.
Ich... ich habe nie mit jemandem darüber gesprochen. Nur mit Hubertus, einmal. Nachdem... nachdem ich ihm alles in einem Brief geschrieben hatte.
Die Jerusalems schwiegen. Sebastian wäre am liebsten zu Nathalie gelaufen und hätte sie wieder in den Arm genommen. Aber sie musste diesen Auftritt durchstehen.

Warum, sagte Jerusalem schließlich, warum haben Sie Ihren Stiefvater denn nicht angezeigt?
Weil ihn das umgebracht hätte. Er war schwer herzkrank, wissen Sie.
Aber der Mann hat Ihnen doch Fürchterliches angetan. Wollten Sie denn nicht, dass er dafür bestraft wird?
Nathalie schüttelte den Kopf. Er war krank, nicht nur am Herzen. Er war psychisch krank. Nachdem ich einmal weg war von zu Hause, wollte ich, dass ihm geholfen wird. Ich habe versucht, mit meiner Mutter darüber zu reden, aber... Es war sinnlos. Und ihn konnte... ihn wollte ich nicht mehr sehen. Sie reckte sich hoch in ihrem Sessel. Er hat für mich dann nicht mehr existiert. Bis Hubertus damit anfing, dass er ihn anzeigen würde. Er hasste meinen Stiefvater, und ich wusste, er würde alles tun, um ihn mit dieser Geschichte umzubringen. Und... Das wollte ich nicht. Das durfte nicht passieren. Sie wischte sich über die Augen. Und deshalb habe ich getan, was Hohenstein von mir wollte. Aber mit dem, was in den letzten Tagen passiert ist, hat er es übertrieben. Außerdem ist Edgar jetzt tot, und ich bin frei.
Hoch aufgerichtet saß sie in dem voluminösen Sessel, mit diesen Augen, die einen jetzt wieder festhielten mit ihrem klaren Blau, und diesem leichten Ansatz eines Lächelns, das nur auf den ersten Blick Triumph ausdrückte, beim zweiten Hinsehen aber auch den Schmerz zeigte und die Hingabe, die da einmal gewesen sein musste.
Wann waren Sie das letzte Mal mit ihm im Bett?
Sebastian zuckte zusammen. Frau Jerusalem war etwas empor gekommen in dem weißen Sofa, und ihr unbewegliches Gesicht zeigte, dass sie ihre Frage völlig ernst meinte. Ihr Mann schielte peinlich berührt zur ihr hinüber. Natalie war erstarrt.

Nun sagen Sie schon, sagte Frau Jerusalem, als sie keine Antwort bekam. Wann haben Sie das letzte Mal mit Hohenstein geschlafen?

Ein rosa Hauch breitete sich auf Natalies Wangen aus. Ich... Ich weiß nicht, was diese Frage soll, flüsterte sie.

Ich schon, sagte Frau Jerusalem. Ihre Stimme klang schrill. Ich will wissen, wann er Sie das letzte Mal gefickt hat.

Das geht Sie überhaupt nichts an, schnappte Natalie.

Gut, sagte ihr Gegenüber. Wie Sie wollen. Dann schwieg sie.

Neben ihr wand sich Jerusalem auf dem Sofa. Schließlich sagte er leise: Charlotte, was soll das denn.

Sie drehte sich mit einem Ruck zu Ihrem Mann. Diese Frau ist eine Lügnerin, Wolfgang, fuhr sie ihn an. Diese rührende Geschichte mit dem Stiefvater, der das kleine Mädchen missbraucht, das ist billigstes Klischee. Und du siehst ja, auf direkte Fragen zieht es die Dame vor, nicht zu antworten.

Natalie beugte sich vor. Sie wirkte wieder kontrolliert. Frau Jerusalem, sagte sie, warum wollen Sie mich denn provozieren?

Frau Jerusalem betrachtete sie blinzelnd. Ich... setzte sie an, aber Natalie war schneller.

Sexuelle Details werde ich hier nicht ausbreiten, Frau Jerusalem, genauso wenig, wie Sie das in einer solchen Runde tun würden. Außerdem würde ich Sie damit ja nur in Ihrem Verdacht bestärken, dass ich mir das alles ausgedacht habe. Manchmal glaube ich das ja selbst.

Erstaunen auf dem Sofa. Sebastian schluckte.

Es gab eine Zeit, da habe ich herumgesessen und geheult, weil er nicht bei mir war. Nächtelang. Wenn er dann kam, dann hat es ewig gedauert, bis ich richtig mit ihm reden konnte, denn er war ja immer mit seinen Gedanken bei seinen Geschäften. Und trotzdem hatte er mich in seinem Besitz. Ich konnte nie erklären, was es war.

Solche Geschichten habe ich schon zu oft gehört, sagte Frau Jerusalem kopfschüttelnd. Und die Wirklichkeit war immer anders.

Dann haben Sie den falschen Leuten zugehört, erwiderte Natalie. Was ich Ihnen sage, ist die Wahrheit. Es geht ja auch weiter.

Fragende Blicke.

Irgendwann wurde es ihm zu langweilig, dass er mit mir machen konnte, was er wollte. Ich habe es natürlich gemerkt, und es hat mich geärgert. Ein Streit folgte dem anderen, dazwischen immer wieder Versöhnungen. Ich dachte, dass er das braucht, bis... Sie verstummte für einen Moment. Bis er nicht mehr kam.

Da hat er sich eine andere genommen, brummte Jerusalem.

Natalie strich sich die Haare hinters Ohr. Mag sein, sagte sie. Es fing damit an, dass ich in die USA ging. Ich hatte erst Angst, so weit weg zu sein, aber er hat mir gesagt, das sei kein Problem, er sei häufig drüben, ich sollte nur an die Ostküste gehen, da käme er leichter und schneller hin. Am Anfang kam er alle zwei Wochen. Aber dann war er weg, monatelang.

Wann war das? fragte Jerusalem.

Vor zweieinhalb Jahren.

Jerusalem überlegte. Das waren meine ersten Monate in der Bank. Da habe ich ihn ziemlich beschäftigt gehalten.

Das war es nicht, sagte Natalie kopfschüttelnd. Ich habe ihn überall versucht zu erreichen, Nachrichten hinterlassen, alles. Er hat sich einfach nicht mehr gemeldet, die ganze Zeit, die ich dort war, sogar noch nach meiner Rückkehr.

Und? Was haben Sie gemacht? fragte Frau Jerusalem.

Es dauerte, bis Natalie antwortete. Zuerst war es die Hölle. Ich war fremd in der Stadt, und ich kam mir weggeschmissen vor, erniedrigt, ohne Wert. Ihre Stimme brach. Sie schluckte und wischte sich schnell über das Gesicht.

Ich hatte mich total in meinen Schmerz verkrochen, ich wollte auch niemanden sehen. Mein Roommate hat mir dann aus dem Dreck geholfen, Nicola.

Ein Mann? Die Stimme von Frau Jerusalem klang immer noch kalt.

Ja, sagte Natalie, und ihre Augen wanderten weg von ihren Zuhörern durch den Raum, bis sie bei den großen Fenstern stehen blieben, hinter denen der karge Garten zu sehen war, und darüber der graue Novemberhimmel, der es einem schwer machte zu glauben, dass hier auch manchmal die Sonne schien. Er war schwul. Der erste Mann, der nett zu mir war und nicht mit mir ins Bett wollte. Einen Moment schien es, als wollte sie sich in den Sessel kuscheln, dann besann sie sich. Klein wirkte sie jetzt, fast verloren in dem tiefen Polster.

Und das hat alles geändert? fragte ihr Gegenüber unbewegt. Zwischen Ihnen und Hohenstein, meine ich?

Natalies Blick sprang zu Frau Jerusalem. Ja, sagte sie fest, das hat es, auch wenn es jetzt wieder nach einer abgeschmackten Geschichte klingt. Es tut mir leid, dass sich das alles so unspektakulär entwickelt hat, aber so war es eben. Nach einem Jahr war ich wieder in Deutschland, bei Hohenstein habe ich nicht wieder angerufen, und nach ein paar Monaten stand er dann wieder bei mir auf der Matte.

Was wollte er? fragte Jerusalem.

Wieder spielte dieses Lächeln in Natalies Mundwinkeln. Was er schon immer gewollt hatte, sagte sie schließlich. Mich benutzen. Zuerst hat er mir erzählt, er hätte mir Freiraum geben wollen, damit ich zu mir selbst finden konnte, und das hatte ich ja auch geschafft, nur anders, als er gedacht hatte. Und sobald er das merkte, fing er an, mich mit dieser Geschichte mit meinem Stiefvater zu erpressen, bis er bekam, was er wollte, ob es nun Informationen waren, Sex, oder nur, dass ich ihm zuhörte. Lautlos lachte sie vor sich hin. Aber mich, mich hat er nicht mehr bekommen. Sie hätten sehen sollen, womit er mich alles locken wollte. Wie er sich gewunden hat vor mir. Aber es war umsonst. Wenn er bei mir abspritzen wollte, habe ich ihn reingelassen, das war alles. Sie rutschte in dem Sessel nach vorne. Das letzte Mal war übrigens am Dienstag in London, Frau Jerusalem. Das wollten Sie doch wissen.

Sebastian schloss die Augen. Sie hatte es genauso gemacht, wie sie es vorhin im Auto besprochen hatten, bis auf den Schluss, der war neu, und er tat weh, von der Magengrube hoch bis zum Herzen. Er schluckte. Aber sie hatten ihr Ziel erreicht.

Er drehte sich zu Jerusalem. Haben Sie Hohensteins Nummer?

Jerusalem reagierte erst mit langer Verzögerung, wie jemand, der aus einem tiefen Schlaf geweckt wird. Erst sah er Sebastian nur verständnislos an, aber dann besann er sich. Ja, sagte er. Kommen Sie, wir gehen zum Telefon.

13:50 Uhr

Es war gerade früher Nachmittag, aber der Novembertag wirkte, als würde er bald zu Ende gehen. Sebastian seufzte. Zehn vor zwei, das war eigentlich schon viel zu spät. Jerusalems Flug ging in genau zwei Stunden, und seine Frau hatte keinen Zweifel daran gelassen, dass sie ihn pünktlich auf dem Flughafen treffen wollte, also mindestens eine halbe Stunde vorher. Das bedeutete, er musste um zwanzig nach drei dort sein. Von der Bank zum Frankfurter Flughafen konnte man es in zwanzig Minuten schaffen, aber das hieß trotzdem, dass Jerusalem spätestens um drei weg musste. Den Termin mit Hohenstein hatten sie vorhin auf halb drei gelegt - erstaunlicherweise ziemlich problemlos. Nach der Anfangsüberraschung war Hohenstein erst misstrauisch gegenüber Jerusalem, aber als der sagte,

Frau Schieritz stünde neben ihm, wendete sich das Blatt. Mit einem Mal war er sehr erpicht darauf, Natalie zu treffen und mit ihr zu reden, selbst in Jerusalems Büro. Wenn er pünktlich war, ließ ihnen das eine halbe Stunde, um den Mann festzunageln. Eine halbe Stunde, das war ein Witz. Das ist Ihr Problem, hatte Jerusalems Frau kalt geantwortet, wir haben eine Abmachung. Und er hatte nur noch glasig vor sich hingestarrt und immer wieder irgend etwas wie 'mein Bild' gemurmelt. Grauenhaft. Wahrscheinlich war es am besten, ihn nur als Köder zu nutzen und nach einer halben Stunde abzuschieben. Dann konnte er zum Flughafen fahren mit Hohensteins Bestätigung, dass er das Bild behalten konnte. Das mussten sie schaffen in der halben Stunde.

Halb drei. Von hier bis zur Bank konnte es nicht mehr als zehn Minuten dauern, jedenfalls heute am Sonntag. Das ließ ihm also wieder eine halbe Stunde. Das war nicht viel Zeit für das, was er jetzt vorhatte. Und er würde alles in der Welt darum geben, wenn er es nicht machen müsste. Aber es blieb ihm nichts anderes übrig.

Natalie saß diesmal am Steuer. Sie würde hier warten, während er hoch ging. Ursprünglich wollte sie mitkommen, aber das hatte er abgelehnt. Was jetzt geschehen musste, war allein seine Sache. Und er war auch sicher, dass nur er erreichen konnte, was sie sich vorgenommen hatten. Wie, das wusste allerdings keiner von ihnen, wieder einmal.

Die Gespräche strategisch zu planen war bisher ja sehr hilfreich gewesen. Gerade auch beim Besuch bei Jerusalem und seiner Frau. Es hätte nie funktioniert, wenn sie vorher nicht alles genau durchgespielt hätten im Auto. Nur die entscheidende Phase am Schluss, das, was die beiden dann wirklich überzeugt hatte – oder zumindest ihn, sie war bis zum Schluss abweisend geblieben, hatte aber immerhin keinen Widerstand mehr geleistet, das hatte ja ausgereicht – das, womit Natalie das Ziel erreicht hatte, das war nicht geplant gewesen. Oder planbar. Natalie hatte einfach dadurch überzeugt, dass sie sich *nicht* strategisch verhalten hatte. Sondern einfach sie selbst war.

Als er dann am Schluss schon den Telefonhörer in der Hand gehalten hatte, war Jerusalem doch noch einmal ins Schwanken geraten. Sebastian hatte erst gedacht, die Angst hätte ihn überwältigt. Aber das war es nicht gewesen.

Schweizer hatte Jerusalem gesagt. Wir müssen unbedingt Schweizer dabeihaben. Sonst hat es alles keinen Wert.

Und mit einem Mal war Sebastian dann klar geworden, wie das Treffen mit Hohenstein ablaufen musste. Sein Interesse musste es ja sein, nichts von den Geschäften in der Bank bekannt werden zu lassen – vor allem nicht im Verwaltungsrat. Was in diesem Fall hieß, mit Jerusalem – der natürlich als geschasstes Kabinettsmitglied nicht so gefährlich war, aber immerhin noch ein gewisses Potenzial besaß – mit Jerusalem als Bedrohung also ein Stillschweigeabkommen zu treffen, und natürlich auch mit der zweiten Gefahr, mit Natalie. Hohenstein konnte sie alle aber auch einfach zum Schweigen bringen. Das war das Risiko.

Nur, wenn Schweizer dabei war, mithörte, was sie Hohenstein vorhielten, Zeuge war, wie er sich nicht herauswinden konnte, dann war der entscheidende Moment schon gekommen – weit vor der Gesellschafterversammlung. Hohensteins Plan war geplatzt, Schweizer hatte die Informationen, mit denen er den Verkauf der Bank verhindern konnte. Entscheidend war aber, dass er Jerusalem und Sebastian dann etwas schuldig war. Das Bild zu bekommen, würde ein Kinderspiel sein. Und vermutlich auch, die Bank wieder mit den Beratern zu versöhnen. Phil würde seine Meinung ändern. Und von Michael Klosters würde nie wieder jemand etwas hören.

Nur – wie sollten sie Schweizer dazu bekommen, dass er in die Bank kam? Mit Jerusalem würde er kaum sprechen, mit Sebastian erst recht nicht. Was tun?

Mit einem Schlag hatte Sebastian die Lösung. Und das war der Grund, warum er jetzt mit Natalie vor diesem Haus im Frankfurter Nordend parkte, während Jerusalem schon zur Bank gefahren war.

Es wäre Sebastian lieber gewesen, wenn Jerusalem mit ihm und Natalie mitgefahren wäre. Dann hätten sie ihn unter Kontrolle gehabt. Aber Jerusalem wollte unbedingt in seinem eigenen Mercedes Coupé fahren und noch etwas spazieren gehen. Im Grüneburgpark, der ihn immer ein wenig an der Central Park erinnerte, mit den Wolkenkratzern der Banken im Hintergrund. Als er das sagte, hatte er wieder diesen abwesenden Blick bekommen, glasig, fast krank. Ein merkwürdiger Mensch. Er war geradezu zerfallen in den letzten Tagen.

Sebastian nickte Natalie noch einmal zu. Sie schloss die Augen und flüsterte etwas, was er nicht verstand. Dann stieg er aus. Draußen sog er die feuchte Luft ein paar Mal tief ein und ließ seinen Blick über die Fassade wandern. Schmiedeeiserne Eckbalkone, schöne, großzügige Fenster und als Vignetten zwischen den Fenstern lauter Tierreliefs - ein Bär, ein paar Vögel, sogar ein Hund, und eine Schlange. Ein Haus für Liebhaber. Mit so etwas hatte er nicht gerechnet.

Am Klingelbrett war keine Sprechanlage, ein Glück. Die Wohnung war im vierten Stock. Ob man von da auch die Bankentürme sah, so wie vom Grüneburgpark aus, oder wie aus den Bürofenstern der Bank? Der Traum von Montag fiel ihm wieder ein, der Blick auf die Skyline, auf die die Wolken drückten. Er schluckte. Die Angst kam wieder, dieselbe Angst, die er im Traum gespürt hatte, als er auf dem Fenster stand, die Zahlen hörte und wusste, bei Null würde alles zu Ende sein. Aber bei sieben war er ja aufgewacht, und dann war es glücklicherweise doch nur ein Traum gewesen. In Wirklichkeit war so etwas nicht möglich, beruhigte er sich.

Sebastian drückte auf den Klingelknopf. Erst passierte nichts, aber er wusste, dass sie da war, denn sie hatten vorhin noch einen Kontrollanruf gemacht. Dann ertönte der Summer. Langsam ging Sebastian in das Treppenhaus. Wie hieß das noch mal? Go and beat the shit out of her.

Einen Fahrstuhl gab es natürlich nicht. Sebastian quälte sich die ausgetretene Holztreppe hoch und fluchte leise. Keuchend kam er oben im vierten Stock an. Beide Flügel der Wohnungstür waren geschlossen, aber auf der rechten Seite prangte ein Spion. Sebastian versuchte, seinen Atem wieder zu beruhigen, stellte sich in seine Präsentationspositur und drückte auf die Klingel.

Es passierte nichts. Kein Geräusch war zu hören, und so sehr er auch den Spion beäugte, auch hinter dem Glas war nichts zu erkennen. Die Angst kroch in Sebastian hoch. Was, wenn man ihn schon von oben gesehen hatte? Wenn einfach keiner aufmachte? Wenn diese vergilbte Tür mit ihren verschlungenen Verzierungen einfach geschlossen blieb, bis er wieder abzog? Ruhig, sagte er sich. Wirf die Flinte nicht zu früh ins Korn. Das kennst du jetzt doch schon. Dann klingelte er noch einmal.

Endlich, ganz langsam, öffnete sich knarrend der rechte Türflügel. Gesichert hinter einer Kette lugte eine dunkel gekleidete Gestalt misstrauisch in den Flur. Was wollen Sie? fragte Frau Dr. Sturm.

Als er die Stimme hörte, sträubten sich Sebastians Nackenhaare. Er öffnete den Mund, aber mit einem Mal war seine Kehle wie zugeschnürt. Dabei musste doch der erste Satz stimmen, wenn er eine Chance haben wollte, sonst war die Tür gleich wieder zu. Die Fahrt über hatte er sich auf diesen Moment vorbereitet, mit Natalie besprochen, was er sagen sollte, um Frau Doktors Misstrauen zu überwinden und ihre Neugierde so weit zu wecken, dass sie mit ihm redete. Davon hing alles ab. Und jetzt brachte er keinen Ton heraus.

Er holte tief Luft, atmete wieder aus, räusperte sich. Frau Sturm, presste er dann hervor, die Bank ist in Gefahr.

Ach, brummte sie. Und wieso das?

Sebastian schluckte. Immerhin, sie hatte die Tür nicht zugeschlagen. Hubertus von Hohenstein will sie verkaufen.

Sie starrte ihn an. Ihr Mund begann zu mahlen, ohne dass sie ein Wort sagte. Dann, nach einer ewig langen Weile, fragte sie: Und was haben Sie damit zu tun?

Ich will es verhindern.

Sie! Und wie?

Er hatte zumindest gehofft, dass sie schockiert sein würde. Aber sie war kalt wie immer, kalkuliert und herrisch. Alles an ihr war darauf aus, ihn zu erniedrigen - das, was sie sagte, ihre Stimme, ihr Blick. Er fühlte, dass ihm der Schweiß das Gesicht hinablief. Das letzte, was er jetzt tun durfte, war, sich provozieren zu lassen. Ich werde Ihnen Hohensteins Geständnis liefern, sagte er langsam und betonte jedes einzelne Wort.

Ihr Kinn fiel leicht nach unten, und er wusste nicht, ob es jetzt wirklich Erstaunen war, oder ob sie in Gelächter ausbrechen wollte. Sein Geständnis! rief sie aus. Was soll er denn gestehen, der Herr von Hohenstein?

Steuerhinterziehung, Erpressung, fahrlässige Tötung und den Bankenverkauf. Das ist aber vermutlich nicht strafrechtlich zu verfolgen.

Während er sprach, hatte sich auf ihrem Mund ein spöttisches Grinsen gebildet. Und woher haben Sie all diese Dinge?

Ich habe Beweise, Frau Sturm.

Sie zog die Brauen hoch. Beweise? fragte sie.

Ja.

Und was für Beweise, wenn ich etwas expliziter nachfragen darf?

Das war der Moment für den nächsten Schritt. Sebastian versuchte, Frau Doktor in die Augen zu sehen, aber als sich ihre Blicke trafen, konnte er ihr nicht standhalten. D-Das... Das kann ich Ihnen hier im Treppenhaus nicht erklären, stotterte er.

Überzeugend war das nicht, sie zögerte einen Moment. Doch dann machte sie die Kette wirklich los. Na gut, murmelte sie. Dann kommen Sie herein.

Die Tür ging nach innen auf, und Frau Doktor verschwand hinter ihr. Sebastian ging langsam hinein. Die Diele war dunkel und verwinkelt, mit einer Vielzahl von geschlossenen Türen, dazwischen Bilder, in allen möglichen Größen, alle von einem Kind, vom Säugling an. Ihr Sohn, dachte Sebastian. Dem größten Foto nach musste er jetzt fast zehn sein. Gehen Sie da rechts hinein, hörte er ihre Stimme. Er schob die angelehnte Tür auf und ging in das Zimmer. Es war groß und recht leer, mit einem ovalen Glastisch in der Mitte und vier schwarzen Lackstühlen. An den hohen Fenstern hingen blassgrüne Seidenvorhänge, die dem Raum ein kühles, dämmriges Licht gaben. Hier ist der Tag schon zu Ende, dachte Sebastian.

Setzen Sie sich, sagte Frau Doktor hinter ihm. Aber ich habe nicht viel Zeit. Um halb drei muss ich meinen Sohn abholen.

Sebastian nickte stumm, während er sich vorsichtig auf einem der Stühle niederließ. Das klang nicht gut. Aber vielleicht ließ sie sich ja noch umstimmen, wenn sie hörte, was er ihr zu bieten hatte.

Sie platzierte sich ihm gegenüber auf einem zweiten Stuhl. Also, sagte sie und stützte ihre Ellbogen auf das polierte Glas. Ihre Beweise.

Wortlos reichte er ihr Natalies Aussage. Sie überflog sie und reichte ihm die Blätter zurück. Das spöttische Grinsen war wieder da, und, schlimmer noch, ihr Blick war geradezu verächtlich.

Es ist nicht so, wie Sie jetzt denken, sagte Sebastian schnell und ärgerte sich sofort über seine Verteidigungshaltung. Er musste offensiv bleiben, sonst war er ohne Chance. In einer guten halben Stunde habe ich einen Termin mit Hohenstein, und dort wird die Autorin dieses Papiers ihre Aussagen wiederholen und noch ein paar Dinge ergänzen. Als Kronzeugin.

Ihr Ausdruck veränderte sich nicht. Und was wollen Sie damit erreichen? fragte sie.

Ich will, dass Hohenstein zugibt, was er getan hat. Und was er noch plant.

Und dann?

Das Wichtige ist, dass die richtigen Leute hören, was Hohenstein sagen wird.

So. Und wer ist das?

Sie. Und Herr Dr. Schweizer.

Sie war erstaunt, das zeigten ihre großen Augen und der offene Mund unverkennbar. Dann stand sie auf und ging aus dem Zimmer. Als sie zurückkam, hatte sie eine Zigarette im Mundwinkel und einen silbernen Aschenbecher in der Hand.

Wo treffen Sie Hohenstein? fragte sie, als sie sich wieder auf ihrem Stuhl niedergelassen hatte und die Rauchschwaden vor ihr zur Decke stiegen.

In Jerusalems Büro.

Und Schweizer und ich sollen dann in einem Nebenzimmer sitzen und horchen?

So, wie sie das sagte, klang es wie eine Zumutung. Dabei hatte er es sich doch genauso gedacht. J-Ja, sagte er unsicher.

Sie stieß eine neue Rauchschwade aus. Und mit diesem Wissen könnte Herr Dr. Schweizer dann Hohensteins Glaubwürdigkeit bei den anderen Gesellschaftern untergraben? Das denken Sie doch, oder?

Ganz genau, dachte Sebastian. Aber sie sagte es, als wäre es das Abwegigste, was sie seit langem gehört hatte. Wortlos nickte er.

Sie zog angestrengt an ihrer Zigarette. Das klingt mir sehr nach einem Pfadfinderplan, sagte sie in den Rauch hinein.

Ein Pfadfinderplan. Sie musste ihn weiter klein machen. Bei ihrem letzten Treffen hatte sie ihn schließlich beschimpft und am Ende Hausverbot erteilt, so jemanden musste man spüren lassen, dass er nicht mehr ist als ein Wicht. Aber wenn er das alte Rollenspiel jetzt annahm, war alles vorbei.

Wo sehen Sie denn Schwachpunkte, Frau Sturm, fragte er so ruhig, wie es eben ging.

Ihr Kopf zuckte zur Seite. Soll ich jetzt Ihre dilettantische Planung verbessern, Herr Ritter, zischte sie.

Sie wollte einfach den Streit. Nein, sagte Sebastian gequält, darum geht es doch gar nicht. Nur, wenn ich weiß, wo Sie Zweifel haben, dann kann ich Ihnen diese Punkte näher erläutern und...

Woher haben Sie denn das mit dem Bankenverkauf? Das kommt auf diesen Blättern doch gar nicht vor.

Ich habe das Offering Memorandum gesehen.

Sie drückte die Zigarette aus. Gesehen? So. Und wo?

Im Flugzeug. Ich saß neben jemandem, der darin gelesen hat.

Aber in diesen Memoranden werden doch üblicherweise keine Namen genannt.

Nein, das ist richtig.

Sie streckte die Arme nach vorne und faltete die Hände. Ihre Ringe klirrten auf dem Glastisch. Und woher wissen Sie dann, dass es sich um unser Bankhaus handelt, Herr Ritter?

Ich... Ich habe es aus dem Zusammenhang erschlossen.

Erschlossen? Ihr Mund stand wieder offen.

Ja, und Frau Schieritz...

Weiter kam er nicht. Sie fing an zu lachen, erst glucksend, dann schrill, und ihr knallrot geschminkter Mund verzerrte sich immer mehr, bis ihr ganzes Gesicht eine Grimasse war.

Frau Sturm, schrie Sebastian, hören Sie mir doch einmal zu.

Ihr Lachen erstarb. Das habe ich getan, Herr Ritter, sagte sie bedrohlich leise. Sogar an einem Sonntag, und hier in meiner Wohnung. Nur leider haben Sie nichts zu sagen. Wie immer.

Doch, stieß er hervor, doch, Frau Sturm, ich habe etwas zu sagen. Hohenstein hat einen komplett ausgearbeiteten Plan, wie er die Bank an der Geschäftsführung vorbei verkaufen kann, er hat die Mehrzahl der Gesellschafter schon auf seiner Seite, und Frau Schieritz hat mitgehört, wie er die Gespräche geführt hat.

Schon während er sprach, war sie aufgestanden. Gehen Sie jetzt, sagte sie, als er verstummte. Gehen Sie, Herr Ritter. Sie vertun meine Zeit.

Frau Sturm, bitte. Es ist wahr, was ich Ihnen sage. Sie glauben, Sie haben es jetzt im Griff, was in der Bank passiert, aber für Hohenstein ist das nur ein Ablenkungsmanöver...

Verlassen Sie jetzt meine Wohnung.

Kommen Sie mit. Sie haben doch nichts zu verlieren. Sie hören nur zu, und Sie können selbst entscheiden.

Ich habe keine Zeit, Herr Ritter.

Frau Dr. Sturm. Tränen stiegen Sebastian in die Augen. Er konnte nicht mehr weitersprechen.

Sie sah ihn ausdruckslos an, mit jenem abschätzigen Blick, der ihn von Sitzung zu Sitzung verfolgt hatte.

Was... was haben Sie gegen mich? flüsterte er. Jetzt liefen ihm die Tränen das Gesicht hinunter.

Frau Doktor betrachtete ihn weiter wie ein Studienobjekt. Und sagte nichts. Dann drehte sie sich abrupt weg, ging noch einmal in den Nebenraum und kam mit ihrer Zigarettenschachtel zurück. Sie setzte sich wieder und zündete sich eine zweite lange Mentholzigarette an. Nachdem sie tief inhaliert hatte, schnaubte sie den Rauch in den Raum.
Sie sind ein Jammerlappen, Herr Ritter.
So wollten Sie mich doch haben. Bitte, jetzt haben Sie ihr Ziel erreicht. Er wischte sich die Tränen vom Kinn.
Sie werden es nicht glauben, aber das war nie mein Ziel.
Er schüttelte den Kopf. Nein, sagte er. Das glaube ich Ihnen einfach nicht.
Sie lachte wieder, aber diesmal war es anders, leiser, kürzer. Sie haben sich Ihr Feindbild gemacht, Herr Ritter. Und alles, was ich getan habe, musste natürlich in dieses Bild passen. Sie drückte die Zigarette sorgfältig aus. Wie immer.
Sebastian wischte sich über die Augen. Jetzt sollte er also schuld sein an der Feindseligkeit, die Frau Doktor ausstrahlte? Sie wollte den Spieß umdrehen, wieder einmal. Er schüttelte den Kopf, als wollte er ihre Worte abwehren. Nein, sagte er, so war es nicht. Wir sind ganz unvoreingenommen auf Sie zugegangen, wie auf alle in der Bank. Sie haben uns abgelehnt, von vornherein.
Ich? Herr Ritter, Sie und ihre zwei Helfer sind in der Bank aufgetaucht wie höhere Wesen von einem anderen Stern. Sie wussten alles, konnten alles und erwarteten, dass man Ihnen zu Diensten war. Sie nahm die Brille ab, legte sie auf den Glastisch und rieb sich die Schläfe. Im Laufe der Jahre habe ich gelernt, wie man am besten mit Leuten umgeht, die sich so benehmen, Herr Ritter. Mit einigem Erfolg. Ihr Mund zuckte.
Sebastian sah sie wieder vor sich, wie sie neben dem keuchenden Schweizer stand und ihm das Hausverbot hinterherrief. Mit einigem Erfolg.

Wenn man es so sehen wollte. Er hasste sie, wie sie da vor ihm saß, ganz offensichtlich sehr zufrieden mit sich und ihrer furchteinflößenden Härte. Aber das konnte doch nicht alles sein. Irgendwo musste doch auch diese Frau etwas Menschliches haben, etwas, was ihm eine Chance gab... Warum haben Sie denn nicht einmal direkt mit uns geredet, wenn wir Ihnen so erschienen sind, setzte er noch einmal an. Gemeinsam...

Herr Ritter, unterbrach Sie ihn scharf. Ich bin keine Therapeutin. Dazu habe ich nicht die Zeit. Sie setzte die Brille wieder auf und rückte sie sorgfältig gerade. Außerdem sind mir solche Dinge in der Vergangenheit nicht gerade gut bekommen.

Sebastian horchte auf. Aber wir sind doch anders, sagte er leise.

Sie zog die Brauen hoch. Wer – wir?

Ich, korrigierte sich Sebastian.

Sie! Inwiefern?

Ich... ich bin doch offen für Kritik.

Sie grinste wieder. Aber es war nicht mehr das vertraute schneidende, triumphierende Grinsen. Sebastian gefiel es trotzdem nicht. Was er jetzt erkannte, war Mitleid.

Herr Ritter, all das sind Sprüche, die ich schon viel zu oft gehört habe. Manche Männer nutzen sie gerne, um Verständnis vorzutäuschen. Gerade bei uns in der Bank. Sie zögerte einen Moment. Wenn man sich darauf einlässt, ändern sich diese Männer aber sehr schnell. Dann ist man bei ihnen als Weibchen abgestempelt und wird nicht mehr ernst genommen.

Sebastian nickte langsam. Er tastete nach seiner Uhr. Die Zeit lief ihm davon, gerade jetzt, wo er sie unbedingt brauchte. Dann ist es Ihnen lieber, wenn diese Männer sich ein Feinbild von Ihnen machen?

Lieber... Mein Gott. Sie rutschte auf ihrem Stuhl herum. Lieber ist es mir natürlich nicht. Aber ich muss es in Kauf nehmen. Das habe ich gelernt.

Gelernt?

Sie blickte an ihm vorbei in das Zimmer. Wahlen hatte gesagt, dass sie seit zehn Jahren in der Bank war. Zehn Jahre, in der sie gelernt hatte, ihre Abwehrtaktik auszufeilen. Zehn Jahre Vorbereitung auf die überheblichen Berater. Wir sind ihr direkt ins Messer gelaufen, dachte Sebastian.

Da räusperte sie sich und sah auf die Uhr. Sebastian erkannte, dass es zehn nach zwei war. Viel zu spät. Ihr Blick wanderte wieder an ihm vorbei durch den Raum. Verstohlen sah sich Sebastian um. Schräg hinter ihm stand eine Kommode, übersät mit Bilderrahmen. In allen war dasselbe Kind zu sehen.

Wo ist denn ihr Sohn? fragte er.

Bei seinem Vater. Ihre Mundwinkel sackten nach unten. Alle zwei Wochen muss ich ihn dorthin bringen. Sie sah wieder an ihm vorbei.

Sebastian stand auf und ging zu den Fotos hin. Nett sieht er aus, Ihr Junge. So ein fröhliches Lachen.

Ja, sagte sie, und ein Strahlen ging durch ihr Gesicht. Er ist sehr aufgeweckt für sein Alter.

Auf einem der Fotos war der Kleine mit einem Nudelholz beschäftigt, einen Teig auszurollen. Sebastian nahm das Bild in die Hand. Natürlich war das Holz, der Tisch und auch der Junge über und über mit Mehl bestäubt. Er musste grinsen. Und er hilft auch gerne in der Küche?

Sie lachte laut. Laut und unbeschwert, wie er sie noch nie gehört hatte. Er ist insgesamt sehr hilfsbereit. Es klappt natürlich nicht immer gleich so ganz... Mit einem Mal wurde sie wieder ernst. Darauf lege ich sehr viel Wert, dass er kein Eigenbrödler wird. Er soll lernen, sich für andere einzusetzen.

Ja, das ist wichtig, sagte Sebastian und sah ihr ins Gesicht.

Sie merkte, worauf er anspielte, und seufzte. Ich bin in dieser Bank durch alle Höhen und Tiefen gegangen, Herr Ritter. Ich habe mich immer wieder für andere eingesetzt, und es gab eine Zeit, in der ich es oft genug bereut habe.

Wegen Kaiser? fragte Sebastian schnell.

Unwillig zog sie die Brauen zusammen. Sie habe eine rege Phantasie, Herr Ritter.

Mag sein. Aber sie setzt an der Wirklichkeit an, Frau Dr. Sturm.

Schweigend sah sie ihn an. Es arbeitete in ihr, das war nicht zu übersehen. Schließlich brach es aus ihr heraus. Kaiser hat mich drangsaliert, Jahre lang. Mein geschiedener Mann ist sein Neffe, und natürlich bin ich über ihn zu unserer Bank gekommen. Sie haben beide gedacht, ich sei ein braves Mäuschen, aber sie mussten beide feststellen, dass sie sich da getäuscht hatten. Sie griff wieder nach ihren Zigaretten. Ich habe mich bald scheiden lassen, das ging recht problemlos. Dann wollte ich auch weg von der Bank. Das war nicht so einfach.

Sebastian musste etwas erstaunt geschaut haben, denn sie lächelte wieder. Das klingt vielleicht merkwürdig. Aber ich habe viel in dieser Bank aufgebaut. Vieles, auf das ich stolz bin. Und es gab – und gibt – wenigstens einen, der diesen Stolz mit mir teilt.

Dr. Schweizer, sagte Sebastian.

Sie nickte und zog an ihrer Zigarette. Schweizer hat mich dazu gebracht zu bleiben. Er hat mich in allem gefördert. Und er hat mich vor Kaiser geschützt. Das war das Wichtigste. Sie inhalierte tief. Schweizer hat nie versucht, sich an mich heranzumachen. Er schätzt meine Konsequenz. Und er weiß, dass ich loyal bin.

Gut, sagte Sebastian. Dann sollten Sie jetzt ihn schützen.

Herr Ritter, was Sie mir bisher aufgetischt haben, sind nichts als vage Vermutungen. Damit können Sie sich meinetwegen lächerlich machen, aber ich ganz gewiss nicht.

Sie haben doch auch Ihre Nachforschungen angestellt, Frau Dr. Sturm. Sie wissen doch, dass es krumme Geschäfte in der Bank gegeben hat.
Sie sah ihn weiter an, immer noch voller Skepsis.
Und selbst, wenn ich keinen Beweis für die Verkaufspläne hätte, die direkte Konfrontation mit Hohenstein wird sie bringen.
Wie das denn?
Wichtige Unterlagen hat Hohenstein immer bei sich. Das hat Frau Schieritz mir versichert.
Aber warum soll es denn unsere Bank sein?
Es geht um diese Bank, Frau Dr. Sturm, und keine andere. Warum sonst hätte Hohenstein sonst das ganze Spektakel am Freitag veranstalten sollen? Es war ein großes Ablenkungsmanöver. Und bei der Gesellschafterversammlung nächste Woche werden Sie sehen, dass ich recht hatte. Aber dann wird es zu spät sein.
Sie spielte nachdenklich mit ihrem Feuerzeug. Sagen Sie mir noch einmal, wie der Freitag mit dem Bankenverkauf zusammenhängt.
Sebastian begann. Als er fertig war, zeigte seine Uhr neun Minuten vor halb drei. Wenn sie jetzt nicht überzeugt war, dann war alles vorbei.
Aber Frau Doktor nickte, und ihr Blick hatte nichts Ablehnendes mehr. Auch kein Mitleid. Besorgnis zeigte er. Und Entschlossenheit.
Gut. Ich rufe jetzt Herrn Dr. Schweizer an.
Sie ging in die Diele zum Telefon. Er lauschte angestrengt, aber nachdem sie die Nummer eingetippt hatte, war nichts mehr zu hören. Es hielt ihn nicht mehr in dem Zimmer.
Es nimmt keiner ab, sagte sie kopfschüttelnd.
Aber zu Hause ist er?
Gestern hat er gesagt, er ist das ganze Wochenende zu Hause. Sie sah auf die Uhr. Vielleicht ist er im Garten und hört das Telefon nicht.

Mit einem Mal griff sie nach ihrem Mantel. Kommen Sie, sagte sie. Schweizer wohnt ganz in der Nähe meines geschiedenen Mannes. Ich fahre vorbei und schicke ihn in die Bank.

Sebastians Schultern sackten nach unten. Das würde doch nie und nimmer reichen...

Sie müssen Hohenstein eben etwas beschäftigt halten. Vor halb vier wird Schweizer nicht da sein. Das wird Ihnen ja wohl gelingen, oder?

Er schloss die Augen und nickte. Dann gingen sie los.

Frau Doktors Wagen parkte direkt vor dem Hauseingang.

Wie kommen Sie jetzt zur Bank? fragte sie.

Mit Frau Schieritz.

Gut. Sie nickte und stieg ein. Dann fuhr sie los.

Sebastian sah dem Wagen nach und schickte ein Stoßgebet in Richtung Himmel. Dann suchte er die Straße nach Natalie ab. Aber von ihr war weit und breit nichts zu sehen.

14:36 Uhr

Da kommt er, sagte Jerusalem.

Der silberne Audi hielt gegenüber vom Haupteingang der Bank. Hohenstein verabschiedete sich von dem Mann am Steuer, stieg aus und schlenderte über die Straße.

Hallo, Jerusalem, sagte er mit einem breiten Lächeln, als er die Treppen zum Eingang hochkam. Er stellte seinen hellbraunen Aktenkoffer ab und streckte ihm die Hand entgegen. Wie geht's Ihnen, alter Junge?

Den Umständen entsprechend, murmelte Jerusalem und lächelte schief zurück. Dann wies er auf die Person neben sich. Darf ich vorstellen. Herr Dr. Ritter von Top Management Consulting.

Guten Tag, Herr von Hohenstein, sagte Sebastian artig.
Guten Tag, sagte Hohenstein. Die dunklen Augen musterten Sebastian. Von Ihnen habe ich ja schon viel gehört. Er sah suchend umher. Und wo ist Frau Schieritz?
Sebastian räusperte sich. Sie wird in ein paar Minuten zu uns stoßen. Wir sollten aber schon einmal ins Büro gehen.
Das Misstrauen in Hohensteins Blick war unübersehbar. Sebastians Herz fing endgültig an zu rasen. Wenn er sich jetzt wieder umdrehte und ging... Aber alles, was Hohenstein dann tat, war zu nicken, zögernd zwar, aber immerhin. Jerusalem zog seine Karte durch den Leser, die Tür öffnete sich, und sie gingen in die Bank.
Hoffentlich, dachte Sebastian, hoffentlich kommt Natalie wirklich noch. Als er aus dem Haus von Frau Doktor herausgekommen war, hatte er zunächst gedacht, Natalie hätte an irgendeiner anderen Stelle geparkt. Er war die Straße auf und ab gegangen, hatte die Nebenstraßen abgesucht... Nichts. Sie war einfach verschwunden.
Erst hatte ihn die Panik überfallen. Sie hat die Seiten wieder gewechselt, war es ihm durch den Kopf geschossen. Sie ist zurück zu Hohenstein. Sie hat mich im Stich gelassen. Und ich... Ich bin jetzt verloren. Er hatte sich an einer Hauswand festgekrallt, damit er nicht umfiel. Aber dann hatte er gedacht: Du kannst jetzt nicht mehr zurück. Du musst es jetzt durchziehen, Jerusalem wartet. Und Hohenstein wird kommen. Und wenn er überrascht ist, weißt du, sie ist nicht wieder bei ihm. Sie... Vielleicht hat sie Angst bekommen. Er hätte sie nie alleine lassen dürfen. Vielleicht hat sie sich versteckt. Vielleicht kommt sie auch wieder.
Jerusalem hatte er gesagt, Natalie würde das Auto ein paar Straßen weiter parken, damit Hohenstein nicht wusste, in was für einem Wagen sie fuhren und sie nicht verfolgen konnte. Eine durchsichtige Erklärung. Aber

Jerusalem war sowieso eher geistesabwesend. Er lächelte nur noch, etwas irr, wie Sebastian besorgt feststellte.

Jetzt gingen sie durch die Eingangshalle zum Fahrstuhl. Sebastian merkte, dass kein Wachmann da war, wie er es eigentlich erwartet hatte, aber wahrscheinlich machte er gerade seinen Rundgang. Sie fuhren hoch in die Geschäftsführungsetage. Jerusalem war blass und wusste nicht, wo er hinsehen sollte. Sebastian sagte sich, dass er jetzt Ruhe bewahren musste. Ganz langsam atmete er tief ein und aus, betrachtete möglichst unverfänglich die Goldknöpfe auf Hohensteins Blazer und vertrieb alle Verdachtsmomente aus seinem Kopf. Er musste den Plan durchziehen, auch wenn Natalie später kam. Vielleicht war eine Unterbrechung im richtigen Moment ja gar nicht schlecht.

Sie sehen müde aus, sagte Hohenstein zu Jerusalem. Warum fahren Sie nicht in Urlaub?

Genau das mache ich, sagte Jerusalem. Gleich nach unserem Gespräch.

Ach. Und wohin geht's?

Mallorca.

Hmm. Schön. Sie fahren allein, vermute ich?

Jerusalem schüttelte den Kopf. Meine Frau kommt mit.

So. Hohenstein zeigte wieder sein Erfolgslächeln. Na ja, sie hat da unten ja eine Menge Freunde.

Der Fahrstuhl hielt und die Türen öffnete sich. Jerusalem stieg schnell aus und holte seinen Schlüssel heraus, um die Glastür zum Geschäftsführungsflur aufzuschließen. Dann ging er den Gang hinunter bis zur letzten Tür. Sebastian sah, wie er zitterte, als er den Schlüssel hineinsteckte. Mit einem Ruck schloss er die Tür auf und ging hinein in das Büro.

Sebastian ließ Hohenstein den Vortritt und schloss die Tür hinter sich. Hohenstein schlenderte durch den großen Raum und sah sich um, als seien die Dinge neu für ihn. Jerusalem stützte sich auf die Lehne des schwarzen Ledersofas und starrte auf das Bild.

Es war wie immer, und doch war alles anders. Der Mann im Wasser war kurz davor, am Beckenrand anzuschlagen. Schwamm er, oder trieb er nicht doch eher? Die Farben... Die Farben gaben heute keinen Aufschluss. In dem künstlichen Licht war alles verzerrt. Das Grün, gerade an den Gliedmaßen, leuchtete zwar, vielleicht mehr als sonst, aber es war zu wenig, um sicher zu sein. Mindestens ebenso kräftig, aber sehr viel auffälliger, war das Rot des Jungen am Beckenrand, die Farbe seiner Jacke, aber auch seines Gesichts, und noch mehr als das, es war der Ausdruck der Spannung, die in ihm war, und nicht nur dort, man sah sie auch in diesem leichten Vorbeugen des Körpers und den durchgedrückten Beinen. Ja, Spannung lag in der Luft. Es würde etwas passieren.

Hübsch, sagte eine Stimme direkt hinter Jerusalem. Das war das Bild, das Sie einmal meinem Sohn gezeigt haben, nicht? Jerusalem hörte ihn nicht. Er war ganz begeistert, redete Hohenstein weiter und lachte. Ja, ja. Schon ein schönes Bild.

Der Banker drehte sich zu Hohenstein um. Sie haben doch noch nie etwas von Kunst verstanden, sagte er verächtlich.

Ach so, ja, lachte der andere. Mir war ganz entfallen, wie versessen Sie auf dieses Bild sind, und auf den Maler, wie hieß der noch mal...

Hockney, sagte Jerusalem. David Hockney.

Hockney, richtig. Der Mann, der für hübsche Jungen schwärmt. Er gluckste. Und der sie immer so wunderbar ästhetisch darstellt. Ja, ja... Nur schade, dass Sie das bald nicht mehr genießen können.

Jerusalem zuckte zusammen. Wie meinen Sie das?

Hohenstein fuhr sich über die Nasenspitze. Na, sagte er, das Bild bleibt doch hier. Aber auf Mallorca werden Sie sicher darüber hinwegkommen, nicht, mein Lieber?

Sebastian sah, wie Jerusalems Blick glasig wurde. Kommen Sie, sagte er schnell und packte den Banker am Arm, setzen wir uns doch. Er zog Jerusalem um das Sofa herum, drückte ihn in die Polster und setzte sich neben ihn. Hohenstein legte seinen Aktenkoffer auf den Couchtisch und ließ sich dann in einen der Sessel rutschen. Gut, meine Herren, sagte er. Was machen wir denn jetzt, solange Frau Schieritz noch nicht da ist?

Hohensteins Grinsen machte Sebastian langsam nervös. Er schob dabei immer sein Kinn so hervor, dass es noch ein wenig kantiger wirkte. Zugleich trat das Grübchen etwas deutlicher hervor. Widerlich. Natalie hatte es wahrscheinlich betört, damals, als sie noch heulte, weil er nicht da war, heute wohl nicht mehr, wo sie ihn nur noch abspritzen ließ. Aber immerhin zwischen ihren Beinen. Arschloch. Heute Abend werden wir grinsen, und du wirst im Dreck liegen. In der Gosse.

Ich kann Ihnen etwas zum Lesen geben, damit Ihnen die Zeit nicht zu lang wird, sagte Sebastian kühl und holte aus seinem Jackett Natalies Aussage.

Hohenstein nahm die Blätter und begann zu lesen. Das Grinsen verschwand nach wenigen Sekunden, dann zog er die Brauen hoch. Sebastian beobachtete ihn genau, aber weitere Reaktionen kamen nicht. Er nahm das zweite Blatt zur Hand, las auch das, und als er fertig war, kehrte er wieder zum Anfang zurück.

Er wollte ihm das Bild nehmen. Hierbehalten, unter Verschluss, für irgendeinen Ignoranten, der sowieso nichts davon verstand. Oder, schlimmer noch, es verkaufen und es den Massen aussetzen mit ihrem geilen Gestarre. Den Pool zum Bordell machen und die beiden Jungen zu Nutten. Das durfte nicht passieren. Er musste es verhindern.

Aus den Augenwinkeln sah Sebastian, dass Jerusalem wieder auf das Bild sah. Der Blick des Bankers war weit weg. Der Mann war eher eine Last, das war klar. Hoffentlich blieb er kontrollierbar. Wo war Natalie? Sie war doch ehrlich zu ihm gewesen, den ganzen Tag. Aufrichtig. Wo blieb sie dann bloß?

Schließlich legte Hohenstein das Papier auf den Tisch. Dann lehnte er sich in seinem Sessel zurück, verschränkte die Arme und sah die beiden Männer auf dem Sofa an.

Und? sagte er nach einer Weile. Was erwarten sie jetzt von mir?

Wie wär's mit einem Kommentar? fragte Sebastian zurück.

Hohenstein kratzte sich an der Schläfe. Hmm, brummte er. Das wäre eine Möglichkeit. Aber wozu?

Auf dem Bild schien die Sonne. Auf dem Bild leuchtete die mediterrane Landschaft, das Grün der Bäume in tausend Nuancen, das Lila der Berge, das immer blauer wurde, je weiter der Blick wanderte. Seine Frau war jetzt bestimmt schon auf dem Weg zum Flughafen. Ob sie wirklich auf ihn warten würde? Sie hatte alles, das Gepäck, die Tickets. Nur ihn hatte sie nicht. Und vorhin, als er gefahren war, als er gesagt hatte: Bis nachher, da hatte sie sich nur weggedreht. War das ihr Abschied? Er könnte es sein, wenn er es wollte. Er brauchte nur nicht hinzufahren zum Flughafen. Er brauchte nur hier zu bleiben, hier bei seinem Bild, bei den beiden Jungen, und er war weg von ihr. Und wenn er hier war, dann konnte niemand das Bild nehmen.

Wie meinen Sie das, wozu? fragte Sebastian.

Hohenstein lehnte sich zurück und grinste. Na ja, das sind nette Dinge, die da auf diesen Blättern stehen. Zeugen von einer lebhaften Fantasie, die hatte Natalie schon immer. Aber – er wischte sich den Staub von den Knien – leider haben sie mit der Wirklichkeit überhaupt nichts zu tun.

Hohenstein war sich seiner Sache sicher. Der Berater nicht mehr, der wurde unruhig. Die Frau kam nicht. Und Schweizer... Er hätte wissen müssen, dass das alles zu kompliziert war. Er musste jetzt seinen eigenen Weg gehen. Und das ging nur, wenn er es schaffte, die beiden hier zu überraschen. Bloß wie... Er sah wieder auf das Bild. Nur in ihm konnte der Schlüssel sein.
Reichlich billig, dachte Sebastian. Einfach erst einmal alles abstreiten. Aber ein Blick auf Jerusalem zeigte ihm, dass Hohensteins Taktik so schlecht nicht war. Der Banker war noch etwas bleicher, und seine Augen zeigten, dass er verunsichert war, wenn er jetzt auch schon wieder auf dieses dämliche Bild starrte. Sebastian musste reagieren, und dazu brauchte er Natalie. Er schielte auf seine Uhr. Zehn vor drei. Sie konnte doch nicht wirklich verschwunden sein.
Hohenstein grinste siegessicher. Keine Panik, dachte Sebastian. Du musst den Plan durchziehen.
Also, Herr von Hohenstein, sagte er und bemühte sich, möglichst abschätzig zu klingen, etwas mehr hätte ich ja doch von Ihnen erwartet. Hohenstein grinste ungerührt weiter. Ich meine, schön, ich habe meinen Zug gemacht, da müssen Sie mit Ihrem antworten. Er lehnte sich nach vorne. Aber alles so einfach abstreiten... Was ist denn mit den Kontoauszügen?
Hohenstein zuckte mit den Schultern. Was soll schon mit denen sein? Gar nichts.
Der Junge wollte in den Pool hineinspringen. Dass er darauf noch nie gekommen war! Die Haltung, der angespannte Blick, alles zeigte es. Er war in derselben Situation wie er hier, er stand vor dem großen Sprung, er wusste nicht, was dann passieren würde. Oder gab es ein Zeichen?

Gar nichts, sagen Sie? Das sehe ich aber anders, rief Sebastian. Schließlich beschreibt die Aussage doch ganz präzise, auf welchen Wegen Sie in der Bank Schwarzgeld gewaschen haben.
Ach ja? Hohenstein lachte.
Herr von Hohenstein. Die Wut kroch in Sebastian hoch, die kalte, mordlustige Wut. Was bildete sich dieser überhebliche Schwätzer eigentlich ein? Jetzt reichte es mit dem Geplänkel, jetzt wurde es ernst. Sie haben für Frau Schieritz in Vollmacht Aktiengeschäfte getätigt, und für diese Leistungen haben Sie sich ein Beratungshonorar auf ein ausländisches Konto zahlen lassen. Damit floss dieses Geld an der deutschen Steuer vorbei, und das nennt man gemeinhin Steuerhinterziehung. Wollen Sie das etwa bestreiten?
Hohenstein schüttelte den Kopf. Nein, nur...
Etliche ihrer Mandanten haben beim Bankhaus Großmann, Meyer und Cie. Kredite aufgenommen, die über Auslandskonten getilgt wurden. Das ist eine nicht gerade sehr einfallsreiche Konstruktion, um Schwarzgeld aus dem Ausland wieder heimzuholen, jeder Finanzbeamter kennt so etwas. Ihr Trick war nur, dass niemand diese Konten finden würde, schließlich hatten Sie ja alle einflussreichen Leute in der Bank unter Kontrolle, nicht, bis hinunter zum Filialleiter? Wollen Sie das bestreiten?
Nein, aber...
Dann sind diese Kredite alle überraschend aufgelöst worden, und zwar innerhalb von wenigen Tagen, kurz nachdem feststand, dass Top Management Consulting die Bank untersuchen wird. Ein merkwürdiger Zufall, nicht? Meinen Sie nicht, dass die Finanzbehörden da doch misstrauisch werden, wenn sie die Belege sehen?
Hohenstein hörte auf, den Kopf zu schütteln. Steif saß er in seinem Sessel und fixierte Sebastian.

Und zu allem Überfluss haben Sie sich auch für diese Schiebereien wieder Beratungshonorare zahlen lassen, wieder auf ihre Auslandskonten. Frau Schieritz bezeugt das nicht nur, die Steuerfahndung wird auch für alle diese Geschäfte Belege finden. Glauben Sie wirklich, dass es da noch reicht, einfach alles abzustreiten?

Von einem Grinsen war bei Hohenstein nichts mehr zu sehen. Nein, sagte er, und seine Stimme klang kalt und hart. Das glaube ich nicht, Herr Dr. Ritter. Da haben Sie völlig recht.

Sah der Junge nach unten? Oder waren seine Augen geschlossen? Überließ er sich vielleicht einfach dem, was da mit ihm passierte, ließ sich fallen, einfach nach vorne, ohne zu planen und zu grübeln, weil er wusste, es hatte keinen Sinn, er war doch nur der Spielball von Mächten, die er nicht beeinflussen konnte...

Ich habe eine Niederlassung in Liechtenstein, redete Hohenstein weiter, über die ich meine Aufträge mit ausländischen Mandanten abwickle. Und natürlich auch mit inländischen, wenn deren Geschäfte internationale Aspekte besitzen.

Im Zweifelsfall langt da auch einmal ein Urlaub in den Bergen, was? Oder wo liegt der internationale Aspekt bei Frau Schieritz?

Die Konstellation, die Sie da bei Frau Schieritz aufbauen, ist völlig aus der Luft gegriffen. Die Aktienkäufe sind das eine, da habe ich sie freundschaftlich unterstützt, völlig ohne Honorar übrigens. Die Beratungstätigkeit betraf ihre Funktion als Gesellschafterin in der Firma ihres verstorbenen Vaters, da gab es einige Probleme mit ausländischen Gläubigern.

Das haben Sie sich nett zurechtgelegt. Frau Schieritz' Aussage steht aber leider dagegen.

Hohenstein reichte wieder hinüber zu seinem Aktenkoffer und holte eine neue, prall gefüllte Hülle heraus. Den Kofferdeckel ließ er offenstehen, und Sebastian erspähte, dass unter den beiden grauen eine leuchtend rote Klarsichthülle lag. In einer solchen Hülle war auch das Offering Memorandum für das Project Switzerland gewesen, fiel ihm ein.

Hohenstein ließ ihm keine Zeit, weiter zu denken. Jetzt kommen Sie wieder mit dieser Aussage, sagte er. Hier, das sind die Verträge über meine Beratertätigkeiten, auch über die für Frau Schieritz. Da stehen auch die fälligen Zahlungen drin. Und wo ist der Beweis für Ihre Version, Herr Dr. Ritter?

Was würde passieren, wenn er im Wasser landete? Würde er den nassen Körper des Tauchers berühren und feststellen, dass er schon kalt war? Oder würde der Taucher doch am Leben sein und sich wehren gegen den Eindringling? Oder, wenn sie doch Geliebte waren, würden sie sich treffen im Wasser, sich umschlingen, miteinander verschmelzen und verändert, neu geschaffen wieder aus dem Becken steigen?

Sebastian spürte, wie die Panik in ihm hochstieg. Ohne Natalie gab es kaum eine Chance, Hohensteins Phalanx einzureißen. Aber er durfte jetzt nicht aufgeben. Die Kreditschiebereien, die konnten noch eine Möglichkeit bieten. Auch wenn Sie sich da herausreden können, sagte er zu Hohenstein, die Steuerhinterziehung über die Kreditkonten, die können Sie nicht vom Tisch wischen.

Hohenstein schüttelte den Kopf. Wissen Sie, Herr Dr. Ritter, wenn Sie mir nicht so sympathisch wären, dann würde ich jetzt über eine Verleumdungsklage nachdenken. Lassen Sie ein paar von meinen Mandanten unter diesen Kreditnehmern sein - was kann ich dafür? Leider tun diese Leute nicht immer das, was ich ihnen rate, und dann kommt so

ein Unsinn heraus. Und haben Sie meinen Namen irgendwo in den Akten gefunden? Nein, denn ich habe nichts damit zu tun.
Sebastian öffnete den Mund, um noch etwas zu sagen, aber Hohenstein war schneller. Und jetzt kommen Sie nicht wieder mit der Aussage von Frau Schieritz, das hat sich ja wohl erledigt. Sie sehen ja, sie traut sich nicht einmal hierher.
Sebastian schluckte. Das konnte doch nicht sein. Natalie konnte ihn nicht hereingelegt haben. Sie hatte sich einfach nicht erinnert an die Schriftstücke, die Hohenstein hatte, und jeden Moment würde sie kommen, um ihn zu retten aus dieser Not.
Vielleicht war ja schon alles entschieden. Vielleicht war die Skepsis im Blick des Jungen am Pool nur vordergründig, und sein Körper sprach das aus, was er selbst nicht zulassen wollte: hineinzuspringen in die Fluten, in das nur scheinbar Ungewisse, in die Erfüllung aller Ängste, mehr noch aber aller Hoffnungen.
Den einzigen Namen, den Sie mit Sicherheit öfters in den Unterlagen gefunden haben werden, ist der unseres geschätzten Freundes Jerusalem, sprach Hohenstein bedächtig weiter. Dann sah er hinüber zu dem Banker. Nicht, mein Lieber, so ist es doch?
Jerusalem blinzelte überrascht, als er direkt angesprochen wurde. Was? fragte er verwirrt.
Jetzt will Hohenstein ihn vorführen, dachte Sebastian. Andererseits, wenn das Jerusalem aus seiner Lethargie herausreißen konnte, vielleicht konnten sie dann Hohenstein doch noch verunsichern, schließlich wusste der Banker ja, wie es wirklich abgelaufen war, und wenn Frau Doktor Schweizer geholt hatte und die beiden dann von nebenan hineinstürmten, dann... Ja, erzählen Sie doch mal, Herr Jerusalem, sagte er schnell. Wie ist das denn damals wirklich gelaufen mit den Krediten in Berlin?

Wie meinen Sie das, wirklich gelaufen? fragte Jerusalem vorsichtig.

Hören Sie, Herr Jerusalem, raunzte Sebastian ihn an. Sie wissen genau, wovon ich rede. Alles, was ich will, ist, dass Sie es hier noch einmal laut sagen.

Jerusalem sah zu Hohenstein, dann wieder zurück zu Sebastian. Die Zweifel wichen nicht aus seinem Blick. Langsam öffnete er den Mund, aber kein Laut kam heraus.

Schallend brach das Lachen Hohensteins die Stille. Tja, sagte er dann, Sie hätten sich Ihre Verbündeten vielleicht etwas besser aussuchen sollen, Herr Dr. Ritter. Er stand auf und ging ein paar Schritte, bis er direkt neben dem Bild stehen blieb und es betrachtete. Was sind Sie doch für eine Memme, Jerusalem, sagte er leise.

Sebastian hielt den Atem an. Vielleicht war doch noch nicht alles verloren. Wenn sich Hohenstein von seiner Verachtung überwältigen ließ, dann konnte er unvorsichtig werden, und Jerusalem würde sich vielleicht doch wehren...

Sie waren mal ein guter Wertpapierberater, und Sie hätten auch das Zeug zu einem ganz passablen Manager gehabt. Wenn Sie es nur fertiggebracht hätten, einmal die richtige Entscheidung zu treffen. Er wischte mit der Hand über die Bildoberfläche. Sebastian sah, wie Jerusalem zusammenzuckte.

Aber Sie haben sich nur treiben lassen, immer weiter weg von der Wirklichkeit. Bis Sie hier in diesem Bild gelandet sind. Sein Blick fixierte Jerusalem. Da sind Sie jetzt doch, oder? Bei diesem hübschen langhaarigen Jungen und seinem netten kleinen Freund im Swimmingpool?

Geh weg von dem Bild. Du weißt doch überhaupt nicht, worum es da geht. Du weißt nicht einmal, was du da sagst. Alles, was dich interessiert, bist doch du selbst, und gleich wirst du wieder da landen. Aber dann komme ich.

Langsam ging Hohenstein zum Fenster und zog die Papierlamellen auf. Mit jedem Zug war ein weiterer Bankenturm zu sehen, bis die Frankfurter Skyline fast vollständig war. Beinahe wie auf den Postkarten war der Blick, nur die schweren Wolken störten, die auf die Häuser drückten. Hohenstein lehnte sich gegen die Scheibe und sah hinaus.

Wann haben Sie hier das letzte Mal hinausgesehen? Wahrscheinlich wussten Sie gar nicht, was Sie hier für einen Blick haben, was? Sie leben schon lange nicht mehr in dieser Welt. Sehen Sie, und das ist der Grund, warum man Sie geschasst hat.

Sebastian saß stumm auf seinem Sessel und betete, dass Hohenstein weiterredete. Ihn treibt die Gier, hatte Natalie gesagt, und da - wenigstens da - hatte sie wohl recht gehabt. Es war aber nicht nur die Gier nach Geld, es war vor allem die nach dem Sieg, mehr noch, nach dem Triumph. Aber der konnte schnell umschlagen.

Sie haben mich im Stich gelassen, Jerusalem. Ich habe bis zum letzten Moment gehofft, dass Sie weiter im Boot wären, aber Sie waren schon lange abgesprungen.

Warte. Das ist die Stimme des Jungen am Pool! Warte, sagt er, warte nur noch ein wenig. Dann ist er da, der richtige Moment. Dann springst du, und dann bist du bei mir. Ganz bei mir.

Ich hatte keine Wahl. Ihre Kabinettskollegen sind zu mir gekommen, nicht umgekehrt. Erst dieser Grimm, am nächsten Tag auch Böttcher. Der oder wir, haben sie mir gesagt. Es kann nur funktionieren, wenn er geht. Und ich musste zugeben, dass sie recht hatten.

Jetzt.

Jerusalem reckte sich auf dem Sofa und drehte sich zum Fenster. Sie täuschen sich, sagte er leise. Die legen auch Sie rein.

Ein spöttisches Grinsen zog sich über Hohensteins Gesicht. So? Und wie?

Schwerfällig erhob sich Jerusalem und schlurfte zu Hohenstein. Als er etwa einen Meter vor ihm stand, streckte er sich und sah dem anderen ins Gesicht.

Sie haben sich verraten, vorgestern, in einem unbedachten Moment.

Hohenstein beäugte ihn. Womit denn?

Ich sage es Ihnen. Aber nur, wenn ich dafür auch etwas von Ihnen bekomme.

Und was?

Jerusalem schluckte. Die Stimme des Jungen dröhnte in seinen Ohren.

Das Bild.

Sebastian sah, wie Hohenstein wieder diesen Blick bekam, der ihm schon auf dem Foto in der Bunten aufgefallen war. Damals hatte er ihn frösteln lassen, aber jetzt war es anders. Jetzt brach bei Sebastian der Angstschweiß aus.

Das Bild, wiederholte Hohenstein langsam. Es klang wie eine Drohung. Gut. Sie sollen Ihr Bild haben.

Der Junge jubelte, er rief ihn, er wollte ihn holen, hin zu sich, hinein in den Pool. Aber er konnte noch nicht gehen, etwas fehlte noch, etwas ließ ihn noch zweifeln, der andere hatte schon viel gesagt, und was hatte er dann später getan? Er sah ihn mit offenem Mund an.

Der Aktenkoffer. Auf dem Sofatisch stand er, mit offenem Deckel. An der Seite sah man das Rot der Hülle. Sebastian schaute noch einmal zum Fenster. Hohenstein und Jerusalem starrten sich noch immer an. Jetzt oder nie.

Es war nur ein schnelles Vorbeugen, ein Griff, dann hatte er es. 'Offering Memorandum' stand oben auf dem Papier. Sebastian sprang auf.

Hohenstein, rief er. Lassen Sie ihn in Ruhe. Sie haben verloren.

Hohenstein drehte sich verdutzt um. Was faseln Sie da? knurrte er und schob Jerusalem beiseite.
Kommen Sie, sagte Sebastian und wedelte mit der roten Hülle. Sie wissen doch, was das hier ist.
Hohenstein ging auf ihn zu. Geben Sie das her. Das gehört Ihnen nicht.
Sebastian sprang hinter das Sofa.
Dumm von Ihnen, das so offen in Ihrem Köfferchen liegen zu lassen, was?
Hohenstein sah ihn wütend an. Dann entspannten sich seine Züge wieder. Ach, hören Sie doch auf, sagte er und steckte seine Hände in die Hosentaschen. Sie haben doch sowieso keine Ahnung, was Sie da in der Hand halten.
Nein? Jetzt war es Sebastian, der lächelte. Passen Sie auf, dann rate ich jetzt einfach mal. Diese ganzen Geschichten, über die wir eben gesprochen haben, die waren doch nur Geplänkel. Das ganze Theater diese Woche - alles nur Verwirrspiel. Wichtig ist nur das, was hier drin ist, nicht?
Der andere sagte nichts. Aber Sebastian sah, wie er die Hände in den Taschen zu Fäusten ballte.
Sie wollen die Bank verkaufen, Hohenstein. Das hier ist das Verkaufsangebot, schön ausgearbeitet von Ihren alten Kumpels bei Mitchell's? Nichts geht über eine feine englische Investmentbank. Und getroffen haben Sie sich dort mit Michael Klosters, letzten Mittwoch, nicht wahr? Die VPs von Top Management Consulting verkehren da nämlich auch sehr gerne, kein Wunder, wo kann das Geld besser gedeihen? Und Herr Klosters hat so wunderbare Kontakte zu Großbanken, da findet sich doch bestimmt ein Käufer, oder?
Herr Dr. Ritter, sagte Hohenstein. Sie sind ein Schwätzer.
Ach so? Mal sehen, Herr von Hohenstein, ob Ihre Meinung da von anderen geteilt wird. Herr Dr. Schweizer zum Beispiel ist sicher sehr interessiert an

jedem Wort meiner Geschichte, und natürlich an diesem Papier... Hohenstein lachte, wieder einmal. Ein kristallenes, schneidendes, erbarmungsloses Lachen. Das Lachen des Henkers, der seinem Opfer das Messer an den Bauch setzt, um es hineinzustoßen und zu drehen, bis die Eingeweide herausquellen. Schön haben Sie sich das alles zusammengereimt, Herr Dr. Ritter, sagte er, und seine Stimme war jetzt kaum noch ein Flüstern. Eine ganz wunderbare Geschichte. Und womöglich gar nicht so weit weg von der Wirklichkeit. Seine Augen wurden schmal. Aber hier ist niemand, der Ihre Geschichte glauben wird.

Sebastians Mund war trocken. Was ihm jetzt blieb, war nur der Bluff. Warten Sie nur, rief er Hohenstein entgegen. Frau Schieritz wird jeden Moment kommen, und mit ihr Dr. Schweizer.

Jetzt grinste Hohenstein nur noch. Sebastian sah es und fühlte die Klinge des Messers an seinen Gedärmen. Nein, hörte er Hohensteins Stimme. Da täuschen Sie sich, Herr Dr. Ritter.

Langsam lief der Schweiß über Sebastians Stirn, bis er an seiner Augenbraue hängen blieb. Sein Herz raste. Hohenstein kam wie in Zeitlupe auf ihn zu.

Frau Schieritz hatte Ihr Handy im Auto, nicht wahr? Eigentlich wollte ich nur einmal nachprüfen, ob sie wirklich bei Ihnen ist.

Sie... Sie haben sie angerufen?

Oh ja, erst vor einer halben Stunde. Etwa einen Meter vor Sebastian blieb Hohenstein stehen. Ein kurzes Gespräch. Ich war ganz überrascht, wie groß doch ihre Angst ist. Er lachte lautlos. Ach ja, und unser Freund Schweizer. Der ist heute Nachmittag leider überraschend nach Düsseldorf bestellt worden, zu einem Verwaltungsratsmitglied. Dumm, nicht?

Zitternd griff Sebastian nach der Sofalehne. Sie... stammelte er. Sie haben sie... Eine schwarze Wolke zog heran, aber Sebastian wehrte sich. Er durfte jetzt nicht umfallen. Als er auch mit der zweiten Hand die Lehne umklammerte, rutschte die Hülle auf eines der Polster.

Hohenstein zögerte keinen Augenblick. Mit einem Sprung war er bei Sebastian und stieß ihn mit Wucht nach hinten. Sebastian fiel, schlug hart auf den Sofatisch und blieb benommen liegen.

Hohenstein nahm die Hülle und ging langsam um das Sofa herum, bis er direkt vor Sebastian stand. Sie sind wirklich ein kluger Kopf, Herr Ritter. Sei haben meine Pläne fein säuberlich durchschaut. Respekt. Aber ich hatte doch recht mit meiner Einschätzung. Ich täusche mich selten in Menschen, wissen Sie.

Mühsam rang Sebastian nach Luft. Hohenstein sah auf ihn herab. Glauben Sie wirklich, ich wäre hierher gekommen, wenn ich nicht geahnt hätte, was Sie vorhatten? Aber Ihre Planung war zu überhastet, Herr Ritter. Zu – oberflächlich. Das kennen Sie doch, oder?

Warum sind Sie dann gekommen? keuchte Sebastian.

Der andere grinste wieder, hässlicher denn je zuvor. Es war so reizvoll, Sie als Gegner zu haben, sagte er. In unserem letzten Spiel, sozusagen. Jetzt kann ich das abschließen, wozu ich bisher nicht gekommen bin. Dann beugte er sich hinunter, bis sein Gesicht nur ein paar Zentimeter von dem Sebastians entfernt war.

Sie zittern ja, Herr Ritter. Haben Sie jetzt Angst? Angst vor mir?

Er lachte. Sebastian fühlte seinen Atem auf der Haut.

Wissen Sie eigentlich, was Sie dem armen Cordell angetan haben? flüsterte Hohenstein. Er hat eine scheußliche Platzwunde am Kopf, und eine Gehirnerschütterung. Und er liegt jetzt in der Klinik.

Das war nicht ich, wimmerte Sebastian. Das war Natalie.

So? Tja. Aber sie ist jetzt nicht da. Also müssen Sie dafür bezahlen, Herr Ritter.

Im nächsten Moment krachte Hohensteins Faust auf Sebastians Kinnspitze. Der Schmerz schoss durch seinen Kopf. Dann versank alles im Dunkel.
Als er wieder zu sich kam, sah er erst nur den hellen Teppichboden. Der Schmerz zog sich von seinem Gesicht bis in den Rücken hinein, und als er sich bewegte, wurde es noch schlimmer. Er tastete nach seinem Kiefer und merkte, dass er geschwollen war. Auf seinem Hemd war Blut, auch auf seinen Händen, sogar auf seiner Uhr. Wie spät war es eigentlich? Er brauchte etwas, um etwas erkennen zu können. Dann sah er, dass es schon fast viertel vor vier war. Aber der Sekundenzeiger bewegte sich nicht mehr.
Nein!
Der laute Schrei ließ ihn hochschrecken. Er wand sich auf dem Boden, bis er erkennen konnte, was passiert war. Der Raum war kaum wiederzuerkennen. Die Glasscheibe des deckenhohen Fensters war zerborsten, die Scherben bedeckten den Boden, und in dem offenen Rahmen klemmte schräg das Bild. Weit stand es in den Raum hinein, und Jerusalem zog verzweifelt, um es wieder aus dem Rahmen heraus zu bekommen. Hohenstein lehnte gegen den Schreibtisch und sah kichernd zu.
Hören Sie auf! Sie schaffen es doch nicht, gluckste er. Außerdem, was soll das eigentlich? Ich gebe Ihnen Ihr verdammtes Bild, ich helfe Ihnen, es aus diesem Büro herauszubekommen, und was machen Sie? Sie wehren sich auch noch dagegen.
Sie wollen es aus dem Fenster werfen!
Aber so transportiert man doch nun mal sperrige Gegenstände, oder? Wollen Sie es vielleicht durch das Treppenhaus schleifen? Zehn Stockwerke entlang?

Jerusalem schluchzte nur. Er zerrte weiter an dem Bild, bis es sich wirklich etwas bewegte. Hohenstein kam nach vorne und schob es mit einem heftigen Ruck weiter in das Fenster hinein. Jerusalem schrie auf.

Es ist halt einfach zu groß, sagte Hohenstein kalt. Wir werden doch die Leisten brechen müssen, damit es richtig durchpasst. Er hielt den Rahmen fest und trat gegen eine der Kanten. Das Holz knackte.

Jerusalem wollte sich auf ihn werfen, aber Hohenstein war vorbereitet. Er streckte den Ellbogen vor und traf den Banker genau im Solar plexus. Jerusalem japste nach Luft und ging vor dem Fensterrahmen in die Knie.

Meinem Sohn haben Sie das Bild gezeigt, hier in Ihrem Büro. Einem sechzehnjährigen Jungen. Genau Ihre Altersgruppe, was, Jerusalem? Da langen Sie gerne zu, was? Da packen Sie ordentlich zwischen die Beine.

Er holte aus und trat dem Banker mit aller Kraft in den Unterleib. Jerusalem schrie auf, fiel auf die Seite und krümmte sich. Sein Körper zuckte in Spasmen. Erbrochenes lief ihm das Kinn hinunter.

Ein schöner Anblick, höhnte Hohenstein. Der Verlierer windet sich in den Scherben. Genauso wollte ich Sie sehen, Jerusalem.

Zitternd streckte der Banker die Hand nach dem Bild aus, aber er reichte nicht heran. Mühsam zog er die Beine an und schob sich nach vorne, bis seine Finger an die Leinwand stießen. Aus dem offenen Fenster sprühte der Nieselregen hinein. Jerusalems Hand wanderte über die Bildoberfläche, bis sie Halt am Rahmen fand. Ächzend zog er sich hoch. Mein Bild, keuchte er. Sie haben mein Bild zerstört.

Hohenstein ging auf ihn zu, bis er direkt vor ihm stand. Genau sagte er. Und Sie auch.

Jerusalem sah den Tritt kommen, aber er konnte sich nicht schützen. Hohensteins Fuß traf ihn an der Kehle. Er röchelte glucksend. Seine Hand glitt vom Bild herunter und sein Oberkörper fiel nach hinten, über den

Fenstersims, hinaus in den grauen Novemberregen. Hohenstein machte keine Anstalten, ihn zu halten.

Jerusalem schrie, als er aus dem Fenster glitt, aber der Ton verhallte schnell. Den Aufprall hörte man nicht mehr.

Er hat ihn umgebracht, schoss es Sebastian durch den Kopf. Und als nächster bin ich dran. Er versuchte, hochzukommen und davonzulaufen, aber als er sich aufrichten wollte, rutschte er weg und knallte gegen den Glastisch.

Herr Dr. Ritter, sagte eine Stimme neben ihm. Sie sind ja auch noch da.

Sebastian sah langsam hoch. Hohensteins Gesicht glänzte vor Schweiß. Unten am Kinn tanzte das Grübchen. Das hätten Sie nicht gedacht, was. Es ist alles immer noch komplizierter, als man meint, mein Lieber. Und wenn man nicht aufpasst, dann geht man in dem Labyrinth zugrunde. Wie Jerusalem. Und wie Sie.

Sebastian schrie, aber es half ihm nichts. Hohenstein packte zu und schleifte ihn zum Fenster.

Los. Stehen Sie auf.

Mühsam zog sich Sebastian an der Wand hoch. Die Novemberluft war feucht und kalt. Die Bankentürme waren kaum noch zu sehen, so tief hingen inzwischen die Wolken.

Nah, ganz nah vor ihm war das Gesicht Hohensteins. Er roch den Schweiß auf der Haut. Er sah Hohensteins Augen, direkt vor seinen eigenen. Und er hörte seine Stimme, das eisige, grausame Flüstern.

Jetzt lassen wir Ihren Alptraum Wirklichkeit werden.

Der Traum. Natalie hatte ihm von dem Traum erzählt. Und er war der Mann im Hintergrund, der, der ihn aus dem Fenster warf.

Damit kommen Sie nicht davon, Hohenstein. Zwei Tote, und Sie mitten drin, damit sind Sie doch erledigt.

Wieso? Ich bin doch gar nicht hier.

Nicht hier? Aber Sie sind doch gesehen worden.

So? Von wem? Von Ihnen, und von Jerusalem. Meinen Sie, da draußen in den Häusern konnte jemand etwas erkennen? Und mit Ihnen beiden, das hat sich ja bald erledigt.

Aber die Spuren, die Sie hinterlassen haben.

Ich bin nicht das erste Mal in diesem Büro. Was wollen Sie denn beweisen, wenn es hier Fingerabdrücke von mir gibt?

Aber der Sicherheitsdienst unten...

Als wir kamen, war der Mann nicht da, das wissen Sie doch. Da musste er gerade nachsehen, was hinten auf dem Parkplatz los war, jemand hatte ihn deswegen angerufen. Er grinste kurz. Und in ein paar Minuten muss er sich um die Leichen dort unten kümmern.

Frau Schieritz... Was ist, wenn Frau Schieritz jetzt gleich kommt?

Keine Angst. Die kommt nicht. Die schlottert vor Angst. So wie Sie.

Und Sie haben jemanden, der bezeugt, dass Sie in dieser Zeit mit ihm zusammen waren.

Hohenstein nickte langsam. Natürlich, Herr Ritter.

Sie sind wahnsinnig. Völlig wahnsinnig.

Hohensteins Grinsen war verzerrt. Als er wieder sprach, hallte seine Stimme, wie in einem schlechten Film. Wir haben nicht mehr viel Zeit, Herr Dr. Ritter. Ich fange jetzt gleich an zu zählen, von zehn bis null, sagte die Stimme. Und wenn Sie bei null nicht gesprungen sind, dann muss ich leider etwas nachhelfen.

Das passiert nicht wirklich.

Zehn.

Das ist wieder ein Traum.

Neun.

Bei sieben wache ich auf.

Acht.

Bei sieben wache ich immer auf.

Sieben. Sechs.

So kann es doch nicht ausgehen.

Fünf.

Jemand muss mich doch retten.

Vier.

Ich darf nicht sterben.

Drei.

Das kann nicht sein.

Zwei.

Nicht ich.

Eins.

Nein.

Null.

17:00 Uhr

Sebastian. Wach doch auf. Bitte, wach auf.

Langsam, unendlich langsam öffnete er die Augen. Irgend etwas musste auf sie drücken, denn er bekam die Lider nicht hoch. Doch, da, da ging es, da sah er etwas, mit dem linken Auge zumindest. Aber alles wackelte, zitterte, tanzte...

Sebastian. Komm zu dir.

Er kannte diese Stimme. Es war eine angenehme Stimme, so weich, die Stimme einer Frau. Es war –

Natalie.

Sie saß da, direkt neben ihm, tränenüberströmt. Und er lag auf einer Trage, festgeschnallt.

Wo bin ich?

In einem Krankenwagen. Wir sind gleich im Krankenhaus, Sebastian.

Krankenhaus! Was... Was habe ich denn?

Nur eine Gehirnerschütterung. Ein paar Prellungen. Jerusalem ist völlig durchgedreht, bevor er sich umgebracht hat.

Jerusalem? Sich umgebracht? Und... Und Hohenstein?

Sie sah ihn durchdringend an.

Hubertus hat dich gerettet, Sebastian. Er hat dich festgehalten, als Jerusalem dich aus dem Fenster stürzen wollte in seinem Wahn.

Was? Aber...

Ich habe es selbst gesehen, sagte sie bestimmt. Ich kam gerade noch rechtzeitig.

Aber...

Natalie schüttelte den Kopf. Kein aber, Sebastian. Es war so, wie ich gesagt habe. So und nicht anders.

Er starrte sie an.

Glaube mir, Sebastian. So sagst du es auch der Polizei. Sonst... Sonst sind wir unseres Lebens nicht mehr sicher. Sie fing an zu schluchzen.

Sebastian sah ihr zu, wie sie weinte. Warum bist du weggefahren, Natalie? fragte er dann.

Sie brauchte lange, bis sie antworten konnte. Ich... Ich hatte so eine entsetzliche Angst. Er hat mir gedroht, so fürchterlich... Sie schluchzte wieder.

Vorsichtig streichelte er ihr über die Schulter. Aber du bist gekommen. Und jetzt bleibst du bei mir, ja?

Sie beugte sich über ihn und wollte ihn drücken, aber er schrie auf, kaum dass sie ihn berührte. Erschrocken wollte sie sich wieder aufrichten, aber da zog er sie wieder zu sich heran.
Jetzt bleibe ich, Sebastian. Ich gehe nicht mehr. Nie wieder.
Er streichelte über ihr Haar. Aber wir müssen aufschreiben, was wirklich passiert ist, sagte er leise.
Sie rutschte etwas hoch, bis ihr Mund ganz nah an seinem war. Jetzt nicht, Sebastian. Jetzt haben wir uns beide. Und mehr brauchen wir doch nicht.
Sie hielt ihn fest, als wollte sie ihn nie wieder loslassen. Und er wusste: Alles würde gut werden.

Epilog

Die Sonne stand schon tief, als wir am Hafen ankamen, und während wir an den Segelbooten vorbeischlenderten, wurden die Farben um uns herum immer röter, bis die Sonne endlich unterging, und alles glühte, als sei es von innen beleuchtet. Hätte man die herbstliche Szenerie fotografiert, wäre es entsetzlich kitschig gewesen, im Fernsehen hätte ich umgeschaltet, aber als Monika und ich händchenhaltend durch dieses Licht spazierten, verlor sich alle kritische Distanz, ich vergaß die ungelösten Probleme der vergangenen Woche, die Aufgabenlisten und die noch ausstehenden Termine, und ich konnte gar nicht anders, als glücklich zu sein. Wir gingen dann in eines der kleinen Restaurants dort unten am Hafen, und ich war noch immer in einer seltenen Hochstimmung, als ich mich danach auf den Weg in die Bar zu meiner Verabredung machte. Monika hatte es vorgezogen, schon aufs Zimmer zu gehen.

Ich konnte es ihr nicht verdenken. Es war jetzt ziemlich genau anderthalb Jahre her, dass ich zum ersten Mal mit Hohenstein geredet hatte, auch hier auf Mallorca, in demselben Hotel. Ich konnte mich gut an das Gespräch erinnern, vor allem deswegen, weil Hohenstein in ihm eine Aura des Geheimnisses aufgebaut hatte, die er beständig weiter pflegte. Am schlimmsten war es nach der dramatischen Woche im November, ziemlich genau vor einem Jahr, als die ganze Bank Kopf stand und es schien, dass Top Management Consulting nicht nur einen Kunden verlieren würde, sondern ich auch meinen Job. Damals war er meine Rettung gewesen, aber ich kann nicht sagen, dass diese Aktion uns persönlich nähergebracht hätte. Auf den ersten Blick erschien er jovial, aber wenn man die Floskeln hinter sich gelassen hatte, blieb er immer distanziert, wenn nicht kalt.

Sympathisch war er mir nie geworden. Ganz im Gegenteil. Eigentlich hatte ich nie aufgehört, ihm zu misstrauen.
Nun saß er mir also gegenüber, natürlich mit dem ihm eigenen Grinsen, wie immer leicht spöttisch, und erzählte mir von seinen neuen Geschäftsplänen. Es ging um irgendeine Finanzberatung, sehr elitär, nur ab einem aberwitzig hohen Volumen, und natürlich hochprofitabel. Wie alles, was er anfing, zumindest dann, wenn man seinen Erzählungen glaubte.
Das tat ich allerdings schon seit einiger Zeit nicht mehr. Ich hatte einmal ein Geschäft mit ihm gemacht, aus einer ziemlichen Zwangslage heraus, und seitdem waren mir mehr als einmal Zweifel gekommen, ob ich damit nicht meine Seele verkauft hatte. Als er dieses Treffen vorgeschlagen hatte, war ich nur dazu bereit, weil ich damit einen Schluss-Strich ziehen wollte. Kein Kontakt mehr zu Hohenstein. Ich hatte es auch Monika versprochen. Jetzt musste nur noch der richtige Moment kommen, um es ihm zu sagen.
Also, was ist denn nun, drängte er. Das ist doch ein Supergeschäft. Wo wollen Sie denn hin mit all den Millionen, die Sie durch mich verdient haben?
Ich lächelte müde. Natürlich hatte sich das Geschäft für mich gelohnt, aber Millionen hatte nur Top Management Consulting verdient. Die Wirklichkeit war etwas karger gewesen, als sie Hohensteins euphorische Ankündigungen hatten erscheinen lassen.
Was macht eigentlich Ihr Sohn? fragte ich, um ihn von seinem Lieblingsthema wegzubringen.
Mein Sohn? fragte er verdutzt zurück. Woher kennen Sie denn meinen Sohn?
Na, von unserem ersten Treffen. Der Junge, den Sie damals in den Pool geworfen haben, das war doch Ihr Sohn.

Ach so, ja, brummte er unwillig. Ich weiß es nicht. Seit letztem November hat er sich nicht mehr gemeldet. Irgend etwas hat er mir übelgenommen.
Sein Sohn hatte Jerusalem sehr gemocht, den Banker, der an jenem Wochenende im November auf so spektakuläre Weise ums Leben gekommen war. Jedenfalls hatte Hohenstein mir das einmal an einem Abend erzählt, etwas, an das er sich jetzt offensichtlich nicht mehr erinnern konnte. Oder wollte.
Er räusperte sich. Wo wir gerade bei abgebrochenen Kontakten sind, haben Sie mal wieder etwas von Sebastian Ritter gehört?
Ich war überrascht. Hohenstein musste doch wissen, dass ich einige Themen anschneiden konnte, die ihm unangenehm sein mussten, wenn wir über Sebastian sprachen. Warum gab er mir diese Vorlage? War er sich seiner Sache so sicher? Oder war es ihm inzwischen egal?
Sie wissen doch, dass wir damals einen Deal mit ihm gemacht haben, fing ich an. Er hat zugesagt, Top Management Consulting aus allen Aussagen herauszulassen, und wir haben ihm dafür eine ziemlich hohe Abfindung gezahlt. Er ist dann für ein paar Monate weggefahren, nach Asien, glaube ich, mit Natalie Schieritz. Hohenstein zuckte nur kurz. Und seitdem habe ich nichts mehr von ihm gehört.
Und Sie haben auch keine Erkundigungen eingezogen?
Nein, sagte ich. Mehr nicht. Er musste ja nicht wissen, dass ich x-mal kurz davor war, es zu tun. Aber dann hatte ich Sebastians letzten Brief doch immer wieder in die Schublade gelegt. Er öffnete einfach zu viele Wunden, die nur langsam heilten.
Hohenstein trank seinen Rotwein und schwieg. Diese Zurückhaltung war ungewohnt bei ihm. Ich konnte mich an kein Gespräch erinnern, bei dem er nicht versucht hatte, den Verlauf zu steuern. Auch sein Schweigen

musste einem Plan entspringen. Er wollte mich kommen lassen. Gut, dachte ich, das kann er haben.

Ich sah ihn eine Weile an. Er schaute sich wieder in der Bar um, aber es gab nichts, was sein Interesse geweckt hätte. Schließlich landete sein Blick bei mir.

Was ist damals an diesem Wochenende im November eigentlich wirklich passiert? fragte ich.

Er zeigte keine Reaktion. Das wissen Sie doch, sagte er.

Ich weiß, was Sie damals gesagt haben, und das, was Sebastian Ritter und Natalie Schieritz erzählten. Und natürlich das, was die Behörden schließlich als Untersuchungsergebnis vorgelegt haben.

Hohenstein zuckte mit den Schultern. Und? brummte er. Warum fragen Sie dann noch?

Weil ich diesen Bericht nie geglaubt habe.

Er seufzte unwillig. Warum fangen Sie jetzt an, in der Vergangenheit zu bohren, Herr Klosters? Jerusalems Tod war Selbstmord, das hat die Untersuchung eindeutig ergeben. Ritter hatte eine Gehirnerschütterung und war tagelang unter schwerem Schock, das erklärte einige Lücken und Widersprüche in seinen Aussagen, das steht auch in den Vernehmungsprotokollen. Und Natalie Schieritz hat alles bestätigt, was ich ausgesagt habe.

Ich nickte langsam. Das stimmte schon. Natalie hatte direkt nach der Affäre gekündigt und war von da an praktisch pausenlos bei Sebastian im Krankenhaus, bis er dann entlassen wurde. Die Untersuchungen waren zu dem Zeitpunkt schon abgeschlossen, und die beiden fuhren weg, wie gesagt, irgendwo nach Asien. Aber einmal hatte ich mit Sebastian noch allein gesprochen, und da hatte er eine ganz andere Version der Ereignisse an jenem Sonntag erzählt, oder sagen wir besser, er hatte damit angefangen. Es klang sehr verworren, und ich sagte ihm das damals. Daraufhin fing er an, mich zu beschimpfen, ich hätte ihn in die ganze Sache hineingeritten, weil er meinen geheimen Geschäften auf die Spur gekommen war. Es war unsäglich.

Hohenstein riss mich aus meinen Grübeleien. Warum denken Sie nicht einmal an die positiven Dinge des letzten Herbstes? Jerusalems Tod war schrecklich, sicher. Aber er hat uns auch zusammengebracht, und daraus ist ja schließlich so einiges geworden, oder?

Jetzt hatte er wieder sein Verkäufergesicht aufgesetzt. Natürlich, auch das, was er jetzt gesagt hatte, stimmte. Nach dem ersten Treffen in Mallorca und dem Meeting in Zürich direkt danach hatte ich die Sache erst einmal auf sich beruhen lassen. Als es dann wirklich mit dem Projekt bei Großmann, Meyer und Cie. klappte, musste ich natürlich immer wieder an das denken, was er mir damals in Zürich erzählt hatte, und was er – als Referenz an diesen Ort, hatte er damals gesagt – ‚Project Switzerland' getauft hatte. Die Bank zu verkaufen, das musste ein Riesengeschäft sein, nicht nur für die Gesellschafter, auch für alle, die dabei mithelfen würden – die Investmentbanker, die Anwälte, und natürlich auch die Berater, wenn man sie mit dazu nahm. Ich hatte mich sogar bei Mitchell's, der Investmentbank, in London mit Hohenstein getroffen, nur ein paar Tage, bevor bei Großmann die Bombe platzte, und auch ein paar eigene Recherchen angestellt. Aber ich hatte nie ernsthaft geglaubt, dass aus Hohensteins Plänen wirklich etwas werden würde – wie er das Kabinett ausschalten wollte und wie die anderen Gesellschafter überzeugt werden sollten, das erschien mir doch alles zu abenteuerlich, und auch zu wenig schlüssig. Das Wichtigste fehlt mir noch in Ihrem Plan, hatte ich ihm damals gesagt: Wie wollen Sie denn die Bank so unter Druck setzen, dass Ihr Verkaufsvorschlag wirklich als die Rettung angesehen wird? Er sagte damals nichts, aber ich weiß noch, dass mir sein Lächeln überhaupt nicht gefiel.

Wie gesagt, ein paar Tage später ging es dann los. Sebastian machte in der Krise wirklich eine klägliche Figur, mit seiner Naivität wurde er einfach untragbar für uns. Dass er durch die unglaubliche Dummheit von Hohensteins Adlatus auch noch Wind von dem ‚Project Switzerland' bekommen hatte, machte ihn endgültig zu einem unkalkulierbaren Risiko. Es war hart, und auch für mich persönlich sehr bitter, aber es war richtig, ihn hinauszusetzen. Dass er an dem Wochenende völlig durchdrehen würde, konnte nun wirklich keiner vorhersehen. Wahrscheinlich wäre es ja auch gar nicht so schlimm gekommen, wenn er nicht in Jerusalem noch Verstärkung gefunden hätte. Aber so...

Bei Top Management Consulting war in der nächsten Woche der Teufel los. Auf Phil Meyer und mir lastete ein wahnsinniger Druck – Phil machte sich Vorwürfe, ich natürlich auch, die Presse wollte Statements von uns, die Partnergruppe Klärung. Natalie Schieritz saß bei Sebastian und sagte gar nichts mehr, Ludwig Staupe war nur noch ein Häufchen Elend. Die Bank war völlig gelähmt, ab und an gab es wirre Erklärungen, keiner wusste, was passieren sollte. Was alle am meisten fürchteten, war eine Panik bei den Kunden – wenn die anfangen würden, ihre Einlagen zurückzufordern, war das Ende der Bank eine Frage von Tagen.

In dieser Situation rief Hohenstein bei mir an. Erst wollte ich nichts mit ihm zu tun haben – mir war schließlich klar, dass er die ganze Lawine mit diesem dämlichen Papier zur zukünftigen Organisationsstruktur der Bank losgetreten hatte – aber dann traf ich mich doch mit ihm. Was hatte ich schon zu verlieren?

Das Angebot, das er mir dann machte, war schon sehr ausgefuchst. Zunächst ging es im Grunde darum, das Skandalpapier zur neuen

Organisationsstruktur so umzustricken, dass es präsentabel für die außerordentliche Gesellschafterversammlung wurde. Ich sollte also das weiterführen, wegen dessen unser Kunde uns gerade vor die Tür gesetzt hatte. Aber damit nicht genug: der eigentliche Witz war, dass das Konzept so schwach zu sein hatte, dass Hohenstein in der Versammlung das überlegene Verkaufskonzept aus der Tasche ziehen konnte. Und das – überflüssig zu sagen – sollte natürlich auch von mir stammen.

Ein Wahnsinn, natürlich. Aber nicht ohne Reiz: Der erste Teil war der offizielle, oder besser, der halboffizielle. Hohenstein sicherte mir zu, dass das Kabinett uns wieder als Berater einsetzen würde, wenn wir die Schuld an dem Desaster Sebastian Ritter geben würden, was ja nahe lag. Die Bank brauchte ein komplettes Programm für die Gesellschafterversammlung, davon war auch Schweizer leicht zu überzeugen. Er – und natürlich seine getreue Frau Doktor - durfte nur nicht wissen, dass wir dahinter standen. Böttcher und Grimm glaubten sowieso, dass es keinen Besseren als mich gab, das Konzept direkt mit ihnen auszuarbeiten. Was weder Schweizer noch Frau Doktor wussten, war, dass auch das neue Papier eine Bank ohne Schweizer vorsah. Es sollte das Signal für die Revolte sein, die Böttcher und Grimm dann an die Macht katapultieren würde. Nur – weil Hohenstein sich im entscheidenden Moment von den beiden abwenden würde, sollte es dazu nicht kommen. Stattdessen wollte Hohenstein das Verkaufsangebot präsentieren, das eigentlich Geheime – der Clou sozusagen. Diesen zweiten Teil arbeitete Hohenstein mit mir allein als seinem persönlichen Berater aus. Auch Top Management Consulting durfte davon nichts wissen. Nicht einmal Monika.

Es war unethisch, keine Frage. Es widersprach den ehernen Regeln der Beratung. Aber in der damaligen Situation war es die Lösung all meiner Probleme. Hohenstein wusste das, und er spielte sein Blatt gnadenlos aus.

Das eine ohne das andere geht nicht, sagte er. Und wenn Sie es nicht machen, hole ich mir einen anderen. Dann dauert es länger, aber es wird auch funktionieren. Mir blieb nichts anderes übrig als zuzusagen.

Ich weiß nicht, wieviele Nächte ich damals nicht geschlafen habe. Als wir wieder bei Großmann arbeiten durften, kam der Brief von Sebastian, der letzte. Bitter beklagte er sich darüber, zum Sündenbock gestempelt zu werden. Du hast alles das gemacht, schrieb er, was du an jenem Freitag weit von dir gewiesen hast. Und eines Tages wirst du dafür zahlen. Natürlich unterschlug er das, was danach gekommen war. Ich blieb damals dabei, dass unsere Entscheidung richtig war. Geantwortet habe ich ihm nie.

In der Arbeit machte Frau Doktor Probleme, nicht zuletzt, weil sie von Sebastian vom ‚Project Switzerland' erfahren hatte. Am Ende holte Hohenstein sie mit ins Boot und bot ihr die Sprecherposition an, sonst wäre alles noch gescheitert. Meine wahre Rolle hielt er aber weiter geheim.

Die Gesellschafterversammlung lief genauso ab, wie Hohenstein sie geplant hatte. Ein halbes Jahr später war alles vorbei. Die Bank war verkauft, das Kabinett abgefunden, bis auf Frau Doktor, die unter dem neuen Inhaber – einer englischen Großbank – aber bald geschasst wurde. Sie hatte sich mit dem dortigen Vorstandsvorsitzenden angelegt. Mir war es recht. Ich konnte wieder schlafen, aber ein bitterer Nachgeschmack blieb. In erster Linie wegen dieses Mannes, der mir jetzt gegenübersaß.

Was hatten Sie eigentlich gegen Jerusalem? fragte ich ihn ziemlich unvermittelt.

Hohenstein stutzte einen Moment. Persönlich... gar nichts, sagte er dann. Geschäftlich war er nicht mehr tragbar. Man musste ihn entfernen, sonst wären alle unsere Pläne gescheitert.

Aber Sie kannten ihn doch gut. Hätten Sie dann nicht wissen müssen, dass er diese Demütigung nicht verkraften würde?

Damals ging es um alles oder nichts, Herr Klosters. Wie sollte ich da Rücksicht auf die Sensibilitäten eines Psychopathen nehmen?

Ich musste ihn ziemlich bestürzt angesehen haben, denn er schob noch schnell einen Satz nach. Mich hat sein Tod auch erschüttert. Aber glauben Sie mir, für die Bank war es besser, so hart es klingen mag. Jerusalem hätte uns noch Riesenprobleme bereitet.

Er sah mich an mit seinen bohrenden, kalten Augen, dem harten, kantigen Gesicht mit den schmalen Lippen und dem Grübchen im Kinn, das wieder einmal zitterte. Ich hatte immer vermutet, dass Jerusalem über ihn Dinge gewusst hatte, die nicht bekannt werden durften. Dinge wie eine Verwicklung in die Steuerhinterziehung, die offiziell als Grund für Jerusalems Selbstmord angegeben worden war. Oder Kaisers mysteriöser Tod. Oder...

Ich wollte nicht mehr weiter fragen. Ich wollte ihn nur loswerden und nie wieder sehen.

Es ist Zeit, dass wir uns trennen, Herr von Hohenstein, sagte ich.

Zu meiner Überraschung nickte er. Ja, Herr Klosters. Aber es ist alles viel einfacher, als Sie jetzt denken. Er grinste schon wieder, wohl wegen meines staunenden Gesichts. Dann redete er weiter: Ich habe die letzten Jahre immer nur gearbeitet, sonst nichts. Jetzt habe ich mich überzeugen lassen, dass es Zeit ist für einen Urlaub. Und Sie können sich das denken, wenn ich Urlaub mache, dann richtig. Als kleiner Junge wollte ich immer mal die Welt umfahren, und jetzt werde ich es machen.

Sie? Ganz alleine?

Er zwinkerte mir zu. Schon mit Begleitung.

Lang?

Ein bis zwei Jahre. Wenn es mir Spaß macht.

Aber die Finanzberatung, von der Sie mir vorhin erzählt haben...

Nur ein Testballon, sagte er ruhig. Ich wollte sehen, wie Sie reagieren. Ob ich Sie richtig eingeschätzt habe.

Ich nickte erleichtert. Hohenstein setzte sich ab. Besser konnte es gar nicht kommen.

Ich wollte aufstehen, als Hohenstein unvermittelt sagte: Ritter ist übrigens wieder in Deutschland.

Was?

Ja, sagte er. Ich weiß es von Natalie Schieritz. Die beiden haben sich getrennt.

Ach?

Er nickte. Der Junge muss eine fixe Idee haben, das hat sie irgendwann nicht mehr ausgehalten. Er sah mich an. Es soll etwas mit Ihnen zu tun haben, sagte sie.

Mit mir?

Ja.

Mir war auf einmal wirklich kalt. Ich versuchte, möglichst unbeteiligt mit den Achseln zu zucken, und verschwand kurz darauf.

Monika schlief schon, als ich aufs Zimmer kam. Als ich ihr am nächsten Morgen von dem Gespräch mit Hohenstein erzählte, war sie ziemlich entsetzt.

Dem glaube ich kein Wort, sagte sie. Da ist irgend etwas im Busch. So jemand wie der setzt sich nicht ohne Grund ab. Und es hat etwas mit Sebastian zu tun. Du musst aufpassen.

Ich nickte. Was sollte ich sonst auch machen?

Nach dem Frühstück fuhren wir nach Palma und schlenderten durch die Stadt. Als wir an einem Kiosk vorbei kamen, hielt Monika mich plötzlich fest.

Schau mal, sagte sie und zeigte auf eine deutsche Zeitschrift. Da steht was über Berater.

Ich ging näher heran. Es war der Stern, und auf seinem Cover stand groß ‚Heiße Phase'. Und darunter: ‚Exklusiv im Stern: Der Vorabdruck des großen Insider-Romans. So sind Unternehmensberatungen wirklich.'

Ich riss das Heft aus dem Ständer. Zuerst kam eine Fotostrecke mit Beratern in ihren Büros, dann kam der Text. Ich stand im Teamraum am Fenster und sah auf die Frankfurter Bankentürme, fing es an. Ich überflog den Text. Kein Zweifel, es ging um Großmann, Meyer und Cie, auch wenn der Name nirgendwo vorkam. Ich suchte nach dem Autor. Der Name sagte mir nichts, aber ich wusste, dass es ein Pseudonym sein musste. Es konnte nur einer dahinterstecken.

Monika kam zu mir und legte mir die Hand auf die Schulter. Was ist denn, fragte sie. Ich reichte ihr das Heft.

Nach einer Weile ließ sie es sinken. Das ist erst der Anfang, sagte sie.

Ja, antwortete ich. Aber ich weiß, wie es weitergeht.

Sie sah mich bitter an. Müssen wir auch auf eine Weltreise gehen? fragte sie.

Ich sah ihr in die Augen. Du bist nicht Hohenstein, sagten sie. Dich wird Sebastians Geschichte überall finden.

Noch nicht, sagte ich. Erst in ein paar Wochen. Es war mir klar, dass sie die Wahrheit herausbekommen würden. Und dass ich sie Monika als erste erzählen musste.

Sie nickte. Dann legte sie ihren Arm um mich, und wir gingen los.

Printed in Poland
by Amazon Fulfillment
Poland Sp. z o.o., Wrocław

63407444R00260